マンスフィールド・パーク

ジェイン・オースティン
大島一彦訳

中央公論新社

目次

マンスフィールド・パーク

第一巻

第一章

もうかれこれ三十年ほど昔のことだが、ハンティンドンのミス・マライア・ウォードは、僅かに七千ポンドの持参金で、ノーサムプトンシア、マンスフィールド・パーク*1のサー・トーマス・バートラムの心を我がものにする好運を摑《つか》み、その結果、准男爵夫人と云う地位を得て、立派な屋敷と大きな収入に附きもののあらゆる安楽と威厳とを手にすることが出来た。ハンティンドンの人びとは口を揃えて結婚の上首尾を云い、自身法律家である伯父などは、本来なら少くともあと三千ポンドはなければこれだけの結婚は出来ないところだが、と認めたほどである。ミス・マライアには自分の玉の輿によって恩を受ける筈の姉妹が二人あった。姉のミス・ウォードと妹のミス・フランシスである。知人で二人をマライアに劣らぬ美人だと思っていた人達は、二人ともマライア同様に有利な結婚をするに違いない、と躊《ため》わず口にしたものである。しかし、美人のみよく金持に値す、と云うのは確かだが、世に美人の数ほど金持なし、と云うのも真理である。それから六年後、ミス・ウォードは義弟サー・トーマスの友人で殆《ほとん》ど自分の財産を持たないノリス牧師を愛さざるを得ない破目になり、ミス・フランシスに至っては更にひどいことになった。しかし実際問題として、ミス・ウォードの結婚はいざとなるとそう馬鹿にしたものでもなかった。と云うのは、幸いにもサー・トーマスが友人にマンスフィールドの牧師禄[*2]を与えることが出来たからである。かくてノリス夫妻はどうやら年一千ポンドに近い収入で幸福な結婚生活を始めた。ミス・フランシスの方は、世に所謂《いわゆる》家名を汚《けが》す結婚をしたのである。それも、教育はおろか財産も、縁者もない海兵隊の一大尉を選ぶことによって徹底的にやってのけた。これ以上に厄介な選択はまずあり得ないと云ってよかった。サー・トーマス・バートラムは顔が広かったから、主義と誇りからも、また概して善を為したいと云う気持と、自分の縁者なら誰なりとその世間体を良くしてやりたいと云う欲求もあって、出来ることなら夫人の妹のために喜んで一肌脱ぎたいところであった。しかし義妹の夫の仕事が仕事なだけに、サー・トーマスの顔を以ってしてもどうすることも出来なかった。そこでサー・トーマスとしては何とかほかの手立てを講じようと思ったが、その暇《いとま》もないうちに、当の姉妹間に決定的な亀裂が生じてしまった。これは双方のやり方からすれば当然の帰結であり、無分別な結婚には大抵附きもののことである。無益な忠告に悩まされぬために、プライス夫人は実際に結婚してしまうまでは一度もこのことで家族の者に手紙を書かなかった。バートラム令夫人は大層感情の穏やかな、暢気《のんき》で怠惰な性質の婦人だったから、ただ妹のことを諦めて、あとは考えないことにすれば、それで結構気持は治まったようであった。しかしノリス夫人の方は活潑な精神の持主だったから、ファニーに長い、怒りの籠《こも》った手紙を書いて、その愚かな振舞を指摘し、想像し得る限りの悪い結果を数え上げてファニーを嚇《おど》かすまではどうしても気が済まなかった。そうすると今度はプライス夫人の方が傷つき、腹を立てた。そうして、姉二人を苦苦《にがにが》しく思うという意味の返辞を寄越し、サー・トーマスは気位が高すぎるなどと無礼なことを云って寄越したので、これにはノリス夫人もどうにも我慢が出来ず、その結果かなりのあいだ互いの交渉が跡絶えることになった。

お互いに遠く離れた所に住んでいたのと、生活の範囲がまるで異っていたのとで、その後十一年間と云うもの互いに相手の消息を知ることは出来なかったが、ただこれにはサー・トーマスも些《いささ》か驚いたのであるが、どう云う訳かノリス夫人はファニーの噂を聞きつけて来ては、ときどき声に怒りをこめて、ファニーったらまた子供が出来てよ、と云うのであった。しかし十二年目にもなると、プライス夫人も、もしかしたら援助の手を差延べてくれるかも知れないたった一つの親戚を己れの自尊心と憤慨のために失ってしまう訳には行かなくなった。子供の数は多い上にまだまだ殖える、亭主は退役傷痍軍人ながら酒と人附合いだけはまだまだ現役、収入は少く必需品を賄《まかな》うにも事欠く有様、と云う訳で、ファニーは不注意にも蔑《ないがし》ろにした身方を今再びどうしても取戻さなければならないと思ったのである。そこでバートラム令夫人宛に手紙を出して、現在大いに悔悟し、意気銷沈している旨を伝え、子供ばかり殖えて、その他のものは殆ど何もない状態だと訴えたので、姉達の方としても仲直りしない訳には行かなくなった。ファニーは九回目のお産の準備をしていた。そのことを嘆き、生れて来る子供の援助を懇願すると、今度は既に生れている八人の子供の今後の生活を維持して行くためにも姉達の後押しをどれほど必要と感じているかをどうしても隠すことが出来なかった。一番上の子は十歳になる男の子ですが、元気一杯で世の中に出たがっております。しかし母親の私にどうすることが出来ましょう。西インド諸島の御領地ででもこれからサー・トーマスのお役に立つ機会はないものでしょうか。どんな地位でも低すぎることはございません。サー・トーマスはウリッジの陸軍士官学校はどうお考えでしょうか。どうすれば男の子を一人東洋へ送り出すことが出来ますでしょうか。

手紙は無駄ではなかった。再び平和と友情をもたらしたからである。サー・トーマスは友好的な助言と約束の言葉を送ったし、令夫人はお金と産衣《うぶぎ》を急いで送った。ノリス夫人は手紙を書いた。

直接の効果としてはこのようなものであったが、それから一年も経たないうちにプライス夫人にとって一層好都合なことが起った。ノリス夫人は、気の毒な妹と子供達のことが頭から離れない、私達は妹のためにいろいろなことをしてあげたけれど、もっとしてあげたいような気がする、としばしば口にしていた。そして到頭《とうとう》、沢山の子供達の中から一人分の費用《かかり》をまったく浮かせてあげるのが自分の望みなのだ、と表明せざるを得なかった。「私達のあいだで長女の世話を引受けてみてはどうかしら？　九つになる娘《こ》だし、それ相当の面倒を見てやる必要のある齢頃だと思うの。とてもあの気の毒な母親には無理ですもの。私達ならそれぐらいの面倒や費用は、行為の慈善的な意味に較べれば何でもないわ。」バートラム令夫人は直ちに同意した。「それが何よりだわ。その娘を迎えにやりましょう。」

　しかしサー・トーマスはすぐさま無責任に賛成は出来なかった。彼はよくよく思案し、躊った――いい加減な気持で出来ることではない――女の子を一人そんな風に育てるとなれば、どうしても充分なことをしてやらなければならない――そうでなければ折角の親切心から引受けても当人を苦しめるだけのことになるだろう。サー・トーマスは自分の四人の子供のこと、特に二人の息子のこと、従兄妹《いとこ》同士が恋をした場合のことなどを考えた。しかしサー・トーマスが慎重に自分の反対意見を述べ始めるや否や、ノリス夫人が口を挿《はさ》んで、相手が云ったことだけでなく、まだ云わないことにまで抗弁し始めた。

「まあ、サー・トーマス、あなたのお気持はよく判ります。普段のお振舞と寸分違《たが》わぬ寛大で優しいお心には、私、いつも敬意を払っております。それに、曲りなりにも自分の手許に引受けた子供を扶養する以上、出来ることは何でもするのが当り前だと云うお考えには大賛成でございます。私としてもこの際及ばずながら断乎《だんこ》尽力させて頂きますわ。子供のない私としては、遺してやれるかも知れない遺産がどんなに僅かなものであろうと、とにかく目を掛けてあげられるのは妹達の子供だけなのですから。――それにきっとうちの主人だって、実直すぎるくらいの人ですし――でも御承知のように私は口数の少い、いい加減な断言はしない女ですからね、止《や》めておきますわ。でも詰らないことで善行に尻込みしては不可《いけ》ません。一応の教育を与えて、ちゃんと世間へ出してやりさえすればよろしいのです。そうすれば十中八九あとは誰の手を煩わさずとも、何とか落着くものですわ。ねえ、サー・トーマス、私達の姪、と云うことは少くともあなたの姪でもある訳ですから、ここで養育されれば、その娘のためになることはいろいろある筈です。あなたの娘達と同じくらい美人になるだろう、とは申しません。それは無理でしょう。でもこんなにも有利な条件の下にこの地方の社交界に紹介されるんですもの、立派な縁組が得られることは間違いありません。あなたは息子さんのことを心配なさっていますが、そんなこと到底起りそうにないことではありませんか。いつも一緒に兄妹のように育てられるんですもの。まずあり得ないことです。そんな例は唯の一度も聞いたことがありません。実際、そう云う関係を生じさせないためにも唯一の確実な道なのです。仮にその娘が綺麗だとしましょう。さて今から七年後に初めてトムかエドマンドがその娘に会ったとします。おそらく間違いが起るでしょう。何しろただもうその娘が自分達の許から遠く離れた所で貧困と等閑《なおざり》のうちに苦しい生活を送って来たのだと考えるだけで、あの気持の優しい少年達のどちらかが恋心を抱くには充分なんですから。しかし今から一緒に育てて御覧なさい。たといその娘が天使のように可愛らしくても、お互いに兄妹以外にはなりっこありませんから。」

「あなたの仰有《おつしや》ることはまことに尤もだと思う」とサー・トーマスは応えた。「それに私だって、双方の置かれた境遇にかくも相応《ふさわ》しい計画を気紛れから邪魔しようなどと云う気は毛頭ない。ただ私の云いたかったのは、こう云うことは軽軽しく引受けるべきことではないし、本当にプライス夫人のためにもなって、私達の面目も失わないためには、先ざきどう云う事情が生じようとも、あなたは気楽に考えたが、そう云う縁組が万一得られないような場合でも、その娘に一人前の淑女として不可欠なものをちゃんと与えてやらなければ不可ないと云うこと、引受ける以上はそう云う責任があるのだと考えなくては不可ないと云うことなのだ。」

「仰有ることはよく解ります」とノリス夫人の声が高くなった。「あなたは大層寛大で思い遣り深くていらっしゃる。ですからこの点では決して私達の意見が一致しないと云うことはないと思います。たとい私に出来ることがどんなことであろうとも、あなたも御承知のとおり、私はいつでも愛する者のためなら何なりとしてやる用意は出来ているのです。ですから私がその娘にあなたのお子達に対する愛情の百分の一も感じることが出来ず、またどう見ても自分の子と思い做《な》すことが出来ないとしても、見て見ぬ振りをすることだけはどうしても出来ません。だって妹の娘ではありませんか。こちらに少しでもパンの余裕があるのに、欲しがるその娘をただ見ているのに耐えられまして？　ああ、サー・トーマス、それは欠点だらけの女ですけれど、私にも温かな心はございますわ。私自身確かに貧しい暮しはしていますが、でも卑劣なことをするくらいなら自分の暮しを犠牲にした方がまだしもです。ですから、もしあなたが反対でなければ、明日にも気の毒な妹に手紙を書いてこの提案をしてみるつもりです。そして事が決り次第、その娘をマンスフィールドに連れて来ることは私が請合《うけあ》います。そのことであなたに御迷惑はお掛け致しません。私、自分の苦労は一向に気にはなりませんもの。早速ナニーをロンドンへ遣《や》ります。馬具商をしている従兄の所に泊れる筈ですから、その娘がそこまで出向くように云ってやればいいでしょう。馬車を使えばその娘をポーツマスからロンドンまで来させることぐらい訳《わけ》はありません。たまたま一緒に乗合せる人で誰か信頼出来そうな人に託せばいいのですから。評判のいい商人のおかみさんか誰か、大抵上京するひとがいるものです。」

サー・トーマスは、ナニーの従兄の家を待合せ場所にすることに反対しただけであとはそれ以上何も云わなかった。金が掛ることにはなったが、もっと相応しい場所が代りに選ばれてしまうと、すべてが決定されたと云ってよく、そうなると二人ともはや慈善行為計画の喜びしか考えなかった。しかし厳密には、喜びの気持が同等に分ち合われたとは云えなかった。と云うのはサー・トーマスこそその選ばれた娘の真の堅実な保護者たらんと決心していたものの、ノリス夫人の方は娘の扶養に鐚一文《びたいちもん》も金を出す気はなかったからである。ノリス夫人は、歩を運んだり、話をしたり、計画を立てたりしさえすれば、それでもう充分に慈善を施したつもりになれるひとであった。そしていかにして他人に金を出させるかにかけて夫人の右に出られる者はまず一人もいないと云っていい。夫人の金銭愛は他人に対する指図好きに匹敵し、どう云う風に自分の金は貯め、友人の金は費すかを実によく承知していた。期待していたよりも少い収入で結婚生活を送ることになったので、夫人は当初から断乎倹約すべしの方針を採っていた。それは慎重な配慮から始ったことではあったが、子供がなかったから、本来なら子供に向けられるべき気遣いがすべて金銭の方へ向けられることになり、やがては好みの問題になった。面倒を見なければならない子供が一人でもあれば、ノリス夫人としても却《かえ》って金など貯めなかったかも知れない。ところがそう云う面倒がなかったものだから、夫人の倹約を妨げるもの、と云うか、一度として収入に応じた生活をせずに年年蓄えを増やして行く慰みを減ずるもの、が何もなかったのである。こう云う、妹に対する真の愛情などで乱されることのない、いい気な節度を保っているノリス夫人であってみれば、かくも金の掛る慈善行為を計画し、手配することと以上の名誉を目指すことなど到底不可能であった。尤も夫人はあまり己れを知ると云う方ではなかったから、サー・トーマスとの話が終って、牧師館へ歩いて帰りながらも、自分こそは世にも気前のいい心を持てる姉であり伯母であると、定めし幸福にも信じ込んでいたことであろう。

再びその話題が持出されたとき、夫人は更にはっきりと自分の考えを述べた。そしてバートラム令夫人の「まずどちらでその娘を預かりますの、姉さんのとこ、それともここ?」と云う穏やかな質問に対して、身柄を預かるなんてとてもではないけれど私の力には余ることだわ、と云うノリス夫人の返辞を聞いたときには、流石《さすが》にサー・トーマスも吃驚《びっくり》した。サー・トーマスとしては、牧師館になら殊のほか歓迎されて然るべきだし、子供のない伯母にとっても望ましい話相手になるだろう、と考えていたからである。ところがどうしてそれは完全なる誤解であった。ノリス夫人によると、申訳ないが、少くとも今の状態ではとても小さな女の子を一緒に住わせることは出来ない、気の毒なノリス師の良くない健康状態では無理である、とてもではないが子供のうるさい物音には堪えられない、あの方の痛風が良くなりさえすれば、そのときは別で、そのときは喜んで自分の番をお引受けする、不都合なんてことも考えない、でも今のところは気の毒なノリス師だけで手が一杯、それにあの方のことだからもしそんなことを耳にした日には心を取乱すに決っている、と云うことであった。

「それならその娘はここへ来たらいいわ」とバートラム令夫人は落着き払って云った。一時《いっとき》してから、サー・トーマスが威厳を以って附加えた。「よろしい、この家に住わせよう。我我もその娘のために義務を果すよう努力しよう。同じ齢頃の仲間がいて、きちんと先生について勉強出来るだけでも、ためになるだろう。」

「まったくそのとおりです」とノリス夫人は声を高めた。「どちらも大切なことです。ミス・リーにしてみれば同じことですもの、教える生徒が二人だろうと三人だろうと——違いっこありませんとも。私がもっと役に立てばいいんですけれど。でも出来ることは何でも致しますわ。私は自分の労を惜しむような人間ではありませんから。ナニーに迎えに行かせます。三日間も話相手が自分の傍《そば》からいなくなってしまうのは不便ですけれど、仕方がありませんわ。ところで、ねえ、マライア、その娘をあの小さな白い屋根裏部屋に入れるんでしょう、古い子供部屋の傍の。あそこが一番いい場所だわ、ミス・リーの部屋には近いし、女の子達の部屋からも遠くないし。女中部屋もすぐ傍だから、女中の誰かが着附けの手助けも出来るし、着る物のことなども世話が出来るもの。だっていくら何でもほかの娘達と同様にエリスに面倒を見させる訳には行かないでしょう。それはもう、あの部屋以外にはちょっと考えられないわ。」

バートラム令夫人は何も反対しなかった。

「気立てのいい娘だといいんだけれど」とノリス夫人が続けた。「それにこんな身内があるなんて滅多にない好運なのだと云うことをちゃんと覚《さと》ってくれるといいんだけれど。」

「実際、もし性質の良くない娘だったら」とサー・トーマスは云った、「子供達のためにも、ずっとこの家に置いとく訳には行かないが、まあ、そう悪い方に気を廻すこともあるまい。おそらく直してやりたいところがいろいろと眼に附き、無知無学、卑しい考え、ひどい無作法ぐらいは覚悟しておかなくては不可ないだろうが、その程度なら直せない欠点でもないいし、まわりに感化を及ぼす危険もないだろう。うちの娘達がその娘よりも年下なら、そう云う相手を引合せるのは大いに考えものだとも思うが、娘達には心配ないだろう。むしろ交わっているうちに娘達の方でその娘を良くしてやるだろう。」

「私の考えもまさにそうなんですの」とノリス夫人が云った。「今朝も主人にそう申しておりましたの。従姉達と一緒にいるだけでその娘には教育になるだろうって。仮にミス・リーが何も教えなくても、従姉達に学んで善良で賢くなるだろうって。」

「私の可哀そうな狆《ちん》を苛《いじ》めないでくれるといいんだけど」とバートラム令夫人。「やっとジュリアの手から逃れたばかりなんだもの。」

「ねえ、ノリスさん」とサー・トーマスが云った。「従姉妹同士とは云っても大きくなればそれ相応に区別はしなければならん訳だが、そう簡単には行かんだろうね。いかにして娘達に、従妹のことを低く見過ぎることなく、我家の娘たる意識を失わせずにおくか、またどうすればその娘に、あまり気を滅入らせずに、自分はミス・バートラムではないのだと云うことを忘れさせずにおくか、と云うことなんだがね。それは、みな仲好くやってもらいたいし、どんなことがあろうと娘達が従妹に対して横柄な振舞をすることは許さないが、そうかと云って双方対等と云う訳には行かない。身分、財産、権利、相続遺産がみんな違うんだから。非常に微妙な問題だ。私達も正しい線を打出すよう努力するつもりだが、あなたにも援けてもらわなければならない。」

ノリス夫人は、喜んでお手伝いしますとも、と云い、たいへん難しいことだと云うことには同意見だが、二人で考えれば訳はないでしょう、と云ってサー・トーマスを励ました。

ノリス夫人が妹に手紙を書いて無駄ではなかったことは容易に信じられよう。プライス夫人としては、立派な男の子がこんなにも沢山いるのに女の子が選ばれたことに些か驚いたようであったが、たいへん有難く申出を受容れると、自分の娘はひどく気立てもいいし、愛想もいいから、皆さんがお見捨てになることは絶対にないだろうと思う、と云って寄越した。更に、身体の方はどちらかと云うと華奢で小柄だが、転地のおかげで体力も向上するものと楽しみに期待している、と云い添えてあった。気の毒に、自分の子供達の多くには転地こそ相応しいと考えていたのであろう。

＊1　英国の貴族や上流紳士階級の地方の領地は、概して邸宅の周囲が何マイルもある宏大なもので、丘や沼や小川があったり、森や林や牧草に覆われていたりする。それでパークと呼ばれるのだが、勿論、公園ではなく、私園である。荘園と訳されることもある。

＊2　牧師禄は、任命された教区牧師に与えられる、牧師館の居住権や十分の一税による教区からの収入などを云う。その贈与権は大概、教会のある土地を支配する地主にあった。地主は聖職叙任を受けた身内の者や知人の牧師を任命することも出来たし、贈与権そのものを他に売渡すことも出来た。

第二章

少女は無事に長旅を終え、ノーサムプトンでノリス夫人に迎えられた。夫人としては真先に姪を出迎えると云う名誉とその姪を他人の前に連れて行き、他人の親切に委ねると云う優越感をたっぷりと味わった訳である。

ファニー・プライスはこのときちょうど十歳であった。初めて皆の前に現れたとき、特別魅力的なところはあまりなかったものの、少くとも、親戚の者に厭気《いやけ》を起させるものは何もなかった。齢の割に小柄で、顔色もあまりよくなく、どこと云って目立って美しいところもなかった。おそろしく内気なはにかみ屋で、人前に出るのを尻込みした。しかし応対する態度には、ぎこちないところはあったが卑しい感じはなかった。なかなかいい声をしていて、話すときなど可愛い表情をした。サー・トーマスも令夫人もたいへん親切に迎えた。サー・トーマスは大いに元気づけてやる必要があると見て取ると、あれこれと気を遣ってファニーの気持を寛《くつろ》がせようとしたが、持前の厳めしい態度を表に出さないようにするのはなかなか難しかった。バートラム令夫人の方はその半分の労もとらずに、と云うことは夫の十分の一も口を利かずにただ愛想のいい頬笑みを浮べるだけで、夫ほど怖くないひとだと云うことを直ちに判らせることが出来た。

子供達はみな家にいて、従妹が紹介されるときも大層愛想よく、当惑もせずにきちんと自分達の分を守った。少くとも息子達の方はそうすることが出来た。彼等は十七歳と十六歳で、齢の割に背が高く、小さな従妹の眼に立派な大人としての姿を余さず示すことが出来た。二人の娘達は齢も幼く、父を怖がっていることもあって、些か戸惑っている風であった。尤も父はこのとき娘達に対してどちらかと云うと当を得ない、気難しい物云いをした。しかし二人は人前に出たり褒められたりすることには大分慣れており、生れながらのはにかみと云うようなものは持合せていなかった。それで相手がまったく自信を失っていることが判ると、徐徐に自信をつけ、じきに従妹の顔立やら着ているフロック服を気楽に、冷やかな眼でしげしげと眺め廻すことが出来た。

非常に立派な子供達で、息子も娘も大変な美男美女、身体も大きく、みな実際の齢よりも上に見えた。おかげで教育から来る物腰だけに限らず、姿恰好の点でも従兄姉妹達のあいだには著しい違いがあった。従姉妹同士がほぼ同じ年だとは、誰が見ても想わなかったろう。しかし実際には下の娘とファニーは二つしか違わなかったのである。ジュリア・バートラムはたったの十二歳、マライアはそれより一歳年上なだけであった。小さな訪問者は暫くのあいだ不幸のどん底にあった。誰もが恐しく、自分が恥しく、故郷の家が恋しくて、どうやって顔を上げていいのか判らなかった。声も殆ど聞取れず、口を開けば決って涙が流れ出た。ノリス夫人はノーサムプトンからの道中、ファニーが素晴しい好運を摑んだこと、それゆえ大いに感謝して、立派に振舞わなければ不可ないことを繰返し話して聞かせた。そのために却って、自分が幸せな気持になれないのは悪いことだと考えて、ますます惨めな気持になるのであった。長旅の疲れもかなり応えていた。サー・トーマスの善意からの遜《へりくだ》りも、ノリス夫人のいまに良い娘になるだろうと云う御節介な予測も、無駄であった。バートラム令夫人が頰笑みを浮べてソファの自分と狆の傍へ坐らせてみても駄目であった。グーズベリー・パイを出してやっても慰めにはならなかった。二口も食べないうちに涙が邪魔してしまうのだ。結局眠りが一番好ましい友のように思われたので、寝室へ連れて行き、寝床の中で悲しみを癒《いや》させることにした。

「あまりいい出だしではなかったようね」と、ファニーが部屋から出て行くとノリス夫人が云った。「来る途中あれだけ云って聞かせたのだから、もう少し立派に振舞うだろうと思っていたんだけれど。最初に立派に振舞うことがどんなに大切かちゃんと云っといたんですけどね。拗《す》ねたりする性質でないといいんだけれど。あの娘の母親には多分にそう云うところがありましたから。でもまだあんな子供なんだし、それを考えてやらなくてはね――それに家を離れるのが悲しいと云うのは一概に悪いことだとは云えないと思うの――欠点だらけだとは云っても我家は我家ですもの。それに自分の境遇がどれだけよくなったかがまだ解っていないんです。しかしそうは云っても何事によらず節度と云うものがありますからね。」

　しかし慣れ親しんで来た人達からの別離とマンスフィールド・パークの目新しさのあいだにあってファニーが落着きを見出すまでには、ノリス夫人が斟酌《しんしやく》してやろうとしたよりももっと長い時間が必要であった。ファニーの気持はひどく痛切であったが、殆ど解ってもらえず、皆から正しく気を遣ってもらえたとは云えなかった。誰も意地悪をするつもりはなかったが、そうかと云って敢えて自分の流儀を抑えてまで相手を安心させてやろうともしなかった。

翌日バートラム姉妹は、従妹と近附きになって従妹の気持を楽しませる時を持つようにと云うことで、勉強を休んでもいいことになったが、結果はあまり芳《かんば》しくなかった。姉妹は従妹が飾り帯を二本しか持っていなくて、フランス語を習ったことがないのを知るに及んで、従妹を見下さない訳には行かなかった。それから、二人がかくも上手に二重奏を弾いて聞かせたのに相手が殆ど何も感じないのを認めると、もう要らなくなった玩具を幾つか気前よく上げて、自分の好きなようにさせておくほかなかった。その間二人は自分達だけで、目下お気に入りの休みの日の遊びである造花作り、つまり金紙の無駄遣いに精を出していた。

ファニーは従姉達の近くにいても遠くにいても、また勉強室、客間、灌木林のどこにいても、人と云わず場所と云わず、何にでも怖れを感じて惨めな気持になった。バートラム令夫人の沈黙に気を挫かれ、サー・トーマスの厳めしい顔附に威圧され、ノリス夫人の訓戒に圧倒された。従兄姉達からは、自分の小柄なことを揶揄《からか》われて苦しみ、引込思案《ひっこみじあん》を指摘されておどおどした。ミス・リーはファニーの物知らずに驚き、女中達は着ている物を見て嘲《あざけ》った。これらの悲しみに、自分が大切な遊び仲間であり、先生であり、育児係でもあった兄弟や妹達への思いが加わると、意気銷沈の余り、ファニーの小さな心は居ても立ってもいられなくなるのであった。

屋敷の偉観は驚きでこそあれ、慰めにはならなかった。部屋部屋はあまりにも広すぎて、気楽に動き廻ると云う訳には行かなかった。何に触れてもそれを傷つけてしまうような気がして、絶えず何物かにびくびくしながら人眼につかぬようにしているのであった。自分の部屋に引籠って泣くこともしばしばであった。夜になって居間を離れると、あとに残った人達は、あの娘も感心に自分の幸運が滅多にないものだと気附いているようだ、などと話し合っていたが、当の本人は泣寝入りのうちにその日その日の悲しみを紛らせていたのである。このようにして一週間が過ぎたが、ファニーの物静かで控目な態度もあって、誰もそんなことには気が附かなかった。ところが或る朝のこと、従兄の弟の方のエドマンドが屋根裏部屋に通じる階段の所に腰を下して泣いているファニーの姿を見掛けた。

「おやおや、一体どうしたの?」と従兄は善良な優しさの籠った声で云った。それから傍に腰を下すとあれこれと気を遣って、ひどく吃驚して恥しがっているファニーを宥《なだ》め、思っていることを包み隠さず話すように云った。「身体の具合でも悪いの? それとも誰かに怒られた? マライアやジュリアと喧嘩でもしたの? 勉強で何か解らないところでもあったのかな、僕が教えてあげられることで? それとも僕に出来ることで何か欲しいものとか、してもらいたいことでもあるの?」暫くのあいだ「いいえ、いいえ、そうじゃないの、いいえ、いいんです」と云う返辞しか得られなかったが、エドマンドは諦めなかった。話が郷里の家のことに及ぶや、ファニーの啜《すす》り泣《な》きが一段と激しくなったので、エドマンドにもファニーの悲しみの原因が判った。そこでエドマンドはファニーを慰めようとした。

「お母さんの許《もと》を離れて淋しいんだね、ファニー。でもそれは君がたいへん良い娘である証拠だよ。でもね、親戚や身内と一緒にいるんだってことを忘れては不可ないよ。みな君を愛しているんだし、君を幸せにしたいと希《ねが》っているんだもの。庭園に出て散歩しよう。君の兄弟や妹達のことを話して聞かせなよ。」

話をして行くうちに、エドマンドは、ファニーが兄弟妹全部を愛しく思っている中でも、特に一人だけをほかの誰にも増して忘れられないでいることが判った。ファニーが一番話題にし、最も会いたがっていたのはウィリアムであった。ウィリアムはファニーよりも一歳年上の長男で、いつも一緒の身方であった。困ったときなどは必ず母親を相手に（ウィリアムは母親のお気に入りであった）庇《かば》ってくれた。「ウィリアムは私が家を離れることに反対だったの。私がいなくなるととても淋しくなるって云ってたわ。」「でもウィリアム君は手紙を呉《く》れるんだろう？」「ええ、書くって約束してくれたわ。でも私の方から先に書くようにって。」「それで君はいつ書くんだい？」ファニーは項垂《うなだ》れて躇いがちに答えた。「判らないわ。便箋がないんですもの。」

「そんなことだったら、僕が便箋やほかの要るものを何でも用意してあげるよ。そうすれば君はいつでも好きなときに手紙が書ける訳だ。兄さんに手紙が出せれば幸せかい？」

「ええ、とっても。」

「じゃあ、すぐにそうしよう。朝食室へ行こう。あそこなら何でもあるし、誰にも邪魔されないで済むから。」

「でも、郵便局に届くでしょうか？」

「大丈夫、届くさ、ほかの手紙と一緒にして送るから。父さんが無料送達*にしてくれるから、ウィリアム君も費用の心配は要らないよ。」

「まあ、伯父様ですって！」とファニーは怯《おび》えたような顔附をした。

「うん、君が手紙を書いたら、僕が父さんの所へ持って行って無料送達にしてもらうよ。」

ファニーはそれではあまりにも厚かましいのではないかと思ったが、それ以上は逆らわなかった。一緒に朝食室に行くと、エドマンドは便箋の用意をして、ファニーのために罫線を引いてくれた。その善意たるや、引かれた罫線以上の確かさでウィリアムにも伝わるだろうと思われるほどのもので、ファニーが書いているあいだもずっと傍を離れずにいて、求められるままに、ペン先を削ってやったり、正しい綴りを教えてやったりした。これらの気遣いにもファニーは大いに感激したが、ウィリアムにも親切を尽してくれるに至って、ファニーの喜びはこの上なかった。エドマンドは自らペンを執ると従弟ウィリアムに対する友愛の意を記し、半ギニーを同封した。そのときの気持は、ファニーにもどう表現していいか判らないほどであった。しかし持前の表情と口数の少い素直な言葉が感謝と喜びの念を充分に伝えた。従兄の方でもファニーに興味を持ち始めて、更に何かと話し掛けたが、従妹の言葉のすべてから、従妹がたいへん愛情深い心と正しい事をしたいと云う強い欲求の持主であることを確信した。また相手の置かれた立場から来る感情やひどく内気な性質を考えても、もっと気を遣ってやって然《しか》るべきだと云うことにも気が附いた。これまでも故意に苦痛を与えたことはなかったが、今やエドマンドは、ファニーがもっと積極的な親切を必要としているのだと感じた。そこでまず、ファニーの皆に対する恐怖心を減らそうと力《つと》め、それから特にマライアやジュリアと一緒に遊んだり、出来るだけ陽気にするにはどうしたらいいかと云うことでもいろいろと役に立つ忠告を与えた。

この日からファニーは以前よりも気持が楽になった。友達が出来たと感じ、エドマンドの親切のおかげもあってほかの人達に対するときも以前のように気持が沈むこともなくなった。屋敷も以前ほどよそよそしくなくなり、皆もさほど恐しくなくなった。まだ安心し切れない人が何人かはいたとしても、少くとも相手の流儀を知って、それに合せる一番いい方法を摑むことは出来るようになった。ファニーの幾分粗野でぎこちない物腰は最初皆の静かな生活にとって堪え難い侵入であったが、ファニー自身にとってもかなり辛いことであった。しかしそう云う粗野なぎこちなさも気持が楽になるにつれて徐徐に消えて行き、もはや伯父の前に出ることも大して怖がらず、ノリス伯母の声を聞いてもあまりびくびくしなくなった。従姉達に対してもファニーはときとして好ましい遊び相手になった。齢も下だし、身体も小さいことから、絶えず仲間になることは出来なかったが、従姉達の愉しみや計画はときとして第三者がいると、特にその第三者が素直に人の云う事を聞く者の場合だと、たいへん都合の好いものであった。それゆえ、従姉達も、伯母からファニーの欠点を訊かれたり、兄のエドマンドからファニーにもっと親切にしてやるように促されたりしたときでも、「ファニーってとっても気立てのいい娘よ」と認めざるを得なかった。

エドマンドは終始一貫親切であった。トムもファニーに堪《たま》らない思いをさせることはなかった。トムはファニーをよく揶揄いはしたが、それも十七歳の若者が十歳の子供には順当なものだと考える程度を超えることはなかった。トムはちょうど世間への仲間入りをし始めたばかりで、元気一杯、長男特有のおおような性質をすべて兼備えていて、自分は金を費《つか》って、愉しい思いをするためにだけ生れて来たのだと思っていた。トムの小さな従妹に対する親切は家の中における自分の立場や権利と一致していた。たいへん洒落た贈物をすることがあるかと思うと、笑いの対象にしたりもした。

　ファニーの様子や気持が好転するにつれて、サー・トーマスとノリス夫人は自分達の慈善の計画に対する満足をますます深めた。特別悧口《りこう》ではないが、従順な性質の娘だし、あまり厄介を掛けることもなさそうだ、と云うのが間もなく二人の一致した結論であった。ファニーの才能を低く見る者は二人だけに限らなかった。実際、ファニーは読み書きと縫物が出来るだけで、それ以外のものは何も習っていなかった。そこで従姉達は自分達に馴染の多くの物事を従妹が知らないのを発見するや、従妹を大馬鹿者と考えて、最初の二、三週間と云うもの、ひっきりなしにそのことを客間へ報告するのであった。「ねえ、お母様、ちょっと、ちょっと、ファニーったらねえ、ヨーロッパの地図合せも出来ないのよ。――ファニーったらロシアの主な河の名前も知らないの。――小アジアっていう名前も聞いたことないんだって。――水彩とクレヨンの違いも分らないのよ。――何てことでしょう！　――こんな馬鹿げたことってあって？」

「まあ」と察しのいいノリス伯母が応える。「それはひどいわねえ。でもいいこと、誰もがあなた達と同じように進んでいて、物憶えが速いなんて思っては不可なくてよ。」

「でも伯母様、ファニーったら本当に何も知らないのよ。昨晩《ゆうべ》も私達で訊いてみたの、アイルランドへ行くにはどこを通って行くかって。そしたら、ワイト島へ渡るって云うじゃないの。ファニーったらワイト島のことしか考えていないの。しかも世界中ほかに島なんかないような云い方をするのよ。私だったら、ファニーよりももっと年下のときだって、今のファニー以上にいろんなことを知っていなかったら、もう恥しくて仕方がなかったと思うわ。私なんかいつ習ったか憶えていないような沢山のことを、あの娘ったらまだ何も知らないんだもの。伯母様、あれは随分昔のことだったでしょう、私達が何回も繰返して国王を年代順に憶えたのは、即位の年代や治世下の主な出来事も一緒に。」

「そうよ」ともう一人が附加える。「ローマの皇帝だってずうっとセヴェルスまで知っているし、異教徒の神様も随分知っているわ。金属や合金属のことだって、惑星のことだって、有名な哲学者のことだって。」

「本当にそのとおりよ。でもあなた達は素晴しい記憶力に恵まれているけれど、ファニーは可哀そうにおそらくそうじゃないのね。何でもそうだけれど、記憶力も人によってたいへん差があるものだから、そこのところをよく考えて、気の毒に思ってあげないとね。それから忘れては不可ないことよ、いくらあなた達が進んでいて、悧口だからって、絶えず謙虚でなければならないってこと。だっていくら今までに憶えて知っていると云ったって、これから学ばなければならないことの方が遥かにずっと多いんですからね。」

「ええ、分ってるわ、十七になるまではね。でもファニーのことでもう一つ云わなくちゃならないことがあるの。とっても奇妙で馬鹿げているのよ。よくって、あの娘ったら、音楽も絵も習いたくないんだって。」

「確かにそれは大層馬鹿げたことね。才能も励もうと云う気持もないことがよく判るわ。でもいろんなことを考え合せてみると、だから不可ないと云うことになるかどうかは分らないことよ。だって、私のおかげでお父様とお母様は親切にもファニーをあなた達と一緒に育てることにはなったけれど、ファニーがあなた達と同じように何もかも身に附けなくてはならない必要もない訳ですからね。むしろ或る程度違っていた方が好ましいの。」

ノリス夫人が姪達の心の形成を助けるつもりで与える忠告がこのようなものである以上、姪達が有望な才能を持ち、齢の割にいろいろなことを知っていたにもかかわらず、自覚とか寛大とか謙虚と云う、より貴重なものがまるで身に附いていなかったのも、さほど不思議なことではない。心の躾《しつ》け以外のことではあらゆることがきちんと教えられていた。サー・トーマスには何が欠けているのか判らなかった。それと云うのも、本当は心配性のくせに、愛情を表面に出さない質《たち》なものだから、無口でいることが多く、娘達も父親の前に出るとつい畏《かしこま》ってしまうからである。

バートラム令夫人は娘達の教育にはちっとも注意を払わなかった。夫人にはそんなことに気を遣う余裕はなかった。いつも盛装してはソファに坐り、あまり役にも立たなければ全然美しくもない、細長い模様の縫取りをしたり、子供達のことよりも愛玩の狆のことを考えたりして日日を過していた。自分に迷惑が掛らない限り子供達にはたいへん甘かった。大切なことはすべてサー・トーマスが先に立ってやってくれたし、それほどでもない用事は姉に任せっきりであった。仮に娘達のためにいろいろとしてやる時間がもっとあったところで、夫人はそんなことは必要ないと考えたことであろう。夫人にしてみれば、娘達は住込みの家庭教師に任せてあり、その上立派な先生方もつけているのだから、これ以上何の不足もない筈であった。ファニーの勉強が出来ないことについてはこう云っただけであった。「それは運が悪いとしか云いようがないわね。でも頭の悪い人っているものよ。ファニーももっと努力することね。ほかにどうしたらいいのか、私には判らないわ。でも、そんなに頭が切れる方じゃないってことを除けば、あの娘ちっとも悪い娘ではなくってよ。――いつも大層器用だし、言伝てなんかもさっさと伝えるし、欲しいものを頼んでもすぐに持って来てくれるもの。」

ファニーは、無学と臆病と云う欠点にもかかわらず、マンスフィールド・パークに落着いた。やがて生家に対する愛着の多くをパークの方へ移すようになり、従兄姉達のあいだにあってもさほど不幸な思いをすることなく成長した。マライアやジュリアも故意に意地悪をするようなことはなかった。それでも従姉達との応対に苦しい思いをすることはしばしばあったが、ファニーは自分の立場をずっと低く見ていたので、そのために傷つくようなことはなかった。

ファニーが一家に加わった頃から、バートラム令夫人はちょっとした身体の不調と多分にものぐさから、毎春慣わしになっていたロンドンでの生活を諦めて、田舎に引籠ることになった。サー・トーマスは議会の任務に携わるために単身上京せざるを得なくなったが、尤も夫人の不在ゆえに夫の苦労が増えたか減ったか、その辺は難しいところであった。それはともかく、結果として、バートラム嬢達も田舎で記憶力の訓練と二重奏の練習を続けることになり、次第に背丈も伸び、女らしくなって行った。父親の眼には二人が、姿恰好と云い、物腰と云い、身に附けた才藝と云い、何一つ心配要らなくなりつつあると映った。長男は軽率で金費いが荒く、既に大きな不安の種であった。しかしそのほかの子供達はまったく有望であった。娘達は、バートラムの姓でいるうちは、その名前に新たな気品を与えつづけるに違いなく、また姓が変れば、間違いなく立派な縁者を殖やすことだろう、とサー・トーマスには思われた。エドマンドの性格、その確かな思慮分別と真正直な心は本人のみならず身内の者のみんなに利益と名誉と幸福を必ずやもたらすことであろう。エドマンドは牧師になるつもりであった。

自分の子供達に対する気懸りや安心に挟まれながらも、サー・トーマスはプライス夫人の子供達にも出来るだけのことをしてやることを忘れなかった。進路を決めて然るべき齢頃に達した男の子達には教育や就職の面倒を見てやり、惜しみなく夫人を援助した。ファニーは、家族の者達とはほぼ完全に切離されていたが、兄弟達になされる親切や、兄弟達が勤め口の見込みもありそうだし、何とかやって行けそうだと云うようなことを耳にすると、本当に心の満たされる思いがした。一度だけ、長い年月のあいだにほんの一度だけ、ファニーはウィリアムと一緒になれる幸せを得た。しかしほかの者達には一度も会わなかった。ファニーが再び郷里へ帰ることなど、たとい訪問の形ででも、誰一人考えてはいないようであった。また里の者もファニーに帰ってもらいたがっているとは思えなかった。しかしウィリアムが、ファニーがいなくなるとすぐに船乗になる決心をしていたウィリアムが、海に出る前の一週間を妹と一緒に過すようにと云うことでノーサムプトンシアに招かれたのである。再会に寄せる二人の熱烈な気持、一緒になったときのこの上ない大喜び、幸せ一杯の歓喜と真剣な話合いのうちに過された時間、これらがどんなものであったかは容易に想像されよう、最後まで楽天的な考えと陽気な心を失わなかった少年とその少年が去ったあとの少女の惨めな気持も。好運なことにその訪問はたまたまクリスマスの休暇中になされたので、ファニーはすぐに慰めをエドマンドに求めることが出来た。エドマンドはウィリアムがその仕事に就いた結果、何をすることになるか、何になるかなどについていろいろと楽しいことを話してくれたので、ファニーも次第に、そのためには別離も必要なのかも知れない、と認めるようになった。エドマンドの友情は決してファニーを失望させることはなかった。イートンからオックスフォードに移ってもその優しい性質に変りはなく、却ってより頻繁に持前の性質を発揮する機会に恵まれた。ほかの者達よりも多くのことをしてやろうと云うわざとらしい素振りも、ちょっといろんなことをし過ぎたのではないかと云う気兼ねの色も全然見せず、いつでもファニーのためになるように、ファニーの気持を察するようにと意を用い、ファニーの長所を皆に理解させようと力める一方、当人にも忠告を与えたり、慰めたり、元気づけたりしては、その長所を目立たなくしている引込思案を克服させようとするのであった。

尤《もっと》もほかの者達が挙《こぞ》ってファニーを尻込みさせていたから、引込思案だけはエドマンド一人の力ではどうすることも出来なかった。しかしそれ以外の、ファニーの心の向上を援《たす》け、楽しみの幅を拡げてやると云う点では、エドマンドの心遣いはこの上なく重要な役割を果した。エドマンドは、ファニーが悧口で物分りがよく、思慮もあり、読書が好きなことを知っていた。従って導き方一つでそのまま立派な教育になる筈であった。ミス・リーはファニーにフランス語を教え、ファニーが歴史の日課分を読むのを聞いてやっていたが、エドマンドは暇な時間が楽しくなるような本を読むことを奨め、自分の好みを活かすようにと励まし、判断を訂正してやった。ファニーが読むとそのことについて話をして読書を有益なものにしてやるとともに、賢明な褒め言葉を与えて読書の面白味を高めてやったりもした。おかげでファニーはウィリアムを別にするとエドマンドが世界中で一番好きになった。ファニーの心は二人のあいだに二分された。

＊　当時郵便料金は受取人払いであった。サー・トーマスは国会議員なので郵便物を無料で送る特権があった。

第三章

一家に起った最初の重大な出来事は、ノリス氏が亡くなったことであった。ファニーが十五歳になる頃のことで、その結果必然的にいろいろなことが変り、新しくなった。ノリス夫人は牧師館を去ると、最初はパークに来ていたが、その後近くの村のサー・トーマスの所有になる小さな家に移り、夫の死に対しては夫がいなくても立派にやって行けると考え、また収入が減ったことに対しては節約をもっと厳格にする必要があると考えることで、自らを慰めた。

牧師禄はこのあとエドマンドに与えられることになっていた。仮に伯父がもう数年早く亡くなっていたら、当然牧師禄は誰か友人にでも預けられて、エドマンドが聖職に就ける年齢に達するまでのあいだ管理される形になったであろう。しかし、この出来事の前あたりからトムの金費いが大層荒くなっていたので、サー・トーマスは次の聖職者を推薦するのに結局別の処置をとらざるを得なかった。弟は兄の享楽の支払い役を務めなければならなかったのである。実際にはもう一つ別の牧師禄がエドマンドのために取ってあったので、この処置に対するサー・トーマスの良心の痛みも幾分かは軽くて済んだものの、やはり不当なやり方だと感じない訳には行かなかった。そこでサー・トーマスは、そう云うやり方の不正なことを何とか長男にも分らせようと真剣に試みた、そうすることが、これまでに云って聞かせたり、してやったりしたどんなことよりも効果のあることを希って。

「恥しいことだぞ、トム」とサー・トーマスはこの上なく威厳をこめて云った。「こう云う処置をとらざるを得ない破目になったなんて、まったくもって恥しい。こんなことになってお前も兄として情ないじゃないか。お前は、十年、二十年、三十年、いや、一生掛ってエドマンドのものになる筈の収入の半分以上も既に費《ついや》してしまったのだ。何《いず》れエドマンドにはわしの力でもっと高位の牧師職を確保してやろうとは思うが、或はお前の力でそうしてもらわなければならないかも知れない、わしとしてはむしろその方を望むがね。だが忘れては不可《いか》んぞ、いくらそんな恩恵を与えたって、あの子のわし達に対する当然の権利を充分に埋合せることにはならないし、お前の借金の急場を凌《しの》ぐためにあの子が今諦めなければならない折角の有利な地歩は事実掛替《かけがえ》のないものなのだと云うことをな。」

トムは父親の手前幾分恥しげに、幾分悲しげに聴いていたが、出来るだけ速く父親の眼を逃れると、すぐに持前の陽気な我儘《わがまま》を取戻して、こう反省した。――第一に、自分は友人の或る者達に較べればその半分も借金をしていない、次に、親父はそんなことぐらいで何と退屈な騒ぎ方をしたものだ、第三に、禄牧師なんか誰がなったってどうせすぐに死んでしまうさ、と。

ノリス師が死ぬと聖職推薦権がグラント博士なる人のものになったので、そのグラント博士がマンスフィールドに来て住むことになった。ところがこの人は四十五歳の元気者だったから、トムとしては些か当てが外れた感じであったが、「なあに、どうせ猪首《いくび》の卒中持ちだ、美味いものばかり鱈腹《たらふく》喰って、忽《たちま》ちのうちにあの世往きだ」と思い直した。

グラント博士は十五歳ぐらい年下の細君を伴っていたが、子供はなかった。そして、大層立派な、感じの好い人達よ、と云う例のお定りの好評とともに隣人達の仲間入りをした。

今やサー・トーマスにとって、義姉が姪を預ってくれることを期待すべきときが来た。夫人の境遇も変ったことであり、ファニーも大分大きくなったのであるから、一緒に住むことに対する以前の反対理由はなくなった訳であり、むしろ一緒に住むことこそ好都合になった筈である。それに長男の浪費に加えて、最近西インド諸島の所領で多少の損失があったこともあって、サー・トーマスも暮し向きが以前ほどよくなくなっていた。ファニーの養育費の支払いと将来の義務から解放されるなら、それに越したことはなかった。サー・トーマスは、きっとそうなるに違いないと信じ切っていたので、何れはノリス夫人にファニーを引取ってもらうことになるだろう、とバートラム令夫人に語った。その後初めてそのことが令夫人の心に思い浮んだとき、たまたまファニーがその場に居合せたときだったので、令夫人は静かな口調でこう云った。

「それでね、ファニー、あなたは私達の所を出て、姉と一緒に暮すのよ。どう、気に入って？」

ファニーは驚きの余り、伯母の言葉を繰返すだけで精一杯であった。「ここを出るですって?」

「ええ、そうよ。どうしてそんなに驚くの? あなたも私達と一緒に暮し始めてもう五年になるし、姉さんはノリスさんが亡くなったらいつでもあなたを引取るつもりだったの。でも今までどおり柄模様の仮縫いには来てくれなくては駄目よ。」

これはファニーにとって思いも寄らないことであり、少しも嬉しいことではなかった。ファニーはノリス伯母からは一度も親切にされたことがなく、どうしても伯母が好きになれなかった。

「出て行くのはとっても辛いですわ」とファニーは口籠りながら云った。

「ええ、そうでしょうねえ。それは当然よね。あなたは、この家へ来てからと云うもの、殆ど苦しい思いなんてしたことないんだものねえ。」

「私が恩知らずでなければいいのですが」とファニーは控目に云った。

「いいえ、ファニー、そんなことはありませんよ。あなたはいつも良い娘でいましたよ。」

「もう二度とここに住むことは出来ないのでしょうか?」

「そう、駄目なの。でも姉の所だって住み心地のいい家なことは確かよ。それに、どっちに住んだからって、殆ど変りはないわ。」

ファニーはひどく悲しい気持で部屋を出た。殆ど変りがないとはとても思えなかった。ノリス伯母と一緒に暮して満足出来るなんてとても考えられない。ファニーはエドマンドに会うや直ちに苦しみを打明けた。

「どうも厭《いや》なことになりそうですの。あなたはよく、私が最初何かを嫌《いや》がっていると、いろいろと云い聞かせて宥《なだ》めて下さいましたけれども、今度ばかりは駄目ですわ。私、ノリス伯母と二人っきりで住むことになりましたのよ。」

「本当！」

「ええ、あなたのお母様がたった今そう仰有いましたもの。もう決ったことなの。私はマンスフィード・パークを出て、ホワイト荘に移るんです、多分伯母様の引越しが済むとすぐに。」

「でもファニー、それは君さえ気に入れば素晴しいことじゃないか。」

「まあ、そんな！」

「ほかに不都合なことは何もないし、君を欲しがるなんて、伯母もなかなか物の分ったひとだよ。話相手を選ぶにはまさに適切な選び方だ。それに金銭愛に邪魔されていないと云うのが嬉しいよ。君も、伯母にとってなくてならぬひとになるんだな。そんなに苦しい思いをするほどのことでもないと思うけどね、ファニー。」

「苦しいわ、まったく。とてもそんな気になれないもの。私はこの家とこの家のものすべてが気に入っているの。向うに行ったって何にも好きにはなれないわ。ノリス伯母と一緒にいると私がどんなに不愉快な思いをするか、よく御存知でしょうに。」

「君が子供だったときの伯母の態度には何とも弁護の余地はないけれど、それは僕達に対しても殆ど同じだったな。伯母はどうやって子供に愛想よくしていいのか判らなかったんだ。でも君もう子供として扱われる齢ではないし、伯母の態度も前よりは良くなっていると思うけど。それに君が唯一の話相手だってことになれば、伯母にとっても君は大事なひとになる訳だし。」

「私は誰にとっても大事なひとになんかなれないわ。」

「どう云う理由で？」

「いろんな理由で。私の境遇もそうですし、それに私、悧口じゃないし、不器用ですもの。」

「君が悧口じゃないとか不器用だとか云うことについては、いいかい、ファニー、そんなことはどっちもまったくの出鱈目《でたらめ》だよ、ただいい加減な言葉遣いをしているだけさ。人間、ちゃんと自分を知ってくれている人がいるのに大事でない、なんて云う理由は絶対にないんだ。君は分別もあるし、性質も優しい。それに、恩返しもせずに人の親切を受けっぱなしでいることが絶対に出来ないと云う、謝恩の心の持主だ。友人や仲間にするのにこれ以上に相応しい人間がいるとはとても思えない。」

「あなたはとても親切ですわ」とファニーはあまりの褒め言葉に顔を赧《あか》らめながら云った。「私のことをそんなに良く思って頂いて、どう御礼を申せばいいのでしょう。ああ、私、出て行かなくてはならないとしても、最後の最後まであなたの御親切は忘れません。」

「何だい、まったく、ファニーったら、たったホワイト荘までの距離だもの、そりゃあ忘れないでいてもらいたいね。何だか君の話を聞いていると、ほんのパークを越えて行くだけなのに、二百マイルも遠くへ行ってしまうみたいじゃないか。だけど実際は殆どこれまでと同様に我家の一員さ。だって双方、毎日会うことになるだろうからね。唯一の相違は、伯母と一緒に暮すようになれば、当然人前に立たされるようになるだろう、と云うことだね。ここでは人が沢山いるから、君はその背後に隠れていられるけれど、伯母と一緒じゃ、自分の力で話をせざるを得ないもの。」

「まあ、そんなこと仰有らないで。」

「いや、これはむしろ喜んで云わなければならない。今の君を引受けるには僕の母よりもノリス夫人の方が遥かに相応しい。伯母は自分が本当に関心を寄せているひとには大いに骨を折る質だから、君が持って生れた能力を充分に発揮出来るようにしてくれるだろうと思うんだ。」

ファニーは溜息を吐いて云った。「私にはとてもそんな風に物事を見ることは出来ませんわ。でもあなたの仰有ることの方が正しいのだと思わなくては不可ませんわね。それに来たるべきことに覚悟させようとなさるあなたのお心には本当に感謝していますの。もし伯母様が本当に私のことを気遣ってくれているのだと思えれば、自分を大切な人間と思ってくれるひともいるのだと、喜べるんですけど。——ここでは、私なんかいてもいなくても同じですけれど、それでも私はここがとても好きなんです。」

「住む家は変るけど、別にここを去る訳ではないんだよ、ファニー。パークでも庭園でも今までどおり自由に出来るんだもの。いくら君の誠実な心がいたいけだからって、そんな名ばかりの変化に怯える必要はないじゃないか。同じ散歩道も歩ければ、同じ図書室も使える、見る人の顔も同じなら、乗る馬だって同じなんだから。」

「本当にそうね。そうそう、あの年老いた灰色の小馬。私、馬に乗るのをどんなに怖がったか憶えています。乗馬が私のためになりそうだと話しているのを聞いたときには、もう恐しくて恐しくて。皆が馬の話をしているときに伯父様が口を開こうものなら、体が慄《ふる》えて止らなかった。でも、あなたが親切に骨を折って筋道立てて説得して下さったので、私も怖がらなくなり、暫くしてからは自ら好んでやらなくては不可ないことも納得したし、結局はあなたの仰有ったことが正しかった。今度の場合も何だかあなたの仰有ることが当っていそうな気がして来ましたわ。」

「僕は、君がノリス伯母と一緒に暮すのは君の精神修養のためにいいことだと思っているんだ、ちょうど乗馬が君の健康のためになったようにね。——それに君の究極の幸せのためにも、その方がいいんじゃないのかな。」

ここで二人の話は終った。おかげでファニーはたいへん適切な助言を得ることが出来たのであるが、実はそんな話、しなければしないで済んだのである。それと云うのも、ノリス夫人にはファニーを引受ける気などこれっぽっちもなかったからである。今度の場合でも、そんなことは、注意深く避けて通るべきものとして以外には、唯の一度も思い浮ばなかった。そんなことがないようにと云うので、夫人は、マンスフィールド教区にある建物の中でも上品な家として通る最も小さな家を選んだのである。ホワイト荘は本人と召使が住むだけの広さしかない、それに友達のために余分の部屋を一つ空けておかなければならない——夫人はここのところを殊のほか強調した。牧師館のときには余間が要るなどと唯の一言も云わなかったのに、今度は友人のために余間が一つ絶対に必要だと云い張るのである。ところが、様ざまな防禦策にもかかわらず、周囲の者達は夫人が何かもっと良いことを考えているものと思っていた。おそらく、余間の重要性を誇示し過ぎたばっかりに、サー・トーマスをして、それは真にファニーのことを考えての上だ、と誤解せしめたのであろう。尤も事の真相はバートラム令夫人のノリス夫人に対する不用意な物云いによってすぐに判明した。

「何ですね、ファニーが姉さんと一緒に住むとなると、もうミス・リーを置いとく必要もありませんわね。」

ノリス夫人は吃驚した。「私と一緒に住むだって？　まあ、あなた、それどう云う意味なの？」

「ファニーは姉さんと住むんじゃありませんの？　――サー・トーマスと姉さんのあいだで話はついているものと思っていましたけど。」

「私が！　とんでもない。そのことでは私、一言だってサー・トーマスに話をしたこともなければ、あちらから話を受けたこともなくってよ。ファニーが私と一緒に暮す！　私にはとてもではないけれど考えも及ばないことだわ。それに私どもを本当に知っていて下さる方なら、とてもそんなことを希ったりはなさらない筈です。本当にまあ！　私がファニーに何をしてやれると云うのでしょう。貧しくて、無力で、寄るべない寡婦《やもめ》で、気力も喪失、何をする資格もありはしないと云うのに。こんな私に齢頃の女の子に何がしてやれると云うのかしら。十五歳ですよ！　まわりにいる者としては、とりわけ大変な注意と心遣いが要求され、どんなに陽気な心の持主だって苛苛《いらいら》させられる齢頃じゃありませんか。サー・トーマスに限って本気でそんなことを考える筈はありませんわ。あの方、私の心は解り過ぎるぐらい解っていて下さる筈ですもの。私に良かれと願って下さる方が、そんな提案をなさるもんですか。どう云う経緯でサー・トーマスはあなたにそんなことを仰有ったの？」

「さあ、それはよく判らないわ。ただあの方はそれが一番いいことだと思っていらしたようよ。」

「でも何て仰有ったんです？　——あの方が私にファニーを引取ってもらいたいなんて云う筈があるもんですか。絶対に心の底ではそんなことを望む筈はありませんとも。」

「いえね、あの方はただ自分としてはそうなりそうだと思うと仰有っただけなの——それで私もそう思っただけ。私達は、そうする方が姉さんにとっても慰めになるだろうと思ったの。でも姉さんが嫌なら、これ以上何も云うことはないわ。あの娘がここにいたからって別に足手まといになる訳ではないんだから。」

「ねえ、あなた、私の不幸な状態を考えてみて頂戴な。どうしてあの娘が私の慰めになんかなって？　私はこよなく大切な主人を奪われた、独りぼっちの哀れな寡婦ですよ。あの方の附添いと看病で身体はもとより精神的にももうくたくた。平穏な暮しは悉《ことごと》く奪われ、上流婦人としての身分を維持するのと、大切な亡き夫の思い出を汚さないように生きて行くだけで精一杯、どうしてファニーのような重荷を引受けて、それが慰めになんかなるでしょう。もし私自身のためにそうしたいとしても、だからと云って、女の子を気の毒な目に遭わせるような、不当な真似だけはしたくない。立派な人の手に托されていて、しかも確かにちゃんとやっているんですもの。私としてはとにかく出来るだけ自分の力で悲しみと困難に立向うほかはないわ。」

「それではまったくの一人暮しでも構わないのね？」

「だって、あなた、所詮私には孤独が一番相応しいのよ。それは、たまには、小さなコテッジに友人でも呼びたいとは思っているわ。そのためのベッドはいつも用意しておくつもりよ。でも大抵はまったくの隠居生活と云うことになるわね。とにかく収支の帳尻さえ合せられれば、私にはそれでもう充分なのよ。」

「そう悪いことばかりでもないんでしょう、姉さん――いろいろ考えてみるとね。サー・トーマスの話だと、年六百ポンドは入るそうじゃないの。」

「私、不平は云わないわ。今までのような暮しが出来ないことぐらいは判っているもの。出来るところは切詰めて、もっとやりくり上手にならなくてはと思っているの。今までは私、ひどく金離れのいい主婦でしたけれど、これからは倹約することを恥じたりはしないつもりよ。収入も減ったけど、境遇だって大きく変ったんだもの。教区牧師と云う立場上、主人には気の毒な負担が沢山あったけれど、私にはそれはないんだから。他所様《よそさま》は知らないでしょうけれど、臨時に出入りする人が相当あって、台所の消費も結構馬鹿にならなかったの。ホワイト荘では、もっと上手《うま》く切詰めなくてはね。それはもう、どんなことがあっても収入内でやらなくては、私が惨めになるだけだもの。もし少しでもそれ以上のこと――年末にほんの少しでも貯えが出来ようものなら、それこそもう、私、大満足だわ。」

「多分、大丈夫よ。いつだってそうなさっているんでしょう？」

「私の目的はね、私のあとから来る者達のために役に立つことなの。私が金持になりたいと願うのもあなたの子供達のためなのよ。私にはほかに心配する者なんていないんですから。ほんの少しでも、せめてあの子達に受取ってもらえるぐらいのものでも遺せたらどんなに嬉しいか。」

「それは御親切にどうも。でも子供達のことで気を煩わせることなんかなくってよ。あの子達には充分に与えますから。サー・トーマスが考えていることですもの。」

「でも、アンティグア*の領地からの収益があんな状態だと、サー・トーマスの財政もかなり苦しくなるのではないかしら。」

「ああ、そのことならじきに片が附いてよ。サー・トーマスがそのことで何か書送っていましたもの。」

「それはそうと、とにかく」とノリス夫人は帰り支度をしながら云った、「私の唯一の望みはあなたの子供達の役に立つことなの。ですからね、もしまたサー・トーマスがファニーのことで何か云うようなことがあったら、私の身心の状態からして、とても無理なことだと仰有って頂戴。それに残念ながらベッドがないってこともね。だって客のためにどうしても余間が一つ要るんですから。」

バートラム令夫人はこのときの話の模様を繰返し夫に話して聞かせたので、サー・トーマスも義姉の考え方をひどく誤解していたことを納得した。おかげでノリス夫人は、この瞬間から、ファニー引取りのことでサー・トーマスに期待を掛けられたり、僅かでもそのことに言及されたりすることを完全に免れた。サー・トーマスとしては、あんなにも熱心に姪を引受けたがっていた義姉が、今になって何もしたくないと云い出したことを訝《いぶか》しく思わない訳には行かなかったが、ノリス夫人の方が早ばやと手を打って、自分の財産はすべて何れはバートラム家の子供達にやるつもりだとバートラム令夫人のみならずサー・トーマスにも信じさせたものだから、サー・トーマスも、それならばそれは自分の子供達にとっても利益であり、子供達に対する敬意の現れでもある訳で、同時に自分がファニーを養うのもそれだけ楽になる訳だ、と考えて、すぐにノリス夫人の殊遇を甘受する気になった。

ファニーは引越しに対して抱いていた恐れが不要なものであったことをすぐに知った。エドマンドは、本当にファニーのためになるものと期待していたことが駄目になったので些かがっかりしたが、ファニーの本心からの偽らざる喜びようを見て、幾分安心した。ノリス夫人はホワイト荘に居を定め、グラント夫妻が牧師館に到着した。これらのことが落着くと、その後暫くのあいだマンスフィールドには取立てて変ったことは何もなかった。

グラント夫妻は揃って親しみ易く、社交好きな人柄を示したので、新しく知合いになった人達の大部分は大いに満足した。夫妻にも欠点はあった。そしてそれを直ちに見附け出したのはノリス夫人である。博士は喰い道楽なところがあって、毎日立派な正餐をとっていた。グラント夫人は、少い出費で主人を満足させようとするどころか、料理人にマンスフィールド・パークにも負けないぐらいの高い賃金を払って、自身は殆ど台所にいることはなかった。ノリス夫人としては、そんな怪しからぬ話を聞かされ、かの家で毎日大量のバターと卵が消費されるとあっては、穏やかな気持で物の云える筈はなかった。「御馳走をたっぷり作ってもてなすのが好きで、けちなやり方が嫌いなことにかけては、私だって誰にも負けなくてよ。私の頃だって、牧師館から安楽の欠けたことはなかったし、それでいて悪い評判など一度も立ったことはありませんでしたからね。こう云うやり方は私にはとても理解出来ません。田舎の牧師館に貴婦人だなんて、まったくの場違いもいいところです。私が管理していた貯蔵室にグラント夫人が出入りするのに何の不足があるもんですか。どこで聞いたって、あのひと、五千ポンド以上の金を持ったことはないって云うじゃないの。」

バートラム令夫人は黙って聴いていたが、この種の悪口雑言には大して気乗りがしなかった。夫人は倹約家が数え上げる欠点を一緒になってあげつらう気にはなれなかったが、グラント夫人が美人でもないのにちゃんと落着いた暮しをしていることに、美人に対する大いなる侮辱を感じたので、そのことに対する驚きは、ノリス夫人がもう一方の欠点をあげつらうのと同じくらいしばしば、尤もノリス夫人ほどくどくはなかったが、表明した。

ところがこれらの評価に関する討議が一年も続かないうちに、二人の夫人の思考と会話に正当な場所を要求して然るべきもう一つの重大な出来事が一家に生じた。事態のより良き解決のためにもサー・トーマスが自らアンティグアに赴いた方が得策であることが判明したのである。そこでサー・トーマスは、この際郷里の悪友達から身を遠ざけてやろうとの考えから、長男を連れて行くことにした。父子は約一年間家を留守にする予定で英国を離れた。

サー・トーマスが家族から離れて、目下一生のうちでも一番大切な時期の娘達をほかの者達の手に委ねて行く気になったのは、どうしても財政面の処置を講じなければならず、それが息子のためにもなることだと思われたからである。サー・トーマスにはバートラム令夫人が自分に代って娘達の面倒が見られるとは思えなかった。それどころか自分自身の役割さえ果せるかどうか危うかった。しかしノリス夫人の油断のない配慮とエドマンドの判断力には充分な信頼を置いていたので、どうやら娘達の行動に対する後顧《こうこ》の憂えもなく出発することが出来た。

バートラム令夫人は夫に置いてきぼりにされたことこそ気に入らなかったが、自分以外の人間が危険や困難な目に遭ったり、疲労したりすることなどあり得ないと考える人間の一人だったから、夫の安全無事に対する心配で心が不安になると云うようなことはなかった。

バートラム嬢達こそこの際大いに憐まれて然るべきであった。二人とも悲嘆に暮れていたから、ではなくて、一向にそう云う気配が見えなかったからである。父親は二人にとって愛の対象ではなかったし、二人の愉しみに身方してくれそうな人でもなかったのだ。そう云う訳で父親には気の毒ながら、却って留守は娘達の大いに歓迎するところとなった。二人はあらゆる束縛から解放された。そこで、サー・トーマスがいれば多分禁じられるであろう楽しみを何か一つやってみようとまでは思わないまでも、たちどころに自分達は自由に出来ると云う気になり、手の届く限り何事によらず勝手気儘に振舞うことになった。ファニーのほっとした気持も、そのことに自ら気が附いたことも、従姉達の場合と変らなかった。しかしファニーは持前の優しい性質から、そう云う気持になるのは恩知らずな証拠だと考え、悲しい気持になれなかったことを本心から悲しんだ。「サー・トーマスが、私や私の兄弟のためにいろんなことをして下さったサー・トーマスが、行ったきり二度と還って来られないかも知れないと云うのに、涙一つ流さずに見送るなんて！　――何て恥ずべき恩知らずでしょう！」サー・トーマスは、出発の朝にも、この冬が終らないうちに君が再びウィリアム君に会えることを希っているよ、と云って、ウィリアム君の所属している艦隊が英国に来ることが判り次第手紙を書いてマンスフィールドに招ぶように、と勧めてさえくれたのである。「何て思い遣りがあって、親切なんでしょう！」もしこのときサー・トーマスがにっこりと頬笑み掛けて、「ねえ、ファニーや」とでも呼掛けてくれていたら、或はファニーもサー・トーマスのそれまでの不機嫌そうな、冷やかな物云いなどすっかり忘れてしまったかも知れなかった。ところがサー・トーマスは話を終える際にこう附加えたので、ファニーは何やら淋しい屈辱感に沈む思いがした。「ウィリアム君がマンスフィールドに来たときには、君達が別れて以来の何年かが君にとって決して無駄ではなかったことを、ちゃんと見せといてくれよ。――尤も、ウィリアム君、何だ妹の奴、十六になっても幾つかの点では十のときとちっとも変っていないじゃないか、と思うのではないかと心配だがな。」ファニーは伯父が行ってしまうとこの非難の言葉を思い出してひどく泣いた。従姉達はファニーが眼を赤く腫らしているのを見て、何よ、偽善者、と内心密かに思っていた。

＊　英領西インド諸島の中で最も古い植民地の一つ。十八世紀末頃には、既にこの頃入植していた他島の勢力の影響を受け始め、記録によるとこの島の主な輸出品である砂糖の輸出量も大分減ったらしい。サー・トーマスの領地経営の困難を述べるあたり、ジェイン・オースティンは

この時代のアンティグアの情勢を知っていたものと思われる。（因みに、エドワード・サイードはその著『文化と帝国主義』〈みすず書房〉で本作品を採上げ、サー・トーマスの領地経営に着目することで当時の英国の帝国主義的植民地支配の問題に光を当てている。この問題に関心を持たれる向きは、ジョン・サザーランド著『ヒースクリフは殺人犯か？』〈みすず書房〉の一章「サー・トーマスの富はどこから来たのか？」も併せ読まれるとよい。）

第四章

トム・バートラムは日頃から家にじっとしていると云うことが殆どなかったから、トムがいなくなって淋しいと云っても、ほんの名目上のことに過ぎなかった。そのうちにバートラム令夫人も驚いたことに、父親がいなくてもみなちゃんとやって行くことが判った。エドマンドなどは食卓での肉の切分け、執事への用事の云い附け、代理人への手紙の差出し、召使達との話の取決めなど、父親の代りを立派に果すだけでなく、夫人の疲労の種になりそうなことは何なりと、手紙の宛名書き以外はすべて肩代りしてくれた。

父子が順調な航海ののちに無事アンティグアに着いたと云う最初の報せが早ばやと届いた。尤もそれですら既にノリス夫人が恐しい心配を存分にしたあとのことであった。夫人はエドマンドが一人でいるところを摑えるたびに、同様の心配を共に分とうとするのであった。夫人は、自分こそ致命的な破局をまず真先に知らされる人間だと思い込んでいたから、それをほかの者達みんなに知らせる際のやり方を予め用意していたのである。ところがそこへ、父子二人の無事を知らせるサー・トーマスの便りがあったものだから、心の動揺も、思い遣り深き前置きの言葉も、その披露を暫し断念せざるを得なかった。

冬が来て、別にノリス夫人の心の動揺その他を必要とするようなこともなく過ぎて行った。サー・トーマスからの手紙では、何事も順調に行っているとのことであった。――尤も当のノリス夫人も、姪達の華美、歓楽を助長したり、化粧や衣裳の世話を焼いたり、才藝を人前で誇ったり、将来の花婿を物色したりに大童《おおわらわ》、おまけに自分の家事の一切と妹の家事への干渉、グラント夫人の不経済なやり方に対する監視、と云う訳で、留守にしている人間を心配する暇など殆どなかった。

バートラム姉妹は今や近隣の美女達のあいだにあって揺るぎない位置を占めていた。綺麗で、才藝にも優れ、その上態度や物腰の点でも、持前の気さくな性質が入念に磨かれて、世の基準に適《かな》った礼儀や愛想のよさを身に附けていたので、二人は賞讃のみならず好意をも獲得した。姉妹の虚栄心はそんな風に順調に満たされたので、傍目《はため》にはまったく虚栄心を免れているように見え、当人達もわざとらしい気取りは見せなかった。ところが、そのような振舞に伴う賞讃を、伯母がやたらと手に入れては持込んで来るものだから、本人達もそれに力を得て、自分達には欠点がないのだと信じ込んだ。

バートラム令夫人は娘達とともに社交界に出入りすることはしなかった。夫人は何しろものぐさだったから、一苦労してまで出掛けて行って、娘達の成功と喜びを目撃することで母親としての満足を得たいとも別段思わなかった。そこで附添いの役目は専ら姉に譲られた。ノリス夫人としてはそのような名誉ある代理の任務は何よりも望むところであったから、おかげで馬も雇わずに社交界に立交われるこの手段を存分に味わった。

ファニーは社交の季節に附きもののお祭騒ぎに与《あずか》ることはなかったが、一家の者が出払ったあと、公然とバートラム令夫人のお相手役の出来ることを喜んだ。ミス・リーはもはやマンスフィールドを去っていたので、舞踏会やパーティーのある晩などは自ずとファニーが令夫人に附きっ切りと云うことになった。話をしたり、話を聴いてあげたり、本を読んであげるのがファニーの仕事であった。このような宵の静けさ、こうして二人だけでいて、不親切な言葉を耳にしなくて済む申分のない安心感は、不安やら当惑やらでこれまで休息と云うものを殆ど知らなかったファニーにとっては云いようのない喜びであった。従兄姉達のお楽しみについては話を聞くのが好きであった、特に舞踏会のこととか、エドマンドが踊った相手のこととか。ファニーは自分の立場をちゃんと弁《わきま》えていたので、ただおとなしく聴いているだけで、自分も同様のことが許されればとか、そう云うことにもっと身近な関心を寄せようなどとは、思いも寄らなかった。概して、ファニーにとっては居心地のいい冬であった。それと云うのも、ウィリアムの帰国こそなかったものの、そのことに寄せる絶えざる期待がファニーの気持を大いに支えていたからである。

春になって、ファニーは大切な友である年老いた灰色の小馬を亡くし、その後暫くのあいだどうにも堪らない気持であった。健康も損ねたような気がし、人や物を愛することも出来ないような気がした。乗馬がファニーにとって大事なことは誰もが認めているのに、替りの手立てを取ってくれないのだ。「だって、空いているときにいつでも従姉達の馬のどっちかに乗れるではないの」と云うのが伯母達の意見であった。ところが、バートラム姉妹は天気のいい日には決って馬に乗りたがったし、持前の愛想のよさも折角の愉しみを犠牲にすることにまでは及ぼそうと思わなかったから、勿論そんなときの来る筈はなかった。姉妹は四月と五月の晴れた朝など上機嫌で馬を乗廻した。ところがファニーは一方の伯母と一日中家にいるか、もう一方の伯母に促されて体力の限度を超えるまで散歩をするかのどちらかであった。バートラム令夫人は、自分が好まないものだから、運動なんか誰にとっても必要でないと云う考えであったし、ノリス夫人は、自分が毎日歩くものだから、誰でも自分と同じぐらいは歩くべきだと考えていた。エドマンドはこのとき家を留守にしていた。さもなくばこう云う災いはもっと早くに取除かれていたろう。帰宅して、ファニーがどう云う立場に置かれているかが判り、このままでは良くないことを見て取ると、エドマンドには為すべきことは一つしかないように思われた。そこで彼は断乎として「ファニーにも馬を与えなければ不可ない」と云った。母は持前の無精から、伯母はその倹約癖から、何かと云っては、そんなことは重要なことではないと思わせようとしたが、エドマンドの断乎たる決意を翻《ひるがえ》すことは出来なかった。そうなるとノリス夫人としては、パークにある馬の中から古呆けた奴でいいから丈夫なのが見附かれば、それで充分間に合うだろう、とか、執事から一頭借りられないものだろうか、とか、グラント博士が郵便局へ行くときに使っているあの小馬をときどき貸してもらえるかも知れない、などと考えざるを得なかった。夫人の考え方からすれば、ファニーが従姉達と同じように専用の、しかも常備の婦人用の馬を持つなどと云うことは、絶対に不必要なことであり、相応しからぬことであった。「サー・トーマスだってそんなことは一度もお考えになったことはありませんし、それにこれだけは云っておかねばなりませんが、あの方が留守のあいだにそんな買物をしたり、収入の大部分が不安定なときにそれでなくても大きい廏《うまや》の出費をこれ以上増やしたりするのは決して正当なやり方だとは思えません。」エドマンドは「ファニーにも馬を与えなければ不可ない」と応えただけであった。ノリス夫人にはどうしても同じ見方をすることは出来なかった。バートラム令夫人の方はそうでもなかった。令夫人は、そうすることが必要だと云うことでも、サー・トーマスも同様の考え方をするだろうと云うことでも、すっかり息子に同意した。ただあまり急いだりしないようにとだけ息子を説いた。令夫人としてはサー・トーマスが還って来るまで待ってもらいたかった。そうすればサー・トーマスがすべてを片附けてくれるであろうから。九月になれば還って来るのだから、九月まで待ってどこが悪かろう、と云うのであった。

エドマンドは、姪に対してちっとも愛情を示さない伯母が母よりも遥かに不愉快であったが、云うことに対してはより多くの注意を払わない訳には行かなかった。そこで到頭、父親にやり過ぎだと思われる危険は回避すると同時にファニーには直ちに運動の手立てを確保してやれる処置をとろうと決心した。エドマンドとしてはファニーが運動も出来ずにいることがどうにも堪らなかったのだ。彼は自分の馬を三頭持っていたが、とても女に乗れるようなものではなかった。そのうちの二頭は猟馬で、残りの一頭が便利な道中馬であった。エドマンドはこれを従妹にも乗れる馬と取換えようと思った。どこへ行けばそう云う馬が見附かるかは承知していた。そこで、一旦こうと心を決めると、忽ちのうちにすべてが完了した。新しい牝馬《ひんば》は逸品であった。しかも殆ど手が掛らずに目的にぴったりと叶ったから、ファニーの占有も同然となった。ファニーはあの年老いた灰色の小馬ほど自分に相応しい馬があるとは想ってもいなかったが、エドマンドの牝馬《めすうま》に寄せた歓びは、それ以前のその種のいかなる喜びをも遥かに超えたものであった。エドマンドの親切な心が、このような歓びをもたらしてくれたのだと思うと、それだけでますます歓びが募り、それはとても言葉で云い表せるものではなかった。ファニーにとって従兄はそれこそ善良と偉大の模範であり、自分だけにしか判らない価値の持主であり、どんなに強い感謝の気持を捧げてもそれに値する人であった。ファニーのエドマンドに対する気持には尊敬の念、感謝の念、信頼感、優しい愛情のすべてが入混っていた。

　馬の所有権は名実ともにエドマンドのものであったから、ファニーが乗るためであったとは云え、ノリス夫人も大目に見ることが出来た。バートラム令夫人の方は、仮に自分が反対したことを思い出すことがあったとしても、息子が九月のサー・トーマスの帰還まで待たなかったことを赦したであろう。それと云うのも、九月になってもサー・トーマスはまだ帰って来なかったし、おまけに仕事の方もなかなか片附きそうになかったからである。思いを英国へ向けようとしていた矢先に突如好ましからざる事態が出来《しゅったい》して、何から何までが宙ぶらりんの状態だったので、サー・トーマスはひとまず息子を帰国させ、最後の決着がつくまで自分だけは留まろうと決心した。トムは無事に帰って来て、父親は元気でやっていると云う嬉しい報せをもたらしたが、ノリス夫人に関する限り、殆ど効を奏さなかった。夫人は、サー・トーマスが息子を送り還したのは、自分自身に何か良くないことが起りそうな気配を察知した親としての心遣いからに違いない、と思ったものだから、恐しい胸騒ぎを覚えずにはいられなかったのである。秋の夜長など、独り淋しい田舎家住いをしていると、このような考えが頭に憑いて離れようとせず、昼間はどうしてもパークの食堂に慰安を求めざるを得なかった。それでも慌《あわただ》しい冬が戻って来ると気持も紛れ、社交行事が進むにつれて、心も長姪の将来をあれこれと考えることの方に奪われて行き、何とか神経の方も鎮まった。「もしサー・トーマスが気の毒にも還って来られない運命にあったとしても、私としては可愛いマライアが立派に結婚するのを見れば慰めになるだろう」とノリス夫人はしばしば考えた。金持の男と同席したときには必ずそう考え、最近その地方でも指折の大きな領地と立派な屋敷を受継いだ若者に紹介されたときは特にその思いを強くした。

ミスター・ラッシワースは一目見たときからミス・バートラムの美しさに打たれ、結婚したくなり、忽ちのうちに自分は恋していると想い込んでしまった。彼はさほど風采の上らない、どう見ても常識的な青年に過ぎなかったが、様子や物腰に不愉快なところはなかったから、令嬢の方も自分の勝利にまんざら悪い気はしなかった。今や二十一歳になったマライア・バートラムは結婚を義務と考え始めていた。ミスター・ラッシワースと結婚すれば父親のよりも大きな収入に与れるのみならず、目下のところこれが主な目当てでもあったが、ロンドンに住めることが確実になるので、これまた同じ道徳的義務感から出来ることならミスター・ラッシワースと結婚することがマライアの明白な義務となった。ノリス夫人は縁組を進めることにひどく熱心であった。いろいろと提言したり計画を立てたりしては、この結婚の望ましいことを双方に強く訴えている風であった。とりわけ、紳士の母親との親交を求める必要から、バートラム令夫人をしてあまりよくない道を十マイルも遠出させて、目下息子と一緒に住んでいる当の相手に表敬の訪問すらさせたのである。すぐに双方のあいだに充分な理解がなされた。ラッシワース夫人は自身息子の結婚をたいへん願っていることを認め、これまでに会った若い娘さん達のうちでも、ミス・バートラムこそ、愛らしい人柄と云い、申分のない才藝と云い、息子を幸せにして下さるには申分のないおかたのように思われる、と断言した。ノリス夫人はこの讃辞を快く受納れ、かくも見事に人柄の長所を識別なされるとは、また何とお眼が高くていらっしゃることか、と賞め上げた。「マライアは確かにそれはもう皆の誇りですし、喜びですし、欠点なんてどこを探してもない、天使のような娘ですわ。当然、崇拝者も多く、選ぶのが困難なほどですの。でも私には、それこそ短時間の面識ですけれど、はっきりと判りましたの、どうやらミスター・ラッシワースこそまさにあの娘に相応しい、あの娘の心を惹きつけずにはおかない若者だってことが。」

然るべく何回かの舞踏会で一緒に踊ったあと、若き男女はこれらの意見の正しいことを互いに立証した。留守のサー・トーマスへは、然るべき問合せがなされ、いよいよ婚約が整うと、両家も、またそれまで何週間ものあいだ二人の結婚を当を得たものだと感じていた近隣の野次馬達も、大いに安心した。

サー・トーマスの同意を受取るまでには何箇月かが掛ったが、その間、彼もこの縁組を心から喜んでいるものと誰も信じて疑わなかったから、両家の交際は遠慮なく行われ、密かに為されることは何もなかった、ノリス夫人があらゆる場所で、これは今のところまだ内密の話なの、と触れて廻ることを除けば。

一家の中でエドマンドだけは事を無条件に認めることが出来なかった。伯母がいくら主張しても、ミスター・ラッシワースが望ましい相手だとは思えなかったからである。妹が自分の幸せを自分で判断するのが一番いいことは認めるが、妹が幸せの中心を大きな収入に置いていることが不愉快であった。またミスター・ラッシワースと同席するときも、「もし年に一万二千ポンドの収入がなければ、こんな男はただの大馬鹿者ではないか」としばしば独語するのを避けることが出来なかった。

ところがサー・トーマスはと云うと、疑いなく有利な縁組を心から喜んで期待していた。尤も彼はその縁組の申分のないことと好ましいことしか聞かされていなかった。それは、同じ州内のことであるし、政治、経済上の同じ利益から見ても、確かに間違いのない結婚であった。そこで彼は早速熱の籠った賛成の意を伝えて寄越した。但し条件があって、それは自分が還るまでは結婚を待つようにと云うことであった。サー・トーマスは再び熱心に帰国を待望んでいた。四月に寄越した手紙には、何としても事態を満足の行くように解決して、夏が終るまでにはアンティグアを離れたい思いで一杯である、と書かれてあった。

七月になっても事態はこのようなものであった。ファニーはちょうど十八歳になったばかりであった。その頃、村の社交界に新顔が二人現れた。クロフォードと云う兄妹で、グラント夫人の母親の再婚による子供達であった。兄妹は若い財産家であった。兄の方はノーフォクに立派な領地を有《も》ち、妹は二万ポンドを持っていた。子供の頃、姉はいつも二人を大層可愛がった。しかし姉が今のグラント夫人になるとすぐに、三人に血の繋った母親が亡くなったので、弟と妹は父方の叔父に預けられることになった。夫人はその人のことは何も知らなかったし、以来弟と妹にも殆ど会ったことがなかった。叔父の家で二人は親切に育てられた。クロフォード提督夫妻は、それ以外のことでは何一つ意見の一致を見ることはなかったが、これらの子供達に対する愛情では結ばれていた、と云うか、少くとも各各が自分のお気に入りを持っていると云うこと以外には子供達のことで感情的に対立するものは何もなかった。そんな訳で夫妻はそれぞれに自分のお気に入りの方を余計に可愛がった。提督は少年に喜びを見出し、クロフォード夫人は少女を溺愛した。ところが夫人が死んだので、夫人の被保護者としては、叔父の家でその後数箇月の試練を経たのち、今や別の家庭を見出さざるを得なくなった。クロフォード提督は行いのあまりよろしくない人で、姪を引留めるよりも、自分の愛人を同じ屋根の下に引入れることを選んだのである。しかしそのおかげでグラント夫人としては、姉さんの許へ行きたいと云う妹の申出を受けることになった。これは一方にとっては都合の好い、もう一方にとっては歓迎すべき処置であった。それと云うのも、グラント夫人は、地方にあって子供のない婦人連が普通やるような憂さ晴しはこのときまでにひととおりやってしまっていたからである。お気に入りの居間は綺麗な家具で埋尽したし、上等な草花や家禽《かきん》も集めたし、で、何でもいいから変化が欲しくて仕方がなかった。そこで、今までもずっと愛して来たし、これからも独身でいる限り一緒にいてもらいたい妹がやって来ると云うのはこの上なく愉快なことであった。主な心配と云えば、ロンドンの生活に慣れ切った若い娘にマンスフィールドの生活は肌に合わないのではないか、と云うことだけであった。

ミス・クロフォードにも同様の気懸りがまったくない訳ではなかった。尤もこちらの場合は主として姉の暮しぶりと社交界の気風がどう云うものかまだよく判らないところから生ずるものであった。ミス・クロフォードがともかくほかの親戚の所へ思い切って身を投入れてみようと云う気になったのは、兄を説得して兄の所有になる田舎の屋敷に落着こうとしたにもかかわらず、それが駄目だったからである。残念なことに、ヘンリー・クロフォードは一箇所に住みつづけたり、限られた人達とだけ附合ったりすることが大嫌いであった。これはヘンリーにとっては大事なことであって、こればかりは妹のためでも譲ることが出来なかった。それでもヘンリーは親切にもノーサムプトンシアまで妹に附添って来てくれたし、妹がこの土地に退屈し次第、いつでもすぐに迎えに来ることを約束してくれた。

再会は双方にとって大いに満足の行くものであった。妹の見たところ、姉には堅苦しいところも田舎じみたところもまるでなかった。義兄も紳士然としており、住居もゆったりしていて、家具も立派に備え附けてあった。グラント夫人の方も、これまで以上に可愛がってあげたいと思っている人達を喜んで迎えた。二人ともいかにも好感の持てそうな様子の若い男女であった。メアリー・クロフォードはたいへん綺麗であった。ヘンリーの方も、とりわけて美男子と云うほどではないが、なかなかに風采もあり、落着いていた。二人の態度物腰も快活で陽気なものであった。それでグラント夫人は、これならほかのこともすべて大丈夫、と直ちに二人を信用した。夫人はどちらに対しても大喜びであったが、とりわけメアリーの方が可愛かった。自分の美しさを誇ることが不可能な夫人は、妹の美しさが自慢出来るとあってすっかり御満悦であった。夫人は妹の到着を待たずに適当な結婚相手を探しに掛っていて、トム・バートラムに眼を附けていた。准男爵の長男なら、二万ポンドの財産を持ち、あらゆる気品と才藝を身に附けていると見られる娘に立派すぎると云うことはない筈であった。そこで心の優しい、率直な夫人は、メアリーが家に着いて三時間も経たないうちに、早速自分の計画を打明けた。

ミス・クロフォードはかくも近い所にかくも有力な一家のあることを知って喜び、姉の早手廻しの心配にも、またその結果選ばれた相手にも全然悪い気はしなかった。相当の所に縁附くことが出来る限り、結婚は彼女の目的でもあった。ミスター・バートラムにはロンドンで会ったことがあり、容姿の点でも、暮し向きの点でも異論の余地のないことは知っていた。そこで表向きは冗談のように受流しはしたものの、内心では本気で考えることを忘れなかった。この計画は直ちにヘンリーにも繰返された。

「あ、そうそう」とグラント夫人が附加えた。「こうすれば申分なくってよ。もしあなた方が二人ともここに落着いたらどんなにいいかしら。それで、ねえ、ヘンリー、あなたはバートラム姉妹の妹の方と結婚するのよ。感じも好いし、美人だし、気立ても悪くないし、何でも出来るお嬢さんよ。あなた、とっても幸せになれてよ。」

ヘンリーは頭を下げて礼を云った。

「まあ、お姉様」とメアリーが云った。「もしお姉様にこの人が説伏せられたら、私にとってもこれまでにない悦びだわ。だってお姉様のような賢明な方が私の血縁にいたのだってことになる訳ですもの。ただ残念なことは、お姉様が身の振り方を決めてやれる娘さんが六人もいないってことね。もしヘンリーを説得して結婚させようと云うのでしたら、フランス婦人なみの手際が要るわ。英国的手腕でやれることはすべて試験済みなんだから。替るがわるこの人を死ぬほど好きになった私の友達が三人ばかりいるの。本人やお母様方（大変に賢明な方がたでした）はもとより、私の叔母も私も、とにかく筋道立てて説いたり宥《なだ》めすかしたり、或は策略を巡らしたり、何とか結婚させようとしたんですけど、そのときの苦労と云ったら、それはそれは想像を絶するものでしたのよ。この人ほど恐しい浮気男はまず考えられなくてよ。もしお姉様の仰有るバートラム姉妹に失恋の痛手を味わわせたくなかったら、ヘンリーはお止めになった方がよろしいわ。」

「まあ、ヘンリー、私はそんなこと信じませんことよ。」

「そうですとも、お姉様は本当にいいかただ。メアリーなんかよりよっぽど思い遣りがある。未経験な若者に附きものの逡巡と云うことを斟酌して下さらなくては。僕は用心深い質なものだから、自分の幸せを急いで危険な目に遭わせたくはないんです。僕ほど結婚と云うものを大事に考えている人はいませんよ。僕は、妻に恵まれると云うことは、例の詩人があの思慮深い詩句でいみじくも云っているように、『天の最後にして最良の賜物』*だと考えているんです。」

「ほら、こうなのよ、お姉様。今どの言葉を強調したかお判りになったでしょう。あのにやけた顔を御覧なさいな。いけ好かないったらありゃしない。提督の云うことばっかり聞いていたから、ああ云うことになったのよ。」

「若者が」とグラント夫人、「結婚のことについて何を云ったたって、高が知れているわ。要するに結婚したくないってことは、まだいいひとに巡り合っていないと云うだけのことよ。」

グラント博士が、妹さんの方は結婚したくないと云う気持は全然ない訳だね、いや結構なことだ、と笑いながら云った。

「ええ、勿論ですわ。私、全然恥しいことだとは思いません。ちゃんとした結婚が出来るんだったら、誰でも結婚したらいいと思います。投げやりなのは嫌ですけれど、でも有利な結婚が出来るのなら、皆さんさっさと結婚するべきです。」

＊ ジョン・ミルトン『失楽園』第五巻第一九行。

第五章

若者達は最初からお互いに好感を抱いた。双方ともに相手を強く惹きつけるところがあったと見えて、面識が出来るとすぐに、上品な礼儀作法を踏越えぬ限度で、早早に親密の度を増しそうであった。ミス・クロフォードが美人だからと云って、別段バートラム姉妹との附合いが気不味《きまず》くなるようなことはなかった。姉妹は自分達が美人であることは充分に承知していたから、美人だという理由でほかの女性を嫌う必要もなかったのである。それで、ミス・クロフォードの活活とした黒い瞳、澄んだ小麦色の顔肌、どことなくただよう可愛らしい感じに、兄達同様魅せられた。尤もこれが、背が高くて、姿形が申分なくて、金髪ででもあったならば、或はもっと厄介なことになったかも知れないが、実際は比較対照するところまでは行かず、ミス・クロフォードは愛嬌のある可愛い娘《こ》というのが一般に認められたところ、一方姉妹の方はこの地方でも指折の若い美人、であった。

兄のヘンリーの方は美男子ではなかった。それどころか、最初会ったときは、黒髪のひどい醜男《ぶおとこ》であった。それでも歴《れっき》とした紳士で、物腰には好感が持てた。二度目に会ってみると、それほど醜男でもないことが判った。なるほど醜男なことは醜男なのだが、なかなかに落着いたところがあり、綺麗な歯をしていて、体格も立派なので、こちらも相手が醜男なことをすぐに忘れてしまうのである。三度目に会ってからは、このときは牧師館で一緒に食事をしたのであるが、もはや誰も彼のことを醜男だなどと云うことは許されなかった。事実、彼は姉妹がこれまでに知っていた若者の中でも最も愉快な一人であり、姉妹の両方を等しく喜ばせた。姉のマライアは既に婚約しているのであるから、ヘンリーがジュリアのものになっても、それは正当なことであった。ジュリアもそのことは充分に承知していて、彼がマンスフィールドに来てまだ一週間にもならないうちから、もう恋される準備を完了していた。

このことに対するマライアの思いはもっと複雑ではっきりしなかった。はっきり整理したいとも思わなかった。「好ましい人を好きになったからって、悪いことはない筈だわ――誰もが私の立場は知っているんだし――クロフォードさんの方が気を附ければいいことなんだから。」ミスター・クロフォードも危険を冒そうと云うつもりはなかった。バートラム姉妹は愉しむだけの値打はあるし、当人達もそのつもりでいる。そこで彼としても初めはただ姉妹に好かれるようにしようと云うこと以外には何も目当てはなかった。別に姉妹を恋焦れさせようと云うのでもなかった。彼は、分別と冷静を失いさえしなければ、判断と感情は自ずから然るべく導かれる筈だと考えて、そう云うことにはあまり七面倒くさい方針を立てないことにした。

「バートラム姉妹がすっかり気に入りましたよ、姉さん」とミスター・クロフォードは、例の食事のあと姉妹を馬車の所まで送って行って、戻って来ると、云った。「大層上品で、好感の持てるひと達です。」

「本当にそうよ。あなたがそう仰有るのを聞いて嬉しいわ。でもジュリアの方が好きなんでしょうね。」

「勿論、そうですとも。ジュリアの方が好きです。」

「でも本当にそう？　だってミス・バートラムの方が概して美人だと思われるけど。」

「それはそうでしょう。眼鼻立ではミス・バートラムの方が優っています。容貌から云えば僕もミス・バートラムの方が好きです。――でもジュリアの方が好きです。ミス・バートラムの方が綺麗なことは確かだし、好感が持てることも確かだけれど、でもジュリアの方を好きになるつもりです。姉さんの命令ですから。」

「もう、あなたとは口を利きたくないわ、ヘンリー——でもね、最後にはきっとジュリアの方が好きになってよ。」

「僕は最初からジュリアの方が好きだ、と云ってますけど？」

「それに、いいですか、ミス・バートラムは婚約しているんですからね。忘れては不可ませんよ、ヘンリー。あのひとの相手は決っているんですから。」

「ええ、でも、ミス・バートラムはだからこそいいんです。いつだって婚約している女性の方がまだ婚約していない女性よりも好感が持てますからね。自足していると云うのか、もはや心配なことがないものだから、全力を発揮して愛嬌を振撒いても相手に邪推されることはないと云う気なんですね。婚約した女性と云うのはすべてが安全なんです。決して危害を及ぼされることがない訳ですから。」

「それはまあ——ミスター・ラッシワースは大変な好青年よ。ミス・バートラムには素晴しい相手だわ。」

「でもミス・バートラムの方にはまるで気がない、と云うのが姉さんの親しい友に関する意見なんですね。僕はその考えには反対ですね。それはもう、ミス・バートラムはミスター・ラッシワースに大いに愛情を寄せていますとも。彼のことが話に上ったときのあの眼を見れば判ります。僕は、ミス・バートラムは愛してもいない人に手を与えるようなひとでは絶対にない、と思っています。」

「メアリー、この人はどう扱えばいいの？」

「放っておくしかないと思うわ。話したって無駄だもの。どうせこの人、最後にはしてやられるんだから。」

「だって私としてはしてやられてもらいたくないもの。欺されてもらいたくはないわ。正正堂堂と、不名誉なことのないようにしてもらいたいわ。」

「まあ、お姉様、成行きに任せて、欺されたら欺されたでいいわよ。それも悪くはないわ。人間誰しもいつかは欺されることがあるんだから。」

「結婚の場合は必ずしもそんなことはなくってよ、メアリー。」

「結婚の場合に特にそうなのよ。それは、この中でたまたま結婚なさっているおかたにはたいへん失礼ですけれど、グラント夫人、でもいざ結婚と云うときに全然欺されることのない人なんて、男でも女でも、百人に一人もいないんじゃないかしら。どこを見てもそうだわ。特に結婚と云うものが、あらゆる駆引の中で、相手に期待することばかり最も多くて、自分自身の正直な姿はなるべく見せないようにするものであることを思えば、それはもうそうに違いないと思うわ。」

「ああ、あなたはヒル街で結婚に関してはさぞかし良くない教育を受けて来たものと見えるわ。」

「確かに、気の毒なことだけれど、叔母様には結婚していることを讃えなければならない理由は殆どなかったわね。とにかく私の見たところでは、策略事だもの。それに私、一緒になれば何か一つは得なことがあるだろうと期待して、或は相手の教養だとか善良な性質だとかを信じて結婚したのに、まったく欺されたことに気附き、期待したことや信じたこととはまるで正反対のことを我慢せざるを得なくなったひと達を何人も知っているもの。これがしてやられることでなくて何なの？」

「ねえ、いいこと、こう云うことにはもう少し想像力を働かせなくては不可ないわ。御免なさい。でもあなたの言葉を全面的に信じる訳には行かないもの。あなたは物事の半面しか見ていないわ。悪い方は見えるけれど、そこには慰めもあるってことは見えていない。何事にもちょっとした障碍や失望は附きものよ。人間誰しも期待し過ぎるところがあるからね。でも幸福の計画が一つ失敗しても、また別のに向う、それが人間でしょう。最初の目算が誤りなら、またより良い目算を次に立てる。どこかに慰めはあるものよ。いいこと、メアリー、意地の悪い観察者と云うのは、詰らないことを重視するばっかりに、当事者達以上にしてやられたり、欺かれたりするものなのよ。」

「よくぞ仰有ったわ、お姉様。お姉様の忠誠心は見上げたものだわ。人妻になったら、私も断乎しっかり者になってよ。私の友達もみなそうなるといいと思うわ。数多《あまた》の心痛を免れる道だわね。」

「何ですか、メアリー、あなたも兄さんと同じじゃないですか。でもよくってよ、二人とも悪いところは治してあげます。まあ、マンスフィールドにいれば二人とも良くなります、してやられたりせずにね。私達と一緒に暮しなさい、私達であなた方の悪いところは治してあげますから。」

クロフォード兄妹は、悪いところを治してもらおうと云う気はなかったが、それでも喜んで滞在することにした。メアリーは牧師館をさしあたり我家とすることに満足であったし、ヘンリーとしては来た当初はほんの数日だけ皆と一緒に過すつもりであったが、マンスフィールドはなかなかに前途有望であることが判り、さしあたり特に他所へ行かなければならない用事もなかった。グラント夫人は二人とも自分の手許に引止めることが出来て大喜びであった。グラント博士も事態がそうなったことに殊のほか大満足であった。ミス・クロフォードのような話好きの若くて美しい娘さんは、滅多に外出することのない怠者《なまけもの》にとっては、いつでも愉快な相手であったし、ミスター・クロフォードが客としていてくれるおかげで毎日クラレットを飲む口実が出来たからである。

バートラム姉妹のミスター・クロフォードに寄せる賞讃には、ミス・クロフォードの習慣と気質からはちょっと随いて行きかねる、のぼせ過ぎなところがあった。しかしながら、ミス・クロフォードにとっても、バートラム兄弟は大変な好青年であり、そう云う青年を二人もいちどきに見掛けることはロンドンでもそう頻繁にはないことであり、二人の態度、とりわけ長男の方の態度はたいへん立派なものであった。長男はロンドンでの生活経験も豊かで、エドマンドよりも快活なところがあり、女性に対する慇懃《いんぎん》な応対にも長《た》けていたから、どうしても弟の方より好ましかった。それに、事実、長男であると云うことがもう一つの強力な要因であった。それが自分の採るべき道なのだと自覚していた。ミス・クロフォードには早くから長男の方が好きになる筈だと云う予感があった。

何はともあれ、トム・バートラムは実際に愉快な男だと思われたに違いない。概して好かれる質の若者ではあった。トムの感じの好さは、何らかの高度な才能の持主よりも往往にして人から感じ好く思われる種類のものであった。それと云うのも、彼は物腰が気さくな上に人一倍活気があり、顔も広く、話題にも事欠かなかったからである。マンスフィールド・パークの跡継ぎであることも、何れは准男爵であることも、利点にこそなれ、何らこれらの妨げになる筈はなかった。ミス・クロフォードは忽ちにしてトムと云う人間とその置かれた境遇を考え合せればもはや申分ないと云う気になった。彼女は周囲の状況を見廻して然るべく考えてみたが、ほぼすべてがトムに都合好く出来ていることが判った。パーク、周囲が五マイルもある紛れもない大パーク——広びろとした当世風な建て方の館、その置かれた位置と云い、ほどよく館を覆い隠す樹木の繁り具合と云い、新しい家具の備え附けだけが不充分であるが、英国中の紳士の大邸宅を彫刻図版に彫って蒐集《しゅうしゅう》するとしたら必ずやそれに加えられるだけの値打のある屋敷——愉快な妹達に物静かな母親、それに感じの好い当人、父親との約束で、目下のところあまり賭事はやる訳にも行かず、何れはサー・トーマスになると云う有利な地歩を持つ当人——これだけあれば申分ないであろう。ミス・クロフォードはトムを受容れるべきだと信じた。そこで、トムがB——競馬大会で走らせることになっている馬にも多少の興味を寄せ始めた。

彼等の附合いが始って間もなく、トムはこの競馬大会のために家を離れなければならなかった。家族の者達は、いつもの行状から推して、どうせ数週間は帰って来ないものと思っている風だったので、このことは早くも彼の愛情を試す機会となった。トムはミス・クロフォードにも競馬に来るようにといろいろと誘いの言葉を掛け、大勢で出掛ける計画も熱心に立ててみたが、結局は話題を提供するに役立っただけであった。

ところでファニーは、この間何をし、何を考えていたのであろうか？　新しい顔触れに対する彼女の意見はどうであったろうか？　十八歳のお嬢さんで、ファニーほど自分の意見を求められることのない娘もいなかった。いつもおとなしくしているので、殆ど注意を向けられることはなかったが、ファニーもファニーなりにミス・クロフォードの美しさは賞讃していた。しかしミスター・クロフォードのことは、従姉達の再三の反対意見にもかかわらず、未だに醜男だと考えていたので、一度もその名前を口にしなかった。そのために却ってミス・クロフォードの注意をそそることになり、その結果はこうであった。「私、どうやら皆様のことが分り掛けて来ましたけど、ミス・プライスだけはまだですわ」とミス・クロフォードが、バートラム兄弟と歩きながら云った。「どうなんですの？　あのかた、もう社交界にお出になっていらっしゃるの、それともまだなんですの？　――私、戸惑っていますの。あのかた、皆さんと一緒に牧師館で食事をなさいましたでしょう？　とするともうお出になっているようにも思われますけど、ところが殆ど何も仰有らないところを見ると、まだお出になっていないのかなとも思われますの。」

主としてエドマンドに向けて話し掛けられたので、エドマンドが応えた。「あなたの仰有ることは判るような気はしますが、それに答えられるかどうか僕には請合いかねます。従妹ももう大人です。齢から云っても一人前の女だし、それだけの分別も持合せている。だけど社交界に出ているとか出ていないと云うのはどう云うことか僕には解らないな。」

「でも一般にこれほど確め易いことはないんじゃありません？　違いははっきりしていますもの。物腰と云い外観と云い、概してまるで違います。今の今まで、女の子が社交界に出ているかいないかで間違えることがあるなんて想ってもみませんでしたわ。まだの娘はいつだって同じ服装をしているものです。例えば窮屈なボンネットを被って取澄した顔をしていて、一言も喋らないとか。あなたは笑っていらっしゃいますが、本当にそうなんですから。ときとして少しばかり度の過ぎることがある場合を除けば、みな大変に礼儀正しいんです。女の子は静かに慎み深く、と云う訳です。最も忌わしいのは、社交仲間に紹介された途端にがらっと態度の変る娘がしばしばいることなの。ときとして本当にあっと云う間に慎みからその反対へ、つまり図図しさへ行ってしまうんですからね。それが目下の在り方の良くないところです。人は、十八や十九の女の子がかくもすぐさま何でも心得た振りをするさまなど見たくはありませんものね——況してや前の年には殆ど物も云えない姿を見ている場合にはね。ミスター・バートラム、多分あなたはそう云う変化にときどき出くわしたことがおありなんじゃありません？」

「そりゃありますとも。でもちょっと公正なやり方じゃないなあ。あなたの考えていることは読めますよ。僕とミス・アンダーソンのことを揶揄っているんでしょう。」

「とんでもない。ミス・アンダーソンですって！　誰のことをどう云うおつもりで仰有られたのか、私には判りませんわ。さあ、皆目見当もつきません。でも、事の次第をお話して下さるなら、大喜びでお揶揄い致しましてよ。」

「おや、上手く白を切りましたね。でも僕の眼をごまかそうとしても駄目です。態度を変えた娘さんのことを話しているとき、ミス・アンダーソンのことを想い浮べていたに違いないんだから。あの正確な描写は間違いない。まったくそのとおりでしたよ。ベイカー街のアンダーソン家の人びとね。ほら、いつだったか彼等のことを話題にしたことがあったじゃないか、エドマンド。君は僕がチャールズ・アンダーソンのことを話したのを聞いたろう？　事情はまさに、今ミス・クロフォードが話されたとおりだった。アンダーソンが僕のことを身内の者に紹介してくれたとき、二年ぐらい前のことだったかな、奴の妹はまだ社交界に出ていなかったんだ。僕はどうしてもその妹に口を利かせることが出来なかった。或る朝僕はアンダーソンを待って一時間ばかり坐っていたことがある。部屋には彼女と小さな女の子が一人か二人いるだけだった。――家庭教師は病気だったのか、それとももういなくなっていたのかな。母親は事務用の手紙に関することでしょっちゅう出たり入ったりしている。それなのに僕はそのお嬢さんから一言も一瞥《いちべつ》も得ることが出来なかったんだ――丁寧な受答えすら一切なかったな。口を閉したまんま、僕から顔を背けたときのあの様子ったらなかった！　その後一年間会わなかったが、奴さん、所謂出た訳だ。それでホルフォード夫人の所で会ったんだが、僕の方は忘れていた。彼女、つかつかとやって来ると、僕とは知合いの筈だと主張する。こっちが極《きま》り悪くなるぐらいじろじろと見て、いや話すやら笑うやら、到頭こっちの方がどこへ顔を向けたらいいのか判らなくなっちゃってね。僕はそのとき自分が一座の物笑いの種になっているんじゃないかと気が気じゃなかった。――ミス・クロフォードも、この話は聞いたことがある筈だ。」

「たいへん面白いお話ですわ。ミス・アンダーソンにはあまり名誉な話ではないけれど、でも多分にそれが真実ね。とにかくよくあることですわ。きっとお母様方が娘の正しい扱い方をまだよく心得ていないんですのね。どこに誤りがあるのかは私にも判りませんけれど。私、敢えて人を正そうと云うようなつもりはありませんが、皆がしばしば間違えていることはよく判るんです。」

「女性の態度はかくあるべしと云う手本を世間に示しているひとは」とミスター・バートラムは愛想の籠った慇懃《いんぎん》な云い方をした、「大いに世間を正している訳です。」

「誤りははっきりしてますよ」とエドマンドは兄に較べると素気ない云い方をした。「そう云う娘達は間違った育てられ方をしたんです。最初から誤った考えを植附けられたんです。そう云う娘達はいつでも見栄で行動している。だから社交界に出る前だろうが、出たあとだろうが、彼女達の振舞には本当の慎み深さがないんです。」

「さあ」とミス・クロフォードは躇いがちに応えた。「そうですね。でもそこのところは私、同意致しかねますわ。見栄なんてむしろ最も慎み深い部類でしてよ。まだ出てもいない娘にも う出たかのような気取った態度をとらせたり、馴馴《なれなれ》しい振舞をさせたりすることの方が、遥かに良くないことですわ。そう云うのを私も見たことがありますけど、何よりも良くない――実に厭なことです。」

「そう、まったくもって迷惑な話だ」とミスター・バートラムが云った。「人を迷わすからな。こっちとしてみりゃどうしていいのか判りゃしないもの。あなたがいみじくも仰有った窮屈なボンネットと取澄した態度（いや至言だな）、これなら相手に誤解を与えることもない訳だ。僕は去年それがないばっかりにとんだ苦境に陥ったことがあってね。去年の九月、一人の友人と一週間ばかりラムズゲイトへ行ったんだ――ちょうど西インド諸島から帰って来たすぐあとだったけどね――あのスニードさ、スニードのことはいつか話して聞かせたことがあったろう、エドマンド。奴の両親と妹達がそこに来ていてね、みな僕には初めての人達だった。アルビヨン・プレイスへ行ってみるとみな出掛けていることが判った。そこで僕達はあとを追ったんだが、皆は埠頭の所にいた。夫人と二人の姉妹、それに知合いの人達が何人かだった。僕は型どおりの挨拶をしたが、スニード夫人は男の人達に取巻かれていたので、娘達の一人と近附きになった。帰る途中ずっと並んで歩くことになったので、僕としては出来るだけ愛想よくした。その娘も物腰が気さくで、こっちの話に耳を傾けるだけでなく、自分でもよく話すんだ。僕としても、怪しからぬことをしているとはつゆ思わなかったね。二人とも同じような恰好をしているんだもの。両方とも立派に着飾っているし、ほかの娘達と同じように顔をヴェイルで覆って、日傘を持っているんだ。ところがあとで気が附いたんだが、僕が終始気を遣っていた相手は妹の方で、奴さんまだ出ていなかったんだ。いやはや、姉の方がすっかり感情を害してしまってね。ミス・オーガスタはまだあと半年は人眼に附いちゃ不可なかったんだ。ミス・スニードは今でも僕のことを恕《ゆる》していないと思うよ。」

「それはひどいわね、まったく。ミス・スニードったらまあ気の毒に！　私、妹はありませんけど、彼女の気持、解りますわ。まだその資格もない妹に無視されるなんて、さぞかし癪に障ったことでしょうね。でもそれは完全に母親の責任ね。ミス・オーガスタの方はまだ家庭教師の傍を離れるべきではなかったんですもの。そう云う中途半端なやり方は決して上手く行きっこありませんわ。それはそうとミス・プライスの結論がまだでしたわ。あのかた、舞踏会にはいらっしゃるの？　私の姉の所だけでなく、他所にもお食事に出掛けまして？」

「いや」とエドマンドが応えた。「舞踏会にはまだ行ったことがないと思う。母が滅多に人中に出て行かないし、グラント夫人以外の人とは食事をしないものだから、ファニーはいつも家にいて母の相手をするんだ。」

「ああ、それではっきりしましたわ。ミス・プライスはまだ出ていない。」

第六章

ミスター・バートラムはB――に向けて出発した。ミス・クロフォードは、皆が集ってもぽっかりと穴のあいたような感じだろうし、今やほぼ毎日繰返されるようになった両家の会合も、ミスター・バートラムがいなくてはさぞかし寂しいものになるだろう、と覚悟した。そこで、ミスター・バートラムが出発したすぐあとに一同がパークで食事をすることになったときも、主人が替ったのではどうせ大して面白いこともないだろうと思いながら、食卓のいつも選んで坐る末席近くに腰を下した。ミス・クロフォードは、定めし味気ないことになるだろう、と思っていた。兄さんに較べれば、エドマンドには何一つ喋ることがないだろう。スープを廻すときにも潑溂《はつらつ》とした様子はないだろうし、葡萄酒を飲むんだってにこりともしなければ、何かちょっとした面白いことを口にすることもないだろう。また、鹿肉を切分けるときに腰肉にまつわる愉快な逸話を一つ添えるでもないだろうし、友人の誰某《だれそれ》に関する滑稽な話を唯の一つ披露するでもないだろう。ミス・クロフォードとしては、上座の方で取交されている話題や、自分達兄妹が来て以来今日初めてマンスフィールドに姿を見せたミスター・ラッシワースの観察に楽しみを見出そうと力めるよりほかはなかった。ミスター・ラッシワースは近くの州に住む友人を訪ねていたのだが、その友人がつい先頃改良家に頼んで自分の地所に手を加えさせたとのことで、帰って来てからもそのことで頭が一杯、自分の屋敷も同じように改良したがっていた。大して的を射たことを喋る訳ではなかったが、いかんせん御当人にはそれしか話題がなかった。そのことは皆が客間にいたときに既に論じられていたのだが、食堂でも再び採上げられた。ミス・バートラムの関心を惹き、意見を求めることがミスター・ラッシワースの一番の目的であることは明らかであった。ところがミス・バートラムはと云うと、様子から察するに、彼氏に親切な心遣いを見せると云うよりもむしろわざと優越感を保っている風であったが、それでも話がサザートン・コートに及び、そこに寄せる様ざまな思いが語られると、満足するところがあったらしく、おかげであまり無愛想にならずに済んだ。

「いやあ、皆さんもコムプトンを御覧になっていたらと思いますね」とミスター・ラッシワースは云った。「もう本当に申分なしなんだから！　あんなに見違えるようになった地所なんて生れてこのかた見たことない。思わずスミスにも、自分がどこにいるのか判らない気がすると云ってしまった。玄関へ近附いて行くときの眺めと云ったら、今やその地方でも一、二を争うほどなんだ。屋敷の佇《たたずま》いなんか、それはもう目を瞠《みは》る思いさ。昨日サザートンへ帰って来たんだが、家がまるで牢獄みたいに見えたね——いや本当に陰鬱な古呆けた牢獄と云った有様だった。」

「まあ、とんでもない！」とノリス夫人が叫んだ。「牢獄だなんて、本当にまあ。サザートン・コートは昔ながらの最も由緒ある立派な御屋敷ではございませんか。」

「でも是非とも改良が必要なんです。僕は生れてこのかたあんなに改良の必要がある屋敷は見たことない。ところがあんまり長く打捨てられてあったので、どう手を下したらいいのか僕にも判らないんだ。」

「ラッシワースさんが目下のところそうお考えになるのも不思議はありませんわ」とグラント夫人が頬笑みながらノリス夫人に云った。「でもやがてきっとサザートンはあの方の望みどおりにあらゆる改良が施されてよ。」

「何とかしなければ不可ないんです」とミスター・ラッシワースは云った。「でも何をすればいいのか判らない。誰か手を貸して下さる方があるといいんだが。」

「それでしたら」とミス・バートラムが平然と云った、「ミスター・リプトン[*1]に頼むのが一番ではないかしら。」

「僕もそれを考えていたんです。ミスター・リプトンはスミスの仕事を実に良くやったからね、僕も早速彼に頼んだ方がいいと思う。手当ては一日五ギニーだそうだ。」

「仮に十ギニーだとしても」とノリス夫人が云った、「あなたがそんなことに気を遣う必要はないと思います。出費が気になって計画が挫けるようなことがあってはなりませんもの。もし私でしたら、費用のことなど一切考えませんね。何だろうと、最高の様式で、出来る限り立派にやらせます。サザートン・コートのような御屋敷ですもの、いくらでもお金を掛けて本人の好みどおりにするだけの値打はありますとも。自由に出来る空地だって、やり甲斐のある地所だって、充分におありなんだから。私なんか、もし私にサザートンの五十分の一でも土地があれば、いつでも樹を植えたり、手を加えたり致しましてよ。それと云うのもね、私は生れつきそう云うことが大好きなんです。でも今住んでいる所でそんなことをやろうものならそれこそ滑稽なことになるだろうと思うわ。半エイカーのそれはちっぽけな土地なんだもの。それこそ茶番もいいところです。でも土地さえもっと広ければ、庭の改良でも植樹栽培でも私は大喜びでやりますとも。牧師館にいたときには、それはもう本当にそうしましたのよ。暮し始めた当初の様子とはまるで違ったものにしましたもの。あなた方若い人達は多分あまりよく憶えてはいないでしょうけれどね。でもサー・トーマスがここにいらっしゃったら、私達がどれほどの改良を施したかをちゃんとあなた方にお話しして頂けましてよ。宅の主人の健康さえああ云う気の毒な状態でなかったら、もっと多くのことが出来るところでした。あの方、本当に気の毒に、外に出て楽しい思いをすると云うことが殆ど出来ませんでしたからね。それでつい私も気が挫けてしまって、サー・トーマスと一緒に立てていた計画も幾つかは諦めてしまったの。そう云う事情さえなかったら、庭に塀を廻らす仕事だって途中で止めることもなかったろうし、ちょうどグラント博士が為さったように樹木を植えて墓地を覆い隠すことも出来たろうと思うの。本当に私達、いつでも何かしらしていましたわ。廏の壁の前に杏子《あんず》の木を植えたのだって、主人が亡くなるほんの一年ほど前の春でした。今ではあんなに立派な大木になって。見事なものですわね」と今度はグラント博士に話し掛ける。

「樹木の繁茂ぶりは確かに大したものですな」とグラント博士が応えた。「土壌がいいんですな。ただ、前を通るたびにいつも遺憾に思うんですが、実の方にも収穫するだけの値打があるといいんですがね。」

「博士、あれはムア・パーク種なんです。ムア・パーク種と云うことで買いましたもの。それに私達が支払った値段だって――あれはサー・トーマスからの贈物だったんですが、私も勘定書を見ましたから知っていますけれど、七シリングもしたんです。それに請求書にもムア・パーク種となっていましたし。」

「それは欺されたんですな、奥様」とグラント博士。「この馬鈴薯《じゃがいも》もムア・パーク種の杏子ってことになりますかな、あの木になる実とおんなじ味がするところを見ると。それにしてもあの実は精精喰えたとしても不味いですな。上等の杏子ってのはもっと美味《うま》いものなんでしょうが、家の庭で出来る奴はまず喰えないね。」

「本当のことを云いますとね、奥様」とグラント夫人が食卓越しに囁くような振りをしてノリス夫人に云った、「主人は家の杏子の生の味を知らないんです。まだ一粒だって口に入れたことがないんです。だって、杏子ってちょっと手を加えるだけでひどく貴重な果実でしょう、おまけに家のは目立って大きい上に品種だって立派なものですから、果実パイや砂糖漬にするために、もう生《な》るとすぐに料理番が全部採ってしまうんですもの。」

ノリス夫人は、思わず赤面するところであったが、これを聞いて平静を取戻した。それから暫くのあいだはサザートンの改良に替って別の事柄が話題になった。グラント博士とノリス夫人は滅多に意見が合わなかった。ノリス夫人は牧師館を出る際に、グラント博士から牧師館の破損賠償金を請求されたこともあって、二人はそもそも近附きの始りからしてしっくりとは行っていなかった。それに二人は気質や習慣の点でもまるで似たところがなかった。

暫しの中断ののち、ミスター・ラッシワースが再び口を開いた。「スミスの屋敷は今やその地方みんなの賞讃の的なんだ。それもリプトンが手掛ける前は何でもない地所だったのに。僕もリプトンにやってもらおうと思う。」

「ラッシワースさん」とバートラム令夫人が云った。「もし私があなたでしたら、それはもう見事な灌木林を拵えましてよ。天気のいい日に外に出て灌木の繁みに入って行くのってといいものですわ。」

ミスター・ラッシワースは、自分としてはその考えに従いたい意嚮《いこう》であることを何とかして令夫人に得心させたくて、取入るような文句を何か見附けようとしたが、令夫人の趣向を受容れるのだと云う気持と自分も同じことを常日頃考えて来たのだと云う気持に挟まれた上に、御婦人方一般の愉しみに対する心遣いを公言したい気持と本当に歓んでもらいたい女性は一人しかいないのだと云うことをそれとなく仄《ほの》めかしたい気持にも挟まれて、言葉に詰ってしまった。

そこでエドマンドは葡萄酒を飲もうと提案し、これでミスター・ラッシワースの話を止めさせることが出来るものと喜んだ。ところがミスター・ラッシワースは、普段は大して喋る方でもないのに、恋人が隣に控えているせいか、まだまだいくらでも話すことがあった。「スミスの所の地所は全部合せても百エイカーそこそこなんだ。ちっぽけなものさ。それがあんな風に改良出来たのだから余計驚いてしまう。それに較べればサザートンは七百エイカーは優にある、冠水牧草地の方は計算に入れなくてもね。だから、コムプトンがあれだけに出来たのなら、望みはあると思うんだ。もう既に館に近すぎる所に生えていた古木は、見事な奴だったけど、二、三伐《き》り倒してもらってあるんだ。おかげで見晴しが素晴しくよくなった。あれなら、リプトンだろうと誰だろうと、その道の人間ならきっとサザートンの並木を伐り倒すだろうと思うね。館の西側正面から丘の頂に通じる奴をね」と最後は特にミス・バートラムの方に向きを変えながら云った。しかしミス・バートラムはこう答えるのが最も相応しいと考えた——

「並木ですって！　まあ！　私には憶えがありませんわ。私、サザートンのことはあまりよく存じませんもの。」

ファニーは、エドマンドの斜め向い、ミス・クロフォードのちょうど真向いに坐って、じっと皆の話に耳を傾けていたが、ここでエドマンドの顔を見ると低声《こごえ》で云った。

「並木を伐り倒すなんて！　何てひどいことを！　クーパーを思い出しません？『汝等《なむぢら》打ち倒されたる並木よ！　我今一度汝等の不当なる運命《さだめ》を嘆かむ。[*2]』」

エドマンドは頬笑みながら答えた。「どうも並木にとっては運がないようだね、ファニー。」

「私、伐り倒される前にサザートンを見てみたいわ、何にも手を加えない、昔のままの御屋敷を。でも無理ね。」

「まだ行ったことがなかったんだっけ？　そうか、そうだったね。残念だけど、距離がね、馬で一乗りと云う訳には行かないものな。何とかみんなで行けるといいんだが。」

「いいえ、そんなことをなさる必要はありません。私の見るのはいつだろうと、どんな風に変ったかをあなたが話して下さればいいんですもの。」

「お話ですと」とミス・クロフォードが云った、「サザートンって、古い、どことなく雄大な感じの御屋敷のように思われますけど、建物は何か特別な様式なんですの？」

「館はエリザベス朝時代に建てられたもので、大きくて均斉のとれた煉瓦造りなんです。重重しい感じはあるが、決して見苦しくはない。それに立派な部屋も沢山ある。ただ場所が悪いんだ。パークの中でも土地が最も低くなったところに立っているもんだから。その点、改良には不向きだろうな。しかし森は見事だ。それに流れもあるし、おそらくこっちの方は大いに改造の仕甲斐もあるだろう。こっちに新たな装いを与えようと云う点では、ミスター・ラッシワースの考えはまったく正しいと思うし、出来映えも申分ないだろうと思うな。」

ミス・クロフォードはおとなしく聴きながら内心こう思っていた。「この人は育ちのいい人だわ。物事を出来るだけ良い方に受止めようとする。」

「自分の考えをミスター・ラッシワースに押附けたいとは思わないが」とエドマンドは言葉を続けた、「もし僕に装いを新たにするような土地があったとしても、僕は改良家の手に任せたりはしないな。綺麗に仕上げる技術が少しぐらい下手だって、自分の好きなようにやって、段段に技術を習得して行く方を採るな。他人様《ひとさま》のしくじりを抱え込むよりはむしろ自分のしくじりを大事にするね。」

「あなたは御自分のなさることをちゃんと心得ていらっしゃるもの。でもそれは私には当嵌《あてはま》らないわ。私は、そう云う事柄に関しては、見る眼もないし、不向きに出来ていますの。ただ出来上った姿をあるがままに受容れるだけ。ですからもし田舎に自分の屋敷でもあって、リプトンさんのような方が引受けて下さって、こちらが支払う額に対して出来る限りの美を提供して下さるなら、私は大いに感謝しますわ。それに私、完成するまでは途中の経過など見たりはしませんもの。」

「私なら進行する様子が逐一見られたら楽しいことだろうと思うわ」とファニーが云った。

「ええ——あなたは今まで受けて来た教育からそう云う風に考えるんでしょうね。そこが私の場合はまるで違いますの。私、たった一度ですけれど苦い薬を嚥《の》まされたことがあって、それも一流とはまったく程遠い改良家から嚥まされたものですから、それで自分の手で改良を試みるなんてこの上なく厄介な、厭なことだと考えるようになりましたの。三年前のことですけど、提督、つまり我が尊敬すべき叔父君なんですけど、この人が夏をみんなで過そうと云うことでトウィケナムに田舎家を一軒買ったんです。そこで叔母と私は大喜びで出掛けて行きました。ところがその田舎家、あんまり立派すぎて、すぐに改良の要ありと云うことになりましてね。歩道には砂利も敷いてなければ、使えるベンチ一つないと云う有様で、三箇月間と云うもの私達、泥に塗《まみ》れるやら、途方に暮れるやらでそれはもうひどい目に遭いましたの。私だって、田舎では何でも出来る限り申分のない状態にしておきたいですけど、灌木林でも花壇でも、それから四阿《あずまや》の腰掛の数でも、でもそう云うものは全部私が自分で苦労したりせずになされるのでなくては嫌ですわ。その点ヘンリーは違いますの。兄は自分でやるのが好きなんです。」

　エドマンドはミス・クロフォードを大いに讃嘆し掛けていたところだけに、自分の叔父のことをあんまり軽軽しく口にするのを聞いて些かがっかりした。それはエドマンドの礼儀作法に対する考えには合わなかった。そこでエドマンドは黙ったが、それでも到頭相手の微笑と快活な物云いに負けて、このことはさしあたり忘れることにした。

「ねえ、バートラムさん」とミス・クロフォードが云った。「やっと私のハープの消息が判りましたの。無事にノーサムプトンにあることがはっきりしました。多分十日前にはもう着いていたのだろうと思います。それなのに、断じてそんなことはないと云う勿体ぶった返辞を何度も受取りましたのよ。」エドマンドはここで喜びと驚きを表明した。「実際、私達の問合せは単刀直入すぎたのです。召使もやりましたし、自分達で出向いても行きました。ロンドンから七十マイルも離れていたのではこんなことをしても無駄なのでしょうけれど――でも今朝、間違いのない筋から知らせがありましたの。何でも農夫が目撃して、粉屋に話し、粉屋が肉屋に話して、肉屋の義理の息子が店に云い置きして行ったんだそうです。」

「手順はともあれ、消息が判って何よりでした。もうこれ以上遅れないことを望みます。」

「明日には受取れるんですの。でもどうやって運んだらいいとお思いになります？　四輪でも二輪でも、荷馬車って訳には行きませんし——だって、それらを村で雇うのはとても無理ですものね。私、運び人夫を何人かと手押車を一台頼んでおけばよかったわ。」

「ちょうど今は時季遅れの干草刈の最中だから、馬や荷車を雇うのは難しいだろうな。」

「何と実はそのことで一騒ぎありましたの。私、吃驚しましたわ。田舎に荷馬車がないなんてあり得ないことだと思われたものですから、すぐさま一台借りて来るように女中に云い附けたんです。だって自分の化粧部屋から外を眺めれば決って農家が見えるし、灌木の繁みを散歩すれば必ず農家の庭を通り掛るでしょう、私としては、てっきり二つ返辞で借りられるものと思い、むしろ一軒の農家にしか儲けの機会を与えてやれないのが気の毒だと思っていたぐらいなの。ですから、実は私がこの世で最も理不尽かつあり得べからざることを求めて、教区中のあらゆる農夫、労働者から干草に至るまでも怒らせていたのだと知ったときには、私がどんなに驚いたか、容易に想像がつくと思うの。グラント博士の土地管理人には、今でも会わないようにした方が身の為だと思っています。それに当のお義兄様《にい》までが、普段はたいへん優しい方なのに、私のしたことを知ったときには怒ったような眼附で私を見たんですの。」

「あなたとしてみれば、そんなことを考えなかったのは無理もないことです。でも一旦お考えになれば、草の取入れが大切なことはお分りになるでしょう。収穫時でなくても荷馬車を借りるのは想像されるほど簡単なことではないのです。この辺の農夫達は荷馬車を貸したりすることには慣れていないし、況してや収穫時であれば、一時たりとも馬を手離すことなど出来ない筈ですからね。」

「何れはこの地方の様子も分って来るだろうと思います。それにしても、金さえあれば何でも何とかなる、と云うロンドンの処世訓をそっくりそのまま持って来たものですから、この地方の、お金なんかには靡《なび》こうとしない頑固な風習には最初些か戸惑いましたわ。でもハープの方は明日ちゃんと取って来てもらえることになりましたの。ヘンリーってほんとに優しいんですのよ、自分の四輪馬車で取りに行ってやろうと云ってくれたんです。こうやって運ばれる分には、ハープにとっても名誉なことではありません？」

エドマンドは、ハープは自分も好きな楽器だし、早速にも聴かせて頂きたいと云った。ファニーもまだハープと云うものを一度も聴いたことがなかったので、しきりに聴きたがった。

「お二人の前で弾けるなんて本当に幸せですわ」とミス・クロフォード。「少くとも退屈なさらずに聴いて頂ける限りはね。尤も私自身音楽が大好きなものですから、聴く人にはお構いなしってことになってしまうかも知れませんわ。持前の趣味嗜好が五分五分の場合、演奏者の方がいつでも得なんでしょうね、喜びを見出すところが一つとは限らない訳ですから。ところでバートラムさん、お兄様に手紙を書かれることがありましたら、私のハープが無事に着いたと云うことをお知らせ願えません？　お兄様には大分そのことで愚痴をお聞かせしましたので。それから、もしよろしかったら、私がお兄様の馬が負けるであろうことを予想して、同情の余りお兄様のお還りをこの上なく悲しい曲で迎える用意をしている、とも。」

「僕に手紙を書くことがあれば、何なりとお望みのことはお伝えします。ただ目下のところ手紙を書かなければならない用件も見当らないものですから。」

「おそらく、お兄様が行かれてから一年経ったとしても、お書きにはならないんでしょうね。お兄様の方も、どうしても書かなければならない必要に迫られない限り、書いて寄越さないのだろうと思いますわ。機会はまず絶対になさそうですわね。男の兄弟なんて妙なものですわね！本当に差迫った必要でもない限り、お互いに手紙のやりとりなんてしないんですから。それに、これこれの馬の具合が悪いとか身内の誰某が亡くなったとかを云ってやるのにどうしてもペンを取上げざるを得ないときでも、可能な限り言葉数は少いんですからね。書き方も決っている感じですし。私、よく存じていますの。ヘンリーってほかの点ではまさに兄の見本みたいな人なんですけど——妹思いですし、妹相手に相談もすれば、打明け話もしますし、ときには一時間ぶっつづけに話相手もしてくれます——ところが手紙となると、便箋の裏にわたったことは一度としてないんですの。ただもう、『親愛なるメアリー、たった今到着、バースは今が盛りのよう、万事相変らず、敬具』と云うのがしょっちゅうなんです。そう云うのが本当に男らしい書き方とでも云うのか、いかにも兄弟の書く手紙と云うものなんですのね。」

「でも家族の者みなから遠く離れているときには」とファニーはウィリアムのことを思って顔を赧らめながら云った、「長い手紙を書くことだってありますわ。」

「ミス・プライスには今海に出ている兄さんがいるんです」とエドマンドが云った。「とても筆まめな人だから、それでミス・プライスにはあなたの意見はちょっとひどすぎると思われたのです。」

「海に、そうなんですの？　——勿論、軍務に就いていらっしゃる訳ですね。」

ファニーとしてはむしろエドマンドに事情を説明してもらいたかったが、エドマンドが口を開きそうにもなかったので、兄の境遇について自ら語らざるを得なかった。それでも兄の仕事のことや、兄がそれまでに派遣された外国の艦隊根拠地のことを話すときは声も活活《いきいき》としていたが、故国を離れてから経過した年数を口にするときにはどうしても眼に涙が溢れて来るのであった。ミス・クロフォードは親切にも早く昇進なさるとよろしいわねと云ってくれた。

「従弟の所属する艦の艦長については何か御存知ありませんか？」とエドマンドが云った。

「マーシャル大佐ですけれど。海軍にはお知合いが多いのだろうと思いますが？」

「提督ですと知った方は沢山いますけれど」とミス・クロフォードは幾分威厳を見せて答えた、「下の階級の人ですと殆ど存じませんの。大佐艦長ともなれば大層立派な方なのでしょうけれど、私達の仲間に入って来ることはまずございませんわね。いろんな提督の方がたのことでしたら、私、いくらでもお話し出来ましてよ、その人のことでも、銘銘の艦旗に関することでも、その人その人の給与の格差についてでも、また皆さんの諍《いさか》いやら嫉妬なんかにまつわることでも。でも、これは私、断言出来ますけれど、概して皆さん出世なんかでも等閑《なおざり》にされていて、待遇なんかもひどいものなんですね。確かに私、叔父の所にいたおかげで提督の方がたとは顔見知りが増えましたわ。少将《リア》だとか中将《ヴァイス》だとかにも沢山お眼に掛りましてよ。お願いですから、駄洒落を云っているなんて受取らないで下さいね。[*3]」

エドマンドはまたもや気持の沈む思いがして、ただ、「海軍は立派な職業です」としか応えなかった。

「確かに、おかげで財産も出来る、金の遣い方にも思慮分別がある、と云うのであれば、結構な職業ですわね。でも私の好きな職業ではございませんわ。私にはどうしても好きになれませんの。」

エドマンドは話をハープのことに戻した。そしてミス・クロフォードの演奏が聴けると云う期待に再び愉快な気持になった。

その間ほかの人達のあいだでは未だに土地改良の話が続いていた。グラント夫人は、そうすることがミス・ジュリア・バートラムに向けられていた弟の注意を奪うことになるにもかかわらず、弟に話し掛けずにはいられなかった。「ねえ、ヘンリー、あなたには何も云うことはないの？　あなただって一廉《ひとかど》の改良家なんでしょう。それに、聞けばエヴァリンガムも英国中の御屋敷にも引けを取らないそうじゃありませんか。あの自然の美しさは、それはもう相当なものだと思うわ。私が昔見たエヴァリンガムのあの景色は申分なしでしたもの、あの素晴しい斜面と云い、あの樹木と云い。是非ともう一度見てみたいわ！」

「姉さんの意見が伺えれば、これほど嬉しいことはありませんよ」とヘンリーは答えた。「でも些か失望されるんじゃないかと心配だな。とても今頭で考えておられるとおりの景色は見られっこないもの。広さから云っても取るに足らないものだし――あんまりちっぽけなんで驚かれるんじゃないかな。それに改良と云ったって、僕が手を加えたところなんて殆どないんだ。ほんのちょっとさ――僕としてはもっといろいろとやりたかったんだけれど。」

「そう云うことがお好きなんですのね？」とジュリアが云った。

「それはもう好きですとも。しかし僕の場合、一つにはその土地に自然のままの長所が幾つかあって、若造の眼にも手を下す余地のあまりないことが判ったのと、もう一つにはこちらに持前の若さから来る決断力のあったこともあって、エヴァリンガムが今のような姿になったのは、僕がまだ成人して三箇月にもならないときでした。ウェストミンスター校在学中に計画を立てて、ケンブリッジでだったと思うが、少し手直しして、そして二十一のときに実行に移したんです。ラッシワースさんはまだこれから大きな愉しみがある訳だから、羨《うらやま》しいですね。僕の場合はもう自分の愉しみを喰尽してしまった。」

「分りの早い人って云うのは決断も早いし、行動するのも早いんでしょうね」とジュリアが云った。「あなたのような方が仕事に事欠くなんてことはあり得ませんわ。ラッシワースさんを羨しがるよりも、考えを提供して、お手伝いなさればよろしいのに。」

グラント夫人はこの最後の言葉を耳にすると、自身、弟に太刀打ち出来るだけの判断を下せる人などあり得ないと確信していたので、熱心にそうするよう勧めた。ミス・バートラムもその考えに賛成して、全面的に支持し、自分の考えとしては、直ちに商売人の手に事を任せるよりも、私利を離れた友人の忠告を仰ぐ方が遥かに賢明なことだと思うと云ったので、ミスター・ラッシワースはたちどころにミスター・クロフォードの援助を求める気になった。こちらは礼儀上暫し自分の腕前を謙遜したあとで、私で役に立つことがおありでしたら何なりとお役に立ちましょうと云った。そこでミスター・ラッシワースは是非ともミスター・クロフォードにサザートンへお出で願って、お泊り頂きたい、と提案した。このときノリス夫人が口を挿んで、二人の姪の心中に、ミスター・クロフォードを連れて行ってしまうような計画には賛同し難い気持を読んだかのように、修正案を提出した。「それはもう、クロフォードさんは喜んで行かれましょうとも。でも私達もっと大勢で出掛けてもよろしいのではございません？　私達少人数で一行を成して出掛けると云うのはどうかしら？　ねえラッシワースさん、こうして、あなたの改良に興味を寄せている人だって、またその場に行ってクロフォードさんの御意見を伺ってみたいと思っている人だって沢山おられるのですし、それに皆さんの御意見だってあなたにとって何がしかの役に立たないとも限りませんかもよ。私としましても、今一度正式にあなたのお母様を訪問したいとかねがね考えておりましたの。ただ自分の馬がないばっかりについつい延びのびになってしまって。でも今度こそ私も出向いてラッシワース夫人と一緒に何時間かを過すことが出来ますわ。その間あなた方はみんなで散歩なさって事をお決めになればよろしい。それから皆してここへ戻って来て遅い晩餐をすればいいわ。或はあなたのお母様が望まれれば、それに従ってサザートンでお食事を御馳走になって、月明りの下を愉しく馬車を走らせて帰って来る、と云うことも考えられます。クロフォードさんが姪二人と私を馬車に乗せて行って下さるでしょうし、エドマンドは馬で行けるわね。ねえ、あなたにはファニーが残って一緒にいてくれるわ。」

バートラム令夫人は何も反対しなかった。そこで一行の中に名前を挙げられた者は早速に賛成の意を表明しに掛った。ただエドマンドだけは逐一聞いてはいたが、何も云わなかった。

＊1　十九世紀初頭ハムフリー・リプトン（一七五二―一八一八）はその庭園改良のやり方を大分攻撃されていた。当時流行の標準的なやり方から見ると、退屈で、味気なく、機械的と思われていたらしい。ミスター・ラッシワースにリプトンの方法を認めさせているところから、作者はむしろこの方法には否定的であったと思われる。

＊2　ウィリアム・クーパー（一七三一―一八〇〇）『仕事』第一巻第三三八―九行。

＊3　rear には rear admiral のほかにお尻の意があり、vice には vice admiral のほかに悪徳の意がある。

第七章

「ねえ、ファニー、君は今、ミス・クロフォードのことをどう思っている？」とエドマンドは、翌日、自分でもそのことを暫く考えてから云った。「昨日はどう思った？」

「たいへんいいかた――本当にいいかただわ。私、あのかたの話を聞くのが好きです。聞いているとと愉快なんですもの。それにとてもお綺麗だし、お顔を拝見しているだけでもたいへん楽しいわ。」

「顔立は確かにたいへん魅力的だね。眼や口の動きが素晴しい！　でも話の中で、あまりその場に相応しくないように思われるところはなかったかい？」

「ええ、そう、御自分の叔父様のことをあんな風に仰有るべきではなかったと思うわ。本当に吃驚しました。御自分も長年一緒に暮した叔父様なんだし、それに、たとい欠点がどうあろうと、お兄様のことがたいへん気に入って、まるで息子のように可愛がって下さったと云うではありませんか。私、とても信じられなかった！」

「君のことだから気が附くだろうとは思っていた。あれは本当によくない――たいへん無作法なことだ。」

「それにたいへん恩知らずなことだと思います。」

「恩知らずと云うとちょっときついな。叔父さんの方にミス・クロフォードに感謝を要求する資格のないことは僕にも判る。叔母様には確かにある。まあ、叔母様を尊敬する思いが強いばっかりについああ云う口調になってしまうのだろうとは思うけど。あのひとは厄介な立場に置かれているんだ。あのように情の篤《あつ》い活潑なひとだから、提督の方をやっつけないことにはクロフォード夫人に対する自分の愛情を正しく表明した気になれないのに違いない。僕は別に、夫妻の不和の原因がどっちにあるか判ると云うつもりはないが、提督の目下の行状があゝ云う風だと、夫人の方に身方したくなる気持は解るな。ミス・クロフォードが叔母様は全然悪くないと考えるのは自然だし、好ましい。僕は別にあのひとの考え方を非難しているんじゃない。ただ、そう云うことを公にするのは確かに無作法なことだと思うんだ。」

「こう云う無作法については」とファニーはちょっと考えてから云った、「クロフォード夫人にも非難されるべきところがあるとはお思いになりません？　あのかたはずっと叔母様に育てられて来た訳ですから。叔母様には公平な眼で見た提督の姿をあのかたに正しく伝えるなんてとても出来ないことでしたでしょうし。」

「それは正しい意見だね。そう、姪の落度は叔母の落度だったと考えるべきだろう。それならあのひとが不利な立場にあったと云うこともっとはっきりする。でも今の家ならあのひとのためになるだろうと思う。グラント夫人の作法は申分のないものだから。ミス・クロフォードも兄さんのことを話すときはいかにも愛情の籠っている感じだね。」

「ええ、ただあんな短い手紙を書いて寄越すなんて云っていたときは別でしたわ。私、思わず噴き出すところでした。でも私としては、離ればなれになっているのに少しぐらい苦労してでも妹に読むに値する手紙を書いてやろうと云う気にもなれないような兄さんの愛情とか優しい性質とかをあまり高く買うことは出来ません。ウィリアム兄さんなら、たといどんなことがあっても絶対に私をそんな目に遭わせたりはしないだろうと思うわ。それにどんな権利があってあのかた、あなただって家を留守にしたら、長い手紙を書かないだろうなんて考えるのかしら？」

「それはファニー、自分自身に面白そうだったり、他人の喜びそうなことを何でも話の種に出来ると云うのが快活な人間の特権なのさ。悪気や辛辣なところさえなければ許されることだよ。それにミス・クロフォードの表情にも口調にもそんなところは微塵もなかったろう、きつかったり、声高だったり、がさつだったりしたところは何にも。今話したようなことを除けば申分のない女性だ。そこだけは確かに正当化する訳には行かないけれどね。僕は君が僕と同じように見ていてくれたので嬉しいよ。」

エドマンドは、ファニーの心の形成に与っても来たし、愛情を贏《か》ち得てもいたので、ファニーも自分と同じように考えるだろうと充分に見込んでいた。ところがこのとき、このことで、二人の考え方が危うく異り始めたのである。と云うのは、エドマンドは既にミス・クロフォードを賞讃する方針でいたが、それはファニーにはとても随いて行けないところまで彼を導いて行くかも知れなかったからである。ミス・クロフォードは依然として魅力的であった。ハープが着いて、彼女の美しさと才智と上機嫌は更に増した。演奏ぶりはこの上なく鄭重なものであったし、表情と云い趣味と云い殊のほか似つかわしく、一曲が終るごとに何やら気の利いた言葉が口にされた。エドマンドは毎日牧師館へ出掛けて行ってはこの大好きな楽器に聴惚れていた。一日の演奏が終ると決って翌日も是非どうぞと招待があった。ミス・クロフォードとしても聴手がいて悪い気はしなかったからで、万事はすぐに順調な流れに乗った。

綺麗で快活な若い女性とこれまた優雅なハープと、ともに窓辺に寄り、窓は床まであるフランス窓で、小さな芝地に向って開け放たれ、芝地を囲む灌木は夏の折とて豊かな葉を茂らせている、となればどんな男の心を捉えるのにも充分である。季節と云い情景と云い曲目と云い、すべてが感動的な気分と情緒的な雰囲気をもたらすのに誂え向きであった。グラント夫人とその丸型の刺繍枠でさえ二人の感動に一役買い、すべてがよく調和していた。ひとたび愛が始動すれば何だって役に立つもので、サンドウィッチの盆でもその接待役を務めるグラント博士でも例外ではなく、ちょっとした見ものであった。エドマンドは、事態を熟慮することも自分のしていることを弁えることもせず、このような交わりが一週間も続いた頃には、大いに恋心を抱き始めていた。またミス・クロフォードの名誉のために一言附加えておくなら、エドマンドは、別に世間をよく知っている人間でもなければ長男でもないし、世辞を弄することもしなければ、詰らない話をしてわざとらしく燥《はしや》ぐようなこともしないのに、彼の方もミス・クロフォードにとって好感の持てる人になり始めたのである。彼女は確かにそう感じた。と云っても別に、前もってそう見越していた訳でもないし、なぜだかもよく解らなかった。エドマンドは普通の尺度で見る限り決して愉快な男ではなかった。無駄話はしないし、御世辞は云わない。考え方は頑固だし、女性に対する心遣いなども物静かで飾り気がない。おそらく誠実で、落着きがあり、正直なところに或る種の魅力があったのだろう。ミス・クロフォードもそれをはっきりと自ら確認するところまでは行かなかったものの、何となく感じることは出来たのかも知れない。尤も彼女はあまり深く考えなかった。さしあたって彼は愉快な存在であったし、自分の近くにいてもらいたかった。それで充分であった。

ファニーはエドマンドが毎朝牧師館へ出掛けて行くことを別に不思議にも思わなかった。出来ることなら自分も喜んで行きたいところで、例のハープを聴くためなら、招ばれずとも人知れず出掛けて行きたい気持であった。また、夕方の散策が終って、双方の家族が再び別れるときに、エドマンドがグラント夫人と妹嬢を家まで送るのが正しいと考えて、その間ミスター・クロフォードが専らパークの令嬢方の相手をすることになっても、特別気にもならなかった。ただひどく損な交換だと思った。エドマンドがいないために葡萄酒を水で割ってもらえないのなら、いっそ葡萄酒なんか飲まずに済ましたいぐらいであった。ただファニーが些か驚いたことには、エドマンドはミス・クロフォードと何時間も一緒にいながら、自分でも意見を述べていた例の欠点がそれ以上眼に入らないようであった。ファニーには、ミス・クロフォードと一緒になるたびに何かしらその種のことが眼に附いて例の欠点が思い出されるのであったが、エドマンドにはそう云うことはないらしかった。エドマンドは好んでミス・クロフォードのことをファニーに話したが、例の提督のことが話題に持出されなくなっただけで充分と考えている風であった。そこでファニーも、そんなことをして意地悪く思われるのも厭なので、自分の意見を云うのを躇った。ミス・クロフォードが乗馬を習いたいと云う気になった結果、ファニーはミス・クロフォードから最初の現実的な苦痛を与えられることになった。ミス・クロフォードはマンスフィールドに落着くとすぐにパークの令嬢方のやっているのを見て自分もやりたくなったのである。ミス・クロフォードと近附きの増したエドマンドは、是非そうなさったらいいと奨め、自分のおとなしい牝馬ならどこの廏のよりも初心者向きだから、最初に乗るときには是非それを使うようにと申し出た。しかしエドマンドには、こう云う申出をするからと云って、ファニーを苦しめたり、傷つけたりする意図は毛頭なかった。むしろそうすることでファニーの一日の運動が疎《おろそ》かにされるようなことがあってはならないと思っていた。ただファニーが乗り始める前に三十分ほど牝馬を牧師館へ連れて行くだけのことであった。ファニーは最初にその提案を聞かされたとき、侮辱された気になるどころか、エドマンドが自分に許しを求めてくれたことが有難くて、胸が一杯になった。

ミス・クロフォードも初日は大いに面目を保って、ファニーに迷惑を掛けるようなことはしなかった。エドマンドは、牝馬を連れて行って、何から何まで監督役を務めると、ファニーも、それから従姉達と一緒でないときはいつも附いてくれる忠実な老馭者も、まだ出発の準備が出来上らないうちに、悠悠間に合って戻って来た。二日目になると幾分予定の時間を超過した。ミス・クロフォードはあんまり面白いのでどうしたら止める気になれるのか自分でも判らなかったのだ。積極的で怖がらない上に、幾分小柄ではあるが頑丈そうな身体つきで、乗馬に向いているようであった。練習そのものが面白くて仕方がない上に、エドマンドが傍に附いていていろいろと教えてくれるのと、自分でも上達が速いところから自分は大抵の女性を遥かに抜きんでていると云う確信を抱いたことで、何かしら降りたくなくさせるものがそこに加わったものと思われる。ファニーは用意をして待っていた。ノリス夫人はファニーがまだ出掛けないでいると云うのでがみがみ云い始めた。でも馬が着いたと云う知らせもないし、エドマンドも現れない。伯母を避けるためと、エドマンドを捜すために、ファニーは出掛けることにした。

屋敷と牧師館のあいだは半マイルも離れてはいなかったが、互いに視界からははずれていた。それでも玄関の戸口から五十ヤードも歩くとパークが見おろせて、牧師館と村道の向う側から緩やかに盛上っている荘園の全体が見渡せた。ファニーはすぐにグラント博士の牧草地に皆を認めた――エドマンドとミス・クロフォードはともにそれぞれの馬に跨がって、並んで馬を歩ませている、グラント博士夫妻とミスター・クロフォードが二、三人の馬丁と一緒にあたりに立って見守っている。皆が一つのことに関心を寄せて――ファニーにはたいへん幸せそうな一団に見えた――確かに皆して愉しんでいるのだ――そのことは陽気なさざめきがファニーのいる所まで伝わって来るのでも判った。しかしそれはファニーにとっては愉しくないさざめきであった。エドマンドがもしや自分のことを忘れてしまったのではと思うと、胸が痛んだ。ファニーは牧草地から眼を逸らすことが出来なかった、行われていることを逐一見守らない訳には行かなかった。最初ミス・クロフォードはエドマンドとともにあたりを一周した。歩調からして短い距離ではなかった。それから、明らかにミス・クロフォードの提案で、二人は跑足《だくあし》に入った。臆病なファニーはミス・クロフォードが上手に腰を落着けているのを見て吃驚してしまった。暫くして馬を止めると、エドマンドは近附いて相手に何か話している。手綱の扱い方を教えていることは明らかだ。相手の手を取っている、とファニーには見えた。眼の届かないところは想像力が補った。しかしファニーとしてはこんなことで驚いてはならなかった。エドマンドは誰にでも自分を役立てて人の好いところを見せているのだから、これ以上に当り前なことがあるだろうか？　しかしファニーとしてみれば、実際のところ、ミスター・クロフォードがその役を引受けてあげればいいのに、だって兄さんなんだから、自分でそうしてあげた方がそれこそ適切なことだし、相応しいことだろうに、と考えない訳には行かなかった。でもミスター・クロフォードは、自ら人の好いことを誇り、自分でも手綱を取るにもかかわらず、エドマンドのように積極的に親切を見せないところを見ると、おそらくそう云うことについては何も知らないのであろう。それにしてもあの牝馬はこうして二人も続けて乗せなければならなくなって、気の毒に、とファニーは思い始めた、私のことを忘れたのなら、せめて可哀そうな牝馬のことでも思い出せばいいのに。

それでも牧草地の人達が銘銘にその場を離れ始めるのを見ると、自分や牝馬のことで揺れ動いていたファニーの気持もすぐに少しばかり鎮まった。ミス・クロフォードはまだ馬に乗ったままであったが、徒歩のエドマンドに伴われて、門から小径に出るとそのままパークに入り、ファニーの立っている所へ向って進んで来た。そこでファニーは無作法な苛苛した様子に見られるのを恐れ始めて、そう云う風に受取られるのを力めて避けようと云う気持から、自ら二人の方へ歩いて行って出迎えた。

「まあ、ミス・プライス」とミス・クロフォードは、声が届く所まで来るや否や、云った。「私、あなたをお待たせしてしまったお詫びを自分で申そうと思ってやって来ましたの。本当に遅くなって、たいへん悪いことをしてしまったと思っています。どうぞ、恕して下さいね。我儘って恕して頂くより仕方ございませんわね、どうにも直りそうにないんですもの。」

ファニーの応答は丁寧を極めたものであった。エドマンドまでがファニーは別に急いではいないのだと確かな口調で云い添えた。「だって従妹がいつも乗る距離の倍以上乗れる時間がまだ充分にあるもの。それにあなたが三十分遅らせてくれたおかげで従妹もそれだけ気持よく乗馬が出来ることになったた。だって、ほら、雲が出て来たんで、従妹としては暑さで辛い思いをしなくて済むことになったもの。大分練習したけどお疲れでなければよろしいが。お家まで歩かなくても済めばいいんですけどね。」

「この馬から降りる練習以外、どんな練習だって疲れることなんかありませんわ」と云いながら、ミス・クロフォードはエドマンドの手を借りて跳び降りた。「私はたいへん丈夫に出来ていますから、好きなことをやっている限り、決して疲れるようなことはありませんの。プライスさん、残念ですけれどお譲り致しますわ。でもあなたが愉快に乗られることを心から希っていますです。それからこの可愛くて、愛嬌があって、美しい馬のいいことだけが聞けることもね。」

老駅者は、自分の馬を連れて近くで待っていたが、皆のいる所にやって来ると、ファニーが馬に乗るのを手伝い、やがて二人はパークの別の方へ出発した。振返ると、二人が一緒に丘を下って村の方へ歩いて行くのが見え、ファニーの気持はちっともすっきりしなかった。また老駅者が、ミス・クロフォードが女ながらたいへん器用に馬を乗りこなすことにあれこれと意見を加えるのを聞いていても、ファニーの気分は大して変らなかった。老駅者もファニーに劣らぬ関心を持ってミス・クロフォードの乗馬ぶりを見守っていたのである。

「御婦人があんなに大胆に馬に乗るのを見ているのは気持のいいものですな」と老駅者は云った。「あれ以上上手く乗る御婦人なんているもんじゃない。これっぽっちも怖がっているようには見えなかった。嬢様が初めて乗り始めたときとはえらい違いだ。今度の復活祭でまる六年になりますわい。いやはや！　サー・トーマスが最初にお乗せしたときの嬢様の慄えようったら！」

客間でもミス・クロフォードは賞讃の的であった。生れつき体力にも勇気にも恵まれていると云う長所はバートラム姉妹によっても充分に認められた。乗馬を喜ぶことも上達が速いことも姉妹の場合と同様だったので、姉妹も大喜びで褒め称えた。

「上手に乗るだろうとは思っていたわ」とジュリアが云った。「乗馬向きの身体つきをしているもの。きりっとした姿恰好はあのひとのお兄様にそっくりだわ。」

「そうね」とマライアが云い添える。「それに心意気も立派だし、性格にもお兄様同様の活気があるわ。上手に馬に乗るにはどうしても精神力が大いに物を云うものね。」

夜になって別れるとき、エドマンドは、翌日も馬に乗るつもりかどうかファニーに訊ねた。

「いいえ、さあ、馬がお入用でしたら私は結構ですけれど」とファニーは答えた。

「僕が必要だと云う訳ではないんだけどね」とエドマンド。「君が今度外に出たくない気分のときでいいんだが、もっと長い時間、まあ午前中一杯ぐらい馬が使えたら、ミス・クロフォードも喜ぶだろうと思ってね。グラント夫人がマンスフィールド共有地の素晴しい眺めのことを話して聞かせたものだから、あのひと、そこまで行ってみたくて仕方がないんだ。僕もあのひとなら無事に行って来られると思っているけどね。でもこれは別にいつでもいいんだ。ミス・クロフォードも、君の邪魔をするとあっては大いに気が引けるだろうし、あのひとの方は単に愉しみで乗るんだし、君の場合は健康のためなんだから。」

「明日は私、乗りませんから、大丈夫です」とファニーは云った。「このところ大分外出していますから、明日はむしろ家にいたい気がしますの。私ももうちゃんと散歩が出来るぐらい丈夫になりましたもの。」

エドマンドは嬉しそうな様子であった。それでファニーの心も和んだに違いない。そこでマンスフィールド共有地への遠乗りは次の朝行われた。――一行はファニー以外の若者全員から成り、遠乗りそのものを愉しんだのは勿論のこと、夕方そのことを話題にするのがまたそれに倍する愉しみであった。この種の計画は一つ成功すると概してまたもう一つの計画をもたらすものて、共有地まで行って来たと云うことで皆は次の日もまたどこか別の所へ行きたいと云う気持になった。多くのいろいろな意見が出されたが、結局、気候は暑いけれども、自分達が行きたい所ならどこだろうと日蔭の小径ぐらいはある、と云うことになった。若者の一行だもの、日蔭の小径の一本や二本必ず見附けるさ。と云う訳で、続く四日間の晴れた朝は、一同こんな風に、つまりクロフォード兄妹に田舎を見せたり、その中でも特に見晴しのいい二、三の場所へ案内したりして過した。何もかも大成功で、みな陽気で、上機嫌であった。暑さも不便を提供しただけで、充分に愉しい話題となった。――ところが四日目になって、一行のうちの一人が自分の幸福を大いに曇らせることになった。その一人とはミス・バートラムであった。エドマンドとジュリアは牧師館で食事をして行くよう招待されたのに、ミス・バートラムだけ招待されなかったのである。それは、グラント夫人がミスター・ラッシワースのことを考慮して、まったくの善意からしたことであった。それと云うのも、その日ミスター・ラッシワースはパークへ来るかも知れなかったからである。しかしミス・バートラムとしてはひどく傷つけられた気持であった。家へ着くまでのあいだ、日頃の立派な行儀作法を辱《はずか》しめずにこの当惑と怒りを押隠すことは並大抵の苦労ではなかった。ところがミスター・ラッシワースは来なかったものだから、彼女の傷ついた気持は強まる一方で、当の相手に支配権を振うことで憂さを晴らすことも叶わず、ただ、母と伯母と従妹を相手にむっつりとした態度をとり、食事と食後のデザートをこの上なく陰気なものになし得ただけであった。

十時か十一時頃、エドマンドとジュリアが、夜の外気に触れたために活活として、顔を紅潮させ、いかにも愉しそうに居間に入って来たが、見ると三人とも自分達とはまるで正反対な様子でそこに坐っている。マライアは本から眼を上げようとせず、バートラム令夫人は半分眠っている。ノリス夫人までが姪の不機嫌に心落着かないらしく、晩餐について一、二質問したものの、返辞がすぐに得られなかったので、もうそれ以上何も口を利くまいと意を決したかのような様子であった。暫くのあいだ兄妹はあまりにも熱をこめて夜の素晴しさを称えたり、星の綺麗なことを喋ったりしていたので、自分達以外のことにまで気が廻らなかったが、一時して沈黙が来ると、エドマンドはあたりを見廻して、「ファニーはどこなの？　もう寝たの？」と訊いた。

「さあ、まだだと思うけど」とノリス夫人が応えた。「つい今しがたまでここにいたんだけどね。」

　細長い部屋の反対側の方からファニーの優しい声が聞えて、自分は今ソファの所にいるのだと云った。ノリス夫人が叱り始めた。

「晩方中ソファの上で怠けようなんて良くない魂胆です、ファニー。どうしてここへ来て、私達と同じように仕事が出来ないの？　自分の仕事がなければ慈善籠*からいくらでも私が宛《あてが》ってあげます。先週買った新しいキャラコなんかまだ全然手つかずなんですからね。あれを裁つのに私は危うく脊骨を折るところだったと云うのに。もっと他人様のことを考えるものです。本当にそうですよ、若いくせして年中ソファの上でだらけているなんて、何と云う魂胆でしょう。」

この言葉が半分も終らないうちに、ファニーは卓子の自分の席に戻って、再び針仕事に取掛っていた。ジュリアは、その日一日が愉快だったものだから大いに機嫌をよくしていて、こう叫ぶことでファニーに対する不当な非難を挽回した。「ファニーなんて家の誰よりもソファに坐ることが少いじゃありませんの、ねえ、お母様。」

「ファニー」と相手を注意深く眺めてからエドマンドが云った。「君、頭が痛いんだろう？」

ファニーは否定こそしなかったが、それほどひどくはないと云った。

「いや、どうだかな」とエドマンドは応えた。「君の普段の顔色はよく知っているもの。いつから痛むの？」

「夕食の少し前から。ほんのちょっと暑さに参っただけなの。」

「日向《ひなた》に出たのかい？」

「出たのかですって！　勿論、出ましたとも」とノリス夫人が云った。「こんなに天気のいい日に家の中にいろって云うの？　私達皆して外に出ましてよ。何しろあなたのお母様だって今日は一時間以上も出られたんですからね。」

「ええ、そうなのよ、エドマンド」と令夫人が云い添えた。「私も一時間以上外に出たの。その間四十五分ぐらい、私は花壇の所に坐って、ファニーは薔薇の花を摘んでいたわ。愉しかったことは確かだけれど、ひどく暑かったの。四阿は日蔭になっているからいいけれど、それでも家に戻ることを考えただけでうんざりしたわ。」

「ファニーは薔薇を摘んでいたんですって？」

「そうなの、今年はもうあれで最後ではないかと思うわ。可哀そうに！　ファニーには少しばかり陽射《ひざし》がきついことは判っていたんだけど、あんまり見事に咲いていたものだから、みな待てなかったの。」

「確かに仕方のないことだったわ」とノリス夫人が幾分口調を和らげて応じた。「ねえ、もしかしたらファニーの頭痛はそれが原因なんじゃないかしら。暑い陽射の中で立ったり屈《かが》んだりすれば何よりも頭痛になり易いことは確かだもの。でも多分明日になればよくなるわ。そうそう、あなたの聞酢《かぎす》を聞《か》がせたらどうかしら。私はいつも自分のを一杯にしておくのを忘れてしまうの。」

「それはもう聞がせましたの」とバートラム令夫人が云った。「姉さんの家から二度目に戻って来て以来ずっと聞がせています。」

「何だって！」とエドマンドが声を揚《あ》げた。「薔薇を摘んだだけじゃなくて、歩いたんだって、この暑いパークを伯母様の家まで、それも二度も？　——頭痛がするのも無理ないや。」

ノリス夫人はジュリアに話し掛けていて、聞いていなかった。

「ファニーには応えるだろうなとは思ったの」とバートラム令夫人が云った。「でも花が集められると、伯母様が欲しいと仰有るものだから、それで家まで持って行ってあげなくては不可なかったの。」

「でも薔薇の花が二回も往復しなければならないほどもあったの？」

「いいえ、ただ、花を乾燥させるために余間の方へ入れなければならなかったの。運悪くファニーはその部屋の扉に錠を下すのを忘れて、しかも鍵を置忘れて来てしまったものだから、それでもう一度引返さなければならなかったの。」

エドマンドは立上ると部屋の中を歩き廻りながらこう云った。「そんな用事、ファニー以外の誰かにさせることは出来なかったの？　伯母様、それはもう間違いなく大変な不手際でしたね。」

「私が自分で行かないとすれば、そうするよりほかにどうすればよかったのか、私には判りませんけどね」とノリス夫人が、もうそれ以上聞えない振りも出来なくなって、云った。「だって私としてもいちどきに二つの場所に身を置くことは出来ませんからね。ちょうどそのとき私は酪農場で働いてる女のことで、それもあなたのお母様のお望みで、グリーン氏と話をしていたんです。おまけにジョン・グルームに息子のことでジェフリーズ夫人に手紙を書いてやる約束もしてあって、気の毒に三十分も私の話の終るのを待たせていたんですからね。私が楽をしようとしたなどと云って私を責める正当な根拠は誰にもないと思いますよ。実際、何もかも同時に出来やしませんもの。それにファニーにちょっとばかり家まで行って来てもらったからって、四分の一マイルもない距離なんだし、無理な頼みごとをしたとも思えませんけどね。私なんか一日に朝夕三度往復することはしょっちゅうです。そうですとも、それもどんな天気のときでもですよ。それでも不平なんかこれっぽっちも云いませんからね。」

「ファニーに伯母様の体力の半分でもあればね。」

「もっと規則的に運動をしていれば、あんなにすぐに参ることはないんです。ファニーはこのところ暫く馬に乗っていないんだし、馬に乗らないときは歩くべきです。私はそう確信しています。それまで馬に乗っていたのだったら、それは私としてもあんなことを頼むべきではなかったでしょう。しかし私は薔薇の花の中で屈んだりしたあとではむしろファニーのためになるだろうと思ったのです。だってあの種の疲れのあとでは歩くことほど元気を恢復させるものはありませんからね。それに陽射が強いとは云っても、そんなに暑いと云うほどでもなかったんです。あなたのお母様には内緒だけどね、エドマンド」と、ここで意味ありげにバートラム令夫人の方へ頷きながら、「どうも花壇で花を摘んだり、ぐずぐずしていたのがよくなかったと思うの。」

「どうもそうらしいわ」と姉よりも率直なバートラム令夫人は、姉の言葉が聞えていたと見えて、云った。「私もファニーの頭痛の原因は花壇だったように思うの。だってあの陽射と来たら人を殺しかねないほどだったし、私自身やっと堪えられたぐらいだもの。ただもう坐って、狆の名を呼んで花壇に入らせないようにするだけでやっとだったの。」

エドマンドはそれ以上どちらの夫人にも話し掛けず、黙って夜食の盆がまだ置いてある別の食卓の所へ行って、マデイラを一杯ファニーに持って来てやると、ぐっと飲干すようにと云った。ファニーとしては断りたいところであったが、様ざまな感情の変化の余り涙が出て来て、口を利くよりもこの方が楽だったので、それを飲むことにした。

エドマンドは、母と伯母のやり方にも苛立ったが、それ以上に自分自身に腹が立った。自分がファニーを忘れていたことの方が、伯母達がしたどんなことよりも悪かった。自分さえちゃんと気を遣っていれば決してこんなことにはならなかったろう。それなのに、ファニーは遠乗りの仲間にも入れてもらえなければ乗馬の練習も出来ず、おまけに伯母達の理不尽な頼みごとを避ける口実もないままに、四日間も放っておかれたのだ。エドマンドは、ファニーが四日間ものあいだ全然馬に乗れなかったのかと思うと自分が恥しくて仕方がなかった。そこで、ミス・クロフォードの折角の愉しみを損なうのがどんなに心苦しくとも、こんなことは二度とあってはならない、と心底決心した。

ファニーはパークに初めてやって来た日の晩と同じように胸が一杯になって寝床に入った。ファニーの頭痛にはどうやら憂鬱な精神状態も与っていた。彼女はここ数日間自分が無視されていると感じ、不満と嫉妬の感情に打克とうと力めていたからである。ソファに凭れ掛っていたとき、姿を見られないようにと思ってソファの所へ引退ったのであったが、そのときの心の痛みは頭痛などより遥かに大きなものであった。それから、エドマンドの親切による突然の感情の変化のために、どうやって自分を支えたらいいのか判らなくなってしまったのである。

＊　poorbasket——教区の貧民のために着物を作ってやったりするための生地などが入れてある籠。

第八章

ファニーの乗馬は翌日から再び始められた。気持のいい爽やかな朝で、陽射もここ数日ほど暑くなかったので、エドマンドも、運動と愉しみの損失分は両方ともすぐに取戻せるだろうと思った。ファニーが出掛けているあいだにミスター・ラッシワースが母親同伴でやって来た。夫人はわざわざ丁寧に挨拶に来たのであるが、わけてもサザートン訪問の計画を実行に移すよう鄭重に勧めることがその目的であった。計画は二週間前に立てられていたが、その後暫く夫人が家を留守にしていたので、それ以来沙汰止みになっていたのである。計画が復活したことにノリス夫人も姪達もみな大喜びであった。そこで近い一日が提案され、ミスター・クロフォードがその日何も用事がないならば、と云う条件つきでみな賛成した。令嬢達はこの条件を忘れてはいなかった。そこでノリス夫人が、大丈夫その日はあの方何の用事もありませんとも、と喜んで請合ったものの、みな手前勝手の押附けを正当化するのも嫌だったし、そうかと云って一か八かの危険も冒したくはなかった。それでも遂にミス・バートラムの暗示が効を奏して、ミスター・ラッシワースが、一番いいのは自分が直ちに牧師館まで歩いて行ってミスター・クロフォードを訪ね、そして水曜日は都合が好いかどうかを訊いて来ることだと云うことに気が附いた。

ミスター・ラッシワースが戻る前にグラント夫人とミス・クロフォードがやって来た。二人は暫く外出していたのと、屋敷へ来るのに別の道を通って来たのとで、ミスター・ラッシワースには会わなかった。しかしミスター・クロフォードは家にいたから、ミスター・ラッシワースもミスター・クロフォードには会えた筈だと云う嬉しい望みは与えられた。ここでサザートン訪問の計画に話が及んだことは云うまでもない。実際、何かほかのことを話題にするのはまず不可能であった。それと云うのも、ノリス夫人はこの計画に上機嫌であったし、人が好くて鄭重で、そのくせ退屈で勿体ぶったところがあり、自分と息子に関すること以外には何も大したことを考えないラッシワース夫人は、バートラム令夫人に一行に加わるよう説得することをまだ諦めていなかったからである。バートラム令夫人は相変らず断りつづけていたが、それでも断り方が穏やかだったものだから、ラッシワース夫人の方は、本当は行きたがっているのだ、と考えていた。そこへノリス夫人の一層の多弁と高調子があって、到頭ラッシワース夫人も自分の考えの誤りを認めざるを得なかった。

「妹には疲労が応えるんです、奥様、それはもう本当に応えるんですの。往きも還りも十マイルですものね。このたびは妹は免じて頂いて、二人の娘と私だけと云うことにして頂けると有難いのですが。妹としてもサザートンなら遠出もしてみたいとかねがね申してはおりましたのですが、実際無理なのですから仕方がございませんわね。妹にはファニー・プライスと云う話相手もいることですし、独りぼっちになることはありませんから、その点は心配ないと思います。エドマンドについては、当人が今いませんので本人の口からは申せませんが、それはもう喜んで参加することは私が請合います。甥の場合は馬で行けますしね。」

ラッシワース夫人はバートラム令夫人があとに残ることを渋しぶ認めざるを得ず、ただもう残念で仕方がなかった。「お母様が仲間にお加わりにならないなんて本当に残念ですわ。それにそのお若いかた、プライスさんですか、そのかたにお会い出来れば、私、どんなにか嬉しいんですのに。そのかたはまだサザートンには来られたことがないのですし、あの屋敷が見て頂けないなんて残念ですわ。」

「まあ、本当に御親切に、何て御親切なんでしょう、奥様」とノリス夫人が叫んだ。「でもファニーには、サザートンを拝見する機会はまだこれからいくらでもありますから。先は長いんですし、今回はファニーが行くことについては考えなくてもよろしいのです。妹もファニーを手離すことはとても出来ませんし。」

「まあ、とんでもない――私、ファニーがいないと困るわ。」

誰もがサザートンを見たがっているに違いないと信じて疑わないラッシワース夫人は、次にミス・クロフォードを招待の仲間に加えようと歩を進めた。グラント夫人は、ラッシワース夫人が近くへやって来てもわざわざ夫人を訪ねることもしていなかったので、自分は丁寧に断ったが、妹のために何らかの愉しみを手に入れてやれたのは嬉しかった。メアリーは然るべく説き勧められて、鄭重なお言葉に与ることにするのにさほどの時間も掛らなかった。ミスター・ラッシワースが牧師館から戻って来たが、結果は上首尾であった。エドマンドはちょうどいいときに姿を現したので、水曜日のために何が決ったかを知り、ラッシワース夫人を馬車まで送り、他の二人の婦人をも、パークの半ばまで一緒に歩いて行って、見送ることが出来た。

　エドマンドが朝食室に戻ってみると、ノリス夫人が、ミス・クロフォードを一行に加えるのは望ましいかどうか、ミスター・クロフォードの四輪馬車《バルーシュ》は彼女が加わらなくても一杯になるのではないかどうか、に結論を出そうとしていた。バートラム姉妹はその考えを笑って、四輪馬車なら馭者台を別にしても四人は充分に乗れるし、馭者台にだって馭者のほかにもう一人だけなら乗れるのだと請合った。

「だけどなぜ」とエドマンドが云った、「クロフォードの馬車を、いや彼の馬車だけを使わなければならないの？　お母様の二輪馬車《シェイズ》を利用してなぜ不可ないの？　このあいだ計画が初めて提案されたときも、家の者が訪問するのになぜ家の馬車で行かないのか、僕には合点が行かなかったんだ。」

「何ですって！」とジュリアが叫んだ。「四輪馬車で行けばちゃんと座席に坐って行けるのに、こんなお天気のときに三人もが二人乗りの二輪馬車にぎゅうぎゅう詰めになって行けと云うの？　とんでもないわ、兄さん、そんなことととても出来やしないわ。」

「それに」とマライアが云った、「クロフォードさんは私達を連れて行くことを当てにしておられるの。最初にあの提案があったあとで、御自分から約束だよと云って承認を求めて下さいましたもの。」

「それにね、エドマンド」とノリス夫人が附加える。「一台あれば足りるものを二台も持出すなんて、無駄な労と云うものです。それに、これはここだけの話ですが、馭者もことサザートンのあいだの道はあまり好きではないの。径が狭いので馬車に擦《こす》り傷が出来て困るといつもひどくこぼしているもの。サー・トーマスがお還りになって、上途の全部剝落《はげお》ちた馬車を御覧になるなんて、誰だってそんなことさせたくはないでしょう。」

「それではクロフォードさんの馬車を使うあまりいい理由にはならないわ」とマライアが云った。「本当は、ウィルコックスがすっかり耄碌《もうろく》していて、馬車の馭し方を知らないからなのよ。道が狭いからって断じて水曜日に不都合なことなんかなくってよ。」

「四輪馬車の馭者席で行く分には」とエドマンドが云った、「別に辛いことも不愉快なこともないと思うけれど。」

「不愉快ですって！」とマライア。「とんでもない、誰もが坐りたがる席だと思うわ。景色を眺めるのに、あれ以上いい場所はないんだから。多分、ミス・クロフォードが自分からその席を選ぶのではないかしら。」

「それではファニーが君達と一緒に行くことには異存はない訳だね。そのための座席は確保されているのだから。」

「ファニーだって！」とノリス夫人が鸚鵡《おうむ》返しに云った。「ファニーを連れて行くことなんか考えてもいませんよ。ファニーはあなたのお母様と一緒に留守番をするんですから。私、ラッシワース夫人にもそう申しておきました。ですから夫人もファニーのことは当てにしていらっしゃらない筈です。」

「ファニーを」とエドマンドは母に向って云った、「一行に加えさせたくないと云う特別な理由はお母様にもないと思うけれど。ただ要するに、ファニーがいないとお母様としては不便な思いをしなくてはならないから、と云うだけのことなんでしょう？　ファニーがいなくても困りさえしなければ、お母様だってどうしてもファニーを家に留めておきたい訳でもないんでしょう？」

「ええ、勿論ですとも。ただ私一人では何も出来ませんからねえ。」

「僕は行かないつもりだから、僕がいれば大丈夫だよ。」

これを聞いて皆は叫び声を上げた。「そうさ」と彼は続けた。「だって僕が行く必要はないもの。僕は家に残るよ。ファニーはひどくサザートンを見たがっているんだ。僕にはよく判っている。ファニーはこの種の満足を得ることがあまりないのだから、お母様としても今度はファニーに愉しい思いをさせてあげてもいいでしょう？」

「ええ、それはもういいですとも、伯母様さえ反対でなければね。」

ノリス夫人はすぐさまもうこれしかないと思われる反対を始めた。それは、皆してファニーは行けないとラッシワース夫人に請合ってしまったから、ファニーを連れて行ったりすれば、ひどく妙なことになって、夫人としてもその場の苦境を克服するのが難しいだろう、と云うのであった。それはもうこの上なく妙なことになりますとも！　それこそ大変な不躾けであり、ラッシワース夫人に対する無礼と云ってもいいほどだ。況してや夫人と来たら育ちのよさと心遣いにかけてはその手本と云ってもいいかたなのだから、そんな振舞にはとても耐えられるものではない。ノリス夫人はもともとファニーには愛情を持っていなかったから、どんなときでもファニーに愉しい思いをさせてやろうなどと云う気持にはならなかった。しかし今回のエドマンドに対する反対は他の何よりも自分の計画に対する偏愛から出ていた。と云うのはそれこそまさに自分の計画だったからである。夫人は何もかも自分が申分なく手筈を整えたと云う気持でいたから、どんな変更があっても事を悪くするものとしか受取らなかった。それゆえ、夫人がエドマンドの話を聞く用意を見せたときにエドマンドが夫人の言葉に応えて、ラッシワース夫人のことなら心を痛める必要はない、なぜなら帰り掛けに玄関広間を通り抜けながら機会を捉えてミス・プライスも一行の一人に加わることになるかも知れないと話したところ、たちどころにはっきりと従妹を招待すると仰有って下さったから、と云ったとき、ノリス夫人はあんまり癪に障ったので潔く相手の云うとおりにすることが出来なくて、ただ、「ああそうですか、そうですか、どうぞ御勝手に、御自分の好きなようにおやりなさい。私の知ったことではありませんから」と云っただけであった。

「ファニーの代りに兄さんが家に残るなんて何だかおかしいわ」とマライアが云った。

「ファニーったらもう本当に兄さんに感謝するべきだわ。」ジュリアはそう云うと、本来なら自分が留守番を申し出ればいいのだと云う気持もあったので、そそくさと部屋から出て行った。

「ファニーは恩を感じるべきときにはいつでもちゃんと感じるさ。」エドマンドがそう応えたものだから、話はそこで終りになった。

実際、その計画を聞いたときのファニーの感謝の念は嬉しいと思う気持よりも遥かに大きなものであった。ファニーはエドマンドの親切を心底しみじみと感じた。こちらの虫のいい執着など疑いもせずに、微妙な感情の動きに気附いてくれるエドマンドが有難かった。しかしこちらのためにエドマンドが自分の楽しみを諦めると云うのはファニーにとっても心苦しかった。それにサザートンが見られると云う満足もエドマンドがいなければ何にもならないだろう。

　マンスフィールドの両家が次に会ったとき、もう一つの計画変更がもたらされたが、それは満場一致で認められた。グラント夫人が自分からエドマンドに代ってバートラム令夫人のお相手役を務めましょうと申し出てくれたのである。そして夕食のときはグラント博士もそこに加わることになった。バートラム令夫人はそうなったことに大喜びで、令嬢達も再び元気を取戻した。エドマンドですら自分をもとどおり一行の仲間に戻してくれた取計らいにたいへん感謝した。ノリス夫人に至っては、本人もそれが素晴しい計画だと思っていて、つい舌の先まで出掛っていたのである。それでグラント夫人が話をするときでも、あわやノリス夫人がその案を提出するところであった。

　水曜日は好天に恵まれ、朝食が終ると間もなく姉妹を乗せたミスター・クロフォードの四輪馬車が到着した。みな用意はすっかり出来ていたので、グラント夫人が降りてほかの者達がそれぞれの席に着くことのほかには何もすることはなかった。座席の中でも最も羨しい座席、名誉の場所、はまだ誰にも宛われていなかった。誰がその幸運に巡り合うことになるだろうか？しかしバートラム姉妹がそれぞれに、どうすれば首尾よくしかも人眼にはほかの者に恩を施すように見せ掛けながらその席を確保することが出来るだろうか、と思いを廻らしているあいだに、問題はグラント夫人の言葉で片附いてしまった。夫人が馬車から降りながら云った言葉はこうであった。「全部で五人だから、一人はヘンリーの隣に坐った方がいいわね。ジュリア、あなた最近自分で馬車を走らせることが出来たらなんて云っていたけれど、習うのにちょうど好い機会だと思うわ。」

幸せなジュリア！　それに引換えて可哀そうなマライア！　前者はあっと云う間に駁者席に坐っていた。後者は無念やる方なしと云う気持で車内の席に着いた。そこで、あとに残る二人の婦人の見送りの言葉とバートラム令夫人の腕に抱かれた狆の吠声をあとに、馬車は出発した。

一行は快適な田舎道を進んで行った。乗馬範囲の広くないファニーにとってはすぐに知らない土地であった。ファニーは目新しいものを見たり、綺麗なものに感嘆したりしてたいへん幸せであった。ほかの人達の会話には滅多に誘われないし、本人もそれは望まなかった。ファニーにとっては物思いとか反省がいつでも最良の話相手であった。田舎の景色、道が続いて行く先、土地の違い、刈入れの様子、田舎家、家畜、子供達、ファニーはこれらを眺めていれば楽しかった。自分の感じたことを話せるエドマンドが傍にいてくれさえしたら！　彼だけがこの楽しみをもっと大きなものにしてくれることが出来るのだ。これがファニーとその隣に坐っている若い婦人の唯一の類似点であった。尤もエドマンドに対する評価を別とすれば、他のいかなる点でもミス・クロフォードとファニーは似ていなかった。ミス・クロフォードはファニーの繊細な趣味、心、感情を何一つ持合せていなかった。自然を見ても何ともはや気の抜けた感じで、意見らしい意見も殆ど述べない。彼女の注意はすべて人間に向けられており、その才能は気軽で陽気なことに向いていた。それでも、馬車の背後に道がまっすぐになるときとか、或はかなりの丘を登るときにエドマンドが皆に追附いたりするときには、二人は一緒になり、ともに振返ってはその姿を捜すのであった。「ほら、あそこよ」と云う言葉が同時に二人の口から洩れることも一度ならずあった。

最初の七マイルのあいだミス・バートラムは本当に慰められることが殆どなかった。景色を眺めようとしても、並んで腰を下し、いかにも楽しそうに言葉を交しているミスター・クロフォードと妹の姿が決って眼に入って来る。にっこりとジュリアに向けられるミスター・クロフォードの表情豊かな横顔が見えたり、或はジュリアの笑声が聞えたりするだけで、マライアの心は絶えず苛立ったが、人前に対する分別から辛うじて平静を保っていた。ジュリアは、振返るときにはいかにも嬉しそうな顔をするし、皆に話し掛けるときももう有頂天この上なしと云う様子を見せるのであった。「ああ、ここからの眺めは何て素晴しいんでしょう。みんなにもこれが見えたらなあ」と云った調子である。それでも長い丘の頂上に来たときに交替してあげようかと申し出たものの、ミス・クロフォードに対してだけであった。それもただこう云っただけである。「まあ何て綺麗な眺めなんでしょう。あなたに席を代ってあげたいわ。でもいくら私が勧めてもあなたの方で代りたがらないわね。」ミス・クロフォードが返辞をする間もないうちに、馬車は再び急速度で走り出していた。

どことなくサザートンを想わせる所までやって来ると、ミス・バートラムも幾分気持が落着いた。と云うのは、彼女は最初の手が駄目なときのためにもう一つの手を用意していたと云ってもよかったからである。彼女にはラッシワースに寄せる気持とクロフォードに寄せる気持とがあったが、サザートンが近附いた頃にはかなり前者が立勝《たちまさ》っていた。この場合ミスター・ラッシワースが重要であるのはつまり自分のためなのだ。ミス・バートラムとしては、「あの森はサザートンのものなのよ」とか「もうこの道の両側の土地は全部ミスター・ラッシワースのものだと思うわ」と云うような言葉を、心に得意を覚えずに何気なくミス・クロフォードに語ることはとても出来なかった。そしてこの種の愉しみは、一行がラッシワース家の、自由保有権を有する立派な大邸宅や、荘園内の刑事民事に関するあらゆる裁判権が認められている昔ながらの荘園領主屋敷へ近附くにつれて、ますます増大するのであった。

「さあ、もうこんなでこぼこ道なんかありませんわよ、ミス・クロフォード、難所は過ぎましたからね。あとはもう文句なしの道ばかりよ。領地を相続してからミスター・ラッシワースが造りましたの。ほら、ここからが村よ。あんな田舎家、本当に恥曝《はじさら》しもいいところだわね。あの教会の尖塔は何でもたいへん素晴しいものなんですって。私としては、古い村などにはよくあることだけれど、教会が村一番の御屋敷のすぐ傍になくてよかったと思っているの。あの鐘の音にはそれは悩まされるに違いありませんもの。牧師館があるわ。なかなかきちんとした家ね。きっと牧師さんも奥さんもたいへん上品な人達なのね。あの救貧院ね、一家の誰かが建てたのよ。右側に執事の家があるけれど、たいへん立派な人なの。さあ、園丁小屋の門に差掛ったわ。でもこれから庭園を抜けるのにまだ一マイル近くはあるのよ。このはずれの方は悪くないでしょう。何だか綺麗な樹もあるし。それにしても屋敷の位置がひどいわね。そこまで行くのに丘を半マイルも下るんですもの。残念だわ、屋敷までの道さえもっと上手く考えれば、決して見映えのしない屋敷ではないのにね。」

ミス・クロフォードはすぐさま讃美の言葉を添えた。ミス・バートラムの気持はかなりよく判ったので、自分の名誉にかけても相手の喜びを最大限にまで高めてやろうと思ったのである。ノリス夫人は大喜びで、饒舌この上なしと云う有様であった。ファニーですら感嘆の余り何か云わずにはいられなかったが、このときばかりは流石に誰からも何の厭味も云われなかった。ファニーの眼は見える範囲のものすべてを熱心に捉えていた。そしてやっとのことで待ちに待った屋敷が眼に入ると、「とてもいい加減な気持では面と見られないような建物だわ」と云ったあと、こう附加えた。「ところで並木はどこなのかしら？　屋敷は東向きだし。とすると、並木は屋敷の裏側になるのね。ラッシワースさんは確か西側のことを話していたんだわ。」

「そうなの、屋敷のちょうど裏手で、少し行った所から始って、地所のはずれまで半マイルばかり登って行く形になるの。ほら、ここからでも一部分が見えるでしょう、あのずっと遠くの方の樹。あれ全部樫の木なのよ。」

ミス・バートラムは、ミスター・ラッシワースに意見を求められたときには何一つ知らなかったことを、今や絶対の自信を持って話すことが出来た。一行が正面玄関の前の広いゆったりとした石段に向って進むあいだ、彼女の魂は見栄と誇りが与え得る限りの幸福感に羽撃《はばた》いていた。

第九章

ミスター・ラッシワースは戸口の所に立って我が麗《うるわ》しのひとを出迎えたのち、然るべき心尽しを見せて一同を歓迎した。一同は客間でもまた夫人からの懇切丁寧な出迎えを受け、ミス・バートラムは双方から望み得る限りの特別扱いを受けた。到着に伴う様ざまな儀礼が済むとまずしなければならないのは食べることであった。扉が幾つか開け放たれ、一行は一、二の中の間を通り抜けて、定められた来客用の食堂に迎え入れられた。そこには軽い食事の準備が出来ていたが、軽食とは云っても品数も豊富で、上等なものであった。皆、よく喋り、よく食べ、大いに満足の体であった。それから本日の一番の目的が検討された。ミスター・クロフォードとしては、どうやって、どう云う手立てで土地の下見をなさりたいか？　――ミスター・ラッシワースは二頭立ての二輪馬車《カリクル》を出そうかと云った。ミスター・クロフォードは二人乗りより大きな馬車の方が望ましくはないかと提案した。「折角ほかの人達の眼と判断力があるのにそれを借りないと云うのは、目下の愉しみを失う以上に良くないことだろうから。」

ラッシワース夫人が二輪馬車《シェイズ》も一緒に使ったらどうかと云った。しかしこの修正案は受容れられなかったと云っていい。令嬢達がにこりともしなければ一言も口を利かなかったから。そこで夫人は次に、初めてお見えになった方のために屋敷を案内しましょうと提案したが、この方は皆から喜ばれた。それと云うのも、ミス・バートラムはこの屋敷の規模の大きさが皆の前に示されるのが嬉しかったたし、ほかの者にとっても何かをしている分には楽しかったからである。

そこで一同は腰を上げると、ラッシワース夫人の案内で沢山の部屋を見せてもらった。どの部屋も天井が高く、多くは間取りも広く、半世紀前の趣向になる家具がぎっしり詰っていた。ぴかぴかに磨き立てられた床、頑丈なマホガニー材、鮮やかな綾織、大理石、金箔と彫物、どれをとってみてもそれなりに見事なものであった。絵も沢山あって、いいものも少しはあったが、大体は家族の肖像画で、ラッシワース夫人を除けばもはや誰にも用の無いものであった。尤も夫人とても大いに苦労して女中頭から教われる限りのことを教わっていたから、今こうして案内役が務まっているのである。夫人は今回は主として、ミス・クロフォードとファニーに話し掛けていたが、二人の聴こうとする熱意には雲泥の差があった。それと云うのもミス・クロフォードの方は大きな屋敷など既に何十となく見ていて、そう云うものには全然気がなかったから、ただ礼儀正しく聴いている様子をしているだけであったが、ファニーにとってはすべてが目新しいばかりでなく面白くもあったから、一族の昔のことやその勃興と隆盛、国王の御訪問と国王のために為された忠義の数かずなどについて、夫人に語れる限りのことを一つ残らず熱心に聴いて、それらを既に知っている歴史の挿話と結び附けたり、過去のいろいろな情景に想像力を膨ませたりしては楽しんでいたからである。

家の位置がよくないためにどの窓からも大した眺望は得られなかった。それでファニーやほかの者達がラッシワース夫人の言葉に耳を傾けているあいだも、ヘンリー・クロフォードは窓の方を見ては浮かぬ顔をしたり頭を振ったりしていた。西側の窓はどれも芝生に面していて、そのはずれにある高い鉄柵と門を越えたすぐの所から例の並木になっている。

ただもう窓税[*1]の支払いに貢献し、女中の仕事を増やす以外には何の役に立つとも想われないほどの多くの部屋を訪れてから、ラッシワース夫人が云った。「さあ、礼拝堂に参りました。正式には上から入って見おろす形を取らなければ不可ないのですが、友達同士のあいだですから、ここから入りますけれど、お許し下さい。」

一同は入った。ファニーの想像力は、ただお祈りをするためにしつらえられたただだっぴろい長方形の部屋よりも何かもっと堂堂としたものを想い描いていたが、贅沢なマホガニーと二階の家族席の張出しに見える深紅の天鵞絨《ヴィロード》の椅子蒲団のほかには、特に眼を惹くものや厳粛なものは何もなかった。「私、がっかりしたわ」とファニーは低声でエドマンドに云った。「私の考えていた礼拝堂とは違うんだもの。ここには畏怖とか瞑想とか崇高を想わせるものが全然ないわ。側廊も迫持《せりもち》も碑文も軍旗もない。ほらあの『天の夜風にたなびく』軍旗がないでしょう。『スコットランドの王、その下に眠れり』[*2]し紋章だってないんだもの。」

「ファニー、君は、これらはみな比較的最近に出来たもので、お城や修道院の古めかしい礼拝堂と違って、限られた目的のために建てられたのだと云うことを忘れているよ。これはほんの家族の者だけで使うために造られたんだ。死んだ人達は多分教区の教会墓地に埋葬されているんだろう。軍旗とか紋章とかはそう云う所で捜さなければ。」

「それを考えなかったのは愚かでしたけれど、でもがっかりなことは確かだわ。」

ラッシワース夫人が話を始めた。「皆様が御覧のこの礼拝堂の設備はジェイムズ二世の時代に出来たものです。それよりも前の時代ですと、聞くところによると、座席は樫材の腰板張りに過ぎなかったのだそうです。説教壇と家族席の内張りや椅子蒲団もただの紫色の布地だったと考えてよろしいようですが、この点は必ずしも定かではありません。なかなかに立派な礼拝堂でして、以前は朝夕絶えず使われておりました。家庭附きの牧師によって決って祈禱書が読まれましたことは今でも多くの者が憶えております。でもそれも今は亡き主人が止《よ》してしまわれたのです。」

「それぞれの代にそれなりの改良がなされるんですのね」とミス・クロフォードが頰笑みながらエドマンドに云った。

ラッシワース夫人は話を繰返すためにミスター・クロフォードの所へ行ってしまったので、エドマンドとファニーとミス・クロフォードの三人が一塊りになってあとに残った。

「そう云う習慣が跡切れてしまったなんて残念なことだわ」とファニーが云った。「過去のものの中でも価値のあることなんですもの。礼拝堂と家庭附きの牧師だなんて、大きな屋敷とかそう云う屋敷に住む家族のあるべき姿には、何だかとっても相応しいものだわ。お祈りのために一家全員がきちんきちんと集るなんて、何て素晴しいことでしょう！」

「本当に素晴しいことだわね」とミス・クロフォードが笑いながら云った。「気の毒に女中や馬丁はみな仕事や愉しみを止めて、日に二度ここでお祈りをしなければならず、その間家族の者達は出なくて済む口実を考えると云うのであれば、家族の者達にとっては大いにいいことに違いないわね。」

「ファニーの考えている家族の集りと云うのはそうではないんだ」とエドマンドが云った。「一家の主人や女主人が列席しないのでは、そんな習慣、善いことよりも害悪の方が多いに違いないさ。」

「とにかく、そう云うことは銘銘に思うようにさせる方が無難ね。誰だって自分流にやりたいんですもの、お祈りの時間を選ぶんだって、どんなやり方を採るんだって。参列の義務だとか固苦しい形式、束縛、決められた時間の長さ、そんなのまったくもって恐しいことだわ、誰だって好きじゃない。もしあの張出席で跪《ひざまず》いたり欠伸《あくび》をしたりしていた善良な人達が、眼が醒めたら頭痛がするのであと十分寝台に横になったままでいても、礼拝に出ないからと云って叱責される心配のないときが何れは必ず来ると見越せていたならば、嬉しいやら恨めしいやらで跳び上ったことだろうと思うわ。その昔ラッシワース家の令嬢達がどんなに進まぬ気持で何度も何度もこの礼拝堂に通ったことか、あなた想像出来ません？　若き頃のエリナー夫人とかブリジェット夫人とかがそれこそ鹿爪らしく敬虔な風を装って、しかし頭は別のことで一杯――特に残念ながら牧師さんが見られた人でもなかったりすれば、そうに決っているわ――それに当時の牧師なんて今日の牧師以上に見劣りがしたでしょうしね。」

暫くのあいだこの言葉に対して誰も何も答えなかった。ファニーは顔色を赧らめてエドマンドを見たが、あんまり腹が立って物が云えなかった。エドマンドもこう云えるまでには少しばかり心を落着ける必要があった。「あなたは陽気なばっかりに、真面目なことにもなかなか真面目になれないんだ。あなたのなさった素描は面白いし、人間性と云うのは確かにそう云うものかも知れない。ときには、誰だって理想どおりに考えるのは難しいと云う感じは抱くに違いない。けれども、それをしょっちゅうあることだと考えたのでは、それはつまり、弱さが怠慢から習慣になったのに過ぎないのだから、そんな人達の私《ひそ》かな信心に何が期待出来ると云うのだろうか？　礼拝堂にいるのが苦痛だったり、礼拝堂にいて頭が妄念で一杯だったりするような人が自分の部屋にいれば気持が集中するなんて思っていらっしゃるんですか？」

「ええ、それはそうですわ。その人達のためになる見込みが少くとも二つはありますもの。外から注意を逸らされることが少いでしょうし、それにそんなに長い時間無理に苦しい目を見ることもありませんもの。」

「一方の条件の下で自分と闘えないような精神なら、もう一方の所へ行っても、すぐに注意を集中出来ない理由を見附けるだろうと思うな。それにその場所の雰囲気と他人の例に倣うことで、始めのときよりもその人の気持が立派になると云うことはしばしばあることなんだ。尤もあんまりお勤めの時間が長いと、ときとして精神にとって緊張の度合が強すぎる余り負担になることがあるのは僕も認める。願わくはそれほど――と云っても、僕だってオックスフォードを出てそんなに長い訳ではないし、礼拝堂の祈りがどんなに大変なものかぐらいは決して忘れてはいないけどね。」

　この会話が取交されているあいだ、ほかの人達は礼拝堂のあちらこちらに散らばっていた。ジュリアがこう云ってミスター・クロフォードの注意を自分の姉に向けた。「ラッシワースさんとマライアの並んで立っている姿を御覧なさいな。まさにこれから式が執り行われると云う感じだわ。二人ともいかにもそんな様子ではありませんこと？」

ミスター・クロフォードは笑って同意を示すと、マライアの方に歩み寄って、相手にだけ聞える声でこう云った。「僕はミス・バートラムがこんなに祭壇の近くにいるのを見るのは好きじゃないな。」

相手は吃驚して思わず一、二歩後退《あとずさ》ったが、すぐに自分を取戻すと笑うような振りをしながらあまり高くない口調で云った。「もしかしたらあなたが私の引渡し役をなさって下さるのかしら？」

「僕がやるとひどく不様《ぶざま》なことになるだろうと思うな」とこちらは意味ありげな眼附で応えた。

そのときジュリアが加わって、先の冗談を続けた。

「本当よ、式が今すぐにでも行われないのが本当に残念だわ。正式の認可証さえ持っていれば済むことなんだもの。私達は全員揃っているんだし、こんなに気持がよくて、愉快なことって滅多にあるものではないわ。」そんな調子であたり構わず喋り、笑ったものだから、ラッシワース母子にも伝わるところとなり、姉は恋人から優しい囁きの言葉を受けることになった。ラッシワース夫人もすっかり頰笑みと威厳を見せて、それがいつ行われようと自分にとっては幸せなことである旨を表明した。

「兄さんが聖職を授けられてさえいればよかったのに！」ジュリアはそう叫ぶと、エドマンドがミス・クロフォードやファニーと一緒に立っている所へ走って行った。「ねえ、兄さんがもう牧師になってさえいれば、すぐにでも式を執り行うことが出来たのにね。聖職叙任が済んでいなかったなんて何て運が悪かったのかしら、ラッシワースさんもマライアもすっかり用意は出来ていると云うのに。」

ジュリアが話しているときのミス・クロフォードの顔附は、もしそこに公平中立な観察者がいたならば、大いに愉しい思いをさせてもらえたことだろう。彼女は初耳のことを聞かされて、どうやら吃驚仰天した様子であった。ファニーの方が相手が気の毒になった。「このひと、たった今自分で云ったことでどんなに苦しい思いをすることだろう」と云う思いがファニーの心を過《よぎ》った。

「聖職叙任ですって！」とミス・クロフォードが云った。「何ですか、それではあなたは牧師になるつもりなんですか？」

「ええ、僕は父が還ったらすぐに聖職に就くつもりです――多分クリスマスの頃だろうと思うけど。」

ミス・クロフォードは気持を取直して、顔色を恢復すると、ただ、「前から判っていれば、もっと敬意を以って聖職者のことを口にしましたのに」とだけ応えて、話題を替えた。

礼拝堂はその後間もなく、年間を通じて滅多に邪魔されることなくそこを支配している沈黙と静寂に戻った。ミス・バートラムは妹に気を悪くして真先に出て行った。誰もが些か長く居過ぎたと感じている風であった。

屋敷の階下は今や全部案内された。案内となると疲れを知らないラッシワース夫人は、中央階段の方へ進み掛けて、もし息子がここで、もうあんまり時間がないんじゃないかな、と云って口を挿まなかったら、階上の部屋も全部案内するところであった。「だって」と彼は、彼よりも頭のいい多くの人達でも結構しばしば用いている自明の論理を用いて提案した、「家中全部見て廻ったら時間が掛り過ぎるよ。戸外《そと》でこれからやらなくてはならないことのための時間がなくなってしまう。もう二時を過ぎているし、五時には食事だもの。」

ラッシワース夫人は息子の意見に従った。そこで、誰と誰がどんな風にして土地を検分するかと云う問題の方が専ら熱心に論じられそうな気配になった。ノリス夫人は馬車と馬をどう組合せるのが一番いいかを取決めに掛っていた。そのとき若者達は、戸外へ通じる一つの戸口を見附けた。扉は誘うように開かれており、踏段を降りると、その先は芝地と灌木と気持のよさそうな庭園へ続いている。皆、一つの衝動、外気と自由を求める一つの願望に捉えられたかのように出て行き始めた。

「ここの所を曲って暫く行きますと」とラッシワース夫人は御丁寧に気を利かせながらあとに続いて来た。「我家の草花がそれはそれは沢山ございますの。それから珍しい雉子《きじ》もおりますのよ。」

「皆さんちょっと」とミスター・クロフォードがまわりを見廻しながら云った。「もっと先へ行く前にここで何かみんなで出来ることを見附けませんか、どうです？　ちょうど改良に役立ちそうな塀もあることですし、ラッシワースさん、この芝生の上で会議を召集と行きましょうか？」

「ねえ、ジェイムズや」と夫人が息子に云った。「あの自然園は皆さん初めてなのではないかしら。バートラムさん御姉妹もまだあの自然園は御覧になっていらっしゃらないし。」

誰も反対はしなかったが、なお暫くのあいだはどんな計画が出されても少しも動きそうな気配はなかった。皆、初めは草花と雉子に心を奪われていたが、やがて思い思いに楽しそうにあたりに分散した。ミスター・クロフォードは、屋敷のはずれの今後の可能性を調べるために、真先に進んで行った。芝地は、両側は高い塀で仕切られていたが、草花の植えてあるあたりの先は球転がし用の芝生になっていて、更にその先は長い高台の遊歩道になっていた。遊歩道には鉄柵が附いていて、柵越しにそのすぐ横に続いている自然園の樹木の頂きが見渡せた。欠点を見附けるにはいい場所であった。ミスター・クロフォードにはミス・バートラムとミスター・ラッシワースがすぐに随いて行ったが、一時するとほかの者達もそれぞれに何人かづつ集り始めた。先の三人が遊歩道に上って何やら忙しそうに相談していたので、自然に一緒になりがちなエドマンドとミス・クロフォードとファニーはほんの暫く彼等の残念やら困難やらを語る言葉に首出ししたが、すぐに離れて、自分達だけで先に進んだ。残りの三人、つまりラッシワース夫人、ノリス夫人、ジュリアはまだ遥か後方にいた。と云うのも、もはや幸せの星に見離されたジュリアはラッシワース夫人の傍に附いていなくてはならず、逸《はや》る足を夫人のゆっくりとした歩調に合せるよう抑制しなければならなかったからである。一方伯母はと云えば、雉子に餌をやるために出て来た女中頭と一緒になり、無駄話をしながらいつまでもぐずぐずしているのであった。可哀そうなジュリア、みなそれぞれの成行きに結構満足している中にあって唯一人今や苦行の状態にあった。馭者席のジュリアに想像された姿とは何ともはや異れる姿であった。目上に対する敬意を失するような無作法はしてはならないと教え込まれて来たジュリアには、とてもその場を逃出すことなどは出来なかった。ところが一方では、高度な自制心、他人に対する思い遣り、己れの心を弁える力、正邪の理念などは欠けていたものだから、教育の本質的な部分は何ら形作られておらず、従ってこのような場に居合せることになってもただ惨めな思いをするだけであった。

「この暑さには堪えられないわ」と、遊歩道を一回りして、自然園へ入る中央の扉口に再び近附いたとき、ミス・クロフォードが云った。「お二人とも心地よい思いをする分には異存ありませんわね。感じのいい林があるのに、入れさえすればねえ。扉に錠さえ下りていなかったらどんなに素晴しいでしょう！　でも勿論下りているわね。こんなに立派な御屋敷ですもの、庭番以外にはそう勝手にどこへでも入れないようになっているんでしょうから。」

　しかしながら、その扉には錠は下りていなかった。そこで三人は燃えさかる陽射をあとに、喜んで扉口を潜《くぐ》ることにした。自然園へはかなりの踏段を降りなければならなかった。二エイカーばかりの植林園で、主として落葉松《からまつ》と月桂樹から成り、山毛欅《ぶな》は伐り倒されてあり、些かきちんと設計され過ぎている嫌いはあったが、それでも薄暗い日蔭になっており、球転がし用の芝生や遊歩道に較べれば、遥かに自然そのものの美しさを湛えていた。みな生返った心地がして、暫くのあいだはただ感嘆しながら歩くだけであった。一時してからやっとのことでミス・クロフォードが口を開いた。「それで、牧師になられるとのことですけれど、バートラムさん、私には些か驚きでしたわ。」

「どうして驚かれるんです？　あなただって、僕が何れは何か仕事に就くつもりでいることぐらいは想像がつくでしょうに。それに、僕が法律家にも軍人にも船乗りにも向いていないことはお判りだろうと思うけど。」

「それはそうですけれど、でもそんなこと思いも及ばなかったわ。それに大体は伯父様とかお祖父様とかがいらっしゃって、次男にも一財産遺して下さるものではありません？」

「それは大いに結構なことだけれど」とエドマンドが云った、「誰にでも与れることじゃない。僕はその例外の一人なんだ。だから、自分で何かしなくては不可ないんだ。」

「でもなぜ牧師にならなければならないのかしら？　牧師と云うのは、いつだって兄さん達が好きな仕事を選んでしまったあとで、末っ子に押附けられるものだと思っていましたけれど。」

「それではあなたは、自ら選んで聖職に就く人なんか決していないとお考えなんですか？」

「決してと云うのはよくない言葉だわ。でも、そう、会話で決してと云うときは滅多にと云うぐらいの意味ですから、その意味ではそうだと思うわ。だって聖職に就いて何が出来ますかしら？　男の人って名を上げたがるものでしょう。ほかの職業でしたらどんなものでも有名になることは出来るでしょうけれど、聖職ではそれは無理ですもの。牧師なんて何の取柄もないではありませんか。」

「何のと云う言葉にも、会話で遣うときは、決してと云う言葉と同様、幾つかの段階があってもらいたいですね。なるほど牧師と云う仕事は社会的な地位が高い訳でもないし、流行に乗るような職業でもない。先頭に立って民衆を率いるようなことも、着る物の流行を作り出すようなこともしないだろう。だからと云って僕にはその仕事が何の取柄もないものだとは云えないな。牧師と云う仕事は、個人的なものにせよ集団的なものにせよ、この世のものにせよ永遠なものにせよ、人間にとって最も大切なもののすべてを引受けているんです。つまりは宗教と道徳、更にはそれらの影響力がもたらすところの態度振舞や礼儀作法と云ったものを守ることをね。そうであれば誰にだってこの職務に何の取柄もないとは云えない筈です。もしこの職に就く人間が詰らない奴に見えるとすれば、それはその人間の職務怠慢、つまり、聖務の重要性を抛《なげう》って自分の立場を離れ、僧職には本来あるべからざる装いを凝らそうとするからですよ。」

「あなたは、私達が普通に聞き馴れている以上に、牧師と云う職種を重要なものとお考えなのね。私にはとても随いて行けませんわ。そう云う影響力や重要性なんて社交界にいたってあまり判らないものだし、そもそも牧師さんなんて滅多に社交界には現れないのに、どうしてそんなことが判りまして？　どうして週に二回ぐらいの説教で、たといその説教が聴くに値し、説教者が自分の説教よりもブレアの説教[*3]を好むだけの分別を持合せていたとしても、あなたの仰有るようなことがすべて為し遂げられまして？　それだけの説教で、多くの会衆の週の残りの日日の行為を支配したり、態度作法を形作ったりが出来るんですか？　説教壇の外で牧師を見掛けることなんて殆どありませんのに。」

「あなたはロンドンのことを云っているんだ。僕が云うのはもっと国全体のことです。」

「首都と云うのは国全体のかなり公正な見本になると思いますけど。」

「国中の美徳と悪徳の比率と云うことでは、そうは行かないだろうと思うな。我我は最良の道徳を大都会に求めやしないもの。どんな宗派の人であろうと、立派な人達が最善を行えるのは都会でではないし、聖職者の影響力が最もよく感じられるのも確かに都会でではない。立派な説教師ならみんなに慕われるし、賞讃もされる。でも教区や近隣があまり広すぎることがなくて、牧師の個人的な性格も普段の行動も分るぐらいの所だと、優れた牧師が教区民や近隣の人達の役に立つのは、何も立派な説教をすることによってだけではないんです。これはロンドンではまず無理なことだ。聖職者であったって教区民の群の中に見失われてしまうもの。ただ精精のところ説教者として顔を知られるぐらいのことだからね。それから、人びとの態度作法に影響を及ぼすって云うことだけどね、ミス・クロフォード、僕の云うことを誤解しないようにね、僕は牧師のことを、行儀作法の良し悪しの裁定者だとか、品位や礼節の取締人だとか、人生のいろんな儀式の采配者だなどと呼ぶつもりはないんですから。僕は態度作法って云ったけど、むしろ行為振舞、或は多分、正しい理念の結果、とでも呼んだ方がいいのかも知れない。要するに、教義を教えたり勧めたりするのが牧師の務めな訳だが、その教義の効果ね。どこへ行ったって、聖職者が本来のあるべき姿をしているかいないかに応じて、残りの国民の姿もそのとおりなのだろうと思いますけどね。」

「確かにそのとおりですわ」とファニーは優しく、真面目な気持で云った。

「ほうら」とミス・クロフォードが叫んだ。「もうミス・プライスをすっかり説得なさったわ。」

「ミス・クロフォードも説得出来たらと思いますね。」

「私が説得されるだろうとは思いませんわ」とミス・クロフォードは悪戯《いたずら》っぽい頬笑みを見せて云った。「あなたが牧師になるつもりだと云うことに対する私の驚きは、今でも最初とまったく変っておりませんもの。あなたは本当は何かもっとましなものに向いているんでしょうに。どうです、心をお変えになっては。まだ遅すぎることはないのですから。法律をおやりなさいな。」

「法律をやれですって！　何ともはや気楽に仰有いますね。この自然園に入ろうとしたときと同じ調子で仰有る。」

「二つを較べるなら法律の方が聖職よりも劣った自然園だとでも仰有りたいのでしょうが、そんな話は伺いませんからね、先廻りして申し上げておきますけれど。」

「僕に気の利いたことを云わせたくないと云うだけのことでしたら、慌てることはありませんよ。機智を弄するなどと云うのは全然僕の柄ではないんですから。僕は非常に気の利かない、口下手な男だし、当意即妙な返辞をしようなどとすれば、三十分掛っても一言も出て来なかったと云うようなへまをやらかすのが関の山なんだから。」

沈黙が続いて、みなそれぞれに何か考えていた。ファニーが最初にその沈黙を破った。「こんなに気持のいい林の中を歩いているだけなのに疲れるなんて変だわ。この次に腰掛の所に来たら、暫く腰を下せると有難いのですけれど、よろしいでしょうかしら。」

「これはこれは、ファニー」とエドマンドは叫ぶと、すぐに相手の腕を自分の腕に引寄せた。「気が附かなくて御免よ。ひどく疲れているのでなければいいが。もう一人のおかたにも」とミス・クロフォードの方を向きながら、「腕をお取り頂きましょうか。」

「有難う、でも私、全然疲れておりませんわ。」そう云いながらも相手は腕を取った。エドマンドは、ミス・クロフォードにそうさせたことと、初めてひどく親しみの感じが持てたことに満足して、ファニーに対する気持が少しばかり疎かになった。「殆ど僕に触っていないじゃありませんか」とエドマンドは云った。「あなたは全然僕のことを役立てていない。女のひとの腕と云うのはどうしてこうも男の腕と重さが違うのだろう！　オックスフォードでは一町ものあいだ男に凭《もた》れ掛られたまま歩いたりしたことがよくあったけど、それに較べたらあなたはまるで蠅のように軽い。」

「本当に私、疲れていませんの、不思議なんですけど。だって林に入ってから少くとも一マイルは歩きましたでしょう。そうは思いません？」

「まだ半マイルも歩いてはいませんよ」とエドマンドは頑として答えた。女性特有の出鱈目加減で距離を計ったり、時を数えたりするほどには、彼もまだ恋心に現《うつつ》をぬかしてはいなかった訳である。

「ああ、あなたは私達がどんなに曲りくねって歩いて来たかを考慮に入れていないんです。それこそ蛇みたいにくねくね曲った径を辿って来ましたのに。それに林そのものだって直線距離にして半マイルはありましてよ。最初の広い径を離れてから、まだ一度も林のはずれに出ていないんですもの。」

「だって、最初の広い径を歩いているときに、まっすぐ先に林のはずれが見えたじゃありませんか。全体の展望も見通したし、林が鉄の門に閉されているのも見ている。長さにして八分の一マイル以上はあり得なかったな。」

「まあ、八分の一マイルだなんて、とんでもない。大変に長い林なことも確かなら、私達が中に入ってからあっちへ曲ったりこっちへ曲ったりしたことも確かなんですから、もう一マイルは歩いたと云っても、私としては控目に云っているつもりですのに。」

「ここに入ってからちょうど十五分になる」とエドマンドは懐中時計を取出しながら云った。「今我我の歩いている速度が時速四マイルだと思いますか?」

「まあ、時計なんか持出さないで下さいな。時計なんていつだって速すぎるか遅すぎるに決っているんですから。私は時計の指図なんか受けませんの。」

暫く行くと、径は三人が話題にしていた最初の広い径の行止りの所に出た。ちょっと引込んだ、樹蔭に隠れた所に、隠れ垣越しにパークが覗ける、見るからに坐り心地のよさそうなベンチがあったので、皆して腰を下すことにした。

「ひどく疲れているのではないのかい、ファニー」とエドマンドは相手を見詰めながら云った。「どうしてもう少し早く云ってくれなかったの? もし君が参ったりしたら、君にとって折角の愉しい日が仇《あだ》になってしまうからね。ファニーはね、ミス・クロフォード、乗馬以外の運動だと何をやってもすぐに疲れるんだ。」

「それなら、先週中ずっと、あなたは私にこのかたの馬を独占させたりして、ひどいじゃありませんか! あなたも私も恥知らずだったわ。でも二度とあんなことは致しませんからね。」

「あなたにそう云う心遣いと思い遣りを示されると、自分の怠慢が一層ひしひしと感じられる。どうもファニーのことは僕よりあなたの手に任せておいた方が安全なようだ。」

「でもミス・プライスがお疲れになったとしても、私にはちっとも驚きではありませんのよ。だって社交上の義理の中でも、今朝ほど疲れる仕事が次から次へと待っているようなことってそうはありませんもの。大きな屋敷を見るのに部屋から部屋へとさまようんでしょう。おまけに眼と注意力を張詰めさせたり、解りもしないことに耳を傾けたり、好きでもないものに感嘆したりですものね。誰だってこんな退屈なことはないと思っています。ミス・プライスだって、御自分でははっきりとお気附きにはならなかったかも知れませんが、そうだったのだろうと思いますわ。」

「じきに楽になりますわ」とファニーは云った。「晴れた日に樹蔭に腰を下して、新鮮な草木を眺めているのが、元気恢復には何よりですもの。」

　暫く坐っていてから、やがてミス・クロフォードが立上った。「私、じっとしていられないわ。休んだりしていると却って疲れてしまう。隠れ垣越しに眺めるのは飽きちゃった。あの鉄の門の所へ行ってあそこから覗いてみるわ。あんまりよくは見えないかも知れないけど。」

　エドマンドも同様にベンチを離れた。「ねえ、ミス・クロフォード、その径を調べて御覧なさい、半マイルどころか四分の一マイルもないことが納得出来ますから。」

「大変な距離ですわ」と相手は云った。「私には一目で判ります。」

　エドマンドはなおもミス・クロフォードを相手に理路整然と説いたが、無駄であった。相手は測るも較べるも、全然そんな意思はなかった。ただ頰笑んでは自説を主張するだけであった。最大級の合理的首尾一貫性を持って来ても彼女の心を惹きつけることは不可能であったろう。それでいて、互いに満足そうに話していた。結局、もう少しその辺を歩き廻ることで林の大きさを決定しよう、と云うことに話は落着いた。二人は今自分達が立っている道筋を突当りまで行って（例の行止りには、隠れ垣に沿って草の生えた径が一本まっすぐに通っていた）、もし林の測定に役立つようだったら、どちらか別の方角に曲って少しばかり進み、数分もしたら戻って来ようと云うのであった。ファニーは、もう楽になったから、よろしかったら自分も行こう、と云ったが、これは許されなかった。エドマンドはちょっと逆らえないような真剣な顔附でそこにそのまま坐っているようにと勧めた。そこでファニーは一人ベンチに残されたまま、従兄の心遣いを有難く思う反面、自分がもっと丈夫でないことを恨めしくも思った。彼女は、二人が角を曲るまで二人の姿から眼を離さず、二人の物音が聞えなくなるまで聞耳を止めなかった。

＊1　window tax――家の窓に課せられた税。一六九六年に始り、一七四七年、更に強化され、一八五一年に廃止された。
＊2　ウォールター・スコット『最後の吟遊詩人の歌』第二曲第一〇五行、同第一三〇行。
＊3　ヒュー・ブレア（一七一八―一八〇〇）、数年間にわたりエディンバラ大学の修辞学、文学教授。十八世紀の後半に五巻の説教集を出版。ジョージ三世は英国中の若者が聖書とブレアの

説教集を手許に置くことを希ったと云われる。

第十章

十五分経ち、二十分経ったが、なおもファニーは誰からも邪魔されずにエドマンドとミス・クロフォードと自分のことを考えていた。そのうちにあんまりいつまで経っても戻って来ないので、意外な気がして、二人の跫音《あしおと》、二人の話声が聞えて来ないかと熱心に聞耳を立て始めた。じっと耳を澄していると、やっとのことで物音が聞えて来て、話声と跫音の近附いて来るのが判った。しかしそれが自分の待望んでいた人達のものでないことが判ると、ファニーは却って気持がほっとした。そのときミス・バートラムとミスター・ラッシワースとミスター・クロフォードがファニーが歩いて来た当の径から姿を現して、ファニーの前に立った。

「ミス・プライスが独りぼっちで！」とか、「まあ、ファニーったら、これはどう云うことなの？」と云うのが最初に発せられた言葉であった。訳を話すと、「まあ、可哀そうに」と従姉が叫んだ。「何てひどい仕打を受けたんでしょう！　私達と一緒にいた方がよかったわね。」

それから両側の紳士に挟まれて腰を下すと、ミス・バートラムは再び先ほどからの会話を始め、いかにも活活とした様子で改良の可能性を論じた。何も決りはしなかった――が、ヘンリー・クロフォードはいろいろな考えと計画を豊富に持っていた。概して、彼の提案することは何でも、まずミス・バートラムが直ちに賛成の意を表し、次いでミスター・ラッシワースが賛成すると云う風であった。ミスター・ラッシワースは専ら聞役らしく、自分自身の独自の考えを出すようなことは殆どなく、精精、二人とも自分の友人のスミスの土地を見ていないのが残念だと云うだけであった。

こんな風にして何分かが過ぎたとき、ミス・バートラムは例の鉄の門に眼を留めて、あそこからパークに入ってみたい、その方が我我の見方や計画ももっと豊かなものになるだろうから、と云い出した。それはほかの者すべてにとっても望むところであり、何らかの利益をもたらす最良にしてかつ唯一の手立てでもある、と云うのがヘンリー・クロフォードの意見であった。そしてすぐに彼は半マイルも離れていない所に小山があるのを認めた。あそこに登りさえすれば、我我の計画にはどうしても必要な屋敷全体の展望が得られるであろう。それゆえあの小山へ行かねばならぬ、その門を抜けて——ところが門には錠が下りていた。ミスター・ラッシワースは鍵を持って来るのだった、と云った。持って出ようかどうしようか、考えることは考えたのだが、もうこれからは必ず出るときには鍵を持つことにしよう。しかしそうは云っても目下の不都合の解決にはならない。通り抜けは出来ない。ミス・バートラムのそうしたいと云う気持は一向に減りそうにない。結局、ミスター・ラッシワースが、今すぐに鍵を取りに行って来よう、と云うことになった。そこで彼は取りに帰った。

「今出来ることとしては全体の展望を得るのが一番なことは確かだね、屋敷からこんなに遠く離れてしまったんだもの」と、ミスター・ラッシワースが行ってしまってから、ミスター・クロフォードが云った。

「そう、ほかに為すべきことは何もないわ。ところで、本当云って、期待なさっていたよりも遥かにひどい場所だとお感じになったのではなくて？」

「いや、正直なところ、まるで逆ですね。思っていたよりも立派だし、壮大だし、この様式としてはそれなりに完璧です。尤もこの様式が一番だとは必ずしも云えないでしょうけどね。本当のことを云いますとね」と幾分低声になって云う、「僕はこれほど愉しくサザートンが見られることは二度と再びないだろうと思っているのです。来年の夏になっても僕にとってはここは殆ど改良されたことにはならないだろうと思う。」

相手は一瞬当惑してから応えた。「あなたは世間をよく知っていらっしゃるから、世間一般の眼で見ない訳には行かないのだろうと思います。もしほかの人達がサザートンは改良されたと考えれば、あなただってきっとそう考えられるのだろうと思いますけど。」

「いろんな面で自分のためになるほど、僕は自分が世間を知っているとは思わないけどな。世間通が普通に思われているほど、僕の感情はそうその場限りのものでもないし、過去の思い出だってそう気楽に抑えられる方でもないんです。」

ここで短い沈黙があって、再びミス・バートラム。「今朝はここへ来るまでのあいだたいへん愉しそうに馬車を走らせていらっしゃいましたわね。あなたが大いに喜んでいらっしゃる様子を拝見して私も嬉しかったですわ。あなたとジュリアは絶えず笑いどおしだったではありませんの。」

「そうでしたか？　そう、そうでしたね。だけど何を笑っていたのか全然憶えていないな。ああ、そうか、僕の叔父の年老いたアイルランド人の馬丁にまつわる滑稽な話をして聞かせていたんです。妹さんは本当に笑い上戸だ。」

「妹の方が私よりも快活だとお思いなんでしょう。」

「あなたよりも気楽に物事を面白がりますね」と相手は応えた。「と云うことは」と頬笑みながら、「話相手としてはその方がいい訳です。相手があなたでしたら、とても十マイルものあいだアイルランド人の逸話で面白がらせようなどと云う気にはなれなかったでしょうからね。」

「元来は私もジュリアと同じように陽気な質だったと思うのですけれど、今ではいろいろと考えごとがありまして。」

「確かにそうでしょう。それに気持が昂揚しているために物事に無感覚になると云う場合もなきにしも非《あら》ずなんです。でもあなたの場合は先ざきの見通しが極めて明るい訳だし、気持が銷沈しているなどと云ったって、誰も本気にはしませんよ。非常に晴やかな場面が目の前に控えているんですから。」

「文字どおりの意味ですの、それとも何かの譬喩《ひゆ》で仰有っているんですの？　私、文字どおりの意味と推定します。そう、確かに太陽は輝いているし、パークは大変に気持がいい。ところが残念なことにあの鉄の門と隠れ垣が私に束縛と苦難の感じを与えますの。かの椋鳥《むくどり》の言葉どおり、まったくの籠の鳥ですわ。[*1]」こう云うと、それも何やら思いの籠った云い方であったが、ミス・バートラムは門の方へ歩を運んだ。ミスター・クロフォードもあとに従った。「あの方この鍵を取りに行くのにどうしてこんなに時間が掛るのでしょう！」

「あなたとしてはその鍵とミスター・ラッシワースの権威と保護がなければどうしても出られないと云う訳ですね。でも、僕が手を貸せば、門の端のここの所を難なく通れるかも知れませんけどね。もしあなたが本当にもっと自由になりたくて、そうしたからって禁忌を犯したことにはならないと考えることを自分に許せるならば、出来るかも知れないと思いますよ。」

「禁忌ですって！　とんでもない！　私、そこから出られましてよ。やってみます。あの方はすぐに戻って見えるでしょうから、私達を見失うことはないと思います。」

「もし姿が見えないようでしたら、ミス・プライス、済みませんが伝えて下さい。僕達はあの小山の方に、小山の上の樫の木立の所にいますから。」

ファニーはこんなことは良くないことだと云う気がしたので、何とか止めさせようとしない訳には行かなかった。「怪我なさるわよ、ミス・バートラム」と彼女は叫んだ。「その忍び返しで必ず怪我なさるわ、着物だって引掛けるでしょうし。隠れ垣の中へ滑り落ちる危険もあるし、行かない方がよろしいわ。」

ファニーがこう云っているあいだにも、従姉は無事向う側に達し、首尾よく行ったことに気をよくしてにこにこしながら云った。「有難う、ファニー、でも私も着物も大丈夫よ。それじゃあまた。」

ファニーはまたもや独りぼっちになったが、少しも愉快な気分になれそうもなかった。今しがた見たり聞いたりしたことは悉くファニーの気を滅入らせたし、ミス・バートラムには驚く一方、ミスター・クロフォードには腹が立って仕方がなかった。小山に向うには遠廻りな、理窟に合わないとファニーには思われる方向に、二人は忽ちのうちに見えなくなった。そこで更に数分のあいだ、ファニーは、仲間の姿を見ることも声を聞くこともないまま、一人取残されていた。彼女はその小さな林が全部自分のものでもあるかのような気がして来た。すんでのところで、エドマンドもミス・クロフォードも既にその林を立退いてしまったのだと考えそうになったが、エドマンドが自分のことをすっかり忘れてしまうなどと云うことはあり得ない筈だと思い直した。

突然跫音がして、ファニーはまたもや不愉快な物思いから呼覚された。誰かが広い径を急ぎ足にやって来た。ミスター・ラッシワースだろうと思ったが、ジュリアであった。顔を火照らせ、息を切らせて、何だかがっかりしたような様子であったが、ファニーを認めると声を揚げた。「おやまあ！　ほかの人達はどこへ行ったの？　マライアとミスター・クロフォードがあなたと一緒だと思っていたのに。」

ファニーは訳を説明した。

「まあ、上手いことしてやられたわね！　どこにも姿は見えないけど」とジュリアは熱心にパークを覗き込みながら云った。「でもそんなに遠くまで行ってる筈はないわね。マライアに出来たことぐらい私にだって出来ると思うわ、手助けなんかなくったって。」

「でも、ジュリア、ラッシワースさんがすぐに鍵を持って来て下さるわ。ラッシワースさんをお待ちなさいな。」

「私はいやよ、絶対に。ラッシワース家の人とは一朝としては充分すぎるくらいお附合いしたわ。だって、よくって、私はたった今あの方の大変なお母様の許から逃れて来たばっかりなのよ。あなたがここで落着いて楽しく腰を下しているあいだ、私はそれこそ苦難に耐え忍んでいたんですからね！　あなたが私と代っていたらよかったのに、でもあなたって、いつもこう云う嫌な目を避けるのが上手いわね。」

これはファニーにしてみればあまりにも不当な非難であったが、相手の気持を斟酌して、放っておくことにした。ジュリアは苛立っているし、気分も急《せ》いている。ファニーは、これはそう長く続くことではないと云う気がしたので、そのことは気にしないで、ただミスター・ラッシワースに会ったか否かだけを訊ねた。

「ええ、ええ、会ったわ。でも何だか生きるか死ぬかと云ったような急ぎようで、ほんの一時割《さ》くのももどかしいと云うような調子で、自分の用向きとあなた方の居場所を教えてくれただけだったわ。」

「それほどの苦労が無駄になるなんて、気の毒に。」

「でもそれはマライアに関係したことでしょう。あのひとの罪で私が罰せられる筋合はないわ。やり切れないったらありゃしない、伯母ったら女中頭とふらふらしているし、その間ずっと私はあの方の母親から逃れられなかったんですからね。でも息子の方からは逃れられてよ。」

ジュリアは瞬く間に柵に攀登《よじのぼ》って跳び越すと、ミス・クロフォードとエドマンドには会わなかったろうかと云うファニーの最後の問掛けにも知らぬ顔で、さっさと歩いて行ってしまった。今やファニーはミスター・ラッシワースに会うのが何となく恐しい気持で坐っていたので、二人が依然として戻って来ないことについては却ってあまり深く考えずに済んだ。ファニーは、ミスター・ラッシワースがたいへんひどい仕打を受けた気がして、経緯を伝えなければならぬのが大いに心苦しかった。ミスター・ラッシワースはジュリアが行ってから五分もしないうちに戻って来た。ファニーは出来るだけ相手を傷つけないで済むように話をしたつもりであったが、それでも、相手が相当に屈辱を感じ、不愉快な思いをしたことは明らかであった。最初彼は殆ど何も云わず、ただ極端な驚きと当惑の色を浮べただけであったが、やがて門の所まで歩を運ぶと、そこに立止った。どうしていいか判らない風であった。

「あの方達、私にここに残るようにって――私、従姉から、あの小山かそのあたりにいるからあなたに伝えてくれるようにと頼まれたのです。」

「もうこれ以上先へなんか行くもんか」とミスター・ラッシワースはむっとしたように云った。「姿なんか見えやしないし、僕が小山に着く頃までには、またどこか別の所へでも行ってるんだろう。もう歩くのは沢山だ。」

そして浮かぬ表情をしたままファニーの傍に腰を下した。

「お気の毒に」とファニーは云った。「運が悪かったのですわ。」ファニーはもっと効果的なことが何か云えたらと思った。

一時の沈黙があってから、「待っていてくれたってよさそうなものなのに」とミスター・ラッシワースが云った。

「ミス・バートラムはあなたが追掛けて下さるだろうと思っていました。」

「向うが待っていさえすれば、何もこっちが追掛けなければならない破目になんかならない筈だ。」

これは否定出来なかったので、ファニーは黙った。また一時してからミスター・ラッシワースが続けた。「ねえ、ミス・プライス、あなたもほかの人達のようにミスター・クロフォードを高く買う一人なんですか？　僕には、あんな奴、ちっとも偉いとは思えないんだが。」

「私、あの方、少しも立派だとは思いません。」

「立派！　誰だってあんなちっぽけな男を立派だなんて云えないさ。五フィート九インチもないじゃないか。五フィート八インチ以下だとしても怪しむに足りない。顔附だってよくないと思う。僕は、クロフォード兄妹が加わったからってちっともいいことなんかなかったと思っている。連中がいなくたって、僕達大いに愉しくやっていたもの。」

ここでファニーの口から小さな溜息が洩れた。ファニーとしてもどう反駁していいのか判らなかった。

「鍵を取りに行くのに僕が何か文句でも云ったのなら、先に行く口実にもなったかも知れないが、僕はあのひとが鍵が欲しいと云うからすぐに取りに行ったんだ。」

「あなたの態度はこの上なく行届いておりましたわ。それに出来るだけ速く歩かれたのでしょうし。それでもここから屋敷まで、それも屋敷の中までとなるとちょっとした距離ですものね。人間待っているときって時間の判断を誤るものですわ。三十秒が五分にも思われたりしますもの。」

ミスター・ラッシワースは立上ると再び門の所まで歩いて行って、あのとき鍵さえ持合せていたら、と云った。ファニーは、その立っている様子に気持の和らぎを認めたと思ったので、もう一言言葉を掛ける勇気が湧いた。そこでこう云った。「あなたがあの方達にお加わりにならないのは残念ですわ。あの方達、パークのあそこの所から屋敷のよりよい眺望を得るつもりだったのですから、今頃はどう云う風に改良したらいいかをあれこれ考えていることだろうと思います。でもそう云うことは、あなたがいらっしゃらなければ何一つ決らない訳でしょう？」

ファニーはどうも自分は話相手を引留めておくよりも追払う方が上手いようだと気が附いた。ミスター・ラッシワースはその気になったらしく、「まあ、あなたが、行った方がいいと本当に思われるのなら、折角鍵を持って来たのに使わないのも馬鹿馬鹿しいから」と云って外に出ると、それ以上何ら躇う風もなく歩み去った。

今やファニーは、自分を残して行って大分になる二人のことしか頭になく、到頭痺れを切らして、二人を捜しに行こうと決心した。隠れ垣に沿った径を辿って行って突当りを別の径に折れたちょうどそのとき、ミス・クロフォードの話声と笑声が再びファニーの耳を捉えた。物音はこちらに向っていた。更に数回曲りくねった所でファニーは二人の前に出た。二人はちょうど今しがたパークから自然園に戻って来たところであった。パークへは、横門に錠が下りていなかったものだから、ファニーと別れるとすぐに誘い出され、パークの一部を横切って、到頭、ファニーが午前中ずっと行ってみたいと思っていた並木道まで行って、一本の樹の下に暫く腰を下していた。これが二人の話であった。この間二人が愉しく過しながら、ファニーを独りぼっちにしておいた時間の長さに気附いていないことは明白であった。それでも、エドマンドがファニーのいないことを大いに残念がり、ファニーの疲労さえ恢復していたなら間違いなく連れに戻って来るところだったのだ、と保証してくれたのが、ファニーにとってはせめてもの慰めであった。しかしそれも、ほんの数分の筈がまる一時間も一人取残されていた苦痛を帳消しにし、その間二人が何を話していたかを知りたいと思う好奇心を追払うには不充分であった。そのうちに、もう屋敷に引揚げようと云うことになり、ファニーとしては何となく失望と落胆の結末であった。

遊歩道に出る踏段の昇り口まで来ると、ラッシワース夫人とノリス夫人が降り口の所に姿を現した。屋敷を出て一時間半ののちにやっと自然園の入口に辿り着いたのである。ノリス夫人は、途中いろいろとすることがあったものだから、とてもそれ以上速くは来られなかったのである。いかに不愉快なことが次つぎと起って姪達が愉しみを妨げられていたにせよ、伯母にはもう申分のない楽しい半日であった。——それと云うのも、女中頭に、雉子のことでいろいろと丁寧に応対してもらったあとで、酪農場へも連れて行ってもらい、牛の話を聞かせてもらっただけでなく、素敵なクリーム・チーズの作り方まで教えてもらっていたからである。ジュリアが行ってしまってからは、庭番にも会って、これとも大いに親しくなった。夫人が、庭番の孫の病気について、それは瘧《おこり》だと云って相手の誤りを正してやり、今度その病気に効くお守りを持って来てあげると約束したところ、庭番はお返しだと云って、一番上等な苗床を見せてくれた上に、ひどく珍しい種類のヒースの苗木まで土産に呉れたのである。

一緒になったところで全員屋敷へ戻ることにした。戻ってからは、ほかの者達が帰って来て食事になるまでのあいだ、ソファに凭れたり、雑談をしたり、或は季刊評論誌[*2]を読んだりして時間を潰した。バートラム姉妹と二人の紳士が入って来たのは大分経ってからであった。彼等の散策にあっては、どうも終始愉快な思いをしたとは見受けられず、その日の目的に関しても何ら実りはなかったようである。当人達の話すところによると、何だか追掛けごっこばかりしていたとのことで、ファニーの見るところ、やっとのことで四人が一緒になったときには、もう時間が遅すぎて、感情の調和を取戻すことも、土地の改良について何かを決定することも、ともにならなかったと云うことらしい。ジュリアとミスター・ラッシワースを眺めながら、ファニーは、満たされぬ思いでいるのは自分だけではないのだなと感じた。二人とも浮かぬ顔をしていた。それに較べるとミスター・クロフォードとミス・バートラムは楽しそうであった。そのせいもあってか、ミスター・クロフォードは、食事のあいだぢゅう、他の二人の恨みを取除き、皆のあいだに楽しい気分を取戻そうと殊のほか骨を折っている、とファニーの眼には映った。

食事が終るとすぐにお茶と珈琲になった。十マイルの帰路が待っているので時間を無駄に過す訳には行かなかったのである。一同が食卓に着いてから戸口に馬車が寄せられるまでのあいだは、ただもう慌しいばっかりで何ら取るに足らないことの矢継早な連続であった。馬車が着いたと云う知らせを聞くと、ノリス夫人は何やらそわそわしていたが、女中頭から貰った雉子の卵とクリーム・チーズをしっかりと手にして、ラッシワース夫人に鄭重この上ない御礼をたっぷりと申し述べると、さっさと出口に向った。このとき、ミスター・クロフォードがジュリアに近附くとこう云った。「もしあなたが馭者席に坐って夜露に濡れるのがお嫌でなければ、僕としては話相手を失いたくないのですが。」この申出は想いも掛けないものであったが、たいへん愛想よく受容れられ、ジュリアにとって一日は始ったとほぼ同様の形で終りそうであった。ミス・バートラムは、帰りは何かしら異った形が取れるものと心に決めていただけに些かがっかりしたが、それでも自分の方が好かれていると云う確信があるためか、さほど心の動揺もなく、ミスター・ラッシワースが別れに際して示してくれるいろいろな心遣いにも然るべき態度で応対することが出来た。ミスター・ラッシワースとしては、ミス・バートラムが馭者席に上るのに手を貸すような破目にならず、ちゃんと四輪馬車の中へ導き入れることが出来て大いに嬉しかったに違いない。このことで彼の心もどうやら落着きを取戻したようであった。

「ファニーや、今日はあなたにとっては本当に素晴しい一日でしたよ」と、一行がパークを通過しているときに、ノリス夫人が云った。「始めから終りまで愉しいことばっかりで！　あなたが来られるようにしてあげたバートラム伯母様と私に大いに感謝しなければ不可ませんよ、実際。本当に申分のない愉快な一日を過したんですからね。」

マライアには些か不服があったので、躇わずこう云った。「伯母様だって大分よろしくおやりになったではありませんの。どうやらお膝の上は結構な品物で一杯のようですし、伯母様と私のあいだにあるこの箱にも何やら入ってますのね。この箱、先刻《さつき》から肘にぶつかって、痛くて仕方がないわ。」

「なにね、ほんの綺麗なピースの苗木が入っているだけなの。あの親切な庭番の爺さんがどうしても持って行ってくれって云い張るものだから。でも邪魔なら、今すぐに膝の上に乗せますからね。さあ、ファニー、そっちの包を持つんですよ――うんと注意してね――落っことしたりしないように。それクリーム・チーズだからね、お食事のときに頂いたあの美味《おい》しいのとおんなじもの。あのフィティカーさんたら、チーズを一つ取るようにって、聞かないの。私は結構ですからって断りつづけたんだけれど、そしたらしまいに眼に涙を浮べるじゃないの。それで到頭私も、これは妹の喜びそうなものだってことに気が附いてね。あのフィティカーさんはほんとに得がたい人物だわ！　私が召使の食卓でも葡萄酒が許されるのかしらって訊いたときのあの啞然とした顔。何しろ女中を二人、白いガウンを着たと云うだけで馘《くび》にした人ですからね。チーズに気を附けてよ、ファニー。さて、これでこっちの包と箱は大丈夫と。」

「ほかには何をせしめて来たの？」とマライアは、半ばサザートンに対する褒め言葉を聞くのが嬉しさに、云った。

「せしめるだなんて、まあ！　綺麗な雉子の卵を四つばかり頂いただけです。それもフィティカーさんが無理矢理に受取らせようとしたので、こっちは結構ですって云うのに、全然耳を貸そうとしないの。あのひと、私がまったくの一人住いだってことを聞いていて、雉子のような生き物でも飼ったら愉しみになるに違いないって云うのよ。確かにそれはそうでしょうね。私、酪農場の女中に頼んで、雌鶏が自分の卵の孵化が終って体が空き次第、この卵を抱かせてもらって、それでもし上手く行ったら、自分の家へ引取って、鶏小屋も一つ借りようかと思うの。

そうすれば独りぼっちのときなんかでも、それらの面倒を見てやったりしていれば、結構楽しく過せるだろうと思うわ。もし運が好かったら、あなたのお母様にも何羽か差上げるつもりよ。」

穏やかで静かな、気持のいい宵であった。長閑《のどか》な宵闇の中を馬車が走って行くのはなかなかに快適であった。ノリス夫人が話を止めると、一同にとってはまったくの静かなドライヴとなった。気分的にもみな疲れていた。今日一日は自分にとって愉しかったのか辛かったのか——どうやら銘銘の思いを占めているのはそんなことかも知れなかった。

＊1　ロレンス・スターン『センティメンタル・ジャーニー』第二巻「旅券、パリのホテルにて」を参照。

＊2　十九世紀初めに季刊評論誌が流行し始め、一八〇二年創刊の『エディンバラ・レヴュー』（進歩的なホイッグ系）と一八〇九年創刊の『クウォータリー・レヴュー』（保守的なトーリー系）が特に人気があった。ここの Quarterly Reviews が後者を指すのか季刊評論誌一般を指すのかは不明。

第十一章

不満はいろいろとあったものの、サザートンでの一日は、そのすぐあとにマンスフィールドに届いたアンティグアからの手紙に較べれば、遥かに愉快な感情をバートラム姉妹にもたらした。父親のことを考えるよりはヘンリー・クロフォードのことを考える方がずっと楽しいことであった。或る一定の期間内に父親が再び英国に戻って来ると云うような考えは、この手紙からすればそう考えざるを得ない訳だが、あまり有難くもなかった。

　父親の帰国に定められた憂鬱な月と云うのは十一月であった。サー・トーマスは、今までの経過から見る限りそうなることはまず間違いないし、自分としてもそれを念願している、と書いていた。仕事はほぼ片附き掛っているから、九月の定期船に乗込めることは確かである、それゆえ十一月の初旬には愛する妻や子供達と再び一緒になれることを楽しみにしている、と云うのである。

　ジュリアよりもマライアの方が気の毒であった。結局は父親が彼女に良人をもたらすことになっていたからである。彼女の幸せを大いに気遣ってくれる身方の帰還が彼女と婚約者とを結び附けることになり、その幸せは自ら選んだ当の相手に掛っているのであった。思っても憂鬱なことであった。そこでマライアに出来ることと云えば、そのことを霧で覆ってしまって、霧が晴れたときには、それが何か別のものに変ってしまっていることを期待することだけであった。十一月の初旬と云うことはないだろう、遅れると云うのはよくあることなのだから。船が難航するとか、或は何かが、実際に見えているのに眼を閉じようとし、考えているのに理解を得まいとする者すべてに慰めの気持を抱かせる、あの虫のいい何かが起るとか。早くても十一月の半ばにはなるだろう。十一月の半ばならまだ三箇月はある。三箇月と云えば十三週間だ。

十三週間のうちにはいろいろなことがあるだろう。

　サー・トーマスは、自分の帰国に対する娘達の気持の半分でも勘づいたら、深い屈辱を味わうの余り、実はその帰国がもう一人の令嬢の胸には興味を起させているのだと知ったところで、とても慰めにはならなかったろう。ミス・クロフォードは、マンスフィールド・パークでその日の夕方を過すために兄と一緒に歩いて来て、その朗報を聞いた。表面は、それはようございました、と云っただけでそれ以上はそのことに何の関心も持たず、おめでとうと云う穏やかな言葉に一切の感情をこめたかに見えたものの、実のところそう簡単には満足しそうにない心持で耳を傾けていた。ノリス夫人が手紙の詳細を語って、その話題はそこで跡切れてしまった。しかしお茶が終って、ミス・クロフォードとエドマンドとファニーは開け放たれた窓辺に立って、夕暮の景色を眺め、一方バートラム姉妹とミスター・ラッシワースとヘンリー・クロフォードはピアノの上に蠟燭を灯そうと忙しく立働いていたとき、ミス・クロフォードが四人の方を見ながらこう云って、再びその話題を持出した。「ラッシワースさん、何て幸せそうなんでしょう！　思いは十一月のことで一杯なのね。」

　エドマンドも振返ってミスター・ラッシワースを見てみたが、何も云うことはなかった。

「あなたのお父様が帰って来られるとたいへん面白いことになりそうね。」

「そう、大分長いこと留守にしたあとだからね。それもただ長いだけでなく、いろいろと危険なこともあった訳だから。」

「それはまたほかの面白いことの先駆けでもある訳ね、妹さんの結婚、それにあなたの聖職叙任。」

「そう。」

「気を悪くなさらないでね」とミス・クロフォードは笑いながら云った。「でも私にはどうしても古代異教徒の英雄達のことが思い出されるの。ほらあの異国の地で大きな手柄を立てて、無事帰国すると神神に生贄《いけにえ》を捧げたと云う英雄達。」

「今回の場合、生贄はないよ」とエドマンドは真面目な微笑で応えると、再びピアノの方へ視線を向けた。「一から十まで妹が自分で選んだことなのだもの。」

「勿論そうですわ。それは判っています。ただちょっと冗談を云っただけ。妹さんは若い女性なら誰だってすることをしたまでですもの。私、妹さんが幸せ一杯だってこと、ちっとも疑っておりませんわ。私の云う、そうでない方の生贄は勿論あなたにはお解りになりませんわね。」

「僕が牧師になるってことは、マライアの結婚同様、まったく自発的なものですよ。」

「あなたのお気持とお父様の御都合がうまく一致なさって好運ですこと。このあたりに、あなたのためにかなりの牧師禄が取ってあるんですってね。」

「それで僕が牧師になりたがっているとお考えなんですね。」

「だってそんなこと断じてないじゃありませんか」とファニーが叫んだ。

「親切にそう云ってくれるのは有難いけどね、ファニー、僕としてはそこまで断言するつもりはないんだ。それどころかかなりの扶持《ふち》が与えられることは判っていたから、僕としても牧師がいいと云うような考え方をするようになったのだろうと思う。だけど僕にはそれだから悪いとは考えられない。もともと嫌なのを無理矢理に我慢すると云うようなことはなかったのだし、それに、幼少のときから何れは或る程度の資産を持つことになるだろうと判っているからそれだけ駄目な牧師になる、と云うような理窟は僕には分らない。僕は信頼出来る手の中にいたせいもあって、自分が悪い方に感化されることはなかったと思っている。父は非常に道義正しい人だから、僕にそんなことでもあれば断じてそのままにしておく筈はなかったもの。僕が牧師に対して偏愛を抱いていることは確かだけれども、別にそれだからと云って非難される筋合はないと思うな。」

「同じようなことなのですわ」と少し間をおいてファニーが云った、「提督の息子が海軍に入ったり、将軍の息子が陸軍に入ったりするのと。そこに何ら悪いことはない筈です。そう云う人達が、親兄弟が最も自分の力になってくれるような職業を好むからと云って誰も不思議には思いませんし、そうかと云って、そう云う人達のことだから見掛けほどには仕事に熱心ではないのだろうとも誰も疑いませんもの。」

「それはそうですわ、ミス・プライス、まさにそのとおりですわ。軍隊には、海軍だろうと陸軍だろうと、職業としての正当な存在理由がありますもの。陸海軍には自らを立派な職業たらしめているものが何でもあります、英雄的な行為、危険、喧噪、流行。陸海軍の軍人はいつでも社交界の花形です。男の人が陸軍か海軍の軍人である分には誰も不思議には思いませんわ。」

「しかし前もって或る程度の収入が約束されている牧師の職を選ぶような男の動機はまず疑ってみて差支えない、とお考えなんですね？」とエドマンドは云った。「あなたの眼に正当なものとして映るためには、扶持がまったく不安定な所で牧師にならなければならない。」

「何ですって、牧師禄なしで牧師になるですって！　とんでもない、そんなこと狂気の沙汰もいいところです、まったくもって狂気の沙汰です！」

「それではお訊ねしますけれど、禄牧師の職も不可ない、禄がなくても不可ない、と云うのでは、どうやって僧職を埋合せればいいのです？　そう、あなただってこれにはどう答えていいか判らないでしょう。しかし僕としてはあなた流の議論から牧師に有利な意見を求めなければなりません。牧師と云う職業を選ぶような人は、陸海軍の軍人を職業にしようとする人達が受ける誘惑や報賞としてあなたが高く掲げるそう云う感情に影響を受けることもないし、英雄的な行為だの喧噪だの流行だのもすべて無縁なものだと考えているのだから、牧師を選ぶからと云って誠実や正しい意図に欠けるのではないかと云うような疑惑は受ける筈がないと思うんだ。」

「ええ、確かに、苦労して収入を得ようとすることよりも既に決っている収入の方を好むと云う点では非常に誠実ですし、残りの日日を食べて、飲んで、肥ることにしか費さないと云う意図も見上げたものです。でもそれは怠惰と云うものですわ、バートラムさん、本当に。怠惰と安佚《あんいつ》嗜好《しこう》が——つまり賞むべき野心や、良友を得ようと云う気持、骨を折ってでも愉快に力めようとする姿勢、そう云うものの一切の欠如が、人を牧師に仕立て上げるのです。ただだらしなくて、我儘であること以外には牧師のすることなんて何にもないのです——新聞を読んで、空模様を眺めては、奥さんと諍いをする。仕事はすべて副牧師がやるし、本人がやることと云ったら食事をすることだけ。」

「確かにそう云う牧師もいないことはないが、そう云うのが牧師の一般的な性格だとするミス・クロフォードの考えを正当化するほどそんな牧師が沢山いるとは僕には思えないな。どうもこの大雑把な、陳腐と云ってもいい非難を聞いていると、あなた自身の判断ではなくて、あなたが聞き馴れて来た、牧師に対して偏見を持つ人達の意見を聞いているような気がする。あなたが自分自身の観察から牧師について多くを知るなどと云うことは不可能だもの。あなたがそうやって決めつけている当の職業に携わる人達であなたが個人的に知っている人なんて殆どいなかった筈だ。あなたは叔父様の食卓で聞かされたことをただそのまま繰返しているんだ。」

「私は一般的な考えだと思われることを話しているんです。それに大体が一つ意見の場合、その意見は、普通、間違ってはいないものです。この私が牧師の家庭生活をあまり見たことがなくても、多くの人達が見ていますもの、情報に何ら不足はありませんわ。」

「どんな宗派であれ、教養ある人達の一団がやたらに非難されるとあれば、それはもう情報に欠陥があるに違いない、さもなくば（笑いながら）ほかの何かが欠けているんだ。あなたの叔父様だって、仲間の提督の方達だって、人柄の良し悪しにかかわらず、いつも、いなければいいと思っている軍隊附きの牧師のほかには、おそらく牧師については殆ど何も知らないのでしょう。」

「まあ！　ウィリアム兄さんなんてアントワープ号の牧師さんからたいへん親切にして頂いたわ。」ファニーの優しい叫び声も、自分の気持の表明としては大いに効を奏したものの、会話の成行きには何の効果もなかった。

「私、叔父の考えを自分の考えにしようなどと夢中になったことなんて殆どございませんから」とミス・クロフォードが云った、「自分が叔父の意見の受売りをしているとは思えません。あなたがそんなに私に詰寄って困らせるのでしたら、申し上げますが、私にだって牧師の生活を観察する手立てがまったくない訳ではありませんのよ。目下のところ私は義兄のグラント博士の所に客人として滞在しているのですから。グラント博士は私には大層親切ですし、それに本当の紳士で、立派な学者で頭も良く、ときどき立派な説教もしますし、大変に尊敬出来る人なことは確かですが、それでも私には怠惰で我儘な美食家と云う風に映りますの。何につけても自分の好みどおりに行かないと気が済まないし、そのくせ他人様のためには指一本動かすでなし、おまけに、料理人がへまでもやろうものなら、あの素晴しい奥様に対してすら不機嫌になる始末なんですからね。本当のことを云いますと、今晩だって雛鵞鳥《ひながちょう》の料理が気に入らないと云って、機嫌を直さないものだから、ヘンリーと私はそのために追出されて来たようなところもあるんです。姉さんも気の毒だわ、無理してでもあとに残って、あの人の不機嫌に耐えなければならないんですもの。」

「あなたのその非難は確かに無理もないと思う。それは気性の大きな欠陥が放縦と云う悪癖のためにますます悪化したのだ。お姉様がそんなことで苦しんでいるのを見るのはあなたのような感情の持主にとってはひどく苦痛なことに違いない。ねえ、ファニー、こうなると我我に不利だね。我我としてもグラント博士を弁護しようと云う訳には行かなくなるもの。」

「そうね」とファニーが応えた。「でも、だからと云って博士の職業まで諦める必要はありませんわ。だってグラント博士がどんな職業を選んだところで、結局はそのあまり芳しからぬ気性をそこへ持込んだことでしょうから。それに、海軍であろうと陸軍であろうと、今よりは遥かに多くの人達をその配下に置くに決っていますから、牧師の場合よりも海軍や陸軍の軍人になった場合の方が、より多くの人が不幸な目に遭うことになっただろうと思います。それだけではありませんわ、グラント博士の、こうあってくれればいいのにと思われるようなところも、今以上に活動的で世俗的な仕事に就いていたりすれば、良くなるどころか余計に悪くなる危険があっただろうと思わずにはいられません。そう云う仕事ですと、自由な時間は少くて、為さねばならぬ義務がありますから、もしかしたら自分自身を振返ると云うことすらなくて済んでしまったかも知れません。或は少くとも、今の状態でしたらそんなことはあり得ない訳ですが、自分自身を振返ってみる度合が少くなっていたと云うことはあったかも知れません。人間なら、それもグラント博士のような物の分った人なら、毎週他人にその為すべきことを説かれて、しかも日曜日には二度も教会に行ってあのように立派な説教をあのように堂堂となされて、そのために御自分が向上なさらないなんてことはあり得ませんわ。何と云ったって牧師と云う職業が物を考えさせずにはおきませんもの、私としては、グラント博士が牧師以外の職業に就かれた場合よりも今の方が自制に力められる度合が多いだろうと信じて疑いませんわ。」

「確かに、それは逆だとは云えないでしょうね。でも私としては、ミス・プライス、あなたが、機嫌の良し悪しが本人の説教次第で決るような人の奥様になるよりももっと好運に恵まれることを願いますわ。だって日曜日こそ自らの説教で上機嫌になるかも知れませんが、月曜の朝から土曜の夜まで雛鵞鳥のことで口うるさくされたのでは堪ったものではありませんもの。」

「ファニーとしょっちゅう諍いの出来るような男には」とエドマンドは愛情をこめて云った、「いかなる説教も到底及ばないと思うね。」

ファニーは今までより更に窓の方に身体の向きを変えた。ミス・クロフォードは「ミス・プライスは褒め言葉を聞く必要がないほど褒められるに値する行いに慣れていらっしゃるのね」と愉快な調子で云ったところで、合唱に加わるようにと云うバートラム姉妹の熱心な誘いが掛った。ミス・クロフォードは軽快な足取りでピアノの方へ歩いて行った。あとに残ったエドマンドは、愛想のいい物腰から軽やかで品のある歩き方に至るまで、数ある美点に讃嘆を禁じ得ず、うっとりとその後姿を見送っていた。

「本当に朗らかな性質のひとなんだね」とやがてエドマンドは云った。「他人に苦しみを与えることなんか決してあり得ない気性なんだ！　どうだろうあの歩きぶり！　誘われるや否や直ちに仲間に加わって、そしてすぐに他人の気持に溶込んでしまう！　それにしても」とここでちょっと考えてから附加えた、「ああ云う人達の手にあったことだけが返すがえすも残念だ。」

ファニーもその意見には賛成であった。ファニーは、そろそろ合唱が始りそうなのに、エドマンドが自分と一緒に窓辺に残って、やがて自分と同じように外の景色に眼を向けたので嬉しかった。外の景色はすべてが厳かで、見る者の心を鎮め、素晴しかった。雲一つない夜空の下にきらきらと輝いて見え、森の深い暗闇と対照を成していた。ファニーは自分の感情を口に出して云った。「ここには調和があるわ！　それに静かな落着きも！　ここにあるのはいかなる絵もいかなる音楽も手の届かないもの、詩だけがその姿を捉え得るようなものなんだわ。あらゆる不安を鎮め、心をうっとりとさせるようなものがある！　私、こんな夜に外を眺めていると、世の中には邪悪だとか悲しみなんてあり得ないって云うような気持になるの。皆がもっと自然の崇高なことに注意を向けて、こう云う光景にもっと我を忘れて見入るようになれば、本当にそんなものはもっと少くなるだろうと思うの。」

「君のそう云う感激の言葉を聞くのは好きだよ、ファニー。本当に綺麗な夜だ。君のような物の感じ方を少しも教えられなかった人、幼い頃に自然に対する趣味を全然与えられなかった人って云うのは本当に気の毒なものだね。失うものが多いだろうと思う。」

「そう云うことを考えたり感じたりすることを教えて下さったのはあなたですわ。」

「僕の生徒さんは大変に物覚えが早かった。ほら、大角星《だいかくせい》があんなに光っている。」

「ええ、それに小熊座も。カシオペアが見えたらいいのに。」

「カシオペアは芝生へ出なければ無理だよ。外へ出るのは怖いかい？」

「いいえ、ちっとも。ここのところ大分暫く星を見ていませんわね。」

「どう云う訳だか、そうだね。」合唱が始った。「これが終るまで待っていよう。」そう云うとエドマンドは窓の方に背を向けた。歌が進むにつれて彼も少しずつピアノの方へ進んで行くので、ファニーとしては心苦しかった。歌が終ったときには、もう歌い手達のすぐ傍まで近附いていて、もう一度合唱を聞きたいと熱心に催促する人達の中に交じっていた。

ファニーは一人窓辺で溜息を吐いていたが、到頭、風邪を引いたらどうしてくれるの、と云うノリス夫人の叱言でその場を離れざるを得なかった。

第十二章

サー・トーマスが十一月に帰国することになったので、長男の方も、いろいろとやらねばならぬこともある手前、予定よりも早く家に戻らなければならなかった。九月が近附くにつれてミスター・バートラムは、まず森番への手紙で、次にエドマンドへの手紙で、消息を知らせて寄越した。そうして八月も終ろうと云う頃、再びその快活で、愛想のいい姿を現すと、機会あるごとに、或はミス・クロフォードの求めがあるごとに、相変らずの伊達男ぶりを見せて、競馬のこと、ウェイマスのこと、更にはパーティーやら友人達のことを話して聞かせた。しかしミス・クロフォードも六週間前と違ってあまり興味を持って聴くこともなく、ただもう実際の比較から、弟の方が好感が持てると云う確信を固めただけであった。

これは非常に困ったことで、ミス・クロフォードとしても心から残念なことだとは思ったが、事実はそのとおりであった。今や長男と結婚しようと云うつもりがないどころか、ただ自らの美貌を意識する者として已《や》むを得ざる以上には長男の気を惹くことなど思いも寄らなかった。長いあいだマンスフィールドを留守にしていたと云うのに、ただもう愉しむことと自分の気持の都合しか考えなかったことからしても、相手がこちらのことなど気に懸けていないことは実に明白であった。冷淡の度合が自分など較べものにならないほど相手の方が強い以上、ミス・クロフォードとしては、仮に相手が今すぐにマンスフィールド・パークの当主になろうと、やがてはそうなる筈の正真正銘のサー・トーマスになろうと、とてもトムを受容れられるとは思えなかった。

ミスター・バートラムをマンスフィールドへ連戻すことになった鳥撃ちの季節が、今度はミスター・クロフォードをノーフォクへ連去ることになった。エヴァリンガムでは九月の初めには彼がいないとどうすることも出来なかったのである。彼は二週間向うに滞在することになった。この二週間はバートラム姉妹にとっては実に単調かつ退屈なものだったのだから、姉妹としては、このときに警戒心を抱くべく反省するべきであったし、ジュリアとしても姉に対する嫉妬心を認め、彼の心遣いなど信用してはならず、彼が二度と戻って来ないように願うことが絶対に必要だと認めてもよかったのである。一方当の紳士にとっても、これが鳥撃ちと睡眠との合間にいくらでも暇のある二週間であったのだから、もしこの男に、自分の行動の動機を検討し、怠惰な見栄にばかり浸っているとどう云うことになるかを反省する習慣があったならば、自分はもっと滞在を延ばすべきだと確信したことであろう。しかるに富の力と悪しき見本のために、無思慮のくせして独り善がりなこの男は決して目先のことにしか眼を向けようとはしなかった。美人の上に悧口で、一緒にいるとこっちの励みにもなるバートラム姉妹は、この男の十二分に満ち足りた心になおも一廉の愉しみを与えてくれたのである。マンスフィールドの人附合いに匹敵するほどの楽しみがノーフォクには何もなかったので、ミスター・クロフォードは約束の日が来ると喜んで還って来た。そうして、これからも面白半分のお相手を続けようと思って帰って来た当の相手達から大喜びで迎えられた。

　マライアは自分の相手と云ったらミスター・ラッシワースしかいず、しかもその相手からは、やれその日の猟は良かったとか悪かったとか、或は自分の犬どもは本当に立派だとか、そうかと思うと近隣の者どもには警戒心が必要だ、連中に猟の資格があるかどうか疑わしい、何としてでも密猟者は捕えてやりたいと云うような、要するに話手の男に何がしかの話の才があるか、聴手の女性に話手に対する愛情があるのでなければ、とても女性の感情に滲透して行くことなどあり得ないような話題をこまごまと繰返し聞かされる運命にあったものだから、ミスター・クロフォードのいないのが残念でならなかった。ジュリアの方はと云えば、自分は婚約もしていないし話相手だっていないのだから、自分がミスター・クロフォードがいないのをより寂しく思うのは当り前だと云う気持であった。双方とも自分こそ気に入られていると思い込んでいた。ジュリアは、こうあってくれればと思うことは何でもこうであるに違いないと信じ込んでしまいがちなグラント夫人の言葉から、一方マライアは、ミスター・クロフォードその人の気を惹くような物腰から、それぞれに自分の確信を正当化していたものと思われる。すべては彼が出掛ける前と同じ流れに戻った。二人に対する彼の態度は相変らず快活で愛想がよかったから、どちらに対しても人気を失うようなことはなかった。ただそのいつも変らぬ安定した態度と熱の籠った心遣いには常に一線が劃されていて、皆の注意を惹きそうな一歩手前で辛うじて抑えられていた。

一座の中にあってファニーだけは何かしら厭なことのあるのに気附いていた。サザートンでの一日以来、ミスター・クロフォードが従姉達のどちらかと一緒にいると、どうしてもファニーには何気なく見過すことが出来ず、それで観察していると、必ずと云っていいほど驚きか非難の気持を抱かずにはいられないのであった。もしそのことに対する自分の判断に他のすべてのことに対する場合と同様の自信があって、自分ははっきりと物を見、公正に判断していると確信が持てたなら、或はファニーもいつもの腹心の友である従兄に重大なことを幾つか伝えたことであろう。しかし実際には、思い切って仄めかしてみただけであった。尤もその仄めかしも無駄であったが。「クロフォードさんがこんなに早く戻って来られるなんて些か驚きましたわ。ここにはまる七週間もの長いあいだおいでになったと云うのに。だって私、あの方は変化と動き廻ることが大好きなのだとばかり思っていましたから、一旦出掛けたとあれば必ず何か用事があって、また他所へ行くことになるのだろうと思っていましたもの。あの方はマンスフィールドなんかよりももっと華やかな場所に慣れ親しんでいらっしゃるのですし。」

「それでは彼としても面目を施した訳だ」とエドマンドは答えた。「多分妹さんも喜んだことだろう。ミス・クロフォードは兄さんのひとところに落着かない習慣が好きではないのだから。」

「マライアとジュリアは本当にクロフォードさんが気に入っているのね！」

「うん、あの男のああ云う態度は女のひとに喜ばれるんだ。グラント夫人は、クロフォードがジュリアの方に好意を持っているのではないかと思っているんだね。僕の眼にはまだはっきりそうだとは見えないが、でもそうであってくれればいいとは思っている。あの男は欠点もないし、たといあったとしても誰かを本気で愛するようになればなくなるようなものだ。」

「もしマライアが婚約していなかったら」とファニーは注意深く云った、「あの方、ジュリアよりもマライアの方が好きになったのではないかしらと思われることがときどきあるの。」

「それはね、ファニー、多分君が思っている以上にジュリアの方が好きだからなんだよ。これはよくあることでね、男と云うのはまだ完全に心を決めないうちは、自分が本当に考えている女性の姉妹だとか親友の方に、御当人に対する以上の関心を寄せるものなんだ。クロフォードは分別があるから、もしマライアとのあいだが何だか可怪《おか》しいと気附けば、ここに長居することはないだろうと思う。それにマライアの方は全然心配要らないさ、自分はいい加減な気持の持主なんかではないと云うあんな証拠を見せたあとだもの。」

ファニーは自分が間違っていたのだろうと思い、今後は考えを変えようと云う気になった。しかし、いくらエドマンドの意見に服従したからと云い、またときとしてほかの何人かの人達に見られる眼附や口吻《くちぶり》もどうやらミスター・クロフォードが選んだ相手はジュリアだと云うことで一致しているようではあっても、ファニーとしては必ずしも釈然とした訳ではなかった。或る晩のことファニーは、この問題に対するノリス伯母の気持と希望を当人に気附かれずに知ることが出来、ラッシワース夫人の気持もほぼ同様であることが判って、聞耳を立てながらも驚きを禁じ得なかった。ファニーとしては聞かなくて済むことならどんなに嬉しかったことか。と云うのは、その間ほかの若者達はみな踊っているのに、自分だけがいやいやながら附添いの婦人達のあいだに交じって煖炉の傍に腰を下し、自分が踊りの相手をしてもらえるももらえないもその人に掛っている年上の方の従兄が戻って来るのを頸を長くして待っていたからである。それはファニーにとって初めての舞踏会であった。尤も多くの令嬢達の最初の舞踏会に見られるような念入りな支度も豪華な趣もなく、ほんのその日の午後に思い附いたことであり、それも最近になってヴァイオリンの弾ける召使が一人雇われたことと、グラント夫人と目下パークを訪問中の、ミスター・バートラムの親友だと云う新顔の男に加わってもらえば踊りの組合せも五組は出来そうだと云うことがきっかけであった。それでも四曲を通してファニーはたいへん幸せだったので、今ここで十五分も無駄にしているのが何とも堪らない気がした。こうして、踊っている人達の方を見たり扉口に眼をやったりしながら、早く相手が現れてくれればいいのにと思いながら待っているあいだ、今しがた述べた二人の婦人の対話がいやでもファニーの耳に入って来たのである。

「ねえ奥様」とノリス夫人が云った。眼は、これで今晩一緒に踊るのが二回目のミスター・ラッシワースとマライアの方に向けられていた。「これでまた幸せそうな顔が幾つか見られそうですわね。」

「本当にそうですわ、奥様」と相手は勿体ぶった作り笑いを見せながら応えた。「これなら見ていても少しは満ち足りた気持になって来ますものね。それにしてもあの人達が別れ別れにならなくてはならなかったのが幾分可哀そうだったような気がしますの。二人とも若いのですし、立場が立場なのですから、普通の形式を踏まなくてもいいようにしてやるべきなのでしようけれどね。——息子が申し込まなかったのでしょうかしら。」
「息子さんに限ってそんなことはございませんでしょう、奥様、それはもうそつのない方でいらっしゃいますもの。でもあのマライアの方が行儀作法にかけてはそれはもう厳格と来ていますからね。当世では滅多にお眼に掛らない、本当に繊細な心の持主でしてね、変ったことは避けたいと云う気持が強いんですの。——奥様、ほら今のあの顔を御覧なさいませ。先の二曲を踊っていたときと何と云う違いでしょう！」

なるほどミス・バートラムは幸せそうな顔をしていた。眼は喜びに輝き、大層活潑に喋ってもいた。しかしそれはジュリアとその相手のミスター・クロフォードが近くに来ていたからであった。四人は一塊りになっていた。ミス・バートラムが前にどんな顔附をしていたかは、自身エドマンドと踊ることに夢中で従姉のことなど念頭になかったファニーには思い出せなかった。

ノリス夫人は話を続けた。「若い人達が本当に幸せで、似合いの組合せで、まことに当を得た具合なのを見るのは実に愉しいことですわね、奥様。サー・トーマスが御覧になったらどんなに喜ばれるかと思わずにはいられませんわ。ところでどうでしょうかね、奥様、もう一組出来る可能性はございませんでしょうか？　ラッシワースさんがいいお手本を示して下さいましたし、こう云うことって得てしてあとが続くものですから。」

ラッシワース夫人は、自分の息子しか眼に入らなかったものだから、思わぬ問掛けにすっかり戸惑ってしまった。

「向う側の二人ね、奥様、あの二人はそんな風には見えませんこと？」

「あら、まあ――ミス・ジュリアとミスター・クロフォードですね。本当、本当に似合いの組合せですわね。あの方、財産はどのぐらいお有りになるのかしら？」

「年に四千ポンドですの。」

「それは結構ですこと。――上を見ても切りはありませんからね。――年に四千ポンドと云えばかなりの財産です。おまけに当人も、落着いた、なかなか人柄の良さそうな若者ですし、ミス・ジュリアも大いに幸せになれるとよろしゅうございますわね。」

「でも奥様、まだ決ったことではございませんのよ。――ごく内輪の者達だけで話しているだけなのですから。でも私としてはきっとそうなるだろうと思っておりますの。――あの方も目立って殊のほか特別な心遣いを見せるようになって来ましたもの。」

　ファニーはそれ以上聴いていることが出来なかった。聞耳を立てることも驚くことも、ミスター・バートラムが再び部屋に入って来たことで一時中断されてしまったからである。ファニーは彼から踊りの相手を求められれば大変に名誉なことだと云う気がしたが、でも当然そうなるだろうと思っていた。ミスター・バートラムは踊らないで坐っている人達の方へやって来た。しかし踊りの相手を求める替りに、ファニーの方へ椅子を引寄せると、目下具合の悪い馬の病状やたった今別れて来たばかりの馬丁の云ったことなどについて話を始めた。ファニーはどうやら自分は踊れないらしいことに気附いたが、持前の謙遜な性質から、すぐにそんなことを期待したのが不可なかったのだと云う気持になった。ミスター・バートラムは馬のことを話してしまうと、卓子にあった新聞を取上げた。そしてざっと眼を通してから何だか懶《ものう》いような様子で、「踊りたいのなら相手をしてもいいんだよ、ファニー」と云った。この申出は平静かつ鄭重に辞退された。ファニーも何だか踊りたくなくなったのである。「そいつは有難い」と従兄は今しがたよりは大分元気な調子で云った。それから新聞を抛り出すと、「と云うのは、もうくたくたに疲れ果てているんでね。それにしてもまあ皆さん、どうしてあんなにいつまでも休みなく踊りつづけられるのか、不思議でならないよ。皆して恋でもしているのでなくては、こんな馬鹿げたことが面白い筈はない。おそらくみなそうなんだろう。ねえ、見て御覧、皆さん恋人同士みたいじゃないか——イェイツ君とグラント夫人、それに我我以外はね。夫人も気の毒に、ほかの連中同様恋人が欲しいのに違いない。博士との生活が絶望的なくらいに退屈なんだろうな。」こう云いながら博士の椅子の方を悪戯っぽく盗み見たところ、思い掛けず博士が自分の肘のすぐうしろにいたものだから、直ちに話題を変えなければならなかった。これにはあまり笑う気分でなかったファニーも思わず笑わない訳には行かなかった。——「アメリカのこの問題は何やら一風変っていますね、グラント博士。あなたの御意見はいかがですか？　社会問題をどう考えたらいいのかと云うことになると、どうしてもあなたの御意見を伺わない訳には参りません。」

「ねえ、トム」と間髪を容れずに伯母が叫んだ。「あなた、踊らないのなら、私達の二番勝負に入って下さらない、どう？」それから席を離れると、是非加わらせようとやって来て、こう囁いた。「ねえ、ラッシワース夫人のためにトランプの席を設けようと思うの。あなたのお母様がたいへん気にしておられるのだけれど、本人は縁飾りの縫附けをしなくては不可ないものだから、ゆっくり坐っている訳にも行かないの。でもあなたと私とグラント博士で間に合うわ。私達は半クラウンでやりますけれど、何だったらあなたは博士と半ギニーを賭けてもよろしいのよ。」

「お言葉は嬉しいけれど」とトムは声高に応えると、元気よく立上った。「僕としてもそうする方が本当に愉しいのだけれど、ちょうどこれから踊ろうとしていたところなので、悪しからず。さあ、ファニー」と相手の手を取りながら、「いつまでもぐずぐずしていないで、ダンスが終ってしまうよ。」

ファニーは大喜びで誘いに従ったが、あんまり従兄に感謝する気持にはなれなかった。と云うか、従兄のように他人の我儘と自分の我儘を区別して考えることが出来なかったのである。「とんだ控目な要求だこと、いやはや！」とトムはファニーとともにその場を離れながら憤慨して云った。「いつだって口論ばかりしている御本人と博士と、それから代数もホイストも区別がつかないあののらくら婆さんを相手に、これから二時間も人様をカルタ台に釘附けにしようってんだからね、まったく。伯母ももう少し御節介でないといいんだけど！　しかもあの人様に対する物の頼み方はどうだい！　皆の前だと云うのに遠慮も会釈もありゃしない、相手に断る余地なんか与えないと云うやり方なんだから！　そこが僕の特に嫌なところなんだ。見掛けは、もしあなたがよろしかったらお願いしたいの、ってな調子だけど、その実、たといどんなことだろうと相手にそれをさせずにはおかないと云うやり口、あれには何よりも腹が立つ。

もし運悪く君と踊りに立つことを思い附かなかったら、とても逃れられないところだった。それこそとんだ災難だよ。それにしてもうちの伯母ってのは、一旦気紛れが脳裡に浮んだとなると、もうどうにも止める手立てがないと来ているからな。」

第十三章

この新たな仲間であるジョン・イェイツ殿と云うのは、社交界ずれした金費いの荒い男だと云うことと、或る貴族の次男でかなりの独立財産を持つ男だと云うことのほかには、取立てて云うほどの人物ではなかった。おそらく、サー・トーマスがその場に居合せたなら、このような男がマンスフィールドに紹介されることは決して望ましいことではないと考えたろう。ミスター・バートラムはウェイマスで初めてこの男と知合った。二人は十日間を同じ社交界で一緒に過し、ミスター・イェイツがいつでも可能なときにマンスフィールドの方へ出掛けて来るようにと招待され、それに対して伺うと約束したことで、友情が、友情と呼んでいいならの話であるが、申分なく確認されたのである。ミスター・イェイツが思っていたよりも早くやって来たのは、ウェイマスを離れてから、別の友人の家で愉しく陽気にやろうと沢山の人達が集った中に加わっていたところ、それが突然御破算になってしまったからである。彼は云わば失望の翼に乗ってやって来たのである。そして頭の中は芝居のことで一杯であった。と云うのは、その集りでは皆で芝居をやることになっていたからである。しかも自分も一役を演ずることになっていたその芝居はあと二日で上演と云う運びになっていた。ところがそのときになって突然その家の近い親戚の者が亡くなると云う出来事が生じたため、計画は潰れ、演技することになっていた人達も分散してしまったのである。もう少しのところで愉快な思いに、世間の評判に、コーンウォールはエクルズフォードのレイヴンショー卿邸の素人芝居を賞讃する長い新聞記事に、与れると云う矢先であった。当然これで少くとも一年間は、一座の者達が世間から忘れ去られることはない筈であった。それがかくも間際になってまったくおじゃんだと云うのであるから、その痛手は大変なものであった。おかげでミスター・イェイツはほかに何も話題にすることが出来なかった。エクルズフォードとその舞台のこと、装置や衣裳のこと、それに下稽古やら冗談やらが彼の尽きることのない話題であり、過去のことを得意げに話すことが唯一の慰めであった。

　イェイツにとって幸せだったことに、みな芝居が好きで、若者達に至っては自分達でも演《や》ってみたくて仕方がないと云う気持だったものだから、殆ど聞手の関心を逸らすことがなくて済んだ。最初の配役から結びの口上に至るまで、何から何までが魅力的なのであった。それで、そんなことには関わりたくないと思ったり、自分の腕を試してみるのを躊躇したりする者は殆どいなかった。その芝居と云うのは『恋人達の誓い』[*1]で、ミスター・イェイツはカッセル伯爵を演じることになっていた。「それが詰らない役でね」と彼は云った、「全然僕の好みじゃないんだ。もう二度とあんな役は引受けないつもりだけど、でもあのときは反対しないことにした。演ずるに足るだけの二つの役は、こっちがエクルズフォードに着く前に、レイヴンショー卿と公爵が演ずることに決っていたしね。卿はその役を僕に譲ると云ってくれたけれど、まさか受ける訳には行かないもの。お気の毒に卿は御自分の力を見誤っておられたね。だって卿があの男爵の役を演るなんて無理な話だもの！　身体も小柄だし、声量もないし、始って十分もすると決って声が嗄《しやが》れて来るんだ。あのままだったら芝居は手酷《てひど》い痛手を受けたことだろうと思うな。でも僕としては反対は唱えない決心だったから黙っていたけどね。サー・ヘンリーは公爵もフレデリックの役は務まらないと考えていたが、でもそれは本人がその役を演りたかったからなんだ。しかしそれはもう公爵が演る方が相応しいに決っていた。僕はサー・ヘンリーがあんまり大根なんで驚いてしまった。幸い作品が立派で、彼のために出来映えが左右されるようなものでなかったからよかったけどね。それにしてもあのアガサ役は無類だったな。公爵だって多くの連中からはたいへん立派だと思われていた。全体としてみれば間違いなく見事な芝居になったろうな。」

「厄介なことでしたのね、本当に」とか、「あなたとしてはさぞかし残念なお気持だったろうと思いますわ」と云うのが、聴きながら共感を禁じ得ない人達の親切な反応であった。

「まあ愚痴をこぼすほどのことではありませんけどね。ただあの気の毒な婆さん、選りに選って最悪のときに亡くなったからな、まったく。出来ることならあの報せをせめて我我が望んでいた三日間だけでも公にせずにおけたなら、と云う思いだけは禁じ得ないですね。ほんの三日間だけなのだし、亡くなったのも高がお祖母さんで、それもすべては二百マイルも離れた所で起ったことなのだから、さしたる不都合もなかったろうと思うんだ。事実、そう云うことにしたらどうかと云う提案もないことはなかったんだが、レイヴンショー卿と云う方は英国中で最も品行方正な人間の一人なのだと思うな、決してそう云う意見には耳を貸そうとしなかった。」

「喜劇の替りにちょっとした切狂言と云うところだな」とミスター・バートラムが云った。「『恋人達の誓い』が終る、するとレイヴンショー卿夫妻が今度は自分達だけで『我が祖母』[*2]を演じるために出発すると云う訳だ。それにしてもお祖母さんの寡婦財産が卿のものになる訳だから卿としても慰めにはなったろうな。或はもしや、これはここだけの話だけど、男爵なんか演れば自分の名誉には関わるし、声量の弱いことも人目に曝すことになるってんで急に心配になり始め、役を下りることなどちっとも残念ではないと云う気になったのではないかな。ところで君に対する償いのためにも、ねえイェイツ君、我我としてはマンスフィールドでちょっとした芝居をやることにして、君にその云わば座頭《ざがしら》を頼まなくてはならないだろうと思うんだが。」

これはその場の思い附きではあったが、その場で立消えになることはなかった。と云うのは、ほかの者達はもとより、目下のところ屋敷の主人である当人が人一倍芝居をやってみたいと云う気持になっていたからである。大抵の目新しいことなら或る程度はやって除《の》けられるだけの暇はたっぷりある上に、なかなかに鋭敏な才能と喜劇的な趣味の持主でもあるこの長男は、芝居をやると云うような新奇なことにはちょうど誂え向きであった。その考えは繰返し脳裡に浮んで来るのであった。「ああ、エクルズフォードの舞台と背景があったらな、何か演ってみるんだが！」妹は二人とも附和雷同、ヘンリー・クロフォードも、遊びごとにかけては十二分に満足しているとは云え、芝居となるとまだやったことがなかったから、その考えには大いに乗気であった。「実際」と彼は云った、「僕には、シャイロックだろうとリチャード三世だろうと、或は赤い上着に三角帽子の笑劇の歌うたいだろうと、今までに書かれたどんな愚かな役だって演れると云う気がする。何にだって、いや、あらゆるものになれると云う感じだ、英語で書かれた悲劇か喜劇でさえあれば、大声で喚いて怒り狂うんだって、溜息を吐くんだって、陽気に跳び廻るんだって、何にだってね。何か演りましょう。始めから終りまで全部やる必要はない。半分でいいでしょう。何なら一幕、さもなくば一場だけでもどうです。何か不都合なことでもありますか？　皆さんの顔附からすると何もないと思いますが。」こう云いながら彼はバートラム姉妹の方に顔を向けた。「舞台なんか、そんなものどうでもいいではないですか？　自分達だけが愉しめばいいんだから。この屋敷の一部屋があれば充分ですとも。」

「垂幕が要る」とトム・バートラムが云った。「垂幕用の緑の粗毛布が数ヤールね。多分それでもう充分だろう。」

「勿論充分だとも」とミスター・イェイツが叫んだ。「あとはちょっとした舞台の袖を片側かさもなくば両側に簡単に拵《こしら》えて、枠張りには扉を使って、書割を三つか四つ下せるようにしておくだけでいい。この種の計画にはそれ以上のものは要らない。自分達で愉しむだけのためにそれ以上を望むことはないよ。」

「私はそれ以下で満足しなければ不可ないと思うわ」とマライアが云った。「時間も足りないでしょうし、それにほかにもいろいろと困難なことがあるでしょうから。私達としてはクロフォードさんの意見を採って、芝居と云う大掛りなものよりも実際に演技をしてみるってことを目的にするべきだと思うの。一流の芝居には舞台背景から独立した場面が沢山あるんだし。」

「いや」と、こいつは大変だぞと云う気持で聞耳を立て始めたエドマンドが云った。「中途半端なことは止めようよ。演るんだったら、平土間も仕切席も天上桟敷もちゃんと揃った劇場で、しかも始めから終りまで全部演ろうよ。ドイツの芝居なら、演物《だしもの》は何であれ、見事な落ちをつけて、切狂言に工夫を凝らし、幕間にはフィギュア・ダンスやホーンパイプ・ダンス、それに歌を欠かさないようにしようじゃないか。エクルズフォードを負かすのでなければ、何にもならないよ。」

「ねえ、エドマンド、そんな厭味なことを云わないで」とジュリア。「兄さんは誰よりも芝居が好きで、誰よりも遠くまで観に行くんじゃないの。」

「そうさ、本物の演技、充分に鍛えられた本物の演技をね。だけど、そう云うことをやるように訓練されていない連中の生硬な悪戦苦闘を見るためになんか、この部屋から次の間までだって出向く気にはなれないね。紳士淑女が教育や振舞作法につきまとうあらゆる不利な条件と格闘するさまなんて見られたもんじゃないもの。」

それでも一時の沈黙があっただけで、その話題はなおも続き、議論に対する熱は冷めるどころか、議論が進むにつれて銘銘の演りたい気持は募る一方で、その気持は他の者にも伝わるのであった。トム・バートラムは喜劇を、バートラム姉妹とヘンリー・クロフォードは悲劇を演りたがったことと、皆の気に入る作品を見附けるぐらいどうってことはない、と云うこと以外には何一つ決らなかったものの、それでもどうやら何か演ることはやろうと云うことで話は落着いたようであった。エドマンドとしてはどうにも気分がすっきりしなかった。彼はどこまでも芝居をやることには反対するつもりであった。尤も母親の方はと云うと、同様に食卓で交される会話を聞いてはいたものの、不賛成の意は何ら示さなかった。

その晩はエドマンドに自分の説得力を試す機会を与えたと云ってよかった。マライアとジュリア、ヘンリー・クロフォード、それにミスター・イェイツは撞球室にいた。トムが皆の所から客間に戻って来てみると、エドマンドは煖炉の傍に立って何か考えている風であった。バートラム令夫人は少し離れた所のソファに凭れ掛り、ファニーはそのすぐ傍で伯母の仕事を整えてやっていた。トムは入って来るなり話し始めた。「あんなうちのみたいにひどい球撞き台なんてあるもんじゃない、まったく！　もう我慢ならん。どんなことがあっても二度とあんな所で球なんか撞くもんか。でも一つだけいいことを確めた。芝居をやるのに持って来いの部屋なんだ。形と云い奥行と云いお誂え向きもいいとこでね、突当りの二つの扉なんか父さんの部屋の本箱さえ動かせば、扉が作られた目的どおりに五分で往き来が出来るんだ。もしそう云う部屋が欲しいと云うのであれば、あれこそ望みどおりの部屋だな。それに父さんの部屋は立派な楽屋になるしね。何だかわざわざそのために撞球室と続いているような気がするよ。」

「ねえ、トム、芝居をやるなんて本気じゃないんだろう？」エドマンドは、兄が煖炉の方へ近附いて来ると、低声で云った。

「本気じゃないだって！　本気も本気、断じて本気だとも。だからってどうして驚くことがあるんだい？」

「僕はそう云うことをするのはひどく良くないことだと思うんだ。普段でも素人芝居と云うと何かと非難の的になり易いのに、我家が今こう云う事情にあることを考えれば、そんなことをやるなんて、非常に無分別と云うか、無思慮もいいところだと思うんだ。父さんに対しても甚《はなは》だ済まないことだよ、目下家から離れて、絶えず何らかの危険に遭っておられると云うのに。また、マライアのことを考えたって思慮のないことだと思う。妹の立場は今非常に微妙なものなんだから――いろいろなことを考え合せてみるとね、本当に微妙だよ。」

「お前は物事を重大に考え過ぎているよ。まるで父さんが帰って来るまでのあいだ週に三回もの割合で芝居を続けて、この地方の人達を全員招待しようとしているとでも云うような口吻じゃないか。しかし何もそんな見せびらかしをやろうってんじゃないんだ。ただ自分達だけでちょっと愉しもう、場面にちょっとした変化を添えて、自分達の力を何か新しいことに用いてみようと云うだけのことなんだ。我我は別に観客が欲しいとも、広く宣伝しようとも思っている訳じゃない。それから安心してくれていい、それこそ申分のない戯曲を選ぶつもりだから。それに、立派な作者によって書かれた上品な言葉を話している分には、自分達の言葉でぺちゃくちゃやっているよりも遥かに害も危険も少いと云うものだよ。僕には不安も躊躇もないけどな。それから、父さんが留守だと云うことだけどね、これは反対の理由どころか、むしろそれこそが動機だと僕は考えるね。だって母さんにしてみれば父さんの帰りを今か今かと待っているのは非常に心の落着かないことに違いないもの。だからもし我我でその不安を紛らせてあげて、ここ二、三週間の母さんの気持を落着かせることが出来るならば、我我としては非常に上手な時間の使い方をしたことになると思うんだ。父さんだって必ずそう思って下さるさ。――母さんにしてみれば本当に心配で仕方がないときなんだから。」

トムのこの言葉に、二人とも母の方へ眼を向けた。バートラム令夫人は、ソファの片隅に深ぶかと凭れ掛って、健康と富と安楽と静穏の絵図さながらに、今まさに物静かな仮寐《うたたね》に入らんとしているところであった。その間ファニーは伯母の仕事の難しいところを代りに仕上げてやっていた。

エドマンドは微笑を浮べると首を振った。

「いやはや！　こりゃどうも」――トムはこう叫ぶと、げらげら笑いながら椅子に身を投げた。「いやまったく、母さんと来た日にゃ、母さんの不安か――こいつはどうもまずかったな。」

「どうしたの？」と令夫人は半ば眠っている者のだるそうな口調で訊ねた。「私、眠っていなくてよ。」

「ああ、いや、母さん、別に誰も母さんが眠っているなんて思っていた訳ではないですよ。――ところでエドマンド」とトムは、バートラム令夫人が再びこっくりを始めるや否や、以前の話題、姿勢、声音に戻って話を続けた。「しかしこれだけは云えるよ――我我は別に悪いことをしようと云うのではないのだと云うことだけはね。」

「僕には同意出来ないな。父さんは絶対にそんなこと承知しないと思うもの。」

「僕はそれは逆だと思っている。――父さんほど、若者が才能を働かせるのを好むと云うか、それを奨励する人はまずいないもの。それに父さんが演技とか吟誦とか諳誦の類をいつでも好んでおられたことは、これはもうはっきりしていると思う。僕達が子供の頃にはよくそう云うことを勧めたじゃないか。父さんを喜ばすために、僕達は、ほかならぬこの部屋で、何度ジュリアス・シーザーの亡骸《なきがら》に取組って嘆き悲しんだり、『生くべきか、生かざるべきか』を諳誦したりしたことか！　クリスマスの休暇のあいだぢゅう、僕なんかそれこそ毎晩『我が名はノーヴァル』[*3]だったものだ。」

「それとこれとは話が全然別だよ。その違いは兄さん自身にだって判っている筈だ。父さんは小さな僕達に上手に話すことを教えたかっただけなんで、大きくなった娘達が芝居をすることなんて決して望みやしないよ。父さんは行儀作法に対しては厳しいからね。」

「そんなことは判っているさ」とトムは幾分気に障ったらしく云った。「僕だって父さんのことはよく知っている。妹達のことについては、僕がちゃんと眼を光らせていて、父さんを困らせるようなことは何一つさせないさ。お前は自分のことにだけ掛り切っていればいいんだよ、エドマンド、ほかの者達の心配は僕がするから。」

「どうしてもやるつもりだと仰有るなら」と不屈のエドマンドは応えた、「僕としては、ごく小規模にしかもあまり目立たないようにやって頂きたいな。それに劇場風にやるなんてことは止めるべきだと思う。そんなことをすれば父さんの留守中に父さんの家の造作を勝手に変えることになるし、それはどう見たっていいことではないもの。」

「その種のことについては一切僕が責任を持つよ」とトムは断乎たる口調で云った。「父さんの家を損ねるような真似はしないさ。父さんの屋敷を大事にしようと云うことにかけては、僕だってお前に負けないぐらいの気持は持っているんだ。それに僕が今云ったような、本箱を動かすとか、扉口の錠を外すとか、撞球室を一週間ばかり球撞き以外のことに使うとか云う程度の変更を気にするぐらいなら、それよりはむしろ、父さんが家にいたときよりも我我のこの部屋にいる時間が長くなり朝食室にいる時間が短くなれば父さんは反対だろう、とか、妹達のピアノを部屋のこちら側から向う側へ移せば父さんは気に入らないだろう、とでも心配している方がまだましだよ。──実に馬鹿げている！」

「そう云う新しいことを始めるのは、新しいこと自体悪いことではないとしても、出費が掛ると云う点で良くないでしょう。」

「うん、それなりの企てに乗出すとなれば費用は大変なものさ！　まずまるまる二十ポンドは掛るだろうからな。──まあ我我としても舞台らしきものぐらいはなければならないが、でも大いに質素にやろうと云う計画なんだ。緑の垂幕一枚とちょっとした大工仕事、それだけなんだから。それに大工仕事は全部家でクリストファー・ジャクソンにやってもらうんだし、出費のことなんか馬鹿馬鹿しくて話にも何にもならないさ。ジャクソンを使う分には、父さんも別に異論はないだろう。──いいかい、お前さんがいなければこの家の者は誰一人自分で物を見ることも判断を下すことも出来ないなんて想わないでくれよ。お前がやりたくないのなら、お前がやらなければいいんで、ほかの者達も自分の思いどおりにしようなんて気は起さないようにな。」

「ええ、僕が芝居をやるなんて」とエドマンドは云った、「僕にはそんな気は全然ありませんよ。」

これを聞くとトムは部屋から出て行った。エドマンドはその場に残って椅子に腰を下すと、物思わしげな、苛立った様子で煖炉の火を掻廻していた。

一部始終を聞いていて、すべてにつけてエドマンドの気持の身方であったファニーは、何とかして慰めの言葉を掛けてやりたいと云う気持から、思い切ってこう云ってみた。「多分あの方達の全員が気に入るような芝居は見附からないだろうと思いますわ。兄さんの好みと妹さん達の好みはまるで違うようですもの。」

「その辺の望みはないね、ファニー。計画に固執する限り、何か見附け出すだろうから。――ま、僕から妹達に話して、思い止まるよう説得してみよう。それ以上のことは僕には無理だ。」

「ノリス伯母様はあなたの身方をして下さるだろうと思いますけど。」

「多分ね。しかし伯母にはトムや妹達の行動を左右するだけの力はないからな。僕に説得出来なければ、成行きに任せることにして、伯母の力は借りないでおこう。家族同士の争いなんて一番良くないことだし、家中が喧嘩状態になるよりはまだましだからな。」

エドマンドは翌朝機会を見て妹達に話してみたが、そう云う忠告には我慢がならず、彼の申立てなどには絶対に屈しようとはせず、断乎として愉しみの種を諦めまいとすること、トムとまったくの同断であった。――お母様は何らこの計画に反対はなさらないのだから、お父様が不承知かも知れないなどと云うことはこれっぽっちも気にならない。――多くの立派な家庭で、上流の地位にある多くの女性達によって為されて来たことに何の不都合があるのか、ただもう兄弟姉妹と親しい友人達しか含まず、況してや当人達以外には誰の耳にも入れないと云うような自分達の計画に非難すべき点を見出そうなんて、物堅すぎるにも程がある、と云うのが妹達の云い分であった。ジュリアは、目下の立場上マライアには殊さらの慎重と繊細な配慮とが必要なことはどうやら認めたらしかったが、しかし自分までそれに囚われるには及ばない、自分は自由だ、と云う。ところがマライアの方はと云うと、自分は婚約しているからこそ、ジュリアのように自分を抑制する必要もなければ、父母に相談しなければならぬ謂《いわ》れもないのだ、と考えていることは明らかであった。エドマンドは、殆ど望みはなかったけれども、それでもなお自分の考えを主張しつづけていた。そのとき牧師館を出て来たばかりのヘンリー・クロフォードが部屋に入って来て、大きな声でこう云った。「芝居の人手が足りなくなるようなことはありませんよ、ミス・バートラム。下っ端役が欠けるようなこともなくて済みそうです。妹が皆さんにどうかよろしくとのことで、仲間に入れて頂きたいと申しております。令嬢附添いの老女役*4だろうと惚気話《のろけばなし》を聞かされるお人好しの役だろうと、皆さんの演りたがらないような役を喜んで引受けるそうです。」

マライアはエドマンドに一瞥を与えたが、それは「ほら御覧なさい。メアリー・クロフォードだって同じ気持でいると云うのに、私達が間違っていまして？」と云わんばかりであった。こうなるとエドマンドとしても口を噤《つぐ》み、演技の魔力は才媛の心をも魅惑し得ることを認めざるを得なくなり、そうなると今度は恋心の巧みな働きもあって、ほかはさておき、その親切で協調的な伝言の趣旨をつくづくと考えてみないではいられなかった。

計画は進み、反対しても無駄であった。ノリス夫人はどうだったかと云うと、自分なりに何らかの反対はするだろうと想ったエドマンドが間違っていた。ノリス夫人の反対など、五分もあればトムとマライアに云い負かされてしまう底のものであった。二人は伯母に対しては絶対権を握っていた。それに、全体として誰にもさしたる費用も掛らず、本人の懐に至っては一文も痛む訳ではなし、またそう云うことになれば大急ぎのなくてはならぬ助けも必要だろうし、となればいつでも皆の手助けが出来るためにも、この一箇月間自分の出費で暮していた我家を離れて皆の所に寝泊りせざるを得ないと云う直接の利益も得られることになる――と云う訳で、伯母にしてからがこの計画には大喜びであったと云うのが真相であった。

＊1　巻末の「訳者あとがき」を参照のこと。
＊2　プリンス・ホアの笑劇、一七九四年出版。
＊3　ジョン・ホウムの悲劇『ダグラス』（一七五七年上演）の主人公。これは第二幕冒頭の台詞の一節。
＊4　リチャード・シェリダンに『令嬢附添老女』なる喜歌劇あり、一七七五年上演。

第十四章

ファニーの言葉はエドマンドが想っていた以上に正しいようであった。誰にも満足の行くような演物を選ぶことは決して容易なことではないことが判った。大工の方は、註文を引受け、寸法を測り、少くとも二つ面倒なことがあると云って、それらを片附け、その結果、芝居の規模も出費の額も大きくならざるを得ないことをはっきりさせた上で、既に仕事に取掛っていたが、演物の方はと云えば未だに見附からない有様であった。その他の準備作業も着手されていた。緑の羅紗の途方もなく大きな一巻《ひとまき》もノーサムプトンから届くと、ノリス夫人によって裁《た》れ（尤も夫人は、夫人一流の手腕に物を云わせて、優に四分の三ヤールは自分のために確保したのであるが）、現に女中達の手で垂幕の形をとりつつあった。それでもなお演物は決らなかった。こんな風にして二、三日が過ぎたので、エドマンドも、もしかすると演物は決らないかも知れないと云う望みを抱き掛けた。

事実、意を用いねばならぬことがあまりにも多くあり過ぎたり、何人もの人達の気持を同時に満足させねばならなかったり、求める主要な役柄の数が多すぎたり、とりわけ演物が悲劇であると同時に喜劇でもなければならなかったり、と云うような訳で、いかに若さと情熱による追求だとは云っても、決定の見込みはまずなさそうだと云ってよかった。

悲劇を支持する側はバートラム姉妹にヘンリー・クロフォード、それにミスター・イェイツ、喜劇の側はトム・バートラムであった。しかし喜劇派はまったくトム一人と云う訳ではなかった。礼儀上控えて意思表示こそ伝えて寄越さなかったものの、メアリー・クロフォードの意嚮が喜劇の方に傾いていることは明らかだったからである。しかしトムの断乎たる力強い様子を見ていると、どうやら同盟など必要はなさそうであった。この到底和解の余地のなさそうな対立とは別に、全体として登場人物が少く、しかしどの役柄も一級で、主要な女性役が三人はいる作品が欲しいと云う点では、みな同じ気持であった。代表的な芝居を次つぎと考えてみたが、どれも駄目であった。『ハムレット』も、『マクベス』も、『オセロ』[*2]も、『ダグラス』も、『賭博者』[*1]も、悲劇派をすら満足させることが出来なかった。『恋仇』、『陰口学校』[*3]、『運命の輪』[*4]、『法定相続人』[*5]等等、名前こそ挙げられるものの、より一層の激しい反対に遭って、次から次へと却《しりぞ》けられて行った。どんな作品が提案されても決って誰かが何らかの異議を申し立てるし、絶えずどちらかの側が次のような言葉を繰返した。「いや、いや、それはよくない。あんまり芝居がかった悲劇は止めようよ。登場人物も多すぎるし。――あの芝居だとこれと云った女性の役がありませんわ。――いくら何でもそればっかりはね、トム。あれだけの人数を埋合せるなんてとてもではないけれど不可能よ。――誰だってそんな役引受けたくないに決ってるさ。――始めから終りまでおどけっぱなしだけれど、あの下品な役柄さえなければ、多分それでもいいかも知れないな。――僕の意見を云わせて頂くなら、僕はかねがねそれこそ英語で書かれた最も退屈な芝居だと思っているんだ。――僕としては別に反対する気はないんだ、皆の役に立ちさえすればそれで満足なのだから。ただね、いくら何でも選りに選ってそれを択ぶことはないだろう。」

ファニーは傍《はた》から眺め、黙っていたが、表面の取繕いに多い少いの差はあるものの、みな一様に利己的な感情に支配されているらしい様子を観ているのは結構面白く、どう云う風に決着がつくものだろうかと思っていた。自分自身の満足と云うことからすれば、出来ることなら何か演ってもらえたらと云うのが、まだ芝居らしい芝居を観たことのないファニーの偽らざる気持であった。しかしより大切な事柄をいろいろと考慮して、芝居には反対であった。

「こんなことでは仕様がないよ」と到頭トム・バートラムが云った。「時間ばかり無駄にして忌忌しいったらありゃしない。とにかく何か決めなくては不可ないよ。何かを選びさえすれば、どんなものでもいいじゃないか。そう選り好みするのはよそうよ。二、三登場人物が多すぎても心配することはないさ。一人二役を演ればいいんだから。我我はもう少し謙虚にならなければ不可ないと思う。役柄そのものが詰らなくたって、その役柄をどうこなすかって云う方にこそ我我の腕の見せどころはある訳なんだから。僕はもうこれ以上は何も反対はしないつもりだ。喜劇でありさえすればどんな役だろうと皆が選んでくれる役を黙って引受けるよ。ただ喜劇にだけはしようよ、それ以上のことは何も云わないから。」

それからトムはまたもや『法定相続人』を提案したが、どうやらこれで五度目であった。そして自分にはデュバリー卿とパングロス博士とどっちがいいだろうか、とだけ云うと、あとは、その他の配役の中には悲劇的な人物もちゃんと何人かはいるのだから、と大層熱心にほかの人達を説伏せようとしたが、完全なる不首尾に終った。

この無益な努力に続いた沈黙は再び同人によって破られた。トムは卓子の上にある何冊かの戯曲の中から一冊を取上げると、それを引繰《ひっく》り返《かえ》してみたが、突然こう叫んだ。「『恋人達の誓い』！　何もレイヴンショー家の人達だけに限らない、どうして我我も『恋人達の誓い』をやって不可ないことがあろう？　何でもっと前に思い附かなかったのかなあ。僕にはこれこそ持って来いのように思われるけれど、皆はどうだろう？　――これなら、イェイツ君とクロフォード君には悲劇的な主役が二つあるし、僕には例のへぼ詩人の執事役がある。尤もほかにその役を演りたい人がいなければの話だがね。取るに足らないような役だけれど、僕はそう云うのは嫌いじゃない。ま、僕は前にも云ったように何だって全力を尽して演るつもりだけどね。その他の役については、誰が演っても大丈夫だろうと思う、カッセル伯爵とアンハルトだし。」

この提案は大体において好意的に受容れられた。事が決らないことに皆がもううんざりし掛けていたところでもあったので、これほど全員に相応しそうな案はまだ出されなかったと云うのが誰もがまず考えたことであった。ミスター・イェイツは殊のほか喜んだ。彼はエクルズフォードでは男爵の役が演りたくて仕方がなく、レイヴンショー卿の絶叫口調がどれも妬《ねた》ましくて、自分の部屋に一人戻ってから自分でも再度それを全部絶叫してみないことにはどうにも落着かなかったのである。ヴィルデンハイム男爵を演じてその台詞を絶叫するのがミスター・イェイツの芝居に対する最大の望みであった。それにその役の台詞なら全場の半分は既に諳《そら》で知っていると云う有利があるものだから、その役を引受けることでお役に立ちたいと今や早手廻しに申し出た。しかしミスター・イェイツの名誉のために申し添えるならば、彼はその役を専有しようとした訳ではなかった。と云うのはフレデリックの役でも芝居がかった台詞を喚《わめ》く余地は充分にあるのを憶えていて、自分はそっちの役でも同様に喜んで引受けると明言したからである。ヘンリー・クロフォードはどちらでも引受けるつもりでいた。どちらにしろミスター・イェイツの選ばない方で充分に満足であった。そこで譲り合いの短いやりとりが続いた。ミス・バートラムは、この問題ではアガサなる人物が非常に重要な関わりを持っていると感じたので、ミスター・イェイツに対し、これは背丈と姿形を考慮しなければならない問題であり、その点ではあなたの方が背も高いし、男爵の役には特に向いているように思われる、と云って、自ら問題解決の任を引受けた。この意見は至極尤もだと皆から認められ、そこで二役が引受けられることになった。彼女はフレデリックの方も適役だと確信していた。これで三人の配役が決り、ミスター・ラッシワースがまだだったが、これについては、彼はどんな役だろうと喜んで引受ける筈だから心配は要らないと云う、予《かね》てからのマライアの保証があった。このとき自分も姉同様アガサの役を演るつもりでいたジュリアがミス・クロフォードのことで気が咎《とが》め始めた。

「こんなやり方をしたのではこの場にいない人に不公平だわ」とジュリアは云った。「第一女の役が足りないもの。マライアと私にはアミーリアとアガサの役があるとしても、ねえ、ミスター・クロフォード、妹さんの役が何にもありませんのよ。」

ミスター・クロフォードは、どうぞそんなことは考えないようにと云った。妹は皆さんのお役に立てばと思っているだけで、どうしても演技がしたいと思っている訳ではない、この場合、妹のことは考慮して頂かなくてもいいと思う、と云うのであった。しかしこれはトム・バートラムによってたちどころに反対された。トムは、アミーリアの役は引受けてさえくれるならばいかなる点から見てもミス・クロフォードのものだと主張した。「それはもう当然、絶対にミス・クロフォードだよ、アガサをマライアかジュリアが演るのが当然なようにね。だからって妹達が犠牲を払うことにはならないよ、アミーリアってのは頗《すこぶ》る喜劇的な役なんだから。」

短い沈黙が続いた。姉妹とも心配そうな顔附であった。お互いに自分こそアガサを演る資格があると思いながらも、その役が相手から自分の方に押附けられるのを望んでいたからである。ヘンリー・クロフォードは、その間当の脚本を取上げて、表向き何気なさそうに第一幕の頁を繰っていたが、やがて問題を片附けに掛った。「ミス・ジ、ュ、リ、ア・バートラムには」と彼は云った、「アガサの役に当らないで頂きたいな。さもないと僕の役柄に必要な威厳を保つことが出来なくなってしまうもの。あなたには、ね、ほんと申訳ないけれど――（とジュリアの方を向く）。悲痛の余り蒼ざめたと云う風に扮装したあなたの顔を見たら、僕はきっと噴き出してしまうだろうと思う。一緒に何度も大笑いしたときのことが必ず頭に浮んで来て、フレデリックだろうと彼の背嚢《はいのう》だろうとみなどこかへ行ってしまうに決っている。」

話ぶり自体は愉快な、鄭重なものであったが、ジュリアの気持としては話ぶりよりも内容の方が重大であった。ジュリアはクロフォードのマライアへの目くばせを目撃して、自分が侮辱されたと云う気持を強くした。――そう云う計画、策略だったのだ、自分は軽視され、マライアの方が好意を持たれたのだ。マライアが抑えようと力めている勝利の笑みからもその理解の正しいことが判る。そうしてジュリアがまだ口が利ける程度にも気を取直さないうちに、兄までがジュリアの不利になるような打撃的なことを云ったのである。「うん、そう、アガサはマライアが演らなくては。マライアの方がアガサには向いているもの。ジュリアは自分では悲劇の方が好きだと思っているらしいけど、僕としてはそれはどうかと思うな。ジュリアにはどう見たって悲劇を想わせるものなんてないもの。外見からしたってそうだ。顔立だって悲劇的顔立じゃない。歩くんだって話すんだって速すぎるし、それに平然と落着き払ってなんておよそジュリアらしくない。それよりむしろあの年老いた百姓女を演った方がいい。農夫のおかみさんね、ほんとその方がいいよ、ジュリア。農夫のおかみさんが非常に面白い役なことは僕が保証する。この婆さん、ひどく元気がよくて、とんでもない慈善家の亭主といい対照なんだ。ねえ、ジュリア、農夫のおかみさんを演りなよ。」

「農夫のおかみさんだって！」とミスター・イェイツが叫んだ。「君は何を云っているんだ？最も詰らない、取るに足らない、どうでもいい役じゃないか。陳腐この上なくて、全体を通しても満足な台詞なんて一言もないんだぜ。君の妹さんがそんな役を演るだなんて！そんなことを云うのは侮辱だよ。エクルズフォードではそんな役は家庭教師が演ることになっていたんだ。こんな役、誰にも奨められないと云うことにみんな賛成だった。座長さん、もう少し公正に願いますよ。一座の者の才能なんだから、もうちょっと正しく判断出来なきゃ、座長失格だぞ。」

「しかしそのことについては、君、皆が実際に演技してみるまでは、或る程度の当推量は仕方がないよ。だからって別に僕はジュリアを侮辱しているつもりはないんで、ただ我我としてはアガサを二人にする訳には行かないし、農夫のおかみさんはどうしても一人要ると云うだけのことなんだ。それに僕だって年老いた執事の役で満足しているんだから、その点はジュリアだって見倣っていいと思うな。役柄が取るに足らないものだとしても、役者がそれを詰らなくいものにすれば、それだけ役者の手柄になる訳だ。もしジュリアが何が何でも滑稽な役では嫌だと云うのなら、おかみさんに亭主の台詞を云わせたっていい。終始役柄を取替えてしまおう。亭主の方なら確かに生真面目だし、悲哀感も十二分にある。そうしたからって芝居には何ら影響はないし、亭主がおかみさんの台詞を吐くんだったら、亭主の役はそれこそ僕が大喜びで引受けるよ。」

「あなたは農夫のおかみさんを特別に見ているかも知れないが」とヘンリー・クロフォードが云った、「いくら何でもそれが妹さんに向いているとは云えないだろう。我我としては妹さんが気立てがいいために上手く云いくるめられるのを黙って見ている訳には行かない。妹さんがその役を引受けるのをみすみす認めることは出来ないし、妹さんの愛想のよさに甘えてはならない。彼女の才能はアミーリアに必要なんで、アミーリアと云う性格は上手く表現しようと思ったらアガサよりも難しいくらいだ。アミーリアは全体の中でも一番難しい役だと思う。度を過さない程度に陽気な悪戯っぽさと無邪気な感じを出すためには、それこそ優れた才能と微妙な神経が要るもの。立派な女優でもこの役では失敗したのを僕は見ているしね。実際、無邪気と云うのは本職の女優でもまともに演じるのは難しいんだ。それは彼女達にはない細やかな感覚を必要とするからね。そのためには淑女、つまりジュリア・バートラムのようなひとこそ必要な訳だ。あなた、引受けて下さるでしょう？」と云いながらヘンリー・クロフォードがいかにも切に嘆願すると云う顔附でジュリアの方を向いたので、ジュリアも幾分心が和らいだ。しかし当人がどう答えたものかと躊っているうちに、またもや兄が口を挿んで、ミス・クロフォードの方にこそその役をやる資格はあると主張し始めた。

「いや、いや、ジュリアはアミーリアを演るべきではない。全然ジュリアには向いていないよ。ジュリアだってそんな役は演りたがらないだろうし、演っても上手く行かないだろうと思う。ジュリアは上背もあり過ぎるし、逞《たくま》しすぎるよ。アミーリアと云うのは小柄で、子供っぽくて、軽快に跳び廻ると云うような感じの娘でなければならないんだ。ミス・クロフォード向き、と云うよりもミス・クロフォードだけだね、その役に相応しいのは。あのひとはその役柄の感じだし、僕としては見事にこなすだろうと確信している。」

これには意を払わずに、ヘンリー・クロフォードは自分の嘆願を続けた。「どうか我我のためにも願いを容れて下さらなけりゃ。ほんと、そうして下さらなければ不可ませんよ。役をよく研究なされば、きっと自分に向いた役だと云うことがお判りになる筈だ。あなたは悲劇を選んだかも知れませんが、喜劇の方があなたを選ぶと云うことにきっとなりますから。あなたは差入物の入った籠を持って牢獄に繋がれている僕を訪ねてくれるんだ。牢獄に僕を訪ねるのを拒んだりはしませんよね？　僕には籠を持って入って来るあなたの姿が眼に見えるような気がする。」

ミスター・クロフォードの声には相手を説得しそうな力が感じられた。ジュリアは迷った。だけどこの人、私を宥めすかして先刻の侮辱を忘れさせようとしているだけなのではないのかしら？　どうも怪しかった。先ほどの侮辱はそれははっきりとしたものであった。おそらくほんの口から出任せで人を揶揄っているのだ。ジュリアは疑い深げに姉を見やった。姉の表情ではっきりする筈だ。もし当惑したような、吃驚したような顔をしていれば——ところがマライアの方はいかにも晴やかな、満足そうな様子であった。これでマライアが嬉しそうにしているのはこっちの犠牲のおかげなのだと云うことがジュリアにも充分に呑込めた。そう思うと急に腹立しくなり、声を震わせてこう云った。「私が差入物の籠を持って入って行ったりすれば噴き出さずにはいられないだろうと云う心配はなさらないようですのね。——当然その心配がおありだろうと想われますけど——でも私がアガサを演った場合にのみ堪らず噴き出すと仰有る訳ですわね！」ジュリアはここで口を噤んだ。ヘンリー・クロフォードは些かばつの悪そうな、返答に窮した風であった。再びトム・バートラムが口を開いた。

「アミーリアはミス・クロフォードが演らなければ不可ない。あのひとなら素晴しいアミーリアになるぞ。」

「心配御無用です、私はそんな役欲しくはありませんから」とジュリアは腹立ち紛れに早口で叫んだ。「私、アガサを演って不可ないのなら、そのほかの役も一切演りません。それにアミーリアなんて、こんな厭らしい役あるもんじゃない。私、アミーリアなんて大嫌いです。あんないけ好かなくて、詰らなくて、出しゃばりで、わざとらしくて、生意気な娘なんていやしない。大体私は喜劇には反対だったのです。こんなの喜劇の中でも最低だわ。」そう云うと、ジュリアは急ぎ足で部屋から出て行った。あとに残された者は一人ならず気不味い思いこそしたが、少からず同情する気持になったのはファニーだけであった。ファニーは一部始終を黙って聴いていたが、ジュリアは嫉妬の余り心を動揺させているのだと思うと何だか気の毒でならなかった。

ジュリアが席を立ったあと短い沈黙が続いたが、兄の方はすぐに気を取直すと再び当面の用件に取掛った。そして『恋人達の誓い』を取上げると、必要な舞台背景を確めるために、ミスター・イェイツの助けを借りて熱心に台本を調べ始めた。その間マライアとヘンリー・クロフォードは何やら低声で話し合っていたが、マライアが断乎たる口調で次のように云い始めたところを見ると、どうやらそう云っても大丈夫なだけの御世辞を大分聞かされていたらしい。「私、いくらでも喜んでジュリアに役を譲ってあげましてよ。だけど、それは私のことですから演技は下手でしょうけれど、あの子が演ったりすればもっとひどいことになるのは間違いないと云う気がしますわ。」

このままの状態が暫く続いてから、一同は別れ別れになった。トム・バートラムとミスター・イェイツはその先を相談するために今や劇場と呼ばれつつある例の部屋へ行った。一方ミス・バートラムは自ら牧師館へ出向いて行って、ミス・クロフォードにアミーリアの役を引受けてもらおうと決心した。ファニーは一人その場に残った。

ファニーは自分一人なのを幸いに、まず卓子の上に置き忘れられた問題の書物を取上げると、さんざん聞かされた当の戯曲が実際にどんなものなのか自分の眼で確めてみることにした。その結果すっかり好奇心の虜《とりこ》となり、ときおり、こんなときにこんなものが選ばれたなんて、とか、これが素人の舞台に提案されて皆に賛成されたなんて、と云う驚きに中断された以外は、ただもう夢中になって通読した。ファニーには、アガサもアミーリアも、片やその置かれた立場、片やその言葉遣い、と現れ方は違っても、家庭で演じるにはまったく不適切な人物のように思われた。慎み深い女性が演じるにはあまりにも相応しくないことに感じられたので、従兄姉達は自分達がやろうとしていることがどう云うことなのか殆ど分っていないのだと想い、エドマンドなら必ずやこのことを忠告してくれるだろうから、皆がそれに耳を傾けて出来るだけ早く眼覚めてくれることを願った。

＊1　エドワード・ムアの悲劇、一七五三年出版。
＊2　シェリダンの喜劇、一七七五年出版。
＊3　同じくシェリダンの喜劇、一七七七年出版。
＊4　リチャード・カムバーランドの喜劇、一七九五年出版。
＊5　小ジョージ・コウルマンの喜劇、一八〇〇年出版。

第十五章

ミス・クロフォードはその役をたいへん快く引受けてくれた。ミス・バートラムが牧師館から戻って来るとすぐにミスター・ラッシワースがやって来て、その結果更にもう一つの配役が決った。ミスター・ラッシワースはカッセル伯爵かアンハルトをと云われて、最初どっちを選んでいいのか判らず、ミス・バートラムに決めてくれるよう望んだが、二人の人物の風体の違い、どっちがどっちだと云うことの説明を受け、その結果前に一度ロンドンでその芝居を観たことがあり、アンハルトをひどく間の抜けた野郎だと思ったことを思い出して、直ちに伯爵の方に決めた。ミス・バートラムもそれには賛成であった。と云うのはこの人には憶えなければならないことが少ければ少いほどいいのだと思っていたからである。そこで彼女は、伯爵とアガサが一緒に登場すればいいのになあと云う相手の言葉にも何ら共鳴出来ず、そう云う場面がないものかとゆっくりと頁を繰っている態度にも焦《じれ》ったくて仕方がなかったものの、たいへん親切に相手の役を調べに掛り、切詰められる台詞は悉《ことごと》く切詰めてやり、のみならず、彼が大いに着飾らねばならぬこと、しかも色とりどりのものを選ぶ必要のあることをも指摘してやった。ミスター・ラッシワースは、表向き軽蔑するような振りはしたものの、その実自分が派手な服装をすると云う考えが大いに気に入って、自分がどんな風に見えるだろうかと云うことで頭が一杯になり、ほかのことにまでは考えが廻らず、マライアが半ば覚悟していたような結論を抽き出すこともなければ、不満を覚えるようなこともなかった。

午前中にこれだけのことが決ったが、その間外出していたエドマンドはそのことについては何も知らなかった。しかし昼食の前に居間へ入って行くと、トムとマライアとミスター・イェイツは何やら大声でがやがやと議論していたが、ミスター・ラッシワースが大急ぎでやって来て、その愉快な知らせとやらを話して聞かせた。

「演物が決ったんだ」と彼は云った。「『恋人達の誓い』を演ることになってね、僕はカッセル伯爵を演ることになった。最初は青い服に桃色の絹繻子の外套を着て出るんだ。それからあとでまた立派に意匠を凝らした狩猟服を着ることになっている。——僕が気に入るかどうかは判りませんがね。」

ファニーは眼でエドマンドを追っていたが、自分も今の言葉を聞いたので、エドマンドの表情を窺い、心中はいかばかりかと思うと、何やら胸が高鳴った。

「『恋人達の誓い』だって！」エドマンドはミスター・ラッシワースに対しては、これ以上の驚きはないと云った調子でこう答えただけであった。そして、当然これを打消す言葉が返って来る筈だと云う表情で兄と妹の方へ顔を向けた。

「そうだとも」とミスター・イェイツが叫んだ。「ま、いろいろと議論もし、難しいこともあったけれど、結局、『恋人達の誓い』ほど我我みんなに相応しく、誂え向きなものはないと云うことが判ってね。何でもっと前に思い附かなかったのか、不思議で仕方がない。僕が愚かだったのが不可なかった。だってこれなら僕はエクルズフォードで観ているんだし、それだけ皆にとっても好都合な訳だもの。何しろお手本があるんだから助かるよ！　——大体配役も決っているんだ。」

「しかし女性の役はどうするの？」とエドマンドは真剣な口調で、マライアを見ながら云った。

マライアは我知らず赧くなりながら答えた。「私、レイヴンショー卿夫人が演る筈だった役を演りますの。それから（より大胆な眼附になって）ミス・クロフォードがアミーリアを演ります。」

「この我我にそう簡単に役柄が埋められるような芝居じゃないと思うな。」エドマンドはそう応えると、母と伯母とファニーの坐っている煖炉の方へ行って腰を下したが、大いに腹を立てている風であった。

　ミスター・ラッシワースが追って来てこう云った。「僕は三回登場して、台詞を四十二も喋るんだ。ちょっとしたもんでしょう？　——だけどあんまり着飾ると云うのはどうかと思うんだ。僕が青い服に桃色の絹繻子の外套を着た姿なんてちょっと見当もつかない。」

　これにはエドマンドも答える術《すべ》を知らなかった。——二、三分後、ミスター・バートラムは、何やら大工に判らないところがあるから来てくれるようにと云う呼出しを受けて部屋から出て行った。ミスター・イェイツもそれに伴い、ミスター・ラッシワースもそれからすぐにあとを追って出て行ったので、エドマンドは直ちに機会を捉えてこう云った。「ミスター・イェイツのいるところでは、エクルズフォードのあの人の友達を侮辱することになるから、この芝居に対する僕の気持を云う訳に行かなかったが、ねえ、マライア、今はっきり君に云っておくけど、この芝居は家庭で演るのには全然向いていないし、止めた方がいいと思う。注意深く、じっくりと読んでみれば、君だって止めようと云う気にならざるを得ないと思うけどな。母さんにでも伯母様にでも、第一幕でいいから大きな声で読んで聞かせて、そのことを確めてみるといい。父さんの判断を仰ぐまでもないことだから、本当に。」

「私達はそうは見ないわ」とマライアが叫ぶ。「はっきり申し上げますけれど、この芝居のことでしたら、私、充分に承知しておりましてよ。ほんの少し省略なり何なりすれば、勿論そうする訳ですけど、私には何ら反対すべき点は見られません。それに、この芝居を家庭で演るのに相応しいと考えている女性は別に私一人ではなくってよ。」

「それはどうも」とエドマンド――「しかしこのような事柄では先頭に立たなければならないのは君なのだし、君が手本を示さなければならない訳だ。もしほかの者達が間違ったことをすれば、それを正してやり、本当の上品な行儀作法とはどんなものかを見せてやるのが君の役目だ。行儀作法のすべての点で、君の振舞はほかの者達の規範にならなければならない。」

このようにマライアを重要な存在として描き出したことは幾分効果的であった。マライアほど先頭に立つことの好きな女性もいなかったからである。そこでマライアは大いに機嫌をよくしてこう答えた。「その言葉には大いに感謝致しますわ、エドマンド。――兄さんが好意から云って下さったことはよく判りました。――それでも私、兄さんは少し物事を誇大視し過ぎると思います。それにこの種のことでほかの人達を前にして長広舌を振うなんてことは私にはとても出来ません。――それこそ無作法もいいところだと思います。」

「僕がそんなことを考えているとでも想うのかい？　とんでもない。僕の云うのは、自らの振舞をして唯一の長広舌たらしめよ、と云うことだよ。ただ、役をよく調べてみたらどうも自分はその任に堪えない気がする、その役のためには思っていた以上の苦労と度胸の要ることが判った、とだけ云えばいいんだ。それだけをしっかりとした口調で云いさえすれば、それで充分、分別のある奴なら、君の意図は分る筈さ。芝居は断念され、君の品位は然るべき名誉を得ることになる訳だ。」

「品の良くないものなんか演っては不可ませんよ、マライア」とバートラム令夫人が云った。「サー・トーマスはそう云うのは好みませんからね。——ファニー、呼鈴を鳴らして頂戴。お食事を頂かなくては。もうジュリアの身支度も済んだことと思うから。」

「それはもう、母さん」とエドマンドはファニーを制して云った、「サー・トーマスは絶対に気に入りませんとも。」

「ほら、マライア、エドマンドの言葉を聞きましたか？」

「もし私がその役を断れば」とマライアは再び熱の籠った口調になって云った、「替りにジュリアが演ることは間違いないわ。」

「そんな！」とエドマンドは叫んだ。「ジュリアに君が止めた理由が通じないなんてことがあるもんか！」

「だってジュリアは私達の違いを捉えて、自分は私の場合ほど慎重にする必要もないと考えてよ。きっとそう云い張るに決っているわ。ですから、兄さんには申訳ないけれど、私、自分の同意を撤回することは出来ません。もうすっかり決っていることだし、そんなことをすればみんながっかりするだけですもの。トム兄さんなんてそれこそかんかんになって怒ってよ。それにみんなしてそんな立派なことばかり云っていた日には、芝居なんて何一つやれはしないわ。」

「そうそう、私もそのことを云おうと思っていたの」とノリス夫人が云った。「そう何でもかんでも反対では何にも演れなくなってしまうってことをね。それに準備に掛けたお金も全部無駄になってしまうでしょうし、それこそ私達みんなにとって不面目もいいところだわ。私、その芝居のことは存じませんけれど、マライアの言葉だと、少しばかり不穏当な箇所があれば（大抵の芝居にはそう云う箇所はあるものでしょうけれど）、そこは容易に省けると云うことではありませんか。あんまり堅苦しすぎるのもよくないわ、エドマンド。ラッシワースさんも演ると仰有っているのだから、別段悪いこともないでしょう。――それはそうと、トムったら大工が仕事を始めるときにはちゃんと自分の考えを決めといてくれたらと思うわ、だってあの脇扉のことで半日も無駄な仕事をしているんだもの。でも垂幕の方は無駄なく仕上げますよ。女中達もたいへんよく仕事をしてくれますし、吊手用の金環《かなわ》なんか相当数返却出来るだろうと思います。吊手なんてそんなに幅狭く沢山附ける必要はありませんもの。浪費を防ぎ、物を上手く利用すると云う点では私も何がしかの役には立っているのではないかしら。大勢の若い人達を指揮するためには常に落着いた頭の持主が一人はいなければ不可ませんからね。――そうそう、あれをトムに話してやるのを忘れていました、ほかでもない今日あったことなの。私、養鶏場の様子を見に行って、そこから出て来ようとしたとき、何とディック・ジャクソンが手に二枚の挽割板《ひきわりいた》を持って召使部屋の戸口の方へ近附いて行くじゃありませんか。父親の所へ持って行こうと云うのに違いありません。たまたま母親があの子に父親への伝言でも言伝てたところ、父親がその二枚の板がないと仕事にならないから持って来るようにと云い附けたんでしょう。私にはこれがどう云う意味か判りました。だってちょうどそのとき、召使達の食事を知らせる呼鈴が頭の上で鳴っていたんですから。私はああ云う蚕食者《さんしよくしや》と云うのは大嫌いですから（ジャクソンの家の者はみんな蚕食者です、私は前まえからそう云っていますけれど――頂けるものはすべて頂くと云う人達です）、面と向ってその子に云ってやりました（あの大のろまだってもう十にもなるんですからね、もう少し自分を恥しく思ってもよさそうなものです）、その板は私が持って行ってやるから、さっさと家へ帰りなさいってね。ディックの奴、馬鹿みたいな顔をしていたけど、一言も云わずに帰って行った。私がかなりきつい口調で云ったからだろうと思うけど、でも多分これで暫くはあの子も物欲しそうに屋敷の中をうろつくこともないでしょう。私はああ云う意地の汚いことは大嫌いです。年がら年中あんな男を雇っておくなんて、あなたのお父様も何であの一家に親切なんでしょう！」

これには誰も敢えて答えようとしなかった。ほかの者達はすぐに戻って来た。エドマンドは、どうやら皆の過ちを正そうと努力したことだけで満足しなければならないらしいと云う気がして来た。

活気のない食事であった。ノリス夫人が再びディック・ジャクソンをやっつけた顚末を語ったほかは、芝居のことも準備のこともあまり話題に上らなかった。と云うのは自ら認めようとこそしなかったものの、エドマンドの反対は兄にも応えていたからである。マライアも、ヘンリー・クロフォードが加勢して気持を引立ててくれないので、その話題は避ける方が賢明だと考えていた。ミスター・イェイツは何とかジュリアに愛想よくしようと力めていたが、ジュリアが仲間から脱けたことに対する残念な気持を話題にすることが何よりも相手の鬱《ふさ》ぎの虫を強くすることに気附いた。ミスター・ラッシワースはと云えば、相変らず自分の役と衣裳のことしか頭になかったが、どちらに関しても話の種になるようなことは忽ちのうちに話し尽してしまっていた。

しかし芝居に対する関心はほんの一、二時間中断されただけで、まだまだ決めなければならないことは沢山あった。やがて宵闇の霊気に新たな力を得て、トムとマライアとミスター・イェイツは、再び客間に集るとすぐに離れた所にある卓子に腰を落着け、開げた台本を前に話合いに掛った。そうして今まさに問題に没頭しようと云うとき、クロフォード兄妹が入って来たが、これは大いに歓迎すべき中断であった。兄妹は、もう時刻も遅く、暗い上に、道も泥濘《ぬか》っていたが、どうしてもやって来ざるを得なかったのだと云って、皆から大喜びで迎えられた。「ところで進み具合はどうなの？」、「何が決りましたの？」、「まあ、あなた方がいらっしゃらないと何にも出来ませんわ」――最初の挨拶が済むとこれらの言葉が続いた。ヘンリー・クロフォードはすぐに他の三人と一緒に卓子の所に腰を下したが、その間妹の方はバートラム令夫人の方へ進むと、令夫人に対して快活かつ鄭重なる愛想を申し述べていた。「演物が決りまして、お母様にも本当におめでとうを申し上げねばなりませんわ。だってそれこそ模範的な忍耐心をお見せになって我慢しつづけて来られたとは云っても、この騒ぎとごたごたにはさぞかしうんざりなことでしたでしょうから。実際に演る人達にしてみればそれも愉しいことかも知れませんが、傍《はた》の者にとっては何なりと決ってくれた方がどんなに有難いか知れませんものね。私、お母様だけでなく、ノリス夫人ほか同じ立場におられる皆様にも心からお喜び申し上げますわ。」こう云うと、半ば恐るおそる、半ば悪戯っぽそうに、ファニー越しにエドマンドの方を見た。

バートラム令夫人はこれに対してたいへん丁寧な言葉を返したが、エドマンドは何も云わなかった。自分が単に傍の者の一人に数えられたことも別段否定しようとしなかった。暫く煖炉のまわりにいる人達と談笑を続けてから、ミス・クロフォードは卓子に坐っている人達の所へ戻った。そうして傍《そば》に立って皆の取決めに興味を寄せている風であったが、突然何かを思い出したとでも云わんばかりに叫んだ。「ねえ、皆さん、大層落着き払って田舎家だの居酒屋だののことをああだこうだと仰有っておいでですけれど、その間私はどう云うことになりますの？　誰がアンハルトを演るんですの？　私はあなた方のうちのどなたに恋をする光栄に浴せるのかしら？」

瞬間誰も口を開かなかった。が、やがて今度はみんなが揃って同じ一つの憂鬱なる事実、つまりまだアンハルトの役は決っていないと云うことを口にした。「ラッシワースさんがカッセル伯爵を演ることは決ったのだけれど、アンハルトの役はまだ誰も引受けていないんだ。」

「僕はそのどちらかを自由に選んでよかったんだけれど」とミスター・ラッシワースが云った、「伯爵の方がいいだろうと思ってね。尤もその派手な衣裳を纏《まと》わなくては不可ないと云うのはあんまり気に入らないんだけど。」

「あなたの選択はたいへん賢明だったと思いますわ」とミス・クロフォードは顔を輝かせて応えた。「アンハルトって陰気な役ですもの。」

「伯爵だって四十二も台詞があるんです」とミスター・ラッシワースが応じた。「決して楽なものではありませんよ。」

「アンハルトを演る人がいないと云うのも」とミス・クロフォードは短い沈黙ののちに云った、「私、決して意外だとは思いませんわ。アミーリアとしては当然の報いですもの。あんなませた娘には男の人達だって怖がって近附かないのも尤もですわ。」

「出来ることなら僕は大喜びでその役を引受けるんだけど」とトムが叫んだ。「だけど運の悪いことに執事とアンハルトは同時に出て来るんだ。でもすっかり諦めるつもりはない。出来るだけのことはやってみるつもりだ。もう一度調べ直してみよう。」

「エドマンド君に演らせたらどうだろう？」とミスター・イェイツが低声で云った。「彼、演るだろうか？」

「僕は弟には頼まないつもりだ」とトムは冷やかな断乎たる口調で応えた。

ミス・クロフォードは何かほかのことを話していたが、それが済むとすぐに再び煖炉の方の一座に加わった。「みんな私には用が無いんだわ。」彼女はそう云いながら腰を下した。「私が何を云ったって、みんな困って、ただ愛想のいい返辞をして下さるだけなんですもの。エドマンド・バートラムさん、あなたは御自分ではお演りにならないのですから、公平無私な助言者になれますわね。そこで私、あなたにお訊ね致しますけど、アンハルトについてはどうしたものでしょうかしらねえ？　ほかの誰かが二役をやることが出来ますかしら？　あなたの御意見はいかがです？」

「僕の意見は」とエドマンドは物静かな口調で云った、「演物を替えることですね。」

「私としてはその意見に反対ではありませんのよ」とミス・クロフォードが応えた。「だって、私、ちゃんとした相手役があれば――と云うことはつまり、万事が上手く行くならばと云うことですけれど――特にアミーリアの役が嫌だと云う訳ではありませんけど――でも皆さんの迷惑になるのでしたら申訳ありませんわ。――それにしてもあちらの食卓で（と振返りながら）皆さんがあなたの意見を聴こうとなさらない限り、折角の助言も受容れてはもらえませんわね。」

エドマンドはそれ以上は何も云わなかった。

「もしあなたが演ってもいいと云う気になるような役があるとしたら、それはアンハルトの役ではないかと思うの」と、ミス・クロフォードは一時黙っていてから、ちょっと茶目っ気のある調子で云った。「だってアンハルトって牧師ですもの。」

「だからと云って演りたいと云う気には全然なりませんね」とエドマンドは応えた。「下手な演技でその人物を滑稽なものにしてしまった日にはとても相済まないもの。アンハルトを堅苦しい、勿体ぶった説教師でないように見せるのは相当難しいに違いない。それに、牧師を実際の職業に選ぶような男なら、ま、おそらく十中八九は舞台の上で牧師の役なんか演りたがらないだろうな。」

ミス・クロフォードは口を噤んだ。そして幾分腹立しさと悔しさの入混った気持で、自分の椅子をかなり茶卓寄りに近附けると、そこで主人顔をしているノリス夫人の方に一切の注意を向けた。

「ファニー」と、熱心に協議が続けられ、間断なく話声の聞えるもう一方の卓子から、トム・バートラムの声がした。「ちょっと手を貸してもらいたいんだけど。」

ファニーは何か使い走りの用事かと思ってすぐに立上った。ファニーをそんな風に使う習慣は、エドマンドの出来る限りの努力にもかかわらず、まだなくなっていなかった。

「いやいや、坐っているのを邪魔しようって云うんじゃないんだ。別にたった今手を貸してくれと云うんじゃない。ただ君にも芝居に出てもらいたいんだ、農夫のおかみさんの役でね。」

「私にですって？」ファニーはそう叫ぶとすっかり怯えた様子で再び坐り込んだ。「本当に御免なさい。私にはとてもお芝居なんて出来ませんわ。本当です、とても出来ません。」

「いやどうしても出てもらわなくては不可ないんだ。我我としては是非とも君が必要なんでね。怖がることはないよ。どうってことのない役なんだ。何でもないんだよ、台詞だって全部で六つもありゃしないんだ。それに君の場合、台詞が一言も聞えなくたって別に構わないんだ。だから好きなだけ控目にしていていい。ただ我我としては姿だけはどうしても見えないと困るんでね。」

「六つぐらいの台詞で怖がっていたんでは」とミスター・ラッシワースが叫んだ、「もし僕の演る役だったらどうします？　僕なんか四十二も憶えなくては不可ないんだ。」

「別に台詞を憶えるのが心配だからと云う訳ではありませんが」とファニーは、その瞬間自分が部屋の中で唯一人の話手であることに気附き、ほぼすべての眼が自分に向けられている気がして、心を動揺させながら答えた。「でも私、本当に出来ないのです。」

「いやいや、我我にとっては君でも充分上手に出来るんだよ。君は自分の役さえ憶えておけばいいんだ、あとは僕達が教えてあげるから。たった二回出るだけだし、それに当の農夫は僕が演るんだから、出るのも動き廻るのも僕が上手く導いてあげる。だから、大丈夫、上手く出来るよ。」

「いいえ、本当に、お願いです、勘弁して下さい。あなたにはお判りにならないのですわ、そんなこと私には絶対に出来ないってことが。万一引受けたりすれば、あなたを失望させるだけですわ。」

「まあまあ！　そんなにはにかむことはないよ。上手く行くって。君に対してはいくらでも斟酌するんだから。完璧な演技を期待している訳じゃないんだ。君は茶色のガウンを着て、白い前掛を着けて、室内頭巾を被ればいいんだ。あとは我我で額と眼尻に少しづつ皺を描《か》いてあげるから、それでもう君は上品な、可愛らしいお婆さんになれるんだよ。」

「どうか勘弁して下さい。」ファニーは過度の動揺からますます赧くなって叫んだ。そして困窮の余りエドマンドの方を窺った。エドマンドは好意を以ってファニーを見守っていたが、口出しして兄を怒らせたくないらしく、ただファニーには励ますような微笑を送っただけであった。ファニーの嘆願もトムには一向に効目《ききめ》がなかった。トムは同じことを繰返すだけであった。しかも相手はトムだけではなくなった。と云うのは今やマライアもミスター・クロフォードもミスター・イェイツもファニーに対する要請の後押しを始めたからである。その促す口調こそトムの場合と違って、より穏やかであったり、鄭重なものではあったが、まったくもってファニーには抵抗の出来ないものであった。そうしてファニーが一息吐《つ》く間もなく、ノリス夫人が最後の締括りをつけた。夫人は囁き口調ながら、怒りを含んだ、誰にも聞える声でこう云ったのである。「詰らないことに何と云う騒ぎようなの。こんなちょっとしたことで従兄姉に恩を施すのにそんな面倒なことを云い出すなんて、こっちが恥しくなるわ、まったく。みんなあんなに親切に云って下さっているんじゃないの！　快く引受けたらどうなの。お願いだから、そんな囈言《たわごと》、これ以上聞かせないで頂戴。」

「無理強いは不可ませんよ、伯母様」とエドマンドが云った。「そんな風に無理強いするのはよくないですよ。御覧のようにファニーは演りたくないんです。ほかの我我と同様にファニーにも自分で選ばせたらいい。ファニーの判断力だって充分信頼出来るんだから。もうこれ以上無理強いしないで下さい。」

「誰も無理強いなんかしていませんよ」とノリス夫人は鋭い口調で応えた。「ただ伯母や従兄姉が望んでいることをやらないなんて、ファニーはたいへん強情で恩知らずだと思います。自分の立場をよく考えれば本当に恩知らずですとも。」

エドマンドは腹が立って物も云えなかった。しかしミス・クロフォードは、一瞬驚きの眼でノリス夫人を眺めたが、やがて眼に涙を溜め始めたファニーに気附くや、すぐに幾分鋭い声で「どうもこの場所はよくないわ、ここにいると暑すぎて」と云うと、自分の椅子を茶卓の反対側のファニーの傍に移した。そうしてそこに腰を下すと、低い囁くような声でファニーに話し掛けた。「気になさることはないわ、ミス・プライス。今晩は何だか気難しい晩だわね。みんなが気難しく、意地悪になっている。でも私達は気にしないことにしましょう。」そして自ら沈みがちな気分だったにもかかわらず、何とか言葉を掛けては相手の気持を引立てようと殊さらに気を遣う一方、もうこれ以上芝居のことでファニーを苛《いじ》めないようにと卓子の兄に目くばせした。ミス・クロフォードは、この見せ掛けでない本物の善意のおかげで、些か失っていたエドマンドの好意を急速に取戻しつつあった。

ファニーは決してミス・クロフォードが好きではなかったが、今こうして親切にしてくれることに対しては大いに感謝していた。それにミス・クロフォードは、最初のうちこそ、ファニーの針仕事に眼を留めて、自分もあなたぐらい上手に裁縫が出来るといいのだけれど、その模様を分けて下さらない、とか、ミス・プライスはお従姉が結婚なされば当然社交界に出られる訳だから、そのときに着る物を準備なさっているのね、と云うような言葉を掛けてくれていたが、やがてファニーの兄のことに話題を移すと、最近航海中のお兄様から何か便りがありまして、とか、あなたのお兄様に一度お会いしてみたいわ、さぞかし立派な好青年なのでしょうね、と云うような言葉だけでなく、今度は是非海に戻られる前に肖像画を描いてもらっておくようにね、と忠告までしてくれたので、これにはファニーも大いに好感の持てる心遣いであることを認めない訳には行かず、思わずじっと耳を傾けては、自分でも思いのほか元気な口調で返辞をしてしまうのであった。

芝居の相談はなおも続いていた。ミス・クロフォードの注意をファニーから最初に逸らしたのは、トム・バートラムの残念この上なしと云った次のような言葉であった。つまり、執事とアンハルトの役を同時に引受けることは絶対に無理だ、何とかして可能なようにしようと努力してみたが、どうにも駄目だ、諦めざるを得ない、と云うのであった。――「しかし役を埋める分にはちっとも難しいことはないだろう」とトムは附加えて云った。「ただ言葉を掛けさえすればいいんだ。そうして気に入った奴を選べばいい。――たった今でも六マイルの範囲内から少くとも六人の名前は挙げられる。みんな我我の仲間に入りたくてうずうずしている連中なんだ。その中の一人か二人なら当方の面目を傷つけなくても済みそうな奴だしね。――オリヴァー兄弟かチャールズ・マドックスに頼む分には心配は要らないだろう。トム・オリヴァーなら悧口な男だし、チャールズ・マドックスはどこから見たって申分のない紳士だ。早速明日の朝ストウクへ馬を走らせて、二人のうちのどちらかと話を決めて来よう。」

この間、マライアは心配そうに振返ってエドマンドを窺っていた。最初あれほど断言していたにもかかわらず、こんな風に計画を拡大することに対しては、きっとエドマンドの反対があるだろうと思ったからである。しかしエドマンドは何も云わなかった。これに対してミス・クロフォードは、一時考えていたが、やがて静かに応えた。「私でしたら、皆さんが適当と考えることに何ら異存はありませんわ。そのお二人のうちのどちらかには、私、お会いしたことがあるのではないかしら？　——そうだわ、そのチャールズ・マドックスさんて、いつだったか姉の所で食事をなさった方だわ、そうじゃなくて、ヘンリー？　——おとなしい感じの方でしたわ。憶えています。もしよろしかったら、その方にお頼みするといいわ、私としても全然知らない方よりは、その方が不愉快なことも少いでしょうから。」

そこでチャールズ・マドックスに頼もうと云うことになった。トムは再度翌朝早くチャールズの所へ出掛ける決意を繰返した。そのときそれまで殆ど口を開かなかったジュリアが、幾分皮肉混りの口調で、視線を最初マライアに、それからエドマンドに向けながら、「マンスフィールドのお芝居騒ぎはさぞかしこの辺の人達を活気づけることでしょうね」と云った。しかしエドマンドはなおも黙ったままで、ただ沈鬱な面持に自分の気持を表すだけであった。

「私、私達の芝居についてはあまり楽観的ではありませんの」とミス・クロフォードは、暫く考えてから、低声でファニーに云った。「私、マドックスさんに、下稽古を始める前に、あの方の台詞を幾つかと私の台詞をかなり削る旨を云おうと思うの。——何だかひどく不愉快な、私の期待したものとはまるで違ったものになりそうだわ。」

第十六章

しかし何かと話し掛けてファニーにその晩の出来事をすっかり忘れさせることは、ミス・クロフォードの力を以ってしても出来なかった。——その日の夕べが終って寝床に入ってからも、ファニーの頭はそのことで一杯であった。あんなにも皆の見ている前で、あんなにもしつこく、従兄のトムから攻立《せめた》てられた衝撃でファニーの神経はいまだに動揺し、伯母の意地の悪い非難と叱責に気持も沈んだままであった。あんな風に皆の注目の的にされ、それが何やら非常に良からぬことの単なる前触れに過ぎぬことを知らされ、しかも演技などと云う自分にはとても出来かねることをやらねばならぬと云い聞かされた上に、やれ頑固だの恩知らずだのと云う非難のみならず、養女としての立場に対する当擦《あてこす》りまで受けたのだ。その辛い思いは当座だけでなく、一人になってからも一向に和らがなかった——とりわけ、事の続きとして翌日生じることになるかも知れない事態に対する恐れが加わったこともあって、なおさらであった。さしあたってはミス・クロフォードが守ってくれた。しかしもしまた皆と一緒になって、トムとマライアならやりかねない、有無を云わさぬ態度で催促されたら、そして多分そう云うときはエドマンドはその場にいないだろうし、自分はどうしたらいいのだろう？　ファニーは答を見出せないまま眠りに就き、翌朝眼が醒めてからもまったく途方に暮れていた。その白い小さな屋根裏部屋は、最初に一家の仲間入りをして以来ずっとファニーの寝室であったが、何ら答を出してくれそうにもないことが判ったので、ファニーは身繕《みづくろ》いを済ませるとすぐに、もう一つの部屋を頼みの綱とすることにした。その部屋はもっと広びろとしていて、歩き廻ったり、考えごとをするのに相応しく、ファニーがここのところ暫くのあいだ自分の部屋も同然にしているものである。元来は皆の勉強部屋であった、と云うか、バートラム姉妹がもはやその部屋をそう呼ぶのを認めたがらなくなるまで、そう呼ばれていた。それでもなおその目的のために比較的最近までその部屋には人が住んでいた。そこにはミス・リーが住んでいて、彼女が今から三年ほど前に屋敷を去るまで、ファニーだけはここへ来て、先生と二人で、読んだり、書いたり、喋ったり、笑ったりしていたのである。それ以来その部屋は使われなくなり、ファニーが自分の鉢植を見に行ったり、本を取りに行ったりするときのほかは、暫くのあいだまったくのほったらかしであった。ファニーは、屋根裏の小さな自分の部屋では場所も狭いし、不便でもあるので、今でもここに本を置いておけるのが嬉しかった。しかし次第にその部屋を居心地よく思う気持が増すにつれて、ファニーはそこに置く自分の持物の数を増やし、より多くの時間をそこで過すようになった。それに何ら邪魔をするものがなくて、あまりにも自然に、何の小細工も弄さずにその部屋を占用出来たので、今ではみんながそこをファニーの部屋だと認めていた。東の間と呼ばれるその部屋は、マライア・バートラムが十六歳になって以来、白い屋根裏部屋同様ほぼ確実にファニーのものと見做されていた。——バートラム姉妹は、屋根裏部屋が小さいから東の間を利用すると云う理由があまりにも明白なのと、自分達の部屋があらゆる面で立派なことから優越感が満たされていたこともあって、すっかりそのことを認めていた。——ノリス夫人はと云うと、わざわざファニーのために火を焚くことはしないと云う条件で、ほかの誰もが必要としない部屋を使うのでは仕方がないと辛うじて譲っている形であった。尤も夫人がときどきファニーの勝手気儘を口にするときの物云いからだと、そこは家中でも最もいい部屋なのだと云っているように聞えた。

部屋の向きがよかったので、たとい煖炉の火はなくても、ファニーのように自ら進んでその部屋に入りたい者にとっては、早春や晩秋の朝であろうと、いくらでもそこで過すことが出来た。冬になっても、陽光が射すあいだは、そこに居つづけたい気持であった。暇なときにその部屋にいるとこの上なく心が和むのである。階下でどんな不愉快なことがあっても、ファニーはそこへ行くことが出来たし、そこで何か手近な仕事に従事したり、考えごとをしたりしているとすぐに心が慰められるのであった。ファニーのものである鉢植の木、本——これは一シリングでもお金が自由になったときから買集めて来たものである——、書き物机、施療院向けの器用な手仕事の類が、みな手の届く所にあった。手仕事に取掛る気にもなれず、ただ静かに考える以外に術のないようなときでも、その部屋にあるものに眼を向ければ、どれ一つとして楽しい思い出と結び附いていないものはなかった。一つ一つが友であり、ファニーの想いを友へと誘うのであった。ときにはひどく苦しいこともあったし、真意を誤解されたこともしばしばであった。感情を無視され、理解力を低く見られたこともあった。非道や嘲笑や軽視の苦痛を思い知らされもした。しかしそう云う場合でも、そのうちのどれでも、そのものにまつわる思いに身を任せているだけで、何かしら気持が和んで来るのであった。バートラム伯母がファニーのために訳を話してくれたこともあったし、ミス・リーはいつも元気づけてくれた。しかしよりしばしば、より懐しいことに、エドマンドこそファニーの擁護者であり、身方であった。エドマンドこそファニーの云い分を支持し、云わんとするところを説明もしてくれたのだ。泣かないようにと言葉を掛けてくれることもあったし、その優しい愛情のしるしにファニーの涙はいつしか嬉し涙に変ることもあった。――これらのこともすべて今では一体に溶合って、時間的な隔りのために調和すらしていて、以前苦しかったことのどれにもそれなりの懐しさが籠っていた。とにかくその部屋はファニーにとっては非常に貴重なもので、家具などは元来が飾りのない質素なものであった上に子供達の粗末な取扱いすら受けて来たものであったが、ファニーとしては屋敷中のどんな立派な家具とも取換えたくはなかった。――その部屋でめぼしい優雅な装飾品と云っては、まず色の褪せた足台があった。これはジュリアの手に成るものであるが、あまりにも出来がひどいので居間では使えなくてここに置いてあるのである。それから一つの窓の低い方の三枚の窓硝子には透し絵が三つ描かれてあった。或る時期に皆が透し絵に夢中になって描いたもので、左右のイタリアの洞窟とカムバーランドの月明りに照らされた湖が真中のティンターン寺院を挟む恰好になっている。煖炉の上には、ほかの場所に飾るだけの値打がないと見做された家族の肖像画が一括《ひとまと》めにして置いてあった。またその傍の壁には船を描いた一枚の小さなスケッチ画がピンで留めてあったが、これは四年前にウィリアムが地中海から送ってくれたもので、その絵の下の方には当の船の大檣《だいしょう》と同じぐらいの背丈の文字で、H・M・S・[*1]アントワープと記されていた。

ファニーは今、動揺と懐疑に取憑かれた心に対するその部屋の影響力を試すために、つまり、エドマンドの肖像画を眺めることで彼から何らかの助言が得られるかどうか、或はゼラニウムを風に当ててやることで自分も精神力の息吹を吸込むことが出来るかどうか確めるために、この安息の避難場所に降りて行った。ファニーとしては自分の固い気持を翻《ひるがえ》すことが何よりも恐しかった。しかしいざどうすればいいのかとなると、なかなかに決断が下せないような気がし始めていた。そしてこの迷いは部屋の中を歩き廻るに従っていよいよ募る一方であった。皆があんなに熱心に頼み、あんなに強く願っているのに、それを拒んだりしていいものだろうか？　それは、自分にこの上なく親切にしてくれた人達が望みを掛けている計画になくてはならないものかも知れないではないか？　演りたくないと云うのはこちらの意地悪――我儘――それに自分を人前に曝すのが怖いと云うことなのではないのかしら？　エドマンドの判断だけで、サー・トーマスだって承知しないと云うエドマンドの確信だけで、その一切を無視してきっぱり断っても、それでいいものだろうか？　ファニーにとっては芝居をすると云うようなことは考えただけでも恐しいことであった。それがために却って今や自分の躊いは本当に純粋なものなのだろうか、と云う気持になって来たのである。部屋の中を見廻して、従兄姉達から貰った贈物の山を見るにつけても、従兄姉達には恩返しを受けるだけの権利があると云う気持が段段と強くなって来た。窓と窓のあいだの机の上には幾つかの針箱と編物用の箱が置いてあったが、これらの大部分は機会あるごとにトムが呉れたものである。ファニーは、これらの親切な思い出の品品の背後にある数多くの恩誼に、次第に当惑を覚え始めた。こうしてファニーは何とか不義理をせずに済ます方途を見出そうと一所懸命になっていたが、やがて扉を軽く敲く者があって、我に還った。「どうぞ」と云う優しい声に答えて現れたのは、それまでにも疑問があればいつでも打明けて来たその人であった。ファニーはエドマンドの姿を見ると眼を輝かせた。

「暫くいいだろうか？」とエドマンドは云った。

「ええ、どうぞ。」

「ちょっと相談したいことがあってね。君の意見が聞きたいんだ。」

「私の意見ですって！」とファニーは、大いに嬉しくはあったが、相手のあまりにも謙遜した云い方に尻込みしながら叫んだ。

「そうなんだ、君の忠告と意見がね。僕にはどうすればいいのか判らないんだ。御覧のとおり芝居の計画はますます悪くなる一方だ。演物の選択だって最悪に近いものだし、その上に今や我我の誰もが殆ど顔も知らないような若者にまで助けを求めようとして、行くところまで行こうとしている。これでは最初の内輪の者だけで慎しくやると云う話にも反することになる。チャールズ・マドックスなら別段問題のないことは判っているが、こんな風にして我我の仲間に入って来ることから生ずる度の過ぎた親密感は何としても不愉快だ。それは親密などと云うものではなくて、無遠慮な馴馴しさだもの。そんなこと僕にはとても我慢出来ないし、不可能でない限り、どんなことがあっても避けるべきことだと思うんだ。君はそう云う風には思わないかい？」

「それはそうですわ。でもどうすればいいのかしら？　お兄様はもうそのつもりでいらっしゃるし。」

「打つべき手は一つしかないんだ、ファニー。僕がアンハルトの役を引受けることさ。それ以外には何を云ったってトムが承知しないことはよく判っている。」

ファニーは返辞が出来なかった。

「僕だってそんなことはちっともやりたくはないさ」とエドマンドは続けた。「誰が好き好んでそんな筋道の通らない真似をしたがるものか。始めから計画に反対だったことはみんなに知れ渡っていると云うのに、皆があらゆる点で最初の計画の限度を越えようとしている今になって、図図しくも仲間に加わろうって云うんだもの、馬鹿げた話さ。でもほかにどんな手立ても思い附かないんだ。何かあるかい、ファニー？」

「いいえ」とファニーはゆっくりと答えた、「今すぐにはちょっと――でも――」

「でも何？　どうやら君の判断だと僕の考えには賛成でないようだね。でもちょっとよく考えて御覧。多分君には気が附かないのだと思うけれど、一人の若者をこんな風に我我のあいだに受容れ――家の者達と馴れ親しくすることを許し――いつでも自由に出入りする権利を与え――そうしていきなり一切遠慮の要らない間柄として認めたりすれば、その結果良くない影響を及ぼすかも知れないし、それにこれはもう不愉快な思いをするに決っていると思うんだ。稽古があるごとに放縦気儘な雰囲気になって行くことは必定だし、それを考えただけだって、これはまったくもって由由しきことだ！　ミス・クロフォードの立場にもなって御覧、ファニー。見も知らぬ人とアミーリアの役を演ずることがどんなものか考えてみるといい。あのひとは同情されて然るべきだと思うんだ、当人だって自分を憐んでいることは明らかだもの。僕には、昨晩《ゆうべ》あのひとが君に話しているのを聞いただけで、知らない人とは芝居をしたくないと云うあのひとの気持がよく解ったのだ。それにおそらくはもっと違った期待から——多分、内容のことなどはあまり考えず、どんな内容のものかもよく知らないままに役を引受けたのだろうから、ミス・クロフォードをそんな目に遭わせたりするのは卑劣だよ、本当に良くないことだ。もっとあのひとの気持を考えてあげるべきだと思うんだけれども、君はそうは思わないかい、ファニー？　何だか躇っているね。」

「確かにミス・クロフォードには気の毒なことだと思いますけれど、でもあなたが、一旦やらないと決めたことを、あなたがこれは伯父様のお気に召さないことだと考えていることは皆が知っている、そのことを無理矢理にやらされるのを見る方がもっと気の毒ですわ。それこそほかの方達に完全に屈服することになりますわ！」

「なあに、どうせこっちはひどい演技をするに決っているんだから、連中としても大してこっちを屈服させたことにはならないさ。そうは云っても確かに屈服したことにはなるかな。しかし逃げる訳には行かないしね。それにもし僕が加わることによって、このことが広くみんなに知れ渡るのを防ぎ、なるべく事が露わにならずに済み、こう云う恥曝しを大っぴらにしないでおくことが出来るならば、充分償いにはなるだろうと思う。今のままでは、僕には何の力もないし、何にも出来ない。僕が何を云ったって、みな腹を立てるばかりだし、耳なんかこれっぽっちも貸そうとしないもの。しかしこうして譲歩して、一旦連中を上機嫌にさせてしまえば、今や拡大する一方の上演計画をもっとずっと小さな規模のものにするよう説伏せる望みもないことはないと思うんだ。これが上手く行けば相当な収穫だよ。僕の目的は範囲をラッシワース夫人とグラント夫妻だけに限ることだけれども、これはやるだけの値打がないだろうか？」

「いいえ、それはたいへん重要なことですわ。」

「それでも君は賛成してくれない。君には何かもっとほかのことで、それぐらいのことならやれそうだと云う手立てが思い附くかい？」

「いいえ、ほかには何にも思い附きませんわ。」

「それでは、ファニー、同意してくれないか。君の同意がないと安心出来ないんだ。」

「まあ、そんな！」

「君が反対だと、どうも自分のやることに自信が持てなくてね。──しかしこんな風にトムを行かせることは何としても出来ないよ。村中馬を走らせて、見掛けさえ紳士ならってことで、誰彼構わず説得出来そうな男を探して廻るに決っているもの。僕は君がもっとミス・クロフォードの気持を酌んであげていたものと思っていたんだが。」

「それはもう、あのかた、たいへん喜びますわ。あのかた、それこそほっとなさるに違いありませんもの」とファニーは力めてそれまでよりも大層熱心な口調で云った。

「昨晩の君に対するあのひとの振舞は今までのどんなときよりも愛らしかった。あれを見ていて僕はあのひとのためにも何とかしてあげようと云う気になったんだ。」

「あのかた、それは親切にして下さいました。あのかたが嫌な思いをしなくて済むのは私にも嬉しいことですけれども――」

ファニーはこの寛大な言葉を最後まで云い切ることが出来なかった。良心がファニーを途中で引止めたのである。しかしエドマンドは満足であった。

「朝食が済んだらすぐに出掛けて来よう」とエドマンドは云った。「きっと喜んでくれるだろう。さあ、ファニー、もう邪魔はしないよ。本を読んでいたいんだろう。僕としても、君に話をして、心を決めるまでは安心出来なかったもんでね。寝ても醒めても、一晩中このことで頭が一杯だったんだ。こう云うことは良くないことだけれど、でもきっとそれほど悪くないものにしてみせるつもりだ。もしトムが起きているようだったら、これからすぐにでも行って片を附けて来よう。朝食で皆が一緒になるときには、それこそ誰一人反対する者もなくあの馬鹿げた芝居がやれるって云うんで、みんな上機嫌なことだろう。君はさしあたって支那へ旅をすると云う訳だね。マカートニー卿[*2]はその後どう？（こう云いながらエドマンドは机の上の一冊を開き、それから別の何冊かを取上げた。）それにこうして『クラッブ説話集』[*3]も『アイドラー』[*4]も手近にあって、その大きな本に飽きたらこれらの本が慰めてくれると云う訳だ。君のこの可愛らしいお城には本当に感心してしまうよ。さ、僕はもう行くから、そうしたらこんな芝居なんて下らないことはさっさと頭から追払って、気持よく机に向ってくれ給え。でもいつまでもここにいて風邪を引かないようにね。」

エドマンドは出て行った。しかしファニーにしてみれば読書も、支那も、落着きもあったものではなかった。エドマンドはこの上なく驚くべき、思いも寄らぬ、歓迎すべからざることを云い置いて行ったのだ。ファニーにほかに何が考えられよう。芝居をやるだなんて！　あんなに反対していたのに――当然の反対を、それもみんなの前で！　ファニーはエドマンドの云うことを耳にし、その様子も窺い、気持もよく解っていた。それなのに芝居をやるだなんて！　エドマンドともあろう人にそんな矛盾したことが出来るのかしら？　自分で自分を欺しているのではないのかしら？　あの人、考え違いをしているのではないかしら？　ああ、それもこれもみなミス・クロフォードのせいなのだわ！　ファニーはミス・クロフォードの一言一言に強い感化力のあることを思い出して、惨めな気持になった。最初ファニーを苦しめ、エドマンドの話を聴いているあいだすっかり影を潜めていた、自分の行為に対する迷いと不安は、今や大したことではなかった。それらはみなこのより深い懸念の方に呑込まれてしまっていた。なるようになったらいい、どうなったって構いやしない。従兄姉達は何だかんだと云って来るだろうけれど、もう悩まされたりはしない。自分はあの人達の手の届かない所にいるんだ。それでも遂には屈服せざるを得なかったら――何でもない――今だって充分すぎるほど惨めなんだから。

＊1　His〔Her〕Majesty's Ship（英国海軍軍艦）の略。
＊2　ジョージ・マカートニー卿（一七三七―一八〇六）『支那使節絵図』（一七九六）、『大使の日記』（一八〇七）。
＊3　ジョージ・クラッブ（一七五四―一八三二）、これはクラッブ著作集の大部分を占め、一八

一二年に出版。
＊4　サミュエル・ジョンソンの随筆集、一七五八年より六〇年まで『ユニヴァーサル・クロニクル』その他に発表。

第十七章

実際、その日はミスター・バートラムとマライアにとっては勝利の日であった。そんな風にエドマンドの分別に打克てるなどとは希ってもいなかっただけに、喜びはひとしおであった。もはや自分達のお気に入りの計画を邪魔するものは何もなかった。二人は、何から何まで思いどおりに行ったことに大喜びする一方、エドマンドの態度の変化は本当は自分達を羨しく思いながらも気が弱くて今まで云い出せなかったためだと考えて、内心密かに喜び合った。エドマンドはこれからも難しい顔をするだろうし、概してこの計画は気に入らないとも云うだろう。特にこの演物には反対するに違いない。しかし現に芝居に加わることになった訳だし、それもほかならぬ自分勝手の意嚮でそうすると云うのであるから、自分達の方が有利なことは確かであった。とにかくエドマンドはそれまで保っていた道徳的な高みから降りて来たのだ。その分だけ二人の株は上る訳で、それだけでも二人にとっては大いに結構なことであった。

しかしながら、二人のそのときのエドマンドに対する態度はたいへん立派なもので、口許に軽い笑みを浮べる以上には喜びの色も見せず、まるで自分達の意に反してチャールズ・マドックスを迎え入れなければならなかったのだとでも云わんばかりに、その男の侵入を免れ得たのは大助かりだったと考えている風であった。「とにかく身内の者だけに限ることが我我の特に願ったことなのだし、他所の者が入って来たりすれば、折角の和やかな気分が乱されることになるからな。」と云う訳で、エドマンドがその考えを更に推進め、観客の制限についてもそれとなく自分の希望を述べたときには、二人ともそのときの嬉し紛れから、何なりと約束しましょうと云う態度であった。誰もが殊のほか上機嫌でしかも力を得たと云う感じであった。ノリス夫人はエドマンドの衣裳を何とかしましょうと申し出るし、ミスター・イェイツは、アンハルトの男爵との最後の場面はかなりの活劇が許されているし、重きも置かれているのだと請合った。ミスター・ラッシワースはエドマンドの台詞の数を数えてくれた。

「多分」とトムが云った、「ファニーも我我のために手を貸してくれる気になったんだろうね。ファニーについては君が説得してくれるんだろう？」

「いや、ファニーの気持は固いよ。まず演らないだろうな。」

「ああ、そうかい」と、トムの返辞はそれだけであったが、ファニーはまたもや自分の身が危険に曝されようとしているのを感じた。危険に対する無関心の決意も既にファニーの期待を裏切り始めていた。

このエドマンドの気持の変化に喜びの笑顔を見せた人の数は、牧師館でも、パークに引けを取らなかった。ミス・クロフォードなどは、大変に愛らしい頬笑みを見せると、たちどころに新たな元気を取戻して、俄然乗気の姿勢を示したのであるから、エドマンドに及ぼした効果は唯一つしかあり得なかった。「このひとのこのような気持を尊く思ったのは確かに間違っていなかった。演ることに決めてよかった。」と云う訳で、その日の午前中はみなそれぞれに、充分に満足とは云えないまでも、大いに愉快な気持で過した。そのおかげでファニーにとっても一つばかり好都合なことがあった。ミス・クロフォードの熱心な要請で、グラント夫人がいつもの気の好いところを見せて、ファニーに望まれていた役を引受けることに同意してくれたからである。その日に生じたことでファニーの心を喜ばせてくれたのはこれだけであった。これとても、エドマンドが伝えてくれたのではあったが、或る種の苦痛が伴っていた。と云うのは感謝すべき相手がミス・クロフォードだったからである。その親切な努力に対してファニーが感謝の念を抱かなければならないのも、そう云う努力をしたと云うことで熱心に賞讃されるのも、すべてミス・クロフォードであった。ファニーとしては安全なことは安全であった。しかしこの場合は安心と安全が結び附かないのである。ファニーがこんなに不安な思いに駆られたのは未だ曾てないことであった。自分が間違ったことをしたとはどうしても思えなかった。それなのにそのほかのことではどうしても心が安まらないのである。ファニーの心も判断もともにエドマンドの結論には反対であった。エドマンドの矛盾した行動を見逃すことは出来なかった。それなのにエドマンドは幸せそうにしている。これがファニーを惨めな気持にさせるのであった。心は嫉《ねた》ましさに絶えず動揺した。ミス・クロフォードは、やって来ると決って快活な様子を見せ、ファニーに対しても親しげに言葉を掛けるのであったが、ファニーにはこれが何となく侮辱に思われて、なかなか冷静な気持で返辞をすることが出来なかった。まわりの者達はみな陽気で、忙しく、幸せそうで、しかも自信に満ちていた。皆はそれぞれに興味の対象を持っていた――役のこと、衣裳のこと、好きな場面のこと。皆、身方があり、仲間があった。そうして何やら忙しそうに相談したり、較べっこをするかと思うと、次には冗談半分の意見を述べてはふざけ合うのである。ファニーだけが淋しく、何の用もなかった。皆と一緒にやることは何一つなく、その場にいようが他所へ行こうが構わなかった。皆の騒ぎの只中に居合せようと、一人寂しく例の東の間に引退ろうと、誰一人眼にも気にも留めたりはしないだろうと思われた。たといどんなことになっても、こんな思いをするよりはましだったのかも知れない――ファニー自身そんな考えすら抱き掛けた。グラント夫人は大切な存在であった。皆、口を揃えて夫人の善良なることを称え、夫人の好み、夫人の時間の都合を考慮するのであった。夫人はみんなから望まれ、求められ、気遣われ、そして賞讃された。ファニーは最初危うく夫人がその役を引受けたことを嫉ましく思いそうになった。しかしファニーは、その後の反省で、そう云う感情の良くないことに気附き、グラント夫人だからこそ尊敬を受ける資格があるので、自分には到底そう云う資格のある筈のないことを納得した。そうして改めて、たとい最大級の賞讃を受けることになろうとも、伯父のことを考えれば非難せざるを得ないような計画に、自分が安易に加わったり出来る筈のないことに思い至った。

ファニーはやがて心の落着きを取戻し始めるにつれて、必ずしも自分だけが皆の中にあって悲しい思いをしている訳ではないことに気が附いた。ジュリアだって苦しんでいたのだ。尤もジュリアの場合は非難されるべき余地が全然ない訳ではなかった。

ヘンリー・クロフォードは確かにジュリアの感情を弄《もてあそ》んでいたが、ジュリアが長いあいだそれを許し、彼の注意を求めすらしたのには、姉に対する警戒心も手伝っていたからで、これは姉の立場を考えれば尤もなことであったし、二人の感情の傷も何れは癒されて然るべきであった。ところがヘンリーの気持はマライアの方に傾いていることを否でも応でも知らされたからには、ジュリアとしても屈服するほかなく、マライアの立場に対する配慮も、自分を冷静に宥めようと云う努力も一切抛《なげう》ってしまった。そうして何が起ろうが、どんなに珍しいものが現れようが、いかなる冗談が発せられようが、顔色一つ変えるでもなければ、関心を示すでもない、笑いもしない、ただもう気難しい顔をして陰鬱に黙り込んでいるか、さもなくばミスター・イエイツの心尽しだけは受容れて、無理矢理に笑顔を作って話をし、ほかの者達の演技を嘲笑するだけであった。

ヘンリー・クロフォードも、面と向って侮辱を加えるようなことをしてしまったあとの一日か二日は、いつもの慇懃と愛想を武器に何とかジュリアの気持を取成そうと力めたが、それに対して返される拒絶に忍耐強くお附合いするほどには、大してそのことを気にもしていなかった。それにやがて芝居の方が忙しくなるにつれて、そういつまでも戯れてばかりいる訳にも行かなくなり、仲違いそのものに対しても次第に無関心になった、と云うよりもむしろ、遅からずグラント夫人以外の人達にもあらぬ期待を抱かせることになるだろう事態にさりげなく終止符を打つ絶好の機会だと考えた。夫人としてはジュリアが芝居にも加わらず、皆からも無視されたままでいるのは嬉しくなかった。しかしそれはジュリアの本当の幸福には関わりのないことだし、ヘンリーについても本人のことは本人が一番よく分っているに違いないと考え、それにヘンリーが大層説得力のある頰笑みを浮べて、自分もジュリアも別に真剣に互いのことを考えていた訳ではないのだと断言したこともあって、夫人は姉の方に関する以前の注意を改めて繰返して、あまりのぼせ過ぎて心の平安を乱すようなことのないようにと懇願しただけであった。そうして、それが多くの若者達を陽気にするものであり、とりわけ、愛しい二人により一層の愉しみを与えるものであるなら、何なりと喜んで手を貸そうと云うのであった。

「どうもジュリアはヘンリーが好きではないのかしら」と夫人はメアリーに云った。

「多分好きなのよ」とメアリーは平然と答えた。「姉も妹も二人とも好きなのだと想うわ。」

「二人ともですって！　とんでもない、そんなこと断じて不可ません。ヘンリーにそんなことを仄めかせたりしてはなりませんからね。ラッシワースさんのことを考えて御覧なさい。」

「ミスター・ラッシワースのことならミス・バートラムに考えるように仰有った方がよろしいわ。その方があのひとにとっても何がしかの利益にはなりますもの。私でしたらあの方の地所と財産と収入のことを考えて、それらがあの方以外の人のものであってくれたらと願うことはしばしばあっても、あの方のことを考えることは決してありませんわね。あれだけの領地の持主だったら州選出の代議士にはなれるでしょうにねえ。本当、職業なんか持たないで、州選出の代議士になれる筈だと思うんだけど。」

「おそらくあの方はすぐに下院議員になりますとも。サー・トーマスが戻って来れば、多分あの方はどこかの選挙区を得て立候補することになるでしょう。ただ、今まではあの方に機会を与えられる人が誰もいなかったのね。」

「サー・トーマスが帰ってみえるとたいへん素晴しいことが為し遂げられる訳ですのね」とメアリーは一時おいてから云った。「ねえ、ホーキンズ・ブラウンがポウプを模倣して書いた『煙草に寄せる詩《うた*》』を憶えています？　――

『祝福を受けし葉よ！　汝が香り高き微風は法学院生《テムプラーズ》には謙虚を、教区牧師には分別を』

これを私なりに捩《もじ》ると、

『祝福を受けし騎士よ！　汝が誇り高き威風は子供達には贅沢を、ラッシワースには分別を施す』

どう、そのとおりではありませんこと？　何から何までサー・トーマスの帰還次第って感じなのね。」

「あの方がお家にいらっしゃるときの様子を御覧になれば、それはもうあの方の影響力がどんなに公正でしかも当を得たものであるかが判ります。今のところみなあまりちゃんとやっているようにも思われないのはあの方がいらっしゃらないせいなのです。サー・トーマスは御屋敷の長に相応しい、それは立派な威厳を具えた方ですから、誰だろうと附け上るような真似なんかさせませんからね。バートラム令夫人が目下、サー・トーマスがお家におられるときよりも無力なように見えるのも、あの方以外にはノリス夫人を抑えられる人がいないからなの。しかし、メアリー、マライア・バートラムがヘンリーに気があるなんて想ったりしては不可ませんよ。ま、ジュリアに気がないことは確かでしょうけれど。そうでなければ昨晩のようにミスター・イェイツとふざけたりなんかしなかったでしょうからね。それにヘンリーとマライアが大いに気が合っているとしても、マライアはサザートンが好きなのだし、浮気心なんか起さないと思いますけどね。」

「もし結婚契約書の署名が済む前にヘンリーが一枚加わったりでもすれば、私としてはミスター・ラッシワースの方にはあまり分がないような気がするな。」

「あなたがそんな風に考えるのなら、何とかしなければなりません。芝居が終り次第ヘンリーに真面目に話をして、本人の気持をはっきりさせましょう。もし本気でないのだったら、いくら可愛いヘンリーでも、暫く他所へ行ってもらうことにします。」

ところで、グラント夫人はそんなことはないと見、家族の者達の多くも気が附かなかったものの、ジュリアは事実悩んでいた。ジュリアはヘンリーを愛していたし、今でも愛している。そこで、熱し易く昂奮し易い気質の持主が、馬鹿げたものではあっても当人には大切な希望を失ったりした場合、とかくひどい仕打を受けたと云う強烈な被害意識を以って耐え忍ぶことになりがちな、あのあらゆる苦しみを味わっていた。ジュリアの心はむしゃくしゃして怒りっぽくなっていたから、慰めとなればどうしても腹立ち紛れの憂さ晴しになりかねない。それまでは気楽な間柄であった姉も今や最大の敵となり、二人して互いに相手を疎《うと》んじ合っていた。ジュリアとしては、なおも続けられる姉に対する心遣いに対しては、最後に痛い目を見ればいいと云う思いを禁じ得ず、また、ミスター・ラッシワースに対してのみならず自らに対しても恥ずべき振舞をしたマライアに対しては、何か罰《ばち》が当ればいいと云う思いを抑えることが出来なかった。興味が同じであるあいだは、大いに仲好くすることを妨げる性質上の大した欠陥も意見の相違もなかったにもかかわらず、このような試練に際してみると、相手に敬意や同情を与えるべく自らを公正に或は慈悲深くするだけの愛情も節操もこの姉妹は持合せていなかった。マライアは自分の勝利を感じ、ジュリアには構わずに自分のしようと思うことをどこまでも続けて行った。一方ジュリアの方は、マライアがヘンリー・クロフォードから特別扱いされているのを目撃するたびに、どうせ何れはミスター・ラッシワースが嫉妬心を起し、最後はみんなが大騒ぎすることになるのだから、と思うのであった。

ファニーはジュリアの気持が分ったので大いに同情していた。しかし二人のあいだには表立った仲間同士の附合いはなかった。ジュリアは何ら気持を打明けなかったし、ファニーも馴馴しい態度はとらなかった。二人はそれぞれに悩んでいた、と云うか、ファニーの意識によってだけ結ばれていた。

二人の兄も、ノリス伯母も、ジュリアの心の動揺に注意せず、その真の原因についても盲目だったのは、みなそれぞれに頭が一杯だったためと思われる。誰もが自分のことですっかり夢中であった。トムはもう芝居のことに余念がなく、芝居に直接関係のないことには一切眼を向けなかった。エドマンドは芝居の役と自分本来の役割のあいだにあって、またミス・クロフォードの立場を思い遣る恋心と自分の行動に出来るだけ一貫性を持たせたいと思う気持に挟まれて、これまたそのほかのことにまでは注意が働かなかった。ノリス夫人はと云うと、一同全員のこまごまとした用事を算段したり管理したり、無駄な作り方をしないようにと種種の衣裳作りを監督したり――尤もこれに対しては誰も感謝しなかったけれども――、目下留守中のサー・トーマスのためとて、誠実にしかも大喜びで、あちこちで半クラウンを節約したりに大童で、とても姪達の振舞を見張ったり、その幸不幸を気遣ったりしている暇がなかったのである。

＊　ホーキンズ・ブラウン（一七〇五―六〇）が六人の詩人それぞれのスタイルを模倣して書いたもの。六人とはシバー、フィリップス、トムソン、ヤング、ポウプ、スウィフト。

第十八章

今や手筈の方はすべてきちんと整い、舞台、男優、女優、衣裳のどれもが順調に捗《はかど》っていた。しかしその後特別にこれと云うほどの障碍が生じた訳でもないのに、ファニーは、何日もしないうちに、それが必ずしも一座の者すべてにとって不断の愉しみでもなければ、最初ファニーにとって殆ど耐え難いほどであった一同の絶えざる意気投合と大喜びもあまり見せつけられなくて済むことに気が附いた。皆がそれぞれに苛立ったり当惑したりし始めたからである。エドマンドも何かと戸惑いを感じていた。エドマンドの意見とはまるで逆に、書割絵師がロンドンから呼ばれ、目下仕事に当っていた。これでは出費は嵩《かさ》むばかりだし、より悪いことに事が大袈裟になる一方である。兄などは、なるべく内輪で済まそうと云う弟の配慮など実際には聞入れるどころか、どこの家族の者だろうと手当り次第に招待状を濫発していた。トム自身書割絵師の仕事ののろいのにやきもきし始め、段段待っているのが苦痛になって来た。トムは自分の役に関しては何もかも――と云うのは彼は執事と兼ねて出来るあらゆる端役を引受けていたから――稽古済みなものだから、もう実際に演りたくて仕方がなかった。ところがこうして毎日何もやることがないものだから、次第に何だか自分の演る役が悉く下らないように思われて来て、しまいには、どうしてもっと別の芝居を選ばなかったのだろう、と後悔すらしかねない有様であった。

ファニーは、いつでも大層思い遣りのある聞手、それも大抵は手近にいる唯一の聞手だったから、大部分の人達から不平やら悩みやらを聞かされる破目になった。ミスター・イェイツが恐しく呶鳴《どな》り立てると皆に思われていることも、ミスター・イェイツがヘンリー・クロフォードに失望していることも、トム・バートラムは早口だから観客には何のことやら分らないだろうと云うことも、グラント夫人が何かと云うと噴き出すものだからすべてがぶちこわしなことも、エドマンドが役の習得に立遅れていることも、ミスター・ラッシワースは台詞のたびに後見《プロムプター》が要るので彼と関わりがあるとみなひどい目に遭うことも、みんなファニーには筒抜けであった。ファニーはまた、気の毒ながらミスター・ラッシワースには一緒に稽古をする相手が殆どいないことも知っていた。彼の不平不満までファニーが聞いたのである。従姉のマライアがミスター・ラッシワースを避けているのがファニーの眼にも明らかなことと、マライアがミスター・クロフォードを相手に第一場の稽古ばかりを不必要に繰返していることから、やがてファニーはミスター・ラッシワースからそのほかにも何かと不満の意を洩らされることになるのではないかとすっかり怯えてしまった。――皆、大いに満足して愉しむどころか、誰もがほかの者に対して無いものを強請《ねだ》るか、不満の種を与えるかしているのであった。誰にとっても台詞が長すぎるか短すぎるかのどちらかであった。誰一人として、自分がやらねばならぬことに意を用いるでもなければ、左右のどちら側から舞台に出て行くかすら憶えていない始末である。ただ不平を洩らす者だけがどうすればいいかを口にするのであった。

ファニー自身はほかの誰よりもその芝居を無邪気に楽しめるものと思っていた。ヘンリー・クロフォードは確かに演技が上手くて、舞台のある部屋にそっと入り込んで、第一幕の稽古に立会うことは、マライアの台詞の幾つかが惹き起す感情を別にすれば、ファニーには愉しみであった。ファニーはマライアも演技が上手い、上手すぎるくらいだと思った。最初の一、二回の稽古が終る頃には、ファニーのほかには二人に立会う者がいなくなるので、ときには後見として、ときには観客として、しばしば大いに有用な存在であった。ファニーの見る限りではミスター・クロフォードがまず一番の役者であった。自信、判断力、趣味、才能のそれぞれでエドマンド、トム、ミスター・イェイツに勝っていた。ファニーは人間としてのミスター・クロフォードは好かなかったけれども、役者としては最も優れていることを認めない訳には行かなかった。この点ではファニーと異る考えを抱く者はあまりいなかった。尤もミスター・イェイツは、無味乾燥で精彩を欠いていると非を鳴らしていたが。――到頭ミスター・ラッシワースが険悪な表情でファニーに次のように打明ける日が来た。「こんなことをやっていて何かいいことがあるなんてあなた思いますか？　僕には絶対にあんな奴を褒めることなんか出来やしない。それにここだけの話だけど、あのちびの、下らない、見苦しい野郎、御本人は大した役者のつもりらしいが、僕に云わせりゃちゃんちゃら可笑《おか》しくって。」

ミスター・ラッシワースはこのときからまたもや以前の嫉妬心に悩まされることになったが、マライアはクロフォードに対する募る思いから、殆どその嫉妬心を取除けてやろうと云う努力をしなかった。ミスター・ラッシワースが例の四十二の台詞を習い憶える機会はますますもって少くなった。まあかなりのところまでは行くだろうと思っていたのは当人の母親だけで、ほかの者達は誰一人としてそんなことは考えてもいなかった。ラッシワース夫人は実際息子の役がもっと重要な役でないのが口惜しくてならなかった。それでももっと皆の稽古が進んで息子の出る場面も悉くその中に含まれるまではなかなかマンスフィールドにやって来ようとしなかった。しかしほかの者達が彼に望んでいたのは、精精台詞のきっかけと最初の一行ぐらいを憶えていて、あとは後見に随いて行ければいいと云う程度であった。気の優しいファニーは見るに見かねて、出来る限りの手助けと協力を惜しまず、憶え易いようにと憶え方に工夫まで凝らしてやったりして、とにかく諳記だけでもさせようと大いに骨を折ったのであるが、結果はファニーがすっかり台詞を憶えただけで、当の本人には何ら大した効果も上らなかった。

何かと居心地のよくない、心配な、気遣わしい思いをしたことは確かであるが、却ってそのこととほかにもいろいろと気忙《きぜわ》しかったことも重って、ファニーが皆の中にあって何もすることのない無用の存在だったり、相手もいなく不安だったりと云うようなことはまるでなかった。何もしないでいるとすぐに手を貸してくれと声が掛るか、さもなくば決って苦情の聞役をさせられたからである。憂鬱なことになるかも知れないと云う当初の予想は杞憂であることが判った。ファニーはときとしてすべての者にとって有用な存在であり、おそらくほかの誰よりも気持が落着いていたのではないかと思う。

更に片附けてしまわなければならない針仕事も沢山あって、これにもファニーの手が要った。ノリス夫人がファニーのことをほかの者達に劣らずまったく運が好いったらありゃしないと考えていたことは、夫人がファニーの手助けを要求するときの態度で明らかであった。「さあ、ファニー」と夫人は叫んだ。「あんた、愉しそうで結構なことね。だけどそうあっちの部屋へ行ったり、こっちの部屋へ行ったり、のほほんと見物ばかりしていないで、少しはここにいて頂戴。私なんか何とかもうこれ以上は註文せずにここにあるだけの繻子でラッシワースさんの外套を拵え上げようとそれこそ奴隷のようになって働いているんですからね。もういい加減うんざりです。あんた、これを縫合せるのに手を貸してくれるでしょうね。縫合せ箇所は三つしかありませんから、あんたならすぐに出来ます。——私もね、指図するだけの役を演ればいいんだったら、ほんと有難いよ。云っときますけどね、あんたなんか一番運が好いんですよ。だけどみんながあんたと同じようなことをしていた日には、いつまで経っても事は片附きませんからね。」

ファニーは何の弁解もしようとせずに黙って針仕事に取掛った。しかしより親切なバートラム伯母がファニーに代って口を利いてくれた。

「ファニーが喜んでいたとしても不思議はありませんわ、姉さん。ファニーにとっては目新しいことばっかりなんですもの。——姉さんも私も昔は芝居が好きだったわね。尤も私は今でも好きですけど。もう少し手が空き次第、私もみんなの稽古を覗いて来るつもりよ。演物は何でしたっけ、ファニー、まだ何にも話してくれていなかったわね？」

「まあ、まあ、あなた、お願いですから今話し掛けないで下さいな。この娘は話と仕事が同時に出来るような娘ではないんだから。——演物は『恋人達の誓い』とか云うんですよ。」

「多分」とファニーはバートラム伯母に云った、「明日の晩は三幕全部の稽古がある筈ですから、そのときでしたら一度に全部の役者が御覧になれますわ。」

「垂幕が掛るまで待っていた方がいいわよ」とノリス夫人が口を挿んだ。「一日か二日で掛りますからね。垂幕のない芝居なんて何の意味もありゃしないもの。——それはもう、垂幕が引上げられて行って見事な花綱になるさまが見られるのは確かなんだから。」

バートラム令夫人はすっかり観念して待つことに決めたらしかった。しかしファニーとしては伯母と一緒になって自若《じじやく》としている訳には行かなくて、頭は明日のことで一杯であった。と云うのは、もし三幕全部の稽古が行われることになれば、当然エドマンドとミス・クロフォードの最初の共演がなされることになるからである。ファニーは第三幕の、二人が登場する場面に殊のほか興味を寄せていたが、それを二人がどう云う風に演るか、観たくて仕方がない一方、観ることを恐れてもいた。そこの主題は愛であって、紳士が愛ゆえの結婚を述べ立てれば、淑女が愛の告白に近いことを口にすると云う筋立てであった。

ファニーは幾多の苦しみと驚きの感動を以って何度もその場面を読返していたこともあって、

それをめぐる二人の共演が単に面白いと云うだけでは済まないものになるだろうと云う期待を抱いていた。二人はまだ、内内ですら、そこのところの稽古はしていないだろう、とファニーは思っていた。

翌日になって、夕方のための準備が続けられていても、ファニーのそのことに関する思いは一向に静まらなかった。ファニーは伯母の指図に従っておとなしく針仕事に精を出していたが、その精励と沈黙がほかの心配事に気を奪われているファニーの心をうまい具合に包み隠していた。正午頃ファニーは誰とも関わりを持たなくて済むように仕事を持ったまま東の間に逃出すことにした。と云うのは、ちょうどそのときミスター・クロフォードがまたもや全然その必要のない第一幕の稽古をやろうなどと云い出していたからで、これはさっさと一人になって、ミスター・ラッシワースの眼を避ける方が望ましいと判断したからである。玄関広間を通り抜けながら、牧師館の方から婦人が二人やって来るのを見掛けたが、退却したい気持は変らなかった。そうしてファニーは東の間で誰からも邪魔されずに針仕事をしながら考えごとをしていたが、十五分もすると、扉をそっと敲《たた》く音がして、ミス・クロフォードが入って来た。

「よろしいかしら？　――まあ、ここが例の東の間なのね。プライスさん、御免なさいね、私あなたにどうしても手を貸して頂きたくてやって来ましたの。」

ファニーは不意のことで吃驚したが、それでも何かと鄭重にその部屋のあるじとしての振舞に力め、空っぽの煖炉で徒《いたず》らに光っている火格子を心配そうに眺めた。

「有難う。寒さなら大丈夫よ、全然寒くないわ。私、暫くここで、あなたに第三幕のところを聞いてもらいたいのだけれど、よろしいかしら。本なら持って来たのよ。ただちょっと稽古の相手をして下さればいいの、ほんと、感謝するわ。今日はエドマンドと稽古するつもりで来たのだけれど——二人だけでね——夕方に備えて——でもあの人の姿が見当らないの。尤もあの人がいたとしても、何となく硬くなっちゃって、とてもあの人を相手に最後まで無事に出来そうもないような気もするの。だって、一言か二言ばかりどうしても平然とは口に出来ないような——ねえ、どう、よろしいかしら？」

ファニーは大層鄭重に承諾した。尤もすっかり落着き払った口調でと云う訳には行かなかったが。

「私が演る予定の役、御覧になったことがあって？」とミス・クロフォードは自分の持って来た本を開きながら云った。「ほら、これなの。最初は大して考えてもいなかったのだけれど——ところがどうでしょう。どう、御覧になって、この台詞、それからこれも、これも。どうしてあの人に面と向ってこんなことが云えましょう？　あなたならお出来になる？　尤もあなたの場合は従妹なのだから、事情がまったく違うわね。それでは稽古の相手、お願いね、あなたをあの人と見做して、少しずつでも何とかやれるようになるわ。あなた、ときどき、どことなくあの人に似ていらっしゃることがある。」

「そうですか？　——私、喜んで努力致しますけど、でもその役のところは読むので許して頂かないと——だって殆ど憶えておりませんし、喋ると云う訳にはとても——」

「一言だって無理よね、それはそうだわ。勿論、本を持っていて頂いて結構よ。それで、と、あなたが舞台の前方に運ぶ椅子が二つないと不可ないわね。ああ、あそこにちょうど教室用の椅子があるわ、あまり舞台向きではないようだけれど。それよりも、ほんと、ちっちゃな女の子が坐って学課の勉強をしながら足を蹴ったりするのにぴったりね。これらの椅子がこう云う目的のために使われているのを見たら、あなた方の先生や伯父様は何と仰有るかしら？　もしサー・トーマスがたった今帰って来て私達のやっていることを見たりでもしたら、それこそ吃驚仰天なさることでしょうね。家中で芝居の稽古をしているんですもの。ミスター・イェイツは食堂で大声を張上げているし――階段を上って来ながらやっているのが聞えたわ――、舞台の方は勿論アガサとフレデリックの独占、よくもまああんなに稽古ばかりしていて疲れないかと思うぐらいよ。あれで見事に出来なければ、それこそ驚きだわ。ときに私、つい四、五分前だけれど、あの人達の稽古を覗いて来たの。そうしたらたまたまちょうど二人が何とか抱擁しまいと力める場面の一つだったわ。ミスター・ラッシワースが一緒だったのだけど、何だか顔附の様子が少し可怪《おか》しくなり掛けたような気がしたの。それで私、何とか出来るだけあの人の気持を紛らせてあげようと思って低声で話し掛けたの、『私達素晴しいアガサが見られるわね。彼女の物腰にはどことなく母親を想わせる優しさがあるわ。声と云い、表情と云い、ほんと、いかにも母親らしい』って。私としては上出来ではなくって？　あの人、たちどころに顔を輝かせたもの。さて、それはそうと、自分の独白を始めなくては。」

ミス・クロフォードは始めた。ファニーは大層慎み深い気持で相手になったが、それには自分はエドマンドの代りを務めるのだと云う考えが多分に作用したものと思われる。しかし表情と云い声と云いあまりにも女らしく出来ているので、大して男らしく見えると云う訳には行かなかった。ところがそう云うアンハルトにミス・クロフォードの方は却って力を得た。その場の半分ほども進んだ頃、扉を敲く音が聞えたので、二人は一旦中止した。ところが次の瞬間エドマンドが現れたものだから、あとの一切が跡切れてしまった。

この思い掛けない鉢合せに、三人とも驚いたような、極りの悪いような、それでいて嬉しいような様子であった。況してやエドマンドもミス・クロフォードと同じ用件でやって来たと云うのであるから、当の二人の極りの悪い気持と嬉しいような気持とはとても瞬間的には治まりそうもなかった。エドマンドもまた、ミス・クロフォードが家に来ているとは知らずに、本を手に、夕方の準備のために稽古の相手をしてもらおうとファニーを捜し廻っていたのである。それがこんな具合にミス・クロフォードとも一緒になれて、計画案を較べ合ったり、口を揃えてファニーの親切な手助けを称えたりも出来るのであるから、喜びも活気もまたひとしおであった。

しかしファニーは二人ほど熱心にはなれなかった。二人の熱意のために却って気持の上で沈んでしまった。そのうちに自分が二人にとってはいてもいなくてもいいような存在に思われて来て、二人のそれぞれから相手を求められたことも大した心の慰めにはならなかった。こうなったからには二人は一緒に稽古しなければならない。エドマンドはそのことを提案し、促し、懇願した。それでミス・クロフォードも、もともとその気がない訳ではなかったから、最後まで断り通すことは出来なかった。——そこでファニーには後見役をしながらよく観ていてもらいたいと云うことになった。ファニーは審査員と批評家の役目を与えられ、その立場から二人の欠点をどんどん指摘するよう熱心に求められたが、ファニーの気持はそう云うことからは尻込みするばかりで、とてもそんなことを試みる能力も、意志も、勇気もなかった。仮に他の面では批評するだけの資格があったにせよ、演技に駄目を出すことなど、良心の手前、とても出来ることではなかった。ファニーは、二人の共演そのものに反対の気持が強すぎる自分には、箇箇の演技を公正に或は無難にとやかく云うことは出来ないと云う気持であった。後見役を果すだけで精一杯であった。それですらときには手に余ったのである。と云うのは、始終本にばかり注意を向けている訳には行かなかったからである。ファニーは二人を見ているうちにいつの間にやら我を忘れてしまうことがあり、一度などエドマンドの態度が段段熱を帯びて来たことにすっかり心が動揺して、ちょうど彼が助けを必要としたときに本を閉じて顔を背けてしまった。尤もこれはファニーが疲れたからだと受取られ、疲れるのも尤もなことだと云うことで、却って感謝され、同情された。しかしファニーは、ファニー自ら察してもらいたいと思っていた以上に、同情されて然るべきであった。やっとのことで予定の場面が終ると、二人は互いに讃辞を交したりしている。そうなると、ファニーとしても賞讃の言葉を附加えない訳には行かなかった。再び一人になって、ゆっくりと全体を振返ることが出来るようになってみると、ファニーは、二人の演技が実際あまりにも自然で感情が籠っていたことから二人が面目を施すことは間違いないと思う反面、それを見るのは自分にとって辛いことだと云う気もして来た。しかしその効果がいかなるものであれ、ファニーはほかならぬその日のうちに否《いや》でももう一度二人の演技に立会わなければならなかった。

夕方に最初の三幕を通して初の正式の試演が行われることはもはや間違いのないところであった。グラント夫人とクロフォード兄妹は夕食が済み次第出来るだけすぐにその目的のために戻って来る約束であった。出場予定の者は一人残らず夕方になるのを頸《くび》を長くして待っていた。全体に陽気な気分が漲《みなぎ》っていると云うのがこのときの感じであった。トムはこうして計画が目標に近附いて行くのが嬉しくて仕方がなかったし、エドマンドは昼間の稽古の結果にすっかり気をよくしていた。こまごまとした不安や悩みなど到るところで払拭された感じで、全員とも用意おさおさ怠りなく、もはや待切れない様子であった。まず女達が腰を上げるや、男どももすぐに随き従い、バートラム令夫人とノリス夫人とジュリアを除いた全員が早早に舞台の間に集った。そうして、舞台はまだ完成してはいなかったものの、可能な箇所はすっかり照明を施して、あとはグラント夫人とクロフォード兄妹が現れるのを待つばかりであった。

クロフォード兄妹は程なく現れたが、グラント夫人の姿が見えなかった。夫人は来られないのであった。グラント博士が不快を訴えて、細君を手許から離すことが出来なくなったからである。尤もミス・クロフォードは、話ぶりから察するに、義兄の病気をあまり信用してはいない風であった。

「グラント博士が病気なの」とミス・クロフォードはわざと真面目くさったような云い方をした。「ずっと具合が悪いの。今日の雉子料理には全然手を出さなかったわ。何だか硬そうだと云って、皿ごと押遣ってしまって——そしてそれ以来ずっと苦しそうなの。」

いやはや何とも無念なことであった！　グラント夫人が出られないと云うのは実に大きな痛手であった。夫人の愉快な物腰と快く皆の云うことを肯《き》いてくれる態度は夫人をいつも皆の中にあって貴重な存在にしていた――しかし今こそ夫人の存在が絶対に必要なのであった。夫人がいなくては演技も、当の試演も決して満足には出来ない。その晩の愉しみはすっかりおじゃんであった。何とすべきであるか？　農夫役のトムは絶望に陥っていた。暫しの当惑ののち、やがて幾つかの眼がファニーの方へ向けられ始め、「ミス・プライスがその役のところを読んでくれると有難いのだけれど」と云うような声まで一、二聞え始めた。ファニーはたちどころに嘆願の声に取囲まれた。誰もが懇願した。エドマンドまでが「どうしても嫌だと云うのでなかったら、やりなよ、ファニー」と云うのであった。

それでもなおファニーは尻込みした。考えただけでも堪らなかった。ミス・クロフォードに頼ることだって出来る筈だ。なぜ自分は安全無事な自分の部屋に引退っていないで、試演の場所へなんかのこのこ出て来てしまったのか？　ここへ来れば気になって苛苛し、苦しい思いをすることも、引退っているのが自分の務めであることも判っていた筈だ。天罰覿面《てきめん》だ。

「ただその役のところを読んでくれるだけでいいんだ」とヘンリー・クロフォードが新たに懇願した。

「あら、ファニーは全部諳《そら》で云えるわよ」とマライアが附加えた。「だってこのあいだなんかグラント夫人の誤りを二十箇所も直してあげられたんだもの。ファニー、あなたはその役のことなら判らないことはない筈よ。」

ファニーとしてもそれを否定することは出来なかった。そこで全員が辛抱強く頼みつづけ、エドマンドも自分の願いを繰返すので――それもいかにもファニーの善意が頼みの綱と云わんばかりの顔附で繰返すので――、到頭ファニーも折れない訳には行かなくなって、それでは出来るだけのことは致しましょうと云うことになった。皆は満足して、開始の作業に取掛ったが、その間ファニーはと云えばただ体を慄わせて、心臓をどきどきさせているばかりであった。

一同は試演を開始した。そうしてすっかり自分達の騒ぎに紛れてしまって、そのとき屋敷の別の所で生じていた啻《ただ》ならぬ騒ぎには誰一人気が附かず、みな芝居を進めることに忙しかった。そのときである、部屋の扉が開け放たれたかと思うと、真蒼な顔をしたジュリアが現れて、叫んだ。「お父様が帰っていらっしゃったのよ！　たった今、玄関広間にいらっしゃってよ。」

――第一巻了――

第二巻

第一章

このときの一同の驚きようたるやとても筆舌に尽せるものではなかった。大部分の者にとってはそれこそこの上ない恐怖の瞬間であった。サー・トーマスが屋敷に帰って来ている！　みなたちどころに事態を納得した様子であった。誰かの悪戯《いたずら》だろうとか何かの間違いだろうと云うような密かな頼みの気配はどこにもなかった。ジュリアの顔附を見れば事態が異論の余地のないものであることは実に明白であった。最初の驚きと叫びが治まると、一分足らずのあいだ誰一人として一言も発しなかった。誰もが表情を一変させて、ほかの者の様子を窺っていた。大抵の者は、まったくもって有難くない、折の悪い、恐しい打撃だと云う気持であった。ミスター・イェイツは折角《せっかく》の晩に忌忌しい邪魔が入ったものだぐらいにしか考えていなかったかも知れない。またミスター・ラッシワースはこれこそ天の恵みと想っていたかも知れない。しかしそれ以外の者はみな、何がしかの自責の念と云いようのない不安に沈み、「どうなるのだろう？　どうすればいいのだろう？」と云う思いを無言のうちに表していた。恐しい一時であった。扉を開閉する音と部屋を通り抜ける跫音《あしおと》が確かに聞こえて来て、全員縮み上らんばかりの思いで耳を欹《そばだ》てていた。

ジュリアがまず最初に身体を動かし、沈黙を破った。咄嗟《とっさ》の仲間意識から嫉妬も苦しい気持も一時中断され、利己的な感情もどこかに消失せていたのであったが、ジュリアが現れた瞬間はちょうどフレデリックが献身的な面持でアガサの話に聴入り、相手の手を自分の胸に押附けているところであった。ジュリアはこれに眼を留めたが、自分の言葉の衝撃にもかかわらずミスター・クロフォードがなおもその位置を変えず、姉の手を取ったままなのを見るや、またもや心の痛手に激しい疼《うず》きを覚え始め、蒼白だった顔面を真赧《まっか》にして、「私は別にお父様の前に出るのを怖がる必要はないんだわ」と云い置くと、一人部屋から出て行った。

ジュリアの出て行ったことがほかの者達にも幾分気を取直させることになった。兄弟は、ともに何とかする必要ありと感じたらしく、同時に足を踏出した。二人はほんの一言か二言交すだけで充分であった。事態は意見の相違に頓着している余裕など与えなかった。直ちに客間へ行かなければならない。マライアも同じ気持で二人に加わったが、このときばかりは三人の中で一番断乎《だんこ》としていた。と云うのは、ジュリアを追出すことになった当の事情がマライアにとっては何とも快い心の支えになっていたからである。このような瞬間に、このような特別の試練を要する重大な瞬間に、ヘンリー・クロフォードが自分の手を離さないでいてくれたと云うことは、長いあいだ心を悩ませただけの甲斐があった訳で、まことに心強い限りであった。マライアはこれを相手の真剣な決意の証拠と歓んで受止めていたから、父の前へだろうとどこへだろうと堂堂と出て行けると云う気持であった。三人は、ミスター・ラッシワースが「僕も行こうか？　――僕も行った方がよくはないだろうか？　――僕も行く方がいいのではないのかい？」と再三にわたって問掛けるのを一切無視して、出て行った。しかし三人が扉口《とぐち》を出るとすぐに、ヘンリー・クロフォードが代ってその心配そうな問掛けに答えてやり、是非とも遅くならないうちにサー・トーマスに敬意を表しに行くようにと勧めたものだから、ミスター・ラッシワースは喜び勇んで三人のあとを追って行った。

ファニーはクロフォード兄妹及びミスター・イェイツとともにあとに残った。従兄姉達からはすっかり無視された形であったが、ファニー自身は、サー・トーマスの愛情に対する自分の立場をひどく控目に考えていて、自分も従兄姉達も同類だとは決して考えていなかったから、却ってあとに残って一息吐《つ》ける時間の得られたことが有難かった。たとい我が身が潔白でも苦しまないでは済まない性分だったこともあって、このときのファニーの動揺と驚愕はほかの者達の蒙った驚きを遥かに超えていた。一方では以前伯父に対して抱いていた畏怖の念がすっかり甦って来るし、他方伯父の前で事実が明らかにされると思うと伯父と従兄姉達のそれぞれに同情の念も湧いて来る――エドマンドの弁明が上手く行かないだろうことも気に懸る――そんなこんなでファニーは今にも気を失わんばかりであった。近くに椅子を見附けて腰を下したものの、ただもう体を慄わせる一方で、ひたすらこれらの恐しい思いに堪えていた。一方他の三人はと云えば、もはや何らの気兼ねもないらしく、思いも掛けぬ早早の帰宅によって惹き起された面倒を嘆いたり、無慈悲にも、サー・トーマスの船旅の日数が倍掛ればよかったのにとか、サー・トーマスはまだアンティグアにいればよかったのになどと口走っては、自分達の腹立しい思いをぶちまけていた。

　クロフォード兄妹の方がミスター・イェイツよりも忌忌しく思う気持が強かった。兄妹の方が一家の事情にも精しく、引続き面白くない事態が起るに決っていることがはっきり判っていたからである。二人の眼にはこれで芝居がおじゃんなことは確実であった。もう一時もすれば必ずや計画自体がすっかり駄目になるだろうと思われた。ところがミスター・イェイツの方は、ほんの一時的な中断、今宵の災難の一つぐらいにしか考えていなかったから、お茶が済んで、サー・トーマスの帰還を迎える騒ぎが一段落し、サー・トーマス自身にゆっくりと芝居を愉しむ余裕が出来れば、改めて試演をやるのは可能だと云うのであった。クロフォード兄妹はこの考えを笑って受流し、それから自分達は家族の邪魔をせずにこのままそっと帰った方がいいだろうと云うことに意見が一致すると、ミスター・イェイツにも一緒に来て、今夜は牧師館で過すようにと提案した。しかし、親の権利だとか家族水入らずと云うようなものを重んずる人達と暮したことのないミスター・イェイツにはなぜそんなことをする必要があるのか理解出来なくて、申出に対しては礼を述べたものの、こう云った。「この家の主人が帰って来た以上、きちんと敬意を表するためにも僕としてはここに残っていたいけどな。それに、誰も彼も一人残らず逃げちゃったってことになると、ほかの者達に対しても顔向けが出来なくなるだろうと思うんだ。」

　このやりとりが落着く頃には、ファニーもどうやら気を取直し掛けていて、これ以上ここにいたのでは失礼なことになるかも知れないと云う気がして来た。それでクロフォード兄妹から詫言《わびごと》を託されると、兄妹はまだ帰る用意をしているところであったが、伯父の前に姿を現すと云う恐しい義務を果すためにその部屋を出た。

ファニーはあんまり急いで客間の入口まで来てしまったので、一旦そこで立止った。未だ曾て勇気を持って扉の外に立ったことなど一度もないファニーは、待っても勇気は湧いて来ないと判ったので、一瞬ののち幾分自棄《やけ》気味に把手《とって》を回した。すると次の瞬間、客間の明りと一箇所に集った一家全員の姿がファニーの眼の前にあった。ファニーが入って行くと、ちょうど自分の名前が口にされているところであった。そのときサー・トーマスはあたりを見廻しながら、「でもファニーがいないではないか？　――どうしてファニーの姿が見えないんだ？」と云っていたが、当のファニーを認めるや、ファニー自身が驚きかつ感動したほどの優しさを見せて近附き、「これはこれは、ファニー」と云うなり、いかにも愛情の籠った接吻を与え、嬉しくて仕方がないと云う様子で「いやあ、大きくなったね」と云った。ファニーは、自分の気持をどうすればいいのか、どこに眼を向けたらいいのか、判らなかった。すっかり圧倒されてしまったのである。サー・トーマスがファニーに対して優しくするなんて、しかもこれほどまでに優しくするなんて未だ曾てないことであった。何だかまるで様子が変ったように思われる。喜びの余り昂奮していて大層早口だし、以前厳めしくも畏《おそろ》しかったものが悉《ことごと》く優しさのうちに失われてしまったような気がする。サー・トーマスはファニーをもっと明るい方へ連れて行くと改めて打眺め、特に健康の具合を訊ねたが、この点についてはファニーの顔色自体が雄弁に物語っていると見て取ると、前言を取消して、訊ねるまでもなかったね、と云った。ファニーの先刻蒼白だった顔色も今ではほんのりと赧みを帯びていたものだから、サー・トーマスが、ファニーは丈夫になっただけでなく、一段と綺麗になった、と確信したとしても無理からぬことであった。サー・トーマスは次にファニーの家族のこと、特にウィリアムの安否を訊ねた。これほどまでに親切にされては、ファニーとしても、伯父のことをさほど愛しもせず、伯父の帰還を不運なことだったなどと考えていた自分を後《うしろ》めたく思わない訳には行かなかった。そこで勇気を出すと伏せていた顔を上げて伯父を窺ったが、伯父が以前よりも痩せて、顔なども熱帯気候と苦労とが重ったせいか日焼けして疲れ切った様子なのが判ると、ファニーの心は次第に優しい気持で一杯になった。そしてそんな伯父がおそらくは想像もつかないほどの剣幕で今にも怒り出すのだと思うと、惨めな気持になった。

サー・トーマスはやはり一家の大黒柱であった。皆も今や彼の勧めに従っておとなしく煖炉のまわりに腰を下していた。この際当然話をする一番の権利はサー・トーマスにある。それにサー・トーマス自身、かくも長きにわたる留守ののちに再び我家に、それも家族全員の真只中に帰って来られたことに対する喜びと感激の余り、いつになく打解けて、饒舌になっていた。そうして船旅について逐一報告するかと思うと、息子達の質問に対してもまだ質問が終らないうちからさっさと引取って答えるのであった。アンティグアでの仕事は帰り間際に近附くにつれて急速に上手く行ったこと、定期船を待たずに運好くリヴァプール行きの私船に乗込むことが出来て、リヴァプールからまっすぐに帰って来たこと、或は仕事の成行きやらいろいろな出来事に関するありとあらゆる細かな経緯、入港や出帆のときの模様などがたちどころに伝えられた。これらの話をしながらもサー・トーマスは令夫人の隣に坐って、満足この上ないと云う様子でまわりの者達の顔を眺め廻していた。そうしてこの間一度ならず話を中断しては、実際突然の帰宅だったのに皆が家にいてくれて自分としては実に幸せだ、全員揃っていてくれればいいがと願ってはいたが、とても当てにはしていなかったからな、などと云うのであった。ミスター・ラッシワースも忘れられてはいなかった。既に友好的な歓迎を受け、熱の籠った握手も交していて、今やマンスフィールドとは親密な関係にある一人として応対されていることは明らかであった。ミスター・ラッシワースの外観には何ら不愉快なところはなくて、サー・トーマスは既に彼が気に入っていた。

一座の中ではバートラム令夫人が他の誰にも増して心底から純粋に喜んで夫の話に耳を傾けていた。夫人は夫の姿を認めたとき、実際この上なく幸せであった。夫の突然の帰宅に感情は昂《たか》ぶり、過去二十年間にもなかったほどの心の動揺を経験した。夫人は最初の数分間珍しく取乱す一歩手前のところまで行ったが、それでも見るからに潑溂《はつらつ》たる様子で、手仕事を片附け、狆を傍から押遣ると、心遣いのすべてと自分の坐っているソファの残りのすべてを夫に提供したのである。令夫人の場合、誰かが何かを云い出して自分の喜びを曇らせるかも知れないと心配しなければならないようなことは何もなかった。サー・トーマスが留守のあいだの夫人の暮しぶりには何ら非難されるべき余地はなくて、敷物を編む仕事だって沢山したし、房飾りだって何ヤールも拵えていたからである。夫人はもし問われれば、若者達の振舞や行動についても、自分の場合と同様に間違いのない有益なものであったことを何の蟠《わだかま》りもなく保証したことであろう。こうして再び夫の姿を眼の前にし、夫の話を聞き、夫の話で耳を慰め頭を一杯にすることは、夫人にとって何とも愉快なことであった。そのせいか、夫の帰って来た今になって殊さらに、夫がいなくて自分はどんなにひどく淋しい思いをしたか、夫の長い不在に耐えるのが自分にはいかに難しかったか、と云うような気がし始めたのである。

ノリス夫人はと云えば、その幸せの度合は妹の場合とはまったく較べものにならなかった。とは云え、目下の屋敷の有様が知れ渡りでもすれば当然蒙ることになるであろうサー・トーマスの非難を恐れる気持は夫人にはなかった。それと云うのも夫人の判断力が曇っていたからで、サー・トーマスが入って来たときも、本能的な警戒心からミスター・ラッシワースの桃色繻子の外套こそ片附けたものの、殆ど驚きの色を見せたとは云えなかった。ただ夫人としてはサー・トーマスの帰還ぶりに当惑していた。そこには夫人の為すべきことが何もなかったからである。夫人が使いの者に部屋から呼出され、誰よりも先にサー・トーマスを出迎え、その嬉しい報せを屋敷中に知らせて廻る替りに、サー・トーマスの方で、少しぐらい驚かせても大丈夫な筈だと云う妻と子供達の神経に対する至極正当なる信頼から、執事だけを呼んで密かに帰宅を告げると、執事のあとからほぼ同時に客間に入って来たのである。ノリス夫人としては、サー・トーマスの帰還とか死亡とか、何か新たな事態が生じたりした場合の自分の役割としてずっと当てにしていたものを詐取《さしゅ》されたような気持であった。それで、今、何らそわそわする必要もないのにそわそわしてみたり、ただ静かに黙っていてもらいたいのに頻りと勿体ぶって御節介を焼こうとしたりするのであった。もしサー・トーマスが食事をとることに同意でもしようものなら、ノリス夫人のことだから、早速家政婦の所へ出向いて行って厄介な指図を与え、下男達に対しても威張った調子であれこれと急用を云い附けたことであろう。しかしサー・トーマスは食事は一切要らないときっぱり断った。お茶が来るまでは何も欲しくない、それよりお茶の来るのを待っていたい、と云ったのである。それでもなおノリス夫人はときどき何やかやと食べるものを勧めて止まず、折角サー・トーマスが、英国へ還って来る途中フランスの私掠船*に対する警戒心が最高潮に達したときの興味津津たる話をしていると云うのに、話の終るのも待たずにスープを勧めに掛ったりするのであった。「ねえ、サー・トーマス、お茶よりもスープを一杯召上った方がようございますわ。スープを召上りなさいな。」

　それでもサー・トーマスは別段腹も立てなかった。「皆の安楽のために気を遣わずにはいられない御性分は、相変らずですね、ノリスさん」とサー・トーマスは答えた。「でも本当にお茶だけしか欲しくないんだ。」

「それでは、バートラム令夫人、あなたから直接お茶を催促したらどうかしら。バドリーに少し急ぐよう云い附けた方がいいわ。何だか今晩はいやにぐずぐずしているわね。」ノリス夫人は一貫してこの点を主張した。その間もサー・トーマスの話は続いた。

　やっと一息吐いた。どうやら、すぐにも話して聞かせたいと思っていた話の種は尽きたらしく、今やいかにも満足し切った様子で愛する一同を一人一人眺め廻していた。しかしそういつまでも話が跡切れたままではなかった。今度は気持の昂ぶっているバートラム令夫人がお喋りになった。ところで令夫人の次のような言葉を聞いたときの子供達の心持たるやいかばかりであったろう。「どうお思いになります、サー・トーマス、若い人達はこのところずっと楽しい思いをしていたんですのよ。みんなしてお芝居をしていましたの。それこそもう全員大張切りでしてね。」

「これはこれは！　一体何を演っていたのかね？」

「あら、詳しいことは子供達が話しますわ。」

「詳しいったって、大したことじゃないんです」とトムが急いで、平気を装って云った。「でも今そんなことを話して父さんを退屈させても仕方がありませんから、明日ゆっくりお話しします。ただこの一週間、何かやって母さんを喜ばせてあげようと云うことで、ほんのちょっとしたものを数場面演ってみようとしていただけのことなんです。十月に入ってからと云うもの殆ど雨続きで、何日間もぶっ続けに家の中に閉込められていたものだから。僕自身三日以来殆ど銃を持出していないんです。最初の三日間はまああの猟でしたが、それ以降は何をやろうにも出来なくて。最初の日は僕がマンスフィールドの森まで、エドマンドはイーストンの先の雑木林まで出掛けたんですが、二人して六羽ずつ持帰りました。その気にさえなればそれぞれその六倍は撃ち落せたでしょうけれど、僕達だって父さんの雉子《きじ》は大切にしていますからね、それはもう、父さんの望みどおりです。以前よりも森に棲む雉子の数が減ったなどとは決してお思いにならないだろうと思います。僕が見る限り、今年ほどマンスフィールドの森に雉子が豊富なことは未だ曾てなかったことです。近いうちに是非一日父さん御自身、猟に出て御覧になったらいいと思います。」

さしあたり危険が去ったので、ファニーの滅入りがちな気持も幾分落着きを取戻した。しかしそのすぐあとにお茶が運ばれて来て、サー・トーマスが立上り、懐しい自分の部屋をちょっとでも覗いて来ないことにはとてもこれ以上このままじっとしてはいられない、と云ったとき、またもや心が動揺し始めた。そこへ行けば当然目撃するに決っている変化に対してサー・トーマスに心の準備をさせる言葉が誰からも何一つ発せられないうちに、サー・トーマスは部屋を出て行ってしまった。サー・トーマスの姿が見えなくなるや、不安の一瞬がそれに続いた。エドマンドが最初に口を開いた。

「何とかしなくては。」

「あの人達のことも考えないと不可《いけ》ないわ」と、まだ自分の手がヘンリー・クロフォードの胸に押附けられているような気持で、その他のことは何ら気にも懸けずに、マライアが云った。

「ミス・クロフォードをどこへ置いて来たの、ファニー？」

ファニーは兄妹が帰ったことを告げ、二人の言伝てを伝えた。

「それじゃあ可哀そうにイェイツは独りぼっちなんだ」とトムが叫んだ。「僕が行って連れて来よう。事が明らかになっても、あの男がいれば何らかの助けになるだろう。」

トムは舞台のある部屋へ向い、父と友が初めて出会う場面を目撃するのにちょうど間に合った。サー・トーマスは、見れば自分の部屋に蠟燭が燃えているので大層驚いていた。あたりを見廻すと、どうやら最近誰かが出入りしたらしい徴候がそのほかにも見られ、家具の位置なども大概は乱れていた。撞球室に通じる扉の前から本箱が移されていることが殊のほかサー・トーマスを吃驚《びっくり》させた。しかしこれらのことに驚いている暇もないうちに今度は撞球室の方から物音が聞えて来たものだから、サー・トーマスはそちらの方により一層吃驚してしまった。そこでは誰かが大きな声で話をしているのである――サー・トーマスには聞憶えのない声である――話していると云うよりも殆ど叫んでいた。サー・トーマスは、瞬間、廻り道をせずに直ちに撞球室へ入って行けるのを喜んで、扉の方へ向った。ところが扉を開くや、次の瞬間、自分が舞台の上に立って、何やら喚《わめ》いている若者と向い合っていることに気が附いた。若者はと云うと今にもサー・トーマスを仰向けに突倒さんばかりの様子である。トム・バートラムは、イェイツがサー・トーマスを認め、おそらくはこれまでのどの稽古のときにも増してものの見事に相手を吃驚させたちょうどそのとき、部屋の反対側から入って来た。トムとしてもこのときほど平静を装うのが困難だったことは未だ曾てなかった。生れて初めてしかもこんな風に舞台に立たされたことによる厳粛と驚愕の入混った父親の表情と、サー・トーマスに対して御辞儀と詫言を繰返しながら、次第に熱烈なヴィルデンハイム男爵から人の好い、気さくなミスター・イェイツに変身して行くさまとは、それこそ見ものであった。あまりの真に迫った名演技に、この傑作な一場面はどんなことがあっても忘れることは出来ないだろうとトムには思われた。おそらくはこれがこの舞台最後の場面になるだろう。しかしこれ以上に見事な場面はまずあり得なかった。これでこの舞台も大喝采のうちに幕と云う訳であった。

しかしそんなことを考えて面白がっている余裕は殆どなかった。トムとしては舞台の方へ歩み寄って、イェイツ紹介の労をとらねばならない。それで何かと具合の悪い思いをしながらも、出来るだけのことはした。サー・トーマスは、いかにもサー・トーマスの人柄に相応《ふさわ》しい鄭重な態度でミスター・イェイツを迎えはしたものの、実のところ、ミスター・イェイツと知合いにならねばならぬことを、こんな具合に知合いになったことと同様、決して喜んではいなかった。ミスター・イェイツの家族や親類についてはサー・トーマスも或る程度のことは知っていたから、息子が「特別の親友なんだ」と云って紹介するこの男が、父親として殊《こと》に歓迎したくない息子の無数の「特別の親友」の同類であることは、容易に見分けがついた。もしこのとき無事に帰宅出来たことの喜びとそのための寛容な気持とがなかったならば、自分の家でこんな風にまごつかされたり、舞台などと云う馬鹿げたものの真中で滑稽な見せ物を演じさせられたり、挙句の果てにはその忌忌しいときに、知合いになどなりたくもない若者と知合いにさせられたりとあっては、さしものサー・トーマスとても怒り出さずにはいられなかったことであろう。事実、最初の五分間のミスター・イェイツの気安い無頓着と饒舌を見ていると、この方がサー・トーマスよりも遥かに我家で寛《くつろ》いでいると云う感じであった。

トムには父の胸中が解った。それで、これからも常に父が胸中のごく一部しか口に出さない気になってくれればいいのだがと心から願っていたが、やがて、何やら立腹の種のあるらしいことが——父がその部屋の天井や化粧漆喰にちらりと視線を向けたことには何やら仔細のあるらしいことが判り始め、遂に、球撞き台はどうしたのかと穏やかながらも気難しそうな様子で訊ねたときには、父が気紛れな好奇心から訊いているのではないことが、それまでになくはっきりと判った。このような意に満たない気持は二、三分も続けばどちらにとってももう沢山であった。そこで、ミスター・イェイツのこの部屋の巧みな配置はどうかと云う執拗な訴えに、サー・トーマスが冷やかながらもそれを認める返辞を何とか力《つと》めて一言か二言与えると、三人は一緒に客間の方へ戻った。サー・トーマスの表情が気難しくなっていたことは誰の眼にも明らかであった。

「その舞台とやらを見て来たよ」とサー・トーマスは腰を下しながら静かに云った。「自分が舞台の上に立たされているとは思いも寄らなかった。わしの部屋のすぐ隣だとはね、――しかしお前達の芝居がこれほど本格的な装いを帯びているとは思ってもいなかったから、いやはや、何から何まで驚きだった。しかし蠟燭の明りで見た限りではなかなか手際のいい仕事のようだったな。あのクリストファー・ジャクソンも大したものだ。」ここで話題を変えるつもりだったのであろう、サー・トーマスはもっと無難な家庭的な事柄に話題を移しながら静かに珈琲を啜った。ところがサー・トーマスの気持を敏感に察するだけの分別もなければ、サー・トーマス自身非常に控目にほかの者達と話をしていると云うのに、黙っておとなしくその話を聞いているだけの遠慮も気兼ねも思慮もないミスター・イェイツは、どうしてもサー・トーマスを芝居の話題に引止めようとして止まず、舞台に関する質問やら意見やらで頻りに相手を悩ませ、遂にはエクルズフォードの失望談までも一部始終悉く聞かせようと云うのであった。サー・トーマスは礼儀正しく耳を傾けていたが、話は始めから終りまでサー・トーマスの礼儀に対する考え方に反することばかりだったから、結局相手の物の考え方に対する良くない印象を一層強くしただけであった。それで、話が終っても、軽く会釈するだけが精精で、それ以外には何ら共感の意を示すことが出来なかった。

「僕達が芝居を始めることになった原因は実はそれなのです」とトムは一瞬考えてから云った。「我が友イェイツが云わば伝染性の菌をエクルズフォードから運んで来て、その種のものがいつでもそうであるように皆に感染して弘まったと云う訳です——以前父さんがよくその種のことを僕達にさせようとなさったときよりは些《いささ》か弘まり方が速かったかも知れませんが。でも歩き馴れた道を再び歩むようなものでしたから。」

ミスター・イェイツはすぐさま友から話を引取ると、自分達が今までやって来たこと及び今やりつつあること、つまり皆の考えが次第に脹《ふくら》んで来て、当初の幾つかの困難もめでたく片附き、事態は目下大変に見通しのいいことなどをたちどころにサー・トーマスに話して聞かせた。ところが何から何まで一人で夢中になって話すものだから、仲間の多くが椅子の上で落着かなく身体を動かして、顔色を変えたりそわそわしたりしても、心配になってえへんと咳払いをしても全然気が附かないばかりか、現に眼を向けている当の相手の表情の変化すら——サー・トーマスが黒い眉を顰《ひそ》めて娘達とエドマンドに真剣な問掛ける眼指を向け、特にエドマンドに視線を留めて、エドマンド自身痛いほど感じている非難と叱責の色を見せているのすら——一向に眼に入らない有様である。それはファニーもエドマンドに劣らず痛切に感じていた。ファニーは少しずつ自分の椅子をずらして、ソファの伯母が坐っている側の背後に身を隠し、誰からも見られないようにして、眼前の出来事を見守っていた。伯父がエドマンドに対してこれほどの非難の眼指を向けようとは想ってもいないことであった。しかしそれもどう見ても仕方のないことだと思われるだけに、ファニーとしては何とも悔しい限りであった。サー・トーマスの表情は、「わしはお前の分別を信頼しておったのに、エドマンド、お前は一体何をやっていたのだ?」と云わんばかりであった。ファニーは心の裡で伯父の足許に跪《ひざまづ》き、胸はこう云いたい思いで一杯であった。「ああ! エドマンドではないんです。そう云うお顔はほかの人みんなに向けて下さい、エドマンドに向けるのは止めて下さい!」

ミスター・イェイツはなおも話を続けていた。「本当のことを申しますと、サー・トーマス、あなたが今晩お帰りになったとき、僕達はちょうど下稽古の真最中だったんです。最初の三幕を通して演ろうとしていたのですが、これまでのところは概して悪くない出来でした。クロフォード兄妹が帰ってしまって、今は仲間が揃っていませんので、今晩はもうこれ以上何も出来ませんが、もし明晩御臨席頂けますならば、出来映えについてはまず心配ないと思っております。しかし何しろ若い者達の演じることですから、どうか寛大な眼で見て下さるよう前もってお願い致します。是非とも大目に見て下さるよう。」

「大目に見ますよ、あなた」とサー・トーマスは声に威厳をこめて答えた。「しかし今後二度と稽古などしなければの話です。」それから表情を和らげると頰笑みながら附加えた。「私は家に帰って来られたことが幸せで、寛大な気持になっているからね。」それから特に誰にと云う訳でもなくほかの者達の方へ顔を向けると静かに云った。「マンスフィールドから貰った最後の手紙にはクロフォード兄妹のことが書いてあったが、感じの好い人達なのかね?」

ともかくもこの問掛けに答えるだけの用意が出来ているのはトムだけであった。トムは兄妹のどちらに対しても何ら特別な関心を持っている訳でもなく、また愛情や演技のことで妬ましい気持を抱いている訳でもなかったから、二人についてたいへんおおように話すことが出来た。「ミスター・クロフォードはたいへん愉快な、いかにも紳士然とした男ですし、妹の方はこれまた感じが好くて、綺麗で、優雅で、潑溂としたひとです。」

こう云われるとミスター・ラッシワースとしてはこれ以上黙っていることが出来なかった。「まあ紳士らしくないとは云わないけれど、でも五フィート八インチ以上はない男だと云うことも云っておくべきだと思うな。さもないと君のお父上、大変な美男子かと思うかも知れないから。」

サー・トーマスは何のことやらさっぱり判らず、幾分驚いて相手を見詰めた。

「敢えて僕の考えを云わせてもらえば」とミスター・ラッシワースは続けた、「しょっちゅう稽古ばかりやっているのはたいへん不愉快なことだと思う。有難迷惑もいいところだ。僕はもう最初の頃ほど演技なんか好きでなくなった。こうして我我だけで気持よく坐って、何もしないでいる方が遥かにいいことだと思う。」

サー・トーマスは再び顔を向けると、同感の笑みを浮べながらこう答えた。「この件に関してあなたと私の気持がまったく同じなのは大変に嬉しいことです。私としてもその考えを聞いて心底満足です。私が慎重な上に眼敏《めざと》くて、何かと子供達の感じない躇いを感じるのもまったく自然なことでしてな。それと私が家庭の静謐《せいひつ》を、騒騒しい娯楽など一切締出した静かな家庭を大事にしたいと思う気持が子供達よりも遥かに強いのも、これまた当然のことです。しかしあなたの齢頃でこう云うことがお分りになると云うのは、あなた自身にとっても、またあなたと繋りのあるどなたにとっても、大いに好ましいことです。こう云う力強い仲間を持つことがどんなに大切なことか、私にはよく分っております。」

サー・トーマスとしては、ミスター・ラッシワースの意見に、当人には気附かないもっとよりよい表現を与えてやっているつもりであった。ミスター・ラッシワースに才智を期待しても無駄なことは、サー・トーマスも既にうすうす勘づいていた。しかし自分の考えを雄弁に物語ることは下手であっても、それなりにしっかりした判断力を持ち、落着きもある若者として高く評価するつもりであった。ほかの者達の多くにとっては笑いを怺《こら》えることが難しかったが、ミスター・ラッシワースはサー・トーマスのそのような心づもりに対してどう応対したものか見当もつかなかったので、ただもう相手の意見が好意的なものであることを大層喜んで、その気持を表情に表しただけで、あとは殆ど何も口には出さなかった。しかしこれは、その好意的な意見を少しでも長く保っておくのに、期せずしてミスター・ラッシワースに可能な最善の応対であった。

＊　戦時敵国商船捕獲の許可を得た武装民有船。当時、ナポレオンは大陸封鎖令を強行中で、英仏は交戦状態にあった。

第二章

翌日エドマンドがまずしようと思ったことは、父と二人だけになって、芝居計画の経緯を一切包み隠さずに打明けることであった。そこで、大分冷静を取戻した今でも自分の動機だけは評価されて然るべきだと思われたので、その限りで計画全体の中での自分の役割を弁護する一方、自分の譲歩が部分的な効果しか伴わなかった以上、その際の自分の判断に大いに疑問の余地のあったことはたいへん率直に認めた。エドマンドは自分の弁護をしながらも、ほかの者達が不利になるようなことは何ら云うまいと気を遣っていた。しかしその中の一人についてだけは、その振舞に関して何ら弁護する必要も言訳する必要もなく話すことが出来た。「程度の差はあっても僕達全員が悪かったのです」とエドマンドは云った、「僕達の誰もが。ただファニーだけは別です。ファニーだけは終始正しい判断をしていました。それこそ首尾一貫していました。ファニーの気持としては最初から最後までずっとこの計画には反対だったのです。ファニーは父さんに対する当然の配慮を一度も失ったことはありませんでしたし、それこそまさに父さんがこうあってくれたらと願われるとおりの娘です。」

サー・トーマスは、息子が必ずやそうであろうと想っていたとおり、このような顔触れで、このような時期に、このような計画を立てるとはまことにもって怪しからぬと云う考えであった。それればかりかこのことが余ほど応えたと見えて多くの言葉を発することも出来なかった。

そこでエドマンドと握手を交すと、あとはこれら苦苦しい思いを起させるものが一掃され、屋敷がもとの正常な状態に復し次第、一刻も早くこの不愉快な印象から逃れ去り、自分の存在がすっかり忘れられていたことも力めて忘れるようにするつもりであった。それでほかの子供達に関しては敢えて叱責するようなこともしなかった。サー・トーマスとしては根掘り葉掘り調べる危険を冒すよりもむしろ子供達の方で自分達の過ちに気附いてくれることを信じたかった。それと、芝居のために準備された舞台その他を悉く一掃させ、直ちに一切にけりをつければ、それだけで充分な叱責になるだろうと云う考えもあった。

しかしながら一人だけ、サー・トーマスが単に素振りを見せるだけではどうも自分の気持が解ってもらえない人間がいた。ノリス夫人に対してだけは、サー・トーマスも、子供達が夫人の思慮分別からして明らかに認め難いことをやろうとしている以上、そんなことは止めるべきだと一言忠告してくれてもよかったろうに、と云う思いをどうしてもそれとなく口に出さずにはいられなかった。そんな計画を立てたについては確かに若い者達が軽率であったし、自分達自身でもっと弁《わきま》えのある判断が出来て然るべきであった、しかし彼等はまだ若いのだし、エドマンドを除けば誰一人頼りにならない連中なことも確かだ、それゆえあなたが子供達の良からぬ行動を黙認したばかりか、彼等の危険な娯楽にも平気だったと云うことが、そう云う行動や娯楽が子供達のあいだで提案されたこと以上に私には驚きである、云云。ノリス夫人は些か当惑し、沈黙せざるを得ない破目になったが、こんなことは夫人にとっては生れてこのかた初めてのことだと云っていい。それと云うのも夫人としては、サー・トーマスにはかくも明白な子供達の怪しからぬ振舞が自分には全然そう見えなかったと告白するのは恥しかったし、そうかと云って、自分には大した力はないから忠告してみたところで無駄だったろうなどと自分の非力を認めるのも癪だったからである。この際夫人にとって唯一の頼みの綱は出来るだけ速く当面の話題から脱け出て、サー・トーマスの思考の流れをもっと楽しい方向に切替えることであった。そこで、バートラム家の利益と慰安のためにはいろいろな面で何かと気を遣ったとまずさりげなく自讃の匂いを仄《ほの》めかすと、次に、用があるたびに大急ぎで歩かせられたり、そうかと思うと自分の家の安楽な炉辺から突然に引移らされたりで大いに骨も折れ、払った犠牲も大きかったと云うことにちょっと触れて、それから、バートラム令夫人とエドマンドに少しは人を疑うべきことと倹約について何かと素晴しい助言を与えたこと、その結果いつもかなりの節約が出来、良からぬ召使も一人ならず見附け出したことなどを事細かに述べ立てた。しかし夫人の主な力点はサザートンに関することとの方にあった。夫人の最も大きな尽力と手柄はラッシワース家との縁故関係を打立てたことにあって、話がこのことになれば、自分は何ら非難攻撃される筋合はないと云う訳である。ミスター・ラッシワースのマライアに対する讃美の念が一応の結実に達したについては、その手柄は悉く自分にあると云うのである。「もし私があまり積極的でなくて必ずあの人のお母様に紹介されるようにしようと心懸けることもせず、最初の訪問をこちらからするよう妹を説得することもなかったなら、それはもう絶対に何事も起りはしませんでした。――だってラッシワースさんと云うのは周囲の励ましがないと自分ではどうすることも出来ない、おとなしくて控目な若者ですもの、もし私達が手を拱《こまぬ》いてでもいた日には、あの方をものにしようと云う若い娘はそれこそ引手数多《ひくてあまた》でしたからね。でもそのことでは私は八方手を尽しましたし、またどんなことをしてでも妹を説伏せる覚悟でした。それで遂に説伏せました。御存知のとおりサザートンまではちょっとした距離で、おまけにおりから冬の真最中、路は殆ど通行不可能でしたけれど、でも私は妹を説伏せたのです。」

「バートラム令夫人と子供達に対するあなたの感化力がいかに偉大なものであるか、いやまったくのところ実に大したものだと云うことはよく承知している。だからこそ余計、私としては、こんな不始末はなくても済んだろうにと――」

「まあ、サー・トーマス、あの日の路の有様を御自身一目でも御覧になっていらっしゃったらと思いますわ。勿論、馬車は四頭立てでございましたけれど、それにしても乗切るのは難しいのではないかと思われたくらいなんですの。それでもあの気の毒な年老いた駁者が、どうしても随いて行ってあげると、大層親切にも自分から云い出しましてね。そうは云っても御本人は例のリューマチですから、駁者台に坐ることなど殆ど無理なのです。でもリューマチの治療についてはミカエル祭以来ずっと私が面倒を見てやっていましたの。最終的には治してやりましたけれど、冬のあいだぢゅうはまだまだ病状がひどくて――おまけにあの日は天候が天候でしょう、私としては出発する前にどうしてもあの人の部屋まで上って行って、無理をしないよう忠告してやらない訳には行きませんでした。あの人はちょうど鬘《かつら》を着けているところでした。そこで私はこう云ってやりましたの、『お前さん、無理して行かない方がいいよ、奥様も私も危いことはないんだから。お前さんも承知のようにスティーヴンはなかなかのしっかり者だし、それにチャールズだってもうあの先導馬は扱い馴れているんだから、心配は要らないとも』ってね。でもすぐにいくら云っても無駄なことが判りました。本人はもう行く決心を固めているのです。私はもともとうるさくしつこいのと御節介は大嫌いですから、それ以上は何も云いませんでした。でもがたがた揺れるたびにあの人のことを思うと胸が痛みましてね。ストウク辺のでこぼこ道に差掛ったときなど、砂利道の上に霜やら雪でしょう、そのひどいことと云ったら想像を絶するほどで、駅者台にいる人のことを思うと本当に胸が搔毟《かきむし》られる思いでしたわ。それに馬だって見るも哀れ！　私、馬にはいつも同情する質《たち》でしょう？　サンドクロフトの丘の麓まで来たとき、私、どうしたと思いまして？　お笑いになるでしょうけれど、私、馬車から降りて、歩いて登ったんですのよ。本当にそうしましたの。馬の方にしてみれば大して楽にはならなかったかも知れないけれど、でも全然と云うことはありませんものね。私には、自分が安閑と坐ったまま引張り上げてもらうためにこれらの大切な動物達が犠牲になるってことがとても堪えられなかったのです。おかげでひどい風邪を引いてしまいましたけれど、そんなことは全然気にもなりませんでした。その訪問で私の目的が達せられたんですもの。」

「この近附きは、そのためにどんな苦労があったにせよ、苦労しただけの甲斐はあったと、いつもそう考えて行きたいものだね。ラッシワース君の物腰には特別際立ったところこそないが、昨晩の、或る一つのことに対するあの男の考えらしきものは私も気に入った――芝居なんかやって賑やかに騒いだりするより一家揃って静かにしている方が断然好きだと云うことだったが。あの男、なかなか望ましい神経の持主のようだ。」

「本当にそうですの。――あの人のことをよく知れば知るほど一層あの人が好きにおなりだろうと思いますわ。確かに目立つ性格ではありませんが、優れた素養と云うことになれば、それはそれはいろいろと大したものですもの。それにあなたを尊敬する気持があんまり強いので、そのことではすっかり私が物笑いの種なんですの、みんながそれは私の仕業だろうって。先日なんかグラント夫人が『誓って申しますけど、ノリス夫人、もしラッシワースさんがあなた御自身の息子さんだったとしても、これほどまでにサー・トーマスを尊敬させることは出来なかったでしょうね』ですって。」

サー・トーマスは、夫人の遁辞《とんじ》に矛先《ほこさき》を躱《かわ》され、諛《へつら》いに気抜けがして、論点を押通すことは諦め、夫人は愛する者達の目下の愉しみが危うくなったりすると、ときとして優しい気持が分別を圧倒することのあるひとなのだ、と自分に云い聞かせることで満足せざるを得なかった。

サー・トーマスにとって午前中は何かと慌しかった。エドマンドやノリス夫人と言葉を交したことなどはその中のほんの短い時間に過ぎなかった。以前のサー・トーマスに戻って、マンスフィールドの生活に必要な日頃の用事を悉く果さねばならなかったからである――執事や地主代理に会ったり、調べものや数字の計算をしたり、そうかと思うと仕事の合間を縫って庭や庭園や最寄りの農園に出向いて行ったり。それでも積極的にてきぱきとやって除けたから、昼食時に一家の長として再び自分の席に戻るまでには、これらを全部片附けてしまっていた。それればかりか、大工には撞球室の、本人がつい先頃造り上げたばかりのものを取壊す作業に掛らせていたし、また例の書割絵師に対しても、さっさと退《ひ》き取りを願っていた、それも、今頃は奴さん少くともノーサムプトンぐらいまでは行ってしまったろう、と云う愉快な思いが可能なぐらい疾《と》うの昔に、である。結局その書割絵師は一つの部屋の床を台無しにし、馭者の海綿を悉く使いものにならなくし、五人の下男に怠けることと不平を云うことを教えただけで立去った訳である。サー・トーマスには、ばらばらにされて家中に散らばっている『恋人達の誓い』の台本の写しを悉く始末することも含めて、あと一日か二日もあれば不愉快な記憶に繋るものは一つ残らず眼前から払拭《ふっしょく》出来るであろう、と思われた。これまでにも眼についた台本の写しは全部燃していた。

ミスター・イェイツもやっとサー・トーマスの意図を理解し始めていた。尤もなぜそう云う意図を抱くのかに至ってはさっぱり解らなかったが。彼とその友はその日の午前中の大部分を猟をして過した。トムはこの機会を捉えて父親の気難しさを心底詫びる一方、今後当然予想されるべきことを話して聞かせた。それを聞かされたミスター・イェイツがいかに残念無念であったかは容易に想像がつこう。二度までも同じような失望を味わうなんて、まったくもってついていないったらありゃしない――彼の立腹たるや、もし友と友の下の妹に対する気兼ねさえなかったら、必ずや准男爵の愚かなやり方を攻撃し、もう少しものの道理を弁えるよう説伏せてやるんだが、と自身に云い聞かせるほど激しいものであった。彼はマンスフィールドの森にいるあいだも、屋敷へ戻りながらも、毅然とこの考え方を守っていた。しかし戻っていざ同じ食卓に着いてみると、相手のやりたいようにやらせて、何ら逆らわず、その愚かさ加減は本人に気附かせる方が賢明だとミスター・イェイツに思わせるものが何かしらサー・トーマスにはあるのであった。ミスター・イェイツは気難しい父親と云うのはこれまでにも沢山知っていて、彼等のために不愉快な思いをさせられたこともしばしばあったが、サー・トーマスのように不可解なほどに道徳的で、忌わしいほどに専制的な父親には生れてこのかた一度もお眼に掛ったことはなかった。子供達とのことがあるから我慢しているものの、さもなくば、とてもお附合いの出来るような御仁ではなかった。従って、ミスター・イェイツがなおも数日同じ屋根の下に留まりつづける気になったについては、サー・トーマスも麗《うるわ》しの愛娘《まなむすめ》ジュリアにこそ感謝してよかったのである。

ほぼ誰もが内心焦《じれ》ったくて仕方がない気持だったにもかかわらず、その日の晩は表向きは何事もなく穏やかに過ぎて行った。サー・トーマスが娘達に命じた音楽もむしろその真の調和の欠如を覆い隠す役割を果した。マライアの心は大いに動揺していた。今やクロフォードが一刻も早く姿を現して、堂堂と意嚮《いこう》を表明してくれることがマライアには何よりも大切なことであった。それなのにまる一日経ってもそのようなことになりそうにない気配に、彼女はすっかり当惑していた。マライアは午前中ずっと彼の現れるのを待望んでいた——夕方から宵に入ってもなおその気持は変らなかった。ミスター・ラッシワースはサー・トーマス帰還の大事な知らせを抱えて早早にサザートンに向けて出発していた。ところがマライアはと云えば、浅はかにも、一刻も早いクロフォードの意嚮表明などと云う、ラッシワースが苦労して再び舞戻って来ることを必要ならしめるようなことを期待していたのである。しかし牧師館からは誰一人として現れず、サー・トーマスの帰還を祝い安否を訊ねるグラント夫人からのバートラム令夫人に宛てた友好的な短い手紙のほかには何の音沙汰もなかった。両家がまる一日一度も接触せずに過したのはここ何週間来初めてのことであった。八月に入ってこのかた双方が何らかの形で交わりを持たずに二十四時間が過ぎたことなど一度もなかったからである。その日は何となく沈んだ、気懸りな一日であった。しかしその翌日も、不幸の種類こそ異れ、決して淋しさと気懸りが減った訳ではなかった。一時の熱に浮かされた歓喜ののちに激しい苦痛が何時間か続くことになった。再びヘンリー・クロフォードが屋敷に姿を現した。彼は、是非ともサー・トーマスに敬意を表したいと云うグラント博士とともにやって来て、やや早目の時間だったので、まだ家族の者がほぼ揃っている朝食室に案内された。やがてサー・トーマスが現れて、マライアは愛する男が自分の父親に紹介されるさまを喜びと不安の入混った気持で見守った。このときのマライアの感情はちょっと筆舌に尽し難いものであった。ヘンリー・クロフォードが次のような言葉を口にしたときもマライアは暫し同じような感情に襲われた。クロフォードはマライアとトムのあいだの椅子に席を占めると、トムに低声《こごえ》で、目下のめでたい中断（とここでサー・トーマスの方に恭《うやうや》しい一瞥を与えて）のあとで再び芝居をやる計画があるのかどうかと訊ねたのである。と云うのは、もしそうであれば、自分としては一同の要請があり次第いつでもマンスフィールドに戻るよう心懸けるつもりがあるからで、それと云うのも、急遽叔父をバースに出迎えなければならなくなって、これからすぐに出掛けようと思うからだ、と云うのである――しかし改めて『恋人達の誓い』を演る見通しがあるのなら、自分は是非とも断れない先約があると云うことにして、万障繰合せて飛んで還って来る、叔父にも、呼出しがあればいつでも皆の所へ戻ることになっていると必ず条件を附けるつもりだ、自分がいないからと云って芝居を諦めるようなことはしないでもらいたい、云云。

「バースからだろうとノーフォクからだろうと、ロンドンからだろうとヨークからだろうと――たといどこにいようと」とヘンリー・クロフォードは云った、「英国中のどこからだろうと、知らせさえ受取れば、一時間以内には舞戻って来るつもりだ。」

ここで妹ではなく兄の方が口を利かねばならぬ立場にあったのは何よりであった。トムは直ちに何の躇《ため》いもなくこう云って除けた。「君が行ってしまうのは残念だ――でも芝居については、もう終ったんだ――一切中止になってね（と意味ありげに父の方を窺う）。例の絵師も昨日帰したし、舞台も明日になれば殆ど跡形もないだろう。――最初からこんなことだろうとは思っていたけどね。――バースはまだ早いだろう。――誰も来てはいないだろうと思うけど。」

「叔父の場合は例年今頃でね。」

「いつ出掛ける予定なの？」

「多分今日中にバンベリーまでは行けるだろうと思っている。」

「バースでは誰の廐《うまや》を使っているの？」と云うのが次の質問であった。このようなことが話題になっているあいだに、マライアも、まだ誇りも果断も失くしてしまった訳ではなかったので、或る程度冷静に話の受応えが出来るまでに自分を取戻しつつあった。

やがてヘンリー・クロフォードはマライアの方に顔を向けたが、話の大部分は既にトムに云ったことの繰返しであった。ただ物云いの態度が柔かになったことと、いかにも残念だと云う表情が強くなったことだけが違っていた。しかし今さら態度や表情が何になろう？　――だってこの人は行ってしまおうとしているのだ――自ら好んで行くのではない、自ら好き好んでここを離れようと云うのではないと云ったって、叔父様のためには已むを得ない最少限のことを除けば、自分の約束事は全部自分の意志で決めているではないか。――これはどうにも仕方のないことなのだと云ったって、この人が既に独り立ちしていることは私にだって判っている。――ああ、私の手を握り締めてあんなにも自分の胸に押当てたこの手！　――この手もこの胸ももはや決して自ら動こうとはしないのだわ！　マライアは気力で持堪えてはいたものの、心中の苦しみたるやそれは激しいものであった。――しかしそういつまでも行いと矛盾する言葉に耳傾ける苦痛を耐え忍んだり、人の手前心の動揺を表に出さないよう抑えたりしつづける必要はなかった。と云うのは、一つは皆の彼に対する鄭重な言葉がすぐに彼の注意をマライアから逸らしたからであり、もう一つはこの別れの訪問――これがそうだと云うことはもはや全員に知れ渡っていた――が、ひどく短時間なものであったからである。――彼は立去った――これを最後にマライアの手にそっと触れて、別れに際しては恭しく御辞儀をして。これではマライアの方としてみれば、孤独に対して求め得る限りのものを否でも応でも求めることになったとしても仕方がない。ともかくもヘンリー・クロフォードは行ってしまった――既に屋敷を離れ、あと二時間もすれば教区からも離れ去ってしまう筈だ。かくしてヘンリー・クロフォードの自分勝手な見栄がマライア及びジュリア・バートラムの心の中に生じさせた夢は一つ残らず消去ってしまった。

ジュリアの方はむしろクロフォードがいなくなってほっとしていた。――彼の存在がそろそろ鼻に附き始めていたところであったし、マライアが彼の心を摑《つか》むことが出来なかったのならそれで充分、そのほかにも腹癒せをしてやろうなどと云う気も起らないほどに心も冷めていたからである。――姉は振られたのだし、これを明るみに出して恥までかかせることはない。――ヘンリー・クロフォードがいなくなってみると、ジュリアにはむしろ姉が気の毒にすら思われた。

ファニーはそのことを知ると、もっと純粋な気持から喜んだ。――昼食のときに聞かされて、本当によかったと思ったのである。ほかの者達はみな非常に残念だと云う口吻《くちぶり》であった。そうして、エドマンドの偏頗なまでに好意的に見ようとする誠実な物云いからバートラム令夫人のどうでもいいような機械的な繰返しに至るまで、感情的にはそれなりに然るべき濃淡の差はあったものの、みんながヘンリー・クロフォードの長所を褒め称えるのであった。ノリス夫人はと云えば、振返ってみて、ヘンリー・クロフォードのジュリアに対する執心が実を結ばなかったことを訝《いぶか》り始め、そのことを推進めるについて自分に手抜かりがあったのではないかと大分気にはなったものの、何しろ自分にはいろいろと気になることが多いのだから、いくら活動的な自分でも、そうそう望みのすべてを逐一実現することなど出来るものではない、と思い直した。

それから一日か二日して、今度はミスター・イェイツが屋敷を去った。彼の出発に対して内心一番関心を寄せていたのはサー・トーマスであった。これがミスター・イェイツなどよりはもっとましな他人なら、家族の者だけになりたいと思っているサー・トーマスとしても、ただ閉口するだけのことで済んだかも知れないが、この男と来た日には、取るにも足らぬくせに厚かましく、怠惰なくせに贅沢と来ているものだから、何かにつけて腹立しい限りであった。この男自身についてはただもううんざりしているだけであったが、これがトムの友人であり、ジュリアの讃美者であるのかと思うと、何ともはや癪に障って仕方がなかった。ミスター・クロフォードの場合は行こうが留まろうが一向気にならなかったサー・トーマスも、今回ミスター・イェイツを玄関まで送りながら、愉快な道中をと餞《はなむけ》の言葉を与えたときには、心の底から満足を覚えるのをどうすることも出来なかった。ミスター・イェイツはマンスフィールドの舞台装置がすっかり取壊され、芝居に関係のあるものが一切取除かれるのを見届けて、屋敷が大体その本来の性格と云っていい謹厳な雰囲気を取戻してから立去った。サー・トーマスは、この男が出て行くのを見送りながら、これで今回の計画の元兇から、ああ云う計画のあったことを否応なしに思い出させる最後のものから免れられる、と云う気持であった。

ノリス夫人は例のサー・トーマスを苦しめることになるものをどうにか当人の眼に触れさせずに片附けることが出来た。夫人がその製作に当ってかくも有能にかくも首尾よく采配を振ったかの垂幕は、たまたま是非とも自分の家に緑の粗羅紗《あららシャ》が欲しかった夫人が、さっさとそちらに運んでしまっていたからである。

第三章

『恋人達の誓い』だけに限らず、サー・トーマスの帰還によって一家の風は著しく変貌した。サー・トーマスが主人の座に着くと、マンスフィールドはまるで別の場所になったようであった。或る人達は社交附合いから外され、他の多くの者達はどことなく沈んでしまい、それまでに較べると生活は単調で意気が揚らなかった。家族が一堂に集っても、何か陰気で滅多に活気づくことがなかった。牧師館とも殆ど没交渉であった。サー・トーマスは概して他所との親密な交際をあまり好まない方であったが、この時期は特に、或る一定の人達を除くと他人と関わりを持つのを嫌がっていた。彼が自分の家族の仲間に加わってくれるよう願ったのはラッシワース家の人達だけであった。

エドマンドは父親がこのような感情を抱いたからと云って別に驚きもせず、何ら恨みに思うこともなかったが、ただグラント家の人達を除外したことだけは心外でならなかった。「だってあの人達には」とエドマンドはファニーに自分の考えを述べた、「資格があると思うんだ。あの人達は僕達の仲間——と云うより我家の一部だと云う気がする。僕としては、父さんの留守のあいだあの人達が母さんや妹達のことでどんなに気を遣ってくれたか、もっと父さんも解ってくれたらと思われて仕方がないんだ。あの人達、自分達は無視されていると思っているのではないかしら。実際は父さんがあの人達のことを殆ど知らないと云うことなのだけれど。あの人達が来て一年も経たないうちに父さんはイギリスを離れてしまった訳だからね。父さんもあの人達のことをもっとよく知れば、あの人達との交際を当然の価値あるものとして大切にするだろうと思うんだ、だって実際あの人達は父さんの好みにぴったり合う人達だもの。僕達だけだと全員揃ってもときどき何だか活気が足りないだろう、妹達は悄気返《しょげかえ》っているし、トムは全然落着かないし。グラント博士夫妻なら我我を活気づけてくれるだろうし、宵をもっと愉快に過させてくれそうな気がするんだ。その方が父さんとしても愉しいだろうと思うんだけれど。」

「そうお思いになって？」とファニーが云った。「私には伯父様はこれ以上人数を増やしたくないのだと思われますけれど。伯父様はあなたの仰有る静寂をこそ大切になさっておられるのではないのかしら。家族内の安らぎだけを望んでいらっしゃるのだと思います。それに私達が以前よりも堅苦しい思いをしているとは私には思われませんけれど、以前と云うのは伯父様が外国へ行かれる前と云う意味です。私の憶えている限りでは、以前だって今とまったく同じでした。伯父様の前では誰もあまり笑うことはなかった筈です。仮に違いがあるとしても、それは暫くぶりに顔を合せたりすればありがちな一種のはにかみに過ぎないのではないでしょうか。私には伯父様がロンドンにいらっしゃったとき以外には、宵を陽気に浮れて過したことがあったなんて思い出せませんもの。尊敬する人が家にいたりすれば、若者達はみなそうなのではないかと思いますけど。」

「うん、君の云うことの方が正しいと思うよ、ファニー」とエドマンドは一時考えてから応えた。「そう、この頃の宵が新たな性格を帯びたと云うよりもむしろ以前の姿に戻ったのだ。活気のあった方が珍しかったのだ。——それにしても、ほんの数週間だと云うのに強い印象を与えるもんだ！　つい今しがたまで、こんな暮しは以前はしたことがなかった筈だと云う気がしていたんだから。」

「私、ほかの人達よりも生真面目なのだろうと想います」とファニーが云った。「私には別に宵が長いとは思われませんの。私は伯父様が西インド諸島についてお話なさるのを聞くのが好きですし、伯父様のお話ならまる一時間でも聴いていられますもの。その方がこれまでのほかのいろいろなことよりも私には面白いんです。——尤も、多分、私がほかの人達とは違っているからなのでしょうけれど。」

「なぜそんなことを云うの？（と頰笑んで）——君はほかの者達と違って彼等よりも賢明で思慮があるとでも云ってもらいたいのかい？　だけど僕が君に、いやほかの誰にでも、お愛想を云ったことなどあったかい、ファニー？　もしお愛想を云ってもらいたいのなら、父さんの所へ行ったらいい。満足させてくれるだろうから。君の伯父様に何をお考えかと訊ねればいいんだ。そうすればたっぷりとお愛想を聞かせてくれるよ。多分、主として君の姿形に対してだろうけれど、それは我慢して、何れは心の美しさの方にも同様の眼を向けてくれるのを俟《ま》つんだね。」

ファニーはこんな物云いをされたのは初めてなのですっかり戸惑ってしまった。

「父さんは君をたいへん綺麗だと思っているんだよ、ファニー——要するに云いたいのはそれなんだ。僕以外の者ならこのことをもっと重要視したろうし、君が以前はさほど綺麗だとは思われていなかったことも、これが君以外の者だったらひどく恨んだことだろう。でも父さんが今までは君のことを讃めたことがなかったのは事実だ——でも今は讃めている。君の顔色はとってもよくなった！　容貌もこんなに綺麗になって！　——それに姿形だって——いやいや、ファニー、逸らしては不可ないよ——君の伯父様がそう仰有っているのだから。伯父様の賞讃に堪えられなくてどうするの？　ほんとこれからは、自分は他人から見られるだけの値打があるのだと云うことをしっかりと覚悟しなければ不可ない。——美人になるからってくよくよと気にしたりしないようにしなければね。」

「まあ！　そんなこと仰有らないで、どうかそんなこと仰有らないで」とファニーは感情的に心苦しくなって叫んだ。エドマンドにはよく判らなかったが、それでもどうやらファニーが本当に悩んでいるらしいのを見ると、その話は止めて、ただ真顔でこう附加えた。「父さんはあらゆる点で君が気に入り掛けている。だから僕としては君がもっと父さんに話し掛けてくれたらと思うんだ。——君は夕方に皆が集っても殆ど喋らない方だもの。」

「でも以前よりは話し掛けましてよ。それは確かですわ。昨晩私が奴隷売買についてお訊ねしたのはお聞きになりませんでしたの？」

「それは聞いた——実はあの質問をほかの者達がもっと推進めればいいのにと思っていたんだ。あの先を訊いてあげれば父さんももっと喜んだろうに。」

「私としてはそうしたかったのです——でもあんなにみんなしいんとしているんですもの。それに従姉達は傍に坐ったまま一言も話さないし、そんなことには全然興味もなさそうでしたので、私としても——私、自分がみんなの迷惑も考えずに自分を目立たせたがっているように見えるのではないかと思ったのです、伯父様の話に、本当は伯父様とすれば自分の娘達にこそ感じてもらいたいに違いない好奇心や喜びを私が見せたりして。」

「ミス・クロフォードがこのあいだ君について云ったことは本当に当っている——つまり、ほかの女性だと無視されることを恐れる筈なのに君の場合は注目されたり讃められたりすることを恐れているようだ、と云うんだ。牧師館で君のことを話したのだけれど、これはそのときのあのひとの言葉なんだ。あのひとの人を見る眼は実に大したものだ。あんなに人の性格が見分けられるひとなんてほかに知らないな。——しかもあの若さを考えると、驚きだよ、まったく！　長年君のことを知っている人達の大抵の者よりもあのひとの方が確かに君が解っているんだからね。それにほかの何人かについても、そのときのときたま出て来る軽快な皮肉や率直な表現を聞いていると、気兼ねに妨げられることさえなければ、実にいろいろな人達のことを的確に云えるひとだと云うことが判るんだ。あのひと、父さんのことをどう思っているのだろう！　立派で、いかにも紳士らしく、威厳があって、堅実な人柄だと云って称讃するには違いないと思うけれど、ただ殆ど会ったことがないために、無口なところに対しては幾分反撥するかも知れないな。一緒になる機会さえ沢山あれば、互いに好感を持つことはまず間違いないと思うんだ。父さんはあのひとの活潑なところが気に入るだろうし——あのひとには父さんの力を評価するだけの能力はあるんだから。ほんと、もっと二人が頻繁に顔を合せられたらと想うな！　――あのひと、父さんの方が嫌がっているのだなんて想っているのでなければいいんだが。」

「あのかた、伯父様はさておいても、そのほかの人達がみなあのかたに好意を寄せていることは充分に承知している筈ですもの」とファニーは半ば溜息混りに云った、「そのようなことはないと思います。それにサー・トーマスが一時家族の者達だけと一緒になりたがったとしてもそれは至極当り前のことですもの、ミス・クロフォードとしてもそのことに対しては何も云えない筈ですわ。暫くすればまた以前と同じように会えるだろうと思います、尤も時節の方は変ってしまっているでしょうけれど。」

「あのひとが十月を田舎で過すのは幼少以来今回が初めてのことなんだ。タンブリッジやチェルトナムは田舎ではないからね。十一月に入れば気候だってもっと厳しくなるし、グラント夫人も冬が近附くにつれて、あのひとがマンスフィールドを退屈に思わないようにしようと大いに気を遣うだろうと思うよ、きっと。」

ファニーは話そうと思えば話すことはいくらでもあったが、それらを口にしてうっかり無作法に思われるような意見を洩らしても不可ないし、何も云わない方が無難だと判断して、ミス・クロフォードの機智や才藝についても、その快活陽気な気性や自尊心についても、友人達のことについても一切触れないことにした。ミス・クロフォードがファニーに対して好意的な意見を持ってくれていることを考えても、ファニーとしては喜んで意見を差控えたかった。そこでファニーは話題を変えた。

「明日は伯父様、サザートンでお食事をなさるのだと思いますけれど、あなたとお兄様も一緒に。お家の方はすっかり少人数になってしまいますわ。伯父様のラッシワースさんに対する好意が変りませぬようにと思っています。」

「それは無理だね、ファニー。明日の訪問が終れば父さんのあの男に対する気持も大分変るだろうと思うよ。だって五時間も一緒に過すんだもの。まあその結果として取立てて不祥事が生ずるようなことはないとしても、間の抜けた一日になるのではないかと大いに心配だな――明日の一日が父さんに与える印象のことだけどね。父さんだってそういつまでも自分を欺きとおせるものではないし。みんなが気の毒だ。ほんと、ラッシワースとマライアが出会わないでくれればよかったと思う。」

　事実、この面では、サー・トーマスも失望の念に襲われ始めていた。サー・トーマスのミスター・ラッシワースに対する善意のすべて、及びミスター・ラッシワースのサー・トーマスに対する敬意のすべてを以ってしても、真実の一部――つまりミスター・ラッシワースは優れた若者でもなく、学識においても実務においても無知で、概して考え方も一定せず、どうやら自身そのことに気附いてもいないらしいこと――を直ちにサー・トーマスが認めるのを妨げることは出来なかった。

　サー・トーマスはもっと違った婿を期待していたのである。そこでマライアのことが容易ならぬ気がし始めて、力めて本人の気持を理解するよう心懸けることにした。無関心が二人にとって最も好ましい状態だと云う結論に達するまでに大した観察も要らなかった。マライアのミスター・ラッシワースに対する振舞は素気なく、冷やかなものであった。マライアは相手が好きでもないし、好きにもなれないようであった。サー・トーマスは娘と真面目に話をしようと決心した。この縁組が有利なことは確かだし、婚約が公《おおやけ》にされてから大分時間が経っていることも確かだが、そうかと云って当人の幸せをその犠牲にしてはならない。ミスター・ラッシワースの申込を受納れたのはまだ知合ってからあまりにも間のない頃だったのだ。相手のことがよく解った今になってマライアは後悔している。

厳粛にしかし愛情をこめてサー・トーマスは娘に話し掛けた。まず自分の心配を告げ、相手の願いを訊き、胸の裡を打明けて誠実に答えるよう懇願し、それから自分はどんなに不都合なことでも平然と受止めること、もしそうすることで不幸になるような気がするなら縁組はすっかり諦めてもいいことを請合った。父は娘に代って娘の重荷を取除いてやろうと云うのである。マライアは聴きながら一瞬悩んだ。しかしそれもほんの一瞬のことで、父が話を終えたときには、たちどころに、きっぱりと、しかも動揺の色を全然見せずに答えることが出来た。マライアの返辞は、お父様の深い心遣いと父親としての愛情には感謝するけれども、自分に婚約を破棄したい気持がほんの少しでもあるとか、婚約してから自分の考えや気持が変ったとか想われるのはまったくの誤解である、ミスター・ラッシワースの人柄と性質は高く買っているし、あの方との幸福は疑いのないものと信じている、と云うものであった。

サー・トーマスは満足であった。満足だったことが相当嬉しかったと見えて、彼の見識を以ってほかの者達に対したなら当然云い聞かせたであろうところまで事を推進めようとしなかった。それはサー・トーマスとても何らの苦痛も感ぜずに諦め切れる縁組ではなかった。そこで彼はこう自分に云い聞かせた。ミスター・ラッシワースはまだ若いしこれから良くなる余地は充分にある――優れた人達と交わるようになれば良くなるに違いないし、そうなるだろう。それに当のマライアが、愛情ゆえの偏見や盲目に左右されずに、あのようにはっきりとミスター・ラッシワースとの幸福が口に出来るのなら、あの娘を信じてやっていいだろう。あの娘はそう感情の鋭い娘ではなさそうだし、これまでもそんな風に想ったことはなかった。だからと云ってそのためにあの娘の暮しが安楽でなくなると云う訳のものでもない。夫に立派な、優れた人物を見なくても済ませられれば、却ってそのほかの物事が何でも気に入るだろう。概して気立てのいい若い娘は、恋愛結婚をしなければ、それだけ余計に実家の方に執着したがるものだ。それにサザートンとマンスフィールドの近い距離を考えれば、当然その種の誘惑の種には事欠かないに違いないし、多分何かと好ましい、無害な愉しみが絶えず供給されることであろう。以上がサー・トーマスの考えたことである。――こう云う際には大抵附きものの決裂、驚嘆、非難、叱責と云った厄介な事態を免れたばかりか、ほかならぬサー・トーマス自身により一層の社会的な体面と勢力をもたらす縁組を確実なものとし、おまけにそのような目的に都合の好い自分の娘の性質を大層有難いものと思ったのであるから、まったくもってめでたい限りであった。

マライアにとっても父同様この話合いは満足の行くものであった。マライアとしては、自分の運命を取消しのきかないものにしたこと、自らサザートンへの誓いを新たにしたこと、及びクロフォードのために行動の自信をなくしたり将来を駄目にしたりしなくても済んだことを、むしろ喜びたい気持であった。そこで誇らかな決意のうちに引退ると、父が再びこのような疑いを抱くことのないよう、今後は是非ともミスター・ラッシワースに対してもっと慎重な態度をとるようにしようと決心した。

もし、ヘンリー・クロフォードがマンスフィールドを離れてから三、四日のうちに、マライアとしてもまだ気持が落着かず、クロフォードに対する望みもすっかり失くした訳ではなく、彼の恋仇の方で我慢しようと云う決意も固らないうちに、このサー・トーマスの打診がなされていたならば、マライアの答えもこれとは違ったものになっていたかも知れない。ところが更に三、四日経っても、当人が戻って来るどころか手紙もなければ言伝てもなく、心の和らぐ徴候も、離れればなれになって却って有望に思われそうな気配も何一つなかったものだから、マライアの心は自尊心と腹癒せから得られる限りの慰めを一つ残らず求めてやろうとするところまで冷えてしまったのである。

確かにヘンリー・クロフォードはマライアの幸福を台無しにしたが、だからと云ってそのことをクロフォードに勘づかせることはない。何も彼のために面目や体面や幸運までも台無しにすることはないのだ。自分がクロフォードを慕う余りマンスフィールドに引籠って憔悴《しようすい》し切っているとか、クロフォードゆえにサザートンとロンドンを、独立と晴やかな生活を拒んでいるなどと、断じてクロフォードに思わせてはならなかった。親許を離れて独り立ちすることの必要が、マンスフィールドにおける独立心の欠如が、これほどまでに痛切に感じられたことはなかった。マライアには父親の押附ける束縛がますます堪えられなくなった。今や父親が留守であったときの自由な気風こそ何よりも必要であった。マライアとしては出来るだけ早く父親及びマンスフィールドから逃れて、財産と世間的な体面、喧噪と社交界のうちに、傷ついた心を慰めねばならなかった。決意は固く、変らなかった。

このような感情にとっては、遅れが、準備万端を整えるための遅れであっても、忌忌しい限りであった。ミスター・ラッシワースでさえこれほどまでに結婚を急《せ》いているとは思われなかった。マライアは心の大切な準備はすっかり出来ていた。家庭と束縛と静寂に対する嫌悪、失恋による心の痛手、及びこれから結婚しようと云う男に対する軽蔑の念によって、結婚の覚悟は固かった。それ以外のことはあとでいいのだ。新しい馬車や家具の手筈は春になってロンドンへ行くときまで延ばせばいい。その方が却って自分の好みがもっと自由に発揮出来よう。

この点で主な当事者達の意見が一致してしまうと、婚礼に先立ってしなければならない手筈を整えるためにはほんの二、三週間もあれば充分なように思われた。

ラッシワース夫人は、自分は大喜びで隠居して、可愛い息子の選んだ幸運な若い女性に主婦の座を譲り渡すつもりであった。――そこで十一月に入ると早早に、女中と従僕を伴って自分の軽四輪馬車に乗込むと、いかにも資産家の未亡人に相応しい品位を失うことなく、バースへ引越して行った。――かの地で夜会を開き、活気に溢れたトランプの勝負でもやって――我が身はサザートンから離れていようとも、その素晴しさを大いに吹聴して楽しもうと云うつもりであった。――その月の中旬初めに婚礼の儀式が執り行われ、サザートンに新たな女主人が誕生した。

結婚式はきちんと作法どおりに行われた。花嫁は優雅に着飾り――花嫁に附添う二人の女性は然るべく控目で――父親が正式に花嫁を花婿に引渡し――母親は心の動揺を予期して閭塩《かぎしお》を手にして立ち――伯母は泣こうと力め――そして祈禱文はグラント博士によって感銘深く読上げられた。のちに近隣の人達の話題になったときでも、新郎新婦とジュリアを教会の戸口からサザートンまで運んだ馬車がミスター・ラッシワースが既に過去一年間使っていた四輪馬車であったことを除けば、何ら非難の余地はなかった。その馬車のことさえ別にすれば、その日の作法たるやいかに物事にうるさい人の詮索にでも充分に耐え得るものであった。

式が済んで、新郎新婦が立去ってしまうと、サー・トーマスの気持は世の心配性の父親が抱く気持と同じものであった。バートラム令夫人が自分自身に対して心配していたものの運好く免れることの出来た心の動揺を実際に経験していたのはサー・トーマスの方であった。ノリス夫人は、妹を元気づけるためとてその日はパークで過し、ラッシワース夫妻の健康を祝して予定外のグラスを一、二杯空けたことで、その日の自分の役割を果せたことが嬉しく、大層な御機嫌であった。――この縁組の世話をしたのは自分なのだし――何から何まで自分がやったのだから――と云う訳で、この自信に満ちた勝誇れる表情を前にしては、まず誰でもが、夫人は生れてこのかた結婚生活の不幸などと云うものは耳にしたこともないし、自分が眼を掛けて育てた姪の性質はすっかりお見通しなのだ、と想ったことであろう。

数日したらブライトンへ赴き、そこで何週間か家を借りると云うのが若い二人の計画であった。いかなる社交保養地もマライアには初めての場所であり、それにブライトンは冬でも殆ど夏同様に賑やかな所である。そこでの目新しい愉しみが終り次第、次はロンドンのもっと大規模な社交世界へ乗込もうと云う訳である。

ジュリアが一緒にブライトンへ行くことになっていた。姉妹は、お互いのあいだに敵対意識がなくなって以来、徐徐に以前のよき理解者同士に戻りつつあり、少くともこのような際に相手がいてくれるおかげで大いに有難いと思える程度の間柄には復していた。御主人以外の相手が誰かいてくれることがラッシワース夫人にはまず何よりも大切なことであったし、ジュリアの方はと云えば姉同様に物珍しさと愉しみが欲しくて仕方のないところであった。尤も妹の場合、どうやら姉のお供と云う立場に甘んずることが出来たところを見ると、姉の場合ほどには、何が何でもそれらを手に入れないことには居た堪れない訳でもなかったようである。

一行の出発はマンスフィールドにもう一つの重大な変化をもたらした。ぽっかりと穴のあいた感じで、それを埋めるためには暫く時間が必要であった。一家全体が大いに縮小した感じで、姉妹も最近では一家にさほどの活気を添えていた訳ではないと云っても、やはりいなくなってみると淋しい思いを禁じ得なかった。母親ですら娘達のいないのを淋しがっていたのである。況してや心の優しい従妹にあっては、その思いたるや遥かに強いものであった。ファニーは屋敷中を歩き廻り、従姉達のことを考え、案じ、幾分愛情の籠った後悔の念をすら抱いた、別段それほどのことをしなければならないほど従姉達に借りがある訳でもなかったのに！

第四章

ファニーは従姉達がいなくなったことで以前よりも大切に扱われるようになった。実際、今では客間で唯一人の若い女性であり、一家の中で皆の関心を惹く存在としてこれまでは控目な第三番目でしかなかったのが今や唯一の存在になったため、どうしても今まで以上に皆の視線を受けたり、皆の思考や気遣いの対象になったりしない訳には行かなかった。そこで誰も特別に用事がある訳ではなくても、「ファニーはどこなの？」と訊ねることが珍しくなくなった。

ファニーは屋敷のみならず牧師館でも貴重な存在になった。ノリス牧師が死んで以来年に二回と訪れることも滅多になかったそちらの家でも、ファニーは歓迎され、招待を受けるようになり、おりから十一月の陰気な雨模様の、道の泥濘《ぬかる》む頃ではあり、メアリー・クロフォードからも大歓迎を受けた。ファニーの牧師館訪問は最初は偶然のきっかけに過ぎなかったが、やがて懇請されるままに繰返されることになった。グラント夫人は、妹に何か変った思いをさせてやりたいと云うのが本音であったが、自分はファニーにこそこの上ない親切を施しているのであり、しばしば訪問させることでファニーの成長にとって最も大切な機会を提供してあげているのだと、持前の気楽な性分からさっさと自分を云いくるめてしまった。

ファニーはノリス伯母の用事で村まで使いにやらされたが、途中牧師館の近くでひどい俄雨に遭った。仕方なく牧師館の敷地から少しはずれた所にある樫の木の、葉の残り少い枝の下に雨宿りしようとしていると、窓の一つから誰かが気附いたと見えて是非とも入るようにと勧めて止まなかった。ファニーは不躾けなことをしたくない気持からあまり気が進まず、召使が出て来て丁寧に勧めても、遠慮して断った。しかしグラント博士が自ら傘を持って出て来たときには、大いに恐縮して出来るだけ早く家の中に入る以外にはどうすることも出来なかった。ミス・クロフォードにとっては、気の毒にちょうどそのときしょんぼりとした気持で憂鬱な雨を眺めながら、昼前に予定していた運動の計画がすっかり駄目になったことと今日一日家族以外の誰の顔も見られなくなってしまったことを嘆いていただけに、玄関で何やら騒がしい物音がしたかと思うとミス・プライスのずぶ濡れの姿が控えの間に現れたことは喜びであった。いかにも田舎の雨降りの日に相応しい出来事に、ミス・クロフォードはいたく感激した。そこですぐさますっかり元気を取戻すと、ファニーが一見した以上にびしょ濡れなのではないかと気を遣ったり、乾いた衣類を与えたりして、率先してファニーのために尽した。ファニーは、これらの心遣いに従わない訳には行かず、女主人達や女中達から何かと手助けを受けたり世話を焼かれたあとも、階段を戻り降りたところで、まだあと一時間は雨も歇《や》みそうにないからと云うことで客間に引止められざるを得なかった。ミス・クロフォードとしては、有難いことにこれでまた何か新しい物事を観察したり考えたりすることが出来るし、おかげで昼食のための着替えのときまでは詰らない思いをしなくても済みそうだ、と云う気持であった。

グラント夫人もミス・クロフォードもたいへん親切に気持よく応対してくれたので、ファニーとしても、自分が皆の邪魔になっているのではないと思い込むことが出来て、天候も一時間もすれば間違いなく晴れるだろうから、グラント博士の馬車で家まで送り届けてもらうと云うような恐縮する破目に立至らなくても済みそうだ――これがファニーの一番恐れていることであった――と予測することが出来たならば、この訪問をもっと愉快に過すことも出来たであろう。ファニーは、こんな天候なのに自分が家を留守にしていては屋敷の者達が心配するかも知れないと云う気遣いは全然していなかった。と云うのは、ファニーが外出していることは伯母二人にしか知られていなかったからで、従ってほかの者達は誰も何一つ気が附かないだろうとも、ノリス伯母はどうせ自分勝手にどこかの田舎家でも思い浮べてファニーはそこで雨宿りをしていると決めてしまうであろうことも、そうなればバートラム伯母がファニーがその田舎家で雨宿りしていることを疑うことなどまずある筈のないことも、ファニーは充分に承知していたからである。

空模様が大分明るくなり始めた頃、ファニーは部屋にハープのあることに気が附いたので、それについて二、三訊ねてみた。話がその方に移るとすぐに、ファニーは、自分としては是非ともその楽器が聴いてみたいことと、相手には殆ど信じられないと云う表情で受取られたが、楽器がマンスフィールドに着いて以来まだ一度も自分はその演奏を聴いたことがないことを告白することになった。ファニーにしてみれば聴いたことがないからと云ってそれは至極当然なことであった。楽器の到着以来殆ど牧師館を訪ねたことがないのだし、訪ねる理由もなかったのだから。しかしミス・クロフォードは、その願いが早早に表明されていたことを思い出し、自身それに応えていなかったことが気になったので、直ちに、「今お弾きしましょうか？」

——「何の曲がよろしいかしら？」と、大層機嫌よく、自らも乗気な様子を見せて訊ねた。

ミス・クロフォードは求めに応じて演奏を始めたが、本人も新たな聴手を得て嬉しそうであった。しかも聴手は演奏を大いに有難がっている様子であり、ひどく感嘆している風でもあり、またなかなかどうして音楽に理解のあるところも見せたのである。ミス・クロフォードの演奏はファニーの眼が窓の方へさまよい、すっかり雨の上ったことを確め、もうそろそろお暇《いとま》しなければと訴え掛けるまで続けられた。

「もう十五分ばかりお待ちなさいな」とミス・クロフォードは云った。「そうすれば空模様もはっきりするでしょうから。雨が歇んだからってすぐに走り出すのはよくないわ。あの辺の雲が何だか危なさそうよ。」

「でもあの雲はもう通り過ぎましたのよ」とファニーは云った。「私、ずっと見ていましたから。——この雨は南から北へ向っていますもの。」

「南からでも北からでも、あんな黒雲が見えてよ。とにかく空模様が険悪なあいだは出発を見合せた方がよろしいわ。それに私としてももっと何かお聴かせしたいし——たいへん綺麗な曲がありますのよ——あなたのお従兄のエドマンドが一番気に入っているものなの。もう少しいらっしゃって、お従兄のお気に入りをお聴きなさいな。」

ファニーもそれは是非そうしたいと云う気持であった。別段ミス・クロフォードのその言葉で初めてエドマンドのことを思い出したと云う訳ではなかったが、それがきっかけで特にはっきりと意識し直したことは確かであった。そこでファニーは、エドマンドが何度もこの部屋を訪れては、多分自分が今坐っているちょうどこの場所に腰を下して、自分の気に入りの曲が今よりももっと素晴しい音色と音調で——とファニーには思われた——演奏されるのを毎回嬉しそうに聴いている姿を想像してみた。すると、自分自身もその曲が気に入り、エドマンドの好きなものが自分も嫌いではないことが判って嬉しかったにもかかわらず、この曲が終り次第今度こそ本当にどうしても帰りたいと云う気持になった。そこでファニーがその旨を伝えたところ、また是非訪ねて来るように、散歩の途中いつでも結構だから立寄ってくれるように、これからはもっとハープも聴きに来るようにとあまりにも親切に誘いを受けたものだから、これにはファニーとしても屋敷の方で反対さえなければ応えない訳には行かないと云う気持であった。

バートラム姉妹が出発してから二週間も経たないうちに二人のあいだに生じた一種の親交のそもそもの始りはこのようなものであった。尤も親交とは云っても主としてミス・クロフォードの何か目新しいものを欲しがる気持から生じたものであったから、ファニーにしてみればあまり実感はなかった。それでもファニーは二日か三日おきにはミス・クロフォードを訪ねた。何かしら魅惑されたような感じで、行かないでいるとどうも気持が落着かないのであった。そうかと云って相手が好きになった訳でもなければ、決して考えを同じくする訳でもなく、今やほかに誰も相手がいない訳であるから、自分が交際相手として求められたからと云ってあまり恩を感じることもなかった。またミス・クロフォードを相手に話をしていてもほんのときたま面白いと思うことがあるくらいで、それ以上の楽しみは得られなかった。それにその面白く思うと云うのも、大抵はファニーとしては尊敬もしたいし大事にもしたい人達や事柄に対してなされる冗談によるものであったから、ファニーの方が自らの正当な判断を犠牲にした上でのこともしばしばであった。それでもファニーは出掛けて行き、季節の割には気候が例年になく暖かだったせいもあって、グラント夫人の手になる灌木の茂みの中を二人連立って小一時間も歩き廻ることが何度もあった。そのような際には、ときおり、今や木の葉も落ちてしまって一頃に較べると遮るものも殆どないベンチに腰を下して、暫く坐っていることもあった。そうして気持のいい秋の名残にファニーが優しい感嘆の声を揚げていると、突然冷い風がさっと吹いて来て、黄色くなった残り少い木の葉をあたりに散らしたりするものだから、そうすると二人とも思わず立上り、体を温めるために再び歩き始めなければならなかった。

「綺麗だわ——何て綺麗なんでしょう」とファニーは、或る日こうして二人一緒に腰を下しているときにあたりを見廻しながら云った。「私、この灌木の茂みに入って来るたびに、その成長ぶりと美しさに感心してしまいますの。三年前なんて、ここは牧草地のはずれに沿って申訳程度の生籬《いけがき》があるだけで、大したものとも、これから先何かに使えるだろうとも思われていなかったのです。それがこんなに見事な散歩道になって、こうなれば実用と装飾とどちらの価値が大きいかちょっと決めかねますわね。これでまたあと三年もすれば憶えていないのでしょうね——以前はどんなだったかなんてことも。何とまあ、何とまあ本当に、時の働きとか人間の心の変化って不思議なんでしょう！」ファニーはこの最後の考えを続けて追いながらすぐに附加えた。「もし私達が生れながらに持っている能力で他の何にも増して不可思議と云えるものがあるとしたら、私、それは記憶力ではないかと思いますの。記憶と云うものの力や脆《もろ》さや斑《むら》には他のいかなる知的な機能よりも云うに云われぬ不可解なものがあるように思われます。記憶力って、ときには決して忘れず、永保《ながも》ちがし、たいへん従順かと思うと、また別のときには辻褄が合わなかったり、忘れっぽかったり、そうかと思うとまたもや横暴だったり、とても手に負えなかったり、なんですもの！　——私達の存在がどのみち測り知れないものであることは確かですけれど——それにしても思い出したり忘れたりすることが出来る力と云うのは、殊のほか謎だと云う気がしますわ。」

ミス・クロフォードは、別段心を動かされることも注意を惹かれることもなく、何も云うことはなかった。ファニーは事情を察して、これなら相手の興味を惹くに相違ないと思われることに考えを戻した。

「私なんかが人を褒めたりすると出過ぎたことと思われるかも知れませんが、でもここに示されたグラント夫人の趣味には賞讃を与えずにはいられませんわ。この散歩道には飾り気のない地味な静けさがありますもの——わざとらしいところがあまりなくて。」

「そうね」とミス・クロフォードはあまり気乗りのしない口調で応えた。「この種の館にしては上出来だわ。ここでこれ以上に大規模なものを考える訳にも行きませんしね。——これはここだけの話ですけど、私、マンスフィールドへ来るまでは、田舎の牧師が灌木の茂みだとかその種のものに憧れるなんて想ってもいませんでした。」

「私は常緑樹が生茂っているのを見るとたいへん嬉しくなりますの」とファニーは応えて云った。「伯父の園丁が土壌は伯父の所よりもこちらの方が上だといつも申しておりますが、月桂樹や常緑樹全体の成長ぶりから見て確かにそのようですわ。——ああ、常緑樹！　常緑樹って何て美しくて、有難くて、素晴しいんでしょう！　——考えてみれば、何とまあ自然に変化を与えているのかしら、驚いてしまいますわ！　——国によっては落葉樹の方が変種なことも確かですけれど、だからと云って、同じ土壌と同じ太陽が生存の第一の原則と法則において相異る植物を育てると云う驚きは決して減りませんわ。些か熱狂的で大袈裟になっているとお考えになるかも知れませんが、でも私は戸外に出ると、特に戸外でこうして坐ったりしていると、よくこんな風に物事を不思議がる気分になりますの。どんなに詰らないものでも自然の生み出すものを凝っと視ていますと、何かしらとりとめのない空想の糧が見附かるんです。」

「実を云うと」とミス・クロフォードが応えた、「私、何やらルイ十四世の宮廷におけるかの有名なヴェネチア総督*みたいな気がしていますの。それではっきりとこう云えますわ、この灌木の茂みの中にあって最も不思議なことは現に私がここにいることだ、ってね。もし誰かが一年前に、ここが私の家になるだろう、一月また一月とここでこんな風に過すことになるだろう、と云ったとしても、私、とてもそんなこと信じなかったと思うの。——それがもうここに来て五箇月になるんですものねえ！　五箇月間もこんなに静かに過したなんて未だ曾てないことだわ。」

「あなたにとっては静かすぎましたでしょうね。」

「理窟から云えばそう考えるべきなんでしょうけれど、でも」とミス・クロフォードは眼を輝かせながら続けた、「全体的に見れば、今までになく楽しい夏でしたわ。——しかしそうは云

って も」と今度は考え込んだ様子になり、声を低くして、「この先がどう云うことになるのやらさっぱり判りませんの。」

ファニーは胸がどきどきして来て、もうこれ以上何一つ推測することも、相手に強いて求めることも出来ないような気がした。しかしミス・クロフォードはすぐに元気を取戻すと話を続けた。

「私、今では田舎で暮してみるのも以前思っていたよりは遥かにいいことだと云う気がしていますの。或る種の環境の下でなら、一年の半分を田舎で過すのも愉しいのではないかとさえ想っています――たいへん愉しいのではないかと。家族的な繋りのある人達の中心に気品のある、適度な大きさの屋敷があって――皆が絶えず集り――近隣でも第一等の社交界を催し――第一等を維持していると云うことで多分もっと多くの財産を有った人達よりも尊敬の念を贏《か》ち得、――そうしてこれらの愉しみを陽気に経巡ったあとはその中で最も好感の持てる人と二人っきりになると云うこれまた悪くない愉しみが待っている。――このような光景を想い描いたからと云って別に途方もないことでもないと思いますけれど、どうかしら、ミス・プライス？　新ラッシワース夫人があのような屋敷を我がものにしたからと云って何も羨しがる必要なんかないんだわ。」「ラッシワース夫人を羨しがるですって！」とファニーにはやっとこれだけのことが云えた。「いえね、ラッシワース夫人に対して手厳しい見方をするのは私達としてもあまり悧口なやり方ではないだろうと云うことなの。だって私としてはあのひとのおかげで私達がいろいろと陽気で華やかな愉しい時間の過せることを楽しみにしているんですもの。あと一年もすれば私達みんなしてサザートンに集ることになるだろうと思うの。ミス・バートラムが得たような縁組はみんなにとって有難いことなのだわ。だってミスター・ラッシワースの奥様の第一の愉しみと云えば、屋敷に沢山の人を集めて、その地方で最も立派な舞踏会を開くことに違いありませんもの。」

ファニーは黙っていた——そこでミス・クロフォードももとの物思わしげな様子に戻ったが、数分して突然顔を上げると、叫んだ、「まあ、あの人だわ！」しかしそのときグラント夫人と一緒に姿を現し、二人の方へ近附いて来たのはミスター・ラッシワースならぬエドマンドであった。「姉さんとミスター・バートラムが——あなたの年上の方のお従兄が留守のおかげであの人がまたミスター・バートラムになれて私たいへん嬉しいわ。ミスター・エドマンド・バートラムと云う響きには何となく形式的で取るに足らないような、いかにも弟でございと云うところがあって、私は好きではないわ。」

「まあ、私の感じはまるで違いますわ！」とファニーは声を高めた。「私にはミスター・バートラムと云う響きの方がよそよそしくて、中身がなくて——温かみも人柄もすっかり欠けているように思われます。——ただ一人の紳士を表しているだけ、と云う感じですの。しかしエドマンドと云う名前には高貴な感じがありますわ。いかにも勇壮な誉れある名前ですし、王様か王子様か騎士のような名前——騎士道精神と温かな愛情の息吹を呼吸しているような名前ですもの。」

「名前そのものが悪くないと云うことは認めます。ロード・エドマンドとかサー・エドマンドと云うことになれば耳にしても愉快ですわ。でもミスターとなるとちょっと興醒めですわね——ミスター・エドマンドではミスター・ジョンやミスター・トーマスと大差ないと云う感じですもの。さてと、私達の方からあの人達の方へ出向いて行って、二人がこんな時節に戸外に坐っていたりしてなどと説教を始めないうちに、こちらから機先を制してしまいましょうか？」

エドマンドは殊のほか喜んで二人を迎えた。二人が一層近附きになったことは前から聞いていて大いに満足はしていたものの、そうなって以降の二人が一緒にいるのを見るのはこれが初めてであった。自分にとってたいへん愛《いと》しい二人が友達同士になったことは、エドマンドにとってみればまさに願ったり叶ったりであった。但しこの恋をしている男の判断力の名誉のために申し添えておくと、彼はこのような友情によってファニーだけが得をするとも、否《いな》、ファニーの方が余計に得をするとすら、決して考えてはいなかった。

「それで」とミス・クロフォードが云った、「私達の軽率な振舞をお叱りにはなりませんの？そのことで叱言《こごと》を聞かされ、二度とそんなことはしないようにと哀願懇願されるため以外に、何のために私達がここに坐っていたと思いまして？」

「あなた方のうちのどちらか一人だけが坐っていたのなら」とエドマンドは云った、「多分叱ったかも知れませんが、でもあまり良くないことでも二人が一緒にしている場合は大目に見ることにしましょう。」

「それに長いあいだ坐っていた訳でもありませんし」とグラント夫人が声を揚げた。「だって私が肩掛を取りに行って階段の窓から見掛けたときには二人は歩いていましたもの。」

「それに実際」とエドマンドが附加えた、「今日は天候も穏やかだし、二、三分坐るぐらいならそれほど軽はずみなことでもないでしょう。大体我が国の天候はそういつもいつも暦どおりには行きっこないのだし、ときには十一月に五月よりも羽根を伸ばすことがあってもいいさ。」

「何と云うことでしょう」とミス・クロフォードが叫んだ。「あなた方みたいに興醒めで不人情なお友達なんて未だ曾て会ったこともないわ！　これっぽっちも心配なんてして下さらないのね。私達がどんなに寒い思いをして我慢していたか、全然御存知ないのだわ！　尤も私、バートラムさんは、こちらがちょっと常識に反した機智の才を発揮しても、全然心動かされることのない、ただもう女性を困らせるだけの人だと前まえから思っておりましたから、バートラムさんには初めっからちっとも期待なんかしていませんでしたの。でもねえ、グラント夫人、あなたは私のお姉様なのですから、少しぐらいは私のことを心配して下さってもいいと思いますわ。」

「虫のいいことを云っても駄目ですよ、メアリー。私の同情を惹こうったってまず無理ですからね。私には私の心配事があるんですから。ただね、その心配と云うのはメアリーが考えているのとはまるで正反対なの。もし私に天候を変えることが出来るなら、あなたなんかひっきりなしにそれは冷い東風に見舞われることになるわよ。——だってね、庭師のロバートったら、夜がこんなに暖かいんだから、私の鉢植の幾つかはどうしても外へ出したままにしておくって云うのよ。その結果はどうなるか、私には判っているわ。急に天気が変って、突然厚い霜が降りて、みんなを（少くともロバートを）吃驚させて、そうして私の鉢植は全部駄目になるって訳よ。更に悪いことに、これはたった今料理番が云っていたことなんだけれど、あの七面鳥ね、私はあれを是非とも日曜日までは料理しないでおきたいのに、だって日曜日に一日のお勤めが終ったあとに出した方がグラント博士が一層喜ばれることは間違いありませんもの、それが明後日までは保たないだろうって云うの。こんな悲しいことってあるかしら。それで私、あまりに季節はずれの生暖かな天候に些かむっとしているんです。」

「田舎の村の心楽しき家事の営みって訳ね！」とミス・クロフォードは茶目っ気たっぷりに云った。「植木屋さんと鶏屋さんによろしくね。」

「いいこと、メアリー、もしグラント博士がウェストミンスター寺院かセント・ポールズ寺院の司祭長にでも推薦されればね、そうすれば私だって喜んであなたの云う植木屋や鶏屋を雇ってよ。でもマンスフィールドにはそんな人達はいませんし、私、どうしたものかしらねえ？」

「どうもこうもないわ、今までどおりにやるだけよ。しばしば何かと悩まされることがあっても、決して癇癪を起さないことね。」

「有難う――でもねえ、メアリー、たといどこに住んだって、こう云うちょっとした悩みの種からは逃れられないものよ。あなたがロンドンに落着いたとしても、訪ねて行ってみれば、あなたなりに、植木屋や鶏屋がいるのにもかかわらず、いや多分却ってそれゆえに、苦労しているだろうと思うわ。場所が遠く離れていたり、なかなか時間どおりには来てくれなかったり、そうかと思うと法外な料金を請求されたり、詐欺に遭ったり、しょっちゅう忌忌しいことだらけよ、きっと。」

「私はお金持になって、そんなことで忌忌しい思いをしたり嘆いたりなんかしないつもりよ。私の聞いたところでは収入の沢山あることが幸せの一番の秘訣だと云うことだわ。確かにお金さえあれば天人花や七面鳥ぐらいいくらでも確保出来ますものね。」

「あなたは大金持になるつもりなの」とエドマンドは、ファニーの眼にはたいへん真剣な、意味ありげな表情を見せて云った。

「ええ、そうよ。あなたは違いまして？　――誰だってみんなそうなのではないかしら？」

「僕は何事にせよ到底自分の力の及びそうにもないことはしないつもりです。ミス・クロフォードの場合は自分なりにこの程度と思うところが選べる訳だ。自分に可能な額を年に何千ポンドと決めさえすれば、それだけの額は間違いなく入って来るんですからね。僕の場合はまあ貧乏だけはしないようにしようってところかな。」

「節度と倹約と、それから収入に対する望みを実際に得られる額にまで減らすことによって、と云う訳ね。解りますわ――限られた資産と頼りにならない親戚筋を持つちょうどあなたの齢頃の方としてはまことにもって適切な計画だと思いますわ。――実際あなたにとって慎しい暮しを維持すること以外に何を望むことが出来ましょう？　あなたには時間的余裕だってこの先大してありませんし、親戚の人達だって、あなたに何かをしてやれる境遇にある訳でも、その富と社会的身分の差で以ってあなたに悔しい思いをさせるだけの地位にある訳でもありませんものね。是が非でも正直に慎しくおやりなさいな――でも私は別にそれを羨しくも思いませんわ。大して偉いとも思いませんわ。私は正直でお金持の方が遥かに偉いと思っていますもの。」

「金持か貧しいかで、その正直に対する尊敬度が違って来ると云うのは、まさに僕とは何の関係もないことだな。僕とても貧乏になるつもりはない。貧乏暮しだけはするまいと覚悟は決めている。ただ正直と云っても、幾分真中辺の、どちらかと云えば中くらいの暮し向きをしている人達の正直と云うものこそ、僕はあなたに軽蔑しないで頂きたいな。」

「でももっと高い境遇が得られた筈なのにそうでないのだとすれば、私は軽蔑しましてよ。何事にせよ、名を揚げることが出来るのに世に埋れて満足しているなんて、軽蔑せざるを得ませんわ。」

「しかしどんな風にして正直が高い境遇を得るのです？　——少くともどんな風にすれば私の正直が何らかの名を揚げることが出来ると云うのですか？」

これはそう簡単に答えられる質問ではなかった。それで相手の女性も暫くは「ああ！」と嘆声を発しただけであったが、それでもやがてこう附加えた。「国会議員になればいいわ。さもなくば十年前に軍隊に入っているべきでしたわね。」

「まあ軍隊の方は今さら云っても仕方がない。しかし国会議員になることの方だって、特別院でも開設されて、暮しの糧を殆ど持たない次男三男の代表を求めると云うことにでもならない限りまず無理だろうな。ただそんなことではなくてね、ミス・クロフォード」とエドマンドは真面目な口調になって附加えた、「僕にだって名誉と云うものがない訳ではないんだ——もしそれを手に入れる何らかの機会も可能性も全然ないと云うことになると僕としても惨めな思いをしなくてはならない――でもそれはあなたが仰有るのとは違う性質のものでね。」

こう云いながら見せたエドマンドの意識的な表情と何やらこれに笑いながら答えたときのミス・クロフォードのやはり意識的と思われる態度を見ているうちに、ファニーは何となく悲しくなって来た。今や二人のあとをグラント夫人と並んで歩いているファニーとしては当然夫人に気を遣わなければならない筈であったが、とてもそうしてはいられない自分に気附くと、すぐにも屋敷に戻ろうと決心し、あとは勇気を出してそのことが口に出せるのを待っていた。ちょうどこのときマンスフィールド・パークの大時計が三時を打って、ファニーは実際いつもより大分長い時間屋敷を留守にしていたことに気が附いた。そこで、ここで暇乞いをするべきや否や、するとすればどんな風にして、と云う先の自問に大急ぎで決着をつけることにして、直ちに、躊いなくはっきりと暇を告げた。同時にエドマンドも、母親がファニーに用があると云っていたこと、それで自分がファニーを連戻すために牧師館までやって来たことを思い出した。

ファニーは歩を速めた。エドマンドが一緒に附いて来てくれることなど全然期待せずに、自分一人でさっさと帰るつもりであった。しかし全員の歩調が速まり、ほかの者達もみな家までファニーに随いて来た。帰るためには家の中を通り抜ける必要があった。ちょうどそのときグラント博士が玄関の間にいた。皆が立止って博士に話し掛けたとき、ファニーはエドマンドの物腰からエドマンドも自分と一緒に帰るつもりでいることが判った。――エドマンドも暇乞いをしていたからである。――ファニーとしては感謝せずにはいられなかった。――別れる間際に、翌日食事をしに来るようにとエドマンドがグラント博士から招待された。このときファニーが何となくばつの悪い思いをし掛けると、グラント夫人が咄嗟に気が附いて、ファニーの方を振向き、あなたもどうぞ御一緒にと云ってくれた。これはファニーにしてみれば未だ曾て示されたことのない新たな心遣いであり、生れてこのかた経験した出来事の中でもまったくもって新しい事態であった。ファニーはただもう驚きかつ当惑する一方で、口籠りながら御礼の言葉を述べたり、「でも私一人で勝手に決める訳にも行かないと思いますので」などと返辞をしているあいだも、何か云って助け舟を出してくれないものかとエドマンドの顔ばかり窺っていた。――ところがエドマンドはと云えば、ファニーがそのような幸せを得られたことに大いに気をよくして、ファニーの方をよく見もしなければはっきり言葉で確めもせずに、ノリス伯母さえ上手く躱せばファニー自身に反対はない筈だと決め込み、ファニーを手離すことには自分の母親が異議を唱えるであろうなどとは想いも寄らず、ただもう招待は是非ともお受けするべきだとはっきり口に出して云うのであった。ファニーとしては、エドマンドの後押しにもかかわらず、とてもそこまで大胆に自分一人で結論を出すことは出来なかった。それでも、特に不都合の知らせがないようでしたら、来て頂けるものと期待していますわ、と云うグラント夫人の言葉で話のけりはすぐについた。

「それで食卓に何が出るかはもう御存知ね」とグラント夫人は頰笑みながら云った。「例の七面鳥よ――これは保証しますけど、たいへん素晴しいものなの。と云いますのはね、あなた」と、ここで博士の方へ顔を向けて、「料理番が七面鳥はどうしても明日のうちに料理したいと申しますの。」

「結構、結構」とグラント博士が声を揚げた、「大いに結構だとも。我家にもそんないいものがあるとはね、いやあ、嬉しいね。しかしミス・プライスとエドマンド・バートラム君にしてみれば、何が出るかは運に任せてみたいのではないのかな。別に献立表なんか聞かなくてもいいんだ。親しい会合とささやかな食事と、我我の考えているのはそれだけなんだから。七面鳥でも、鵞鳥でも、羊の肢でも、何なりとお前と料理番の出したいものでいいさ。」

従兄妹は一緒に歩いて帰った。歩き始めてすぐにたった今しがたの約束について話し合ったほかは、二人とも黙ったままであった。この約束についてはエドマンドは熱の籠った口調で満足の意を表明した。見たところたいへん愉しそうな親交が確立されたようだし、ファニーにとってもここで招待を受けておくことは殊のほか望ましいことだと云うのである。しかしこの話題が跡切れると、エドマンドは何やら物思いに耽り始め、ほかの話題にはあまり気乗りがしない様子であった。

＊　ヴォルテールの『ルイ十四世の時代』にある話で、セニュレ侯爵がヴェネチア総督に向って「ヴェルサイユ宮で最も奇異に感じられることは何かと訊ねたところ、「それは私がここにいることです」と答えたと云う。

第五章

「でもどうしてグラント夫人はファニーを招待したりするんでしょうねえ？」とバートラム令夫人が云った。「何でファニーを招待する気になったのかしら？　――ファニーがあちらでこんな風に食事をしたことなんてないでしょうに。私、ファニーがいてくれないと困るわ。それにファニーだって別に行きたくはないと思いますよ。――ねえ、ファニー、別に行きたくはないわねえ？」

「母さんがそんな云い方をなされば」とエドマンドは従妹が答えようとするのを遮って云った、「ファニーは直ちに行きたくないと云うに決っています。でもね、母さん、僕はファニーは行きたいのだろうと思いますよ。だってそうでない理由は見当らないもの。」

「私には何でグラント夫人がファニーを招ぶ気になったのか想像もつきませんけど。――未だ曾てそんなことは一度もなかったのに。――娘達はね、ときどき招んでくれていましたけれど、ファニーを招んでくれたことはなかったわ。」

――

「もし私がいなくてお困りのようでしたら、伯母様」とファニーは自分を抑える調子で云った――

「だって母さんには夕方はずっと父さんが一緒にいてくれるでしょうに。」

「確かにそれはそうね。」

「父さんの意見を訊いて御覧になったらどうでしょう？」

「それはいい考えね。そうしてみましょう、エドマンド。サー・トーマスがいらっしゃり次第、私がファニーを手離してもいいかどうか訊ねてみます。」

「その点については、まあどうぞお好きなように。ただ僕の云わんとした父さんの意見と云うのは、この招待を受けるべきかどうかについての意見ですよ。多分父さんは、初めての招待だし、受けた方がファニーのためばかりでなくグラント夫人にとってもいいことだと考えられるでしょうね。」

「それはどうか判りませんよ。でもまあ訊ねてみましょう。ただ、グラント夫人がファニーを招待したと聞けばひどく吃驚なさるでしょうね。」

それ以上何も云うことはなかった。云ったところでサー・トーマスが現れるまでは何にもならなかった。しかし話は、実際、翌日の夕方を自分が安楽に過せるかどうかに関わっていただけに、バートラム令夫人としても大層気懸りだったと見えて、三十分後、サー・トーマスが農園から自分の化粧室へ戻る途中ほんのちょっと顔を出しただけですぐにも扉を締めて行こうとするところを呼戻した。「ねえ、サー・トーマス、ちょっとお待ちになって――お話したいことがございますの。」

令夫人は普段から決してわざわざ声を揚げたりしない方なので、静かな懶《ものう》いような口調でも必ず相手の耳に達し、注意を向けてもらえるのであった。そこでサー・トーマスが戻って来ると、令夫人の話が始った。ファニーは直ちにそっと部屋を脱け出した。と云うのは、伯父がどう云うにせよ、自身その話題を耳にするのはとても堪えられない気がしたからである。結局行くことになろうがなるまいが、そんなことはどっちでもいいとは思っても、やはり気になった――どうやら必要以上に気にしていることが自分にも判った。――もし伯父が真剣な顔をしてどっちにするべきかを長いあいだ考えた末に、その真剣な顔をファニーの方へ向けて、行ってはならぬと云うことにでもなったら、ファニーにはとてもそれを素直に平然と受止めることは出来ないのではないかと思われた。その間にもファニーの気懸りの種の方は順調に進んでいた。それはまずバートラム令夫人の「あなたの驚くような話がございますの。グラント夫人がファニーを食事に招んだのです！」と云う言葉で始められた。

「それで」とサー・トーマスの方は、それだけではとてもその驚きとやらには当らない、本当に驚かしてくれる次の言葉を待とうではないかとでも云いたげな様子であった。

「エドマンドは行かせたがっていますの。でもどうして私にファニーを手離せまして？」

「帰りは遅くなるだろうな」とサー・トーマスは懐中時計を取出しながら云った。「だけど何でお前が困るの？」

エドマンドは自分が口を開いて母親の話の抜けたところを埋めなければならぬと思った。そこで一部始終を説明した。これに対してバートラム令夫人は「それにしても変だわ！　だってグラント夫人がファニーを招待したことなんて今までになかったんですもの*」と附加えただけであった。

「でも」とエドマンドが云った、「グラント夫人が妹のために感じの好いお客を招んであげたいと云うのはごく自然なことではないでしょうか？」

「それはもう自然なことさ」とサー・トーマスは少し考えただけで云った。「仮に妹がいなくても、わしの考えではこれ以上に自然なことはない。グラント夫人がミス・プライスに、バートラム令夫人の姪に、礼儀を示すことに釈明は要らぬ。ただ一つわしが驚いているのは、今回が初めてだと云うことの方だ。ファニーが最終的な返辞を保留にしておいたと云うのは申分なく正しかった。あの娘はなかなかちゃんとしているようだな。しかしあの娘は行きたいのに違いない。若者は若者同士一緒になりたがるものだからな。わしの結論を云えば、折角与えられた権利をあの娘が否定されなければならぬ理由は何ら見当らないと云うことだ。」

「でもあの娘がいなくて、私、大丈夫でしょうかしら、サー・トーマス？」

「大丈夫だと思うけれど。」

「姉がいないときはいつもあの娘がお茶を淹れてくれますのよ。」

「姉さんも説得すれば明日一日は我我と一緒に過してくれるだろう。それにわしも家にいることにする。」

「それなら結構ですわ。ファニーは行ってもよくってよ、エドマンド。」

良き知らせはすぐにファニーのあとを追った。エドマンドは自分の部屋へ戻る途中ファニーの部屋の扉を敲いた。

「やあ、ファニー、すべて上手く片が附いたよ。父さんはちっとも躇わなかった。父さんの意見は唯一つ、君は行くべきだって。」

「有難う、たいへん嬉しいわ」と思わず応えたものの、ファニーはエドマンドと別れて扉を閉めてしまうと、「だけどなぜ嬉しいのかしら？　あそこへ行けば自分を苦しめるものを見たり聞いたりするに決っているのに」と云う思いを禁じることは出来なかった。

しかしながら、このような確信にもかかわらず、ファニーは嬉しかった。このような約束は他人の眼には何でもないことに見えたかも知れないが、ファニーにとってみれば今までにない重大なことであった。サザートンでの一日を除けばファニーが外で食事をしたことはこれまで殆どなかった。たかだか半マイルの道程を出掛けて行って、三人を相手の食事だとは云っても、外で食事をすることに変りはなく、こまごまとした準備の一つ一つがそれだけでも興味深い愉しみであった。ファニーは、本来なら彼女の気持を酌んで、趣味や趣向に関して何かと教えてくれるべき筈の人達から、何の思い遣りも援助も得られなかった。それと云うのも、バートラム令夫人は自分が誰かの役に立つなどと云うことは考えたこともなかったし、ノリス夫人も、翌日やっては来たものの、サー・トーマスの招待による呼出しが朝早かったものだから、ひどく御機嫌斜めで、現在及び将来にわたって、出来るだけ姪の愉しみを減らすことに没頭しているとしか思えなかったからである。

「まったく、いいですか、ファニー、こんなに気を遣ってもらって、好き勝手にさせてもらって、あなたは本当に好運なんですよ！　あなたのことを考えて下さるグラント夫人と行かせて下さる伯母様にはそれこそ感謝しなければ不可ません。それからこう云うことは特別なことなのだと云うことも決して忘れては不可ません。だってそうでしょう、あなたがこんな風にみんなの仲間に入ったり、外で食事をしたりする謂れなんか何にもないんですからね。こんなことが二度と繰返されるなんて思っては不可ませんよ。それからこの招待があなたに特別の敬意を表するためになされたなどと想ってもなりません。敬意はあなたの伯父様と伯母様と私にこそ向けられたものなのですから。グラント夫人はあなたに少しばかり気を遣うことが私達に対する然るべき礼儀だと考えているんです。そうでなければそんなことを夫人が思い附く筈がありません。それにこれはあなたも充分承知のことでしょうけれど、もし従姉のジュリアが家にいれば、あなたが招待されることなんか絶対になかったんですからね。」

ファニーに与えられた好意のグラント夫人による部分がノリス夫人によってかくも巧妙に打消されてしまった以上、ファニーとしては、いざ口を開かねばならぬ段になっても、行かせて頂けてバートラム伯母様にはたいへん感謝しております、伯母様が今晩なさる縫物に関しては私がいなくても大丈夫なようにしておくつもりです、とだけしか云えなかった。

「そんなことは大丈夫です。あなたの伯母様はあなたなんかいなくてもちゃんとやれるんですから。それでなければあなたを行かせたりはしません。私がいるんだから、あなたは伯母様のことなんか全然気にしなくていいんです。それに私としてはあなたが、たいへん楽しく、大いに愉快に過して来てくれることを願っているんですからね。しかしそれにしても、五人で食卓に坐るなんて、何てまあ不揃い極まりない人数なんだろう！　グラント夫人ほどの趣味のあるひとがもっと上手くやりくりをつけなかったなんて、本当に驚いてしまいます。それもあの巨きな、だだっぴろい食卓、部屋中を埋尽してしまいそうな途轍もない食卓のまわりにですからね！　もし博士があんな馬鹿みたいに大きなのを新しく買ったりせずに——それこそ、ほんと、ここの食卓なんかよりも遥かに大きいんだからね——、私が立退くときに私のを引取ることで満足してさえいれば——正気な人なら誰だってそうした筈です——、その方がどんなによかったことか！　またどんなに人から尊敬もされたことか！　だって人間身分不相応なことをすれば尊敬されないものだからね。このことはよく覚えておくんですよ、ファニー。五人、あの食卓のまわりに坐るのがたったの五人とはねえ！　それでいてその上には優に十人分の食事が乗るんだよ、きっと。」

ノリス夫人はここで息を吐くと再び続けた。

「人間身分不相応なことをして実際の自分よりも偉く見せようなどとするのは愚かな馬鹿げたことだと云うことで、これから私達の附添いなしで人中に出ようとしているあなたに一つだけ云っておいた方がいいと思うことがあります。それはね、ファニー、いいですか、お願いだから、従姉達と同じようなつもりで、つまりラッシワース夫人やジュリアになったようなつもりで、自ら出しゃばって話をしたり、自分の意見を述べたりなどしないようにってことなの。本当ですよ、そんなことがあっては絶対になりませんからね。いいですか、どこにいようと、あなたは味噌《みそ》っ滓《かす》なんだってことをよく覚えておくんですよ。いくらミス・クロフォードが牧師館で寛いだ態度をとっているからって、あなたがその真似をして附け上ることはないんですからね。それから夜帰って来るのだって、エドマンドが云い出すまではおとなしくしているんですよ。それを決めるのはエドマンドなんだから。」

「はい、伯母様、ほかのことは何も考えずにそのことだけを心に留めておきます。」

「それから万一雨が降っても——私はひどくそんな気がしているけれど、だってこれほど夕方から雨になりそうな険悪な雲行きは生れてこのかた見たこともないんだから——出来る限り自分で何とかするんですよ。馬車が迎えに来てくれるだろうなんて思わないことです。私は今晩は家へ帰りません。ですから私のために馬車が出されることもありません。あなたも何が起ろうと自分のことは適宜に自分で処理するよう覚悟しておくんですよ。」

姪もそれは至極当然なことだと思った。ファニー自身、自分の安楽を要求する権利は、ノリス夫人に云われるまでもなく、低く見ていた。それゆえ、そのすぐあとに、サー・トーマスが扉を開けて、「ファニー、馬車は何時に廻したらいいだろう?」と云ったときには、ファニーとしてもあまりの愕きに、暫し口が利けなかった。

「まあ、サー・トーマスったら!」とノリス夫人は怒りで顔を真赤にして叫んだ。「ファニーは歩いて行けます。」

「歩く!」とサー・トーマスは、反駁の余地を与えない威厳のある口調で繰返すと、部屋の中ほどまで入って来た。「わしの姪がこの季節に食事の約束に歩いて出掛ける! ——四時二十分でいいかな?」

「は、はい」とファニーは控目に答えたものの、ノリス夫人に対しては殆ど罪を犯したような気持であった。それで自分の方が優勢に思われる状態で夫人とともに留まるのは堪え難い気がしたので、伯父のあとに随いて部屋を出たが、出るのが伯父より少し遅れたため、夫人の次のような激しい怒りの言葉が耳に入った。

「まったく不必要です！　――親切にもほどがあります！　でも、エドマンドが行くんだったね。――そう、馬車はエドマンドのためにね。そう云えばあの子、木曜日の晩、声を嗄《か》らしていたっけ。」

しかしファニーもこの言葉には欺されなかった。馬車は自分のためであり、自分一人のためであると云う感じは否定出来なかった。そして伯父の思い遣りが伯母のあのような物云いの直後だっただけに、ファニーは、一人になったとき、思わず感謝の涙を流さずにはいられなかった。

駅者は時間どおりに馬車を廻して寄越した。それとほぼ同時にいかにも紳士然としたエドマンドが現れた。ファニーの方は、遅れたりしてはならないと云う心配から、もう何分も前から客間に腰を下していたので、サー・トーマスも、時間厳守の持前の習慣に背くことなく、すぐさま二人を見送ることが出来た。

「どれどれ、見せて御覧、ファニー」とエドマンドはまるで愛情深い兄のような優しい頬笑みを浮べながら云った。「うん、なかなか気に入った。この明りで見ただけでもたいへん素晴しいよ。どれを着たの？」

「マライアの結婚のときに伯父様から頂いた新しいドレスなの。派手すぎないといいんですけど。出来るだけ早く着なくてはと思っていたんですけど、冬のあいだにこんな機会はまたとないだろうと思ったものですから。派手すぎるとお思いにならなければよろしいのですが。」

「女のひとが真白な装いをしている限り派手すぎるってことはあり得ないよ。うん、君の場合だって派手な感じは全然ないな。どこからどこまで申分なく相応しいよ。ガウンだってたいへん綺麗だし。このつやつやしたところがいいな。ミス・クロフォードも同じようなガウンを持っていなかったっけ？」

牧師館に近附きながら、馬車は廏と車庫のすぐ傍を通り過ぎた。――

「やあ！」とエドマンドが云った。「お客だ、馬車がある！　誰が来ているのかな？」エドマンドはよく確めるために横の窓を下した。「クロフォードのだ、クロフォードの四輪馬車だ、間違いない！　彼の二人の下男が以前彼の馬車があった場所に押入れているもの。勿論、クロフォードは来ている訳だ。これは驚いたね、ファニー。クロフォードに会えるなんて本当に嬉しいよ。」

ファニーの気持は大分それとは違っていたが、そんなことを口にするべき謂れも、時間的余裕もなかった。しかしそのような人がもう一人自分を注視することになると思うとひどく身慄いがし始め、客間に入って行くと云う恐しい儀式を果すときも体の慄えは一向に止らなかった。

客間に入ると確かにミスター・クロフォードが来ていた。暫く前に着いたと見えて、既に夕食のための身支度を終えていた。そのまわりに立っているほかの三人のにこやかな、いかにも嬉しそうな顔を見ると、バースを離れて数日のあいだ彼等の所へ来ることにしたクロフォードの突然の決心がいかに歓迎されているかは一目瞭然であった。たいへん真心の籠った挨拶がクロフォードとエドマンドのあいだに交され、ファニーを除くとみな愉しそうであった。しかしファニーにとっても、クロフォードがいてくれたおかげで都合の好いこともあった筈である。一座に一人でも余計に加われれば、誰からも気遣われずに黙って坐っていたいと云うファニーの好きな楽しみがそれだけ助長されることになるからである。ファニー自身すぐにこのことに気が附いた。と云うのは、ノリス伯母の意見がどうであろうと、もし一座の主役たることを強いられる破目にでもなれば、自らの心得る礼儀作法の導くままに主役に伴うちょっとした特別待遇はすべて受けなければならないだろうと覚悟はしていたものの、いざ食卓を囲んでみると、ファニーが加わる必要など全然ない愉しそうな会話が次から次へと溢れて——兄と妹のあいだにはバースについて、二人の若者のあいだには狩猟について、ミスター・クロフォードとグラント博士のあいだには政治について、そして姉と弟のあいだにはそれらをも含めたありとあらゆることについて、ひっきりなしに話が弾むものだから、それでファニーにも、自分はただ黙ってみんなの話に耳を傾けてさえいれば今日一日をたいへん愉快に過せそうだとはっきり判ったからである。しかしながらファニーは、このたった今着いたばかりの紳士がマンスフィールドの滞在を延ばし、ノーフォクへ猟馬を取りにやると云う計画には、いかなる見せ掛けの興味も装い示すことは出来なかった。その計画は、グラント博士によって提案され、エドマンドによって勧められ、二人の姉妹によって熱心に急き立てられて、すぐに当人の心を占めるに至ったが、それを決定するに当ってはどうやらファニーの奨励をも欲しがっているようであった。しかしこのような暖かい天候がどのぐらい続くだろうかと云うことで意見を求められたときも、ファニーの返辞は礼儀作法の許す限り短く素気ないものであった。ファニーはクロフォードに留まっていてもらいたくはなかった。それにどちらかと云えばあまり話し掛けてもらいたくもなかった。

クロフォードに会ってファニーが大いに考えていたのは離れている二人の従姉、中でもマライアのことであった。しかしクロフォードの方は思い出に当惑している風は全然なかった。クロフォードは、一切が過去《すぎさ》ったところでまたもやもとの同じ地点に立ち、どうやらバートラム姉妹がいなくても喜んでこの地に留まるつもりらしく、マンスフィールドがこれ以外の状態にあったことなど一向に知らないと云う様子であった。ファニーは食堂にいるあいだは彼が従姉達についてただ通り一遍の話をするのを聞いただけであった。しかし皆が再び客間に集り、エドマンドは何か仕事のことでグラント博士と二人だけになってすっかり話に夢中になり、グラント夫人はお茶の準備に掛りっ切りになると、クロフォードはバートラム姉妹に関するもっと詳しい話を妹に向って始めた。そして何やら意味ありげな笑いを浮べると――ファニーはこの笑い方にクロフォードがすっかり憎らしくなったが――こう云った。「それで、ラッシワースとその麗しの花嫁だけれど、目下ブライトンにいるそうだ――幸福な男よ！」

「そう、そのとおりよ――二週間前から、でしたわね、ミス・プライス？　――それにジュリアも一緒なの。」

「ミスター・イェイツが確か遠からぬ所にいる筈だ。」

「ミスター・イェイツですって！　――まあ、私達、ミスター・イェイツのことは何も聞いていなくてよ。マンスフィールドへの手紙でもあの人のことはあまり書かれていなかったと想いますけど、そうではありません、ミス・プライス？　――私、あのジュリアさんのことだからミスター・イェイツのことを書いて父親を面白がらせようなどと云う馬鹿な真似はしないのだろうと思いますわ。」

「気の毒に、ラッシワースとあの四十二の台詞と来たらなかったな！」とクロフォードは続けた。「あればかりは誰だって忘れられないよ。まったく気の毒な男だ！　――あの苦労と絶望――今でも眼に見えるようだ。まあ、彼の愛しのマライアが彼にその四十二の台詞を自分に向って云わせたがらないのも無理はないと思うな」と、ここでちょっと真剣な口調になって附加えた。「あのひと、あの男には立派すぎるよ――まったく立派すぎる。」それから再び口調を例の女性に優しい、慇懃な調子に戻すと、今度はファニーに話し掛けた。「あなたがミスター・ラッシワースの一番の身方でしたね。あなたの親切と忍耐も忘れられないな。何しろ不屈の忍耐を以って、あの男が役を覚えるのを可能にしようとしたのですからね――あなたは、自然ですらあの男に与えることを拒否した頭脳を与えようとした、つまりあなたの自然から余分に与えられているものを何とかあの男の理解力を拵え上げようとした訳だ！　あの男にはあなたの親切を評価するだけの分別もないかも知れない。しかし僕は敢えて云っておきますけど、あなたの親切な振舞に対してはほかの人達はみな敬意を寄せていますよ。」

ファニーは顔を赧らめただけで、何も云わなかった。

「まるで夢みたいだ、愉しい夢を見たみたいだ！」とクロフォードは一時考え込んだあと再び口を切って叫んだ。「あの芝居のことを思い出すといつもたいへん愉快になる。あんなに面白くて、あんなに活気があって、あんなに気力が充満していて！　誰もがそう感じていて、みんな活活していた。一日中、一時たりとも、やるべきこと、希望、心配、騒ぎのないときはなかった。必ずや何らかの克服すべき反対、疑問、不安があった。あんなに幸せなことはなかったな。」

ファニーは内心腹立しく思いながら自分自身に繰返した。「あんなに幸せなことはなかったですって！　――到底正当化することなんか出来ないようなことをしたときが一番幸せだったなんて！　――あんな恥ずべき、情ない振舞をしたときが一番幸せだったなんて！　――本当に何て腐った心の持主なのかしら！」

「僕達はついていませんでしたね、ミス・プライス」とクロフォードは、エドマンドに聞かれないように声を低くして、しかしファニーの気持には一向に気附かずに続けた。「僕達は確かについていませんでした。もう一週間、ほんのもう一週間あればよかったんです。ほんと、物事の成行きが僕達の随意になったらと思いますね――もしマンスフィールド・パークに秋分の頃の一、二週間だけでいいから風向きを支配出来る力があったら、事態は変っていたろうと思うんです。勿論、途方もない天候であの方の安全を危険に曝したりなどはしやしません――ただ着実に或る一定の逆風を送るんです、或は凪《なぎ》の状態にしておくだけでいい。ねえ、ミス・プライス、あの季節に大西洋が一週間凪いでいてくれたら、僕達も思いどおりに出来たろうと思うんです。」

クロフォードはここで返辞をしてもらえるものと思い込んでいる風であった。そこでファニーは顔を背けるといつになく強い口調でこう云った。「私に関する限り、一日たりともサー・トーマスの帰還を遅らせる気はありませんでした。伯父様は実際に帰っていらっしゃってから芝居のことは全然お認めにならなかったのですから、私の考えでは何もかもやり過ぎだったのだと思います。」

ファニーは未だ曾てクロフォードに対してこれほど沢山の言葉をいちどきに喋ったことはなかったし、誰に対してもこんなに腹立しげな物云いをしたこともなかった。それで一旦話してしまってから、自分のあまりに大胆な振舞に体は慄え、顔は上気していた。クロフォードは吃驚したようであったが、暫く黙って相手のことを考えてから、恰《あたか》も率直に納得した結果だと云わんばかりに、前よりも静かな、真面目な口調になって応えた。「あなたの云うことが正しいと思う。あれは愉しかったけれどもあまり思慮のあることではなかった。僕達は些か大騒ぎをし過ぎたようだ。」それから話頭を転ずると、何やら別の話題でファニーの気持を惹きつけようとしたが、ファニーの返辞があまりにも内気な、気乗り薄なものだったので、クロフォードとしてもいかなる方向にも話を推進めることが出来なかった。

このとき、再三グラント博士とエドマンドの方を窺っていたミス・クロフォードが云った。「あちらの方には何やらたいへん面白そうな議題がありそうよ。」

「この世で何よりも面白い議題だ」と兄の方は応えた。「いかにして金を作るか——いかにして十分な収入を十二分なものにするか。グラント博士はバートラム君が近ぢか手に入れることになっている牧師禄の使い途について訓《おし》えを垂れているんだ。彼、あと二、三週間もすると牧師になるからね。食堂でもそのことを話していたもの。バートラム君が裕福になれると聞いて僕も嬉しいよ。使い放題に使えるだけの結構な収入が手に入る訳だ、それも大した苦労もせずに。まあ一年に七百ポンド以下ってことはないだろうな。次男で年に七百あれば大したものだ。それに勿論、彼はこのままずっと家に住むんだろうから、それはそっくりそのまま小遣い銭になる訳だ。それにいくら一身を捧げる仕事だとは云ってもクリスマスと復活祭のときに説教をするだけのことなんだろうし。」

妹の方は自分の気持を笑いに紛らわそうとしてこう云った。「私が何よりも面白いと思うのは、誰でも自分よりも遥かに収入の少い人達のことを、実にいとも簡単に裕福であるって決めてしまうことなの。ねえ、ヘンリー、もしあなたのお小遣いが年に七百ポンドと限られでもしたら、あなたは何もすることがなくてぼんやりしてしまうのではないかしら。」

「多分そうかも知れない。しかしそう云うことはすべて相対的なことだからね。生得権とか仕来りが問題に決着をつける訳だ。バートラム君は准男爵家の次男としてみても確かに裕福だよ。二十四、五になれば、何もしなくても年に七百ポンドは入って来るんだもの。」

ミス・クロフォードは、そのために為さねばならぬこと、辛い思いをしなければならぬことが何かあるだろう、と、これを軽く考えることが出来なかったので、思わず口に出すところであったが、辛うじて自らを抑えると、そのあとすぐに二人の紳士が話に加わって来ても、平静と無関心を保つことに力めた。

「バートラム君」とヘンリー・クロフォードが云った。「僕は貴君が最初の説教を行うときには是非ともマンスフィールドへ来てそれを聞かせてもらおうと思っているんだ。若き初心者を勇気づけようと思ってね。予定はいつなの？　ねえ、ミス・プライス、あなたも一緒に従兄君を励ましてやりませんか？　その場に出席して終始凝《じ》っとバートラム君を視詰めるんです――僕はそうするつもりだけど――そして一言たりとも聞洩らさない――眼を逸らすのはそれこそ素晴しい、見事な言葉が発せられたときにそれを書留めるときだけ――どうです、約束しませんか？　手帖と鉛筆を用意しておこう。いつやるの？　サー・トーマスとバートラム令夫人に聞いてもらうためにもマンスフィールドでやらなければ不可ないだろう。」

「僕は出来るだけ君の方は見ないようにするつもりだよ、クロフォード君」とエドマンドは云った。「だって君は大いに僕の心を乱しそうだからね。それにほかならぬ君がそんなことをしているのを見るのは気の毒だもの。」

「ミスター・クロフォードにはこう云う気持が判らないのかしら？」とファニーは思った。「そうなのだわ、この人には何事につけ素直な気持を抱くってことが出来ないのだわ。」

今や全員が一緒に集り、主な話手同士が互いに心を奪われて、ファニーは一人おとなしくしていた。お茶が終ってホイスト用の卓子が用意され――表向きはそう想われなかったものの、実際はグラント博士を喜ばすためによく気の附く細君がそのように取計らったのである――、ミス・クロフォードがハープを取出すと、ファニーは黙って聴いている以外には何もすることはなかった。それでその晩はもはやファニーの平静が乱されることはなかった。ただほんのときたまミスター・クロフォードが何か訊いたり、話し掛けたりして、これにはファニーとしても全然返辞をしない訳には行かなかった。ミス・クロフォードは先ほどのことに大分気を苛立てていて、音楽以外には何をする気にもならなかった。それでその音楽で以って、自分を慰め、友を愉しませた。

エドマンドがかくも近ぢか間違いなく牧師になると云うことは、ミス・クロフォードにとってみれば、当分やって来そうにもないもの、まだどうなるか判らない、はっきりするまでには暫く間があるだろうと思われたものが不意に襲って来た感じで、この打撃は腹立しいと同時に悔しくもあった。ミス・クロフォードはエドマンドが癪に障って仕方がなかった。自分にはもう少し影響力があるものと思っていたのである。実際ミス・クロフォードはエドマンドに非常な好意を、ほぼ決定的な気持を寄せ始めていたし、自分でもそのことに気が附いていた。ところが今や相手の冷やかな感情に直面することになったのである。こちらが折れっこないことは判り切っている筈の場所へ自らの身を置くことからも、相手が真剣な考えも、真の愛情も持っていないことは明らかであった。しかし相手が冷淡ならこちらもそれなりに態度を合せることになろう。これからは相手が心遣いを見せてもその場だけの愉しみ以上のことは考えないで受容れることにしよう。相手がそれほどまでに自分の愛情を抑制することが出来るのなら、こちらだって自分の愛情で傷つくようなことがあってはならないのだ。

＊　ファニーはクロフォード兄妹が来た直後に一度牧師館でほかの者達と一緒に食事をしている。その点をエドマンドが母親に言及しないところを見ると、作者もそのことを忘れているものと

見える。

第六章

ヘンリー・クロフォードは次の朝までには更に二週間マンスフィールドに留まる決心をすっかり固めていた。そこで猟馬を取りにやり、提督宛に説明の文句を数行書いてしまうと、手紙に封をし、その場に抛り出しながら、妹の方を振向いた。そして家族のほかの者達に邪魔される気配のないのを見て取ると、笑いを浮べながらこう云った。「ねえ、メアリー、僕は猟をしない日にはどうやって愉しむつもりでいると思う？　僕だって週に三回以上出掛けるには些か齢をとり過ぎたからね。でもその間の日日のための計画はあるんだ。何だと思う？」

「私と一緒に散歩をしたり、馬に乗ったりすることね、きっと。」

「ちょっと違うんだな。散歩も乗馬も勿論喜んでやるけれど、でもそれは身体のための運動だ。僕としては心の方にも気を配らなければならぬ。それにそれは純然たる気晴しであり、娯楽であって、そこには健全な骨折の精神と云うものが欠けている。僕はまだ安逸を貪りたくはないんだ。それでね、僕の計画と云うのはファニー・プライスに僕に恋をさせることなんだ。」

「ファニー・プライスですって！　何てことを！　とんでもないわ。あのひとの従姉二人でもう充分に満足な筈よ。」

「しかし僕はファニー・プライスなしでは、ファニー・プライスの心に小さな穴をあけずには満足出来ないんだ。君には、あのひとにも他人から注目されていい資格のあることが判っていないようだ。昨晩《ゆうべ》僕達があのひとのことについて話したときでも、君達の誰一人として、ここ六週間のうちにあのひとの容貌に生じた素晴しい変りようには気附いていなかったような気がする。君は毎日会っているから、それで気附かないのだけれど、確かに、あのひとは秋から較べるとすっかり見違えるように変っている。単に物静かで、控目で、悪くない器量の娘だったのが、今や申分なく綺麗だもの。以前は色艶の悪い、表情のない娘《こ》だと思っていたけれど、昨日みたいにしばしば顔を赧らめたりすると、あの柔かな肌が実に美しいんだ。それに僕の見たところ、あのひとの眼や口は、何なりと云うべきことがあるときには、充分に表情を湛《たた》え得るものだと思う。それに——あの態度と云い、あの物腰と云い、何から何まで、云うに云われぬ変りようだ！ 背丈だって十月以来少くとも二インチは伸びているに違いない。」

「そんな馬鹿な！ そんなの、較べる相手になるような背の高い女のひとがいなかったのと、あのひとが新しいガウンを着ていて、兄さんがあのひとのあのような盛装姿をこれまで見たことがなかったと云うだけのことよ。あのひと、十月も今も変りなくってよ、本当に。真相は、あのひとが一座の中で兄さんの眼に留った唯一の女性で、しかも兄さんは絶えず誰か女性がいないと気が済まない質だってことね。私はずっとあのひとは綺麗だと思っていたわ——ひときわ綺麗と云うほどではなくても、所謂人並にはね——徐徐に美しさを増すタイプなのだと思うわ。眼の色はもう少し濃くてもいいけれど、笑い顔なんて可愛らしくてよ。しかしその素晴しい変りようってことについては、あのひとがいつになく立派なドレスを着ていたこととほかに見るべき女性がいなかったことに帰して間違いないと思うわ。ですから、もし兄さんがあのひとを相手に戯れを始めたとしても、私は、それがあのひとの美しさに対する讃辞によるものだとは思わないし、ただただ兄さんの怠惰と愚かさから生じたものだと思うだけだわ。」

兄はこの非難に対しては頬笑みを見せただけであった。そしてそのすぐあとでこう云った。

「ミス・ファニーはどうも僕には得体が知れないいんだ。云うこともよく解らないしね。昨日だって何が狙いだったのか僕には判らなかった。どんな性格なんだろう？　——生真面目なのかい？　——変っているのかな！　——それとも淑女ぶっているのか？　何であんなに尻込みして、僕に気難しい顔をしたのかな？　僕はあのひとに殆ど話をさせることが出来なかった。あんなに長時間女の子と一緒にいて、相手を喜ばせようと力めて、そしてかくも駄目だったことなんて未だ曾てないことだ！　あんなに気難しい顔を見せる女の子なんて会ったことがない！　こればかりは何とかしなくてはね。あのひとの顔附と来た日には『私はあなたが好きではありません、断じて好きではありません』と云わんばかりだ。僕は断じて好きにならせてみせる。」

「何てお馬鹿さんなんでしょう！　それが結局あのひとの魅力と云う訳なのね！　つまりこう云うことじゃないの——あのひとは兄さんに気がない——だからあのひとはあのように柔かな肌の持主で、実際以上に背が高くて、あんなに魅力的で気品がある！　お願いですからあのひとを本当に不幸な目に遭わせたりはしないで下さいね。ほんの少しばかりの愛ならあのひとを元気づけることになっていいかも知れないけれど、あまり深入りはして頂きたくないわ。だってあのひと、それは善良なひとですし、それにたいへん感じ易いひとなのですから。」

「たったの二週間しかないんだぜ」とヘンリーが云った。「もし二週間で参ってしまうようだったら、あの娘は救いようのない体質の持主だってことになる。いや、あのひとを傷つけるつもりはないさ、安心していい。ただ僕の望むのは、あのひとが僕に優しい眼指を向けてくれて、顔を赧らめるだけでなく頰笑みも見せてくれる、一緒のときなどあのひとのすぐ傍に僕のために椅子を取っておいてくれて、僕がそこに坐って話し掛けると陽気に相手をしてくれて、考えることも僕と同じで、僕の持物や好きなことにも興味を寄せてくれる、そして僕にもっとマンスフィールドに留まるようにと云ってくれて、僕が立去るときにはもう二度と自分は幸せにはなれないと云う気持になってくれる、ただそれだけのことなんだ。それ以上のことは何も望んではいない。」

「まあ控目なお望みですこと！」とメアリーが云った。「それなら私も何も心配は要らないわ。まあ、御自分をお売込みになる機会でしたらいくらでもございましてよ、私達しょっちゅう一緒になるんですから。」

ミス・クロフォードはこれ以上意見をすることは止めて、ファニーはファニーの運命に任せることにした。——しかしこの運命は、もしファニーの心がミス・クロフォードには思いも及ばぬ方法で衛《まも》られていなかったならば、些か必要以上に酷なものになったかも知れないのである。と云うのは、手腕、作法、心遣い、愛想のなし得るすべてをもって口説かれても、己れの分別に背いた恋心を抱くことなど絶対に不可能な、いかんとも度し難い十八歳の若き女性達と云うのは確かにいるものであるが（さもなくばそう云う女性達に小説でお眼に掛ることもまずあり得ない訳である)、私はファニーがそう云う女性達の一人だとはとても信じたくないし、また、あれほどの気立ての優しさと趣味を具えている以上、愛情が他に向けられていると云うことでもない限り、いくらそこに以前何やら良からぬ思惑があったとは云え、それは克服不可能と云うほどのものではないし、クロフォードほどの男の求愛を(たった二週間の求愛だと云っても)何らの仄かな気持も感ぜずに逃れることが出来るとは到底思えないからである。しかし他に寄せる愛情とクロフォードに対する軽蔑がクロフォードの攻撃からファニーの心の平安を無事に衛りはしたものの、彼の絶えざる心遣いに会って——確かに絶えざるもので、しかも決して押附けがましいところはなく、次第にファニーの優しい、繊細な人柄に合せようとさえするので——、ファニーもそういつまでも以前と同じように嫌ってばかりもいられなくなった。決して過去のことを忘れた訳ではなく、相変らず軽蔑はしていたが、クロフォードの威力と云うか才能と云うかそれは確かに感じられた。とにかく愉快なことは愉快だったし、その態度や物腰も大層良くなって、礼儀正しく、真面目で、非難すべきところもなくなったので、こうなってはファニーとしても鄭重に応対しない訳には行かなかった。

このような効果を生じさせるためにはほんの数日もあれば充分であった。そしてその数日が過ぎたとき、ファニーを喜ばせようと云うクロフォードのもくろみを更に幾分有利にしそうな事態が生じた。と云うのは、その出来事は誰にでも愛想よくしたくなるような幸福感をファニーにもたらしたからである。兄のウィリアム、長いあいだ英国を離れていた愛しい兄のウィリアムが再び英国に戻って来たのである。ファニーは兄からの手紙を一通受取っていた。そこには慌しい筆蹟の福音が数行認《した》ためられてあった。それは艦隊が英国海峡を上って来るときに書かれ、目下スピットヘッド*1に碇泊中のアントワープ号を最初に離れた短艇でポーツマスまで運ばれて来たものであった。それで、クロフォードが、最初の報せをもたらすことになろうと期待しながら新聞を持ってやって来たときも、ファニーは、この手紙を見詰めながら喜びに身を震わせ、感謝に顔を紅潮させて、傍で伯父が落着き払った様子で返辞の招待状を書取らせているのに聴入っていた。

　クロフォードが事の一部始終を知ったと云うか、ファニーにそのような兄がいて、その兄がそのような船に乗込んでいると云うことをともかくも実際に知ったのは、ほんの前日のことであった。しかしそのときにそそられた興味があまりにも強かったので、クロフォードは、ロンドンに戻り次第、アントワープ号が地中海から戻る時期やその他の情報を問合せてみようと決心したほどであった。どうやら船に関する情報を早速に調べる習慣が幸運を伴ったと見え、翌日になると、海軍関係の情報では最も早いと評判の新聞を長年にわたって取って来たことが、提督に対する忠実な配慮であると同時にファニーを喜ばせる巧みな方法の発見ともなって報いられたのだと思われた。しかしクロフォードは自分が遅すぎたことに気が附いた。自分が最初に呼起そうと思っていたこれらの素晴しい感動は既に与えられたあとであった。しかし彼の意図、彼のこの親切な意図は心から感謝された。それと云うのも、ファニーはウィリアムに対する溢れんばかりの愛情から、いつもの内気が影を潜め大分心が昂ぶっていたからである。

　あの愛しいウィリアムがもうすぐ皆の中にやって来るのだ。まだほんの見習士官に過ぎないのだから、直ちに間違いなく賜暇《しか》は与えられる筈であった。親達は、住んでいる場所から云っても、もう既に会っているに違いないし、多分毎日会っているだろうから、次の休暇はそっくりそのまま、七年間一番手紙のやりとりをした妹と自分の後押しと昇進に尽力してくれた伯父に捧げられて然るべきであろう。ファニーが返辞を出すと折返し近近到着の日附を記した返辞が戻って来た。そんな訳で、生れて初めて食事に招ばれた昂奮から十日も経つか経たないうちに、ファニーはより一層の昂奮を味わっていた——広間にいても、玄関にいても、階段にいても、自分の許へ兄を運んで来る馬車の響きを真先に聞きつけようと全神経を集中して。

こうしてファニーが待っているところへ馬車は無事に到着した。儀式張ったことで再会の瞬間を遅らせる惧《おそ》れは何もなかったので、兄が屋敷に入って来るやファニーは二人っきりになれ、最初の感極まれる数分間は誰に邪魔されることもなく、人眼も全然気にしなくて済んだ。尤もこれは主として然るべき扉を次つぎと開けるためにその場その場に居合せた召使達が邪魔にも人眼にもならなかったとしての話である。サー・トーマスもエドマンドもそれぞれに見て見ぬ振りをしていた。それと云うのも、二人ともノリス夫人に到着の物音が聞えたからと云ってすぐさま玄関に駆出したりしないでそのままその場にいるようにと早手廻しに思い遣りのある忠告をしたことから、互いに相手も同じ考えでいることが判ったからである。

やがてウィリアムとファニーが姿を現すと、サー・トーマスは自分の被保護者を喜んで迎えた。確かに七年前に入隊に必要な手筈を整えてやったときから見れば大分変っていた。しかしそこにいるのは、いかにも正直そうな、気持のいい顔附と、気さくで、わざとらしいところがなく、他人の感情を心得た、立派な物腰の、それこそサー・トーマスをして自分の身方だと確信させるような若者であった。

ファニーが、待ちに待った最後の三十分と、その期待が叶えられた最初の三十分によってもたらされた幸せの昂奮から、やっと落着きを取戻すことが出来たのは大分経ってからであった。自分は幸福感に浮れているのではなく、本当に幸せなのだとはっきりと云えるまでには——兄の容姿が大分変ってしまったためどうしても最初禁ずることの出来なかった失望感が消えて、そこに以前と変らないウィリアムを認め、何年ものあいだ心から話したいと思っていたとおりに話が出来るようになるまでには——更に暫しの時が必要であった。しかしやがてその時も来た。それは、妹に劣らぬ兄の温かな愛情によって導かれ、気取りや気後れのために妨げられるようなことはなかった。ウィリアムはほかの誰よりもファニーを愛しく思っていた。しかしファニーよりも勁い精神と腹の据った気性の持主であるウィリアムは、愛情を抱くのでもそれを表すのでも、自然に振舞うことが出来た。翌朝二人は本当に喜んで一緒に散歩した。そして次の朝もその次の朝も二人一緒の姿が見られた。こればかりはサー・トーマスも、エドマンドがほらあそこと指さすまでもなく、自ら安らかな満足を以って見守らない訳には行かなかった。

エドマンドの自分に対するはっきりとした、ときには想いも掛けない思い遣りが過去数箇月のあいだに与えてくれた特別の喜びの瞬間を別にすれば、ファニーは、兄でもあり友でもあるウィリアムとのこの何物にも邪魔されない、対等な、何の心配も要らない交わりから得られるような幸福感は生れてこのかた一度も経験したことがなかった。兄は妹にすっかり心を開いて、長いあいだそのことを思い、やっとのことで正当に評価されて、手に入れることの出来た有難い昇進にまつわる希望や不安、方策や配慮について何から何まで話し、また、ファニーが滅多に様子を知ることのなかった父や母、弟達や妹達の消息についても、率直に詳しく話して聞かせた。ウィリアムは妹の住むマンスフィールドの安楽なところやちょっとした辛いことについても何かと知りたがり、妹の話ぶりからすぐさまここの人達全員の人柄を想い描いた。ただノリス伯母についてだけは遠慮のない意見を云い、声高に悪口を云ったりして、これだけは別扱いであった。二人は、自分達が幼かった頃の不幸な出来事や幸福だったことを一つ残らず数え上げ、そうして苦しくも楽しくもあった思い出のあとを辿って愛しい過去を懐しんだ（多分二人はこのときに最も懐しいあの気儘な楽しみを味わっていたであろう）。この共通の思い出を持つと云うことが愛を深める強みなので、この点では夫婦の絆も兄弟姉妹の絆には叶わないのである。同じ家族、同じ血筋の子供達は、初めから一緒に睦み合い、同じ習慣を身に附けることによって、のちの結び附きからは決して得られない喜びを手にすることが出来る。もしその早い時期の愛情の貴重な名残が完全に忘れ去られることがあるとすれば、それは長いあいだの不自然な疎遠関係か或はのちのいかなる結び附きも正すことの出来ない離別によるものであるに違いない。悲しい哉、事実はしばしばそのとおりなのである！　――兄弟愛は、ときには何物にも替え難い反面、ときにはなくもがなの場合もあるものである。しかしこのウィリアム及びファニー・プライスの場合は、それは未だに初期のみずみずしさを失わざる感情であり、対立する利害に傷つけられることもなければ、それぞれの別の人への愛情で冷えることもなく、時の経過と別離はただただ愛情を増すことにのみ効果があったとしか思われない感情であった。

　かくも好ましい愛情のゆえに、ウィリアムもファニーも、良いものを良いと評価出来るだけの心の持主の全員から好意の眼指で見られていた。ヘンリー・クロフォードも他の誰彼に劣らず心打たれていた。彼は、この若い船乗りがファニーの頭に手を伸ばして、「いえね、私も今ではこの妙ななりが好きになり始めているんです。尤も最初にこんなものが英国で流行っていると聞いたときには、とても信じられませんでした。ジブラルタルの弁務官邸でブラウン夫人やそのほかの御婦人方がこれと同じ髪形で出て来たときには、皆さん気が狂ったんじゃないかと思ったほどです。でもファニーがやっているとなればどんなことでも諦めがつきます」と云うときの心の温かな、率直な可愛がりようをたいへん立派なものと思い、同時に、兄が、このような時期に海に出ていれば[*2]必ずや遭遇するに決っている、差迫った危険や恐しい場面のどれを話して聞かせるときでも必ず見せるファニーの紅潮した頬や眼の輝き、深い関心、すっかり心奪われた様子に強い感嘆の念を覚えた。

　このような図はヘンリー・クロフォードの精神でも充分に評価することが出来た。ファニーの魅力は増大した——二倍になった——と云うのも、その顔立を美しくし、表情を照り輝かせる感受性それ自体が既に一つの魅力だったからである。彼はファニーの心の隠れた可能性をもはや疑わなかった。彼女には感情が、それも本物の感情がある。このような女の子に愛されるならば、この若若しい、純朴な心の最初の情熱を呼起すことが出来るならば、それこそ大したものだ！　クロフォードは想っていた以上にファニーに心を奪われていた。二週間では足りなかった。彼の滞在は無期限になった。

　ウィリアムはしばしば伯父の求めに応じて話をすることになった。甥の話そのものが面白いと云うこともあったが、サー・トーマスが話を求める主な目的は話手を理解すること、その話ぶりから若者の人柄を知ることであった。そしてサー・トーマスは甥が細部を語るのにも単純明快な、気力の籠った話し方をするのを聴いて大いに満足し、そこに、正しいものの考え方、職業上の知識、精力、勇気、快活など、前途有望間違いなしのありとあらゆる証左を認めた。齢こそ若いが、ウィリアムは既に多くの物事を見聞していた。地中海に行き――西インド諸島に行き――再び地中海に戻り――艦長の好意でしばしば上陸も許されていた。更にこの七年間に海と戦いがもたらすあらゆる種類の危難にも遭っていた。これほどの蓄えがあれば皆から傾聴される資格は当然ある訳で、難破したときや戦火を交えたときの話では、その間ノリス夫人が針二本分の糸だとか古くなったシャツのボタンだとか云って部屋の中を落着きなく捜し廻ってうるさくしても、ほかの者達はみなじっと話に聴入っていた。バートラム令夫人ですらこの恐しい話には心動かされ、ときどき手仕事から眼を上げては、「まあ、何て気味が悪いのでしょう！　――よくもまあ船乗りになどなれるものねえ」と言葉を発せずにはいられなかった。

　ヘンリー・クロフォードはこれらの話に令夫人とはまた別の気持を抱いた。彼は自分もまた船乗りになって、同じように見たり、したり、苦しい目に遭ったりすればよかったと思った。心は熱し、想いは燃えて、クロフォードは、二十歳《はたち》にもならないうちにこのような肉体的苦難と精神的試練を経て来ている若者に最高の敬意を感じていた。この栄ある英雄的かつ犠牲的な行為、その労苦、忍耐を思うと、自分の勝手気儘な暮しぶりがあまりにも対照的で、どうにも気恥しくてならなかった。自分もウィリアム・プライスのように功を立て、自らの努力で好運と地位を摑み、これだけの自尊心と燃えるような幸福感を手にすることが出来たならば、今のような有様でいるよりもずっとよかったろうに、と云うのがクロフォードの気持であった。

しかしこの気持は熱烈な割には永続きしなかった。クロフォードは、エドマンドから翌日の狩の予定について質問を受けたことで、その懐旧的夢想とそれがもたらした後悔の念からすぐさま我に還った。そして自分が馬でも馬丁でも自由に出来る財産家なのも悪くないことに気が附いた。恩恵を旋したいと思うときに親切が出来ると云う一点では確かにその方がよかった。従って何事につけて気魄と勇気と好奇心を示すウィリアムが自分も狩をしてみたい気持を表明したときでも、クロフォードは何の不都合もなく馬を一頭貸与えることが出来た。ただそのためにはそのような借物が高くつくことを甥よりもよく知っているサー・トーマスの躇いを取除かねばならなかったし、ファニーにはその不安を取払うべく云い聞かせねばならなかった。ファニーはウィリアムが心配であった。いくら兄が、自分はいろいろな国で馬にはよく乗っているし、乱戦部隊に加わって荒馬にも騾馬《らば》にも跨がり、恐しい落馬を間一髪のところで免れたことだって何度もあるんだから、と云っても、ファニーには、英国の狐狩で元気のいい猟馬を同じように扱えるとはとても納得出来ず、兄が安全無事に、何らの事故も不面目なこともなく戻って来るまでは、不安な気持を追払うことも、ミスター・クロフォードが馬を貸してくれたことに感謝の気持——クロフォード自身馬を貸すことでファニーからたっぷりと引出すつもりだった感謝の気持――を抱くことも出来なかった。しかしウィリアムに何の危害もないことが判ると、ファニーはそこに親切を認めることが出来たし、ウィリアムに、またどうぞ、と云ってくれた馬の持主に頰笑みを以って報いることすら出来た。するとクロフォードはこの頰笑みに気をよくしてすぐに前言を取消すと、いや、ノーサムプトンシアにおられるあいだずっとこれをお使いなさい、と大層鄭重な、とても断り切れないような態度で馬をウィリアムに譲った。

＊1　英国南海岸沖合、ポーツマスとワイト島の中ほどにある投錨碇泊水域。
＊2　目下英仏が交戦状態にあること。

第七章

この頃の両家の交際はほぼ秋の頃の状態に復していた、その頃親しく交わっていた人達の誰一人として再びこうなるであろうとは思ってもいなかったのであるが。それにはヘンリー・クロフォードの戻って来たこととウィリアム・プライスの訪ねて来たことが大いに関係していたが、より以上に、牧師館のいかにも隣人らしい親切な企てに対するサー・トーマスの以前にも増した寛容な態度が大きく物を云っていた。サー・トーマスも今や帰還当初に捉えられた気懸りから解放されて、グラント夫妻とその若い同居者が実際に訪問し合える人達であることを徐《おもむ》ろに認めつつあった。サー・トーマスは、いくら自分が可愛がっている者にこの上なく有利な結婚が明らかに可能だからと云って決してそのようなことを画策したり企んだりする方ではなく、そんなことに眼敏いのはけちな証拠だと軽蔑さえする方であったが、それでも堂堂たる、あまり物事を気にしない流儀ながら、ミスター・クロフォードが自分の姪をどうやら特別扱いにしているらしいことは見逃さず、そのために（無意識にではあったが）招待に積極的な同意を与えなくなるようなこともなかった。

しかしながら牧師館から皆で一緒に食事をしてはどうかと招待が来たときに――それは、「サー・トーマスはあまり乗気ではなさそうだし、バートラム令夫人だって動くのをひどく嫌がるひとだから」そんなことをするだけの価値があるかどうかと云うことで大分議論し、疑問を出し合ったのちに、まあ一か八かやってみようと云うことで出された招待であったが――サー・トーマスが快諾したのはひとえに然るべき作法と善意によるもので、ミスター・クロフォードとは、彼も愉快な仲間の一員だと云うこと以外には何の関係もなかった。と云うのも、サー・トーマスは、実際に訪問に出掛けてから初めて、こう云う下らない観察ばかりやっている人間なら、さぞかしミスター・クロフォードはファニー・プライスの讃美者だと思うことだろうな、と思い始めたような次第だからである。

会食は概して愉快なものに感じられた。話をしたがる人と他人の話を聞きたがる人の割合もちょうどよかったし、正餐そのものも、グラント家のいつもの流儀に従った、質量ともに申分のないものであった。ただそれも、ノリス夫人以外の者にとっては普段から馴れたやり方に従ったものであったから、特別に心を動かすこともなかったが、夫人だけは例の幅の広い食卓とその上に並べられた盛沢山な料理がどうにも我慢ならなくて、召使達が夫人の椅子の背後を通るたびにわざと具合の悪い思いをしようと力めたり、さも事新しい発見でもしたかのように、沢山の料理があるとどうしてもその中の幾つかは冷えてしまうものだと云う確信を持って帰ろうとするのであった。

グラント夫人と妹が予め想定していたとおり、夕方になってホイスト用の卓子がしつらえられてみると、優にもう一組別の卓子の囲めそうなことが判った。当然全員が大賛成、となればこの場合選択の余地はなく、ホイストとほぼ同時にスペキュレイションに決った。バートラム令夫人はどちらの勝負を選ぶかと問われ、ホイストかスペキュレイションのどちらかに加わるようにと求められて、大弱りであった。令夫人は躇っていたが、運好くサー・トーマスが近くにいた。

「どうしたものでしょうかしらねえ、サー・トーマス？　――ホイストとスペキュレイションと、どちらの方が私には面白いでしょうかしら？」

サー・トーマスはちょっと考えてからスペキュレイションを勧めた。サー・トーマス自身はホイストをやるところから見ると、どうやら令夫人が相手では自分の方があまり面白くなくなりそうだと思ったようである。

「分りましたわ」と奥様はいかにも満足そうである。「それではスペキュレイションに致しますわ、グラント夫人。私は何も知りませんけれど、ファニーが教えてくれますから。」

ところがここで、自分も奥様同様何も知らないのだとファニーが心配そうに異議を挿んだ。

ファニーは生れてこのかた一度もそんな勝負はしたこともないし、見たこともなかった。そこでバートラム令夫人はまたもや一瞬躊いを覚えたが、皆が、こんな簡単なものはない、トランプ遊びの中で最も易しいものだ、と請合ったのと、ヘンリー・クロフォードが、奥様とミス・プライスのあいだに席を占めることをお許し願って、是非とも御二方に教えさせて頂きたい、と申し出たことで、どうやら令夫人の躊躇も取除かれ、そうしてもらうことに落着いた。サー・トーマスとノリス夫人、それにグラント博士夫妻が最初の、いかにもこちらは頭を使うぞと云わんばかりの、堂堂たる威厳すら帯びて見える卓子の方へ腰を下すと、残りの六人はミス・クロフォードの指揮の下にもう一つの円い卓子を取囲んだ。ファニーのすぐ隣に坐ったヘンリー・クロフォードにとってこの席の配置は素晴しかった。それにクロフォードの両手は、自分の札のほかに更に二人分の札を捌《さば》かねばならず、それこそ大忙しであった。尤もそれは、ファニーには、三分もすれば勝負の規則は呑込めたと思われたにもかかわらず、クロフォードの方が、もっと心を鬼にして貪欲に行くようにとなおも励ましつづけねば治まらなかったからである。しかしファニーとしては、殊にウィリアムが競争相手になったりすると、なかなかそうも行かなかった。バートラム令夫人はどうかと云うと、その日一日中ミスター・クロフォードが令夫人の面目と運の全責任を負いつづけなければならなかった。札が配られる際に令夫人が自分の手札を覗くのだけは何とか止めるようにさせたものの、その札の扱い方についてはどんなことであろうと最後まで教えて差上げなければならなかったのである。

ミスター・クロフォードは、それらの一切を愉しげにしかも楽楽とやって除けて、意気昂《たか》らかであった。そして勝負そのものを面白くせずにはおかない、活気のある動作、素早い機転、半ば冗談の厚顔な態度のすべてでほかの誰よりも抜きん出ていた。おかげでこちらの円卓の方は、もう一方の冷静沈着な、秩序正しい、沈黙せる卓子とはまるで対照的に、たいへん和やかであった。

二度ばかりサー・トーマスは奥様が愉しんでいるかどうか、ちゃんとやっているかどうか問い質してみたが、その試みは無駄であった。サー・トーマスの落着き払った物云いに応じていられるだけの長い勝負の跡切れ目がなかったからである。それで最初の三回勝負が終ってグラント夫人が奥様の所まで御機嫌伺いにやって来るまで、奥様がどんな様子なのか殆ど判らなかった。

「奥様には勝負をお愉しみでございましょうか。」

「おや、まあ、これは――ええ、たいへん面白くってよ。それがまた何とも奇妙な勝負でしてねえ。私にはどうなっているのやらさっぱり判りませんの。私は決して自分の札を見ては不可なくて、みんなクロフォードさんがなさるんです。」

「バートラム君」とクロフォードが暫くして、勝負が幾分沈滞気味になったところを摑えて云った。「まだ君に話していなかったけれど、昨日僕が家へ戻る途中或る出来事があってね。」二人は一緒に狩をしていたのであるが、その日予定していたかなりの行程の中ほどまで来たとき、マンスフィールドからは大分離れた所であったが、クロフォードの馬が蹄鉄を飛ばしてしまったことに気附き、クロフォードは狩を諦めて大急ぎで戻らざるを得なかったのである。「あの水松《いちい》の木立のある農家を過ぎたあたりで道に迷ったことは話したね。僕は人に道を訊くのが我慢ならないもんでね。だけど、いつもの好運で——僕にはいつも好運がついていて、おかげで決して転んでもただは起きないんだ——やがて自分が是非とも一度見てみたいと思っていた当の場所に来ていたことについてはまだ話していなかった。かなり嶮《けわ》しい丘原のかどを曲ったと思ったら、突然、両側がなだらかな丘になったひっそりとした小さな村に入っていたんだ。眼の前に小さな流れがあるから浅瀬を渡って行くと、右手の小山のようになった所に教会がある——これがまた場所に似合わず目立って大きな、立派な教会なんだ。紳士のと云うか半ば紳士の家らしきものはたったの一つしか見当らない——多分牧師館だと思うけど、その小山と教会の眼と鼻の先にある。僕はすぐに自分がソーントン・レイシーにいることが判った。」

「そうらしくも思われるけれど」とエドマンドが云った、「シューエルの農場を過ぎてからどっちへ曲った？」

「そんな筋違いな陰険な質問には答えないよ。君が一時間掛けて出す質問の全部に答えたところで、君にはそこがソーントン・レイシーでないと証明することは出来ないと思うよ。——だってそこは間違いなくソーントン・レイシーだったんだから。」

「それなら訊いてみたのかい？」

「いや、僕は絶対に訊かない主義だから。ただ生籬を修繕している男がいたから、ここはソーントン・レイシーであると云ってみたのさ。そうしたらその男が同意したんだ。」

「君は記憶力がいいんだな。僕は君にあの場所のことをその半分も話したことがあったかどうかさえ忘れていた。」

ソーントン・レイシーと云うのは、エドマンドが近ぢか牧師禄を受けることになっている村の名前で、ミス・クロフォードもよく知っていた。ミス・クロフォードはウィリアム・プライスのジャックを何とか自分のものにしようとする駆引に俄然熱が入り始めた。

「それで」とエドマンドは続けた、「見た感じはどうだった？」

「たいへん気に入ったねえ。君は好運な男だよ。あの場所が住めるようになるまでには少くとも五年の夏を改良作業に当てる必要があるだろうな。」

「いや、いや、そんなにひどくはないよ。あの農家風の庭は確かに何とかしなくては不可ないが、そのほかは別段改良の必要を認めないけどな。家そのものは決して悪くないし、あの庭さえ取払ってしまえば、結構まあまあな馬車廻しが出来るもの。」

「あの庭は確かにきれいさっぱり取払ってしまうべきだが、そのあとへは鍛冶屋を遮るために樹を植えなければ不可ないよ。家は現在の北向きから東向きに変えるべきだね――つまり玄関とか主な部屋をそちら側に置くってことだけど、その方が実際見晴しだってたいへん綺麗だ。それは間違いなくやれるだろうと思う。それから君の云う馬車廻しもそっちにしなくては――目下庭園になっている所を通すんだ。新しい庭園は現在家の裏側に当る所に造ればいい。その方が眺めだって最高だろう――土地も南東の方に向って傾斜しているんだし。あそこの地面はまさしくそのために出来ていると云う感じだ。僕は教会と家のあいだの径を五十ヤードばかり馬で登って行って、様子を見てみたけれど、全体がどんな具合になりそうか判ったね。実に訳ないことだ。今庭園になっている所の先の牧草地と新しく庭園にする所の先の牧草地ね、僕が立っていた径から北東の方、つまり村を抜ける街道の方へずうっと続いている奴だけど、あれは勿論全部ひとまとめにしてしまった方がいいね。あの牧草地は樹木が点点としていて本当に綺麗だった。あれも牧師禄に含まれているんだろうね。もしそうでなかったら是非とも購《あがな》うべきだね。それからあの流れだけれど――あの流れも何とかした方がいい。尤も僕にもどうしたらいいかはっきりは決められなかったけどね。二、三考えはあるんだ。」

「僕にも二、三考えはあるけど」とエドマンドは云った、「その中の一つは、君のソーントン・レイシーに対する計画はまず殆ど実行されないだろうと云うことさ。僕はむしろあまり美しく飾り立てないことに満足するべきだと思うんだ。建物や敷地内は住み心地よくして、あまり高い費用を掛けずに紳士の住居らしくしようと思っているけれど、それで満足しなければ。僕のことを気に懸けてくれる人達もみなそれで満足してくれるだろうと思っている。」

ミス・クロフォードは、エドマンドがこの最後の希望を述べたときの確信ありげな口調と半ば自分に向けられた一瞥が些か気になり、腹立しかったので、ウィリアム・プライス相手の勝負をさっさと切上げ、そのジャックを途方もない高値で買取ると、幾分強い調子でこう云った。

「さあ、私はこの残りを全部賭けて骨のあるところをお見せするわ。冷静で抜目がないのなんて私向きじゃない。私は生れつきじっと坐ったまま何もしないなんてことは出来ない質なの。たとえ負けても、戦わずして負けたりはしないわ。」

勝負はミス・クロフォードの勝ちとなったが、例のジャックを買取ったときに支払った額の償いにはならなかった。もう一勝負行われ、クロフォードが再びソーントン・レイシーについて話を始めた。

「僕の案が最良のものではないかも知れない。それほど時間的に余裕もなかったしね。でも君は大いに考えてみるべきだよ。あの場所はそれだけの値打はあるもの。それに君だって折角の可能性が充分に実現されてないとなれば満足はしないだろうと思うな。――（あ、失礼ながら奥様、御自分の手札を御覧になりませんように。そう、そのままそっと御自分の前に出しておいて下さい。）あの場所はそれだけの価値はあるよ、バートラム君。君は紳士の住居らしくしたいと云うけれど、そんなのはあの庭を取払うだけで出来ることだよ。だってあのひどい厄介物さえ別にすれば、あの種のもので、あれほど紳士の住いに相応しい建物、単なる牧師館以上の、とても年数百ポンドの経費で賄《まかな》えるとは思えない佇《たたずま》いを持った建物なんて未だ曾て見たことないもの。決して天井の低い個室をやたらに雑然と集めた、窓の数だけ屋根があると云うような家でもなければ、そうかと云って四角くぎゅっと押えつけられたような、俗悪な農家造りでもない。壁だってがっしりしているし、全体に広びろとしていて、いかにも大邸宅然としている。それこそ地方の由緒ある旧家が何世代にもわたって、少くとも二百年は住んでいて、今でも年に二、三千ポンドは掛けて暮していると想われそうな家だ。」ミス・クロフォードは耳を傾け、エドマンドはこれに同意した。「だから紳士らしい住居なんて、君が何をどうしたって、そうなるに決っていることだよ。しかしあそこにはそれ以上の可能性がある。（待てよ、メアリー、バートラム令夫人がそのクイーンに十二賭ける。いや、いや、十二賭けるほどのことはないな。バートラム令夫人の十二は取消しだ。令夫人はその札に用無し。さ、続けて。）もし僕が提案したような改良を加えれば、（と云ったからって、何も僕の案を推進めてくれと要求している訳ではない、ただ僕以上の案を出せる人はまずいないだろうとは思うけれど）――あそこを一段と高級にすることが出来るだろうな。一廉《ひとかど》の邸宅にすることが出来るだろうと思うよ。賢明な改良を施すことで、単なる紳士の住居から、教育もあれば趣味もある、当世風のやり方も心得た、立派な縁故親戚のある人の住いになると云う訳だ。そこには今云ったような性格が悉く印《しる》されると思うな。家の印象から、街道を旅する人はみな、その家の持主をその教区の大地主だと思うだろう。況してやあの辺はその点を競うような地主の家なんて実際一軒もないんだからね。ここだけの話だけど、そう云う周囲の条件を考えれば、あの場所は特権と独自性の点で思いのほか価値を高めることが出来ると思うんだ。あなたもそう思いますよねえ――（とファニーに向って声を和らげる）。――あなたはあの場所を御覧になりましたか？」

ファニーは速やかに否を答えると、兄の方に熱心な注意を傾けることで自分のその話題に対する関心を隠そうと力めた。ウィリアムは極めて有利に勝負を進めて今まさにファニーをやり込めようと云うところであった。しかしクロフォードが見逃さなかった。「駄目、駄目、そのクイーンを手離しては駄目です。あなたはそのクイーンをたいへん高い値段で買っているのだし、兄さんの出してる額はその半分にも値しないのだから。さ、さ、手を引いて下さいな――手を引いて。兄さんはクイーンを離しません。離さないことに決めました。もう勝負はあなたのものですよ」と、ここで再びファニーの方を向いて、「間違いなくあなたのものです。」

「ファニーとしてはむしろウィリアム君に勝ってもらいたいんだ」とエドマンドはファニーに頬笑み掛けながら云った。「ファニーったら、気の毒に、思いどおりに知らん顔をすることも出来ないなんて！」

「ミスター・バートラム」と数分経ってからミス・クロフォードが云った。「御存知のようにヘンリーはたいへん優秀な土地改良家ですし、ヘンリーの手助けを借りずにソーントン・レイシーを改良なり何なりするのはとても無理だろうと思いますわ。サザートンでどんなにヘンリーが役に立ったか、ちょっと思い出して御覧なさいな。八月のあの暑い一日に、例の地所を乗廻してヘンリーの才能が発揮されるのを見ようと私達がみんなで出掛けて行ったとき、どんなに素晴しい結果が生じたことか。ああ、私達あそこまで出掛けて行って、そしてまた帰って来たのね！　あのときのことはちょっと口では云えないわ！」

ファニーは一瞬クロフォードに対して真面目以上の、ほぼ非難に近い眼指を向けたが、相手の視線に出会ってすぐに引込めた。クロフォードは幾分極り悪そうに妹の方に首を振って、笑いながら応えた。「サザートンでは殆ど大したことは出来なかったよ。ただ本当に暑い日だったた。みんなお互いに追掛けっこをして、途方に暮れてしまったっけ。」皆ががやがやし始めてその間に紛れるとすぐに、クロフォードは低声になってファニー一人に附加えた。「サザートンのあの日のことで僕の計画力が判断されたんでは僕としては叶わないよ。今では物の見方だって大いに変っているんですからね。どうか僕のことをあのときの見掛けどおりなどと思わないで下さい。」

サザートンと云う言葉がノリス夫人の耳を捉えた。夫人はちょうどそのとき、双方六トリックづつで邀《むか》えた決勝トリックで、サー・トーマスと自分の見事な札捌きが功を奏してグラント博士夫妻の妙手に打勝ち、ほっと一息入れているところだったので、大層な上機嫌で叫んだ。

「サザートン！　そう、あれこそ御屋敷ですとも。私達は本当に愉快な一日を過しました。ウィリアム、あなたはまったく残念ね。でも今度来るときにはラッシワース夫妻も家にいることでしょうから、そうなればあなたが二人から親切に迎えられることは私が請合いますよ。あなたの従姉妹達は決して身内の者を忘れるような人達ではありませんし、ミスター・ラッシワースだってそれは気持のいい人なんですから。あの人達は今ブライトンにいるの――そこでも最高級の邸宅の一つを借りてね――ミスター・ラッシワースの立派な財産からすれば当然のことですけれど。私は正確な距離は知りませんけど、あなたがポーツマスに戻るときに、もしそれほど遠く離れているのでなかったら、そちらに立寄って敬意を表しておくべきですよ。そうすれば私としてもあのひと達に届けたいと思っている小包をあなたに託することも出来るし。」

「それは喜んでそうして差上げたいのですが、伯母様――ただブライトンはほぼビーチー・ヘッド寄りなんです。それにそんなに遠くまで行っても、あのような上品な場所では僕のような見窄《みすぼ》らしい見習士官は決して歓迎されないだろうと思うんです。」

ノリス夫人は、丁寧に応対されるから大丈夫だと熱心に説き始めたが、そのときサー・トーマスが威厳のある口調で次のように云ったので黙ってしまった。「わしはわざわざブライトンまで行くことはないと思うよ、ウィリアム、そんな不便な思いをしなくても近ぢか会える機会はあるだろうと思うから。しかしどこでだろうと娘達が喜んで従兄弟を迎えることには変りないし、ラッシワース君が非常に誠実な人で、我家の親戚なら誰だろうと自分の親戚の如くに見做す人だと云うことはやがて君にも判る筈だ。」

「僕にはむしろその人がほかの何であるよりも海軍大臣の秘書ででもあってくれる方が有難い」と云うのがウィリアムの答であったが、低声で、遠くにいる人にまで聞かせるつもりもなかったので、その話題はそこで跡切れてしまった。

今までのところミスター・クロフォードの振舞でサー・トーマスの注意を惹くようなことは別段何もなかった。しかし第二回目の三番勝負が終ってホイストの卓子が解散になったので、最後の勝負を廻って議論しているグラント博士とノリス夫人を残して別の卓子の方を覗きに来たとき、サー・トーマスは自分の姪が明らかに心遣いの対象、と云うよりもむしろ愛の告白と云っていいものの対象になっていることに気が附いた。

ヘンリー・クロフォードはソーントン・レイシーに関するもう一つの計画に大層熱心であったが、どうしてもエドマンドの耳を捉えることが出来ないものだから、隣の我が麗しのひとにかなり真面目な表情でその詳細を語り聞かせていた。クロフォードの計画と云うのは、この冬自分がその家を借りることでこの近在に自身の住いを確保しようと云うのである。（クロフォードがそのときファニーに語っていたところによると）それはただ単に狩猟の季節にだけそこを使うためではなかった。尤もこの狩猟用の考えにも確かに或る程度の重みはあった。と云うのは、実際クロフォードは、グラント博士の大変な親切にもかかわらず、自分と自分の馬が目下の所に留まっていたのではどうしても何かと不都合なことが多いと感じていたからである。しかしクロフォードのこの近在に対する愛着は決して一つの愉しみ、一つの季節だけを目当てにしたものではなかった。彼はそこに、いつでも来ようと思ったら来られる場所を、年間のすべての休日を思いのままに過せるちょっとした家を持とうと決心していたのである。そうすれば自分としても目下日ごとに大切なものになりつつあるマンスフィールド・パーク一家との友情と親交を今後も続け、発展させ、そして完成させることが出来るだろうと云うのである。サー・トーマスは黙って聞いていたが別段気に障ることはなかった。若者の話ぶりには何ら失敬な点はなかった。またファニーの受応えもそつがなく控目で、やたらに乗気になったりすることもなく落着いていて、非難すべきところは何一つなかった。ファニーはほんのときたま同意するだけで殆ど何も云わず、自分に対する愛想だけを専ら受取ろうとするでもなければ、ノーサムプトンシアが気に入ったと云う相手の考えに拍車を掛けるでもなかった。サー・トーマスが自分の方を見ていることに気が附いたヘンリー・クロフォードは、より平生の調子に戻って、しかし今までの感情は失うことなく、同じ話題をそちらの方へ向けた。

「ミス・プライスに話していたのをお聞きになったかと思いますが、サー・トーマス、私はあなたの隣人になりたいのです。あなたの同意と、そのような借家人が現れたからと云ってあなたが御子息に反対させたりはしないと云う保証が期待出来ますでしょうか？」

　サー・トーマスは礼儀正しく一礼すると応えた。「私としてはそんな風な関係でだけは、あなたに末永い隣人になって頂きたくはありませんな。まあ、ソーントン・レイシーの家にはエドマンドが自分で住むだろうと思います。エドマンド、これはちょっと云い過ぎかな？」

エドマンドはこの問掛けで初めて二人のやりとりに注意を向けたが、質問の意味が解るとすぐに何の戸惑いも見せずに答えた。

「勿論、僕は自分で住むつもりです。しかしクロフォード君は、まあ借家人はお断りだけれど、友達としてやって来ればいい。毎年冬はあの家の半分は君のものだと考えてくれていいんだ。君の改良案に従って廏も増築しよう。それに春にでもなれば君のことだから更に次つぎと良い案が浮ぶだろうし、それも悉く取入れることにする。」

「わし達は取残された感じがするだろう」とサー・トーマスは続けた。「たったの八マイルだとは云っても、エドマンドが出て行けば家族はまたもや縮小される訳だし、あまり有難いことではない。そうかと云ってわしの息子ともあろう者がそこまでしなくてもいいと思うようでは、わしとしても大いに残念なことだ。クロフォード君がそのようなことをあまり考えたことがないとしても、それは当然至極なことだと思う。しかし一つの教区には様ざまな必要と要求があって、それらは定住せる牧師がいて初めてはっきりさせることが出来るもので、いかなる代理牧師と雖《いえど》も同程度の満足を与えることは出来ないものなのだ。エドマンドだってソーントンの所謂お勤めだけなら、つまり祈禱書を読上げたり説教をしたりするだけなら、マンスフィールド・パークを去らなくてもやれるだろう。日曜日ごとに名目だけの住いへ出掛けて行って、礼拝式を執り行えばいいのだから。エドマンドさえそれで満足なら、日曜日の三、四時間だけソーントン・レイシーの牧師になることは出来る訳だ。しかしエドマンドはそれでは不満なのだ。

本人は、人間性には週に一度の説教が伝え得る以上のいろいろな教えが必要なことも、もし自分が教区民の中に住んで絶えざる心遣いによって教区民の身方であり祝福を願う者であることを示さなければ、教区民のためにも自分自身のためにも殆ど何も為し得ないことも、よく承知しているからね。」

ミスター・クロフォードは御説御尤もと黙って頭を下げた。

「そんな訳で、繰返しになるけれど」とサー・トーマスは附加えた、「クロフォード君がこの近在のどの家に住われようと大歓迎だが、ソーントン・レイシーだけは御遠慮願いたい。」

ミスター・クロフォードは感謝の御辞儀をした。

「サー・トーマスは」とエドマンドが云った、「確かに教区牧師の務めを理解しておられる。――息子としてもそれは承知していると云うところを見せなければならない。」

サー・トーマスのささやかな熱弁が実際にミスター・クロフォードに及ぼした影響がいかなるものであれ、それはほかの二人、注意深く耳を傾けていたミス・クロフォードとファニーの二人には何やら落着かない気持を抱かせた。――そのうちの一人は、ソーントンがそんなにも近ぢかにすっかり従兄の住いになるなどとは思ってもいなかったので、伏眼がちになりながら、毎日エドマンドに会えないとなるとどう云うことになるのだろうと云う思いに沈んでいた。一方、ミス・クロフォードの方は、先ほどから兄の描写力に凭れ掛って愉快な空想を恣《ほしいまま》にしていたところが、虚を衝《つ》かれて、もはや自分が想い描いていた将来のソーントンの図に、教会を締出し牧師を無視して、独立財産を有《も》った男の立派で優雅な現代風の別荘だけを見ることが出来なくなったものだから、これらすべての破壊者であるサー・トーマスが憎らしくてならず、それ以上に、相手の云い分に敢えて冷かしの一つも投掛けて溜飲を下げることもならず、相手の風貌と物腰ゆえに不本意な忍耐に甘んじなければならないことが苦苦しくてならなかった。

　このときばかりは流石《さすが》のミス・クロフォードももはや愉快な思いを廻らしつづける訳には行かなかった。こう長談議が優勢を占めては、もうトランプも切上げどきであった。ミス・クロフォードは、もうそろそろ終りにする必要のあることが判り、場所と相手を替えることで心機一転出来ることが嬉しかった。

　一座の主立った人達は今やばらばらに煖炉の周囲に集って、お開きになるのを待っていた。ウィリアムとファニーは最も離れた所にいた。二人は煖炉とは反対側の既にほかの者達が誰もいなくなったトランプ用卓子に居残って、ほかの誰かが二人のことを考え始めるまで、和やかに、ほかの人達のことは全然気にせずに話しつづけていた。最初に二人の方に向きを与えられたのはヘンリー・クロフォードの椅子であった。クロフォードは暫くのあいだ黙って二人を見守っていた、自らはその間グラント博士と立話をしているサー・トーマスに見守られながら。

「今晩は舞踏会のある晩なんだ」とウィリアムが云った。「ポーツマスにいたら、多分僕も行っていたろうな。」

「でもポーツマスにいたかったと云うんじゃないんでしょう、ウィリアム？」

「いや、ファニー、そんなことはないよ。君が一緒でなければ、ポーツマスもダンスも沢山さ。それに舞踏会に出掛けて行ったからって何もいいことはないいんだ、踊りの相手もいないし。ポーツマスの女の子達は将校以下の者だと鼻先であしらうんだ。見習士官ぐらいなら何でもない方がましなくらいさ。実際何でもないんだ。グレゴリー姉妹を憶えているだろう。みんな驚くほど綺麗になっている。だけど僕なんかには口も利いてくれない。それと云うのもルーシーが或る少尉から求婚されているからなんだ。」

「まあ、何て恥知らずなんでしょう！　――でも気にしないで、ウィリアム。（こう云いながらもファニーの頬は憤りに紅潮していた。）気にするほどのことではないわ。別に兄さん自身の不名誉でも何でもないんですもの。どんなに偉大な提督でもみんな若いときには多かれ少かれ経験していることなのよ。そう考えなくては不可ないわ。悪天候や苦役と同じであらゆる水兵が経なければならない試練の一つだと覚悟を決めるのよ。――それにこれは有難いことに、どうせ何れは終ることなのだし、こんなことを耐え忍ぶ必要など全然ないときが来るに決っているんですもの。少尉にさえなれば！　――そうよ、考えても御覧なさいな、ウィリアム、少尉にさえなれば、こんな詰らないことなんかちっとも気にならなくなるわ。」

「僕は少尉になることはないんじゃないかと思い始めているんだ、ファニー。僕以外の者はみんな昇進しているしね。」

「まあウィリアムったら、そんな情ないことを云わないで。もっと元気を出さなきゃ駄目じゃないの。伯父様は何も仰有らないけれど、でも兄さんを昇進させるためならきっと出来るだけのことはして下さると思うわ。伯父様だって、兄さん同様、どんなにそれが大切なものかはよく御存知の筈ですもの。」

ファニーは伯父の姿が思ってもいなかったほど自分達の近くに見えたので、その先を思い止まった。兄妹ともに話題を転ずる必要のあることに気が附いた。

「踊りは好きかい、ファニー？」

「ええ、大好きよ——でも私、すぐに疲れてしまうの。」

「一緒に舞踏会に行って、君が踊るところを見てみたいな。ノーサムプトンでは舞踏会はないのかい？　——君が踊るところを見てみたいし、君さえよかったら一緒に踊ってもいい。ここでは僕が誰かは判りっこないし、もう一度君を相手に踊ってみたいよ。僕達、何度もよく一緒に跳ね廻ったね、街に手回し風琴が来たときに？　僕はこれでも結構踊りは上手いんだ。でも君の方がもっと上手いんだろうな。」——そして今や二人のすぐ傍まで来ていた伯父に顔を向けて——「ファニーは踊りはあまり上手くないんですか、伯父様？」

ファニーはこの未だ曾てない質問にすっかり狼狽して、どっちを向いたものやら、返辞に対してどう備えたものやら判らなかった。由由しき叱責の言葉が発せられるか、少くともこの上ない冷やかな無関心が示されるかして、兄は辛い思いをし、自分はすっかり悄気返ってしまうに違いなかった。ところがどうして、サー・トーマスの返辞は、「残念ながらわしはその質問には答えることが出来ないんだ。わしはファニーが幼い頃以来一度も踊るのを見たことがないのでな。しかし見れば、わしもウィリアム君もファニーの踊り方は淑女に相応しいものだと思うのではないかな。多分その機会は遠からずあるだろうと思う」と云うものであった。

「僕は妹さんが踊るのを拝見したことがあるんです、ミスター・プライス」とヘンリー・クロフォードが前屈みになりながら云った。「ですからそのことに関する御質問でしたらどんなことだろうと僕がすっかり満足の行くようにお答えします。しかしそれは（と、ファニーが心苦しそうにしているのを見て）いつか別のときでないと不可ません。この中に一人だけミス・プライスについて話をするのを好まないかたがおられますから。」

なるほど、クロフォードは一度だけファニーが踊るのを見たことがあった。それで出来ることならファニーが、静かで軽やかな気品のある動作と見事な調子で、滑るように踊っていたとたった今請合いたいところであったが、実際のところ、ファニーがどのような踊り方をしていたのかどうしても思い出すことが出来なかったのである。確かにファニーはあの場に居合せた筈だと思うだけで、具体的なことは何一つ憶えていなかった。

それでもクロフォードはファニーの踊りの賞讃者に見做された。サー・トーマスは決して悪い気はせず、自ら舞踏一般を廻って会話を長引かせすらした。そして自身アンティグアの舞踏会の模様を叙するのと、甥がこれまでに見聞して来たいろいろと異った流儀の踊りについて語るのを聞くのにすっかり心奪われて、馬車の用意が出来たと云う知らせも耳に届かず、ノリス夫人の急き立てる声で初めてそのことに気が附いた。

「さあ、ファニー、ファニー、何をしているの？　帰るんですよ。バートラム令夫人のお帰りが見えないの？　急いで、急いで。あの善良な年寄のウィルコックスを待たせておくのは忍びないですからね。馭者と馬のことはいつでも忘れずにいなくては不可ません。サー・トーマス、馬車はもう一度あなたとエドマンドとウィリアムを迎えに廻す手筈になっていますからね。」

サー・トーマスも、それは自ら決めた手筈で、前もって令夫人と義姉に云い渡しておいたことだったので、異議を挿む訳には行かなかった。しかしどうやらノリス夫人はそのことはすっかり忘れてしまって、すべて自分一人で整えたことのように想い込んでいる様子であった。

ファニーが訪問の最後に味わった気持は失望であった。と云うのは、エドマンドがそっと召使から受取って、ファニーの肩に掛けてやろうと持って来てくれた肩掛をミスター・クロフォードが素早く摑んでしまったため、ファニーとしてはクロフォードの一段と人眼に余る心遣いを受けざるを得なかったからである。

第八章

ファニーが踊るところを見たいと云うウィリアムの望みが伯父に与えた印象は単に一時的なものではなかった。そのときにサー・トーマスが与えた、近ぢか一度その機会はあるだろうと云う期待も、決してその場限りのものではなかった。サー・トーマスはその後もずっと、この愛らしい気持を満足させてやりたい――ほかの誰だろうとファニーが踊るところを見たいと云う人にはその願いを叶えてやり、若者達全員に愉快な思いをさせてやりたい、と云う気持であった。そこで一人静かにじっくりと考えて自分の結論を出すと、翌朝の朝食のときにその結果を披露した。昨晩の甥の言葉を想い起し、それを褒めたあとで、こう附加えた。「わしはな、ウィリアム、君にこの楽しみを思う存分に味わうことなくノーサムプトンシアを去ってもらいたくないのだ。君達二人が踊るのを見るのはわしにとっても愉快なことだからな。君はノーサムプトンの舞踏会のことを話していたね。君の従兄姉妹達はときどき出掛けて行ったことがあるけれど、今のわし達にはとてもではないが無理だ。君の伯母様には疲労がひどく応えるんでね。まあ、ノーサムプトンの舞踏会は諦めなくてはならないが、その替り家で踊ることにすれば、その方が望ましいと思うんだ。それにもし——」

「ああ、分りましたよ、サー・トーマス」とノリス夫人が遮った。「あなたが何を仰有ろうとなさったか分りました。もし愛しいジュリアが家にいるか、愛しいラッシワース若夫人がサザートンにいるかして、そのような催しの理由と云うか機会を与えることが出来たら、マンスフィールドで若者達のために舞踏会を開いてやりたいお気持でいると仰有るのでしょう。それはそうでしょうとも、よく分ります。もしあの二人が家にいて舞踏会に花を添えると云うことになれば、舞踏会はこのクリスマスと云うことになりますわね。御礼を申し上げるのですよ、ウィリアム、伯父様によく御礼を申し上げるのです。」

「娘達は」とサー・トーマスは重重しく異議を挿んだ、「ブライトンで愉しい思いをしているのだし、たいへん満ち足りた気持でいることと思う。わしがマンスフィールドでやりたいと思っている舞踏会は、その従兄妹達のためを思ってのことなのだ。勿論みんなが集れれば、我我としてもそれだけ申分のない満足が得られることは間違いないが、何人かが欠けていたからと云って、ほかの者達の愉しみの妨げにはなるまいさ。」

ノリス夫人は二の句が継げなかった。サー・トーマスの顔には断乎たる決意が窺われ、夫人の驚きと当惑が落着きを取戻すためには暫しの沈黙が必要であった。こんなときに舞踏会だなんて！　姪達もいないと云うのに、私に相談もせずに！　しかしながら、夫人はすぐさま手近なところに慰めを見出した。自分が何もかも采配を振ることになるに違いない。当然バートラム令夫人は考えることも骨折ることも一切御免であろうし、とすればすべては自分の肩に掛って来ることになる。その晩の主婦としての接待役は自分が果さなければならなくなるであろう。こう考えると、夫人はたちどころに機嫌を直し、まだほかの者達が喜びや感謝を表明しおわらないうちに、さっさとその仲間に加わることが出来た。

エドマンドもウィリアムもファニーも、それぞれに、この約束された舞踏会に対する感謝と喜びの気持を顔色と言葉の双方に表した。その喜びようたるや、サー・トーマスとしてもとてもこれ以上は望むべくもないと思われるほどのものであった。エドマンドの気持はほかの二人を思ってのことであったが、父がこれほどまでに好意を示したり、親切を施したりして自分の心を満足させてくれたことは未だ曾てないことであった。

バートラム令夫人は何も云わずに黙って聞いていたが、それで満足らしく、何の反対もしなかった。サー・トーマスが、夫人には殆ど厄介は掛らないから、と請合うと、夫人は、厄介のことなんて全然気にしていない、実際厄介なことがあるとも思えない、と云って夫を安心させた。

ノリス夫人はサー・トーマスが舞踏会に一番相応しいと考えるであろう部屋を自分が提案しようと待構えていたが、部屋の手筈はすべて整っていることが判った。それではと今度は日にちの方を推してそれとなく暗示しようとしたところ、どうやらそれも決定済みらしかった。サー・トーマスは事のあらましをすっかり自分で定めてしまうことを興がっていて、ノリス夫人が仕方なくおとなしく聴こうと云う様子を見せるや否や、招待すべき家の名を自ら書き記した表を読上げ、予告期間の短いことを考慮しても、これで十二組から十四組ぐらいの若者は集められるだろうと云う計算であった。更に二十二日を最も適切な日と決めるに至った経緯も事細かに説明した。ウィリアムは二十四日にはポーツマスに着いていなければならなかった。従って二十二日はマンスフィールド訪問の最後の日になるが、残り少い日数の中で準備のことなども考えると、これより早い日を選ぶ訳には行かない、と云う訳である。ノリス夫人としては、自分もまったく同じ考えである、二十二日がその目的から云っても断然一番いい日であることをまさに自分も提案しようとしていたのだ、と云うことで満足せざるを得なかった。

舞踏会は今や決定されたことであり、夕方にならないうちに関係者のすべてに公表された。招待状は大至急に送られ、その夜は多くの若い令嬢達がファニー同様頭を幸せな心配事で一杯にして床に就いた。――ファニーの場合、ときとして心配の方が幸せを打負かしそうになった。と云うのは、若い上に経験がないと云うこともあったが、持てるものの数が少く、自分の趣味に自信が持てなかったからである。――「どんな風に着飾るべきか」が何よりもファニーの心を痛めた。ファニーの持っているほぼ唯一の装飾品はウィリアムがシチリアから買って来てくれたたいへん綺麗な琥珀製の十字架であったが、これが一番の悩みの種であった。それと云うのも、それを身に附けるためには小さなリボンしかなかったからである。一度そんな風にして附けてみたことはあったものの、時が時だけにほかの若い令嬢達はみな立派な装飾品を身に附けてやって来るであろうし、それで差支えないものであろうか？　そうかと云ってそれを附けないと云うのは！　ウィリアムは金の鎖も買ってあげたかったけれど自分の財力では無理だったと云っていただけに、十字架を附けて出なければウィリアムを苦しめることになる。ファニーはこれらのことを考えるとどうしても不安になり、舞踏会の主たる目的はほかならぬ自分を喜ばせてくれることなのだと云う有難い期待にもかかわらず、ときとして心は沈むのであった。

この間にも準備は着着と進められたが、バートラム令夫人はだからと云って何らの不便も感じることなく自分のソファに坐りつづけていた。ときおり家政婦が臨時の用でやって来ても、令夫人附きの小間使が夫人の新しい衣裳の作成を急いでいても、またサー・トーマスが命令を発していても、ノリス夫人が走り廻っていても、夫人はこれらのことでは全然煩わされなかった。まさに自ら予見したとおり、夫人には「実際何一つ厄介なことは」なかった。

エドマンドはこの頃特に心配事が多かった。頭は身近に差迫った二つの重大な事柄に関することで一杯であった。それは聖職叙任と結婚と云う、一生の運命を決めることになる、真剣に考えなければならない問題で、そのうちの一つが舞踏会のすぐ翌日に当っているために、当の舞踏会もエドマンドの眼には重大なものと映らなかった。二十三日にエドマンドはピーターバラーの近くに住む、自分と同じ立場にある或る友人の所へ出掛けて行って、クリスマス週間に二人揃って聖職叙任を受けることになっていた。そのときに自分の運命の半分は決定される訳であるが、もう半分の方はそう簡単には求められそうになかった。果すべき義務は確立しても、その義務を共に分ち、その遂行に活気を与え、その報いを共に受けるべき伴侶がまだまだ得られないかも知れないのである。エドマンドは自分自身の気持は分っていたが、ミス・クロフォードの気持も分っているかどうかについては必ずしも確信が持てなかった。二人の意見がまったく一致しない点もあったし、ミス・クロフォードがこちらの願いどおりには行きそうにもないと思われるときもあったからである。それでもエドマンドは相手の愛情だけは信じていたので、目前に控えている様ざまな用事が済んで、相手にどれだけのものが与えられるかがはっきりし次第、すぐにでも結論を出すつもりであった（その決心はほぼついていた）。――しかしそうは云っても、結果は駄目かも知れないと云う不安感と疑惑の念に何度となく捉えられたときとして、ミス・クロフォードが自分に好意を寄せていると云うエドマンドの確信は非常に強くなることがあった。そのようなときには自分にそう云う自信を得させるに至ったミス・クロフォードの振舞をいろいろと想い起すことが出来た。彼女はほかのいかなる点でもそうであったが、私欲を離れた愛情と云う点でも申分のないひとであった。そうかと思うとまた別のときには、期待は疑いや不安と一緒くたになった。ミス・クロフォードが日頃から、ひっそりと田舎に引籠って暮す気はない、生活はどんなことがあってもロンドンでしたい、と公言していたことを考えると、エドマンドとしては断乎たる拒絶以外に何も期待出来ないような気がした。仮に承諾が得られるとしても、そのためには牧師と云う職業の犠牲が求められるであろう。しかしそれではこちらが応じられないし、いくら何でもそればかりは良心が許さない。

問題は唯一つのことに掛っていた。ミス・クロフォードは自分にとって何が何でも大切だったものを諦め切れるほどにこのエドマンドを愛しているか――そんなものはもはや大切ではないと云えるほどにこのエドマンドを愛しているか？　この問をエドマンドは絶えず自分自身に繰返していた。そうしてそれに対する自答はしばしば「然り」、ときどき「否」であった。

ミス・クロフォードは近ぢかマンスフィールドを離れることになった。そのことでエドマンドの「然り」と「否」はこのところ大分揺れ動いていた。長期にわたるロンドン訪問を是非とも求める親友の手紙や自分をロンドンに連れて行くために一月まではここに留まると約束してくれたヘンリーの親切について語るとき、ミス・クロフォードの眼は光り輝いていた。旅の喜びを語る活気に満ちた口調の悉くに「否」が含まれている感じであった。しかしこれは、ロンドン行きが決った最初の日の突然の喜びから一時間と経たないうちに、まだミス・クロフォードの眼前には訪問相手である友人達の姿だけしかないときに、起ったことであった。エドマンドはその後ミス・クロフォードが別の気持を表すのを――もっと別の、もう少し陰翳に富んだ感情を表明するのを耳にした。ミス・クロフォードはグラント夫人にこう云っていた、姉の許を離れるのは残念だ、ロンドンの友達もその人達を訪ねる楽しみもあとに残して行く人達ほどの値打もないような気がし始めている、行かない訳には行かないし、行けば行ったで愉しいことは判っているけれど、もう既に再びマンスフィールドに帰って来ることを待望む気持である。このような言葉には「然り」が籠っていないであろうか？

このようなことを思案しては、心の準備をし、改めて準備し直す、と云う訳で、何かと自分自身のことにかまけているエドマンドは、ほかの者達がみな同じように強い関心を寄せて楽しみにしている夕べをそれほどに考えることが出来なかった。従弟妹達の愉しみを別にすれば、その夕べは両家が日時を定めて会う普段の会合以上に価値あるものとも思えなかった。普段の会合ならミス・クロフォードの愛情をよりはっきりと確め得る望みもあるが、舞踏会場でぐるぐる踊り廻るのでは真面目な気持を起させるにもそれを表明させるにも殊のほか不向きであろう。最初の二回を自分と踊ってくれるよう早早にミス・クロフォードに約束を求めること、これがこの場合個人的な幸福を求めるために自分の力で出来ると思われることのすべてであり、ほかの者達が朝から晩まで何やかやと意見を交して準備に大童なのにもかかわらず、エドマンドが与った舞踏会のための唯一の準備計画であった。

舞踏会は木曜日であった。ファニーは水曜日の朝になってもまだ何を着たらいいのか満足の行く結論が出ないので、もっとその道に明るい人達に相談してみようと決心し、グラント夫人とミス・クロフォードに助けを請うことにした。二人の趣味の良さは誰もが認めるところだし、二人の云うとおりにすればほかの人達から非難されたりするようなことは決してないだろう。エドマンドとウィリアムはノーサムプトンへ出掛けていたし、ミスター・クロフォードが外出している筈であることも知っていたので、ファニーは、皆に知られずに密かに相談する機会が得られないのではと云うような心配は殆どせずに、牧師館へ足を向けることが出来た。自分の憂慮をひどく恥じる気持があるだけに、そのように誰にも知られずに密かに相談すると云うことがファニーにとってはたいへん重要なことであった。

ファニーは牧師館から数ヤードのところでファニーを訪ねようと出掛けて来たばかりのミ

ス・クロフォードに出会った。友は礼儀上戻ると云い張っては見せたものの、散歩も諦めたくはない様子なので、ファニーは即座に用件を説明し、もし意見を聞かせて下さるなら話は戸外でも一向に差支えないのだと附加えた。ミス・クロフォードはその依頼が気に入ったものと見えて、ちょっと考えてから、それまでよりもずっと鄭重な態度を見せるとファニーを自分と一緒に牧師館へ戻るように促し、客間だとグラント博士夫妻の邪魔になるから自分の部屋へ行ってそちらでゆっくり話をしようと提案した。それこそファニーにとっては願ったりの提案なので、こんなにも早速に親切な心遣いを見せてくれたことに深く礼を云った。二人は室内に入り、階段を上り、直ちにその興味ある話題に没頭した。ミス・クロフォードはファニーの懇請に気をよくし、持前の判断力と趣味に関する蘊蓄《うんちく》のすべてを傾けて、いろいろと示唆を与えたり勇気づけたりしては、あらゆることに関してファニーが気楽で愉快な気持になれるようにしようと努力した。衣裳についてその主なところが決ると、「でも頸飾《くびかざり》はどれにするつもり？」とミス・クロフォードが云った。「お兄様から頂いた十字架を附けませんの？」こう云いながらミス・クロフォードは小さな包を開きに掛った。それは先ほど二人が出会ったとき、手にしていたものであった。ファニーは、そうしたい気持は山山なのであるがどうもそれが出来そうにないことを認め、どうやってそれを附けるかも、どうやってそれを附けずに済ますかも判らないでいるのだと打明けた。これに対するミス・クロフォードの答は、装身具の入った小さな箱をファニーの前に置いて、この中にある幾つかの金の鎖と頸飾の中から是非とも選ぶように、と云うものであった。これがミス・クロフォードが用意して来た包の中身であり、ファニーを訪ねて来ようとした目的なのであった。ミス・クロフォードは親切この上ない態度で、ファニーに十字架用にこの中から一つ選んでそれを取っておくようにと促した、ファニーが最初その中出に恐しい表情を浮べて尻込みしたので、その底にある遠慮と躊いを取除こうと、思い浮ぶ限りの気遣いの言葉を口に上せながら。

「私の持っているのはこれだけですけれど、このうちの半分以上はまず殆ど使わないし、大抵は忘れているの。新しいものではないわ。古物の頸飾しか差上げられませんけれど。どうか不躾けはお恕《ゆる》しになって、私の気持を酌んで下さいな。」

それでもファニーは心から辞退した。贈物が高価すぎたのである。しかしミス・クロフォードは屈することなく、ウィリアムと十字架、舞踏会、自分のたっての気持、の全項目にわたって、愛情ある熱意をこめて事情を説き聞かせたので、到頭ファニーも折れざるを得なかった。ファニーは、自惚《うぬぼれ》が強いとか冷淡だとかその他の詰らないことで非難されても不可ないので、折れて出ない訳には行かなくなり、慎み深く不承不承同意すると、進み出て選ぶことにした。そうしてどれが一番高価でなさそうか見極めようと入念に調べた結果、或る一つの頸飾がほかのどれよりも頻繁に眼の前に置かれたような気がしたのでそれを選ぶことに決心した。それは金製の、綺麗に細工の施されたものであった。ファニーとしてはもっと長くて飾りの少い、自分の目的にも合った鎖の方がいいとは思ったが、これに決めればミス・クロフォードが一番手離してもいいと思っているものを自分が選ぶことになるだろうと思ったのである。ミス・クロフォードはにっこりと頰笑んで完全な承諾の意を表すと、大急ぎでその頸飾をファニーの頸に掛けてやり、とてもよく似合うと云ってあげることで贈物の仕上げをした。

　ファニーは似合う似合わないについては一言も言及せずに、まだ消去らずに残っていた躇いがちな気持を押退けると、適切この上ない貰い物をしたことを非常に喜んだ。ファニーとしてはむしろ誰か別の人にこう云う感謝の気持を抱きたいところでもあったろうが、この際そのような心の動きは怪しからぬことであった。ミス・クロフォードは親切心からファニーに入用なものを見越してくれた訳だし、これはミス・クロフォードが真の友である証拠であった。「この頸飾をするたびに、私、あなたのことを思って」とファニーは云った、「あなたがどんなに親切だったか、しみじみと想い起すだろうと思いますわ。」

「その頸飾をなさるときには別の人のことも考えてあげないと不可ないわ」とミス・クロフォードが応えた。「ヘンリーのことを考えてあげなくては、だってそれは兄が最初に選んだんですもの。それを私が貰ったの。その頸飾と一緒に最初に呉れた人を思い出す義務もあなたにお譲りするわ。それは一家を思い出させることになるわね。妹のことを思い出せば必ず兄のことも思い出すことになる訳ですもの。」

　ファニーは大層驚き戸惑い、即座にその贈物を返してしまおうと思った。別の人から贈られたものを貰うなんて――それもお兄様からの贈物を――とんでもないわ！　そんなことあってはならないことだわ！　真剣な当惑の色の混った表情で再び頸飾を綿の上に戻すと、ファニーは別のものを貰うか或は全然貰うまいと決心したようであった。ミス・クロフォードはこのときのファニーの表情をひどく面白がりながらも、こんな美しい心は未だ曾て見たことがないと思った。「まあ、ミス・プライス」とミス・クロフォードは笑いながら云った。「何を恐れていらっしゃるの？　ヘンリーがその頸飾は私のものだと云い張って、あなたは何か良からぬ手立てでそれを手に入れたのだと想うとでもお思いなの？　――それともあなたの綺麗な頸が、そのような頸がこの世にあるとは思いも寄らなかった三年前に自分が金を出して買った装飾品で飾られているのを見て、ヘンリーが得意がるとでもお想いになったの？　――それとも或は」と悪戯っぽい顔附になって、「私達が共謀していて、私のやっていることは兄の考えであり、兄の欲したことだと疑っているのかしら？」

ファニーは真赧になって、そんなことは思ってもいないと主張した。

「それなら」と、ミス・クロフォードはファニーの言葉を信ぜず、より真面目な口調になって応えた、「あなたが策略なんか思ってもいず、いつものあなたらしく他人の好意を怪しんだりなんかしないことを私に納得させるためにも、この頸飾を受取って、あとは何も云わないで下さいな。それが兄の贈物だからと云って、あなたがそれを取ることには何ら支障はなくってよ。私がそれを手離してもいいと思う気持にも何ら変りはないわ。兄はしょっちゅう何かかんか呉れるの。あんまり数が多いので、私の方もそうそう有難がってばかりもいられない代りに、兄の方も半分は憶えていないわ。この頸飾だって六回附けたかどうかと云うところね。たいへん綺麗なんですけど――普段は忘れているの。勿論この中のものはどれでも喜んで差上げますけれど、私にしてみればほかのどれよりも私が持っているよりはむしろあなたに持っていてもらいたいと思うものを、たまたまあなたは選んだんですもの。お願いですからそのことについてはもう何も仰有らないで。こんなもののためにそんなに多言を弄することはないわ。」

ファニーは敢えてそれ以上反対しなかった。そして改めて礼を云うと再びその頸飾を受取った。しかしミス・クロフォードの眼に現れた表情がどうも得心出来なかったので、先刻ほど嬉しい気持にはなれなかった。

ファニーはミスター・クロフォードの態度の変化を想い起さない訳には行かなかった。そのことには暫く前から気附いていた。彼は明らかにファニーを喜ばせようと力めていた。親切な振舞と云い、心遣いと云い、以前従姉達に対したときと何となく似ていた。あの人は従姉達だけでなく私の平静をも奪うつもりなのだ、この頸飾もあの人と関係があるのではないのかしら、とファニーは想った。――そして、ミス・クロフォードが妹としては従順でも、一人の女性、一人の友人としてはあまり他人のことを気にしないひとであることを思うと、それが無関係だとはとても思えなかった。

いろいろと考えを廻らしたり訝《いぶか》ったり、あんなにも欲しかったものが手に入ったのにさほど満足にも思わないことを気にしたりしながら、ファニーはもと来た道を歩いて帰った。――先刻牧師館へ向って歩きながら抱いていた心配事は、減ったと云うよりも別のものに変っただけであった。

第九章

帰宅するとすぐに、ファニーはこの予期せざる贈物、この結構ではあるが些か不審の点もないではない頸飾を、例の東の間の、自分の小さな宝物がすべて納めてある秘蔵の箱に入れておこうと階段を上って行った。ところが扉を開けてみて驚いたことに、従兄のエドマンドがその部屋で机に向って何か書き物をしていたのである！　このような光景は未だ曾てなかったことだけに、喜ばしいと同時に驚嘆すべきことと云ってよかった。

「ファニー」と、エドマンドはすぐさまペンを置いて席を立つと、片手に何かを持ったままファニーを迎えた。「黙ってここに入っていて御免よ。実は君を捜しに来てね。暫く君が入って来ないかと思って待っていたんだけど、なかなか来ないので用向きを書いておこうと君のインク台を借りていたんだ。最初の方を書掛けたけれど、今用件を話してしまおう。用件と云ってもただこのちょっとしたものを君に受取ってもらいたいと云うだけのことなんだけどね――ウィリアム君の十字架用の鎖なんだ。本来なら一週間前に君の手に入っていた筈なんだけど、兄さんが僕の思っていたほど早くロンドンへ行くことが出来なくて数日ばかり遅れてしまったものだから。つい今しがたノーサムプトンで受取って来たところなんだ。その鎖は気に入ってもらえるだろうと思うよ、ファニー。僕としては君の地味な好みを考慮したつもりだけれど、何《いず》れにしても君のことだから僕の気持を酌んで、君の最も古くからの友の一人の愛情のしると考えてくれることと思う。事実そのとおりなんだからね。」

そう云うとエドマンドは、ファニーが苦痛と喜びの入混った諸もろの感情に圧倒されて口を開こうにも開けないでいるうちに、急いで出て行こうとした。しかしファニーはどうしてもそうせずにはいられない気持に急き立てられると、大声で呼掛けた。「エドマンド、ちょっと待って、お願いです、ちょっと待って下さい。」

エドマンドは戻って来た。

「とても御礼なんて申し上げられない気持です」とファニーは昂奮した様子で続けた。「とても御礼なんかでは済まない気がして。私の気持は到底言葉では云い表し切れません。こんな風に親切に私のことを考えていて下さるなんて、とても――」

「君の云いたいことがそれだけなら、ファニー」と、エドマンドは頰笑むと再び行き掛けた。

「いいえ、それだけではありませんの。相談したいことがありますの。」

自分でも殆ど気が附かないうちにファニーは、エドマンドがたった今自分の手に載せてくれたばかりの包を開いていた。そうして宝石商の手になる素晴しい包装に包まれた、無地の、実に素朴で小綺麗な金鎖を眼前に見ると、またもや次のような言葉を発しない訳には行かなかった。「まあ、何て美しいんでしょう！　これこそまさに私の願っていたものですわ！　私、こう云う装飾品こそ欲しいと思っていましたの。これならあの十字架にぴったりですもの。二つは一緒に附けなくては不可ないし、是非ともそうしますわ。それにまた何て時宜を得た贈物なんでしょう！　これがどんなに時宜を得た嬉しい贈物であるか、あなたにはとてもお分り頂けこれほど中分のない、純粋な喜びはないと云ってもいい。何ら裏に疚《やま》しいところはないんだから。」

「ねえ、ファニー、君のその気持は大分大袈裟だよ。その鎖が気に入ってもらえて、明日の舞踏会にも間に合ったことは僕としてもたいへん嬉しいけれど、それにしても君の御礼の云い方は大袈裟すぎるよ。僕は君に喜んでもらえることが何よりも嬉しいんだ。いや、僕としてはないと思いますわ、エドマンド。」

このような愛情の表明に接して、ファニーは一時間でもこのまま何も云わずにいられそうな気持であった。しかし一時待ってからエドマンドが「ところで僕に相談したいことって何なの？」と云ったことで、ファニーの天翔《あまがけ》る心も地上に引戻されざるを得なかった。

それは例の頸飾のことであった。ファニーは今やそれを何としてでも返したい気持であったが、そのためにもエドマンドの賛同が得たかったのである。ファニーはつい今しがた牧師館を訪ねて来た顚末を物語った。そしてそれとともにファニーの有頂天の歓びも終りを告げたと云ってよかった。と云うのは、エドマンドがその経緯にあまりにも打たれて、ミス・クロフォードの行為に大喜びし、このような二人の行為の偶然の一致に大変な満足を示したため、ファニーとしては、裏に疚しいところがない訳ではない、より大きな喜びがエドマンドの心を支配しているのを認めない訳には行かなかったからである。ファニーが相手の注意を自分の計画に向けさせると云うか、こちらの訊きたいことに答えさせるまでには暫しの時が必要であった。エドマンドはほんのときたま言葉にならない讃嘆の言葉を発しながら虫のいい物思いに耽っていたが、ふと我に還ると、断乎としてファニーがそうしたいと思っていることに反対した。

「頸飾を返すだなんて！　ねえ、ファニー、断じてそんなことは不可ないよ。そんなことをすればあのひとをひどく苦しめることになる。当然友のためになることだと思って上げたものを返されることほど不愉快な思いをすることはないもの。あのひとは愉快な気分を味わっていいだけのことをしたのに、なぜそれが奪われなくてはならないの？」

「もしこれが最初に私に与えられたものなら」とファニーは云った、「私としても返そうなどと思ったりはしなかったと思うの。でもお兄様からの贈物である以上、上げた相手がそれを要らないとなれば、あのひとも手離したくはないだろうと想うのは間違っていますかしら？」

「あのひとに、それが不要なものだとか、ちっとも喜ばれないものだなどと決して想わせてはならない。それにそれがもともとあのひとの兄さんの贈物だと云うことは気にしなくていいと思う。だってそのことのためにあのひとが提供するのを思い止まった訳でも、君が受取るのを妨げられた訳でもないんだから、君が持っていて一向に差支えないさ。それにその方が僕が上げたのよりも立派だろうし、舞踏会にも相応しいだろう。」

「いいえ、決してそんなことはありません。ものそのものから云ってもあちらの方が劣りますし、私の目的にだって全然叶いません。あなたの下さった鎖の方があの頸飾よりもウィリアムの十字架に相応しいことはそれはもう比較するまでもないことです。」

「一晩だけだよ、ファニー、ほんの一晩だけ、たといそれが君に犠牲を払わせることだとしても——君のことだもの、よく考えてみれば、自分のために大いに気を遣ってくれたひとに苦しい思いをさせるくらいなら、そっちの犠牲を払った方がいいときっと思うだろう。ミス・クロフォードの君に対する心遣いは――君の受けて然るべき資格からすれば過分なものではなかったし――僕も敢えて過分なものだったとは思わないけれど――でも一貫したものだったと思う。それに報いるのに何となく恩知らずな感じを与える振舞をすると云うのは、勿論そんなつもりでするのでないことは判っているけれど、君らしくないよ。明日の晩は約束どおりその頸飾を附けるんだね。そうして鎖の方は、舞踏会とは関係なく註文したものなんだし、普段用に取っておけばいい。以上が僕の忠告だ。僕としては折角二人が親しくしているのを喜んで見守って来たのに、ここで二人のあいだに冷やかな翳りが差すのを見たりするのは嫌《いや》だな。二人は、真に寛大な心と云い、生れながらの細やかな感情と云い、性格的にもたいへんよく似ていて、主として境遇の違いから来るささやかな相違なんか少しも友情の妨げにはならないような間柄じゃないか。とにかく僕としては冷やかな翳りが生じたりするのは嫌だな」とエドマンドは幾分声を落して繰返した、「僕がこの世で最も大好きな二人のあいだに。」

エドマンドは話が終ると部屋から出て行った。あとに残ったファニーは出来るだけ心を鎮めようと力めた。ファニーはエドマンドが最も好きな二人のうちの一人であった――これは確かにファニーの心の支えになった。でももう一人！　――一番目のひとが！　ファニーは今までにエドマンドがこんなに明らさまに話すのを聞いたことがなかった。そしてそれは、いくらファニーが長いあいだ薄うす勘づいていたことにほかならなかったとは云っても、やはり胸に応えた。それと云うのも、それはエドマンドの確信と物の考え方をはっきりと物語っていたからである。それらは断乎たるものであった。エドマンドはミス・クロフォードと結婚するだろう。前まえから予期していた筈のことにもかかわらず、やはりそれは胸に応えることであった。ファニーは自分もエドマンドの大好きな二人のうちの一人だと云う言葉を何度も何度も繰返さざるを得なかった。そうせずには何らの感慨もその言葉から得ることが出来なかったのである。もしミス・クロフォードがエドマンドに値するひとだと思えるなら、それなら――そう、それなら事情は大違い――遥かに我慢も出来ると云うものだわ！　でもエドマンドはあのひとのことを思い違いしている。買被り過ぎているわ。あのひとの欠点は以前からもずっと欠点だったものなのに、エドマンドにはもはやそれが見えなくなっている。ファニーはこのエドマンドの思い違いに多量の涙を流してからやっと昂奮を鎮めることが出来た。そうしてそれに続く落胆の重みはエドマンドの幸福を求める熱心な祈りによってのみ辛うじて取除くことが出来た。

ファニーはエドマンドに対する愛情の過度な部分、殆ど自分の我儘に近い部分はすべてこれを抑制するのが自分の本分に叶ったことだと感じ、そうするつもりであった。これを失恋とか失望などと呼んだり想ったりするのは厚かましいことだ。ただファニーには自分の謙遜な気持を満足に表現出来るだけの力強い言葉の持合せがなかった。ファニーがミス・クロフォードと同じようにエドマンドのことを考えるなどと云うことはとんでもないことであった。ファニーにとっては、エドマンドはどんなことがあろうと友達以上のものではあり得なかった。どうしてそのような罪深い、禁じられた考えが浮んだりしたのだろう？　片鱗すら想ってもならないことであったのに。ファニーはもっと理性的になって、健全な知性と正直な心の両方でミス・

クロフォードの人柄の判断とエドマンドの本当の心配が出来るような人間になろうと思った。

ファニーはその考え方がたいへん雄雄しく、立派なものに思われ、是非とも自らの本分を果そうと決心した。しかしそうは云っても若若しく自然な感情の豊富なファニーのことである、このような見事な自己抑制の決心をしたからと云って、そのあとでエドマンドが書掛けていた紙片を、決してほかには望み得ない宝物ででもあるかのように手にして、「僕の愛しいファニー、どうかこの包を受取って――」と書かれた言葉に心から感謝し、それを贈物の最も大切な部分として鎖と一緒に蔵《しま》い込んだとしても、さほど驚くには当らないであろう。それはファニーがエドマンドから受取った唯一の手紙らしきものであった。もう二度とこのようなものを受取ることはないかも知れなかった。仮に受取ることがあるとしてもその事由と書きぶりの両方でこれ以上に申分のないものが得られることはまず不可能であると思われた。これほどに評価された二行はいかに優れた作家の筆からも生れ出たことはなかったであろうし、どんなに愛情を寄せている伝記作者の調査探求と雖もこれほどに喜び感謝されたことはなかったであろう。熱烈な愛情と云う点では伝記作者と雖も到底女性には叶わないのである。ファニーにとっては手書きであると云うそのことが他の何にも増して嬉しかった。ほかの誰が書いても、エドマンドが平生何気なく書くこのような文字には決してなりっこなかった！　大急ぎで書かれてはいたが、唯一つの欠点もなく、書き方の見本と云ってよかった。書出しの流れ具合、「僕の愛しいファニー」と云う語の排列などはうっとりしたくなるほど見事なものであった。ファニーは出来ることならいつまでもその書出しを眺めていたかった。

この理性と気弱さのめでたい結合によって考えが一段落し、感情が慰められると、ファニーはやがて階下へ降りて行った。そしていつものようにバートラム令夫人の傍で針仕事に取掛ると、意気銷沈の様子を見せることなく夫人のお相手をすることが出来た。

待望の木曜日が来た。その日は、ともするとそのような融通の利かない、手に余る一日がしばしば進んで提供しがちな親切よりも遥かに素晴しい親切をファニーにもたらすことで幕を開けた。と云うのは、朝食が済むとすぐにミスター・クロフォードからウィリアム宛にたいへん友好的な手紙が届いたのである。内容は、数日間のロンドン滞在のため明日の朝出発せざるを得なくなり、ついてはどうしても同行者を一人探さざるを得ない、それでもしウィリアム君が予定しているよりも半日早くマンスフィールドを発つことが出来るなら、喜んで馬車の席を一つ提供したい、と云うものであった。ミスター・クロフォードは叔父のいつもの遅い正餐の時刻までにはロンドンに着いていようと云うつもりであった。そしてウィリアムも提督の家で食事を共にするよう招待されていた。この提案はウィリアム自身にとってはたいへん嬉しいものであった。四頭立ての馬車でしかも気立てのいい愉快な友と一緒に早馬の旅が出来るかと思うとウィリアムはどうしても楽しい思いを禁じ得ず、直ちに、急使として上京する場合のことを引合いに出して、友と一緒に旅することの愉快でもあり、威厳もあることを想い附く限りの言葉を用いて説き始めた。ファニーは別の動機からたいへん喜んでいた。本来の予定では、ウィリアムは明日の晩ノーサムプトンから郵便馬車に乗って、それからポーツマス行きの馬車に乗換えることになっていたが、その間一時間の待合せ時間もないのであった。ファニーとしてはミスター・クロフォードの申出に兄とともに過す筈であった何時間かが奪われてしまうことは残念であったが、申出のおかげでウィリアムがそのような辛い旅をしなくても済むことが何よりも嬉しく、ほかのことは何も考えなかった。サー・トーマスはまた別の理由で申出を受けることに賛成であった。甥がクロフォード提督に紹介されるのは有利なことに違いないし、提督ともなればあちこちに顔が利く筈だ、と云うのがサー・トーマスの考えであった。総じて、その手紙はたいへん喜ばしいものであった。午前中の大半をファニーはその手紙のおかげで心沈むことなく過すことが出来たばかりか、手紙の書手自身が立去ることを思って晴晴した気持にすらなった。

しかし間近に迫った舞踏会についてはどうかと云うと、どうしても多くの不安と動揺を抑え切れず、当然楽しい期待に胸膨ませていていい筈なのに、また、もっと気楽な立場から、しかしファニーほどには物珍しさも興味も特殊な満足感も持合せない事情の下に、同じ事態を待望んでいる多くの若い令嬢達によって、さぞかし大いに胸膨ませていることであろうと思われていたにもかかわらず、その半分も楽しい思いを味わってはいなかった。招待客の半分には名前だけでしか知られていないミス・プライスが今や初めて社交界に顔を出し、その晩の女王と見做されるのであった。ミス・プライス以上の幸福者が果してあり得るであろうか？　しかしミス・プライスは社交界に出て自らを売ることを考慮するような教育は受けていなかった。もしこの舞踏会における自分の位置について概してどのような見方がなされているかファニーに判ったなら、間違いをしでかすのではないか、みんなからじろじろ見られるのではないかと云う目下既に取憑かれている不安がますます増大して、より一層ファニーの落着きは失われたことであろう。ファニーの何よりの念願は、あまり他人に見られることなく、殊さら疲れないように踊ること、今宵の半分ぐらい踊れるだけの体力と相手を確保すること、エドマンドと少し踊り、ミスター・クロフォードとはあまり踊り過ぎないようにすること、ウィリアムの楽しむ姿を眺めること、そしてノリス夫人に近附かないようにすること、であった。これだけ達成されればこの上ない幸福感が味わえるであろうと思われた。しかしこれらはファニーの最高の望みであっただけに、必ずしも首尾よく行くとは限らなかった。その日の長い午前中を主に伯母二人と一緒に過したファニーはしばしばより悲観的な考えに見舞われた。ウィリアムはこのマンスフィールド最後の日を思う存分に愉しもうと決心し、鴫《しぎ》撃ちに出掛けていた。エドマンドが牧師館に出向いていることはまず間違いなかった。ファニーは一人残ってノリス夫人の苛苛《いらいら》に堪えなければならなかった。夫人は家政婦が夕食の準備を自分勝手なやり方でやろうとしていると云って機嫌を損ねていた。当の家政婦はノリス夫人を避けているようであったが、ファニーは避けることが出来なかった。到頭ファニーは疲れ切ってしまい、舞踏会に関するあらゆることが忌忌しく思われて来た。そして叱言混りの苛苛声で着替えをするよう追立てられたときには、自分の部屋へ向う足取りも懶く、恰も自分は幸福の分前に与ることの許されていない存在でもあるかの如くに感じられ、とても幸福な思いを味わうことなど不可能であった。

ファニーはゆっくりと階段を上りながら昨日のことを思い出した、牧師館から戻って来てみたら、束の間にエドマンドがいたのはちょうど今頃の時刻であった。――「今日もあの部屋にエドマンドがいてくれたらいいのだけれど！」とファニーは虫のいい空想に耽りながら独《ひと》り言《ご》ちた。

「ファニー」と、ちょうどそのとき近くで名前を呼ぶ声がした。吃驚して顔を上げると、ファニーがたった今辿り着いたばかりのロビーを挟んだ別の階段の降り口に当のエドマンドの立っている姿が見えた。エドマンドはファニーの方へやって来た。「何だか疲れ切った様子だけど、ファニー、大分歩き過ぎたのではないのかい？」

「いいえ、ずっと家の中にいましたの。」

「では、家の中にいて疲れたんだね。その方が余計悪いや。出掛けた方がよかっただろうに。」

ファニーは愚痴をこぼしたくはなかったので、黙っているのが一番気が楽だと思った。エドマンドはいつもの親切な眼指を向けてくれてはいたものの、こちらの顔色のことはすぐに頭から離れてしまったことをファニーは疑わなかった。エドマンドも元気そうには見えなかった。ファニーの与り知らぬ何かが多分上手く行かなかったのであろう。二人は一緒に階段を上り進んだ。二人の部屋はもう一つ上の同じ階にあった。

「実はグラント博士の所へ行って来たんだけどね」とやがてエドマンドが云った。「僕の用向きは想像がつくだろう、ファニー。」エドマンドのあまりの間の悪そうな様子に、ファニーは唯一つの用向きしか考えることが出来なかったが、それを思うと気分が鬱《ふさ》いで何も云えなかった。——「最初の二回を僕と踊ってくれるようミス・クロフォードに約束してもらおうと思ったんだ。」続くこの説明にファニーはどうやら生返る心地がして、何か云ってもらいたそうにしているエドマンドに辛うじてその結果について質問らしきことを口にすることが出来た。

「うん」とエドマンドは答えた。「約束してくれた。でも（と容易に落着きそうにない頬笑みを浮べながら）僕と踊るのもこれが最後だと云うんだ。本気じゃない。本気じゃないと思うし、望むし、信じている。でもあんなことを云ってもらいたくなかったな。あのひと、これまでも牧師と踊ったことはないし、これからも踊るつもりはないと云うんだ。僕のためには、舞踏会なんかなければよかったと思う――何も選りに選って今週の今日なんかにね――明日僕は家を離れると云うのに。」

　ファニーは何か云おうと力め、やっとのことでこう云った。「何かと苦しい思いをなさってたいへんお気の毒ですわ。今日は愉快な日の筈ですのに。伯父様としてはそのような日になさるおつもりだったのです。」

「ああ、そう、そうだった。でも大丈夫、愉快な一日になるさ、何から何まで上首尾にね。こんな気持はほんの一時のものだもの。実際、僕は何も舞踏会の日取りが悪いと思っている訳ではないんだ。――そんなことは何でもない。ただね、ファニー」――と、ファニーの手を取って立止らせると、低い真剣な声になって、「こう云う腹立ちが何を意味するか君には分っていることだと思う。君にはよく分っていて、僕がどうしてこんな気持になっているかも、多分僕以上に上手に説明出来るだろう。でも少し話させてくれないか。君はいつだって親切に話を聞いてくれる。僕は今朝あのひとの態度に苦しい思いをさせられて、それが克服出来ないでいるんだ。あのひとの性質が君同様に淑やかで申分のないものだと云うことは分っているが、あのひとがわざと思わせぶりな偽りのことを云ったり、ときとして偽悪的な態度をとったりするのはどうも以前仲間だった人達の影響が禍《わざわ》いしているような気がする。決して邪《よこしま》なことを考えている訳ではないのに、それを口にするんだ――ふざけ半分にね。僕もふざけ半分なことは判っているんだけど、そんな様子を見ているとどうにも心が痛んでね。」

「教育のもたらす影響と云う訳ですね」と、ファニーは穏やかな口調で云った。

エドマンドは同意せざるを得なかった。「そう、あの叔父と叔母！　――彼等があのひとのこの上なく美しい心を損ねてしまったのだ！　――だってね、ファニー、敢えて云うけれど、とても作法に叶った態度とは思えないときがあるんだ。ときとして心そのものが汚れているのではないかと思われることがある。」

ファニーは、これは自分の判断力に訴え掛けようとしているのだと想い、そこで瞬間考えてからこう云った。「私に聞役だけをお望みでしたら、出来るだけお役に立とうと思いますけれど、でも私には助言したりする資格はありませんわ。私から助言を求めたりはなさらないで下さい。とても私には出来ないことですもの。」

「君がそのような役割に異議を申し立てたがるのは尤もだと思うよ、ファニー。でも心配しなくていい。助言を求めなければならないようなことでもないんだ。助言なんて求めない方がいいようなことなんだ。まあ、大抵の人は助言なんて求めないのだろうな、自分で悪いと判っていながら、それがしたくて他人に勧めてもらいたいとき以外はね。僕はただ君に話がしたいだけさ。」

「もう一つ申し上げたいことがありますわ。不躾《ぶしつ》けは御免なさい――でも、お話の仕方にも注意なさって下さい。あとになって後悔なさるかも知れないようなことは今仰有らない方がよろしいわ。何れそう云うときが来るかも――」

話しながらファニーの両頰は真赧になった。

「ああ、ファニー！」とエドマンドは、ファニーの手を恰もそれがミス・クロフォードの手でもあるかのように烈しく自分の唇に押附けながら云った。「君の考えることは何て慎重で思い遣りがあるんだ！　――でもこのことではそんなこと気にしなくていいんだ。そんなときは来やしないよ、その君が云おうとしたようなときなんかね。僕はそんなことはありそうもないことだと云う気がし始めているんだ。機会はますます遠退きつつある。それに万一のことがあったとしても――僕達のどちらかでも憶えていてはまずいからと云うので用心しなければならないようなことなんて何もないよ。だって僕は自分のこの躊いを恥ずべきことだとは思っていないもの。もしこの躊いが取除かれることがあるとすれば、それはあのひとが過去の落度を認めて自分の人柄を高めようと云う変化を見せたときだけだ。僕にこんなことが云えるのも相手が君だからこそなんで、尤も僕のあのひとに対する考えはいつでも君には筒抜けだったたね。僕が一度だって盲目的になんかなったことがないのは君が保証してくれると思うけれど、ファニー。あのひとのちょっとした過ちについては僕達何度も話し合ったじゃないか！　ま、心配は要らない。僕も今ではあのひとのことを真剣に考えることはほぼ止めてしまったしね。しかし僕の身に何が起ろうと、君の親切と思い遣りには心底から感謝している。もしそうでなかったら僕は木偶《でく》の坊だ。」

エドマンドは十八歳の経験をゆさぶるに充分なだけ喋った。その言葉はファニーの気持にも近頃にない安心感を与えたものと見えて、ファニーは表情を輝かせてそれに答えた。「判りましたわ、エドマンド、私は、ほかの人はいざ知らず、あなたは、私の気持が解って下さる方だとよく承知しています。私、あなたの仰有りたいことなら何を聞いても怖くはありません。遠慮は要りません。どうぞ何なりとお話になって。」

このとき二人は三階に辿り着いていたが、女中の姿が見えたのでそれ以上話を続けることが出来なかった。ファニーの目下の心の慰めと云う点では最も都合の好いところで話の区切りがついた形であった。エドマンドはあと五分も話すことが出来たら、ミス・クロフォードの欠点と自分の失望落胆を一つ残らず喋り立てないとも限らなかったからである。しかしエドマンドは感謝に満ちた愛情を顔に表し、ファニーは何やら貴い感情を胸に抱いたところで、二人は別れ別れになった。ファニーは何時間ぶりかで安心した気持になることが出来た。ミスター・クロフォードのウィリアムに宛てた手紙がもたらした最初の歓びが一段落してからと云うもの、ファニーの気持はそれとはまるで正反対の状態にあった。まわりには慰めもなく、心の裡には望みとてなかった。今やすべてが頬笑み掛けていた。ウィリアムの幸運が再び心に甦って来て、最初のとき以上に有難いことに思われた。それに舞踏会だって——こんな愉しみの夕べが目前に控えているなんて！　さあこれで舞踏会にも本当に潑溂とした気持で出られるわ！　ファニーは舞踏会一般に附きもののあのそわそわした幸福感を多分に味わいながら着替えに掛った。

万事が順調に行った――自分の顔立も決してまんざらでもないと思われた。そうして再び例の頸飾の段になったときファニーの幸運は申分のないものに思われた。と云うのは、実際に試してみたところミス・クロフォードから貰った頸飾はどうしても十字架の通し穴に入らなかったからである。ファニーはエドマンドの願いを容れてそれを附けるつもりであった――が、それは目的のためには大きすぎたのである。こうなってはエドマンドから貰った方を附けざるを得なかった。ファニーは、心底最も愛しい二人の記念品であり、形と云い、その形が抱かせる想いと云い、いかにも二人に相応しく作られた最も大切な愛のしるしである鎖と十字架を、喜ばしい気持で結び合せると、それらを頸に掛けてみた。鏡に映してみて、そこにウィリアムとエドマンドの籠っていることをはっきりと感じたファニーは、何の無理もなく、ミス・クロフォードの頸飾も附けようと云う気になった。ファニーはその方が正しいことだと思った。ミス・クロフォードにはファニーに是非ともそうするよう要求する権利があるのだ。ミス・クロフォードの要求権がそれよりももっと強い要求権を、つまりもう一人別の人間のより心からの親切をもはや侵害することも妨げることもなくなったので、ファニーは自ら喜んで前者にも公正を尽すことが出来た。実際頸飾はたいへんよく似合った。ファニーは自らと我が身に附けたすべてのものに快い満足感を覚えながら、やっと部屋を出た。

このときに限りバートラム伯母はいつになくはっきりとファニーのことを思い出した。実際令夫人は誰に促されるでもなく、ファニーも舞踏会のための装いではあるし、上の階の女中よりももっと上手な手助けがあれば喜ぶかも知れない、と自らの心に思い浮べたのである。そこで自分の身支度が済むと、令夫人は実際に自分附きの侍女をファニーの所へ行かせた。しかし勿論あとの祭であった。ミセズ・チャップマンが屋根裏部屋のある階に到着したときには、ミス・プライスはすっかり装いを整えて部屋から出て来たところであった。そこでただ鄭重な言葉だけが取交された――しかしファニーは、バートラム令夫人やミセズ・チャップマンが自分達の行為に我ながら感心していた程度に劣らず、伯母の心遣いを有難く思った。

第十章

ファニーが降りて行くと伯父も両伯母も揃って客間にいた。ファニーは伯父にとって関心の的であった。サー・トーマスはファニーが全体的に品の良い装いをし、目立って綺麗な顔をしているのを見て喜んだ。本人のいる前でこそ衣装が上品でしかも適切だと云うことしか敢えて褒めようとはしなかったが、ファニーが暫くして再び部屋を出て行くと、直ちに断乎たる調子で姪の美しさに対する賞讃の言葉を口にした。

「ほんとに」とバートラム令夫人が云った、「たいへん綺麗ですわ。私、チャップマンを手助けにやりましたの。」

「綺麗！　そりゃそうですとも」とノリス夫人が叫んだ。「これだけ有利な条件の下にいるんですからね、綺麗なのは当然です――こうしてこの家に育って、おかげで従姉達の振舞作法も目のあたりに見ているんですから。考えても御覧なさいませ、サー・トーマス、あなたと私のおかげでどんなにか特別有利な条件があの娘に与えられたことか。あなたのお眼に留ったあのガウンだって、愛しのラッシワース夫人が結婚されるときに寛大にもあなたが御自身で贈られたものです。私達が手を取ってやらなかったらあの娘は今頃どんなことになっていたやら。」

サー・トーマスはそれ以上何も云わなかった。しかし一同が食卓に着いたとき、サー・トーマスは二人の若者の眼附から、婦人達が引退ってから再びさりげなくこの話題に触れるならもっと首尾よく行くだろう、と確信した。ファニーは自分が認められていることが判った。自分は綺麗に見えるのだと云う意識が加わったせいか、より一層綺麗に見えた。様ざまな理由でファニーは幸せであった。そしてすぐにファニーの幸せはより大きなものとなった。伯母達に随いて部屋を出ようとしたとき、開けた扉を支えて立っていたエドマンドが、ファニーにこう云ったのである。「僕と踊ってくれるね、ファニー。二回分を僕のために取っといておくれ。最初以外ならいつでも君の好きなときでいい。」ファニーとしてはこれ以上望むことは何もなかった。ファニーの気持は有頂天に近いと云ってもよかったが、こんなことは生れてこのかた殆どないことであった。以前舞踏会の日と云うと従姉達がいかにも楽しそうにしていたものであったが、今のファニーにはそれは何ら意外なことではなかった。ファニーは、舞踏会とは本当に何て魅力的なものだろうと思いながら、ノリス伯母の眼を上手く掠《かす》めては客間で実際にステップを踏んでみるのであった。その伯母はと云うと、最初のうちは、折角執事が見事に起しておいてくれた煖炉に改めてちょっかいを出しては却って駄目にすることに掛り切っていた。

三十分が経った。こんなときの三十分は事情が違えば少くとも気乗りのしないものであったろうが、ファニーの幸福はなおも続いていた。ただもうエドマンドとの会話を思い出しさえすればよかった。ノリス夫人がそわそわ落着かないからって、それが何だろう。バートラム令夫人が欠伸《あくび》ばかりしていたって、そんなことは何でもない。

殿方達が加わった。するとすぐにもうそろそろ馬車がやって来る筈だと云う楽しい期待が拡がり始め、全体は急に気楽な、喜ばしい気分に包まれた。皆その辺に立ったまま話したり笑ったりしていた。一瞬一瞬に愉しみと希望が満ちていると云う感じであった。ファニーはエドマンドは表向き愉快そうにしているが内心苦しい思いをしているのに違いないと思った。しかしそのような翳りの片鱗も見せないエドマンドの様子は見ていて気持がよかった。

しかし実際に馬車の音が聞え、招待客が眼の前に集り出してみると、愉快だったファニーの心も大分気圧《けお》されてしまった。多くの見知らぬ人達の光景にファニーは再び自分だけの世界に押戻された。客達は最初部屋の周囲に重重しい、儀式張った態度でずらりと居並び、サー・トーマスやバートラム令夫人の物腰も、この雰囲気を取除くような種類のものではなかった。しかもファニーはときおりそれ以上の苦痛に堪えなければならない破目になった。ファニーは伯父からあちこちで紹介されては、そのたびに話し掛けられ、会釈をし、返辞をせねばならなかった。これは辛い務めであった。ファニーは声が掛るたびに、一座の後方を気楽に歩き廻っているウィリアムの方を見ては、そちらに行って兄と一緒になりたいと思わずにはいられなかった。

グラント夫妻とクロフォード兄妹の到着がその場の雰囲気を好転させてくれた。一座の堅苦しい感じが、夫妻達の気さくな物腰と誰とでも別け隔てなく打解ける態度を前にして直ちに和やかなものになった。小さな群が幾つか出来て、みなそれぞれに人心地ついたようであった。ファニーもおかげで助かった思いがした。鄭重な挨拶を交さねばならない苦役から免れて、もしエドマンドとミス・クロフォードのあいだに視線をさまよわせることさえしなくて済んだなら、再び幸福な思いが味わえるところであった。ミス・クロフォードはたいへん魅力的であった——この結果何事もないなんてことがあるのかしら？　ファニーの思いは眼の前にミスター・クロフォードの姿を認めたことで中断してしまった。しかしそれも、最初の二回を踊ってくれるようにと即座に約束を求められたことで今度は別の方向に向い始めた。このときのファニーの幸福感は人並の明暗相半ばしたものであった。何れにしても最初の相手が確保されたことは大いに結構なことであった——今や開始の時間がごく間近に迫っていたし、それにファニーは自分自身の資格と云うものが殆ど分っていなかったので、もしミスター・クロフォードが求めてくれなかったら、最後まで相手が見附からず、大騒ぎして次つぎと訊ね廻ったり人にぶつかったりした挙句にやっとのことで相手が得られると云うような手酷《てひど》いことになるに違いないと考えていたからである。しかし同時にミスター・クロフォードの相手を求める態度には何かしらわざとらしいところが見られた。それがファニーには気に入らなかった。更にファニーは相手の眼が一瞬例の頸飾に向けられる——何やら笑みを浮べながら——のを見た——ファニーは確かに相手が笑ったと思った——そう思うと顔が真赧になり、惨めな気持になった。ミスター・クロフォードはそれ以上再び頸飾に眼を向けてファニーの心を乱すこともなかったし、それ以後の態度も穏やかな、好ましいものとしか思われなかったものの、相手が頸飾を見たと思ったことで一旦高まった当惑はどうしても治まらず、ミスター・クロフォードが別の人の方へ顔を向けてしまうまではファニーの心は落着かなかった。それでも一人になってみると、相手が、それも自ら進んで申し出てくれた相手が会の始る前に得られたと云うことが本当の満足感となって徐徐にファニーの胸に湧き上って来た。

一同が舞踏会場の方へ動き始めたとき、ファニーは初めて自分がミス・クロフォードの近くにいることに気が附いた。ミス・クロフォードは兄の場合と同じように直ちにそしてより率直に笑みを含んだ視線を向けて寄越し、頸飾のことを話題にし始めた。ファニーは早く事情を話してしまいたかったので、大急ぎで第二の頸飾——つまり本物の鎖について訳を説明した。ミス・クロフォードは黙って聴いていた。ファニーに対して云おうと思っていた世辞や愛想はすっかり忘れてしまって、ただ一つのことだけを感じていた。そうして、既に輝ける瞳がより一層輝き得るところを見せながら、熱の籠った喜ばしい口調で叫んだ。「本当に？　エドマンドが？　あの方らしいわね。ほかの男の人だったら、まず考えもしないところだわ。何て素晴しい人でしょう、ちょっとどう云っていいのか判らないぐらい。」そう云うと、ミス・クロフォードは当人にその旨を伝えたいとでも云わんばかりに周囲を見廻した。しかしエドマンドは近くには見当らず、何人か一塊りになった御婦人方のお伴をして部屋から出て行くところであった。そこへグラント博士がやって来て双方の腕を取ったので、二人は居残っていた人達とともに皆のあとに従った。

ファニーの心は沈んだが、ミス・クロフォードの気持のことであってもそれをゆっくりと考えている暇はなかった。二人が舞踏会場に入ったときには既にヴァイオリンの演奏が始っていて、ファニーはそちらの方に胸が高鳴って来て、とても難しいことに心の焦点を定めることなど出来なかった。ファニーとしては全体の飾り附けの方にも眼を向けて、何から何まですっかり準備の出来ていることも見届けねばならなかった。

一時するとサー・トーマスがやって来て、相手は見附かったかねと訊ねた。ファニーは「はい、ミスター・クロフォードと」と答えたが、それはサー・トーマスの予期していたとおりの返辞であった。当のクロフォードの姿が遠からぬ所に見えた。サー・トーマスはそちらに近附くと、何やら話しながら彼をファニーの所へ連れて来た。それはどうやらファニーが列の先頭に立って踊りの先導役を務めなければならないと云うことらしかった。ファニーの思ってもいないことであった。ファニーは、今宵の細目について考えないことはなかったが、当然先頭にはエドマンドとミス・クロフォードが立つものと決めていたから、伯父の言葉に吃驚仰天した。そしてその思い掛けないことを口にしたのがほかならぬ当の伯父であったにもかかわらず、ファニーは驚きの叫びを発し、自分には相応しくない旨を伝え、どうか容赦してくれるよう懇願しない訳には行かなかった。ファニーが伯父の意見に逆らってまで自分の意見を主張するからには、事態が極度に深刻な証拠であった。ファニーは、初めてそのことを聞かされたときの恐怖感があまりにも強かったので、実際に伯父の顔を正面から見詰めて、その役を別の人に替えて頂きたいと口にすることが出来たほどであった。しかしそれは聞入れられなかった。――サー・トーマスはにっこりと頬笑んで、ファニーを勇気づけると、今度は真剣な顔附になってはっきりと云った。「そうしなければ不可ないのだ、ファニー。」口調があまりにも断乎としていたので、ファニーは敢えて一言も返すことが出来なかった。次の瞬間気が附いたときには、ファニーは既にミスター・クロフォードに手を取られて部屋の奥の先頭の者が立つ位置に導かれていた。そうして二人が位置に附くと、ほかの踊手達は次つぎと二人一組となってそのうしろに列を作り始めた。

ファニーには殆ど信じられなかった。自分がこんなにも多くの令嬢達の先頭に立つなんて！　これは名誉に過ぎることであった。自分は従姉達と同じような扱いを受けつつあるのだ！　ファニーの思いは目下屋敷を離れている従姉達に飛び、嘘偽りのない優しい気持で従姉達の不在を気の毒に思った。ああ、あのひと達はたまたま家にいないばっかりに、この部屋で自分達本来の位置を占めて、愉快な思いに与ることが出来ないのだ、本来なら二人は大喜びの筈なのに！　あのひと達はあんなにもしばしば家で舞踏会の催されることを至福この上ないことと願っていたと云うのに！　そうしてそれが催されたときには二人はいなくて――自分が踊りの先導役をやるなんて――それもミスター・クロフォードと！　ファニーは目下その名誉に自分が与っているからと云って二人が自分を恨みに思わないことを願った。しかし秋の頃の状態や以前に一度だけ家で踊りの催しがなされたときのお互いの関係を振返ってみるとき、ファニーには目下の事態がどうにも理解出来なかった。

舞踏会は始った。ファニーは、少くとも最初の一踊りは、幸福感と云うよりも名誉感に支えられて踊った。相手のクロフォードは大層元気溌溂としていて、ファニーにもその影響を及ぼそうと力めたが、ファニーの方は何しろ怯《おび》えが先に立っていたから、もはや誰からも自分は見られていないと想い込んでしまうまでは、とても愉しむどころではなかった。しかし若くて、綺麗で、淑やかなファニーには、欠点と思われるような不様なところは全然見られなかった。大抵の人がファニーに対する賞讃を惜しもうとはしなかった。ファニーは魅力的で、控目で、サー・トーマスの姪であった。そうして直ちにミスター・クロフォードの讃美の的だと云うことになった。皆から好意を抱かれるためにはそれだけで充分であった。サー・トーマス自身ファニーの踊り進むさまをいかにも満足そうに見守っていた。サー・トーマスは姪を誇りに思っていた。ファニーの容貌が美しいのは、ノリス夫人はそう思っているらしいが、必ずしもマンスフィールドに移って来たためではない。サー・トーマスとしてはむしろそれ以外のすべてを与えてやれたことが嬉しかった——教育と行儀作法、これこそは確かにファニーがサー・トーマスに負っているものであった。

　ミス・クロフォードにはサー・トーマスの考えていることがよく判った。それで、自分がサー・トーマスから特別好意的に見られている訳でないことは判っていたが、何となく好感を抱かれたいと云う欲求が起り、機会を捉えてサー・トーマスの立っている方へ近附くと、ファニーに対する褒め言葉を口にした。ミス・クロフォードの賞讃は熱の籠ったものであった。サー・トーマスはこちらの願っていたとおりに受止めてくれ、慎重な態度と礼儀正しさとゆっくりとした物云いの範囲内ででではあったが、それに和してくれすらした。ファニーのことについてはサー・トーマスの方がバートラム令夫人よりも遥かに乗気な様子であった——それと云うのも、そのあとすぐにメアリーが、すぐ近くのソファに令夫人の姿を認めたので、踊り始める前にそちらの方へ向きを変えて、ミス・プライスの表情や装いについて愛想を申し述べたとき、令夫人の反応は次のようなものであったからである。

「ええ、本当に、たいへん綺麗でしょう」とバートラム令夫人は穏やかに応えた。「チャップマンが着附けの手助けをしましたの。私がチャップマンを行かせましてね。」令夫人としてもファニーの褒められたことが実際嬉しくない訳ではなかったのであるが、それ以上にチャップマンを行かせたと云う自分の親切にすっかり感心してしまっていたので、どうしてもそのことを頭から追払うことが出来なかったのである。

ミス・クロフォードはノリス夫人のことはよく分っていたから、ファニーのことを褒めても夫人が喜ばないことも充分に承知していた。そこで夫人に対しては臨機応変に、「ああ、今宵愛しのラッシワース夫人とジュリアがいたらどんなに素晴しいでしょうね！」と云うことにした。これに対してノリス夫人は、トランプ用の卓子をしつらえたり、サー・トーマスにそれとなく助言を与えたり、附添いで来ている年配の婦人方を部屋のもっといい場所に移動させようとしたり、要するに誰から頼まれた訳でもない仕事に大童であったが、時間の許す限り数多くの頬笑みと慇懃な言葉とを返して寄越した。

ミス・クロフォードが相手を喜ばせるつもりでいながら最もへまをやったのは当のファニーに対してであった。ミス・クロフォードは相手の可憐な心にときめくような幸福感を与え、相手を喜ばしい自尊の気持で一杯にしてやっているつもりであった。そうして次のような言葉にファニーが顔を真赧にしたときもそれを誤解して、自分はなおもそうしていると思い込んでいた――ミス・クロフォードは最初の二踊りが終るとファニーの所へ行き、何やら意味のありげな表情を見せてこう云った。「多分あなたなら私の兄がなぜ明日ロンドンに行くか御存知ね。私が訊いても、ただ用事があるからだと云うだけで、それがどんな用事かは全然教えてくれませんの。今まではどんな秘密だって私には打明けてくれたのに、こんなことは初めてだわ！でもこんなことは誰もが経験することなのね。皆、晩かれ早かれ別のひとに取って替られてしまうんだわ。それで私としてはあなたに教えてもらわなければならないと云う訳。ねえ、なぜヘンリーは上京するのかしら？」

ファニーは大いに当惑したが、出来るだけ落着いた態度で自分は知らないと断言した。

「それでは」とミス・クロフォードは笑いながら応えた、「私が想うに、ただもうあなたのお兄様をロンドンまで運んで、途中、一緒にあなたのことを話題にして楽しもうと云う魂胆なのだわ、きっと。」

ファニーは困惑したが、それは不愉快な困惑であった。ミス・クロフォードはファニーが頰笑みを見せないので不思議に思い、相手は何か気にし過ぎているのだろうか、それともちょっと変っているのだろうか、などと考えたが、ヘンリーの心遣いを喜んでいないのだとだけは思いも寄らなかった。今宵ファニーは大いに愉しんでいた――しかしそれにはヘンリーの心遣いは殆ど与っていなかった。どちらかと云えばあんなにすぐに再び踊りの相手を求められたくはなかったし、先ほどヘンリーがノリス夫人に食事の時間のことを訊いていたのも、そのときに自分を手許に引留めておこうがためなのだと思わなくて済むものなら、どんなに嬉しかったろう。しかしそれを避けることは出来なかった。ヘンリーのおかげでファニーは自分が皆の注目の的であることを意識させられた。そうかと云ってそのやり方は決して不愉快なものではなかったし、ヘンリーの態度にも無作法なところやこれ見よがしなところはなかった。ときとして、ウィリアムのことを話すときなどは、心底好感が持てるほどで、その温かな心遣いは本当に立派なものだと云ってよかった。しかしそれでもなおヘンリー・クロフォードの心遣いがファニーの満ち足りた幸福感の一部になることはなかった。ファニーは、ウィリアムの方を見てウィリアムが心から愉しそうにしている様子を眺めるたびに、またウィリアムと一緒に歩き廻りながらウィリアムが自分の踊りの相手について話すのを聞ける五分間が得られるたびに、幸せな気持になった。自分で自分が賞讃の的になっていることが判ることも、待遠しいエドマンドとの二回分がまだこれからなことも、幸福の原因であった。今宵の大部分、ファニーの手は多くの人からあまりにも熱心に求められたので、エドマンドとのはっきりいつと決っていない約束は絶えざる期待となった。ファニーは実際に踊るときになっても幸福なことに変りはなかったが、ただエドマンドの方に元気がなく、午前中に見せてくれたような優しい心遣いの見られないことが淋しかった。エドマンドはいかにも疲れ切った様子であった。しかしファニーは自分が休息の与えられる友であることに幸福を見出した。「応対の連続で疲れ果ててしまった」とエドマンドは云った。「ひっきりなしに喋りどおしで、もう何も云うことがないよ。君とは、ファニー、おとなしくしていてもいいだろう。君は別に話し掛けてもらいたくもないよね。僕達は沈黙の有難味を味わうことにしよう。」ファニーは同意の言葉すら殆ど口に出すのを差控えた。疲労感の大部分は多分午前中に味わったのと同じ気持を味わわされたことによるのであろうと思うと、殊のほか労《いたわ》ってあげなければと云う気持になった。二人は誰が見ても文句のない節度のある踊り方で二回分をおとなしく踊りつづけたので、サー・トーマスも次男の伴侶と云うようなことについては何らの注意も喚起されなかった。

　今宵エドマンドは殆ど楽しんでいなかった。ミス・クロフォードは最初一緒に踊ったとき、大層陽気であったが、この陽気な態度はエドマンドにとっては有難くなかった。それはエドマンドの気分を高めるよりもむしろ沈める働きをした。その後も――と云うのはエドマンドはなおも再びミス・クロフォードに相手を求めずにはいられなかったからであるが――エドマンドは、自分が今まさに就こうとしている職業について相手が話すその話ぶりにすっかり苦しい思いをさせられた。二人が話をする――沈黙が来る――エドマンドは筋道を立てて説き聞かせる――すると相手は冷かし半分に雑《ま》ぜっ返す――と云う訳で二人は到頭お互いに腹立しい気持を抱き合ったまま別れねばならなかった。二人の方を全然見ないで済ますことの出来なかったファニーは或る程度二人の様子を察してまんざらでもない気持を覚えた。エドマンドが苦しんでいるのに幸福感を覚えると云うのは残酷なことではあったが、エドマンドが苦しんでいると云うその確信ゆえに幸福感の湧き上って来るのをファニーはどうすることも出来なかった。

　エドマンドとの二回分を踊りおえたとき、ファニーはもっと踊りたいと云う気持もそのための体力も殆どなくなっていた。サー・トーマスは、ファニーが大分短くなって来た踊手達の列の先頭を、息も絶えだえに、片手をわきに下したまま、踊ると云うよりも歩いているのを見て、もう止めて腰を下すようにと云い聞かせた。同時に、ミスター・クロフォードも腰を下した。

「だらしがないぞ、ファニー！」とウィリアムが、一時ファニーの所へやって来て、自分の踊りの相手から借りた扇で、恰も元気を取戻させてやるとでも云わんばかりにせっせと風を送りながら叫んだ。「何て簡単に参っちゃうんだろう！　まだほんの始ったばかりじゃないか。あと二時間は休まずに踊りつづけたいところなのに。どうしてそんなにすぐ疲れるのかな？」

「そんなにすぐって云ったって、君」とサー・トーマスはあたりに気を配りながら懐中時計を取出して云った、「もう三時だし、ファニーはこんな時間まで起きていることはないんだ。」

「それじゃあ、ファニー、明日は僕が発つ前に起きることはないよ。ゆっくり寝ていればいい、僕のことは気にしなくてもいいから。」

「そんな、ウィリアムったら！」

「何と、それではこの娘は君が発つ前に起きているつもりだったのかい？」

「勿論ですわ、伯父様」とファニーは叫ぶと、勢いよく席から立上って伯父に近附いた。「私、起きて、朝食を一緒にしなければなりません。だってそれが最後になるのですもの、最後の朝に。」

「それは止めた方がいい。――ウィリアム君は九時半までには朝食を済ませて出発していなければならないんだ。――クロフォード君、確か九時半に迎えに来て頂けるんでしたね？」

しかしファニーがあまりにも執拗に、眼に涙まで浮べて是非ともと云い張るので、サー・トーマスとしても許さない訳には行かなくなり、到頭寛大な口調で「やれやれ」と云ったが、これはファニーの願いを認めることとであった。

「そう、九時半に」とクロフォードは、その場を離れつつあるウィリアムに向って云った。「僕は時間どおりに来るつもりだ、僕には僕のために起きてくれるような親切な妹はいないのでね。」それから低声になってファニーに、「僕は誰も起きていない侘しい家から急いで出て来るだけさ。ウィリアム君も明日は僕の時間の観念がウィリアム君のとは大分違うことが判るだろう。」

暫く考えてから、サー・トーマスはクロフォードに、一人で食事をするよりも家へ来て皆と一緒に早朝食をしたらどうか、自分もその中に加わるつもりだが、と云った。そうしてその招待が即座に受容れられたことから、サー・トーマスは或る疑念――実は正直なところ、この舞踏会もその疑念がもとになって開かれるに至ったところが多分にあるのだが――が充分に根拠のあるものであることを確信した。ミスター・クロフォードはファニーに恋しているのだ。どう云うことになるか、サー・トーマスには楽しい期待であった。一方姪の方としては伯父のしたことが少しも有難くなかった。ファニーは、最後の朝こそ、ウィリアムを独占したいと思っていたのである。それは云うに云われぬ喜びとなる筈であった。しかし願いが覆《くつがえ》されたからと云って、ファニーは不平を云う気にはならなかった。それどころか、これは多分にファニーが自分の喜びが斟酌《しんしゃく》されたり、物事が自分の望みどおりになされることに慣れていなかったからでもあるが、ファニーとしてはあとに続いた失望を託《かこ》ちたい気持よりは、自分の目当てにしていたことがそこまで容れられたことを驚き喜ぶ気持の方が遥かに強かった。

そのすぐあとで、サー・トーマスは、もう直ちに寝るようにと忠告することで再びファニーに些か不本意な気持を味わわせた。なるほどサー・トーマスの言葉は「忠告する」であったが、その忠告には有無を云わさぬ力があった。ファニーとしては黙って従わざるを得ず、立上って、ミスター・クロフォードのたいへん鄭重な「お寝《やす》み」に送られながら静かにその場を離れ、ブランクサム城主夫人宛《さなが》らに、その場のめでたき光景を眺めんと「ほんの一瞬だけ」*扉口に立止り、まだまだ踊りつづけるつもりの五、六組がなおも熱心に踊っているのに最後の一瞥を与えると、やがて、依然として終りそうにもないカントリー・ダンスに送られて跫音を忍ばせゆっくりと正面の階段を上って行った、様ざまな希望や不安、スープやニーガス酒のためにまだ昂奮醒めやらず、足の痛みと疲労感と、それに何となく落着かぬ心の動揺を覚えながらも、それでもやっぱり舞踏会は本当に素晴しい、と感じながら。

もしかするとサー・トーマスは単に当人の健康のことだけを考えて、こんな風にファニーを部屋に返したのではなかったのかも知れない。もうミスター・クロフォードはファニーの傍に充分に坐ったと考えたのかも知れず、或はファニーが素直に云うことを肯《き》くところを見せることで、ファニーが妻とするに相応しい女性であることを相手に印象づけようと云うつもりだったのかも知れない。

* スコット『最後の吟遊詩人の歌』第一曲第二一〇行。

第十一章

舞踏会は終り、翌朝の朝食も瞬く間に終った。最後の接吻が与えられ、ウィリアムは立去った。ミスター・クロフォードは約束の時間どおりにやって来て、食事は短時間ながら愉しいものであった。

ウィリアムの姿が見えなくなるまで見送っていたファニーはひどく沈んだ心で朝食室へ戻ったが、淋しい変化に悲しみを抑えることが出来なかった。伯父は、多分、今まで二人の若者の坐っていた椅子がそれぞれにファニーの優しい情愛に何かしら訴え掛けるであろうし、ウィリアムの皿に残された冷肉の骨と芥子はミスター・クロフォードの皿に残された卵の殻とファニーの感情を半半に分け合うことになろう、とでも考えたのであろう、親切にも自らはそっと部屋を出て、ファニーを一人静かにその場に泣かせておいた。ファニーは腰を下し、伯父の予想したとおりの優しい情愛をこめて泣いた。しかしそれは兄を思う情愛であって、それ以外のものではなかった。ウィリアムは行ってしまった。ファニーは、今になって、ウィリアムが滞在していた期間の大半を無駄な気遣いとウィリアムとは何の関係もない自分勝手な心配事に費してしまったような気がしてならなかった。

何かの拍子にふと、ちっぽけな自分の家に帰って陰気な見窄らしい思いをしているに違いないノリス伯母のことを思ってさえ、別れ際に一緒になったとき、もう少し何がしかの心遣いを見せておくのだったと自責の念に駆られずにはいられないのがファニーの性質である。況してや、この二週間はただただウィリアムのことだけを思い、ウィリアムを喜ばせるあらゆることを為し、語り、考えるべきであったのに、それが出来なかったのであってみれば、到底自分を赦すことなど出来ないと云うのがファニーの気持であった。

その日は重苦しい、憂鬱な一日であった。——二回目の朝食が済むとすぐに、エドマンドは皆に一週間の別れを告げ、自分の馬に跨がると、ピーターバラーへ向けて出発した。みんないなくなってしまった。昨晩に関するものは思い出以外には何一つ残っていなかったが、ファニーにはそれを分つ相手もいなかった。ファニーはバートラム伯母に話し掛けた——舞踏会のことを誰かに話さずにはいられなかったのだ。しかし伯母は自身殆ど何も見ていないばかりか、好奇心の方も殆ど持合せていなかったから、話は大分難航した。バートラム令夫人は自分のことを除いては誰の衣裳がどんなだったかも、夜食の食卓で誰がどこに坐ったかも一向に定かでなかった。マドックス家の令嬢の一人について耳にしたことが何だったかも、プレスコット令夫人がファニーのことを何と云ったのだったかも思い出せないし、ハリソン大佐が、彼氏はこの部屋の中で最も素晴しい若者だ、と云ったとき、大佐がミスター・クロフォードのことを話していたのだったかウィリアムのことを話していたのだったかもはっきりしない、また誰かが自分に何か囁いていたようだったが、何のことかサー・トーマスに訊くのを忘れた——令夫人が最も多くの言葉を費してはっきりとファニーに話して聞かせることが出来たのはこれらのことだけであった。あとはただいかにも懶そうな「ええ——ええ——よかったわね——そうなの？——あの方が？　——それは知らなかったわ——さあ、どっちがどっちだったか私には判らないわ」と云う返辞が返って来るだけであった。これではあまり有難くはなかった。ただノリス夫人の鋭い返答よりはましだと云うだけのことであった。そのノリス伯母も今や病気の女中への土産だと云って残りもののゼリー菓子を全部抱えて帰ってしまい、おかげでバートラム伯母とファニーのあいだには穏やかな、気楽な気分がただよってはいたが、これとてもただそれだけのことであった。

夜になっても昼間の憂鬱な感じは相変らずであった。——「自分がどうなっているのか自分でも判らないわ！」とバートラム令夫人はお茶の道具が片附けられてから云った。「すっかり間が抜けた感じよ。昨夜あんまり夜更《よふか》ししたせいだわ。ファニー、何かお相手でもしてくれないと瞼《まぶた》がくっついてしまいそう。とても針仕事なんて出来やしない。トランプを持って来て頂戴な。——本当に冴えない気分だわ。」

トランプが持って来られ、ファニーは寝る時間が来るまで伯母を相手にクリベッジをして過した。サー・トーマスは静かに本を読んでいたので、その後二時間のあいだ部屋には得点を数える声のほかには何の物音も聞えなかった。——「それで三十一点になりますわ——手許の札で四点、配り手の持札で八点——伯母様の配る番ですけれど、私が替りましょうか？」ファニーは二十四時間がその部屋及び屋敷のその辺一帯にもたらした変化を何度も何度も考えてみた。昨晩は客間の内も外も、到る所、希望と頬笑み、喧騒と動揺、ざわめきと輝きに充ち満ちていたのだ。それが今やあるのは気怠《けだる》い物淋しさだけであった。

一晩ゆっくり寝てファニーは元気を取戻した。翌日はもっと陽気な気持でウィリアムのことを考えることが出来た。その日の朝はグラント夫人やミス・クロフォードを相手に、木曜日の晩について、済んでしまった舞踏会の思い出にはなくてはならぬ幾分誇張気味の想像力と半ば冗談混りの笑いを悉く交えながら、大層和やかに話を交す機会が得られたこともあって、やがて大した苦労もなく気持をいつもの状態に戻すと、目下の平穏な日日の静寂にも容易に順応することが出来た。

実際まる一日中こんなに少人数でいることはファニーとしてもここへ来て以来初めての経験であった。況してや家族が集ったり食事をしたりするたびに主としてその人ゆえに心も慰められ、陽気にもなれた当のその人も今はいないのであった。しかしこればかりは何としても堪えねばならぬことであった。もうじきいつも家にいなくなるのだ。ファニーは今やこうして伯父と一緒に同じ部屋に腰を下し、伯父の声を耳にし、質問を受け、それに答えていても、以前のように惨めな気持を覚えなくても済むことを有難く思った。

「若者が二人ともいないのが残念だが」と云うのが、最初の日と二日目と、正餐のあとに集る人数の少いのを見てサー・トーマスがまず口にした言葉であるが、最初の日はファニーの眼が動揺しているのを考慮してか、皆の健康を祝して乾杯しただけで、それ以上は何も云わなかった。しかし二日目は幾分話題が進展して、ウィリアムに対する思い遣りのある褒め言葉と彼の昇進を望む言葉とが口にされた。「それに多分」とサー・トーマスは附加えた、「ウィリアム君の訪問はこれから先かなり頻繁になるだろうと思われる。エドマンドについては、わし達はあれがいなくてもやって行けるようにならなくては不可ない。この冬がエドマンドがこれまでどおりわし達と一緒に過す最後になるだろう。」「ほんとに」とバートラム令夫人が云った。「でも私としては出来ることならエドマンドに家を離れてもらいたくはありませんわ。何だかみんな家から離れて行ってしまうのね。みんなが家にいてくれたらと思いますわ。」

この願いは主としてジュリアに向けられたものであった。ちょうどジュリアが手紙を寄越して、マライアと一緒にロンドンに行くことを許してくれるよう求めて来たところであった。サー・トーマスは娘達双方のためにも認めてやるのが一番いいと云う考えであった。バートラム令夫人はその善良な性質からそれに反対はしなかったものの、楽しみにしていたジュリアの帰還が延びたことを悲しんでいた。本来ならジュリアはちょうど今頃帰って来る筈であった。サー・トーマスとしてはそのような処置に対する奥様の気持を宥めようと大いに分別を働かせねばならなかった。思慮のある親が当然心に抱くべきあらゆることが奥様のために提言され、自分の子供達により多くの愉しみを得させるに際して愛情ある母親が感じなければならぬあらゆることが奥様の善良な性質に訴え掛けられた。バートラム令夫人は静かに「ええ」と答えることでそれらのすべてに同意した。それから十五分ばかり黙って考え込んでいたが、やがて自ら進んで口を開いた。「ねえ、サー・トーマス、私、考えていたのですけれど――私達ファニーを引取ってたいへんよかったと思いますの。こうしてほかの者達がみないなくなってみると、本当にそうしてよかったと云う気がしますの。」

サー・トーマスは直ちにこの好意ある言葉を引取ると次のように附加えた。「本当にそうだ。わし達がファニーのことをどんなにいい娘だと思っているか、本人の前でこうして褒めていることで、本人も判ってくれることと思う。——ファニーは今や本当に我家の大切な一員だ。これまではわし達が親切にして来たのだとしても、今ではわし達にとってこそなくてはならぬ存在になったのだ。」

「ええ」とバートラム令夫人はすぐに応じた——「いつでもファニーがいてくれると思うと気が楽ですわ。」

サー・トーマスはちょっと考えて、半ば頰笑みながら姪の方を一瞥《いちべつ》すると、やがて真剣な口調になって応えた。「ファニーはずっとわし達の許を離れないと思うよ、どこか他所の家から招かれて、当然そちらへ行った方がここにいるよりも大きな幸せが得られると云うときが来るまではね。」

「でもそんなことありそうもないことだと思われますけれど、サー・トーマス。誰がファニーのことを招んだりしますかしら？　マライアはときどき喜んでサザートンへ迎えるでしょうけれど、だからと云ってファニーにそこでずっと暮すように求めたりはしないと思います。——私はファニーはここで暮すのが一番幸せだと思いますけど——それにファニーがいないと私が困りますわ。」

マンスフィールドの屋敷の方ではこうして一週間が大層静かにしかも穏やかに過ぎて行ったが、牧師館の方では大分様子が違っていた。少くとも、両家の若い女性にこの一週間がもたらした感情は大いに異ったものであった。ファニーにとっては静寂であり慰めであるものもメアリーにとっては退屈と苛立ちであった。片やいとも簡単に満足してしまうのに片やそれがどうにも堪えられないと云うのは、幾分かは気質と習慣の違いによるものではあったにせよ、より多くは境遇の相違によるものであったろう。幾つかの事柄では関心の向け方がまるで正反対であった。ファニーにとっては、エドマンドの不在はその理由と目的から云って、実際、心を慰めてくれるものであった。メアリーにとってはそれはどう見ても苦痛の種でしかなかった。メアリーは毎日、否、ほぼ毎時間、エドマンドの姿が皆の中に見られないことが気になって仕方がなかった。そうしてそのことがあまりにも身に応えるものだから、エドマンドがどんなにしている目的を考えると、ただもう苛立しい気持にしかなれなかった。エドマンドが家を留守に工夫を凝らしたところで、ヘンリー・クロフォードもウィリアム・プライスも行ってしまって、あんなにも陽気に集っていた人達がすっかりいなくなってしまったちょうどこのときに一週間自らも家を留守にしたことほど、自らの存在の重要性を高からしめることは到底為し得なかったろう。メアリーは皆がいなくなってしまったことを痛切に感じていた。グラント博士夫妻とメアリーは、今や打続く雨と雪に室内に閉込められ、何もすることがなく、何らの変った望みも得られない、惨めな三人組であった。メアリーはエドマンドが自分だけの考えに執着し、こちらの気持を無視して自分の考えどおりに行動したことで怒りを覚えてはいたものの（メアリーはあんまり腹立しかったので、舞踏会のときも殆ど仲直りせずに別れたのであった）、いざ相手がいないとなると絶えずその人のことを考え、その人のいいところと愛情をつくづく思い、再び以前のように毎日でも会いたいと希わずにはいられなかった。エドマンドの留守は不必要に長かった。こちらの出発がこんなにも間近に迫っていると云うのに、エドマンドはこのような家を留守にする計画など立てるべきではなかったし、一週間も家を離れるべきではなかったのだ。それからメアリーは自分を咎《とが》め始めた。最後の会話であんなに気色ばんだ物云いをしなければよかったと思った。牧師のことを話したとき、何やら烈しい――侮蔑的な言葉を口にしてしまったことが気に懸った。そんなことはするべきではなかった。無作法なことであり、良くないことであった。メアリーはそんな言葉を口にしたことを心の底から後悔した。

一週間が過ぎてもミス・クロフォードの苛立ちは治まらなかった。それだけでも充分に辛いことであったが、再び金曜日が戻って来てもエドマンドがまだ帰っていないことが判ると、それにも増して辛い思いをしなくてはならなかった。――土曜日になってもエドマンドは帰って来なかった。――日曜日、パークとのあいだにちょっとした手紙のやりとりがあって、メアリーは、何とエドマンドから、予定よりも数日余計に滞在することを友人に約束したためその分だけ帰宅が遅れる旨の手紙のあったことを知った。

既にこの一週間、苛立ちと後悔の念を覚え、自分の云ったことを悪かったと思い、それが相手に与えたであろう打撃が気になっていたとしても――今やこれらの思いは十倍の重みとなってメアリーの心に伸《の》し掛って来た。メアリーは、更に、自分としては初めて覚える不愉快な感情とも闘わねばならなかった――嫉妬心であった。エドマンドの友人であるミスター・オウエンには妹が何人かいた。――エドマンドがそのひと達を魅力的だと思うかも知れなかった。しかしそれはともかく、前からの計画で自分がロンドンに発つことが判っているときに家を留守にしていることが何とも堪えられなかった。もしヘンリーが自分の言葉どおり、三、四日のうちに戻って来ていたなら、当然今頃は自分はマンスフィールドを離れている筈だ。是非ともファニーの所へ行って何かもっと聞かせてもらう必要があった。もはやこれ以上こんな風に一人で惨めな思いをしていることは出来なかった。メアリーは、少しでももっと何か聞く機会を得ようと、駄目でもせめてエドマンドの名前だけでも耳にしようと、一週間前にはとても歩けたものではないと思っていた道をパークへ向った。

最初の三十分はファニーとバートラム令夫人が一緒だったため無駄に過ぎてしまった。ファニーを独り占めにしなければ何も望めなかった。しかし遂にバートラム令夫人は部屋を出て行った。ミス・クロフォードはすぐさま、出来るだけ抑えた声で、こう切出した。「お従兄のエドマンドがこんなに長いあいだ家を留守にしていて、あなたはどう云うお気持？　――家で唯一人若いあなたが一番お困りでしょうね。――あの方がいなくて淋しいに違いないわ。滞在が延びて吃驚していらっしゃる？」

「さあ」とファニーは躇いながら答えた――「ええ――特に滞在が長引くとは思っていませんでしたから。」

「多分、いつでも、云っていた日数よりも長くなるのでしょうね。若い男の人って大抵そうですわ。」

「前に一度だけミスター・オウエンに会いに行ったことがありますけれど、そんなことはありませんでした。」

「それでは前のときよりも今度の方が居心地がよくなったのね、きっと。——あの方自身大変に——大変に気持のいい方ですし、私としてもロンドンへ発つ前にもうこのままお会い出来ないのかと思うと何だか気になって仕方がありませんの、この分だと間違いなくそうなりそうですもの。——私は目下毎日ヘンリーの帰りを待っている状態ですし、ヘンリーが戻って来次第、私がマンスフィールドに留まっているべき理由はなくなってしまいます。出来ることならもう一度お会いしたいわ、本当に。でもあなたからよろしく伝えて下さるわね。そう——それは敬意の籠った挨拶でないと不可ないわ。でも、ねえ、ミス・プライス、こう云う云い方だと何か物足りないことはありませんの——何となくこう敬意と、それからその——愛の中間にあって——私達がともに経験したこの種の友好的な近附きに相応しい何かが欠けているような？——それこそ何箇月にもわたるお近附きでしたもの！　——でもこう云う場合は敬意の籠った挨拶で充分なのかも知れませんわね。——ところであの方の手紙は長いものでした？　——あの方が今どうしているか詳しく書いてありまして？　——滞在を延ばしたのはクリスマスのお祭騒ぎのためなの？」

「私は手紙の一部を聞いただけなのです。手紙は伯父様宛に来ましたの。でもたいへん短かったと思います。確かほんの数行でしたもの。私が聞いたのは、お友達の方が是非とも滞在を延ばすようにと勧めるのでそうすることにしたと云うことだけですの。二、三日だったか四、五日だったかは、はっきり憶えておりませんわ。」

「まあ、お父様宛でしたの！　――私はてっきりバートラム令夫人かあなた宛だと思っていましたわ。でもお父様宛でしたら、簡潔なのも不思議はありませんわね。サー・トーマスが相手では誰だって無駄話なんか書けませんもの。あなたにでしたら、もっと詳しいことも書いたでしょうにね。舞踏会やパーティーのことも知らせて寄越したでしょうし――いろんなことやいろんな人のことも書送ってくれたろうと思いますわ。ミスター・オウエンには御姉妹は何人いらっしゃいますの？」

「お齢頃のかたが三人。」

「皆さん音楽はお出来になりますの？」

「私は一向に存じませんの。そう云う話は伺ったこともありませんし。」

「どうも女って」とミス・クロフォードは、陽気な、何気ない風を装いながら云った、「自分が楽器をやるとほかのひとについても真先にそのことを質問してしまうわね。でも若い女性について質問するなんて――それも齢頃に達したばかりの三人姉妹について――馬鹿げたことよね。そんなこと聞かなくたって分っている筈ですもの――みな才藝豊かで、気持がよくて、一人はたいへん綺麗。どこの家にも決って一人は美人がいるものですわ。――それが通例よね。二人がピアノに向い、一人がハープを弾き――そして全員が歌う――もし皆が歌を習っていればね――それとも習っていないからこそ歌うのかな――ま、何れにしてもそんなところですわね。」

「オウエン姉妹については私、何も存じませんの」とファニーは穏やかに云った。

「何も知らなければ気になることもそれだけ少い、と云う訳ね。お口ぶりですと、まるで関心がないようですわね。でも実際、誰だって会ったこともない人達のことを気にしたりは出来ませんわね。——ところで、お従兄が戻って来る頃には、マンスフィールドもすっかり静かになっていることでしょうね——賑やかな人達がみんないなくなって、あなたのお兄様も私の兄も私も。私、出発のときが近附いた今になって、グラント夫人と離れるのかと思うと堪らない気がしていますの。姉も私に行ってもらいたくないいんです。」

ファニーは何か云わざるを得ない気がして、口を開いた。「あなたが行っておしまいになると、皆さんきっと寂しい思いをなさりますわ。ひどく寂しがると思います。」

ミス・クロフォードは、もっと何か聞きたいか知りたいとでも云わんばかりに、ファニーの方へ眼を向けたが、やがて笑いながら云った。「ええ、そうね、どんな騒騒しい悪党でも一旦いなくなってみると寂しい気がするようなものね。つまり、あたりの空気が何やら大いに変ったような気がすると云うことだと思うわ。別に私は同情を求めている訳ではありませんのよ。何ですから御世辞は仰有って下さらなくて結構。私が本当にいなくて寂しい存在かどうかは、何れ判ることですもの。私に会いたい人なら私のことは見附けられる筈ですし、それに私は誰一人として捜し当てることも近附くことも出来ないような、遠い離れた地域に住む訳でもないのですから。」

こう云われるとファニーとしてはどうにも言葉を継ぐことが出来なかった。ミス・クロフォードは落胆した。と云うのは、ミス・クロフォードとしては何か自分の魅力を保証してくれる愉快な言葉を、事情をよく心得ている筈のひとから聞かされることを密かに望んでいたからである。ミス・クロフォードの心は再び翳りを帯び始めた。

「そのオウエン姉妹ですけれど」とミス・クロフォードは一時してから云った――「もしオウエン姉妹の一人がソーントン・レイシーに落着くことにでもなったら、あなたはどうお思いになって？　世の中にはもっと不可解なことが幾らでもありましてよ。おそらくそのひと達、その地位を得ようと骨折っていることと思うわ。しかしそれも至極尤もなことよね。だってそのひと達にしてみればたいへん結構な縁談になる訳ですもの。私、そうだからと云って驚きもしないし、そのひと達を非難もしないわ。――誰だって自分の幸福のためには出来るだけのことはするべきですもの。サー・トーマス・バートラムの令息ともなれば一廉の人物だし、況してや今後は自分達と同じ道を歩もうとしているんでしょう？　父親も牧師、兄も牧師、みんな揃って牧師さんと云う訳。エドマンドは合法的にそのひと達のもの、まさしくそのひと達の一員だわ。黙っていらっしゃるのね、ファニー――ミス・プライス――何も仰有らないのね。――でも正直のところ、あなたとしてもそんな風になりそうだとは思いません？」

「ええ」とファニーは毅然とした口調で答えた、「全然そうは思いませんわ。」

「全然ですって！」――ミス・クロフォードは咄嗟に叫んだ。「さあそれはどうかしら。でもおそらくあなたは御存知なのね――私、いつも想っていましたけど、あなたは――多分あなたはあの人が全然――目下のところは――結婚しそうにないとお思いなのね？」

「ええ、そう思いますわ」とファニーは穏やかに答えた――自らそう信じ、それを他人に請合ったことが誤りでないことを希いながら。

相手は鋭い眼附でファニーを見た。そして自分のそのような眼附に相手がすぐさま顔を真赧にしたのを見ると、ぐっと気を落着けて、「あの人は今のままで何不自由ないんですものね」と云っただけで、あとは話題を変えた。

第十二章

ミス・クロフォードはこの会話で大分気持が楽になり、もと来た道を元気に歩いて帰った。もし仮にもう一週間同じ悪天候の下に今まで同様小人数で過すことになるとしても多分平然としていられようと思われるほど、元気になっていた。しかしちょうどその日の夕方、兄がいつもの、否、平生以上の快活な様子でロンドンから戻って来たので、ミス・クロフォードは自分の気持をそれ以上試す必要がなくなった。兄がなおも何のためにロンドンへ行ったかを云おうとしないことが却って陽気な気分を増す結果になった。これが前日なら大いに気持を苛立たせたことであろうが、今や愉快な冗談——さては何か自分を驚かすための愉快な計画が隠されているな、と想像を誘うものでしかなかった。果してその翌日ミス・クロフォードは吃驚した。ヘンリーは、ちょっとバートラム家へ挨拶に行って来る、十分もしたら戻って来る、と云い置いて出掛けて行ったまま、一時間経っても戻って来なかった。ミス・クロフォードは、一緒に庭を歩こうと思って待っていたが、到頭待切れなくなって門内の馬車道の所まで迎えに出た。

「まあ、ヘンリーったら、一体全体今までどこへ行っていたの？」と云う妹の叫びに、兄は、バートラム令夫人とファニーの傍でずっと坐っていた、と答えただけであった。

「あのひと達と一緒に、一時間半も！」とメアリーは叫んだ。

しかしこれはメアリーの驚きのほんの序の口に過ぎなかった。

「そうなんだ、メアリー」とヘンリーは、自分の腕に妹の腕を取ると、まるで自分のいる場所も覚束ない様子で馬車道を歩きながら、云った――「とてもこれ以上早くは戻れなかった――ファニーがね、実に素晴しいんだ！　――僕はすっかり決心したよ、メアリー。僕の心は完全に決った。君は驚くかな？　――いや、君はもう気が附いているに違いない、僕がファニー・プライスと結婚するつもりだってこと。」

これを聞いて、メアリーの驚きは今や頂点に達した。兄の意識的な態度が何を匂わせていたにせよ、妹は兄がまさかそのような考えを抱いていようとは夢にも想っていなかったからである。妹があまりにも正直に驚きを顔色に出したので、ヘンリーとしては今云ったことをより詳しく、より厳粛な調子で繰返さねばならなかった。ひとたび兄の決心を納得してみると、それは決して嬉しくないことではなかった。むしろその驚きには喜びすら伴っていた。メアリーとしてはバートラム家と繋りの出来ることを喜ぶ気持の方が強く、兄が自分よりも幾らか身分の低い者と結婚することについては別段不愉快にも思わなかった。

「そうなんだ、メアリー」とヘンリーはきっぱりと請合った。「僕はまんまと捕まっちゃったのだ。僕が遊び半分のつもりで始めたことは君も知っているだろう――ところがこれがその帰結さ。あのひとの愛情は僕としても既にかなりのところまで贏ち得たと心密かに信じている。でも僕の方はもうすっかり決心がついているんだ。」

「何て、何て運の好い娘なんでしょう！」とメアリーは口が利けるようになるや叫んだ――「こんな良縁が得られるなんて！　ねえ、ヘンリー、私としてはどうしてもこのことを真先に感じないではいられないわ。でも私、これは正直に申し上げますけれど、心から兄さんの選択には賛成でしてよ。私は兄さんの幸福を心底から願っていますし、これなら間違いなく幸せになれると思うわ。あのひと、気立てのいい可愛い奥さんになってよ、決して感謝の念を忘れない、献身的な。まさに兄さんにお誂え向きの奥さんだわ。ファニーったら本当に何て素晴しい伴侶を得たんでしょう！　ノリス夫人がファニーは運の好い娘だってよく云っていたけど、このことを知ったら何て云うかしら？　家中大喜びね、きっと。ファニーには心からの身方が何人かいるけれど、その人達の喜びようたるやどんなかしら？　でもすっかり話して頂戴。話を跡切らせないで。いつあのひとのことを真面目に考え始めたの？」

　こう云う質問に答えることほど難しいことはないが、一方こう云う質問をされることほど愉快なこともない。「かの心地よき苦しみの如何にして我に忍び寄りしや*」にヘンリーは答えることが出来なかった。ヘンリーは少し言葉を変えただけで同じ感情を繰返し表現したが、その三度目が終らないうちに妹は熱心な口調でこれを遮った。「まあ、ヘンリーったら、ロンドンに行った訳はこれだったのね！　これが兄さんの用件だったと云う訳ね！　決心する前に提督に相談しようと思ったんでしょう。」

しかしヘンリーは断乎としてこれを否定した。ヘンリーは叔父が結婚の計画の相談などとても出来る人でないことをよく承知していた。提督は結婚が大嫌いであった。そして独立財産を持った若者が結婚するなど断じて許し難いことだと考えていた。

「ファニーを知れば」とヘンリーは続けた、「叔父はそれはもうファニーを可愛がるだろう。ファニーはまさに提督のような人の偏見を悉く取除いてしまう女性だもの。つまりファニーは提督がこの世にはあり得ないと考えているような女性なんだ。ファニーは提督の描く不可能そのものを体現していると云っていい——尤も描くと云っても、もし提督が自分の考えを具体的に表せるだけの微妙な言葉を持合せていればの話だけれどね。しかしはっきり決るまでは——何物にも邪魔されずに事が決定するまでは、叔父には知らせないでおくつもりだ。残念だけど、メアリー、またもや外れだね。僕の用向きはまだ当ってない！」

「ええ、ええ、結構よ。誰に関係のある話かは判ったし、その他のことについては別に急がないわ。ファニー・プライス——素晴しいわ——本当に素晴しい！　——マンスフィールドも大いに力を発揮したものね、その——ほかならぬ兄さんがマンスフィールドに自分の運命を見出すことになったなんて！　でも兄さんはまったく正しいわ。これ以上の選択はまずあり得ないもの。あのひと以上に素晴しい娘なんていっこないし、それに兄さんは財産には事欠かないと来ている。親戚の人達だって、立派どころではないわ。バートラム家の人達と云えばこの地方でも指折の第一級の人達であることに間違いはないんだもの。ファニーはサー・トーマス・バートラムの姪なのだし、世間に対してはそれで充分だわ。でも、さあ、話を続けて。もっと話を聞かせて。計画はどうなっているの？　ファニーは自分自身の幸福を知っているの？」

「いや。」

「何を待っているの？」

「何をって――その、ほかならぬ機会の来るのをさ。メアリー、あのひとは従姉達とは違うんだ。でも僕としては求婚が駄目になることはないだろうと思っている。」

「まあ、とんでもない！　そんなことあり得ないわ。もし仮に兄さんがもっと人好きのしない人だとしても――仮にあのひとがまだ兄さんのことを愛するまでには至っていないとしても（尤も私はそれはあり得ることだと思っていますけど）、兄さんなら大丈夫だわ。あのひとの優しい、感謝の念を忘れない性質を考えれば、兄さんのすべてがあのひとのものになるのはじきです。私はあのひとのことだから絶対に愛情なくして兄さんと結婚するようなことはないと思います。つまり、もしこの世に下心に動かされることのない女性がいるとすれば、あのひとこそそうだと想うの。はっきりと求愛なさったら？　あのひとのことですもの、敢えて拒むようなことは決してないと思うわ。」

　メアリーの熱の籠った物云いが一区切りつくや否や、今度はヘンリーがいかにも嬉しそうに話し始め、これに対してメアリーはやっぱり嬉しそうに耳を傾けた。それに続く会話はヘンリー自身にとってだけでなくメアリーにとってもたいへん興味深いものであった。そうは云っても実際のところヘンリーには自分自身の気持を語り、ファニーの魅力についていろいろと述べること以外には何も云うことはなかったのである。――ファニーの容姿の美しさ、その品のある物腰と善良な心が飽くことのない話題であった。ファニーの性質の優しさ、控目なところ、気立てのよさが熱の籠った口調で長ながと述べられた。この気立てのよさと云うのは男性の判断にあってはあらゆる女性の価値の本質的な一部分を成すもので、ときとしてそれが見られないひとに恋をすることがあっても、女性にそれがまったく欠けているとは到底信じることの出来ないものなのである。しばしばそれが試練に遭うのを見ていたからである。ヘンリーにはファニーの気質を信頼し、賞讃するだけの充分な理由があった。エドマンドを除いて、一家の中で何らかの形で絶えずファニーの忍耐と辛抱を試さなかった者が一人でもいたであろうか？　ファニーは明らかに強い愛情の持主であった。兄と一緒のときのあの様子と云ったら！　これ以上にファニーの心の、その優しさに匹敵する温かさの愉快な保証となるものがまたとあるだろうか？　――ファニーの愛を我がものにせんと希っている男にとってこれ以上に頼もしいことがあるだろうか？　更に、ファニーの理解力が明敏なことは疑いようがなかった。その態度物腰に至っては控目で上品な心の鏡であった。しかしこれでもまだ云い足りなかった。ヘンリー・クロフォードは決して無分別な男ではなかったから、妻たるものの価値が節操にあることは感じていた。ただそう云うことを真剣に考えることには慣れていなかったので、それらを云い表す適当な言葉を知らなかった。しかしヘンリーが、ファニーの冷静で規律正しい振舞、節操を重んじる考え、絶えず礼儀作法を忘れぬ態度に言及して、これならどんな男でも当然彼女の誠実な愛情を充分に信頼出来る筈だと語ったとき、彼は、ファニーが節度のある敬虔な女性であると知ることで呼覚されたものを確かに云い表していたのである。

「あのひとならそれこそまったく無条件に信頼出来る」とヘンリーは云った。「僕が望むのもまさにそれなのだ。」

兄のファニー・プライスに対する意見はほぼ間違いなくファニーの長所美点を捉えていると確かに信じた妹は、当然のことながら、兄の様ざまな期待を大喜びで受止めた。

「考えれば考えるほど」と妹が声を揚《あ》げた、「兄さんの選択がまったく当を得たものだと納得が行くわ。ファニー・プライスが兄さんに最も相応しい女性だと、私から云い出しこそしなかったけれど、今ではあのひとこそ兄さんを幸せにするひとだと確信してよ。あのひとの平和を乱そうと云う邪な計画が結果的には賢明な考えだったと云う訳ね。お二人してその計画の正しかったことがお判りになるわ。」

「とんでもない、あのひとにあんなことを仕掛けたなんて、僕はとんでもないことをしたものだ！　でもあの頃はあのひとのことを知らなかったからね。でも僕は最初はそんなことを考えたとしても、そんなことであのひとを嘆かせるような真似はしないつもりさ。僕はあのひとを大いに幸せにするよ、メアリー、今までのあのひとよりも、今までにあのひとが見たほかの誰よりも幸せにね。僕はノーサムプトンシアからは出ないつもりだ。エヴァリンガムの屋敷は誰かに貸して、この近くのどこかを借りようと思う——スタンウィックス・ロッジでも。エヴァリンガムなら七年期限の契約で貸せるだろう。借手の方はそれこそほんの一声掛ければそれで充分。今でも、喜んでこちらの云い値どおり払ってくれる人を三人は挙げられる。」

「まあ！」とメアリーが叫んだ。「ノーサムプトンシアに落着くんですって！　それは素晴しいわ！　――それでは私達みんな一緒に暮せるのね。」

メアリーはそう云ってから、はっと我に還って、云わずもがなのことを云ったことに気が附いた。しかし当惑するには及ばなかった。と云うのは、兄は妹をマンスフィールド牧師館の単なる同居人としてのみ考えたらしく、その返辞として、この上なく優しい態度で妹を我家に招待し、自分がほかの誰よりも妹を招待する権利のあることを主張しただけだったからである。

「君はこっちに滞在する期間の半分以上は僕達の所へ来なくては不可ないよ」とヘンリーは云った。「君の滞在を要求する権利がグラント夫人と僕達で五分五分だなんてことはあり得ないんだから。だって僕達の方には二人分の権利があるんだし、実際の話、ファニーは君の姉さんになるんだからね！」

メアリーは、これに対してはただ礼を云って、おおよそのところを請合っておきさえすればよかったが、ただ、もうこれからは何箇月も兄の客になったり姉の客になったりするつもりはまるでなかった。

「兄さんはこれからはロンドンとノーサムプトンシアで半年ずつ暮そうと云うつもりなのね？」

「そう。」

「それは結構なことだわ。勿論ロンドンでは御自分の家にお住みになるんでしょう、もうこれ以上提督の厄介にはならずに？　ねえ、ヘンリー、さっさと提督の許から離れた方が兄さんのためだと思うわ、提督の悪い癖が感染して、あんな馬鹿げた考え方をするようになったり、これが人生最高の愉しみだと云わんばかりに食卓に向うようになったりしないうちに。――兄さんは提督に対する尊敬で眼が眩んでいるから、その方が得だってことがお判りにならないのでしょうけれど、私は、兄さんは早く結婚することで御自分の身を救うことになるだろうと見ています。兄さんが云うこと為すことから表情身振りに至るまで提督そっくりになるのを見たりした日には、私、悲嘆の余り胸が潰れてしまうわ。」

「まあ、まあ、そこのところは僕の考えは少し違うんだ。提督はなるほど欠点はあるけれど、たいへんいい人だし、僕にとっては父親以上の存在だ。この半分も好き勝手なことをさせてくれる父親なんて滅多にいるものではない。叔父のことでファニーに偏見を抱かせたりしては不可ないよ。僕としてはお互いに仲好くしてもらわなければならないのだからね。」

メアリーは、提督とファニーほど人柄と態度振舞の合わない二人はまたとあり得ないし、このことは時が来れば兄にも判る筈だと思ったが、思っただけで口にすることは差控えた。しかし提督に対する次のような非難だけはどうしても禁じることが出来なかった。「ヘンリー、私はファニー・プライスを大いに尊敬していますから、もし新クロフォード夫人に、私の気の毒な、ひどい仕打を受けた叔母がクロフォードと云う名前を忌み嫌わねばならなくなった原因の半分でも味わわせるようでしたら、私は結婚を邪魔する側に廻るかも知れませんからね。でも兄さんのことだから、兄さんに愛された奥さんなら最高に幸せな女性であることも、兄さんは、仮に奥さんを愛さなくなったとしても、奥さんの眼には相変らず寛大で育ちの立派な紳士でありつづける人であることも、よく判っているわ。」

ファニー・プライスを幸せにするためならどんなことだってしないことはないし、ファニー・プライスを愛さなくなることなどあり得ないと云うのが、勿論、ヘンリーの雄弁な返辞を支えるものであった。

「もし君が今朝のファニーを見ていたならと思うよ、メアリー」とヘンリーは続けた。「愚かな伯母のどんな云い附けにも嫌な顔一つせず、実に何とも云えぬ愛らしい仕方で応対するんだ。伯母の仕事に手を貸しながら必要なことをやってやるんだけど、縫物の上に屈み込んでいるときの紅潮した顔色がまた綺麗でね。それから自分の席に戻ると、あの間抜け伯母さんのために引受けていた書掛けの手紙の仕上げに掛る。これらの仕種が本当に控目で優しくてね、まるで自分の自由な時間なんかなくて当り前だとでも云わんばかりなんだ。髪はいつものように小綺麗に結ってあったけど、便箋に向っていると、可愛らしい巻毛が一房垂れて来るんだ。ときどき頭を振ってはそれをもとへ戻そうとするんだけど、その仕種がまた何とも云えなくてね。その間、ときおり僕にも話し掛けるし、またいかにも僕の話を聴きたそうに耳を傾けるんだ。もし君がファニーのこう云う姿を見ていたら、メアリー、君は僕がファニーを愛さなくなることがあるかも知れないなんてことは絶対に口に出来なかったろうと思うよ。」

「まあヘンリーったら」と叫ぶと、メアリーは一瞬立止り、それから頰笑みながら兄の顔を覗き込んで云った。「何と云う惚込みようでしょう！　兄さんのそんな様子を見ていると私も本当に嬉しいわ。ところでラッシワース夫人やジュリアがこれを知ったら何て云うかしらねえ？」

「あのひと達が何と云おうが、何と思おうが構うものか。どう云う女性が僕を、つまり分別のある男を夫に出来るかが今やあのひと達にも判る筈だ。二人がそのことに気が附いて何らかの教訓でも得てくれればいいと思う。あのひと達は何れ近いうちに自分達の従妹が然るべく遇されるさまを目のあたりにする訳だけれど、僕としては二人とも従妹をひどく蔑ろにする、思い遣りのない態度を心底から恥じてくれることを願っている。――そうは云っても奴さん達怒るだろうな」とヘンリーは、一時の無言ののち、幾分冷やかな口調になって附加えた。「ラッシワース夫人はかんかんになるだろう。多少は苦いだろうけれど、あのひとには良い薬さ。尤もあのひとにとっては、ほかの薬の場合と同様、苦いのはほんの一時のことで、喉元を過ぎればすぐに忘れてしまうだろうけどね。僕だってそれほどの自惚屋じゃないから、あのひとの感情の対象が僕だからと云って、あのひとの感情がほかの女性達の場合よりも永続きするとは想っていないしね。そうさ、メアリー、我がファニーは実際自分に近附いて来るあらゆる人達の態度が日に日に、否、時時刻刻違って来るのを感じる筈だ。そしてそうさせているのが僕だってこと、ファニーに然るべき箔を附けてやっている人間が僕だってこと、それがはっきりすれば僕の幸福は達成される訳だ。目下ファニーは他人に頼って暮しながら、どうすることも出来ず、友もなく、みんなから無視され、忘れられているんだからね。」

「いいえ、ヘンリー、必ずしもみんなからではないわ。全然友もいなければ、みんなから忘れられている訳ではなくってよ。従兄のエドマンドは決してあのひとのことを忘れたりはしませんもの。」

「エドマンドか――うん、確かにあの男は（概してだけれど）ファニーに対して親切だ。サー・トーマスもそれなりに気を遣ってはいる。しかしいかにも裕福で、高慢で、小難しい物云いをする、横柄な伯父のやり方だな。サー・トーマスとエドマンドが一緒になっても何が出来るだろうか、ファニーの幸福と安楽と名誉と地位のために一体全体何をしてやっていると云うのだろうか、僕なら必ずしてやれることに匹敵するような何を？」

＊　ウィリアム・ホワイトヘッド（一七一五―八五）の詩の一節。

第十三章

ヘンリー・クロフォードは翌日の朝、特別の用事がある訳でもない普通の訪問にしては大分早い時間に、再びマンスフィールド・パークを訪れた。ファニーとバートラム令夫人は揃って朝食室にいたが、ヘンリーにとって幸いなことに、こちらが部屋に入って行ったとき、夫人はちょうど出て来ようとしているところであった。夫人はほぼ扉口の近くまで来ていたので、折角ここまで動いて来た労を無駄にする気はさらさらなく、鄭重に客を迎え入れ、言葉少なに、ちょっと人を待たせていますのでと云うと、あとは召使に向って「サー・トーマスにお知らせするように」と云っただけで、そのまま出て行った。

ヘンリーは令夫人が立去ってくれたことに狂喜し、御辞儀をしてその姿を見送ると、一時の猶予もならず、すぐさまファニーの方へ向き直った。そうして何通かの手紙を取出すと、いかにも活活とした表情を見せながら云った。「僕としてはあなたと二人だけになれる機会を与えて下さる人には限りなく感謝せずにはいられません。僕はあなたには想像もつかないほどこのことを願っていたのです。あなたの妹としての感情がどんなものか実際に知っている僕としては、僕が今こうして持って来た知らせをまずあなただけに知らせずに、最初からこの家のほかの誰かにも一緒に披露してしまうのはちょっと堪えられないような気がしたものですから。兄さん、なれたんです。あなたの兄さんは今や尉官になったんです。僕は兄さんの昇進に対してあなたにおめでとうの云えることをこの上なく満足に思っています。ほら、これがそのことを告げる手紙です。たった今手許に届いたんです。あなたも、多分、御覧になりたいだろうと思って。」

ファニーは物を云うことが出来なかった。ヘンリーも何か云ってもらいたいとは思っていなかった。ファニーの眼の表情、顔色の変化、疑いから当惑へ、当惑から喜びへと移り行く感情、これらを眺めているだけで充分満足であった。ファニーは相手の差出す手紙を受取った。最初のは提督から甥に宛ててほんの数言、自分の引受けたプライス青年の昇進に関する件は首尾よく行った、と知らせて寄越したものであった。その中には更に二通の手紙が同封されていた。一通は海軍大臣の秘書から提督の友人に宛てたものであった。提督はその友人に用件を依頼していたのである。もう一通はその友人から提督に宛てたもので、それらによると事情はどうやら次のようなことらしかった——大臣閣下は大層喜んでチャールズ卿の推挙に意を用いて下さり、チャールズ卿はクロフォード提督に対して好意を示す機会の得られたことを大いに喜んでいる、またミスター・ウィリアム・プライスの英国海軍スループ艦スラッシ号少尉任官の事件は、公表されるや、多くのお歴歴のあいだでも概して喜ばしいこととして受取られている。

ファニーがこれらの手紙を支える手を震わせ、一方の手紙からもう一方の手紙へと眼を走らせ、感動に胸を膨ませているあいだにも、クロフォードは偽りのない熱心な口調でこの出来事に対する自分の関心を表明しつづけた。

「僕自身の喜びについては」とクロフォードは云った、「それがどんなに大きかろうと、黙っていることにします。僕はあなたの幸せのことだけを考えているのですから。実際、今のあなたに較べたら、誰が自分を幸福だなんて云えるものですか？　僕にはほかならぬあなたがこの世の誰よりも真先に知っているべき筈のことを僕の方が先に知ってしまったことが何やら赦せない気持でした。しかし僕としては一瞬たりとも無駄にはしなかったつもりです。今朝は郵便の配達が遅れたんですが、手紙を受取るや即座に飛んで来たんですからね。僕がそのことでどんなに気を揉み、気を遣い、夢中になっていたかは敢えて云いませんけど、僕がロンドンにいるあいだぢゅうにはっきりしたことが決らなかったときには、どんなに痛烈な口惜しさと手酷い落胆を味わったことか！　僕がロンドンを離れられなかったのも毎日毎日その知らせを待っていたからなんです。これほど大事な用事でもなければ、この半分の期間だってマンスフィールドを離れていたりはしませんでした。叔父はそれこそこちらの望み得る限り熱心に願いを聞入れてくれて、直ちに用件に取掛ってくれたんですが、当てにしていた友人が一人は不在だったり、もう一人は多忙だったりで、なかなか簡単には行きそうになかったものだから、僕としても到頭痺《しび》れを切らして、もうそれ以上はっきり片附くまで待ってはいられませんでした。しかしどの程度頼りになる人物に用件を託してあるかは僕にも判っていたので、そう何通もの手紙をやりとりしなくても追ってまさにこのような手紙が来ることだろうと思い、日曜日には帰って来た訳です。僕の叔父はそれはもう最高に立派な人ですが、骨を折ってくれました。僕には、叔父のことだし、あなたの兄さんに会えば必ずそうしてくれるだろうと判ってはいましたけどね。叔父はすっかりウィリアム君が気に入りましてね。昨日は、わざと、そのことを詳しく話すことも、提督のウィリアム君に対する褒め言葉をあまり繰返すこともしなかったのです。僕は叔父の賞讃が本当に好意を寄せてくれる人の賞讃であることが判るまで待っているつもりでした。でも今日そのことがはっきりした訳です。それで今こそ申し上げますけど、あの日一《いっ》夕《せき》を共にしたあとで叔父が自分から進んで見せたウィリアム君に対する大変な関心と熱烈な好意と高い賞讃たるや、いくら僕でも叔父がもっとその度合を深めるようにと働き掛けることなどとても出来ないと思われるほどのものだったんです。」

「それではこれはみなあなたがなさって下さったんですの?」とファニーは叫んだ。「まあ! 何て、何て親切なんでしょう! 本当にあなたが——あなたの望みで——御免なさい、でも私、あんまり吃驚してしまったものですから。クロフォード提督が依頼なさって下さいましたの? ——でも提督がどうしてそのようなことを? ——私、頭がぼうっとなってしまいましたわ。」

ヘンリーはもっと初期の段階から話を始めて、自分のしたことを事細かに話して聞かせながら事情をよりはっきりと説明出来ることがたいへん嬉しかった。ヘンリーがこのたびロンドン行きを企てたのはファニーの兄をヒル街に案内して、その昇進のために、提督がその筋に対して持っている勢力を存分に発揮してくれるよう提督を説得しようと思ったがためにほかならなかった。これがヘンリーの用事であった。ヘンリーはこのことを誰にも話さなかった。メアリーにさえ一言も話さなかった。事態が不確かなあいだは自分の気持を誰かほかの人と共に分つことなどとても堪えられなかったからである。しかしこれこそロンドン行きの目的なのであった。ヘンリーは自分がどんなに気を遣っていたかをあまりに熱心に語り、あまりに力の籠った言葉遣いをして、最も深い関心だとか、二重の動機だとか、云うに云われぬ思いや願いなどと、やたらに並べ立てたので、注意を相手に集中することの出来なかったファニーは相手の云わんとすることがよく判らないままであった。ファニーは胸が一杯で、なおも驚きから醒めやらぬ状態だったので、相手がウィリアムについて話すことですら不充分にしか耳を傾けることが出来なかった。それでヘンリーが一息吐いたときでも、ただ「何て、本当に何て親切なんでしょう！　ああ、クロフォードさん、本当に何と御礼を申し上げたらよろしいのやら。本当にまあ、ウィリアムったら！」とだけ云うと、あとは立上って大急ぎで扉口に向い、「私、伯父様の所へ行って来ます。出来るだけ早く伯父様にお知らせしなくては」と叫んだだけであった。しかしヘンリーとしてはこれを黙過する訳には行かなかった。そのためにはあまりにもこの機を逸するべからずと云う性急な気持になっていたからである。ヘンリーはすぐさまファニーのあとを追った。そうして「行っては不可ません、あと五分待って下さい」と云うなり、相手の手を取って、もとの席へ連戻した。ファニーは、話の続きが半分も行かないうちに、なぜ自分が引留められたのかに勘づいた。しかしファニーは、いくら事情が呑込めて、自分がヘンリーの心に未だ曾て覚えたことのない気持を生じさせたこと、及びヘンリーがウィリアムのためにしてくれたことはすべてヘンリーの自分に対する程度も比類も絶する愛情のゆえだったことを信じるよう求められていることが判っても、あまりの心痛に暫くは口を利くことが出来なかった。ファニーは、こんなことはすべて囈言《たわごと》であり、その場限りの取るに足らない冗談半分の振舞に過ぎないとは思ったが、無作法な、怪しからぬ振舞であり、自分にはそのような態度に出られる謂れはないと云う気持は抑えることが出来なかった。しかしそれはいかにもヘンリーらしい、ファニーの予見していたヘンリーの人柄と完全に一致する振舞であった。ファニーは不愉快な気持の半分も敢えて表に出そうとはしなかった。ヘンリーが施してくれた恩誼は、ヘンリーの振舞に上品ならざるところが見られたからと云って、それで帳消しになってしまうようなものではなかったからである。ウィリアムのことに対する喜びと感謝でなおも心が躍っているときに、単に自分の気持を傷つけるだけのことにひどく腹を立てることなどファニーには出来なかった。それで二度ほどヘンリーの許を離れようと試み、二度とも手を取られて引戻されてからも、立上って、大いに動揺の色を見せながらこう云っただけであった。「お願いです、クロフォードさん、どうかお願いですからそんなことは仰有らないで下さい。こう云うお話は、私、本当に嫌いなのです。私、行かなければなりません。とても我慢出来ませんもの。」しかしヘンリーはなおも話を止めず、頻りに自分の愛情を説明しては、是非とも自分の愛情に応えてくれるよう云い張った。そして、到頭、ファニーですらほかに意味の取違えようのない明白な言葉で、自分自身も、この手も、財産も、何から何まで一切を受容れてくれるようにと申し出た。間違いなかった。ヘンリーははっきりとそう云ったのだ。ファニーはいよいよ驚き、当惑した。未だに相手が本気だとはどうしても想えなかったが、それでも殆ど立ったままでいることが出来なかった。ヘンリーは返辞を求めて止まなかった。

「いいえ、いいえ、いいえ」とファニーは顔を覆い隠しながら叫んだ。「こんなことまったく馬鹿げたことですわ。私を苦しめるのは止して下さい。こう云う話はもうこれ以上聞くに堪えませんん。あなたがウィリアムのためにして下さった親切に対しては、私、言葉では云い表し切れないほどに感謝しております。でもこう云うことは、私、望みませんし、とても堪えられません。私が耳を傾けるべきことではございません。——お願いです、私のことはお考えにならないで下さい。いいえ、あなたは私のことなんて考えてはいらっしゃいませんわ。こんなこと何の意味もないことです。」

ファニーが大急ぎで相手の許から離れ去ろうとしていたちょうどそのとき、サー・トーマスが二人のいる部屋の方へやって来ながら召使に声を掛けているのが聞えた。もはやそれ以上本気だと請合ったり、返辞を懇願したりしている暇はなかった。ヘンリーの楽観的な、自信に満ちた心にとって、相手の控目な慎み深さだけが自分の求める幸福を邪魔する唯一の障碍だと思われていたときだけに、そこで相手に立去られねばならぬと云うのは何とも残酷なことであった。——ファニーは伯父が近附きつつある扉口の反対側の扉口から飛び出した。そうしてサー・トーマスが丁寧な挨拶と待たせたことに対する詫言を済ませ、客が伝えんと持って来た喜ばしい報せを聞きに掛る頃には、相反する感情のために極度に困惑しながら、例の東の間をあっちへ行ったりこっちへ行ったり落着きなく歩き廻っていた。

ファニーはあらゆることに気を廻し、考え、心を慄わせていた——心の動揺は治まらず、幸福感を覚えるかと思うと惨めな気持になり、限りなく有難いと思う反面、無性に腹が立った。一切が信じられなかった！　ヘンリーはまったく不可解であり、到底恕し難かった！　——しかし思えば、邪な色合いを混えずには何事も出来ないと云うのがヘンリーのいつものやり方なのだ。ヘンリーは前もって自分を有頂天にさせておいて、それから辱《はずかし》めを与えたのだ——ファニーは何と云えばいいのか、そのことをどう扱い、どう見做せばいいのか、判らなかった。ファニーはヘンリーに本気であってもらいたくはなかった。が、だからと云って、もしあのような言葉や申出が単なる冗談で云われたのだとしたら、どうして恕すことが出来よう？

しかしウィリアムは尉官になったのだ！　——それは疑いようのない純然たる事実であった。ファニーは今後はそのことだけを思って、その他のことは一切忘れようと思った。ミスター・クロフォードも二度と決してあんなことを云い出したりはしないだろう。私がどんなにあんなことが嫌いかはあの人にもはっきりと分った筈だ。そうなれば、私としてもウィリアムに対する友情を思って、それこそ感謝と尊敬の念だけをあの人に対して抱くことが出来よう！

ファニーはミスター・クロフォードの帰ったことが判って一安心するまでは東の間から離れず、精精正面階段の降り口の所まで行ってみるだけであった。しかし確かに帰ったことが判ると、早速階下の伯父の許へ飛んで行って、一緒に喜び合える幸福を味わい、ウィリアムのこれからの派遣先に関する情報や推測について伯父の口から語られることに熱心に耳を傾けた。サー・トーマスはファニーにもこれ以上は望めないほどの喜びようで、たいへん優しく、しかも饒舌であった。ファニーはウィリアムに関する伯父との話があまりにも楽しかったので、自分を困惑させることなど何一つ起らなかったような気がし始めた。しかしそれも、話が終る頃になって、ミスター・クロフォードが今日再び食事に来ると約束したことを知らされるまでのことであった。これはファニーとしては歓迎すべからざることであった。いくら相手は今朝の出来事を何とも思わないかも知れないとしても、ファニーとしてはこんなにも早く再び相手の顔を見なければならないのはあまりにも辛いことだったからである。

ファニーは何とかこのような気持に打克とうと力めた。正餐の時間が近附くにつれて、平生の気持と外見を保とうと一所懸命であった。それでも現に当の客人が部屋に入って来たときには、どうしても極りの悪い、嬉しからざる表情を見せずに済ますことは出来なかった。いくら事情の巡り合せと云うことがあるからと云って、ウィリアムの昇進を初めて聞かされるその日にかくも多くの辛い思いに見舞われようとは、ファニーとても思いも寄らぬことであった。

ミスター・クロフォードはただ部屋の中へ入って来たと云うだけではなかった。直ちにファニーの方へ近附いて来た。そうして妹から預かって来たと云う手紙を差出した。ファニーは相手の顔を見ることが出来なかった。しかし相手の声には今朝がたの愚かな振舞を意識している様子は全然なかった。ファニーは、何かしていられることが嬉しくて、直ちに手紙を開いた。

読みながら、やはり食事に招ばれていたノリス伯母が何かと忙《せわ》しなく動き廻っては、クロフォードと自分とのあいだを多少とも遮ってくれているのが有難かった。

「親愛なるファニー——と、これからはいつもこう呼ばせて頂くことをお許し下さい——この方が少くともこの一箇月半のあいだミス・プライスとお呼びするたびに口籠りがちであった私の舌も遥かに楽になります——私はお祝いの言葉と大喜びで同意し、賛成する旨をお伝えせずには兄を行かせることが出来ません。——このままお進みなさい、親愛なるファニー、恐れることはありません。取立てて云うほどの困難は何もありません。私の確かな同意も何がしかの力にはなるかと思い、一筆認ためました。今日の午後、貴女のこの上なく愛らしい頬笑みを兄に投掛けられんことを、そして出掛けるとき以上に幸福者なる兄を私の許に送り返されんことを。

心より愛情をこめて、Ｍ・Ｃ」

これはファニーにとって決して有難い文面ではなかった。戸惑いながら大急ぎで読んだのでミス・クロフォードの意図を正確に判断することは出来なかったが、ファニーが自分の兄の愛情を得たことに祝辞を述べようとしていることと、兄の愛情の本気なことを信じているらしいことは明らかであった。ファニーはどうしてよいか、どう考えてよいか判らなかった。もし相手の気持が本気ならいかにも憂鬱なことであった。何れにしても当惑と動揺を避ける訳には行かなかった。ファニーは、ミスター・クロフォードが話し掛けて来るたびに、それもあまりにも頻繁に何かと話し掛けて来るので、大いに悩まされた。また、自分に話し掛けるときとほかの人達に話をするときとでは声の調子や態度が何やら大分違っているのも気懸りの種であった。その日の正餐に際してファニーの心はすっかり落着きを失くしていた。殆ど食物が喉を通らず、サー・トーマスが上機嫌に、どうやらファニーは喜びの余り食欲が出ないと見える、と云ったときも、ミスター・クロフォードがそれをどう受取るかと思うと、恐しさと恥しさで今にも消入らんばかりであった。それと云うのも、ファニー自身はたといどんなことがあろうと絶対にミスター・クロフォードのいる右側へは眼を向けようとしなかったものの、相手の眼が直ちに自分の方へ向けられたことははっきりと感じられたからである。

ファニーは普段にも増して黙りがちであった。ウィリアムのことが話題になっても殆ど話に加わろうとしなかった。それもウィリアム任官の話題はすべて右手の方から出されたからで、ファニーとしてはそちらと話を交すのがどうにも苦痛だったからである。

ファニーは、バートラム令夫人がいつになくいつまでも腰を落着けているので、とてもこの場を逃出すことは不可能だと諦め始めていた。それでもやっとのことで婦人方が客間の方へ席を移したので、伯母達が伯母達なりにウィリアム任官の話題を締括っているあいだ、ファニーは自分の好きなように考えごとをすることが出来た。

どうやらノリス夫人はこれがサー・トーマスの出費の節約になることを何にも増して喜んでいるようであった。「これでウィリアムも自分のことは自分でやって行けるのだから、サー・

トーマスとしても大助かりね。サー・トーマスもあの子のためにはどれほど出費させられたか判りませんもの。それに実際の話、私としても今までみたいに何かと贈物をしなくても済みますしね。私、別れる際に少しばかり餞したのだけれど、しておいてよかったと思うわ。ちょうどそのときは有難いことに大した不都合もなくかなりの額を上げることが出来たの。かなりとは云っても、私のことだから、限られた財力の中からですけど。でも船室に家具でも入れる際の足しにはなるだろうと思うわ。あの子もいろんなものを買わなければならないだろうし、何かと費用が掛るでしょうしね。それはあの子の両親だって必要なものはすべて廉《やす》く手に入れてやることは出来るでしょうけれど――でも私も微力ながらそのために力添えの出来たことをたいへん嬉しく思っているの。」

「私、姉さんがかなりの額を上げて下さって嬉しいわ」とバートラム令夫人は何ら疑う風もなく平然と云った――「だって私は十ポンドしか上げなかったんですもの。」

「まあ、そうなの！」とノリス夫人は赤くなりながら叫んだ。「それじゃあ、あの子は大分ポケットを膨ませて帰って行ったことになるわね！　それにロンドンまでの旅費は只だったんだし！」

「サー・トーマスが十ポンドで充分だろうと云うものですから。」

ノリス夫人は、それで充分かどうかと云うことは全然問題にしたくないらしく、論点を別の方向に移し始めた。

「いやはや、まったく、若者のために身内の者はどんなに懐を痛めさせられることか、育て上げたり、世の中へ送り出したり！　そのくせ御当人達はそのためにどのぐらいの費用が掛るか、両親や伯父伯母達が年間にどのぐらい出費するかなんてことはちっとも考えないんだから。それに、このとおり、我が妹のプライス家の子供達でしょう——あの子達の費用を一切合財合せた日には、私の出費は云うまでもなく、サー・トーマスにしたって毎年信じられないほどの額を支払っているんですからね。」

「本当に、姉さんの仰有るとおりですわ。でも、可哀そうに！　あの人達としてはそうする以外に仕方がないのね。それにサー・トーマスにしてみればそのぐらいのことは大した負担でもありませんわ。——ねえ、ファニー、ウィリアムは東インドへ行っても私の肩掛のことを忘れないでしょうね。私はそのほかにも手に入れる値打のあるものなら何なりと頼むつもりよ。ウィリアムが東インドへ行くといいわ、肩掛が手に入るんですもの。私は二枚欲しいと思っているのよ、ファニー。」

この間ファニーは、避ける訳に行かないときだけ話の相手をするほかは、ただもうクロフォード兄妹の行為を理解しようと一所懸命になっていた。当人の言葉と態度を別にすれば、どう見ても一切が本気とは程遠かった。兄妹の物の考え方や習慣と自分自身の置かれている立場の弱みを較べてみても、本気と受取るには何から何までが不自然であり、不可能であり、道理から外れていた。——どうして自分みたいな者がヘンリー・クロフォードのような男に真剣な愛情を起させることが出来よう——自分なんかより遥かに優れた女性達を沢山知り、そのようなひと達から崇拝され、そのようなひと達と戯れの恋愛もしているような——それでいて相手が胸を痛めてまで気を遣っているときでも、まず殆ど真剣な気持になどなりそうになく——そう云うことは一切いい加減に、気軽に、心なく考えてしまうような——自分は誰にとってもなくてはならぬ存在だが、誰も自分にとっては取るに足らぬ存在だと思っているような——そう云う人ではないか？　——それにまた、結婚に対しては気位の高い、それでいて大いに世俗的な考え方をするミス・クロフォードが、私のような者を相手にこんな大事な問題を自ら賛成して推進めるなどと云うことがどうして想像出来よう？　何れにしてもこれ以上に不自然なことはあり得なかった。ファニーは自分の疑いが恥しかった。しかしどう見ても自分に対する真剣な愛情とそのことに対する真剣な賛同だけはあり得ないこととしか思えなかった。ファニーはサー・トーマスとミスター・クロフォードが客間に現れるまでにすっかりそのことを自分自身に云い聞かせていた。難しかったのは、ミスター・クロフォードが部屋の中に入って来てからもこの確信をしっかりと揺るぎなく維持することであった。と云うのは、ファニーにも何でもない普通の表情とはちょっと思えないような何やら意味ありげな表情が、一度か二度、意識的に向けられたような気がしたからである。少くともこれがクロフォード以外の男であったなら、ファニーとしてもそれはどうやら熱の籠った思いをはっきりと相手に向けようと意図したものだと云い切ることも出来たであろう。しかしファニーは、このときの表情を、相手がこれまでにもしばしば自分の従姉達やそのほかの大勢の女性達にも見せたことのある表情に過ぎないものとしてしか、敢えて受取ろうとしなかった。

ファニーは相手がほかの者達に聞かれずに自分に話し掛けたがっているのだと思った。ファニーにはクロフォードが、一晩中、ときどきサー・トーマスが部屋から出て行ったり、ノリス夫人との話に掛りっ切りになるたびに、その機会を得ようと狙っているように想われた。しかしファニーはそのたびに注意深く相手を躱した。

やっと――と云ってもそれほど特別に晩い時刻でもなかったが、ファニーの神経にはやっとと思われた――クロフォードは暇乞いを口にし始めた。しかしその言葉を耳にしてほっとしたのも束の間で、次の瞬間クロフォードはファニーの方を振向くとこう云った。「メアリーに言伝てすることはありませんか？　手紙への返辞が何もなかったとなると、メアリーはがっかりするだろうな。何か書いて下さいませんか、一行でも結構ですから。」

「まあ！　そう、そうでしたわ」と叫ぶと、ファニーは大急ぎで立上った。当惑と相手の許から離れたい気持の入混った大急ぎであった。――「すぐに書きますわ。」

そう云うなりファニーは、いつもバートラム伯母の手紙を代筆する際に使うことにしている卓子へ行って、必要な用具を準備したが、準備しながらも何と書いたものやら一向に考えが浮ばなかった！　ミス・クロフォードの手紙はたった一度しか読んでいなかった。中途半端な理解しかしていないものにどうやって返辞を書けばいいのだろうか？　ファニーとしてもこんな辛いことはなかった。こんな風に手紙を書くことには全然慣れていなかったので、もし文章について躊いを覚えたり不安になったりする時間的余裕でもあれば、そう云うことも何かと気になったであろうが、とにかく即座に何かを書かなければならなかった。そこで、気持は一つ、自分は何事も本気とは受取っていないと思わせることだけを考えて、心も手も大いに震わせながら次のように書いた。

「親愛なるミス・クロフォード、我が愛しの兄ウィリアムに関します限り、あなたの御親切なお祝いに厚く御礼申し上げます。しかしお手紙のその他の部分は私には何の意味もございません。それにそのようなことは私にはあまりにも分不相応なことですので、どうかこれ以上気をお遣いになりませぬようお願い申し上げます。お兄様には何度もお眼に掛っておりますので、その態度振舞はよく理解しているつもりです。もしお兄様も私の気持がお解りなら、多分もっと違った態度をお採りになることでしょう。自分でも何を書いているのかよく判らない有様ですが、ただ二度とこのことにはお触れ下さりませぬならば、どんなに有難いことかと存じます。わざわざお手紙を頂きましたことに感謝致します。

かしこ

親愛なるミス・クロフォードへ

云云」

ファニーはミスター・クロフォードが手紙を受取ることを口実に近附いて来たのでいよいよ恐しくなり、最後の方は自分でも何を書いているのか殆ど判らなかった。

「何もあなたを急がせようと云う訳ではないのです」とクロフォードは、ファニーが驚きの余り慌てて手紙を書上げるのを見て、低声で云った。「決してそんなつもりではありません。どうぞお願いですから、急がないで下さい。」

「まあ！　わざわざどうも。でもちょうど書上げたところですの、たった今――すぐに出来上りますわ――本当に申訳ございません、御好意に甘えて――ではそれをミス・クロフォードにお渡し下さいますよう。」

手紙が差出された以上、受取らざるを得なかった。ファニーは直ちに眼を背けると皆の坐っている煖炉の方へ足を向けたので、クロフォードとしては今度こそ本式に暇を告げるしかなかった。

ファニーは苦痛と喜びの両方でこんなに心の動揺した一日は生れてこのかた初めてのことだと思った。しかし幸いなことに喜びの方は今日一日で終ってしまうことではなかった――ウィリアムの昇進のことは毎日でも繰返し想い起すことが出来るのだ。それに対して苦痛の方はもう二度と戻って来ることはあるまいと思われた。ファニーは自分の手紙がひどく下手なものに見えるに違いないことを信じて疑わなかった。その言葉遣いたるや子供だって赤面させずにはおかないであろう。それと云うのも悩みの余り字句を配慮している余裕がなかったからなのだ。しかし少くとも、ファニーが附込まれたりするような女性ではないことと、ミスター・クロフォードの求婚を嬉しく思っていないことだけは、間違いなく読手に伝わるであろう。

――第二巻了――

第三巻

第一章

ファニーは翌朝眼が醒めたときも決してミスター・クロフォードのことを忘れてはいなかったが、自分の書いた手紙の趣旨を思い出して、その結果については前の晩よりも楽観的になっていた。ミスター・クロフォードが立去ってさえしまえば！　――これがファニーの最も熱心に望んだことであった。――予定どおり、マンスフィールドに戻って来た目的に従って、妹を連れて行ってくれさえすればいいのだ。なぜ未だにそうしないのか、ファニーには想像がつかなかった。ミス・クロフォードは確かに遅れることを望んではいなかったのに。――ファニーは昨晩のうちにそれがいつになるのか聞きたかったが、ミスター・クロフォードはロンドン行きについては近ぢかそうする予定だと云うこと以外には何一つ語らなかった。

こうして自分の手紙を読めば相手もはっきりと納得するだろうと一安心したところだっただけに、ファニーとしても、ミスター・クロフォードが再び、それも昨日同様早い時間に屋敷へやって来るのを図らずも目撃したときには、それこそ吃驚仰天《びっくりぎょうてん》しない訳には行かなかった。

――ミスター・クロフォードのやって来た目的はファニーとは何の関係もないかも知れなかったが、ファニーとしては出来るだけ顔を合せないようにしなければならなかった。ファニーは、そのときちょうど階上へ向う途中だったので、実際に呼声が掛らない限り、客がいるあいだはずっと階上の部屋にじっとしていようと決心した。それにノリス夫人がまだ屋敷にいたので、降りて来るよう求められる危険は殆どないと思われた。

ファニーは、暫くのあいだ、大いに心を動揺させ、今にも誰かが呼びに来るのではないかと云う恐怖に体を慄わせながら、凝《じ》っと聴耳を立てていた。しかしどうやら跫音《あしおと》が東の間に近附いて来る気配はないらしく、次第に心の落着きを取戻すと、腰を下して、手仕事に取掛ることが出来た。そのうちに、ミスター・クロフォードはやっては来たものの、このまま帰って行くだけで、用向きは自分の知る必要のないものであろう、と思われて来た。

三十分も経つと、ファニーの心は大分楽になった。そのとき突然誰かが規則正しい足取りで近附いて来るのが聞えた――重重しい、この部屋の近くでは普段聞き馴れない跫音であった。伯父に違いなかった。ファニーは伯父の跫音にはしばしばびくびくしたものであった。今また、話の内容が何であるにせよ、伯父が自分に話をしにやって来たのだと思うとひとりでに体が慄え始めた。――扉を開けたのは果してサー・トーマスであった。サー・トーマスはファニーがいるかどうかを確めてから、入ってもいいかと訊いた。以前ときたま伯父がこの部屋を訪ねて来たときの戦《おのの》きがすっかり蘇って来た。ファニーは、一瞬、伯父がまたもやフランス語と英語の試験をしに来たような錯覚を覚えた。

それでもファニーはしっかりと気を取直すと、伯父に椅子を勧め、わざわざ上って来てくれたことを光栄に思う気持を表に出そうと力《つと》めた。しかし心の動揺はいかんともし難く、伯父が部屋に入るやすぐに立止って、「どうして今日は火を焚かないのかね？」と驚きを発するまでは、煖炉のことはすっかり忘れていた。

庭には雪が積り、ファニーは肩掛に包《くる》まって坐っていたので、一瞬躇《ためら》った。

「私、寒くはございませんわ、伯父様——それに今頃の季節に長時間ここに坐っていることは決してありませんの。」

「しかし——普段は火を焚いているのだろう？」

「いいえ、伯父様。」

「これはどう云うことなのかな、何か手落ちがあるに違いない。わしはすっかり居心地がいいのでこの部屋を使っているものとばかり思っていたが。——君の寝室には煖炉の設備がないのだからね。何やら大きな手違いがあるものと見える、早速にも改めなくては不可《いけ》ない。こんな火のない所に坐っているなんて、いくら一日にたったの三十分だとは云え、とんでもないことだ。君は丈夫な方ではないし、風邪を引き易い質《たち》なのだから。さては君の伯母様はこのことに気が附いていないのだな。」

ファニーはどちらかと云えば黙っていたかったが、そうも行かなかったので、最愛の伯母に公平を尽すためにも、何か云ってノリス伯母の名前をはっきりと口に出さずにはいられなかった。

「解った」とサー・トーマスは、合点したと見えて、それだけ聞けば充分、もう云わなくてもよろしいと云わんばかりに声を揚《あ》げた――「よく解った。ノリス伯母さんはいつも若者を育てるときは不必要に甘やかさない主義なのだ。それはそれで大いに賢明なことなのだが、そうかと云って何事もほどほどにすることが大切だ、極端は不可ない。――あのひと自身はいくらでも辛いことに耐えられるひとなものだから、それで自然とほかの者達にも同じことを要求する考え方になるんだね。それにもう一つ別の理由もあって、わしにはよく解るのだ――あのひとが今までずっとどんな気持でいたかがね。考え方そのものは決して間違ってはいないのだが、君の場合は少し行過ぎたのかも知れない、いや確かに行過ぎたのだと思う。――幾つかの点ではときどき誤った差別扱いをしていたことは、わしも気が附かなかった訳ではない。しかしわしはね、ファニー、君のことだからそんなことで恨みを抱くようなことは決してないと信じている。――君には分別があるのだし、物事を単に部分的に受取ったり、そんなことのために偏《かたよ》った判断をしたりはしない筈だ。――過去を全体的に理解しなければ、いろんなときを、いろんな人びとを、いろんな可能性を考慮に入れなければ――そうすれば、それらは、君が君の運命だと思われていた中ぐらいの境遇に耐えて行けるよう、心身ともに君を育み、鍛えてくれた少からぬ身方だったことに気が附くだろう。――まあ、それらの気遣いが結果的には不必要なものだったとしても、その意図は親切なものだったのだ。それにこのことはわしが保証してもいい――つまり豊かさの有難味と云うものはどんなものでもちょっとした制限や拘束が課せられることによって却って二倍になるものだと云うこと。わしは君がどんなときでもノリス伯母さんに然るべき尊敬や心遣いを見せなかったりして、わしを失望させるようなことはないものと信じている。——しかし、ま、このことはこれでいい。腰を下しなさい、ファニー。少しばかり話さねばならぬことがあるのだ。長くは引留めないから。」

ファニーは眼を伏せ、顔を赧《あか》らめながら云われるとおりにした。サー・トーマスは、一瞬黙ってから、微笑が洩れようとするのを抑えながら話を続けた。

「多分君は今朝わしの所に客があったのを知らないだろうな。——朝食が終って部屋に戻ると、一時もしないうちにクロフォード君がやって来たのだ。——用向きは多分君にも想像がつくだろう。」

ファニーはますます真赧になった。サー・トーマスはファニーが話すことも顔を上げることも出来ないほど当惑しているのを見て取ると、相手から眼を逸らし、それ以上黙っていないで、自らミスター・クロフォードの訪問の目的を説明し始めた。

ミスター・クロフォードは、ファニーを愛していると断言し、はっきりと結婚の申込をし、そうしてファニーの親代りであるサー・トーマスにそのことを認めてくれるよう懇願するためにやって来たのであった。そうして何ら臆することなく、正正堂堂と、しかも作法どおりたいへん立派にそれらのことをやって除《の》けたのである。サー・トーマスは、その態度にすっかり感心したばかりか、自身それに対して非常に適切な返辞と意見を与え得たと信じ込んでいたので、二人のあいだに交された話の内容を大層な喜びようで細大漏らさずファニーに話して聞かせた。——姪の心に何が起っているかなど一向に知る由もない伯父は、こうして事細かに話してやることで当の姪が自分以上に満足するものと思い込んでいた。そこで数分のあいだ敢えてファニーに口を挿《はさ》ませることなく一気に話しつづけた。――ファニーとしては何か云いたいのは山山であったが、心があまりにも混乱していたので、どうすることも出来なかった。そこで身体の向きを変えると、窓の一つを凝っと視詰めたまま、極度の動揺と狼狽に苛《さいな》まれながら仕方なく伯父の言葉に耳を傾けていた。――サー・トーマスは一瞬黙って相手の様子を窺ったが、どうやら相手がそのことに気が附かない様子なので、椅子から立上ると、再び口を開いた。「それでは、ファニー、わしはこれで役目の一部は果したし、万事がこの上なく確かなしかも満足の行く線に沿っていることも君の前に明らかにした訳だから、あとはわしが役目の残りを果すためにもこれからわしと一緒に階下《した》へ降りて来てくれないか。――わしは君にとって決して歓迎すべからざる話相手ではなかった筈だと想っているが、しかし階下では、癪だが、わしなどよりもっと耳を傾けるに値する人が君を待っている。――多分もう予想はついていると思うが、クロフォード君はまだ帰らずに、わしの部屋で待っているんだ、是非とも君に会いたいと云ってね。」

云いおわるや、ファニーがはっと顔を向け、思わず叫び声を発したので、サー・トーマスは吃驚した。が、ファニーの次のような言葉を聞くに及んで、驚きの度は更に増した。――「まあ！　とんでもないことです、伯父様、あの人の所へ降りて行くなんて、私には出来ません。あの方は御存知の筈です――私、昨日、あの方に納得して頂くようはっきりと申し上げたのですから――あの方、昨日、このことで私に話し掛けて来たのです――それで私、そう云うことはたいへん不愉快だと、折角のお言葉ですがとてもそれにお応えする訳には行かないと、嘘偽りなくはっきりと申し上げたのです。」

「云っていることがよく解らないが」と云いながら、サー・トーマスは再び腰を下した。「折角のお言葉ですがそれにお応えする訳には行かない！　いやはや、どう云うことかねこれは？　クロフォード君が君に話をしたことは知っている。それでわしの見たところ、クロフォード君は分別を弁《わきま》えた若い女性が自らに許せる範囲内で与えてくれた勇気づけを確かに得たものと思っていたが。わしの眼に映った昨晩の君の振舞は実に気持がよかった。思慮分別を忘れず、大いに賞讃されて然るべき振舞だったと思う。それなのに今こうして躇っていると云うのはどう云うことなのかね？　クロフォード君は今や堂堂としかも正式に結婚の申込をしたと云うのに。」

「伯父様は誤解していらっしゃるのです」とファニーは、瞬間、不安の余り、伯父と雖《いえど》も誤解をはっきりさせずにはいられなくなり、声を揚げた――「伯父様はまったく誤解していらっしゃるのです。どうしてあの方にそんなことが云えましょう？　私は昨日あの方に気を持たせるようなことは何一つ云いませんでした。――それどころか、私は――正確な言葉は思い出せませんけれど――あの人の云うことは聴きたくないし、どう見ても私には不愉快なことだから、二度とそんな風に話し掛けることはしないで下さい、と確かに申し上げたのです。――少くともそれだけのことは間違いなく申し上げました。――もしあのときにあの方の本気なことがはっきりと判っていましたら、もっとそれ以上のことも申し上げたでしょう。ただ私は相手がその気ではないかも知れないことまでとやかく云うのは嫌《いや》でしたし、とても堪えられないことでした。そんなことを云えばあの方にこちらのいい気な思い過しと受取られるだろうと思いました。」

ファニーはこれだけ云うのが精一杯であった。これ以上息が続かなかった。

「それでは」と、暫く無言ののちサー・トーマスは云った、「君はクロフォード君の申込を断るつもりだと云うのだね？」

「はい、伯父様。」

「断る？」

「はい、伯父様。」

「クロフォード君の申込を断る！　どう云う訳で？　なぜ？」

「私——私、結婚してもいいと思うほどあの方が好きになれないのです。」

「これはまた何と云うことを！」とサー・トーマスは穏やかながらも幾分むっとした口調で云った。「君の云うことには何やらわしには解らないところがある。一人の若者が君と結婚したがっている。どこから見ても申分のない若者だ。単に社会的な地位と財産と人柄の点で申分がないだけではない。誰からも喜ばれる物腰や話ぶりの点でも、ちょっとやそっとでは滅多にお眼に掛れない気持のいい青年だ。それに昨日や今日の知合いと云う訳でもない。君達が知合ってからは暫く経っている筈だ。おまけにその妹は君とは親友と来ている。クロフォード君は君の兄さんのためにも例のことをしてくれたではないか。わしには、それだけでも君の好意を贏《か》ち得るのに何の不足もないと想われるがね、ほかに何一つなくても。わしの力だけではいつになったらウィリアム君を昇進させられたことやら。それがクロフォード君のおかげで既に昇進出来たのだ。」

「ええ」と、ファニーはやっと聞取れるほどの声で返辞をすると、新たな恥しさに顔を俯けた。実際にこうして伯父から兄のことを具体的に云われてみると、ミスター・クロフォードが好きになれない自分が恥しい気がした。

「君だって」とサー・トーマスは一時おいてから続けた、「君だって、君に対するクロフォード君の態度が特別なことは暫く前から気が附いていた筈だ。そのことに君が驚いていたとは思えないが。君にもクロフォード君の心遣いは判っていた筈だ。君はいつもそれをたいへん礼儀正しく受容れていたのだとしても（その点では何ら非難するつもりはない）、わしの眼にはそれが君にとって不愉快なものだとはどうしても見えなかった。わしは、ファニー、何となく君は自分でも自分の気持がよく分っていないのではないかと云う気がするがな。」

「いいえ、伯父様、決してそんなことはございません、本当です。あの方の心遣いはいつだって——私、嬉しくはありませんでした。」

サー・トーマスはいよいよ驚いてファニーを打眺めた。「説明でもしてもらわんことには、わしにはさっぱり解らん。若い上に、まだ世間知らずも同然の君が、まさか、自分の愛情は既に誰か——」

サー・トーマスは云い掛けて、凝っと相手を視詰めた。ファニーの唇はいいえの形をとったものの、声ははっきり聞取れなかった。しかし顔は真赧であった。しかしこれはたいへん慎み深い女の子にあっては大いに純真な証拠かも知れなかった。それでサー・トーマスは、少くとも表向きだけでも満足したところを見せようとして、急いで云い添えた。「勿論そうさ、そんなことは問題外のことだとも——あり得ないことに決っている。なに、これ以上何も云うことはない。」

事実、暫くのあいだ伯父は何も云わなかった。すっかり考え込んでいた。姪の方も同様に考え込んでいた、伯父が更に問掛けて来ても、気を強く持ってじっと堪えることにしよう、と。ファニーとしては真実を告白するぐらいならむしろ死んだ方がましであった。ファニーは多少とも内省することで真実を洩らさなくても済むだけ自分が強くなれることを希った。

「クロフォード君が結婚の相手にほかならぬ君を選んでくれたので、当然わしとしても無関心ではいられない訳だが、それは別としても」と、サー・トーマスは大層穏やかな調子で再び話し始めた、「ともかく、若くして結婚しようと云う考え方そのものにはわしも賛成だ。わしは結婚は若いうちにするべきだと云う考え方だからね。それ相応の財産があって、充分に収入があるなら、あらゆる若者は二十四歳を過ぎたら出来るだけ早く身を落着けるべきだ。父のわしがこう云う考え方だと云うのに、長男のトムなぞ一向にそうしてくれそうにもないのだから、残念で仕方がない。わしの見るところ、目下の奴さんの念頭には結婚のことなど全然入っていないのだ。もう少し身を落着けたがるところがみられるといいのだが。」ここでサー・トーマスは一瞬ファニーに視線を向けた。「エドマンドは、あの子の気質や人柄から考えて、兄よりは遥かに齢若くして結婚しそうな気がする。実際の話、最近わしはあの子がこのひとなら愛せると云う女性に出会ったと云う気がしているのだ。ところが長男の方と来た日には、これはもう絶対にそんなことはない。わしの考えは間違っているかな？　君はわしの意見に賛成するかい、ファニー？」

「ええ、伯父様。」

ファニーの返辞は控目ながらも、冷静なものであった。サー・トーマスはどうやら息子達とは無関係なようだと察して大分気が楽になった。しかし伯父の心から当初の驚きが取除かれたからと云って、姪にとっては何の役にも立たなかった。ファニーが頑なに口を閉して一向に訳を話そうとしないので、伯父の不機嫌は再び募り始めた。そうしていきなり立上ると部屋の中を歩き廻り始めた。ファニーは敢えて顔を上げる勇気はなかったが、伯父が難しい顔をしていることは手に取るように判った。サー・トーマスは一時すると、厳然たる口調で云った。「君には、何かね、クロフォード君の気質を良く思わない理由でもあるのかね？」

「いいえ、伯父様。」

ファニーは附加えたかった、「しかしあの方の物の考え方についてなら、あるのです」と。しかし仮にそう云っても、そのあとには恐しい議論と説明のやりとりが続くことになり、それでも結局は伯父を納得させるには至らないだろうと想うと、ファニーの心は沈んだ。ファニーのミスター・クロフォードに対する悪評は主として実際に目撃したことに基づいていた。しかしそれは従姉達のことを想うととても伯父に話して聞かせることは出来なかった。マライアとジュリア――特にマライアはミスター・クロフォードの不品行とあまりにも密接な関係にあったので、その性格について自分が考えているとおりのことを述べるとなれば、どうしても二人のことを表に出さない訳には行かなかった。ファニーは、伯父のような明敏で、名誉を重んずる、立派な人には、ただ単に自分としてはどうしても相手が好きになれないのだと云うことを認めさせるだけで充分であってくれることを希った。しかし悲しい哉、そうは行かなかった。

サー・トーマスはファニーが惨めな思いに身を震わせながら坐っている卓子の方へ近附くと、かなり冷やかな、厳しい口調で云った。「君には話をしても無駄だと見える。こう云う焦《じれ》ったい話合いはいい加減終りにした方がよさそうだ。これ以上クロフォード君を待たせておく訳には行かん。ただ、君の振舞に対してわしの意見を述べておくことはわしの義務だと思うから、これだけは附加えておく――君は、わしの抱いていた期待を悉《ことごと》く裏切ったばかりか、君がわしの想っていた人間とはまるで正反対の人間であることも自ら証明したのだ。いいかい、ファニー、わしの態度から君にも判っていた筈だと思うが、わしはイギリスに戻って来てからと云うもの君のことは非常に好意的に見ていたのだからね。君は特に我儘《わがまま》な気性とか自惚《うぬぼれ》、或は若い女達のあいだで昨今流行りのあの精神の自由を求めるとか云う傾向――わしはそう云う顔附の女どもを見ると途轍《とてつ》もなく腹が立ち、どうにも不愉快で堪《たま》らんのだ――そう云うものを一切免れているものと思っていた。ところがどうして、君は自分が我儘で片意地な人間であることを、幾分とも君のことを導く権利のある人達に敬意も払わなければ、その人達に助言を求めることすらせずに、物事を自分の一存で決めてしまう人間であることを、たった今このわしに見せてくれたのだ。わしは君が自ら示した君とはまるで違った君を想い描いていた訳だ。君の家族の、つまり君の両親や弟妹達の都合や不都合などはこの際ほんの一瞬も君の頭には浮ばなかったものと見える。君がそのように身を固めてくれれば君の家族がどんなに喜ぶか、またそれによって君の家族がどれほどの恩恵を蒙るかと云うようなことは、君にとってはどうでもいいことなのだ。君は自分自身のことだけしか考えない。だから、若いのぼせた心が想い描く、幸福にはなくてはならぬものとやらが、クロフォード君には感じられないと云う、ただそれだけの理由で、暫く考えてみたいと云う気持にすらならずに、すぐさま申込を断ろうとしたりするのだ——暫く冷静に考えて自分自身の本当の気持をはっきり摑《つか》もうともせずに、一時の愚かな感情に囚われて、名誉も地位もある望ましい結婚の機会を、君にとっては多分またとないであろう折角の機会を、自ら手離そうとしたりするのだ。ここに分別、人格、気質、物腰、財産のあらゆる点で申分のない若者が一人いて、君に大層心を寄せ、しかもこの上なく立派な、慾得抜きの態度で君の手を求めている。云っておくがね、ファニー、もしこの機会を逃したりしたら、これから先更に十八年待ったところで、クロフォード君の半分の財産も十分の一の取柄もない男性からだって、まず云い寄られることはないだろう。もしわしの娘達のうちのどちらかをと云うのであれば、わしは大喜びで承知したろう。マライアは身分に相応《ふさわ》しい結婚をした——しかしもしクロフォード君がジュリアの手を求めたのならば、わしはマライアをラッシワース君に嫁がせたときよりももっと心底から満足してジュリアをクロフォード君の手に引渡したことと思う。」サー・トーマスは一息吐《つ》いて更に続けた——「もしわしの娘達が、いかなるときに結婚の申込を受けようとも、そしてそれがこの半分も望ましいものではないとしても、わしの考え方や意見を信用して相談することもせず、その場できっぱりと断ったりしたならば、わしは大いに吃驚したことだろう。わしは娘達のそう云う仕打に、驚いただけでなく、大いに傷つけられもしただろうと思う。そんな行為は子供としての義務をまるで無視し、親に対する敬意を蔑《ないがし》ろにすることだと思ったろう。君を同じ尺度で測る訳にはいかん。君はわしに対して子供としての義務がある訳ではない。しかし、ファニー、もし君の心が自分に恩知らずな行為を許すと云うのであれば――」

サー・トーマスはここで口を噤《つぐ》んだ。このときまでにファニーはひどく泣崩れていたので、サー・トーマスも、いくら腹が立っているとは云え、敢えてこれ以上非難の言葉を続けようとはしなかった。恐しいほどに増幅し、高まる一方のあまりにも過酷な非難に、伯父の眼にどのような自分の姿が映っているのかと思うと、ファニーの胸は殆ど張裂けんばかりであった。我儘で頑固で利己的で恩知らず――伯父は自分のことをそんな風に見ているのだ。自分は伯父の期待を裏切り、伯父の好意的な評価を失ってしまったのだ。自分はどうなるのだろう？「本当に申訳ございません」とファニーは涙のためにはっきり聞取れない声で云った。「本当に申訳ないと思っております。」

「申訳ない！　そうとも、申訳ないだろうとも、おそらく君は今日のこのことのためにこれから先も長く申訳ない気持でいなければならんだろう。」

「私も伯父様の期待に添えればとは思いますが」とファニーは再度力を振絞って云った、「でも私には到底あの方を幸せにすることは出来ませんし、私自身必ずや惨めな思いをすることになるだろうと思います。」

またもやどっと涙が溢れ出て来た。しかし溢れる涙とそのきっかけとなった「惨めな」と云うひどく陰鬱な言葉にもかかわらず、サー・トーマスは、幾分かの心のほぐれ、多少の気持の変化がその涙には関係しているのかも知れず、これはどうやら当の若者に自ら事に当らせた方が物事が順調に運ぶかも知れない、と思い始めた。サー・トーマスはファニーが大層内気なことも、ひどく神経質なこともよく知っていたので、もしかしたら目下の姪の心は、恋する者の側に多少の時間的余裕と押しの強さ、及び根気と切望の分別ある結合さえあれば、それなりの効果を及ぼすことも不可能ではない状態にあるのかも知れないと思った。もしクロフォード君が多少の辛抱さえ我慢するならば、もしクロフォード君に辛抱が出来るだけの愛情があるならば――サー・トーマスは望みを抱き始めた。これらの思いが心を過《よぎ》ったことで、サー・トーマスは幾分機嫌を取直した。「さあ」とサー・トーマスはそれ相応の厳めしさは保ちながらも大分怒りの和らいだ口調になって云った、「さあ、もう泣止みなさい。泣いたって仕方がない、何にもならない。これからわしと一緒に階下へ行こう。クロフォード君ももう待ち草臥《くたび》れているだろう。君から直接返辞をしなさい。わしから云ったのではクロフォード君も納得せんだろう。クロフォード君は、可哀そうに、君の気持をすっかり誤解しているようだから、君の口からはっきり訳を話してあげなさい。いくら何でもそればかりはわしにも出来んからな。」

しかしファニーがどうしても降りて行きたがらず、そのことを思っただけでも堪らなそうな様子なので、サー・トーマスはちょっと考えてから、好きなようにさせた方がいいだろうと判断した。その結果、二人を同席させれば或はと思われた望みは多少諦めざるを得なかったが、改めて姪を眺め、その泣腫らした表情に眼を留めると、却って今すぐ会わせたのでは得るところもあるにせよ失うところも大きいに違いない、と思い直した。そこで、当り障りのない言葉を一言二言口にすると、自分一人で出て行った。可哀そうに、あとに残された姪はその場にじっと坐ったまま、ひどく惨めな気持でたった今生じた出来事を思い返しては、涙を流しつづけていた。

ファニーの心は千千《ちぢ》に乱れていた。過去も、現在も、未来も、すべてが恐しかった。しかし伯父の怒りによって与えられた苦しみこそ何物にも増して堪え難いものであった。我儘で恩知らず！　自分は伯父にそんなふうに見られたのだ！　ファニーは何とも堪らなかった。自分の肩を持ってくれる人、自分の話を聞いてくれる人、自分のために弁護してくれる人は一人もいなかった。唯一の身方も今は留守であった。その人なら伯父の気持を和らげてくれるかも知れなかった。しかしみんなが、多分みんなが、自分のことを我儘で恩知らずだと思うだろう。自分は繰返しその非難に耐えねばならぬであろう。自分に関するあらゆることで、いつまでも非難の言葉を聞かされ、非難の態度を見せられ、皆の胸から非難の気持の消えないことを思い知らされるであろう。ファニーはミスター・クロフォードに対して何やら腹立しい気持にならずにはいられなかった。しかしもしあの人が本当に自分のことを愛していて、そのためにあの人も不幸な目に遭うのだとしたら！　――それこそ二重に不幸なことであった。

十五分ほどすると伯父が戻って来た。ファニーは伯父の姿に殆ど気絶せんばかりであった。しかし伯父が非難もせずに、穏やかな、物静かな口調で話し始めたので、ファニーは多少生返った心地がした。伯父の態度だけでなく、口から出始めた言葉の方もファニーをほっとさせた。「クロフォード君は帰ったよ。たった今わしの許から立去ったところだ。何があったか繰返す必要はないだろう。クロフォード君の気持を説明して、君の目下の感情をこれ以上苦しめようとは思わない。ただ、クロフォード君はいかにも紳士らしい、実に寛大な態度を見せたし、おかげでわしはクロフォード君の分別、心、気質に対する好意的な理解をますます固めることになったと云うことだけを云っておく。君が苦しみ悩んでいると云うわしの言葉を聞くや、クロフォード君は直ちに、しかも細心この上ない心遣いを見せて、当分のあいだ君に会いたい気持を抑えることにすると云ったよ。」

ここでファニーは今まで上げていた顔を再び俯けた。「勿論」と伯父は続けた、「クロフォード君がほんの五分でいいから君と二人だけで話をさせてくれと云い出さないとは考えられない。そう要求するのは当然のことだし、正当な権利でもあるのだから、それを断ることは出来ない。しかし別にいつと決った訳のものではない。明日でも明後日でも、君の気持が落着いてからのことだ。さしあたり君は自分の心を鎮めさえすればいい。もう泣くのは止めなさい。疲れるだけで何にもなりはせん。君も少しはわしの云うことを聞く気があるなら――わしはそう希っているがね――こんな風に感情に屈したりせずに、理性的になってもっと勁《つよ》い心を持つよう力《つと》めることだな。少し戸外《そと》に出て来たらどうだ。外の風に当れば気持も落着くだろう。砂利道の方へでも一時間ばかり行って来なさい。一人で風に当りながら植込の辺でも歩いて来れば、運動になって気分もすぐれるさ。それから、いいかい、ファニー（と一瞬振返って）、このことは階下へ行っても云わないでおくからな。バートラム伯母さんにも云わないでおくつもりだ。期待はずれの出来事を弘めることもないからな。君もこのことについては黙っているように。」

ファニーはこの最後の命令には大喜びで従うことが出来た。そうしてこの親切な行為を心から有難いと思った。ノリス伯母の止めどもない叱責から逃れられるなんて！　――ファニーの心は感謝の気持で一杯になった。ノリス伯母の非難を浴びるぐらいならどんなことにだって堪えられる。そんな目に遭うくらいならミスター・クロフォードに会うことの方がまだ我慢出来る。

ファニーは伯父の勧めどおりに直ちに戸外へ出ると、出来る限り一つ残らず伯父の忠告に従おうと、泣くのを止め、力めて気持を落着け、心を勁く持とうと試みた。ファニーは自分が伯父の心の平安を希い、再び伯父の好意を求めたがっていることをはっきりと伯父に示したかった。伯父は事態を一切伯母達には知らせないと云うことで、ファニーが心せねばならぬための、もう一つ別の強い動機を与えてくれたのだ。つまりさしあたって為すべきことはファニー自らの表情や態度で他人に勘づかれることのないようにすることであった。ファニーはノリス伯母から救われるためなら殆ど何だって出来ると思った。

散歩から戻って、再び東の間に入って行ったファニーがまず真先に煖炉に燃えている火を認めたときの驚きたるやいかばかりであったろう。まあ、火が！　ファニーにはあまりのことに思われた。ほかならぬこんなときにこんな贅沢を許して下さるなんて！　――ファニーの胸は感謝の余り痛みをすら覚えた。ファニーはサー・トーマスがこんな細かなことにも気が附くだけの心の余裕を失わなかったことに改めて驚いた。しかしやがて、火の様子を見に来た女中の話から、これからは毎日火が焚かれることになったことが判った。やはりサー・トーマスがそうするように命じたのであった。

「もし私が本当に恩知らずになったりしたら、それこそ私は人でなしだわ！」とファニーは独《ひと》り言《ご》ちた。「どうか恩知らずになどなりませんように！」

ファニーはそれ以後食事で皆と顔を合せるまで伯父にもノリス伯母にも会わなかった。再び会ったときの伯父の態度は殆ど以前と変りなかった。変った態度をとるつもりのないことがファニーにもはっきりと判った。もし何か変ったところがあるように想われるとしたら、それはファニーの良心がそう想うだけのことであった。しかし伯母の方はすぐにいつもの調子で叱言《こごと》を云い始めた。ファニーは、ただ伯母に断りなく外出したと云うだけでいかに長ながと不愉快な苦情を聞かされ得るかが判ったとき、このまったく同じ叱言根性がより重大な問題をめぐって発揮される事態から自分を救ってくれた親切行為が、いかに有難いものであり、何をおいても感謝しなければならないものであるかを、いよいよもって実感した。

「もしあんたの出掛けることが判っていれば、ナニーへの言云てを持ってちょっと私の家まで行ってもらうんだったのに」とノリス伯母は云った。「私はひどく不便な思いをして自分で行って来なければならなかったんですからね。なかなか上手く時間が割《さ》けなくて、大弱りしていたと云うのに。ちょっとあんたが出掛けることを知らせてくれれば私は大助かりだったのです。植込を歩くのも、私の家まで行って来るのも、あんたにとっては同じことだったでしょうに。」

「私が植込を勧めたのだ、あそこが一番泥濘《ぬかるみ》が少いから」とサー・トーマスが云った。

「まあ！」とノリス夫人は一瞬詰った。「それはそれは御親切なことですこと、サー・トーマス。しかし御存知ないかも知れませんが、私の家へ行く道だって決して泥濘んでなんかいませんことよ。ファニーはそちらへ行ったとしてもたいへん気持のいい散歩が出来た筈ですわ。況してやそちらへ行けば、人の役にも立ったし、伯母からも有難がられたんですもの、すべてはファニーの怠慢です。ほんの一言出掛けることを知らせてくれさえすれば——しかしファニーには何かあるわね、以前からしばしば気になっていたことなんだけれど——針仕事をするんでも自分流にやりたがって、他人の指図は受けたがらないし、暇さえあれば自分一人で散歩をするし、確かにこの娘《こ》には物事を密かに自分だけのものにしておこうと云う馬鹿げたところがあるわ。私、そう云うところはなくさなくては不可ないと思いましてよ。」

普段のファニーを見る限り、これほど不公平な意見はない、とサー・トーマスは思ったが、自身つい先刻《さつき》同じ気持を述べ立てたばかりであった。仕方なく、話題を変えようと思い、繰返し試みたが、なかなか上手く行かなかった。それと云うのも、ノリス夫人は、今回に限ったことではなかったが、サー・トーマスがどの程度に姪のことを考えているかも、また姪の長所を軽んずることで自分の子供達の長所を引立たせようとするやり方をどんなに嫌がっているかも、理解するだけの洞察力を持合せていなかったからである。夫人は食事半ばに至るまでファニーに当附けを云い、ファニーが一人黙って散歩をしたことに腹を立てていた。

しかしそれもやっとのことで一段落した。ファニーにとってその日の宵の訪れは、昼間あんなにも激しい出来事のあったあとでは到底望めるとは思えないほどの、静かな、快いものであった。ファニーは、まず第一に、自分の採った行動は正しかったし、自分の判断も間違ってはいなかったと思った。自分の意図が純粋なものであることは確かなことであった。伯父の不機嫌は今でも既に治まりつつある、事情をもっと公平に考えて、愛情のない結婚をすることがどんなに惨めな、宥《ゆる》し難いことであり、しかも望みのない、邪悪なことであるかが分って下さりさえすれば――伯父ほどの立派な人なら必ずや分って下さる筈だ――不機嫌は更に治まることであろう――ファニーは、次に、半ば希うような気持でそう考えた。

明日の朝にでもミスター・クロフォードに会いそうな恐れはあるが、会ってしまいさえすれば、問題はすっかり片附くであろうし、ミスター・クロフォードさえひとたびマンスフィールドを離れてしまえば、こんな問題などなかったかのように何もかもすぐにもとの状態に復するであろう、とファニーは心密かに希わざるを得なかった。ファニーは、ミスター・クロフォードが自分に対する愛情のゆえに長く苦しむことがあり得るなどとは信じたいとも、信じられるとも思わなかった。断じてそのような心の持主ではないのだ。心の傷など、ロンドンの風にでも当れば、すぐに癒されるであろう。却って己《おの》れの心の迷いに気が附いて驚き、悪しき結果から己れを救ってくれたファニーの正しい判断に感謝することであろう。

ファニーがこうして様ざまな望みに思いを廻らしているあいだ、伯父はお茶が済むとすぐに執事の取次ぎに応じて部屋を出て行った。よくあることなのでファニーは別段驚かなかった。そして十分ほどして再び執事が現れて、まっすぐにファニーの方へ歩み寄り、「サー・トーマスがお部屋の方でお話なさりたいとのことです、お嬢様」と云うまでは、そのことについては何も考えなかった。執事の言葉で初めてファニーは何かしらと思ったが、突然或る考えが心に浮んで顔が真蒼《まつさお》になった。それでも即座に立上ると、云われるままにしようと覚悟した。このときノリス夫人が声を揚げた。「これ、ファニー、待ちなさい！　どうしようと云うのです？——どこへ行くの？　何をそんなに慌てることがあるんです。あなたが呼ばれたりする訳がないじゃありませんか。用があるのは私ですよ（と執事の顔を見ながら）。それなのに何だってそう出しゃばろうとするの？　サー・トーマスがあなたに何の用があると云うの？　私ですよ。バドリー、そうでしょう？　私、すぐに行かなくては。私なんでしょう、バドリー、そうに決っていますとも。サー・トーマスは私に用があるんですよ、ミス・プライスではなくて。」

しかしバドリーは断乎《だんこ》たる口調で云った。「いいえ、奥様、ミス・プライスです、ミス・プライスに間違いございません。」そしてこれらの言葉には微かな笑いが籠っていて、それは「奥様ではこの目的には全然適《かな》わないと存じますが」と語っていた。

ノリス夫人は大いに不満であったが、気持を落着けて再び針仕事に取掛るほかなかった。ファニーはと云うと、すっかり心を動揺させながら部屋を出て行ったが、果して、一分後にはミスター・クロフォードと二人きりになっていた。

第二章

面会はファニーの予期していたほど、短時間で終りもしなければ、はっきりと決着もつかなかった。相手の紳士が、思ったほど簡単に納得しなかったからである。ミスター・クロフォードはサー・トーマスの望みに叶ったりの、まったくもって忍耐強い性質の持主であった。おまけに自惚が強く、ファニーは本人自身はっきりと意識していなくても確かに自分を愛しているのだと強く思い込んでいて、遂にファニーの気持は本人にもはっきりと分っていることを認めざるを得なくなったときでも、その気持も何れは自分の望みどおりのものにして見せると云う確信を変えようとはしなかった。

ミスター・クロフォードは恋をしていた、心底恋をしていた。ファニーの愛情が実際以上に何やらひどく重大なものに思われたのも、外向的で楽観的な、しかも細やかと云うよりはむしろ激しく熱し易い精神に、この恋心が及ぼした作用の結果であった。この恋心が一旦撥《は》ねかえされたことで却ってミスター・クロフォードは、ファニーに自分を愛させることが幸福を得ることであると同時に大層名誉なことでもあると云う考えを固める結果になったのである。

そう云う訳でミスター・クロフォードは望みを失わなかった。況してや思い止まるつもりなどさらさらなかった。揺るぎない愛情を抱くべきありとあらゆる正当な理由があるのだ。クロフォードの見るファニーとは、一緒にいつまでも幸福でいられることを希うこちらの熱望に間違いなく応えられるだけのものを持っている女性であった。目下の振舞も、自ずとその繊細で私欲のない性格を表すことで（クロフォードはこのような性質を実に稀有なものだと信じていた）、却って相手の願望を高め、決心を固めさせるだけであった。ミスター・クロフォードは自分が、既にはっきりとした考えを持っている心を攻撃しているのだとは露ほども知らなかった。その点では、何らの疑いも抱いてはいなかった。むしろミスター・クロフォードはファニーを、今までずっとその姿形に相応しい若くて愛らしい心で守られて来たため、未だ曾てこのような問題を突詰めて考えたことなど一度もない女性、その控目な性格のために相手の心遣いの意味が判らず、まったく予期していなかった突然の申込と未だ曾て想ってもみなかった新たな身の立場にいまだに圧倒されている女性、と考えていた。

従って自分と云う人間さえ理解されればそのあと上手く行くのは当然のことではないか？――ミスター・クロフォードはそう信じ込んでいた。自分のような男がこんな風に愛情を抱き、忍耐するのだ、必ずやさほど遠からずして報いられるに相違ない。ミスター・クロフォードは、ファニーは近ぢか自分を愛さざるを得なくなるのだと云う考えがあまりにも気に入っていたので、目下自分が愛されていないことなど殆ど残念だとも思わなかった。少しぐらいの困難を克服することはヘンリー・クロフォードにとってちっとも厄介なことではなかった。そのために却って心が鼓舞された形であった。今までの女性があまりにも簡単に靡《なび》きがちすぎたのだ。今回ヘンリーの置かれた立場は今までになく気を引立たせるものであった。

しかしながら、意のままにならない暮しがどう云うものか、生れてこのかた知り過ぎるほど知っているファニーには、そんな立場に心惹かれるものがあり得るなどとは到底思える筈もなく、まったく訳が解らなかった。相手がどうしても諦めないつもりだと云うことはファニーにも判った。しかしどうしてそんなことが出来るのか、自分でもこうなっては余儀なしと思われるほどのあんな言葉を口にしたあとだけに、理解出来なかった。ファニーははっきりと云ったのである――自分はあなたを愛してもいないし、愛することも出来ない、これから愛することも絶対にあり得ない、そのような変化はまったく不可能である、このような話題は自分にはたいへん心苦しいことであるから、もう二度と口にしないで頂きたい、今すぐこの場から失礼させて頂きたい、そしてこのことはこれですっかり片が附いたものと考えて頂きたい。それでもなお屈せずに云い寄るので、こう附加えた――自分の考えでは二人の気質はまるで異るから、互いに愛情を抱き合うことは出来ない、生れや教育や習慣から云っても互いに相応《ふさわ》しい相手ではない。これだけのことをファニーは大真面目に、熱心に云ったが、それでも充分ではなかった。ミスター・クロフォードは、二人の性格が合わないことはないし、境遇にも何ら不都合なところはない、と直ちに相手の言葉を打消し、自分はなおも愛するし、希望を失わない、とはっきり断言したからである。

ファニーは自分の意図は分っていたが、自らの物腰にまでは眼が届かなかった。ファニーの物腰は何とも淑やかなものであった。そしてその物腰がいかに自らの意図の厳しい矛先を覆い隠してしまうかには本人も気附いていなかった。遠慮がちな、申訳なさそうな、物柔かな態度のために、あらゆる折角の冷淡な表現が、本当の気持に打克とうとする努力なのだと、少くとも相手に与えるのと同程度の苦痛は自らにも与えているのだと受取られてしまうのであった。ミスター・クロフォードももはや以前のミスター・クロフォードではなかった。マライア・バートラムのこそこそとした、陰険な、油断のならない崇拝者であったミスター・クロフォードがファニーは大嫌いであった。顔を見るのも話し掛けるのも厭だったし、良いところなど全然ない人だと信じていた。その器量に至っては、愛想のいい人物だと云うことですら殆ど認めていなかった。それが今や熱の籠った、私欲を離れた愛情からほかならぬファニーに結婚を申し込んでいるのである。見たところ当人の気持も今では立派な、率直なものになっているらしく、その幸福観もすべて愛情のある結婚の上に据えられていた。そのミスター・クロフォードが自ら認めるファニーの長所を頻りに述べ立て、自分の愛情を繰返し説明し、可能な限りの言葉と有能な男の言葉遣い、口調、意気込みのすべてを動員して、自分はファニーの優しい、善良な心を求めているのだと云うことを証明しようとしていた。そして申分のないことに、今やミスター・クロフォードはウィリアムに昇進をもたらした人であった。

確かに変った！　ウィリアムのことやそのほかのことを考えても、確かにこちらの考えを変えざるを得ないものを持っている。サザートンの庭園やマンスフィールド・パークの舞台の上でなら、ファニーも節度を重んずる高潔な気持から相手を腹立しく軽蔑したことであろうが、今自分に近附きつつあるミスター・クロフォードは確かに異った応対を要求するだけのものを持っていた。ファニーとしても礼儀に適った、理解のある態度をとらない訳には行かなかった。自分が礼遇されていると云う気持を抱かない訳には行かなかったし、自分のことを考えるにせよ兄のことを考えるにせよ、強い感謝の念を禁じ得なかった。結果として、ファニーの態度はあまりにも相手に対する同情と心の動揺の混ったものとなり、拒絶の合間に口から出る言葉も感謝と思い遣りの色合いを帯びたものとなるため、クロフォードのような見栄と願望の強い男にとっては、ファニーの冷淡な態度が本心から出たものであるかどうか、少くともそれほど決意の強いものであるかどうかが疑わしいのも尤もなことであった。従ってクロフォードが会見の終りに際して、絶対に諦めたり、悲観したりしない、忍耐強い愛情を告白したとしても、ファニーの考えるほど理窟に合わないことでもなかったのである。

ミスター・クロフォードはファニーの出て行くのを不承不承黙って見送っていたが、別れる間際になっても、自分の言葉が偽りであることを示すような、口で云っているほど理不尽な人間ではないのだろうと云う望みを抱かせるような、絶望の表情は全然見せなかった。

ファニーは腹が立った。かくも自分勝手な、卑劣な固執に何やら憤りを覚えた。以前ファニーにあんなにも堪らない、厭な気持を起させた、他人に対する細やかな心遣いの欠如が再び顔を覗かせたのだ。再び、以前ファニーがあれほど非難したのと同じミスター・クロフォードの顔が現れたのだ。自分自身の満足に関わることだと何と明らさまに親切な思い遣りの情がすっぽりと欠けてしまうことか！　――そうして、悲しいかな、相も変らず、心の欠けた部分を節操で補うべきことが分らないのだ。もし自分の愛情が自由なものだったとしても――本来そうあるべきように自由なものだったとしても――自分の愛情がミスター・クロフォードに魅せられることなど決してあり得ないだろう。

ファニーは例の階上の何とも有難い、贅沢な火の前に坐って考え込み、来《こ》し方行く末をあれこれと案じては、大真面目な気持で真実そう思った。ファニーの昂奮した神経には、どんなことがあろうと絶対にミスター・クロフォードを愛することは出来ないと云う確信と、こうして火の前に坐ってそう考えることの出来る幸福感だけがはっきりしていて、あとは一切が曖昧であった。

サー・トーマスは二人のあいだにいかなるやりとりが行われたかを知るのに翌朝まで待たざるを得なかった、と云うよりも自ら敢えて翌朝まで待つことにした。そうして翌朝になってからミスター・クロフォードに会って、その説明を聞いた。――最初は失望を禁じ得なかった。もっと良い結果を期待していたからである。クロフォードのような若者が一時間も懇願してファニーのような淑やかな娘の気持をそんなにも変えることが出来ないとはサー・トーマスの思いも寄らぬことであった。しかし恋する男の断乎たる決意と時間さえ掛ければ必ず大丈夫だと云う自信に満ちた言葉を聞くに及んで、たちどころに安心した。そうして本人のいかにも成功を信じて疑わない様子に、サー・トーマスも直ちに相手の言葉を信頼することが出来た。

ミスター・クロフォードの方は、鄭重な言葉遣い、敬意の籠った態度、親身な振舞と、計画の助けとなるものを何一つとして蔑ろにしなかった。サー・トーマスはミスター・クロフォードの冷静沈着な態度を立派だと云い、クロフォードはクロフォードで頻《しき》りにファニーを賞讃した。二人の縁組は依然として世にまたとない望ましいものであった。マンスフィールド・パークではクロフォード君《くん》はいつでも大歓迎である。訪問の頻度については、これからは君が自分自身で判断し、自分の気持と相談しさえすればよい。姪の家族や親戚の者には、この問題については唯一つの考え、唯一つの願いしかあり得ない筈だし、ファニーを愛する者なら誰だって唯一つの方向に向けて協力を惜しまない筈だ。

サー・トーマスはありとあらゆる励ましの言葉を口にし、ミスター・クロフォードはそれを感謝と喜びで以って受容れた。二人の紳士はこの上なく意気投合して別れた。

今や目的に向って事態はいかにも順調かつ有望であることに気をよくしたサー・トーマスは、これ以上姪にうるさく云ったり、面と向って干渉したりすることは一切控えようと決心した。ファニーのような性質の娘には優しくしてやることが一番効果的なやり方かも知れないと思われた。懇願は唯一つの方向からだけ為されるべきであった。身内の者は差控えて口出しをせずとも、その願いがどの点に掛っているかはファニーも間違いなく承知していることであってみれば、これこそ事を推進める最も確実な手立てであるかも知れなかった。そこで、以上のような考えからサー・トーマスはファニーに話し掛ける最初の機会を捉えると、相手の気持を威圧するつもりもあって、穏やかながら重重しい口調で云った。「ところで、ファニー、わしは今朝再びクロフォード君に会って、君達のあいだがどうなっているのかはっきり聞かせてもらった。クロフォード君は実に非凡な若者だ。成行きはどうあれ、君としてもほかならぬ君ゆえにその非凡な若者が啻《ただ》ならぬ愛情を抱くに至ったことは感じているに違いない。尤も君は若いために、愛と云うものが一般にいかに束の間の、変り易い、頼りない性質のものであるかを知らないから、すぐに落胆したりしない、この種の忍耐強い愛情がどんなに素晴しいものであるかがわしほどには分っていないのだ。クロフォード君にとって、これはまったく感情の問題なのだ。このことに何らの利得も求めてはいないし、多分何一つ求めることも出来ない訳だ。にもかかわらず、選択の相手が良かったから、その意志の固さが尊敬に値するものになるのだ。もしクロフォード君の選んだ相手がこれほどまでに非の打ちどころのないものでなかったなら、わしとてもこのような固執の仕方はどうかと思ったことだろう。」

「本当に、伯父様」とファニーは云った。「私、大変にお気の毒なことだと思います。ミスター・クロフォードがそんな風にこのまま――それが私に対する大変な敬意であることは私も承知しておりますし、私なんかには勿体ない名誉なことだと云うことも感じております。しかしそのことにお報い出来ない私の気持はどうすることも出来ませんし、そのことはあの方にもはっきりと――」

「いやいや」とサー・トーマスは遮《さえぎ》った。「何もそんなことを云う必要はない。君の気持はわしにもよく分っているし、わしの願いや残念な気持も君は充分に承知している筈だ。これ以上云ったりしたりすることは何もない。これからはわし達のあいだでこの問題を蒸返すことは止そうと思う。君はこれからは何一つ恐れたり心配したりする必要はないんだ。わしのことを本人が嫌がるのに無理矢理結婚させるようなことの出来る男だなどとは想わんでくれよ。わしは君の幸福と利益のことだけを考えているんだから。ただクロフォード君が君を説得しようと努力することだけは我慢してもらいたいと思う。クロフォード君は二人の幸福と利益が両立しないことはないだろうと云いたいのだ。クロフォード君は自分の責任において事を進めるのだし、駄目なら傷を受けるのはクロフォード君の方なのだから、君は安全な立場に立っている訳だ。わしはクロフォード君に訪ねて来ればいつでも君に会えると請合《うけあ》っておいた。君にしたって、もしこんなことが起らなければ、クロフォード君とはずっと顔を合せていた筈だしね。不愉快な思い出は出来る限り一切忘れ去ることにして、わし達と一緒に、これまでどおりのやり方で会っていればいいんだ。どうせクロフォード君は近いうちにノーサムプトンシアを離れるのだし、この僅かな犠牲だってそうしばしば要求されはしないさ。まあ先ざきのことは何とも断定は出来ないだろうがね。何れにしてもこの問題はわし達のあいだではこれっきりと云うことにしておこう。」

ファニーの心を大いに満足させたのは、何れミスター・クロフォードは立去る筈だと云うことだけであった。しかしながら、伯父の親切な物云いと寛容な態度はファニーにもはっきりと感じられた。それにどれだけの真実が伯父には分っていないかを思えば、伯父のとった方針を訝《いぶか》る謂れもないと思われた。何しろ娘をミスター・ラッシワースに嫁がせた伯父である。ロマンティックな、細やかな感情の働きなど確かに期待すべくもなかった。ファニーとしては義務を果し、時がその義務を今以上に楽なものにしてくれることを信じるより仕方がなかった。

ファニーは、まだほんの十八歳であったが、ミスター・クロフォードの愛情がいつまでも続くものだとは想えなかった。自分からいつまで経っても受けるであろう絶えざる失望が何れは事を終らせるであろうと想わない訳には行かなかった。しかしファニーが自分は一体どのぐらいのあいだミスター・クロフォードの愛情に支配されるのだろうと想像していたかは、別の問題である。年若い女性が自分の美点に対して下している評価を詮索するのはあまり褒められたことではないであろう。

もうこれ以上何も云わないつもりでいたにもかかわらず、サー・トーマスはもう一度姪とそのことを話題にしなければならなくなった。話が伯母達に伝わった場合の心の準備を姪に短時間のうちにさせなければならなかったからである。サー・トーマスとしてはなおも出来ることならそのような措置は講じたくなかったが、ミスター・クロフォードの気持が秘密裡に事を進めることには真向から反対だったため、已むを得なかった。ミスター・クロフォードには事態を隠そうと云う考えは全然なかった。牧師館では一切が知れ渡っていたし、クロフォード自身進んで姉妹と将来のことを話したがった。事情を知っている人達に自分が成功への道を歩みつつあるところをしかと見ていてもらうのはむしろ嬉しいことであった。サー・トーマスはこのことを知るや、妻と義姉にも早速事情を知らせぬ訳には行かぬことを感じた。しかしファニーのためとは云え、ノリス夫人に知らせたあとのことを思うと殆どファニー同様に不安な気持を抱かずにはいられなかった。夫人の悪気のない、しかし誤てる熱意にはどうも賛成出来なかった。実際、サー・トーマスはこの頃ではどうやらノリス夫人をあの悪気からする訳ではないにもかかわらず、決って間違った、不愉快なことをする人間の一人に数えていた。

それでもノリス夫人はサー・トーマスを安心させてくれた。姪に対してはじっと我慢して絶対に何も云わないようにと云う云い附けを、夫人は約束したばかりか、守りさえしたからである。夫人は込上げる恨みを表情に表しただけであった。夫人は腹立しい、苦苦しい思いで一杯であったが、ファニーが申込を断ったことよりも、そのような申込のなされたことにより腹を立てていた。それこそジュリアを傷つけ、侮辱することであった。ジュリアこそ当然ミスター・クロフォードのお眼鏡に叶うべき筈であった。一応そのことを別にしても、夫人はファニーが自分を無視したことが気に入らなかった。自分が絶えず圧えつけようとして来た娘がこのような玉の輿に乗ろうとしていることが何よりも癪に障ってならなかった。

今回サー・トーマスは些か買被りと思われるぐらい夫人の分別を信用した。ファニーとしても、夫人の不快な表情を見るだけで、その不快な声の方は耳にしなくても許されることから、出来ることなら夫人を祝福したいような気持であった。

バートラム令夫人の受取り方は別であった。夫人は生れてこのかた佳人、それも決して薄命ならざる佳人であった。そのせいか夫人の尊敬心を掻立てるものと云えば美と富だけであった。そこで、ファニーが財産家から結婚を求められていることを知った夫人は俄然ファニーを高く買う気になった。以前はそんなことなど一向に信じていなかったにもかかわらず、ファニーは大変に綺麗な娘なのだと確信し、しかも非常に有利な結婚をしようとしているのだと納得するや、ファニーを自分の姪と呼ぶことが何やら名誉なことであるような気がして来た。

「ねえ、ファニー」と令夫人は、ファニーと二人きりになるや、直ちに云った――実際令夫人はファニーと二人だけになりたくて居ても立ってもいられない気持だったし、話をするときの表情にもいつになく活気が溢れていた――「ねえ、ファニー、私、今朝は本当に驚いてよ。私、どうしても一言喋らずにはいられないわ。サー・トーマスにも一言だけって云ってあるの、それであとは黙っているからって。本当におめでとう、ファニー。」——それからいかにも満足そうに姪を眺めながら附加えた。「ふん——確かに私達は器量よしの家系なんだわね。」

ファニーは真赧になって、最初は何と答えたものやら判らなかったが、やがて令夫人の弱味に矛先を向けようと思い、答えた——

「伯母様は私がこれまでの態度を取消すことなど決してお望みにはならないと思いますけれど。私の結婚を願ったりはなさいませんわね。だって私がいなくなったら伯母様が不便になりますもの、そうではございません？　——本当にそうですわ、それこそ伯母様はひどく不便な思いをなさいましてよ。」

「いいえ、ファニー、これほどの申込があなたの前になされたのですもの、あなたがいなくなったからと云って私は不便な思いなんかしませんことよ。あなたがミスター・クロフォードのような申分のない地位と財産のある方と結婚するのなら、私はあなたなしでも充分にやって行けますとも。それにはっきり云っておきますけどね、ファニー、これほどの願ってもない申込をお受けしなかったりしたら、それこそ若い女性の道義に反することですよ。」

これはファニーがこの八年半のあいだに伯母から受けたほぼ唯一の指図であり、忠告であった。——ファニーは沈黙するより仕方がなかった。云い合っても無駄なことは判っていた。伯母の気持がこちらの考えていることと反対なら、伯母の理解力に訴えることには何の期待も持てなかった。バートラム令夫人はひどく饒舌であった。

「いいこと、ファニー」と令夫人は云った——「あの人があなたに恋をしたのはきっと例の舞踏会のときよ。それはもう絶対にあの晩に間違いないわ。あなたは目立って綺麗だったもの。みんながそう云っていたわ。サー・トーマスだってそう云っていたのよ。あれはチャップマンに着附けを手伝ってもらったんだったわね。私、本当にチャップマンをあなたの所へ行かせてよかったわ。サー・トーマスにもあの晩に間違いないと申し上げなくては。」——令夫人はなおも愉快な思いを辿っていたが、やがて附加えた——「それで、いいこと、ファニー——私、あなたにはマライアに上げたのよりももっといいものを上げるわ——今度この狆《ちん》に一腹《ひとはら》出来たら、*一匹は必ずあなたのものよ。」

* 狆の性別について、巻末の「訳者あとがき」を参照のこと。

第三章

エドマンドは帰って来るなり聞かされることが山ほどあった。幾つもの驚くべきことがエドマンドの帰りを待受けていた。最初の驚きからして少からず興味をそそるものであった——村に馬を乗入れるや、クロフォード兄妹の一緒に歩いている姿が眼の前に現れたからである。——エドマンドとしては、二人は既に遠く離れた所へ行ってしまっているものと思っていた。ミス・クロフォードを避けるためにわざわざ二週間以上も滞在を延ばしたのである。これからは過去の憂鬱な思い出と甘い追憶をこそ精神の糧として生きて行こう、そう云う気持でマンスフィールドへ戻って来たところへ、ほかならぬミス・クロフォードの麗しい姿が兄の腕に寄添いながら眼の前に現れたのである。次の瞬間エドマンドは、つい今しがたまで七十マイルも彼方に、否《いな》、気持の上ではいかなる数字もその距離を表すことなど不可能な遠い所に行っているものとばかり思っていた当の女性から、明らかに親しみの籠った歓迎の言葉を受けていた。

ミス・クロフォードの迎え方は、仮にエドマンドが会うことを予期していたところで、到底そこまでは望み得なかったろうほどに愛想のいいものであった。あのような目的のために出掛けて行き、それを果して帰って来たのである、嬉しそうな表情や素直な、愛想のいい言葉など思いも寄らぬものであった。ミス・クロフォードの歓迎ぶりは、エドマンドの心を幸福感で満たし、このあとに控えている第二第三の喜ばしい驚きをとくと味わうのにこの上なく相応しい心持で帰宅させるに充分であった。

ウィリアムの昇進が直ちに一切の事細かな経緯とともに知らされた。自身、胸中密かに、喜びを助長すべく満ち足りた気持になっていたエドマンドにとって、そのことは夕食のあいだぢゅうこの上なく愉快な感情と変ることのない上機嫌の源泉であった。

食後、息子と二人だけになると、サー・トーマスはファニーのことを包まず話して聞かせた。それでこの二週間にマンスフィールドに起った一切の出来事と目下の情勢とがエドマンドの知るところとなった。

ファニーは何が行われているか薄うす勘づいていた。二人がいつになく長時間食堂に腰を下しているところを見ると、自分のことを話しているに違いなかった。お茶の用意が出来てやっと二人は食堂から出て来た。ファニーは、再びエドマンドと顔を合せなければならなくなって、自分が何やらひどく疚《やま》しいところのある人間のような気がした。エドマンドはファニーの方へ近附き、傍に腰を下すと、相手の手を取って優しく握り締めた。瞬間ファニーは、もし今茶器を手にしたり皆にお茶を廻したりする仕事がなかったら、自分は取返しがつかないほどに感情を表に出してしまうに違いない、と思った。

しかしながらエドマンドは、そのような振舞によって、ファニーがそこに望んだような無条件の同意と激励を与えようと意図していた訳ではなかった。それはただ、ファニーに関わりのあることはすべて自分にも無関係ではないことを表明し、話を聞いて何とも愛しい思いが込上げて来たことを告げるために過ぎなかった。事実、エドマンドはこの問題に関しては完全に父の身方であった。ただ、ファニーがクロフォードの申込を断ったからと云って、父親ほどには驚かなかった。エドマンドは、ファニーはクロフォードに好意を持っているどころかむしろ逆だといつも信じていたし、ファニーは完全に不意を打たれたのだと想像することが出来たからである。しかしエドマンドは父親以上にこの縁組を望ましいものと見做していた。エドマンドの見るところ、こんな好ましい縁組はまたとなかった。エドマンドは、ファニーが目下の自分の気持に従って採った行動を、サー・トーマスとして些か頷きかねるほどの、かなり強い語調で褒め称える一方、しかし何れはめでたく結ばれるであろう、もし互いの愛情によってそうなるなら、二人は必ずや互いを幸福にし得る似合いの性質を持合せているように思われる、自分は今や本気でそう考え始めている、と熱心に希望を述べ、大層楽観的であった。クロフォードはあまりにも唐突すぎたのだ。ファニーが自ら愛情を抱くだけの時間的余裕を与えなかったのが不可《いけ》ないのだ。クロフォードは出だしを間違えたのだ。しかしクロフォードの力量とファニーの気質を以ってするなら、最終的には何もかも上手く行くと信じている。――しかしこの間にファニーが見せた当惑のさまは、エドマンドをして、いかなる言葉、表情、身振りによっても二度とこんな風に当惑させたりしてはならないと慎重に用心させるに充分であった。

翌日クロフォードが訪ねて来た。サー・トーマスはエドマンドが帰って来たおかげで、それこそ心おきなくクロフォードに食事をして行くよう勧められる気がした。実際それは挨拶上からもそうせねばならぬことであった。勿論クロフォードは勧めに従った。エドマンドにとっては、クロフォードがファニーとどんな具合にやるか、ファニーの態度からどの程度の確かな可能性がクロフォードのために引出せるか、充分に観察する機会が得られた訳である。ところが結果はどうかと云うと、あまりの可能性のなさに、あまりの絶望的な事態に（あらゆる見込み、あらゆる可能性はひとえにファニーの当惑に掛っている訳だが、もしその困惑に望みがないとなれば、すべては絶望的だと云ってよかった）、友の忍耐が殆ど訝《いぶか》しく思われるほどであった。――なるほど、ファニーはそれだけの値打のある女性であることは確かだ。エドマンド自身、ファニーはあらゆる忍耐強い努力、あらゆる心労が捧げられて然るべき女性だと思っている。しかしもし今自身の眼がファニーの眼に認めている程度にしか自分の心を温かく励ましてくれるものが得られないとなれば、いかなる女性が相手であろうと、とても自分にはこんな風に辛抱しつづけることなど出来るものではないと思われた。エドマンドは、クロフォードにはもっとはっきりと見えるものがあるのだろう、と望みを掛けた。そしてこれが食前、食中、食後を通じて観察したところから友のために到達することの出来た最も気の安まる結論であった。

宵に入って、エドマンドの眼により有望と見える事態が二、三生じた。クロフォードと一緒に客間に入って行くと、母とファニーはほかには何ら気に懸ることなどないと云った様子で、熱心に、黙って針仕事に掛っていた。エドマンドは二人の心底平静な様子に一言触れずにはいられなかった。

「ずうっと黙っていた訳ではないのよ」とバートラム令夫人が云った。「ファニーに本を読んでもらっていたの。あなた達の跫音が聞えたので中断したところなの。」――なるほど卓子の上にはたった今閉じたばかりと思われるシェイクスピアの一巻が載っていた。――「ファニーはよくいろんな本を読んでくれるのよ。ちょうど今も或る人の素晴しい台詞を読んでもらっていたところなの――何て云う人でしたっけね、ファニー？――そこへあなた達の跫音が聞えたの。」

クロフォードはその本を手に取って、云った。「私がその台詞の残りを最後までお聞かせ致しましょう、奥様。どの台詞かすぐに判ります。」そうして注意を専ら頁の反り具合に向けることで、その箇所を探し当てた。仮に一、二頁ずれていたところで充分にバートラム令夫人を満足させるに足る箇所であった。令夫人はクロフォードがウルジー枢機卿の名を口にするやすぐにその男の台詞に間違いないことを請合ったからである。――この間ファニーは顔も上げなければ、手助けしようともしなかった。令夫人の言葉に対しても、そうだともそうでないとも一言も発しなかった。ひたすら注意を自分の仕事の方へ向けていた。どうやら他のいかなる事にも絶対に興味を起させられたりはしないと固く決心している様子であった。しかしそうは云っても、いかんせん持前の趣味には抗し切れなかった。五分と気持を逸らしていることは出来なかった。どうしても耳の方がひとりでに聞止めてしまうのである。クロフォードの朗読は実に見事なものであった。ファニーはと云うと、上手な朗読を極端に喜ぶ方であった。しかしファニーは上手な朗読には長いあいだ慣れていた。伯父も、従姉達も、エドマンドも、たいへん上手に朗読したからである。しかしミスター・クロフォードの読み方には、それ以上の、ファニーが未だ曾て耳にしたことのないような様ざまな素晴しい点があった。王、王妃、バッキンガム公、ウルジー卿、クロムウェル*と、全員が替るがわる登場するのであるが、巧みな調子と、飛ばしたり見当をつけたりする秀でた手腕のために、最上の場面、各人物の最も魅力的な台詞が常に意のままなのである。そうしてそれが威厳や誇りに満ちた台詞であろうと、優しさや悔恨に満ちた台詞であろうと、或はその他のいかなる感情の籠ったものであろうと、その読み方たるやどれを取ってもそれは見事なものであった。――実に劇的であった。――芝居がいかに面白いものであるかをファニーに初めて教えたのはクロフォードの演技であったが、このたびの朗読はその演技を再び彷彿とさせるものであった。否、どうやらあのとき以上の喜びをファニーは味わっているようであった。それと云うのも、このたびはまったくの予期せざることであったせいか、クロフォードが舞台の上でミス・バートラムと一緒のところを見るとよく覚えたような戸惑いを何ら覚えずに済んだからである。

エドマンドはファニーの注意力が少しづつ別の方向へ向けられて行くさまを興味深く、喜ばしい気持で見守っていた。最初ファニーの心をすっかり捉えているかに思われた針仕事の動作が次第に緩慢になって来た。やがて縫物が手から辷《すべ》り落ちても、ファニーはそれを見詰めたままで身動き一つしなかった。そして遂に、その日一日中力めてクロフォードを避けているように思われたファニーの眼がクロフォードに向けられた。一旦その上に視線が留ると、ファニーの注視は二分三分と続き、到頭クロフォードの方でそのことに気が附き、ファニーの眼を凝っと視返すまで続いた。本が閉じられ、瞬間ファニーは我に還った。それから再び自分の中に引籠ると、顔を真赧にして今まで以上に熱心に針仕事を続けた。しかしエドマンドが友のために意を強くするにはこれだけで充分であった。エドマンドは友に心から礼を云いながら、自分がファニーの密かな気持をも代弁しつつあることを希った。

「その戯曲は君のお気に入りなのに違いない」とエドマンドは云った。「読むのを聞いていると非常に精通している感じだ。」

「これがたった今から僕の愛読書になることは間違いない」とクロフォードは応えた。「しかし僕は十五歳以降はシェイクスピアを手にしたことはないような気がするな。――『ヘンリー八世』は一度舞台で観たことがある。――いや、芝居を観たと云う人から話を聞いたのだったかな――どっちだったか、ちょっとはっきりしない。しかしシェイクスピアはどこでどうして知ったかなんて憶えていなくてもいつの間にか知っているもんだよ。それはもうイギリス人の体質の一部だもの。物の考え方だろうと美しい台詞だろうと遍《あまね》く行渡っているから、どこへ行

って も我我はそれに触れるし、本能的に親しみを覚えるんだ。——人並の頭の持主なら、シェイクスピア戯曲の素晴しい一節を聞きさえすれば、直ちにその意味の流れに入って行けるんだよ。」

「確かに、我我は幼い頃からある程度はシェイクスピアに親しんでいる」とエドマンドが云った。「有名な節や句は誰もが引用するし、我我の開く書物の大半にはそれらの引用が見られるもの。我我だってみんながシェイクスピアを語り、彼の譬喩《ひゆ》を用い、彼の言葉遣いで以って物事を描写したりするしね。でもこのことと君のようにシェイクスピア本来の感じが出せることとはまったく別だよ。シェイクスピアを部分的、断片的に知っていると云うのは普通のことだし、かなり詳しく知っているとしても、多分、そう珍しいことではない。しかしシェイクスピアを巧みに朗読するとなると、凡庸な才能では不可能なことだ。」

「これはこれは、お褒めに与《あずか》りまして、どうも」とクロフォードは、ちょっとおどけた仕草で重重しく一礼しながら答えた。

二人の紳士は一致せる賞讃の言葉がファニーの口からも引出せるかどうか、その方を一瞥したが、ともに不可能なことを感じた。ファニーの賞讃はその注視のうちに与えられたのであった。二人はそのことで満足するより仕方がなかった。

バートラム令夫人が感嘆の意を表した、それも大層力強い口調で。「まるで本当にお芝居を観ているような感じでしたわ」と夫人は云った。——「サー・トーマスもこの場に居合せたらよろしかったのに。」

クロフォードの喜びようは大変なものであった。——大して芝居のことなんか解らず、いつも懶そうにしているバートラム令夫人にしてこれだけのことが感じられたとすると、実際物分りのよさと云い敏感な感受性と云い令夫人など較べものにならない姪が何を感じたか、惟《おも》ってみても心強いことであった。

「クロフォードさんはお芝居の素晴しい才能がおありなのね」と令夫人はすぐに附加えた——「何れノーフォクの御屋敷には舞台をしつらえることになるんでしょうね。あなたがそちらに落着いたらと云う意味ですけれど、私、本当にそう思っていますのよ。私、あなたはきっとノーフォクの御屋敷に舞台を備え附けるだろうと思うわ。」

「そうお思いになりますか、奥様?」とクロフォードは機敏に反応した。「とんでもない、そんなことは決してありません。奥様は完全に誤解しておいでです。エヴァリンガムに舞台だなんて! いやはや、とんでもない!」——それからクロフォードは何やら意味深長な頰笑みを浮べてファニーを眺めた。この頰笑みが「こちらの女性が決してエヴァリンガムに舞台をしつらえることなどお許しにはならないでしょう」と語っていることは明らかであった。

エドマンドにはそのことがよく判った。そしてファニーが断乎として知らぬ振りをしていることから、却ってクロフォードの声がその言明の裏に含まれる意味合いを十二分に伝えていることを諒解した。こんな風に相手の愛想を逸早《いちはや》く察知し、云わんとするところがすぐさま解ると云うのはむしろ有望な証拠だ、とエドマンドは思った。

朗読の話題はなおも暫く議論された。話をするのは専ら二人の若者であったが、二人が煖炉の傍に立って話していることは、今日普通に行われている男子の教育のやり方を見ていると、あまりにも一般に朗読の大事なことが無視されているし、朗読にはまったくと云っていいほど注意が払われていない、と云うことであった。その結果、当然、大の大人になっても朗読については何も知らないし、不様な恰好しか見せられない訳だが、ときには無残としか云えないような場合もある。それも教養もあれば物も分った大人ですらそうなのだ。そう云う人達が急に朗読せざるを得ない破目になったのを何度か目撃したことがあるけれど、みなまごついてばかりいて、とんだ大失敗であった。それも、声の出し具合が駄目だったり、適切な抑揚や強勢ができなかったり、見通しと判断を誤ったり、と云うような副次的な理由でなのだ。どれも幼い頃から朗読と云うものに注意も向けなければ慣れてもいないと云う、第一の原因に基づくものばかりだ。――ファニーはまたもや大層興味深く耳を傾けていた。

「僕の職業分野でさえ」――とエドマンドが頰笑みながら云った――「朗読の技術は殆ど研究されて来なかった！　明快な話ぶりとか、上手な話し方とか云うようなことに注意の向けられたことはまず殆どなかったと云っていい。尤も僕は現在のことよりも過去のことを云っているんだけどね。――この頃では、それでも、改良しなければと云う気持は大分弘まって来ている。しかし二十年、三十年、四十年前に聖職に就いた人達の大部分は、その説教ぶりから判断して、読むことは読むことで、説教することはまた別だ、と考えていたに違いない。今は違う。今はみなもっと正しくそのことを考えている。最も確かな真実を相手に受納れさせるためには明快な、力強い話ぶりが重要なことはみんなが感じている。それに、観察眼でも鑑賞力でも批判的な知識でも、以前よりは遥かに広く一般に行渡っているし、どこの集会に行っても、多少ともそのことを承知していて、判断を下したり批判したり出来る信者の数はずっと多くなっている。」

エドマンドは聖職叙任後既に一度礼拝式を経験していた。クロフォードはそのことを知ると、そのときの気持や出来映えについていろいろと質問して来た。質問は好意的な関心の見られる、機転の利いた、活潑なものであったが、そこにはファニーが快く思わないに決っている冷かしの感じや軽軽しい様子は全然なかったので、エドマンドも心底喜んで相手の意を満足させることが出来た。クロフォードは更に進んで、礼拝式で幾つかの特定の章句を口にする際の最も適切な作法について、自分も以前そのことを考えたことがあり、それもかなり深く考えたことがあると云い添えながら、意見を求めたり自分の意見を述べたりしたので、エドマンドの喜びはますます募った。これこそファニーの心に通じる道となるであろう。慇懃《いんぎん》な言葉遣いや機智や善良な性質が為し得るものだけではファニーの心を得ることは出来ない。少くともそれらだけでは、それらに物事に対する情趣、細やかな感情、真面目なことを真面目に考える態度が加わるのでなければ、そう簡単にファニーの心は得られないであろう。

「我我の祈禱書には」とクロフォードが云った、「素晴しい点がいろいろとあるから、そう云う箇所だと不注意な、だらしのない読み方をしたからと云って特別にどうと云うこともないけれど、そうかと云ってやはり冗漫なところや繰返しもない訳ではないし、そう云うところになると、そう云う感じを抱かせないためにも上手な読み方がどうしても必要だね。少くとも僕自身などは、正直の話、必ずしもそう注意深く聴いている方ではないので（ここでファニーの方をちらりと見やって）、二十回のうち十九回までは、こう云う祈禱文はどう読まれるべきかと考えたり、自分が代って読んでやれたらと思ったりしている。――何か云いましたか？」と、ここでクロフォードは熱心な足取りでファニーの方へ近附くと、優しい口調で話し掛けたが、相手の「いいえ」と云う返辞に、附加えて云った。「本当に何も云いませんでしたか？　僕にはあなたの唇の動くのが見えましたけれど。僕はまた、祈禱文の朗読にはもっと注意深く耳を傾けなくては不可ない、気を逸らしていたりしては不可ない、とあなたが云おうとしているのかと想いました。僕にそう云おうとしたのではありませんか？」

「いいえ、決して、御自分の義務についてはよく御承知でいらっしゃいますもの、私なんかが――たとい――」

ファニーはそう云い掛けたものの、その先何を云っていいか判らなくなり口を噤んだ。クロフォードは何か云ってもらいたそうな口調で話し掛けながら二、三分のあいだ待っていたが、到頭それ以上一言もファニーに口を利かせることは出来なかった。それで仕方なくもとの位置に戻ると、そのような優しい心遣いを要する中断など何もなかったかのように話を続けた。

「上手な説教となると、祈禱書の上手な朗読よりも更に稀だね。内容の立派な説教文が決して珍しくないところを見ると、立派な説教文を作ることよりも上手に話すことの方が難しいんだな。つまり説教文作成の規則や技巧の方がよりしばしば研究の対象になっていると云うことなんだ。中分のない内容の説教が中分のない話し方で話されるなら、こんな喜ばしいことはない。

僕はそんな説教を聴いたりすると、決ってこの上ない賞讃と尊敬の念を抱くし、それこそ本気で自分も聖職に就いて実際に説教してみたいと云う気持になるもの。説教壇の雄弁には、それが本物の雄弁であるときには、何かがあるし、その何かは最高級の賞讃と名誉に値するものだ。限られた、それも長年にわたって凡庸な人達の手で云わばぼろぼろに擦切れた題目を論じて、あのような雑多な聴衆に感動と影響が与えられ、しかも聴手の好みに逆らったり感情を疲労させたりせずに、新鮮な、印象に富んだことを、人びとの注意を新たに呼覚《よびさま》すようなことを何なりと話せるような説教師は（その公的な資格において）いくら尊敬しても尊敬し足りることはあり得ない。僕ならそう云う風になりたいものだな。」

エドマンドは笑った。

「いや、本当にそうなりたいものだと思う。僕は優れた説教師の話を聴くたびに決って羨《うらやま》しい気持にならずにはいられなかった。でも、僕の場合はロンドンの聴衆でないと嫌だな。教育のある人達、つまり僕の説教の良さが正しく評価出来る人達が相手でなくては、僕には説教は出来ないだろう。それに、僕はしょっちゅう説教するのは好きじゃない。たまに、そう、春なら春に一度か二度ぐらい、それもまるまる六週間のあいだ熱心に待望まれたあとにね。しょっちゅうは出来ない。しょっちゅうやったのでは却って効果も上らないだろう。」

どうしても聞耳を立てずにはいられなかったファニーはここで思わず首を振った。これを見るなりクロフォードは再びファニーに近附き、首を振った訳を教えてくれるよう熱心に懇願した。エドマンドは、クロフォードが椅子を引寄せ、ファニーのすぐ傍に腰を下したことで、友がじっくりと腰を据えて攻撃を開始するつもりであり、その表情や低声《こごえ》の物云いが充分に効果を試される破目になったことを認めると、出来るだけ物音を立てないように部屋の隅の方へ引退り、背を向けた。そうして、ファニーが是非ともこの熱烈な恋人にも得心の行くように頭を振った理由を説明してくれることを心から希《ねが》いながら、新聞を取上げると、「南ウェイルズ最高の地所」だとか「御両親並びに保護者の方がたへ」だとか「調教済みの優秀猟馬」だとかいろいろな広告文に眼を走らせながら自分も呟き声を発することで、二人のやりとりから生ずる一切の物音を聞かないようにしようと熱心に力めた。

この間ファニーは、黙ったまま身動きせずにはいられなかった自分に腹を立て、エドマンドの所作に心底淋しい思いを味わいながらも、持前の控目な、優しい性質からありったけの力を振絞って、ミスター・クロフォードを退け、その視線と懇願を避けようとしていた。しかしちょっとやそっとで引退らないクロフォードは執拗に喰下った。

「どう云う訳で頭を振られたのです？」とクロフォードは云った。「頭を振ることで何を云おうとなされたのです？　もしかしたら非難のつもりで――でも何の？　――あなたのお気に召さないことを何か云いましたか？　――僕が何か間違ったことを云ったとお考えですか――軽はずみな、話題に相応しからぬことでも？　――もしそうなら仰有《おつしや》って下さい。もし僕が誤ったことを云ったのならそう仰有って下さい。僕は訂正するのに吝《やぶさ》かではありません。ねえ、どうか、お願いですから、ほんのちょっとその仕事の手を休めて。どう云う訳で頭を振られたのです？」

ファニーは「お願いです、どうか、そのようなことは――どうか」を二度繰返したが無駄であった。相手から離れようと云う試みも無駄であった。クロフォードは相変らず低い熱心な声で、依然として傍の椅子から立上る様子もなく、執拗に同じ質問を繰返した。ファニーは次第に心が動揺し、不愉快になった。

「でもどうしてあなたは？　私、ひどく驚いていますの。――不思議ですわ、どうしてあなたは――」

「ひどく驚いているですって？」とクロフォードが云った。「不思議ですって？　僕が今こうして哀願していることに何かあなたに不可解なことでもあるんですか？　僕がなぜこんな風に頻りにあなたを促すか、あなたの様子や仕種に興味が惹かれ、好奇心が掻立てられるか、それでは直ちに説明しましょう。あなたをいつまでも不思議がらせておくつもりはありません。」

これにはファニーも思わず軽い頬笑みを浮べずにはいられなかったが、何も云わなかった。

「あなたは、僕がいつでも、しょっちゅう牧師の職務に携わるのは嫌だと云ったら、首を振ったのです。そう、確かにそう云ったときです。しょっちゅうと云う言葉を遣ったからと云って、僕は別に気にはならないけどな。誰が相手でも僕はその言葉を読み書きするだろうと思いますよ。その言葉に驚かなくては不可ない謂《いわ》れは僕には解らないな。僕が間違っているとお思いですか？」

「多分」とファニーは到頭《とうとう》困り果てて口を開いた――「多分、私は、残念ながら、あなたはあのときほどには普段は必ずしも御自分のことが解っていらっしゃらないのだと思ったのだと思います。」

クロフォードは、とにかく相手に口を開かせたことが嬉しく、断乎話を跡切らせまいとした。可哀そうに、ファニーとしてはきつい言葉を口にすることで相手を黙らせるつもりであったのに、悲しい哉《かな》それが誤りであることに気が附いた。それはただ好奇心の対象を別の方向に向けさせ、これまでのと違った言葉を口にさせただけであった。クロフォードは依然として何かかんかと説明を懇願して止まなかった。クロフォードにしてみれば何しろ絶好の機会であった。これほどの機会はサー・トーマスの書斎で会って以来一度もなかったし、今後もマンスフィールドを離れるときまで二度とないであろう。バートラム令夫人が卓子のすぐ反対側に坐っていることは何でもなかった。夫人の場合いつでも半分は眠っているものと考えて差支えなかったから。それにエドマンドが相変らず声を出して広告を読んでいてくれることが何よりの好都合であった。

「でも」とクロフォードは、一連の矢継早の質問と気の進まない返辞のやりとりのあとで云った――「僕は以前よりも幸せだな。だってこれであなたが僕のことをどう見ているのかが今まで以上にはっきりと解った訳だから。あなたは僕のことを落着きがないと思っておいでだ――一時の気紛れで簡単に動かされ――簡単に誘惑に乗り――いとも簡単に横道へ逸れると。そう云う風に考えておいでなら、なるほど、あなたの態度にも頷けないことは――でもいいでしょう。――僕は抗弁したり、僕の愛情は変らないと言訳したりして、あなたの誤解を解こうとは思いません。僕の行動自体に弁じさせるつもりです――何《いず》れ長時間遠く離れていることが僕の愛情の一貫して不変なことを証《あか》すでしょう。――そのときこそ、誰かしかがあなたの愛情を受けるに値する限り、その誰かとはほかならぬ僕だと云うことが判る筈です。――優れていると云う点ではあなたは僕なんかより遥かに優れている。そのことは僕も充分に承知している。――これほどまでに優れた性質を人間が持ち得るなんて以前の僕は想ってもいなかった。あなたにはどことなく天使の趣がある、それも単に眼に見える天使を超えた趣と云うだけでなく――天使なんて人間の眼に見える訳はないですからね――我我が脳裡に想い描く天使をすら超えた趣が。だからと云って僕は怯《ひる》んだりはしません。あなたの愛情を贏《か》ち得るのはあなたと等しく優れた人間になることによってではないのだから。そんなことは論外だ。あなたの優れた性質を最もよく理解し、最も高く崇拝し、あなたを最も献身的に愛する者こそ、報いを受ける一番の資格がある筈だ。僕はそこのところを信じている。そう云う資格でなら僕は今だってこれからだって充分にあなたの愛を受けるに値する男です。ですから僕としては、僕の愛情が言葉どおりのものであることを確信する限り、あなたのことはよく承知していますから、これ以上はあり得ない、心からの希望が抱き得る筈です。――そうですとも、ああ、愛しいファニー――いや――（とファニーが気分を害して身を退《ひ》くのを見て）恕《ゆる》して下さい。多分まだこんな風に呼ぶ権利はないのかも知れない――でもほかのどんな名前であなたを呼ぶことが出来ると云うのです？　あなたは僕の想いにあってまだ何かほかの名前で呼ばれているとお想いなんですか？　とんでもない、僕が一日中考え、一晩中夢に見ているのはただもう『ファニー』のことだけです。――あなたは御自分の名前を本当に愛しいものにしてしまったのです。今となってはほかの名前で以ってあなたのことを想い描くなど到底不可能です。」

もしこのとき救援の物音が近附いて来なかったら、いつまで経っても気配の感ぜられないことを訝しく思いながら、今か今かと待望んでいた物音が聞えて来なかったら、ファニーはとてもそれ以上は居た堪れず、クロフォードが人眼につく反対をするだろうことは判っていたが、最低その場だけでも離れずにはいられぬところであった。

バドリーを先頭に、召使達の一行がそれぞれ茶盆や茶瓶や菓子皿を手に、勿体ぶった様子で現れた。おかげでファニーは身心ともに重苦しい束縛から解放された。ミスター・クロフォードは居場所を移さざるを得なかった。ファニーは自由になり、何かと忙しく、安全であった。

エドマンドは言葉を交せる仲間に再び加わることが許されて嬉しかった。しかし大分長時間二人が話し合っていたと思われる割には、エドマンドがファニーの紅潮した顔に見たのはむしろ腹立しげな様子であった。それでもエドマンドは、これほど多くのことが口にされ、耳にされたからには、話手の方に何らかの利益はあった筈だと思いたかった。

＊　何れもシェイクスピア作『ヘンリー八世』の登場人物。

第四章

エドマンドは、ファニーと二人だけで話をするにしても、クロフォードとの関係でファニーの置かれた立場を話題にするかしないかは専らファニーの方が決めるべきことであるし、ファニーが自ら云い出さない限り、こちらからは決して触れないつもりであった。そこで互いにそのことは口にしないようにしていたが、二、三日して、エドマンドは、考えを変えて持前のファニーに対する影響力を用いて友のために一肌脱ぐよう、父から説き勧められた。

実際クロフォード兄妹の出発はつい眼と鼻の先に迫っていた。それでサー・トーマスは、若者が自らの揺るぎない愛情の告白と誓いをぐらつかせないためにも、支えとなる希望を出来るだけ多く持って行けるよう、若者がマンスフィールドを去る前にもう一努力してやるのも悪くはないと考えたのである。

サー・トーマスはその点でミスター・クロフォードの性格が中分のないものであることを切に望んでいた。ミスター・クロフォードが志操堅固の模範であってくれることを心から願い、そのためには試す期間のあまり長すぎないことが一番だと想った。

エドマンドはファニーの気持が知りたかったこともあって、父の頼みを嫌がらずに承諾した。ファニーはいかなる苦境にあるときでも自分に相談したものだ。エドマンドはそれこそファニーを愛していたから、今こうして打明け話をしてくれないことが堪らなかった。エドマンドはファニーのために役立ちたかったし、役立たねばならぬと思った。ファニーは自分以外の誰に心を開かねばならぬと云うのか？　仮にファニーの側に相談する必要がないとしても、気楽に話し合える必要はなければならない。ファニーが自分によそよそしい態度をとり、遠慮して黙っているなどと云うのは不自然なことだ。こんな状態はこちらから何とかしなくては不可ない。

エドマンドはここまで考えると、あとは何の苦もなく、ファニーの方も自分にこの状態を何とかしてもらいたがっているのだ、と考えることが出来た。

このように考えた結果、「僕から話してみます。二人だけで話せる機会があり次第やってみます」とエドマンドは答えた。そうして、ファニーはちょうど今灌木の植込を一人散歩中だとサー・トーマスから知らされるや、早速ファニーの許へ駆けつけた。

「一緒に散歩しようと思ってね」とエドマンドは云った。「いいだろう？」と相手の腕を取りながら、「久しぶりだね、こうして一緒に気持よく散歩するのは。」

ファニーは言葉でよりもむしろ表情で同意を表した。気持は沈んでいた。

「ところで、ファニー」とエドマンドはやがて云い添えた。「本当に気持よく散歩するためには、ただ単にこうして一緒に砂利道を歩くだけでは何か物足りないな。君が何か話をしてくれなくては。君には何か考えごとがある筈だ。君が何を考えているのか、僕には判っている。僕が何にも知らないと想っては不可ないよ。僕はそのことについてほかのみんなからは聞かされているのに当のファニーからだけは聞けないのかい？」

ファニーは動揺と落胆の入混った気持で応えた。「既に皆さんからお聞きでしたら、私から申し上げるべきことは何もありませんわ。」

「事実についてはそうかも知れないが、でも何かと感じていることはあるだろう、ファニー。それは君にしか云えない筈だ。尤も、強制するつもりはないけどね。君がどうしても話したくないと云うのであれば、それは仕方がない。ただ僕としては話せば気が楽になるのではないかと思ったものだから。」

「お互いに考えていることが違い過ぎますもの、私が自分の感じていることを話したからと云って気が楽になるとも思えませんわ。」

「君は僕達が違った考え方をしていると想うのかい？　僕はそうは思わないけどな。多分、お互いの考えを照し合せてみれば、これまで同様殆ど異るところはないだろうと思うよ。要点を云うと、僕はクロフォードの申込はたいへん有利な、望ましいものだと考えている、君があの男の愛情に応えられればね。それから君がその愛情に応えられることを君の家族の者みんなが願うだろうこともこれまた至極当然なことだと思う。しかし君はそれが出来ないから、あの男の申込を断るべくして断った。この点で僕達のあいだに何か考えの不一致があり得るかい？」

「まあ、いいえ！　でも私はあなたは私のことを非難しているものとばかり思っていましたの、私のとった態度には反対なのだと。でもこれで気が楽になりましたわ。」

「こんなことで気が楽になるのなら、疾《と》うの昔に楽にしてやれたのに、君から云い出しさえすれば。でもどうして君は僕が君の態度に反対だなどと想ったのだろう？　僕が愛情のない結婚に賛成するような男だとでも想ったのかい？　仮に僕がそのような問題に概して無頓着な男だとしたところで、ほかならぬ君の幸福が危機に瀕しているときに、どうして僕のことをそんな風に想えたのだろう？」

「伯父様は私のことを間違っているとお考えでしたし、私、伯父様があなたにお話なさっているのを知っていましたから。」

「これまで君がとって来た態度に関する限り、決して間違ってはいないと思うよ、ファニー。尤も僕としては何となく残念だし、驚いていると云ってもいい――いや、驚いているとは云えないな。だって君としては愛情を抱くだけの時間的余裕がなかったんだからね。しかし君の態度が間違っていたとは決して思わない。そこに何か疑問の余地があるかい？　もしあるとすれば、それこそ我我にとって屈辱的なことだ。君はクロフォードを愛していなかった――だから申込を受容れるべきいかなる正当な理由もあり得なかった。」

ファニーはこんなに心慰められたのは実に久しぶりのことであった。

「確かにこれまでは君の方が正しかったし、君に反対の態度をとってもらいたがっていた人達の方が間違っていた。しかし問題がここで終った訳ではない。クロフォードの愛情はそれこそ滅多に見られない特別なものだし、当人も実に辛抱強く、未だ曾てない愛情が君の胸に生じることを希っている。これは、多分、時間を掛けるしかないのだろう。でも（と愛情の籠った頰笑みを浮べて）、最終的にはクロフォードの希いを叶えてあげるんだね、ファニー、最終的にはそうしてあげなよ。君は既に君が正直で、私欲を離れた人間であることを証明したのだし、今度は感謝の念に満ちた、心優しい人間であることを証明する番だ。そのときこそ君は女性の申分のない鑑《かがみ》になるだろう。君には生れながらにしてその素質のあることを僕はずうっと信じて来た。」

「まあ！　断じて、断じて、断じて、あの方の希いが叶うことなんてありませんわ。」

ファニーの口調があまりにも烈しかったので、エドマンドはひどく驚いた。ファニーはエドマンドの表情と、「不可ないよ、ファニー、そんな物事を決めて掛るような云い方は！　君らしくもないじゃないか、思慮分別のある君らしくも」と云う返辞に、はっと我に還り、顔を赧らめた。

「つまり」とファニーは、云い過ぎを訂正しながら、哀れっぽい口調で云った、「将来が請合える限りでは、そんなことは断じてないと思う、と云うことですの――私、決してあの方の愛情に応えることはないと思います。」

「僕としては是非とももっといい結果を期待したいな。僕には判っている、君に愛されようと思う男は（当然その男の意図が君にも分っていての話だが）大変な苦労を背負わねばならないってことがね――このことをクロフォードは僕ほどには判っていないと思う。それというのも君の場合まだ幼い愛情とこれまで馴れ親しんで来た習慣とが未知の攻撃に対して戦闘準備をしているところだからなんだ。君の心は長年の成長のあいだに有象無象の様ざまな物事にしがみついて来たし、目下のところそれらから離れなければならないと云う考えのために幾分頑なにしがみついているところがある。君の心を自分の方に向けようと思う男はまずそこのところから解《ほぐ》して掛らなければならない訳だ。マンスフィールドから離れなければならないと云う不安のために君は暫くのあいだクロフォードに対して油断なく構えるに決っている。クロフォードは自分のしようとすることを君に話さないで済むならその方がよかったのだ。あの男も僕ぐらい君のことが解っていたならね、ファニー。もし僕が一緒に事に当っていたら、今頃は既に君を口説き落していたことだろうと思う。僕の理論的な知識とあの男の実際的な知識が一緒になれば決して失敗することはなかったろう。クロフォードは僕の計画どおりに動けばよかったのだ。しかし僕は、時間さえ経てばクロフォードがその揺るぎない愛情によって君に値する男であることも判る筈だし（僕はそうなることを固く信じている）、何れは報いられるであろうことを是非とも希っている。クロフォードを愛したいと云う気持、クロフォードに対する自然な感謝の念が君にないとは想えないもの。君にもその種の感情はある筈だ。自分の冷淡な気持を残念に思っている筈だ。」

「あの方と私には全然似たところがありませんし」とファニーは直接答えることを避けて云った、「性質も習慣もまるで違いますもの、仮に私があの方を好きになることが出来たとしたところで、二人が一緒になって幸福になることなど絶対に不可能だと思います。これほど似たところのない二人なんてまたとありません。一つとして共通の趣味もありませんし、惨めな思いをするだけです。」

「そんなことはないよ、ファニー。それほど似ていない訳でもない。かなり似たところがあるよ。趣味だって共通している。精神的な好みでも文学的な好みでもよく似ている。二人とも温かな心と優しい気持の持主だし、それに、いいかい、ファニー、この前の晩クロフォードがシェイクスピアを朗読するのを聞き、その朗読に耳を傾けている君の姿を見た人の一体誰が君達を互いに相応しからぬ相手だと考えるだろうか？　君は自分のことを忘れているよ。気質の点ではっきり違っていることは僕も認める。あの男は快活だし、君は生真面目な方だ。だけどそれは却っていいことだよ。あの男の気質が君の気質を支えてくれるもの。君には簡単に気力を落し、物事を実際以上に難しく考えるところがある。クロフォードの陽気な性質は君のそう云うところを補ってくれるだろう。あの男はどんなことだろうと難しくなんか考えないし、あの男の快活と陽気は絶えず君を励まし支えてくれる筈だ。いいかい、ファニー、君達がまるで似ていないと云うことはこれっぽっちも君達が一緒になって幸福にならない原因になんかなりはしないのだ。そんな考えは止めなくては不可ない。僕はそれこそ却って好ましい条件だと確信している。気質は同じでない方がいいと心から信じている。つまり、内に籠りがちな人には屈託のない人、大勢の人達と賑やかにすることの好きな人にはそう云うことをあまり好まない人、お喋りな人には無口な人、深刻になりがちな人には陽気な人、そう云う組合せこそ相応しいと思う。どちらかと云えば性格が反対な者同士の方が断じて夫婦生活はうまく行くと思う。無論、極端は不可ない。しかしいろんな点であまりにも似かよっていると却って極端に走り易いものだ。対立し合いながらも絶えずお互いに寛大であること、これこそ中庸を得た態度振舞を最もよく守ってくれるものだと思う。」

ファニーにはエドマンドの考えていることが手に取るように分った。ミス・クロフォードの魅力的な姿が再びエドマンドを支配しつつあった。エドマンドは帰宅して以来、機嫌よくミス・クロフォードのことを口にしていた。ミス・クロフォードを避ける風はもはや全然なかった。つい昨日も牧師館で食事をして来たばかりであった。

暫くエドマンドが幸福な思いを味わうに任せたあとで、ファニーはそうすることが自分の然るべき義務であるような気がして、再び話題をミスター・クロフォードのことに戻した。「私があの方を私にはまったく相応しくない人だと考えるのは、単に気質が異るからと云うだけではないのです。尤もその点でも、私には違いがあまりにも大きすぎる、甚《はなは》だしすぎると思われます。あの方の快活な態度はしばしば私を重苦しい気持にさせます。しかしそれ以上にどうしても私には受容れることの出来ないものがあの方にはあるのです。はっきり云って、私はあの方の人柄を認めることが出来ません。あの芝居のことがあって以来、私はあの方のことを決して良く思っておりません。あの方はあのときたいへん良くない、残酷な振舞をしました――私の眼にはそう見えました。もう終ったことですし話してもいいと思いますから話しますけれど、あの方の気の毒なラッシワースさんに対する振舞はそれは無作法なものでした。自分がどんなに相手を辱《はずかし》め、傷つけているか、全然気にしていない風で、平然とマライアの気を惹こうとしたのです。それはもう――要するに、あの芝居の際、私は今後とも決して忘れることの出来ない印象を受取ったのです。」

「ねえ、ファニー」とエドマンドはファニーの言葉を最後まで聞かずに応えた。「あのみんなして愚かなことをやっていたときの様子や振舞から銘銘を判断するのは止めようよ。あの芝居のときのことは思い出すのも嫌だ。マライアも悪かった、クロフォードも悪かった、僕達全員が間違っていた。しかし僕が一番悪かった。僕に較べれば、ほかの者達はみんな罪が軽いよ。僕の場合、良くないことを承知の上で馬鹿をやっていたんだからね。」

「私は局外者でしたから」とファニーは云った、「多分あなたの眼より私の眼の方が確かだったと思います。ラッシワースさんはときどき本当に嫉妬していましたわ。」

「事によるとそうかも知れない。大いにありそうなことだ。何しろ事柄全体が無作法極まりないものだったからな。マライアにあんなことが出来るのかと思うと今でも僕は嫌な気持がするけれど、しかしあの娘にあの役を引受けることが出来たからと云って、それ以外のことでは驚くこともないだろう。」

「芝居の前は、ジュリアが、あの方が心を遣ってくれているのは自分だと思っていたことは間違いありませんわ。」

「ジュリアが！　――クロフォードがジュリアを愛していると云うことは前に誰かから聞いたことがあるけれど、僕には全然判らなかった。でも、ファニー、僕は妹達の善良な性質はちゃんと認めているつもりだけれど、ただマライアにしても或はジュリアにしても、クロフォードにもてたいばっかりに、些か軽率に、慎重な態度を忘れて、自分達の気持を表に現してしまったのだろうと思うんだ。そう云えば確かに二人とも頻りにクロフォードと同席したがったことを憶えている。あれだけの態度を示されれば、クロフォードのような陽気で、まあ若干思慮に欠けるところもないではない男のことだ、つい釣込まれることにもなるだろうさ。――あの男に下心のなかったことははっきりしているんだし、特別にどうと云うこともないと思うけどな。心の方はちゃんと君のために取っておいたんだもの。ほかならぬ君のために取っておいたと云うことが、僕はあの男のちょっと想像がつかないほど偉いところだと思うんだ。面目躍如たるものがあるよ。それにそのことはあの男が家庭の幸福と純粋な愛情がいかに有難いものであるかを正しく見ているだけでなく、叔父さんの悪い影響も受けていない証拠だと思う。僕も以前はクロフォードが理想的な男であることを信じようと思ったり、そうではないのかなと心配になったりしたものだけれど、要するに、君を相手に選んだと云うことで、希いどおりの男であることが判明した訳だ。」

「私、宗教や道徳などの真面目な問題に関しては、あの方が正しい考え方をしているとは決して思いません。」

「そう云う云い方をするなら、むしろ、あの男はそう云う問題については全然考えたことがないのだと云うべきだ。僕は多分にその方が真相に近いと思う。あのような助言者からあのような教育を受けて来たのだもの、それはそうならざるを得なかったろう。実際、そう云う面では兄妹とも不利な条件下にあった訳だし、そのことを考えると、今の二人があのような姿を見せていることはむしろ素晴しいことじゃないか？　クロフォードの場合、今日まであの男を導いて来たのは多分にあの男の感情だったと云っていいと思う。幸いなことに、その感情は概して間違いのないものであった。残りは君が補えばいい。君のような、岩のような固い信念とその信念を実際に発揮するに相応しい優しい人柄を持った女性に恋するなんて、クロフォードも何て運の好い男なんだ。実際、滅多にあり得ない適切な女性を伴侶に選んだ訳だもの。あの男は君を幸せにしてくれるよ、ファニー、必ずや幸せにしてくれる。君の方はあの男を理想的な男性にしてやる訳だ。」

「私、そんな重荷を引受けたくありませんわ」とファニーは逃腰の口調で云った――「そんな責任重大な仕事なんて！」

「例によって、君は自分は何にも出来ないと思っている！——どんなことだろうと自分には荷が重すぎると想っている！　まあ、僕の説得で君の気持を変えることは出来ないだろうけれど、何れ君の気持の変ってくれることを僕は信じている。はっきり云うけれど、僕は心から君がそうなることを希っているんだ。僕はクロフォードの幸福には特別の関心を持っている。僕にはね、ファニー、君の幸福の次にはあの男の幸福を願う義務があるんだ。僕がクロフォードに特別の関心を持っていることは君にだって判っている筈だ。」

そのことはファニーもよく承知していたから、何も云うことはなかった。二人は互いに無言のまま、それぞれの想いに耽りながら五十ヤードばかりも歩きつづけた。再びエドマンドが先に口を切った——

「僕は昨日あのひとがこの問題について話をするのを聞いてすっかり嬉しくなった。あのひとが何から何まであんなに正しく見ているとは思ってもいなかったから、殊のほか嬉しかった。あのひとが君にたいへん好感を持っていることは判っていたけれど、或は君のクロフォードに対する真価を正当に評価せず、クロフォードがもっと地位や財産のある女性を選ばなかったことを残念に思っているのではないかと気になっていたんだ。あのひとはそう云う世俗的訓言を耳にすることに馴れ過ぎているから、もしかしたらそう云う偏見に囚われているのではないかと多少気になっていた。しかし全然そんなことはなかった。君のことを話す話ぶりは至ってまっとうなものだったし、僕や僕の父同様、実に熱心に二人の結婚を望んでいるんだ。僕達は長時間そのことについて話し合った。僕は、あのひとがどう云う気持でいるのか知りたいのは山山だったけれど、もしあのひとが話の緒《いとぐち》をつけてくれなかったら、何も云わずにいただろうと思う。ところが部屋に入って五分と経たないうちに、いかにもあのひとらしい開けっぴろげな心と何とも感じの好い物腰で、実に快活にしかも率直に、話題をその方に向けてくれたのだ。あまりの素速さにグラント夫人も思わず笑っていた。」

「それではグラント夫人もその部屋にいらっしゃいましたの？」

「うん。僕が着いたときは姉妹二人の姿しか見えなかった。ところがひとたび君の話が始るや、到頭クロフォードとグラント博士が姿を現すまで、話は尽きなかった。」

「ミス・クロフォードにはもう一週間以上もお会いしていないわ。」

「うん、あのひともそのことで嘆いていたけれど、でもそれが一番よかったのかも知れないと云っていた。しかし君達だってこのまま会わずに別れてしまう訳ではないだろう。あのひと、それはもうかんかんに怒っているからね、ファニー、覚悟しておいた方がいいよ。本人自らすっかり腹を立てていると公言しているしね。でもあのひとの腹立ちは君にも想像がつくと思う。つまり、最初、自分の兄には当然望みのものは何なりと手に入れるだけの資格があると思っていた妹の口惜しさであり、無念の思いなんだ。あのひとは傷ついた訳だ。もしウィリアム君がそんな目に遭ったら君だって同じ思いを味わうだろう。でもあのひとが心から君のことを愛し、尊敬していることには変りないけどね。」

「あのひとが私に腹を立てるだろうと云うことは私にも判っていました。」

「なにね、ファニー」とエドマンドは相手の腕を強く自分の方へ引寄せながら云った。「あのひとが立腹していると考えて気に病むことはないんだよ。本当に怒っている訳じゃない、口で云って見せているだけなんだから。あのひとの心は愛情と優しさ向きに出来ているんで、憤りには向いていない。あのひとの君に対する賞讃ぶりを君にも聞かせたかったな。あのひとが是非とも君がヘンリーの妻になるべきだと云ったときの表情ったらなかった。それこそほんとに君にも見せたかった。それからあのひとは絶えず君のことを『ファニー』って呼んでいたけど、これは今まではなかったことだ。何とも云えない姉妹らしい心の温かみが響いていたな。」

「それでグラント夫人も、あのかたも何か——何か仰有いまして——夫人もずっと御一緒でしたの？」

「うん、夫人も妹の意見にすっかり賛成していた。君が申込を断ったことにどうしても驚きを抑え切れなかったらしい。ヘンリー・クロフォードのような男の申込が君に断れると云うことがあのひと達には理解出来ないらしいのだ。僕は出来るだけのことは君のために弁じておいたけれど、でも、実際、あのひと達の云うことにも——君も出来るだけ早く何か別の振舞によって自分の正気なところを証明しないと不可ないな。さもないとあのひと達は安心しないだろうよ。いや、これは冗談だよ、ファニー。もう止めた。さあ、こっちを向いておくれ。」

「女性なら誰だって」とファニーは、気持を落着けようと暫く黙っていてから云った、「いくら概して好ましい男性だからといって、少くとも、その人があらゆる女性から一人の例外もなく認められ、愛されることなどあり得ないことは、当然感じている筈でしょうに。たといその男性がどんなに申分のない人であろうと、その人がたまたま好きになった女性の誰もが必ずやその人を好きになるものと決めて掛るのはどうかと思います。しかし仮にそう決めて掛るとして、ミスター・クロフォードにグラント夫人やミス・クロフォードが考えているようなありとあらゆる資格があるものとしても、どうしてこの私にあの方の気持に応えられるだけの気持の用意が出来たでしょう？　私にとってはまったくの不意打ちだったのです。私はあの方の私に対する以前の振舞に何らかの意味があるなどとは思ってもいませんでした。それに私には、あの方が私に気紛れとしか思えない注意を向けていると云うだけの理由で、あの方を好きになるよう自分自身に云い聞かせることなど断じて出来ませんでした。私のような立場の者がミスター・クロフォードに期待を抱いたりしたら、それこそ見栄っ張りもいいところだったでしょう。あの方のことをあれほどまでに高く買っている姉妹のことですもの、もしあの方が本気でなかったなら、それはもう私のことをそう思ったに違いありません。ですもの、どうして私にあの方が私を愛していると仰有ったからと云ってすぐにあの方を愛することなど出来たでしょう？　どうして愛情を求められたからと云って直ちに相手の求めるままに愛情を抱くことなど出来たでしょう？　夫人もミス・クロフォードもあの方のことだけでなく少しは私のことも考えて下さるべきですわ。あの方が立派な方であればあるだけ、私があの方のことを思ったりするのはそれだけ無作法なことだったのです。それに、それに――もしあのかた達に女性がそんなにすぐに男性の愛情に応えられるものと想えるのだとしたら――今のお話だとどうもそんな風に思われますけれど――女性と云うものに対する考え方が私とは大分違いますわ。」

「ねえ、ファニー、やっと僕にも真相が摑めたよ。今の言葉が君の本心であることは僕にも分っている。そう云う気持はいかにも君に相応しいもの。僕は疾うに君はそう云う気持を抱いているものと思っていたし、君のその気持は僕にも理解出来ると思っていた。僕が敢えて君の友達とグラント夫人を相手に君のために弁じたことと云うのも、たった今君が話してくれたそのことなのだ。それで二人とも以前よりは大分納得してくれた。尤も君の心温かな友達の方はヘンリーに対する熱烈な愛情のゆえになおも多少は感情的なところもあったけれどね。僕はあのひと達にこう云ったのだ、ファニーは最も習慣に支配され易く、最も目新しい事柄に支配され難い娘だから、クロフォードから求愛されると云うようなそれこそ目新しい事態はファニーにはとても簡単には受容れられないことなのだ、求愛がまだ新しい、つい最近になされたものだと云うことがその求愛が首尾よく受容れられない原因のすべてなので、それと云うのもファニーは馴れないことには堪えられない質なのだから、とね。それから同様のことを更に大分附加えておいた、君の性質をよく知っておいてもらおうと思ってね。するとミス・クロフォードが兄を励ますための計画とやらを立てて、これには我我も笑ってしまった。あのひとはこう云ってクロフォードを励ますつもりだと云うんだ、めでたく結婚して十年も経てば求愛の言葉も優しく受容れられて、何れ愛されるようにもなるだろうから、それを頼みに暫し辛抱するようにってね。」

ファニーはここで笑ってもらいたがっていることは判ったが、笑顔を見せるのがひどく辛かった。すっかり反撥する気持になっていたからである。自分は不当な振舞をしたのではないか、少し云い過ぎたのではないか、用心せねばと想う気持に囚われ過ぎて、一つの禍いは防いだものの却って別の禍いに身を曝してしまったのではないか、と大分気に懸っていた。そんなときに、しかもこのような大事な問題で、ミス・クロフォードの陽気な軽口が再び口に出されたことがファニーの気持をますます苦苦しいものにした。

エドマンドはファニーの顔に疲労と困惑の色を認めると、直ちにこれ以上議論することは差控え、ファニーに愉快な気持を起させるに違いないと思われる場合を除いては、クロフォードの名前は二度と口にするまいと決心した。暫くしてエドマンドはこの決心に違《たが》わぬよう心懸けながら云った。「二人は月曜日に発《た》つんだ。だから君も明日か日曜日には必ず君の友達に会わなくては。本当に月曜日に発つんだ！　ところが僕はすんでのことでその日までレシングビーに留まるよう説伏せられるところだったんだ！　もう少しで承諾するところだった。もしそんなことになっていたら、それこそ何てことだったろう。レシングビーに五、六日余計に滞在したことが一生涯悔まれたことだろう。」

「レシングビーにずっと滞在するところでしたの？」

「そうなんだ。みんながそれは親切に勧めてくれるものだから、ほぼそのつもりだった。もしマンスフィールドから皆の消息を知らせる手紙が届いていたら、間違いなくもう少し滞在を延ばしていただろうと思う。尤も二週間のあいだこちらがどうなっているのかさっぱり判らなかったものだから、何だか大分長いあいだ家を留守にしたような気にはなっていたんだ。」

「あちらでは愉しかったのでしょうね。」

「うん、それはもう、もし愉しくなかったとすれば、原因は僕の心の方にあるんだ。みんな愉快な人達だもの。僕の方があまり愉快な人間ではなかったのではないかな。何しろ出掛けるときから心に気になることがあったし、マンスフィールドに戻って来るまでそれを追払うことが出来なかったものだから。」

「オウエン家のお嬢様方——お気に入りまして？」

「うん、たいへん気に入った。愉快で、朗らかで、気取りのない娘さん達だ。でもね、ファニー、僕はもう駄目なんだ、普通の娘さん達と一緒にいても大して満足出来ないんだ。物の分った、思慮深い女性達に慣れて来た男には、朗らかで気取りのない娘さんと云うだけではどうも物足りない。互いにまったく異った人種だと云う気がする。君やミス・クロフォードのおかげで僕はすっかり気難しい男になってしまったらしい。」

しかし、なおもファニーの重苦しい疲労感は消えなかった。エドマンドはファニーの表情にそれを認め、話をしても紛れそうにないことが判ると、もうそれ以上は話をしようとせずに、自分にはファニーを守る特別の権利があるのだとでも云わんばかりの思い遣りと威厳のある態度で、直ちにファニーを家の中に連れて帰った。

第五章

エドマンドは今やファニーの気持の本人に解っている部分もこちらから推測し得る部分もすっかり解ったと信じて、満足であった。——要するに、自分の想ったとおり、クロフォードの判断が早すぎたのだ。ファニーが相手の思いにまず馴れ、次にそれを好ましく思うようになるためには、とにかく時間を掛けるしかない。ファニーが自分はクロフォードから愛されていると云う考えに馴れることが先決だ。そうすれば愛情に応えるのもそれほど遠い先のことではないかも知れない。

エドマンドは父親に会うとファニーと話し合った結果をこんな風に伝え、あとはすべてをクロフォードの辛抱強い努力とファニーの心の自然な動きに委ねるべきで、これ以上ファニーに何か云ったり、無理矢理説得したりしない方がいいと進言した。

サー・トーマスはそうしようと約束した。ファニーの気持を述べるエドマンドの言葉に間違いはないと信じることが出来た。サー・トーマスもそれがファニーの気持だろうと想った。しかしファニーがそう云う気持でいることをたいへん不運なことだと考えない訳には行かなかった。それと云うのも、父親には息子ほど前途を楽観的に見ることが出来なかったからで、もしファニーの気持が馴れるまでにそれほどの時間的余裕が必要だとすると、ファニーが相手の申込を正式に受容れる気持になるまでに、若者の方にその気がなくなってしまうかも知れないと云う懸念を禁じ得なかったからである。しかしそうかと云って、おとなしく成行きに任せ、最善を希う以外にどうすることも出来なかった。

エドマンドはミス・クロフォードのことをファニーの「友達」と呼んでいたものの、その友達の約束された訪問はファニーにとっては恐るべき脅威であった。ファニーはそのことを思って絶えずびくびくしていた。妹として、まったく身贔屓《みびいき》で、ひどく怒っていて、思ったことを躇わずに口にするミス・クロフォードは、見方を変えればひどく勝誇っていて、自惚が強いとも云える訳で、どの点を取ってみてもファニーには心痛い不安の種であった。その不機嫌、鋭い洞察眼、幸福そうな様子のどれに直面しても恐しかった。二人が会うときは何とかほかの人達にもその場に居合せてもらおうと云うのが、訪問を目前に控えたファニーの唯一の心の支えであった。ファニーは不意の攻撃を警戒して、出来るだけバートラム令夫人の傍を離れず、束の間にも近寄らず、灌木の植込を一人で散歩することも取止めた。

ファニーの用心は効を奏した。無事伯母と一緒に朝食室にいるときにミス・クロフォードがやって来たからである。最初の気詰りな感じが取れて、ミス・クロフォードの表情や話ぶりに予期していたほど殊さら気難しい様子の見られないことが判ると、ファニーは半時もさほど烈しくない心の動揺を我慢すればそれ以上は辛い思いをしなくても済むのかも知れないと云う希望を抱き始めた。しかしこの望みは少しばかり虫がよすぎた。ミス・クロフォードは決して機会の到来を消極的に待っているような相手ではなかった。ファニーとは是非とも二人だけで話をするつもりで来たミス・クロフォードは、三十分どころかかなり早早に低声で云った。「私、どこか別の場所でちょっとあなたにお話したいことがありますの。」この言葉はファニーの全身を襲い、心臓を烈しく鼓動させ、身体中の神経を顫《ふる》わせた。とても断ることは出来なかった。逆に、何でもすぐさま相手の云いなりになってしまう日頃の習性が働いて、即座に立上ると、自ら先に立って朝食室を出た。惨めな気持であったが、仕方がなかった。

廊下に出るなりすぐにミス・クロフォードの表情から気兼ねの色が失せた。すぐさまファニーにわざと憎らしそうな、それでいて愛情の籠った非難の顔を向けると、手を取り、今すぐにでも何か云わずにはいられない様子であったが、それでもその場はただ「ひどいひとね！　いつになったらあなたに叱言を云いたい気持が治まるのか見当もつかないほどよ」と云っただけで、二人が誰の目にもつかない安全な場所に来るまでは、慎重に自らの気持を抑えていた。ファニーは無意識のうちに階段を上り始め、今やいつでも居心地よく使える例の部屋へ客を案内した。しかし扉を開けながら、これまでにこの部屋で生じたいかなる場面よりも心苦しい場面がこれから生じようとしていることを思うと、心は痛んだ。しかし今まさに襲い掛る筈であったその悪しき事態は、ミス・クロフォードの突然の気持の変化によってほんの少しばかり先に延ばされた。どうやらミス・クロフォードは再び自分がこの東の間にいることにひどく心を動かされたらしかった。

「まあ！」とミス・クロフォードは直ちに活気づいて声を揚げた。「私、ここ二度目よね？　東の間。前に一度だけこの部屋に来たことがあるわ！」――立止って四囲を眺め廻すと、そのときの出来事をすっかり思い出そうとするらしい様子で附加えた、「たった一度だけ。憶えていらっしゃる？　私がお芝居のおさらいをしに来たら、あなたのお従兄もやって来て、私達一緒に下稽古をしたの。あなたは観客兼後見役だったわ。あのときは本当に愉しかった。私、あのときのことは決して忘れないわ。私達ちょうどこの辺にいたのね、ここにあなたのお従兄がいて、私がここにいて、そうしてこの辺に椅子があって。――あんな愉しかったことどうして忘れられましょう？」

ファニーにとって嬉しかったことに、ミス・クロフォードは全然返辞を求めてはいなかった。心は自分の想いで一杯であり、愉しかった思い出にすっかり我を忘れていた。

「私達のおさらいした場面、ほんとに素敵な場面だったわね！　あの場面の主題と来たらそれはもう——実際——どう云えばいいのかしら？　あの人は私に結婚について述べ、それを奨めることになっていた。あの人が二つの長い台詞を喋る際に、いかにもアンハルトらしい、落着き払った態度をとろうとしたさまが今でも眼に見えるようだわ。『結婚に際して互いに共感し合える二つの心が出会うなら、結婚することこそ幸福な人生を送ることだと云えるだろう。』あの人がこの言葉を口にしたときの表情と声の調子は決して私の印象から消去ることはないと想うわ。不思議だわ、本当に不思議だわ、私達があんな場面を演じなければならなかったなんて！　もし私にこれまでの自分の生活の中から任意の一週間をもう一度味わうことが可能なら、私は断然あの一週間を、芝居の練習をしたあの一週間を選ぶわ。たといあなたが何と云おうと、それはもう断じてあの一週間よ、ファニー。だってあんなに申分のない幸福に満ちた週なんてほかには見当りませんもの。あの頑固な精神の持主があんなに素直に折れてくれたんですものね！　あんな愉快な気持はとても言葉では云い表せなくてよ。ところが、悲しい哉、あの晩が来てすべてが台無しになってしまった！　あのあなたの歓迎すべからざる伯父様の還って来た晩だったわ。気の毒なサー・トーマス、実際誰があの晩あなたを歓迎したでしょう？　でもね、ファニー、誤解しないで頂戴、何も今のサー・トーマスに対してこう云う失礼な云い方をしようと云うのではないのよ。尤も何週間ものあいだ憎らしくて仕方がなかったことは事実ですけれど。でも今ではあなたの伯父様の真価は正しく認めていましてよ。サー・トーマスこそこのような一家の理想的な家長だと思っています。それだけではないわ、真面目な話、今では私、あなた方みんなを愛していると信じていますの。」こう云うと、ミス・クロフォードは、ファニーが未だ曾て一度も見たことがないような、そしてファニーの眼にも今や思い掛けず似つかわしいと思われるほどの優しさと真剣な面持を見せて、気持を落着けるために一時顔を背けた。「私、この部屋に入って来てから、少しばかりのぼせてしまったようね」とミス・クロフォードは、やがて陽気な頰笑みを見せて云った。「でももう大丈夫よ、落着いたわ。さあ、腰を下して楽にしましょう。そこであなたに対するお叱言ですけどね、ファニー、是非ともそのつもりで来たのだけれど、何だかいざとなったらその気がなくなってしまったわ。」そしてファニーを優しく抱締めると、「親切な、優しいファニー！　あなたに会えるのもこれが最後かと思うと、私、何だか――だって分らないんだもの、これから先いつになったら――今の私にはあなたを愛する以外には何をすることも不可能だわ。」

ファニーは心を動かされた。こんなことになるとは思ってもいなかっただけに、ファニーの感情は「最後」と云う言葉の物悲しい響きに殆ど抗することが出来なかった。ファニーは実際以上にミス・クロフォードを愛してでもいたかのように泣いた。一方ミス・クロフォードは、このような感動的な光景に一層心を和らげ、なおもファニーの身体を優しく抱いたまま、云った。「私、あなたとお別れしたくないわ。向うへ行っても、あなたの半分も気立てのいいひとにはまず会えませんもの。私達が姉妹にならないってことがあるかしら？　私達はきっとそうなってよ。私、二人は生れながらにして結ばれる運命にあるのだと云う気がしてならないの。こんなに涙を流して下さって、あなたも同じ気持なのね、ファニー。」

ファニーは気を引立てると、最後の言葉には直接応えずに云った。「でもあなたにとってはお友達の顔触れが替るだけのことですわ。それに特別親しいお友達の許へ戻られるのでしょう?」

「ええ、確かにね。ここ何年来かフレイザー夫人が私の親友なの。でもちっともあのひとの傍へ行きたいと云う気持にならないの。今の私には別れようとしているお友達のことしか考えられない——私の素晴しい姉と、あなたと、それからバートラム家の人達のことしか。皆さん、世間一般ではちょっと見られない、それは素晴しい心の持主ばかりだわ。私が皆さんを心から信頼することが出来るようになったのもひとえに皆さんのおかげよ。こんなこと普通の交際ではまずあり得ないことだわ。ああ、フレイザー夫人との約束、復活祭が終ってから伺うってことにしておくんだったわ。その方が時節から云っても訪問には遥かに相応しかったのにね。でも今さら延ばす訳にも行かないし。夫人を訪ねてから、今度はその妹のストーナウェイ令夫人の所へも行かなくては不可ないの。どちらかと云えばこちらの方が私にとっては特別の親友だからなんだけれど、でもこの親友にもここ三年来あまり心が向いていないの。」

このあと暫くのあいだ二人は黙ってそれぞれに何やら考え込んでいた、ファニーはこの世の様ざまな種類の友情について、メアリーはそんな七面倒臭いことではなく、もっと気楽な事柄について。メアリーが最初に口を開いた。

「私、階上へあなたを捜しに行こうと決心して、東の間がどの辺にあるのか知りもしないのにそこへ行こうと出掛けて行ったときのこと、はっきりと憶えているわ。ここへやって来ながら考えていたことも、この部屋を覗いたらあなたがこの机に向って坐っていたことも、それからあなたのお従兄が扉を開けたら何と私がいたので吃驚仰天したことも、ありありと憶えている。その日の晩ですものね、あなたの伯父様が還っていらっしゃったのは！　あんなこと、まずあり得ないことよね。」

またもや短い放心状態が続いた。——やがてミス・クロフォードは気を取直すと、相手の意表をついた。

「どうしたの、ファニー、すっかり上の空なのね！　いつもあなたのことばかり考えている人のことを考えているのね、きっと。ああ、短期間でいいからあなたをロンドンの私達の社交界へ連れて行けたらなあ！　そうしたらヘンリーに対するあなたの力がそこでどんな風に受取られるかがあなたにもよく判るんだけどな。それこそ何十人と云う女性が嫉妬に心を狂わせることだろうと思うわ。あなたのとった態度を聞かされても、みんなただただ驚くだけで、絶対に信じないだろうな。だって秘密を守ることにかけては、ヘンリーは宛《さなが》ら昔の物語の英雄で、自らの束縛をこそ誇りに思っているんですからね。あなたはあなたに心を捧げた人を正しく評価するためにもロンドンに来てみるべきだわ。ヘンリーがどんなに慕われているか、また私が慕われるのもいかにヘンリーゆえか、実際にあなたの眼で見てもらえたらと思うわ。今や私にはよく分っているの、ヘンリーがあなたに心を捧げてしまった結果、私はこれまでの半分もフレイザー夫人に歓迎されないだろうってことが。おそらく夫人は真相を知ったら、再び私にノーサムプトンシアに帰ってもらいたがると思うわ。それと云うのもね、フレイザー氏には先妻とのあいだにお嬢さんが一人あって、夫人はその方を是非ともヘンリーと結婚させたがっているからなの。ヘンリーを得るための夫人の努力と云ったら、それはそれは大変なものでしたのよ。ところがあなたと来たらこれから先も何喰わぬ顔で平然とこの部屋に坐っていて、あなたがどれほどの大騒ぎを惹き起しつつあるかも、皆がどんなにあなたに一目会ってみたい好奇心を抱いているかも、私がどれほど限りない質問に答えなければならないかも、全然御存知ないんですからね！　可哀そうに、マーガレット・フレイザーは私の傍に附きっ切りで、あなたの眼のことや歯のこと、髪はどんな風にしているのかとか、靴は誰に作らせているのかとか、問い質すことだろうと思うわ。私の気の毒な親友のためにも、マーガレットが結婚してくれるといいんだけれど。と云うのは、どうも私の見るところ、フレイザー夫妻は大抵の夫婦同様あまり幸せではなさそうなの。でも当時のジャネットにとってはたいへん望ましい結婚でしたのよ。私達みんな心から喜んだわ。フレイザー氏はお金持でしたし、無一物のジャネットにしてみれば申込を受容れなければほかにどうすることも出来なかったんだもの。ところがこのフレイザー氏がひどい癇癪持ちで気難しい人だったの。若い女性、それもまだ二十五歳のうら若い女性に、自分と同じ堅実な人間になることを要求するの。ジャネットには夫を上手くあしらえないばかりか、自分もどうすれば我慢出来るのかもよく分らないらしいの。家庭の雰囲気がとげとげしくて、これじゃ、控目に云ったって、確かに品がないわよね。私、あの人達の家へ行ったら、マンスフィールド牧師館の姉夫婦のことを尊敬の念を以って思い浮べるだろうと思うわ。あのグラント博士ですら姉には完全な信頼を寄せているし、姉の判断力には間違いなく敬意を払っていますもの。そこには確かに愛情のあることが感じられるわ。ところがフレイザー夫妻にはそう云うところが全然見られないの。私の想いは絶えずマンスフィールドにあってよ、ファニー。私の姉とサー・トーマス・バートラムこそ、私にとっては妻の模範であり、夫の模範ですもの。可哀そうに、ジャネットはすっかり欺されてしまったのね。でもジャネットの方には何一つ至らぬ点はなかったのよ。軽率に結婚に飛込んで行った訳でもなければ、将来に対する配慮が欠けていた訳でもないし、申込を受けてからも三日間考えて、その間に自分に繋りのある人で聞くべき意見の持主には誰彼となく相談を持掛けていたんだもの。私の今は亡き叔母には特にいろいろと訊いていたわ。叔母は世間をよく知ったひとでしたから、その判断力は叔母を知っている多くの若いひと達のみんなからたいへん高く買われていましたの。ジャネットはその上でフレイザー氏に身を任せることに決心したんです。何だかこうしてみると幸福な結婚を保証してくれるものなんて何にもないように思われるわねえ！　親友のフローラの場合は、あんまり弁護は出来ないわ。あの嫌らしいストーナウェイ卿のために、近衛騎兵聯隊のそれは素晴しい青年を最初はちやほやしておきながら最後には振ってしまったんだもの。ストーナウェイ卿なんて、いいことファニー、思慮分別は精精あのラッシワースさん止り、容貌はもっとひどくて、性格に至っては殆ど破落戸《ならずもの》よ。当時私はフローラの判断に疑いを持ったわ。だって相手は紳士らしいところすらない人なんだもの。今にして思えば、フローラは確かに間違っていたわ。ところで、フローラ・ロスは初めて社交界に出て来た冬、ヘンリーにすっかり参ってしまったの。でもヘンリーに恋した女性について一人残らず話し始めた日には、私が知っているだけでも切りがないわ。あなただけよ、ファニー、ヘンリーのことをさも無関心な風に考えることが出来るのは。でもあなたは本当に御自分で仰有るほど何も感じてはいないの？　いいえ、嘘だわ、嘘だってこと、私には判っているわ。」

瞬間ファニーは思わず顔を真赧にした。予《あらかじ》めそうではないかと強い疑いを抱いていた者にはやっぱりと思わせかねないほどであった。

「あなたって本当にいいひとなのね！　もう苛《いじ》めない。何もかも成行きに任せることにするわ。でも、ねえファニー、あなたにとってこのことはあなたのお従兄が想っているほどにはまったくの不意打ちではなかった筈よ。おそらくあなたは事の成行きについて何らかの考えや臆測は抱いていたに違いないわ。ヘンリーが出来るだけの心遣いを見せてあなたの歓心を買おうとしていたことはあなたにだって判っていた筈だもの。舞踏会のときヘンリーはすっかりあなたに夢中だったじゃありませんか？　それから舞踏会の前だって、ほら、例の頸飾《くびかざり》！　あれはまさに選ばれるべくして選ばれたわ！　あなたはこの上なく意識してあれを選んだんだもの。私ははっきりと憶えていてよ。」

「それではあなたのお兄様は頸飾のことは前もって御存知だったと仰有るの？　そんな、そんなことってないわ。」

「知っていたも何も、だってあれはすべて兄がやったことよ、みんな兄の考えよ。お恥しいけれど、私には全然考えつかなかったわ。でも、あなた方二人のためですもの、喜んで兄の提案に従ったわ。」

「それは」とファニーが応えた、「あのときにも多少はそのことを感じていたことは確かですわ。あのときのあなたの表情にはどことなく私を怖がらせるものがありましたもの。――でも最初は違います――最初はそんなこと思ってもいませんでした！　それは本当よ。絶対に嘘ではないわ。もしそんなことが判っていたら、私はどんなことがあろうと絶対に頸飾は頂きませんでしたもの。あなたのお兄様の振舞が常とは異ることも、確かに感じてはいました。そのときよりも暫く前から、多分二、三週間ぐらい前から感じていたと思います。でもそのときはそんなこと何の意味もないことだと思っていましたし、あの方一流のやり方に過ぎないのだと見ていましたから、あの方が私のことを本気で考えているなどとは想ってもいませんでしたし、況してやそんなことを望む気持はありませんでした。私、夏と秋にあなたのお兄様と私の従姉達のあいだにあったこと、気が附かなかった訳ではありませんのよ。黙っていましたけれど、でもちゃんと気が附いていました。私としては、クロフォードさんは何ら特別の意図もなく女性に慇懃な振舞を見せる方なのだと思わざるを得ませんでしたわ。」

「遺憾ながらそれは私も認めざるを得ないわ。ヘンリーがときとしてひどい浮気男で、相手の女性の心の煩悶に殆ど知らぬ顔だったことは確かですもの。私もそのことではしばしば苦情を云ったけれど、いかんせん兄の唯一の欠点なものですから。でもお嬢さん方だって、本当に心配してやらなければならないほど真剣な愛情を抱くひとなんて殆どいないとも云えてよ。それに、多くの女性達から狙われた男性の心を自分のものにすると云うのは、多くの女性達の恨みを晴らす力が自分にあると云うのは、それこそ名誉なことではなくって、ファニー。女性たるもの断じてこのような勝利感を拒み切れるものではないと思うわ。」

ファニーは首を振った。「私には女性の心を弄《もてあそ》ぶような男性を良く思うことは出来ません。それにしばしば傍眼《はため》には測り知れない苦しみがあるものですわ。」

「殊さら兄を弁護しようとは思いません。兄のことはすべてあなたの御意《おこころ》にお任せします。兄が無事あなたをエヴァリンガムへ迎えたあとは、あなたがいくら兄に説教なさろうと、それは御自由ですわ。ただこうは云えると思うのよ、女性達に多少の恋心を起させたがる兄の欠点は、自ら恋に陥りがちな傾向に較べるなら、妻の幸福にとって決して危険ではない、と。兄には後者のような傾向は一度も見られませんでしたもの。ですから、兄のあなたに対する気持はこれまでのいかなる女性に対する気持ともまるで違うと云うことも、兄はあなたを全身全霊で愛しており、これからも可能な限り永遠に愛するだろうということも、私は心から信じて疑いませんの。もし男が女を永遠に愛することがあるとすれば、ヘンリーこそあなたに対してそうするだろうと思いますわ。」

ファニーは微かな頰笑みを禁じ得なかったが、云うべきことは何もなかった。

「あなたのお兄様の任官辞令を手に入れるのに成功したときほどヘンリーが幸福だったことはかつてなかったと想うわ」と、一時してメアリーが続けた。

ここでメアリーがファニーの心を動かしたことは確かであった。

「本当に。あんなに親切にして頂いて！」

「ヘンリーが動かさなければならなかった人のことは私も知っていますから判るんですけれど、ヘンリーはそれはそれは骨を折ったことだろうと思うわ。提督と云うのはとにかく面倒臭いことの嫌いな、他人にものを頼むことを潔《いさぎよ》しとしない人なんですから。おまけに若い人達からの同じような請願は非常に多いと来ているでしょう、あやふやな友情や意気込みでは決して動こうとしませんの。それを思うとウィリアムさんは本当に幸福者ですわ！　いつかまたみんなで会えるとよろしいですわね。」

哀れ、ファニーの心は最も苦しい状態に陥った。ミスター・クロフォードに対するいかなる決意も、ウィリアムのために為されたことを思い出すと決って動揺を来たすのであった。ファニーは黙って坐ったまま深くそのことを考えていた。メアリーは最初満足そうにファニーを見詰め、やがて何やらほかのことを考えていたが、到頭出し抜けにこう云ってファニーの注意を呼戻した。「私、出来ることなら一日中でもここでこうしてあなたとお話していたいのですけれど、でも階下の御婦人方のことも忘れてはいけませんわね。さようなら、私の愛しいファニー。表向きは階下の朝食室でお別れすることになるでしょうけれど、敢えてここでお暇《いとま》を告げることに致しますわ。私、めでたく再会出来ることを希い、今度会えるときは、何の遠慮もなく互いに心を開き合える間柄でお会い出来ることを信じて、お別れします。」

いとも優しい抱擁と、ひどく感動的な仕種が、これらの言葉に伴った。

「お従兄にはロンドンでお会いするわ。何でもかなり近いうちにあちらへ行かれるようなことを云っていましたから。多分、サー・トーマスも春のうちにはいらっしゃるのだろうと思います。そうしたら上のお従兄にも、ラッシワース夫妻にも、ジュリアさんにも、会いたいだけ会える訳だけれど、ただあなたにだけは会えないのね。ねえファニー、私、二つだけお願いしたいことがあるの。一つはお手紙のこと。是非ともお便りを下さいね。それからもう一つは、しばしばグラント夫人を訪ねて、私がいなくなった埋合せをして頂きたいの。」

ファニーとしてはこれらの願いのせめて最初の方は御免蒙りたい気持であったが、いくら何でも手紙を書かないと云う訳には行かなかった。それどころかファニーは即座に同意しさえした。ゆっくりと考えを廻らして、正しく判断してから、と云うようなことはこの場合不可能であった。これほどまでに明白な愛情に逆らうことは出来なかった。ファニーには優しい愛情の籠った応対を殊のほか有難く思うところがあり、これまでそう云う経験があまりにも少かったこともあって、ミス・クロフォードの態度にすっかり心を動かされていた。それだけでなく、そこには自分達二人だけの話合いを予め想っていたよりも遥かに苦痛の少いものにしてくれたことに対する感謝の念もあった。

話合いは終り、ファニーは無事非難もされず、見咎められもせずに済んだ。自分の秘密はなおも自分だけのものであり、事態がそうである限り、大抵のことには耐えられる、とファニーは思った。

夕方もう一つの別れがあった。ヘンリー・クロフォードがやって来て、暫く皆と一緒にいて帰った。ファニーは前もって気持がさほど緊張していなかったせいもあって、何やら感じ入っている様子のクロフォードに一時心が和らいだ。――クロフォードはいつもとは打って変って、殆ど喋らなかった。明らかに鬱《ふさ》ぎ込んでいる様子であった。ファニーは相手が誰かほかの女性の夫になるまでは二度と会わないことを望んではいたものの、何となく哀れな思いを禁じ得なかった。

いよいよ別れる段になって、クロフォードはどうしてもファニーの手を取ろうとして聞かず、ファニーに拒むことを許さなかった。クロフォードは何も云わなかった、少くともファニーの耳には何も聞えなかった。そうしてクロフォードが部屋から出て行ったとき、ファニーはそんな風に友情のしるしを交しておいてよかったと云う気持になった。

翌朝クロフォード兄妹はマンスフィールドを発った。

第六章

ミスター・クロフォードが立去ってしまったあと、サー・トーマスの次の狙いは、クロフォードのいなくなったことが寂しく受取られることであった。サー・トーマスは、姪がクロフォードの求愛をそのときは良からぬことと感じたり想ったりしたにしろ、いざ求愛がなされなくなってみれば物足りなく思うに違いない、と云う点に大きな望みを抱いた。姪は自分が重要な存在であることを最も嬉しい形で経験している筈であった。サー・トーマスは、それがなくなり、再び無に帰することがファニーの心にいとも健全な後悔の念を呼覚すことを望んだ。――

サー・トーマスは以上のような考えで姪を見守った——が、上手く行っているのかどうか殆ど見当がつかなかった。姪の心に何らかの変化があるのか否かもよく分らなかった。ファニーは相変らずあまりにもおとなしく、控目にしていたので、伯父には姪の気持をはっきりと摑むことが出来なかった。サー・トーマスはファニーが理解出来ず、自分でもそのことを感じたので、ファニーが目下どう云う気持でいるのか、以前よりも幸せなのかそうでないのかを、エドマンドの口から聞くことにした。

エドマンドは何らの後悔の兆《きざ》しも認めなかった。むしろまだ三、四日にしかならないのにそのような兆しが現れるものと想う父の方に少し無理があると思った。

エドマンドが何よりも驚いたことは、仲の良い話相手であり、あれほどまでに大切な存在であったクロフォードの妹を名残惜しく思う様子があまり見られないことであった。エドマンドはファニーがミス・クロフォードのことを滅多に口にせず、今度の別離に関しても殆ど自ら進んで口を開かないのを不思議に思った。

ああ、この妹、この仲の良い話相手こそ、目下ファニーの心を何にも増して落着かなくさせていたのである！——もしメアリーの将来の運命は、その兄の場合と同様、断じてマンスフィールドとは関係がないのだと信じることが出来たなら、もしメアリーのマンスフィールドへの帰還は、その兄の場合と同様、ずっと遠い先のことであろうと希望が持てたなら、実際、ファニーの心もこれほどまでに重くはなかったであろう。ところがいろいろと思い出してみればみるほど、様子を窺ってみればみるほど、今や一切がミス・クロフォードとエドマンドとの結婚に向けてこれまでになく順調に進行しつつあることが深く納得されるのであった。――エドマンドは以前にも増してその気持になっていたし、ミス・クロフォードもこれまでのように気持が曖昧ではなさそうであった。エドマンドの誠実な心ゆえの異存や逡巡はすっかりなくなったようであった――どうしてかは誰にも判らなかったが。またミス・クロフォードの野心ゆえの疑いと躊いも同様に克服されたらしかった――これもはっきりとした理由は不明であった。お互いの愛情が増したのだとしか云いようがなかった。エドマンドの良き感情とメアリーの悪しき感情がともに恋心に屈したのだ。二人を結び附けるものはそのような恋心以外には考えられなかった。エドマンドはソーントン・レイシーでの用事が済み次第ロンドンへ行くことになっていた。多分二週間以内には行くことになるだろう。本人もそのことを口にしていたし、喜んでその話をしたがった。再び二人が一緒になればそのあとはどうなるか、ファニーには疑い得なかった。エドマンドの申込が確かであるのと同様にミス・クロフォードの承諾も確かなことに違いない。しかしメアリーの側には依然として悪しき感情が残るのだ。ファニーはそれを思うと、そのことだけで――そう、自分の利己的な動機とは関係なく、そのことだけで（とファニーは信じた）――ひどく悲しくなった。

最後に二人が差向いで話をしたときも、多少は愛らしい感じを見せ、ファニーに対してはひどく親切であったにもかかわらず、ミス・クロフォードはなおもミス・クロフォードであったし、依然として心は迷いと困惑を見せていた。ただ当人はそんな風には思ってもいないらしく、暗い心も明るいものに想い做《な》していたが。ミス・クロフォードも愛しはするであろう。しかしその他の感情では決してエドマンドに値しないであろう。ファニーには愛以外に共通な感情は殆どないように思われた。そこでファニーが、ミス・クロフォードの将来の向上の可能性をほぼ絶望的と見做し、こんな風に愛し合っているときでさえエドマンドにはミス・クロフォードの判断力の曇りを拭《ぬぐ》い、物の考え方を矯正するだけの力が殆ど発揮出来ないのなら、結婚しても結局はエドマンドの折角のいいところもミス・クロフォードには無駄に費されるだけであろう、と考えたからといって、分別のある大人ならそう云うファニーを別段咎《とが》め立てはしないであろう。

ファニーよりももっと経験の豊富な者ならば、どんな若者であろうとそのような事情にある若者にはもっと多くを望んだであろうし、もっと公平な立場にある者ならば、ミス・クロフォードとて女性に一般的な性質、つまり自分が愛し尊敬する男性の意見を自分の意見として採用しがちな性質を持合せていることを無下に否定はしなかったであろう。――しかし実際にはファニーの確信は先のようなものであったし、それゆえ、二人のことではひどく苦しみ、何らの苦痛も覚えずにミス・クロフォードの名前を口にすることは出来なかった。

この間、サー・トーマスは望みを棄てることなく観察を続けていた。一人の若者に対する自らの支配力と重みを失うことは当然姪の心に影響を及ぼす筈だし、求愛者からの心遣いの喪失は必ずやもう一度同じ心遣いを切望させる筈だと、サー・トーマスは、人間性に関するサー・トーマス一流の理解によって、なおも信じていた。ところがその後暫く経っても依然としてサー・トーマスはこれらの一切を完全に、疑問の余地なく見極め切ることが出来なかった。しかしこれは、近ぢかもう一人別の客が訪ねて来ることになっているからだと、サー・トーマスには説明がついた。遠からずその客のやって来ることが、目下自分の見守りつつある心をしっかりと支えているのだと思われた。――ウィリアムはノーサムプトンシアで過すべく十日間の賜《し》暇《か》を得ており、最もほやほやであるがゆえに最も幸福な少尉として、自分の幸運の報告と制服の説明のために、やって来ることになっていた。

ウィリアムがやって来た。勤務時間以外には制服の着用は罷《まか》りならぬと云う残酷な仕来りがなければ、喜んで制服姿で現れたことであろう。そんな訳で制服はポーツマスに残されたままであった。エドマンドは、これではファニーに一目見る機会が訪れるまでには、その真新しさも、それを着る側の新鮮な気持もすっかり磨滅ってしまうに違いない、と推測した。やがて不名誉のしるしに顚落するであろう。だって、一、二年経って、ほかの者達が佐官になって行くのを目のあたりにするときの少尉の制服ほど映えない、値打のないものがまたとあろうか？　こうエドマンドが論じたので、到頭サー・トーマスも大英帝国海軍軍艦スラッシ号少尉の栄えある姿を別の角度から見る機会をファニーに与える計画を立ててみてはどうだろうかと息子に打明けた。

この計画とは、ファニーがポーツマスに戻る兄に同行し、暫く家族と一緒に過して来ると云うものであった。それは、サー・トーマス一流の厳めしい思索の際に、大層望ましい処置として思い浮んだものであったが、サー・トーマスはすっかり決心する前に、息子に相談してみた。エドマンドはあらゆる角度から検討してみたが、何ら不都合な点は見当らなかった。そのこと自体いいことであるし、これほど好い機会もない。疑いなくそれはファニーにとって大層好ましいことであった。サー・トーマスに決心を固めさせるにはこれだけで充分であった。「それではそうしよう」と云う断乎たる言葉で以って話は一段落した。サー・トーマスは息子に打明けたことを満足に思う気持と更にそれ以上の考えを抱いてその場を離れた。それ以上と云うのは、姪に里帰りさせようと云うサー・トーマスの第一の動機は、再び姪を両親に会わせるのは妥当なことだと云うようなこととは殆ど関係がなく、姪に楽しい思いをさせてやろうと云うような考えともまるで関係がなかったからである。サー・トーマスとしては、姪に喜んで出掛けてもらいたいことは確かであったが、里帰りの日程が済む以前に姪が実家に心からうんざりし、一時マンスフィールド・パークの優雅で贅沢な暮しから離れることで、姪の気持が冷静になり、マンスフィールドに劣らぬ安楽な暮しが一生涯可能な家庭が目下与えられようとしていることの意味を、より正しく認識してくれることをむしろ希っていたのである。

これは、目下のところ伯父の眼にはどう見ても病んでいるとしか見えない姪の理解力に対する一種の治療計画であった。ファニーは八、九年ものあいだ裕福な、恵まれた暮しをして来たために、物事を比較したり、判断したりする力が少し鈍っているのだ。多分父親の家の暮しぶりを目のあたりにすれば、充分な収入のあることがいかに貴重なことであるかが分るだろう。サー・トーマスは自分の考えに成るこの試みのおかげで、必ずやファニーは今後より賢明な、より幸福な女性になるだろう、と信じた。

もしファニーが多少とも物事に有頂天になる質《たち》であったなら、生れてこのかたその半分の年月を別れ別れに過して来た両親や弟妹達の許を訪ね、幼き頃の思い出の場所で二箇月ばかり過して来るようにと云う伯父の意図を最初に聞き知らされたときこそ、有頂天の喜び方をしたに違いない。況してや道中の護衛役兼相手役はウィリアムであり、ウィリアムが休暇を終えて海に戻る最後のときまで確実に一緒にいられるのである。もしファニーに一度でも喜びの発作に身を任せることがあったとしたら、それはこのときであったに違いない。ファニーは本当に嬉しかったからである。しかしファニーの喜びは静かな、深い、胸膨《ふくら》む種類のものであった。それに元来がお喋りではなかったが、強い感動を受けたりするとますますもって黙しがちであった。このときもただ御礼を云って伯父の申出を受容れることが出来ただけであった。その後、突然眼の前に開けた喜びの想いが親しいものになるにつれて、ウィリアムとエドマンドには自分の気持を大いに話すことが出来たものの、それでもある種の微妙な感動だけはどうしても言葉にならなかった。――幼い頃の愉しかったことやそれらから無理矢理引離されることになったときの辛かったことなどが新たに強く思い出され、再び我家に帰ることが別離以来のあらゆる苦痛を癒してくれるように思われた。家族の中心に立ち、かくも多くの親兄弟妹から未だ曾てなかったほどに愛され、不安も抑制も要らない愛情を抱き、自分もまわりの者達と同等であることを感じ、クロフォード兄妹のことは一切話題にされずに済み、そのことに関する非難と受取れるあらゆる表情からも免れることが出来る！　――これが、周囲の者には殆ど窺い知れなかったものの、ファニーがうっとりと想い廻らしていたことであった。

それからエドマンド――エドマンドから二箇月間離れていることも（もしかしたら滞在を更

に一箇月間延ばしてもらえるかもしれない）、ファニーのためにはいいことであるに違いない。互いに離れていれば、エドマンドの表情や親切に悩まされることもなく、エドマンドの心が解ってしまうことや打明け話をされることを何とか避けようとすることで絶えず苛立たなくても済む訳で、これはファニーが自ら考えてもより好ましい状態だと云える筈である。ファニーとしても、エドマンドがロンドンにいて、万事上手くやっていると思えれば、惨めな思いをしなくても済むであろう。――マンスフィールドでは堪え難いようなことも、ポーツマスでは少少具合の悪いことで済ませられよう。

唯一の障碍はバートラム伯母がファニーがいなくてもちゃんとやって行けるかどうか疑わしいことであった。ファニーはほかの者にとってはいてもいなくても大して変りのない存在であったが、伯母にとってだけは、ファニーとしてもちょっと考えたくないぐらいの大打撃になるかも知れなかった。実際、この問題の解決がサー・トーマスにとっても一番の難問であったし、サー・トーマス以外の者にはまず手の下しようのない問題であった。

しかし流石《さすが》はマンスフィールド・パークの家長である。いかなる処置を講ずるにせよ、ひとたびこうと決心したからには必ずや上手くやり遂げることが出来た。このときも長時間話して聞かせ、ファニーもたまには自分の家族に会わなければならないことを詳しく説き聞かせることによって、ファニーを行かせることを夫人に納得させた。尤もこの場合は納得させたと云うよりはむしろ屈服させたという方が当っている。なぜなら、バートラム令夫人は、サー・トーマスがファニーを行かせなければならないと考えているなら自分もそうしなければならない、と云う以上のことは殆ど何も納得しなかったからである。自分の化粧室で、人の頭を混乱させるような夫の話に左右されることなく、一人静かに考えてみるときには、ファニーが両親の許へ行かなければならない必要性をどうしても認めることが出来なかった。ファニーの両親はこれまでも長いあいだファニーなしでやって来たのだし、自分はこんなにもファニーを必要としているのだもの、と云うのが令夫人の考えであった。――それでファニーがいなくても大丈夫だと云うような意見は、ノリス夫人はその点を立証するべく頻りに弁じ立てたが、バートラム令夫人はこれをどうしても認めようとしなかった。

サー・トーマスは令夫人の理性と良心と威信に訴え、今度の処置を犠牲と呼び、令夫人の善意と自制心にそれを犠牲として認めることを要求した。しかしノリス夫人の方は、よければ自分の時間はいつでも妹のために捧げるつもりだから、ファニーがいなくても充分にやって行ける――要するに、ファニーは必要ではなく、いなくても別段困らない筈だ、と云う風に妹を説得したがった。

「或はね、多分姉さんの仰有《おつしや》るとおりかも知れませんわ。でも私はファニーがいないとひどく困ることは確かですの」――バートラム令夫人はこう答えただけであった。

次の段取はポーツマスに連絡することであった。ファニー自らが里帰りすることになった旨を書送った。母親からの返辞は短いながらたいへん親切なもので、簡単な数行のうちにも、再び我が子に会えることに対するいかにも母親らしい自然な喜びが読取れ、娘の再び母親と一緒になれると云う幸福な想いをいよいよ固いものにした。ファニーは今や「ママ」のうちに温かな、優しい友の見出せることを確信した。「ママ」が以前何ら目立った愛情を示さなかったことは確かであったが、これもファニーは自分の方に落度があったか、或は自分勝手にそう想い込んでいたのだろう、と簡単に想い做すことが出来た。おそらく、気難しいくせに怖がりなどうしようもない性質のゆえに親の愛を自ら遠ざけていたか、さもなくば、無分別にも、愛を受けるべき兄弟妹があんなにも数多くいるのに人一倍多くを欲しがるかしたのであろう。今や、自分にももっと分別が出来て、いかにして皆の役に立ち、自分を抑えるかも分るようになり、母の方ももはや数多くの幼児の世話や家事に絶えず追掛けられることもなくなったからには、時間的にも気分的にも何かと安楽を求める余裕もあるだろうし、もうすぐ互いにあるべき母娘の姿を見せ合えることになろう。

ウィリアムも妹に劣らずこの計画には大喜びであった。出帆の間際まで妹と一緒にいられるばかりか、多分最初の巡航が終って戻って来てもまだ妹がそこにいるだろうと思うと、こんな嬉しいことはなかった！　それればかりか、スラッシ号も出港前に是非一目妹に見せたかった（スラッシ号は間違いなく海軍随一のスループ艦なのだ）。海軍工廠《こうしよう》も目下何箇所か改造が施されていた。ウィリアムはそれもファニーに見せたかった。

ウィリアムは、ファニーが暫くのあいだ家にいてくれれば皆を大いに教化することになろう、と躇わずに云い添えた。

「どう云う訳か、我家には君のきちんとした振舞や行儀正しさが足りないように思われるんだ。家中がしょっちゅう混乱している。君が帰れば我家の状態も少しはよくなるだろうと思うんだ。

君なら家の中がどうあるべきかを母さんに云って聞かせることも、スーザンにお手本を見せ、ベッツィーに教えてやることも出来るし、弟達を手懐《てなづ》けて、云うことを聞かせることも出来るもの。そうしたらどんなに家の中がきちんとして気持よくなることか！」

プライス夫人からの返辞が届いたときには、出発まであとほんの二、三日しかなかった。そのうちの一日の何時間かを若い二人は自分達の旅のことでかなりの驚きと不安のうちに過した。と云うのは、どう云う方法で旅をするかが話題になり、義弟の金を何とか無駄に費《つか》わせまいとするノリス夫人の気遣いが徒労に終り、ファニーをもっと安い費用で旅行させようとする夫人の意嚮《いこう》と仄《ほの》めかしにもかかわらず、二人は駅伝馬車で行くことになり、現に夫人の眼の前でサー・トーマスがウィリアムにそのために必要な紙幣を手渡したとき、夫人がその馬車にはもう一人坐れるだけの余裕のあることに思い当り、突然、二人と一緒に、気の毒な愛しい妹のプライス夫人を訪ねたいと云う強い衝動に襲われたからである。夫人は自分の考えを公言し、自分は是非とも若者達と一緒に行きたい気持である、気の毒な愛しい妹にはもう二十年以上も会っていないし、許されればこんな有難いことはない、それに自分のような年寄が附いていれば若者達にとっても道中何かと助けになり、大いに心強いであろう、もし行かなければ、気の毒な愛しい妹はこのような折角の機会を利用しなかった自分をそれこそひどい情知らずだと思うに違いない、と云い張った。

ウィリアムとファニーはノリス伯母のこの考えに恐怖に襲われた。

そんなことにでもなれば二人の快適な旅はたちどころに台無しであろう。二人はいかにも情なさそうな表情で顔を見合せた。この不安な、落着かない状態は一、二時間も続いた。誰一人喙《くちばし》を容《い》れて奨めようとも思い止まらせようともしなかった。ノリス夫人は自分一人で結論を出さなければならなかった。しかしそれは、甥と姪にとって限りなく嬉しかったことに、夫人が自分は目下マンスフィールド・パークからはどうしても離れられぬ身であり、サー・トーマスとバートラム令夫人にとって是非ともなければならぬ存在であるため、一週間たりとも二人の許《もと》を離れる訳には行かず、従って他の喜びは一切これをバートラム夫妻のために役立つと云う喜びの犠牲にしなければならぬことを思い出したことで、一段落した。

実際にはもう一つノリス夫人の脳裡を過《よぎ》ったことがあった。それはたといポーツマスまでは只で行けたとしても、再び帰って来るときには自分で金を出さない訳には行かないだろうと云うことであった。そんな訳で、夫人の気の毒な愛しい妹は婦人が折角の機会を逸したことに失望落胆することになり、多分、更に今後二十年、姉妹は互いに会えないことになった。

このポーツマス行きとファニーの不在はエドマンドの計画にも影響を及ぼした。伯母同様エドマンドもマンスフィールド・パークのために犠牲を払わねばならなかった。エドマンドとしてはちょうどこの頃ロンドンへ行くつもりであったが、両親にとって慰めとなるべき主立った家族が全員家を留守にしてしまっているときに、自分も両親の許を離れる訳には行かなかった。そこで、自らの幸福を永遠のものにしようと希って楽しみにしていたロンドン行きを、無理して――と云っても内心そう思うだけで、口に出したりはせずに――一、二週間延ばすことにした。

エドマンドはそのことをファニーに話した。既に多くのことを知っているファニーには是非とも一切を伝えない訳には行かなかった。おかげで二人はもう一度ミス・クロフォードについて親しく話し合うことが出来たが、ファニーはこれが二人のあいだでこれまでのように自由にミス・クロフォードの名前が口に出せる最後かと思うとそれだけで何だか胸が一杯になった。その後もう一度だけ、エドマンドはミス・クロフォードのことに言及した。夕方バートラム令夫人が姪に、行ったらすぐに、その後もたびたび手紙を書くように云い、自分もこまめに書くからと約束していたとき、エドマンドは都合の好い瞬間を捉えると、囁き声で附加えた。「僕も書くからね、ファニー、書くに足るだけのことや君に知らせたいことがあり次第、君としては聞きたいだろうが、僕以外の者からではそう逸早く聞く訳には行かないことがはっきりし次第。」もしファニーが聞きながらエドマンドの云わんとするところを疑っていたなら、顔を上げたとき、目に映ったエドマンドの顔の熱心な輝きがあまりにも決定的なのに驚いたことであろう。

この手紙に対してはファニーもしっかりと心を構えておかねばならなかった。ああ、エドマンドからの手紙が恐怖の種になるなんて！　ファニーは、この物みな移り行く世にあって時の経過と環境の変化が人間にもたらす考えや感情の変化を、自分は必ずしも未だ充分に経験している訳ではないことに気附き始めた。人間の心が変り得るものだと云うことをファニーはまだ充分に汲み尽してはいなかった。

可哀そうに、ファニーは、実際、里帰りを喜び、切に望んでいたにもかかわらず、いざマンスフィールド・パークもこれが最後と云う晩になるとやはり惨めな思いを禁じ得なかった。別れを思うと心はどうにも悲しかった。どの部屋に行っても涙が流れ、況してや愛する人達の前に出ては止処《とめど》がなかった。自分がいなくなれば淋しい思いをするであろう伯母にはひしとすがりつき、不愉快な思いをさせた伯父には泣きじゃくりながら手に接吻した。エドマンドに対しては、一緒にいるのもこれが最後と云う段になっても、話すことも、顔を上げることも、物を思うことも出来ず、エドマンドがいかにも兄らしい愛情の籠った別れの接吻をしてくれたのも、それが済むまでは判らなかった。

出発が翌朝非常に早かったので、これらのことはすべてその晩のうちになされた。そして翌朝すっかり人気の少くなった家族が朝食室に会したときには、今頃ウィリアムとファニーはもう最初の宿場に達したろう、と噂された。

第七章

それでもマンスフィールド・パークがかなり後方に遠ざかるにつれて、やがて旅の目新しさとウィリアムと一緒だと云う幸福感が自ずとファニーの心に影響を及ぼし始め、最初の一丁場を終えて、いよいよサー・トーマスの馬車ともお別れと云うときには、ファニーも送ってくれた老馭者に元気な表情で別れを告げ、適切な言伝てをすら託することが出来た。

兄妹間の愉快な話は尽きなかった。どんな話にもウィリアムはそれこそ大喜びであった。真面目な話の合間には絶えず陽気に冗談を云い、話の始めはともかく、最後は決ってスラッシ号の賞讃に落着いた。――スラッシ号がどんな任務に就くだろうかと推測したり、優れた敵との戦闘計画を立てたり（この戦闘で、もし中尉の位が空けば――ウィリアムは今の中尉に対してはあまり容赦していなかった――早速にも一階級昇進する筈であった）、或は捕獲賞金*についてあれこれ思い廻らしたりした。ウィリアムは、この賞金は、自分たちが中年になったら二人一緒に暮せる快適な、小さな田舎家を建てるのに必要な分だけを取って、あとは気前よく家の者達にやってしまおう、と云うのであった。

ファニーの当面の心配事も、ミスター・クロフォードとのことに関する限り、口にされることはなかった。ウィリアムも事の成行きは承知しており、どう見ても第一級の人物としか思えない男に対する妹の気持がかくも冷淡なことを心から嘆いてはいたが、ウィリアム自身何よりも愛が大事と考える齢頃であり、妹を非難することは出来なかった。このことに対する妹の希いが判っているだけに、ほんの少しでもそれに言及して妹を苦しめたくはなかった。

ファニーにはミスター・クロフォードがまだ自分のことを忘れた訳ではないと想える理由があった。――ファニーは兄妹がマンスフィールドを離れてから経過した三週間のあいだに繰返し妹の方から便りを貰っており、そのどれにもミスター・クロフォードによって話言葉同様の熱烈な、断乎たる数行が書添えられてあったからである。それは予め恐れたとおりのまったく不愉快な手紙のやりとりであった。ミス・クロフォードの手紙は、なるほど文面そのものは快活な、愛情の籠ったものであったが、ファニーが無理矢理ミスター・クロフォードの言葉を読まされることを別にしても、それ自体有難くなかった。なぜなら、手紙の主立ったところを読んでやるまではエドマンドの気持が落着かなかったし、読んだら読んだで今度は書手の言葉遣いや強い愛情を褒め称えるエドマンドの言葉に耳を傾けなければならなかったからである。──実際どの手紙にもあまりにも多くの言伝てがあり、マンスフィールドに関する言及や回想があるので、ファニーにはどれもこれも間接的にエドマンドに宛てて書かれたものとしか想えなかった。自分が無理矢理にそう云う意図に捲込まれ、愛してもいない男の甘い言葉を読まされるばかりか、愛する人の不幸な情熱にまで手を貸す破目になるような文通を強いられることはひどく辛かった。この点でも、ファニーがこうしてマンスフィールドを離れることは有難かった。自分がもはやエドマンドと同じ屋根の下にいないことが判れば、ミス・クロフォードにも敢えて苦労してまで手紙を書こうと云う強い動機もなくなるだろうし、ポーツマスでは自分達のやりとりも次第に疎《おろそ》かなものになるだろう、とファニーは思った。

その他諸もろの考えとともにこのようなことを考えながら、ファニーは、無事に、楽しく、二月と云う道の泥濘《ぬかる》む月にあって望み得る限り迅速に、旅を続けた。やがてオックスフォードに入ったが、エドマンドの出た学寮は通りすがりに慌《あわただ》しく一瞥出来ただけで、ニューベリーに着くまでは途中どこにも停らなかった。ニューベリーの昼食と夜食を兼ねた楽しい食事がその日一日の喜びと疲れを締括った。

翌日は再び朝早く出発した。途中旅を遅らせるような出来事は何一つなく、順調に進み、ポーツマスの近郊に辿り着いてもなお、ファニーが周囲を眺め廻して新しい建物に吃驚出来るぐらい陽の光が残っていた。——吊上橋を過ぎて、町の中に入った頃から漸く日が暮れ始め、馬車はウィリアムの力強い声に導かれて大通りから狭い路地へがたがたと入って行き、プライス氏が目下住んでいる小さな家の戸口の前に近附いた。

ファニーの心は期待と不安が入混り、すっかり動揺狼狽していた。馬車が停るや、だらしのない身なりの女中が、戸口のところで馬車の到着を待っていたらしく、小走りに歩み寄り、手を貸すよりも知らせを告げることに夢中で、すぐさま切出した。「スラッシ号は出港なさいましたです、若旦那。将校の方が一人お見えになりまして——」このとき今年十一歳のすらりと背の高い少年が女中の話の腰を折った。少年は家の中から駈出して来るなり、女中を押退けると、ウィリアムがまだ馬車の扉を開けおわらないうちから大声で叫んだ。「ぎりぎりに間に合ったよ、兄さん。この三十分間、今か今かと待ってたんだ。スラッシ号は今朝出港した。僕、見たんだ。素晴しかった。みんな一日か二日のうちには作戦命令が出るだろうって云ってる。キャムベルさんが兄さんはいないかって四時にやって来て、スラッシ号の短艇を一隻確保しといて六時に本船へ出発するつもりだから、兄さんがそれまでに間に合ってくれるといいがって。」

この弟はファニーの方へは、ファニーがウィリアムに馬車から助け降ろされる際に、一、二度じろりと視線を向けただけであったが、ファニーが接吻しようとするのを別段嫌がりはしなかった。しかしスラッシ号出発の際の事細かな説明はなおも一向に止めようとしなかった。それと云うのもこの弟は、今まさにスラッシ号乗組員として船乗生活を始めることになっていただけに当然その出港には強い関心を抱いていたからである。

次の瞬間ファニーはその家の狭い入口の通路で母親の腕に抱かれていた。母親は本当に優しい表情でファニーを迎えた。ファニーは表情以上にその顔立が嬉しかった。それと云うのもその顔立はバートラム伯母にそっくりだったからである。それから十四歳の今やすっかり成長して、綺麗な娘になったスーザンと一家で一番年下の五つぐらいになるベッツィーの二人の妹も、態度作法こそ成ってはいなかったが、それぞれの仕方で大喜びで迎えてくれた。しかしファニーは作法などどうでもよかった。二人が自分を愛してくれるかと思うと、それだけで満足であった。

それからファニーは客間に案内されたが、その部屋があまりにも小さいので、ファニーは最初ここはもっと上等な部屋へ続く控えの間に過ぎないのだと思い込んでしまい、一時のあいだもっと先へ案内されるものと立止ったままでいた。しかし入って来たところ以外には扉はなく、部屋の様子からみなここで日日を過しているらしいことが判ると、ファニーは最初の考えを取消し、そんな考えを抱いた自分を非難し、そのような心の動きが勘づかれはしなかったかと悲しくなった。しかし母親の方は何を勘づく暇もなく、すぐさま部屋を出ると、今度はウィリアムを出迎えに再び往来に通じる戸口の方へ行ってしまった。「まあ、ウィリアム、ようこそお帰り。それはそうとスラッシ号のことは聞きましたか？　もう出港してしまってよ。思っていたより三日も早かったの。サムの身のまわりの品もどうしていいか判らないし、とても間に合いそうにはないわ。多分、明日にも作戦命令が出るかも知れないし、まったくの不意打ちなんだもの。あなたも今すぐにスピットヘッドへ出発しなければ。キャムベルさんがいらっしゃって、あなたのことをひどく心配していました。本当に、どうしましょう？　今晩はみんな一緒に楽しく過せるものとばかり思っていたのに、それこそこうして何もかも一時にやって来るんだもの。」

息子は、ままよ、何事も常に天の配剤、と陽気に答え、かくもすぐに急いで出発しなければならない我が身の不都合をわざと軽く受流した。

「確かに、それは、まだ出港しないでくれた方がよかったさ、皆と一緒に二、三時間はゆっくり出来たろうからね。しかし短艇が待っているからには仕方がない。直ちに出掛けた方がいいだろう。ところでスラッシ号はスピットヘッドのどの辺にいるんだろう？　カノウパス号の近くかな？　ま、それはそうと――ファニーが客間で待っているのに、どうしてこんな通路に立っていなければ不可ないの？　――さあ、母さんは愛しい娘の顔をまだ満足に見てないじゃありませんか。」

二人は客間に入った。プライス夫人は再び娘に優しく接吻し、立派に成長したことに短く触れ、二人とも旅をして来て疲れていないか、何か欲しいものはないか、と気を揉み始めたが、その様子にわざとらしいところは少しも見られなかった。

「まあまあ、本当に、二人ともさぞかし疲れたことだろうねえ！　――ところで何を食べる？　母さんはもう二人とも来ないのではないかと思い始めていたよ。この三十分間と云うものベッツィーと二人でそれはもう今か今かと落着かなくてね。それで最後に食事をしたのはいつなの？　今は何が食べたい？　母さんとしても、お肉がいいのか、旅のあとだからお茶とお茶請《ちゃう》けだけでいいのか、それとも何か用意しておいた方がいいのか、判らなかったものだから。そうかと云ってもうじきキャムベルさんが見えるでしょうし、とてもステイキを料理している余裕はないわ。肉屋さんも遠くまで行かなければならないし。街に肉屋がないと云うのは本当に不便ね。前にいた家だとこんなことはなかったんだけど。用意が出来次第、お茶を上るでしょう？」

ウィリアムとファニーは何よりもお茶がいいと言明した。「それじゃあ、ベッツィーや、一っ走り台所へ行って、レベッカがお湯を沸しているかどうか確めて、出来るだけ早くお茶の用意をするよう云い附けて来ておくれ。呼鈴が直してもらえるといいんだけれど――でもベッツィーが大変なお悧口《りこう》さんで、いつもお使いをしてくれるの。」

　ベッツィーは、初めて見る素晴しいお姉さんの手前、いいところを見せようと、さっさと云うことを聞いた。

「おや、まあ！」と母親は相変らず気遣わしげに続けた。「何て情ない火なんでしょう。これじゃあ二人とも寒さで凍え死んでしまうでしょうに。さあ、ファニーや、椅子をもっと火の傍にお寄せ。レベッカったら一体何をしているのかしら？　三十分も前にもっと石炭を持って来るように云い附けておいた筈なのに。スーザンや、煖炉の火に注意していなくては駄目じゃないの。」

「だって、お母さん、私は二階で自分の持物を動かしていたのよ」とスーザンは平然と言訳し、ファニーを吃驚させた。「ファニー姉さんと私が別の部屋を使うってお母さんがつい先刻《さつき》決めたんじゃないの。私はレベッカに手伝ってもらうことも出来なかったのよ。」

　しかし議論は様ざまな騒ぎに中断されてそれ以上続かなかった。まず、馭者が支払いを受けに来た。――次にファニーのトランクをどうやって運び上げるかでサムとレベッカのあいだにちょっとした諍《いさか》いがあり、これはサムがどうしても自分流にやると云って聞かなかった。そして最後にはプライス氏その人が、姿よりも持前の大声を先に立てて、入って来た。通路に置いてあった息子の旅行鞄と娘の紙箱に蹴躓《けつまづ》いたらしく、何やら口汚く罵《ののし》ると、蠟燭を持って来いと大声で呶鳴《どな》った。しかし蠟燭は持って行かれず、そのうちに当人の方が部屋に姿を現した。

　ファニーは些か不安な気持で相手を迎えようと立上ったが、自分が暗がりに紛れていて、相手に気附かれないことが判ると再び腰を下した。父親は親しげに息子と握手を交すなり、熱心な口調で喋り始めた――「やあ、これはこれは、ようこそお帰り。無事で何より。ところで話は聞いたかい？　スラッシ号は今朝出港した。お前も急がなくては。いやはや、畜生、ぎりぎりに間に合ったな。例の軍医がお前を迎えに来ていたぞ。何でも短艇を一隻確保しておいて、六時までにはスピットヘッドへ出発するそうだ。お前も奴さんと一緒に行くといい。わしはな、お前さんの携帯食器のことでターナーの店へ行っとったんだ。万事上手く行きそうだ。多分、明日には命令が出るだろう。しかし何だな、もし西の方へ向けて巡航となると、この風ではちょっと無理だろう。ウォルシ大尉はスラッシ号はエレファント号と一緒に間違いなく西へ巡航するだろうと思っとるようだが。いやはや、畜生、そうだといいんだが。ところがショウリー爺さんは、つい先刻も云っとったが、お前の艦は最初テクセル島へ廻されるだろうと云う考えなんだ。まあ、ままよ、なるようになれ、だ。ところで、畜生、お前は今朝ここにいなかったばっかりにスラッシ号出港の素晴しい光景を見損なってしまったぞ。わしなどは、たとい千ポンド呉れると云われたって、あの場から離れるつもりはなかったね。朝飯を喰っとったら、シヨウリー爺さんが駈込んで来て、スラッシ号が碇泊所から滑り出して、出て来たと云うじゃないか。わしはすぐさま飛出し、一気に台場へ駈上った。いやあ、もし仮に申分なしの美女が海上に浮ぶことがあるとすれば、あれこそまさにそれだね。それでスラッシ号は目下スピットヘッドに碇泊している。あれなら、英国人の誰が見ても、二十八門艦だと思うだろう。わしは今日の午後二時間のあいだずうっと台場にいて、スラッシ号を眺めていた。スラッシ号は例の荷役定置船の東側、エンディミオン号とクレオパトラ号のあいだにあって、エンディミオン号寄りに碇泊している。」

「いやあ、それはいい！」とウィリアムは叫んだ。「仮に僕が指揮を取ってもそこへ碇泊させたろうな。あそこはスピットヘッドでも最高の碇泊位置なんだ。しかしそれはそうと、ほら、父さん、ファニーだよ、ファニーが帰って来ているんだよ」と、振返ってファニーを前へ導きながら――「あんまり暗いんで気が附かなかったようだけど。」

これはこれはすっかり忘れていたと云いながら、プライス氏はやっとのことで娘を迎えた。心をこめてしっかりと抱締め、すっかり一人前の女になったなと云い、これはそろそろ亭主が必要だななどと想っているうちに、どうやらまたもや娘のことは念頭を去りつつあるらしかった。

ファニーは仕方なくすごすごと自分の席へ戻った。父親の言葉遣いとぷんと云うアルコールの臭いにひどく胸が痛んだ。プライス氏はまたもや息子の方に向き直ると、専らスラッシ号のことだけを話題にした。ウィリアムは、自身確かにこの話題に強い興味を抱いてはいたものの、何度となく父親にファニーの方に注意を向けさせ、ファニーの長い不在と長旅のことを話題にしようとしたが、無駄であった。

一時して、蠟燭の火が点《とも》された。しかしなおもお茶になりそうな気配はなく、ベッツィーが台所からもたらした情報によると、まだかなりの時間が掛りそうなので、ウィリアムは直ちに着替えを済ませ、上船に必要な準備を整えて、それからゆっくりお茶を飲むことにした。

ウィリアムが出て行ったところへ、汚らしいなりをした、八歳と九歳ぐらいの、顔を真赧に火照らせた少年が二人飛込んで来た。ちょうど学校から解放されたところと見え、何としても自分達の姉を一目見、スラッシ号出港の知らせを告げなくては、と云う意気込みであった。トムとチャールズであった。チャールズはファニーがいなくなってから生れた子であるが、トムの方はファニーもしばしば子守の手伝いをしたことがあるので、今こうして再会出来ることが殊のほか嬉しかった。二人ともたいへんおとなしく接吻された。ファニーはトムを自分の傍に引留めて、かつて可愛がった赤ん坊の眼鼻立を改めて確め、幼いトムが自分に懐《なつ》いてくれたことを話して聞かせたいと思ったが、トムの方にはそんなことをされるつもりはさらさらなかった。トムが家へ帰って来るのは、おとなしく人の話を聞くためではなく、家の中を走り廻って大騒ぎをするためである。少年達はあっと云う間にファニーの許を走り去り、力一杯に客間の扉を閉めた。その凄じい勢いたるやファニーが顳顬《こめかみ》に痛みを覚えるほどであった。

ファニーはこれで現在家にいる者には全員顔を合せたことになる。あと自分とスーザンのあいだに二人だけ弟があるが、一人はロンドンの或る役所で書記をしており、もう一人は見習水夫として目下東インド商会の貿易船に乗込んでいた。しかしファニーは家族の全員に顔は合せたものの、まだ一同が惹き起す騒ぎのすべてを耳にした訳ではなかった。それから十五分ばかりもすると、今までよりも遥かに凄じい騒ぎが起った。ウィリアムが二階の踊場から母とレベッカを大声で呼んでいた。何かそこへ置いといたものが見附からなくて困っているらしかった。鍵の置き場所が分らず、ベッツィーが新しい帽子に手を触れたと云って非難され、軍服の胴着の部分のちょっとした、しかし大切な繕《つくろ》いが、やっておくからと云う約束だったのに、完全に忘れられていた。

プライス夫人とレベッカとベッツィーは三人とも踊場へ上って行き、同時に言訳を始めた。しかしレベッカの声が一番大きく、繕いの仕事は大急ぎで出来るだけちゃんとやると云うことになった。ウィリアムはベッツィーに再三階下《した》へ行くように、邪魔だからそこを退《ど》くように云ったが、無駄であった。これらの様子はすべて、家中の扉と云う扉がほぼ全部開け放しになっているので、ときおりサムとトムとチャールズが上を下へと互いに追掛け廻っては、引繰《ひっく》り返《かえ》ったり奇声を発したりしてより大きな物音を立てるとき以外は、客間にいてもはっきりと判った。

ファニーは殆ど気が遠くなりそうであった。家が小さい上に、壁が薄いものだから、何もかもあまりにも自分との距離が近すぎ、おまけに旅の疲労とつい先ほどの心の動揺も加わって、どうやってこの騒ぎに堪えたものやら殆ど判断がつかなかった。それでも客間の中は静かであった。スーザンがほかの者達と姿を消し、父親とファニーの二人しか残っていなかったからである。父親はいつも決って隣から借りて来る新聞を取出すと、ファニーのいることなどすっかり忘れてしまった様子で、熱心に読み始めた。たった一つの蠟燭は、ファニーの都合には何らお構いなく、父親と新聞のあいだに置かれてあった。しかしファニーには何もすることはなかったし、却って痛む頭を抱えて、当惑と悲しみの思いに打拉《うちひし》がれている自分の姿が照し出されずに済んで嬉しかった。

ファニーは我家に帰って来たのだ。ところが、哀しい哉、その我家の有様と云い、皆の自分を迎える迎え方と云い――と考え始めて、ファニーは自分を抑えた。こう云う考え方は不当であった。自分には家族の者から特別扱いされるべきいかなる権利があると云うのか？　こんなにも長いあいだ皆と別別に暮して来て、そんな権利は何一つない筈ではないか！　ウィリアムの関心事が一番大切なのは当り前であった――これまでもずっとそうであったのだし――ウィリアムこそそう云う扱いを受けて然るべきであった。それにしても自分のことがこんなにも話されず、こんなにも訊かれないなんて――マンスフィールドの人達の安否が殆ど訊ねられないなんて！　マンスフィールドの人達のことが――こんなにもいろいろと面倒を見てくれたマンスフィールドのそれはそれは大切な人達のことが皆の念頭に全然上らないと云うことがファニーには何とも辛かった。しかしここでは今一つの問題が他の一切を呑込んでしまったのだ。多分そうに違いない。目下スラッシ号の派遣先が他の何物にも増して強い関心事なのだ。一日か二日もすれば事情は変るかも知れない。要するにスラッシ号のせいなのだ。それにしてもマンスフィールドでなら決してこうはならないだろう、とファニーは思った。そう、もしこれが伯父の家でなら、時と場合に対する適切な配慮がなされ、話題もその場に応じて調整され、慎《つつし》みと、ここには見られない皆に対する心遣いが示されることだろう。

半時近くのあいだにファニーのこのような思いを唯一度だけ中断したのは、このような思いをまず鎮めてくれそうにない父親の突然の呶鳴声であった。通路の方で聞えていたどしんばたんと云う物音と叫び声が何やら一段と大きくなったかと思うと、父親が呶鳴り始めた。「この餓鬼ども！　何をぎゃあぎゃあやっとるか！　こら、サム、貴様の声が一番うるさいぞ！　ここは船の甲板じゃないんだ。止めろ、サム、その忌忌しいきいきい声を止めろったら！　この野郎、ひっつかまえるぞ！」

この威嚇の無視されたことがあまりにも明らかだったので、その後五分もしないうちに三人が揃って部屋の中へ飛込んで来て腰を下したときも、火照った顔と烈しい息遣いから見て、ファニーには単に一時疲れ切ったからそうしたとしか思えなかった。それは、なおも互いに相手の向う脛《ずね》を蹴り合っては、父親がすぐ眼の前にいるにもかかわらず、突然、あ痛あ、などと叫んでいるのでも殊さら明らかであった。

次に扉が開いたときはファニーも些か嬉しかった。もう今晩はお眼に掛れないものとほぼ諦め掛けていたお茶の道具が現れたからである。スーザンともう一人の下働きの女中が——その身なりが一段と劣っているので、ファニーは先刻の女中はあれでも上の女中なのだと知ってひどく驚いた——お茶に必要なものをすべてこうして持って来たのであった。湯沸しを煖炉の火にかけながら姉の方に向けた視線から察するに、どうやらスーザンの心は、自分がこうして積極的に役に立つところを姉に見せられる得意な気持と、こう云う下働きをする自分が卑しく見られやしないかと云う不安な気持に分裂しているらしかった。「私、台所にいて」とスーザンが云った、「サリーに急ぐように云い、パンを焼いてバターを塗るのを手伝っていたの——だっていつになったらお茶になるやら判らないし——お姉さん旅のあとで何か欲しいに違いないと思ったものだから。」

　ファニーは妹に心から礼を云い、お茶を少し頂けたら本当に嬉しいと本心を打明けざるを得なかった。スーザンはすぐにお茶を淹《い》れ始め、自分だけでやれる仕事の出来たことをいかにも喜んでいる風であった。そうして、多少不必要な物音を立てたのと、無理して弟どもに行儀よくさせようと浅はかな試みをした以外は、たいへん上手に振舞った。ファニーは身心ともに生返る心地であった。このような時宜を得た親切に、頭も心も直ちにそれまでの疲労感が薄らいだ。スーザンはいかにも正直そうな、物分りのよさそうな顔立をしており、ウィリアムによく似ていた。ファニーは、気立ての点でもウィリアムに似ていて、自分に好意を持ってくれているといいが、と思った。

　こうして前よりも幾分静けさを取戻したところへ、母親とベッツィーをすぐ背後に随えて再びウィリアムが入って来た。ウィリアムはすっかり少尉の軍服を身に纏《まと》って、そのせいか背丈もより高く見え、身のこなしも一段と頼もしそうで、俄然品位が増したようであった。満面に幸せ一杯の笑みを湛えて、まっすぐにファニーの方へ歩み寄った。――ファニーはと云うと、席から立上ったものの、ただ讃嘆の眼を見張るばかりで、一時のあいだ物も云えず、やがて相手の頸に両腕を投掛けると、悲喜こもごもの思いに啜《すす》り泣《な》き始めた。

しかし、悲しそうな様子を見せまいと、すぐに気を取直し、涙を拭うと、どうやらウィリアムの軍服の素晴しい箇所に残らず眼を留めて賞讃の言葉を口に出せるだけの余裕が出来た。そうして再び元気を取戻すと、出航するまでは毎日何時間か上陸出来るから、スピットヘッドへスループ艦を見に連れて行くことも出来るだろうと云うウィリアムの嬉しい言葉にも、落着いて耳を傾けることが出来た。

そこへミスター・キャムベルが現れて、またもやざわめきが起った。このスラッシ号の軍医は大変に折目正しい若者で、友を迎えにやって来たのである。軍医のための椅子が何とか確保され、若いお茶係は大急ぎで茶碗と受皿を一組洗わなければならなかった。やがて紳士達は何やら熱心に話し始め、次第に部屋全体の物音が高まり、到頭大小の男どもが全員動き始め、物音は遂に喧噪に達した。十五分ほどしていよいよ出発のときが来た。用意は万端整い、ウィリアムは暇を告げた。と同時にそのほかの男どもも全員いなくなってしまった――それと云うのも、三人の男の子達は、母親の懇願にもかかわらず、兄さんとミスター・キャムベルを短艇桟橋まで見送ると云って聞かず、プライス氏はプライス氏でこのとき、隣から借りていた新聞を返して来ると云って出掛けてしまったからである。

やっと静寂らしきものが望めそうであった。そこで、レベッカにお茶の道具を下げるよう云い聞かせ、プライス夫人がワイシャツを探して一時部屋の中を歩き廻っていたが、最後にベッツィーがそれを台所の抽斗《ひきだし》から見附け出して来ると、部屋に残った少人数の女達はどうやら人心地ついた気がした。母親は再びサムの準備の間に合いそうにないことを嘆いたが、それでもそれが済むと、あとは長女と長女がずっと世話になって来た人達のことを考えるだけのゆとりが出来た。

ところが夫人は幾つかの質問を始めたものの、早早に、「姉のバートラム令夫人は召使達をどう云う風に扱っているのかしら？　まともな召使を雇うことではやっぱり姉も苦労しているのかしら？」と云う質問を発したことで、じきに心はノーサムプトンシアを離れ、自分の家庭内の不平不満、ポーツマスの召使達の驚くべき性質の方へと移ってしまった。夫人はそのポーツマスの召使達の中でも自分の使っている二人が最もひどいと云う話にすっかり夢中になった。バートラム家の人達のことはレベッカの欠点を事細かに述べ立てることのうちにすっかり忘れ去られてしまった。そのことではスーザンにも大いに云い分があり、小さなベッツィーにはもっと不満があった。どうやらレベッカには何一つとしていいところはないらしく、ファニーには控目に見ても、母親が年季明けにはレベッカを解雇するつもりでいるとしか思えなかった。

「その年季なのよ！」とプライス夫人は声を揚げた。「母さんとしては是非とも年季明け前に辞めさせたい気持なの。だってレベッカの年季明けは十一月なんだもの。ポーツマスでは召使の事情はそんな訳でねえ、無事に半年も雇えたらそれこそ奇蹟と云ってもいいくらいなの。母さんもどうしたものやら全然見通しが立たなくてね。レベッカを辞めさせても、おそらくもっとひどいのが来るだけだろうし。母さんは召使に対してそんなに気難しい主人だとは思わないんだけどねえ――本当に楽な身分だと思うのよ。いつだって下働きの娘を置いているんだし、仕事の半分は大抵母さんが自分でやるんだもの。」

ファニーは黙っていた。しかしそれは、確かにこう云う悪弊に対する改善策は見附からないかも知れないと納得したからではなかった。ファニーは今こうしてベッツィーを見ていると、たいへん可愛らしい幼い女の子であったもう一人の妹を殊さら思い出さずにはいられなかった。その妹はファニーがノーサムプトンシアへ発つとき、今のベッツィーとあまり変らない齢頃であったが、その後二、三年ほどして亡くなったのである。何とも愛らしい感じの子であった。ファニーは、当時、どちらかと云うとスーザンよりもその子の方が好きであった。それでその子の亡くなった報せがやっとのことでマンスフィールドに届いたとき、ファニーは暫くのあいだひどく苦しみ悩んだ。――こうしてベッツィーを見ているうちに幼いメアリーの姿が再び瞼《まぶた》に浮んで来たものの、ファニーは敢えてそのことに触れて母親を苦しめようとは思わなかった。――こんなことを考えていると、少し離れた所でベッツィーが何やら手に持っているのがファニーの眼に留った。ファニーには見せてもスーザンの眼からは隠しておこうと云うつもりらしかった。

「ねええ、何を持っているの?」とファニーは云った。「ここへ来て、お姉さんに見せて頂戴。」

それは銀の小刀であった。スーザンは跳び上るなり、それは自分のものだと云い、取返そうとした。しかしベッツィーの方は大急ぎで母親の背中に隠れてしまったので、スーザンはただ非難の言葉を浴せることしか出来なかった。スーザンの物云いは大層激しく、明らかにファニーが自分に身方してくれることを望んでいた。「自分の小刀を持つことが出来ないなんてあんまりだわ。それは私の小刀なのよ。妹のメアリーが死ぬ間際に形見として私に呉れたものなんだもの、本当ならずうっと私が持っていなくては不可ないのに、お母さんたらそれを取上げて、いつもベッツィーの玩具《おもちゃ》にさせているじゃないの。ベッツィーには触らせないって約束したくせに、このままではベッツィーが駄目にしてしまうし、何れ自分のものだって云い出すに決っているわ。」

ファニーは愕然となった。妹の言葉にも、それに対する母親の返答にも、敬意、節操、思い遣りの感情がまるで欠けていた。

「これ、スーザン」とプライス夫人は些か声を高めて苦情を云った。「あんたはどうしてそう怒りっぽいの？　小刀のことになるといつでも喧嘩腰じゃないの。何もそう喧嘩腰にならなくたっていいだろうに。ねえ、ベッツィーや、スーザン姉さんは何て怒りっぽいんだろうねえ！　でもいいこととベッツィー、母さんが抽斗へ用事を云い付けたからと云って、小刀を持って来ては駄目ですよ。スーザン姉さんに叱られるから触っては不可ないって云っといたでしょう？　さあ、母さんがもう一度蔵《しま》っておくから返しなさい、ベッツィー。可哀そうに、メアリーだって、亡くなるほんの二時間前に大事に蔵っておいてくれるようにって母さんの手に渡したときには、これがこんな諍いの種になろうとは思ってもいなかったろうにねえ！　ああ、可哀そうなメアリー、あの子はやっと聞取れるほどの声しか出なかったのに、それでもちゃんと云ったんだよ、『私が死んで埋められたら、この小刀をスーザン姉さんに上げて頂戴』ってね。——可哀そうなメアリー、あの子はそれはこの小刀が気に入ってね、ファニー、病気のあいだもずっと自分の傍から離そうとしなかったの。これはあの子の親切な名附け親のマックスウェル提督老夫人があの子の亡くなるほんの六週間前に下さったものなの。ああ、可哀そうなメアリー！　でもあの子もその後の不幸には遭わずに済んだんですものね。ベッツィーや（とベッツィーを抱締めながら）、お前には運悪くマックスウェルさんみたいな親切な名附け親が見附からなかったのね。ノリス伯母さんは遠くに離れているし、お前みたいな小さな子供のことなんかとても考えては下さらないだろうしね。」

実際ファニーとしても、ノリス伯母からの伝言としては、自分の名附け子がしっかりと勉強して、いい子でいてくれるよう希っていると云うこと以外には何もなかった。一度マンスフィールド・パークの客間で、姪に祈禱書を送ってはどうだろうかと云うことがちょっと口の端《は》に上ったことはあったが、それもそのとき限りのものであった。それでもそのときはさしものノリス夫人もそのつもりで一旦家へ帰ると、亡き夫の古い祈禱書を二冊本棚から取出してみたのである。ところがよく検討するうちに、折角の寛大な意気込みもどこへやら消えてしまったらしい。一冊は子供の眼には印刷の文字が小さすぎ、もう一冊は嵩張《かさば》る上に重たすぎてとても子供の力では持運び出来ないことが判った、と云うことであった。

ファニーはすっかり疲れ果ててしまい、もう寝《やす》んだらと云う最初の勧めを有難く受容れることにして、ベッツィーが、それではお姉さんに免じて特別にいつもより一時間だけ余計に夜更《よふか》ししてもいいからと許されてもまだ泣止まないうちに、席を離れた。やがて階下は、少年達が焼いたチーズを呉れと云ったり、父親が水割のラム酒を持って来いと呶鳴ったり、そうかと思うとレベッカが当然いるべき筈の所にいなかったりで、またもや大混乱であった。

スーザンと共用の狭苦しい、家具の貧弱な部屋にはファニーの気持を引立てるようなものは何もなかった。階上の部屋と云い、階下の部屋と云い、通路や階段と云い、その何とも狭苦しいことはファニーの想像を遥かに絶していた。ファニーはじきにマンスフィールド・パークの自分の小さな屋根裏部屋を見直す気持になった——マンスフィールドではあんな部屋、小さすぎて誰の使用にも堪えないと思われていたのであるが。

＊　当時、戦時特権によって、捕獲した敵商船の分捕品《ぶんどりひん》はこれを売却して、乗組員のあいだで賞金として分配するのが仕来りであった。

第八章

もしサー・トーマスに、ファニーが伯母宛に最初の手紙を書いたときの気持がすべて分ったなら、サー・トーマスは大いに我が意を強くしたことであろう。なぜならファニーは、一晩充分に休息を取って心地よい朝を迎えたことと、再びすぐにウィリアムに会えると云う望みのあることから、また家の中が比較的静かな状態にあることもあって——トムとチャールズは学校へ出掛け、サムは何やら自分の計画の準備に掛り切っており、父親はいつもの散歩に出掛けていた——表向きは楽しそうに家のことを書送ることが出来たものの、当人の醒めた意識には、多くの云わずに抑えたところのあることがはっきりしていたからである。サー・トーマスは、もし最初の一週間に姪が感じたことの半分でも知ることが出来たなら、姪は必ずやミスター・クロフォードのものになると考えて、自らの賢明な処置に満足したことであろう。

まだ一週間が過ぎないうちから、何もかも失望だらけであった。まず第一にウィリアムがいなくなった。スラッシ号は作戦命令を受け、風向きが変り、ウィリアムは二人がポーツマスに着いてから四日目に出航した。その四日間にファニーは二度しかウィリアムに会えなかった。それもウィリアムが勤務時間内に上陸したときのことで、短時間の慌しいものであった。自由に話をすることも、塁壁を散歩することも、海軍工廠を訪ねることも、スラッシ号を見に行くことも——とにかく二人が計画し、当てにしていたことは何一つ出来なかった。この方面でファニーの期待を裏切らなかったのはウィリアムの愛情だけであった。ウィリアムはいよいよ家を離れると云うときまでファニーのことを忘れず、一旦外へ出てからも再び戸口へ戻ると、こう云い置いて行った。「ファニーのことをよろしくね、母さん。ファニーは身体もあまり丈夫な方ではないし、我我のように荒っぽいことには馴れていないんだから、呉ぐれもファニーのことは頼みますよ。」

ウィリアムは行ってしまった。——ウィリアムがファニーをあとに残して行った家庭は——これぱかりはファニーも敢えて見て見ぬ振りをすると云う訳には行かなかった——殆どあらゆる点で、ファニーが希ったものと正反対であった。それは騒音と無秩序と無作法の棲処《すみか》であり、誰一人として自らを正しく弁えると云うことがなく、何一つとして然るべく為された例《ためし》はなかった。ファニーは予め想っていたほど両親を尊敬することが出来なかった。父親のことは決して楽観視はしていなかったものの、それでも家庭の無視と云い、だらしのない習慣と云い、粗野な態度と云い、遥かにファニーの覚悟を超えていた。決して無能な人ではなかったが、自分の仕事以外のことには好奇心も知識もまるで欠けていた。読むものと云えば新聞と海軍士官総覧だけであり、話すことと云えば海軍工廠、港、スピットヘッド、マザーバンクのことだけであった。悪態を吐《つ》き、酒を飲み、品がなく、野卑であった。ファニーの記憶では、これまでも父親から優しさらしきものを示してもらった覚えは絶えてなかった。記憶に残っているのは概してがさつでよく呶鳴ると云う印象だけであった。父親は今でも依然として粗野な冗談の対象にするとき以外は殆ど娘には注意を払わなかった。

母親には多くを期待していたのに、その期待がほぼすべて裏切られただけに、母親に対する失望はより大きかった。母に対して大切な存在たろうと云うあらゆる計画はじきに甘いものであることが判った。プライス夫人は思い遣りがない訳ではなかった——ただファニーは次第に母親の愛情と信頼を得て、母親にとってますます愛しい存在になると云うことがなく、その後何日経っても着いた最初の日に示された以上の優しさにはついぞ出会わなかったのである。母親としての自然の本能がすぐに満たされてしまうと、プライス夫人にはそのほかには何らの愛情源もないのであった。夫人の心も時間も既に一杯であり、これ以上ファニーに分け与えるべき愛情も、割いてやるべき暇もなかった。元来夫人は娘達には大して重きを置いていなかった。可愛いのは息子達であり、中でもウィリアムが一番可愛かった。女の子の中で母親から眼を掛けられたのはベッツィーが初めてであった。夫人もベッツィーだけは無分別と云ってもいいほどに甘やかしていた。ウィリアムは誇りであり、ベッツィーはお気に入りであった。あとはジョンとリチャードとサムとトムとチャールズが母親の気遣いの残りのすべてを気苦労と慰みで以って交互に占有していた。夫人の心はこれらが分け合っており、夫人の時間は主として家事と召使達に捧げられていた。夫人の毎日は一種の喧噪のうちにのろのろと過ぎて行った――しょっちゅう忙しがってはいるが何一つ上手く行かず、何事にせよ絶えず後手に廻って、それを嘆いても一向にやり方は変えようとせず、節約しなくてはと希いながらも具体的な工夫や規則正しいやり方が伴わず、召使達に対しても不満は抱いても教育するだけの手腕に欠け、手助けしようが、叱責しようが、甘やかそうが、召使達から慕われるだけの力量がないのであった。

プライス夫人は二人の姉のうちノリス夫人よりもバートラム令夫人の方に遥かに似ていた。必要に迫られて止むなく世帯《しょたい》の切盛りをやってはいるが、ノリス夫人のこまめなところや積極性は全然持合せていなかった。性質はバートラム令夫人に似て、生れつき暢気《のんき》で、しかも怠者《なまけもの》と来ていた。夫人の器量には、無思慮な結婚ゆえの苦労と我慢の境遇よりはバートラム令夫人と同様の富と無為の境遇の方が遥かに相応しかったであろう。プライス夫人も、玉の輿に乗っていれば、バートラム令夫人に劣らず、貫禄のある善良な夫人になっていたかも知れないのである。またノリス夫人なら、収入は少く、九人の子供を抱えていても、もっと尊敬出来る母親になっていたことであろう。

こう云うことをファニーも多分に感じない訳には行かなかった。ファニーのことだからこのような言葉を用いることには躊いを覚えたかも知れないが、それでも自分の母親が不公平な、思慮に欠ける親であり、のろまな無精者であることは実際に感じ取っていた筈である。子供を躾けるどころかやりたい放題にさせているので、家の中は始終不始末と不愉快な場面の連続であった。才幹がなく、話題に乏しく、娘に対する愛情が足りなかった。娘のことをもっとよく知りたいと云う気持も、娘と親しく交わろうと云う欲求も、親しくすれば娘の抱くこのような感情も少しは取除けるのに、そうしようと云う気も、まるでなかった。

ファニーは是非とも皆の役に立ちたかった。生家に対して超然としているとか、他所《よそ》で教育を受けたため、生家の安楽のためには手助けする力もその気もまるでない、と云う風には何としても見られたくなかった。そこで直ちにサムのための仕事に取掛った。朝早くから夜更《よふけ》まで頑張って針を持つ手を休めず、しかも大層手早く処理したので、大いに捗《はかど》り、必要な肌着類もほぼ整い、やっとのことでサムは船出することが出来た。ファニーは自分が役に立ったと感じてひどく嬉しかったが、自分がいなかったらみなどうしただろうか想像もつかなかった。

サムは実際よく大声を張上げ、横柄であったが、いざいなくなってみると、ファニーは何となく淋しかった。なかなか気の利いた、頭のいい少年で、町への走り使いなども喜んでやってくれたからである。スーザンが忠告しても鼻であしらっていたが――尤もスーザンの忠告はそれ自体決して間違ってはいなかったが、いかんせん語気が荒いだけで時宜と迫力に欠けていた――ファニーの尽力と優しい説得には徐徐に感化され始めていた。ファニーは三人の弟達の中で一番物分りのいいのが行ってしまったことに気附いた。トムとチャールズはサムよりは年下でもあり、正しい理性と感情が身に附いて、皆と仲良くし、他人に不愉快な思いをさせないようにすることがいかに好ましいかが分るようになるには、少くともまだあと何年か待たなければならなかった。ファニーはこの二人にはほんの少しの影響を及ぼすこともすぐに諦めてしまった。ファニーに可能な気力と時間的余裕で云い聞かせてみたところで、とても手に負えなかった。毎午後二人が学校から帰って来るや家中てんやわんやの大騒ぎであった。早くもファニーは半休日の土曜日が近附くと溜息を洩らすようになった。

甘えっ子で、アルファベットを最大の敵と見做すように育てられ、専ら気儘に女中達のあとばかり随いて歩いて、告口をすることに大いに気を強くしているベッツィーに対しても、ファニーはじきに匙《さじ》を投げてしまった。スーザンの性質にも多くの疑問な点があった。母親との絶えざる諍いと云い、トムとチャールズを相手の無分別な喧嘩と云い、ベッツィーに対する癇癪と云い、これだけでもファニーにはひどく堪《たま》らなかった。なるほど、スーザンにしてみれば決して尤もな理由がない訳ではなかったが、それにしてもこれほどまでに感情を露わにし得る性質は決して好ましいものではないし、これでは本人の心も滅多に安まらないだろうと思われた。

ファニーの頭からマンスフィールドのことを忘れさせ、従兄のエドマンドのことを穏やかな気持で考えさせる筈であった家庭の有様はかくの如きものであった。おかげでファニーは、案に相違して、マンスフィールドとそこの愛しい人達のことや恵まれた暮しぶりのことしか考えることが出来なかった。今こうしている生家とマンスフィールドでは何もかもまるで違っていた。マンスフィールドの気品と礼節と秩序と調和が、とりわけ平和と静寂が、ここに見られるのがすべてそれらとは正反対のものであるだけに、時時刻刻思い出されてならなかった。

身体もあまり丈夫でなく、繊細な気質のファニーには絶えざる騒音の中で暮すことは災難であった。いかに気品や調和をもたらそうとしてみてもどうにもならなかった。この騒がしいと云うことが何よりも大きな苦痛の種であった。マンスフィールドでは、口論や吸鳴声、突然の感情的な爆発や荒荒しい跫音などは絶えて聞いたことがなかった。すべてはきちんと、愉快に、秩序正しく進んだ。誰もが然るべく重んぜられ、みんなの気持が考慮された。仮に優しさに欠けると想われることがあっても、良識と育ちの良さがそれを補った。ノリス伯母がときたま起すちょっとした癇癪も、短い、取るに足らないもので、ファニーが今いる家の果しない喧噪に較べれば、大海《だいかい》の一粟《いちぞく》のようなものであった。ここではみんなが騒がしく、みんなが大声を張上げた（母親の声だけはバートラム令夫人の物柔かな、単調な声に似ていて、多少例外であったが、これとても疲れて苛立っていた）。――欲しいものは何でも大声で要求され、召使達もまた台所から大声で言訳した。扉はしょっちゅうばたんばたんと大きな音を立てており、階段からは決して物音の絶えることがなく、何をするのでも決って大騒ぎし、誰一人じっと坐っていず、誰一人自分の話を落着いて聞いてもらえなかった。

ファニーはほぼ一週間経って自分の眼に映った両家の姿に、結婚と独身についてのジョンソン博士の有名な意見を当嵌《あては》めてみる気になった。それによると、マンスフィールド・パークには多少の辛いことはあるかも知れないが、ポーツマスには何一つ愉しいことがなかった。

＊『ラセラス』第二六章に「結婚生活には多くの苦しみがあるが、独身生活には何の愉しみもない」の一節がある。

第九章

もうこれからはミス・クロフォードも二人の文通が始った当初ほどは頻繁に便りを寄越さないだろうと云うファニーの予想は正しかった。メアリーの次の手紙はこの前のときよりも遥かに長期間あいだを置いてから届いたからである。ところが、こうして頻度が少くなればそれだけ気持も大いに楽になるだろうと想ったのは間違いであった。——ここにまたもや想いも寄らぬ気持の変化が生じたのである！——ファニーは現に手紙を手にしたとき本当に嬉しかった。目下こうして上流の交際社会から離れ、自分に興味を起させたあらゆるものから隔てられているファニーにとって、自分の心が生きていた世界に属するひとからの愛情の籠った、或る程度品位すら感じられる手紙は、心底有難かった。——手紙が遅れたことに対する、いろいろと招待の約束が増えてしまって、と云うお定りの申訳をしたあと、メアリーはこう続けていた。

「今こうして書き始めたものの、あなたが読むに値する手紙にはなりそうもありません。と云うのは今回は末尾にこの世でこよなくあなたを愛するH・Cからの愛の小さな贈物、情熱の籠った三、四行がないからです。ヘンリーは今ノーフォクに行っています。エヴァリンガムに用事があるとかで十日ほど前に出掛けました。或は用事は口実で、あなたと同じときに旅行がしたくなったのかも知れません。何れにせよ、ヘンリーは目下あちらです。因《ちな》みに、兄の不在が妹のこのたびの筆無精を充分に説明してくれると思います。つまりここ暫くのあいだ、『ところで、メアリー、ファニーにはいつ手紙を書くの？　――もうファニーに手紙を書いてもいい頃ではないのかい？』と云う刺戟がなかったからです。ところでいろいろと手を尽した結果、やっとあなたのお従姉達、『愛しのジュリアと最愛のラッシワース夫人』にお会いすることが出来ました。昨日お二人して家へ訪ねていらっしゃって、互いに再会を祝しました。私達はお互いに会えたことをそれはそれは喜んだ振りを致しましたけれど、実際はほんの少し喜んだだけだったと思います。――話はいくらでもありました。――あなたの名前が口にされたときのラッシワース夫人の顔、どんなだったと思います？　私、あのかたは冷静を失うことなどないひとだと思っていましたが、昨日ばかりは些か落着きを失くしたようでした。少くともあなたのことが話題になってからは、概してジュリアさんの方が冷静でした。あのかたは私が『ファニー』の名を、それも姉妹の口調で口にした瞬間から顔色をもとに戻すことが出来ませんでした。――でもラッシワース夫人が何れ穏やかな表情に戻る日は来ると思います。あのかたが二十八日に開く最初のパーティーの招待状は既に頂いています。――そのときはあのかたのお顔も冴えて見えることでしょう。だってウィムポウル街で最高の邸宅の一つを披露することになるのですから。この邸宅へは私も二年前、ラセルズ令夫人が借りているときに行ったことがありますけれど、ロンドン中で私の知っているどの邸宅よりも気に入りました。ラッシワース夫人も必ずや――ちょっと俗な云い方ですが――元は取ったと云う気持になることでしょう。ヘンリーではとてもあれほどの邸宅を手に入れてあげることは出来なかったでしょうから。あのかたもそのことに想い到って、たとい王様は背後に隠れているのが一番の人だとしても、自らは宮殿の女王然と振舞えるのですから、それで満ち足りた気持になって下さればと思います。私もあのかたを苛《いじ》めるつもりはありませんので、あのかたの前では二度とあなたの名前は口にしないつもりです。機嫌は徐徐に直ることと思います。――ところで聞くところ、推測するところによると、ヴィルデンハイム男爵のジュリアさんに対する求愛はなおも続いているらしいのですが、ジュリアさんが本気で相手をその気にさせたのかどうかは判りません。ジュリアさんはもっと上手くやるべきです。貧乏貴族なんて決していい相手ではありません。私にはそこに何ら好ましい点があるとは想えません。だってあの男爵から絶叫《ラント》を取って御覧なさいな、あとには一文も残らないではありませんか。母音が一つ変るだけで何と云う違いでしょう！　せめて収入《レント》が絶叫《ラント》ぐらいあるのでしたらね！　――お従兄のエドマンドはなかなかやって来ません。多分、教区の仕事で引留められているのでしょう。或はソーントン・レイシーに回心させる必要のある老婦人でもいるのかも知れません。若い婦人のために私が無視されたとは想いたくありませんので。さようなら、親愛なる、優しいファニー、ロンドンからのこの手紙、大分長くなりました。素敵な御返辞を下さい――ヘンリーが帰って来て見たら大喜びするようなのをね――それからあなたがヘンリーのために袖《そで》にした、威勢のいい、若い大尉さん達についても残らず書添えて下さい。」

この手紙には考えるべきことが沢山あったが、その大部分はあまり愉快なことではなかった。しかし気持こそ落着かなくさせるものの、この手紙はファニーを遠く離れている人達と結び附け、ファニーが目下これまでになく強い好奇心を覚えている人達や事柄についても、何かと情報をもたらしてくれた。毎週必ずこのような手紙が受取れたら、ファニーは大いに喜んだことであろう。目下、バートラム伯母との文通だけがファニーにより高い興味を起させる唯一のものであった。

ポーツマスの社交界はと云うと、家庭の物足りない部分を多少とも埋合せてくれる筈であったが、両親の交際範囲内にはファニーにほんの少しの満足を与えてくれる人もいなかった。ファニーは自分のはにかみと遠慮を取除けてくれそうな人には一人も出会わなかった。ファニーの眼には男性は粗野で、女性は出しゃばりで、誰一人として礼儀作法がなっていなかった。そんな訳で、昔の知合いに引合せられても初めての人に紹介されても大して嬉しくなかったし、相手にもあまり満足感を与えなかった。何でも准男爵家に属するひとだと云うことで最初は幾分かの敬意を見せて近附いて来た若い女性達も、自分達の所謂「気取り」を見て、じきに感情を害してしまった――ファニーはピアノを弾く訳でもなければ、立派なペリースを着ている訳でもなく、いくら観察してみても自分達より優れているとは認められなかったからである。

ファニーが家庭の災いに対して抱いた最初の確かな慰め、ファニーの判断力が中分なく承認出来、どうやら持続の見込みもある最初の慰めは、スーザンのことをよりよく知るに及んで、スーザンのために何かしてやれそうだと云う希望が持てたことである。スーザンのファニーに対する振舞はいつも気持のいいものであったが、概してほかの者に対する際の決然たる態度にはファニーも驚き、はらはらさせられた。ファニーは二週間経ってやっと妹の性質が自分のとはまるで違うことを理解し始めた。スーザンはいろんな点で家の中が間違っていることに気附いており、それを正したがっていた。十四の女の子が誰の助けも借りずに自分一人の判断で行動するのであれば、やり方において誤るのも不思議はなかった。ファニーは直ちに、振舞い方の欠点を厳しく非難するよりも、この若さで物事を正しく見分けられる生来の心の方を賞讃する気になった。スーザンはいつも同一の真実に基づいて行動し、同じやり方を採るだけであったが、もしこれがファニーなら、頭では認めても、より引込思案で人の云いなりになりがちな気質のゆえに、黙って尻込みしてしまうところであった。ファニーなら精精その場から逃出して、泣くことしか出来ないところで、スーザンは何とかしようとしていた。ファニーは、スーザンのおかげで、事態が、今でも決してよくはなかったが、これ以上悪くならずに済んでおり、母親とベッツィーの放縦と無作法も、度が過ぎて見るも不愉快なところまでは辛うじて行っていないことが分った。

母親とのどの議論でも、理窟の点ではスーザンの方が勝っていた。母親には娘を巧みにあやして手懐けようと云う母性的な優しさがまるでなかった。盲目的な甘やかしがいつでもまわりに災いを産み出しているのに、スーザンだけはその甘やかしに与ったことがなかったから、娘の方にはこれまでも今も愛情に対する感謝の念が欠けていた。ほかの者達に対する過度の愛情が我慢ならないのもそのせいであった。

これらのことが徐徐に明らかになるにつれて、ファニーはスーザンに対して次第に同情と尊敬の入混った気持を抱くようになった。しかしながら、やり方がまずいと云うこと、ときとしてひどくまずいと云うこと――スーザンの行動はしばしば間違っており、時と場合を失していた――と、スーザンの表情と言葉遣いがしばしばあまりにも弁護の余地のないことには、ファニーも目を瞑《つぶ》る訳には行かなかった。しかしファニーはこちらの方は自分の力で何とかしてやれるかも知れないと云う希望を抱き始めた。ファニーの見るところ、スーザンはファニーを尊敬しており、ファニーから有益な助言の得られることを希っていたからである。ファニーにとっては権威のある役割とか、自分が誰かを導いたり教えたり出来ると云うような想いはまるで初めてのことであったが、それでも、ときおりそれとなく妹に云って聞かせよう、より恵まれた教育のおかげで自分のうちにしっかりと刻みつけられた、皆に対してどうあるべきか、どうするのが自分自身にとって最も賢明であるかについてのより正しい考えを、妹の向上のためにも実践するよう努力しよう、と決心した。

ファニーの感化力、と云うか少くともそれを意識的に働かせようと云う意図は、まずスーザンに対する親切のうちに試みられた。最初何かと微妙な躊いはあったものの、敢えてやってみることにした。これは早くからファニーの脳裡に浮んでいたことであるが、今でもしょっちゅう繰返されている銀の小刀に関する忌わしい悶着は、小額の金さえあればおそらく完全に解決出来るであろうし、ファニーの目下の財力、つまり伯父が別れる際に餞《はなむけ》として呉れた十ポンドを以ってすれば、気前よく自分の思いどおりにしてやれる筈であった。ところがファニーは、ひどく貧しい人達以外には、人に恩恵を施すことに全然馴れておらず、対等な人達のあいだにあって害悪を取除けたり、親切を施したりと云うようなこともまるでしたことがなく、また我家に帰って来て偉そうなところを見せようとしていると受取られるのがひどく怖かったので、自分がこのような贈物をしたからと云って決して分不相応なことはないだろうと決心するのに暫く時間が掛った。それでも、遂に贈物はなされ、ベッツィーに銀の小刀が買い与えられた。ベッツィーは、それが新品で、欲しがっていたもう一つのものよりあらゆる点でいいものだから、大喜びで受取った。そこで、こうして自分用に断然綺麗な方を貰ったからには、もう一つの方は二度と欲しがらない、と大層素直に言明したので、スーザンもこれでやっと自分の小刀を存分に所有することが出来た——母親もベッツィーに劣らず満足しているだけで、この行為を何ら非難と受取っている様子は見られなかった——ファニーは必ずやそう受取られるのではないかと半ば恐れていたのであるが。この行為は大成功であった。おかげで家庭諍論の一つの原因がすっかり取除かれたばかりか、スーザンがファニーに対して心を開くことにもなり、ファニーにとっても、より多くの愛情と興味を抱くべき事柄が生じたからである。スーザンはなかなかどうして心の細やかなところを見せ、二年間も求めていたものが手に入ったことでは大いに喜んでいたものの、もしかしたら姉は自分に対して否定的な判断を抱いており、家庭の静寂を取戻すためにはこのような買物をしなければならないほどの悶着を起して来た自分を非難するつもりだったのではないか、と恐れてもいた。

スーザンは率直な気性の持主で、ファニーの前で自らの不安を告白し、かくも烈しく云い争いをして来たことで自分を責めた。このときからファニーは妹の性質の真価を理解し、妹が是非とも姉の正しい意見を求め、姉の判断を仰ぎたがっていることを察して、再び愛情の抱き合える相手の得られたことを幸福に思うと同時に、かくも助けを必要としており、かくも助けるだけの値打のある心に対して自分が役立ち得ることに望みを抱き始めた。ファニーは忠告を与えたが、その忠告たるや正しい理解力を持つ娘なら決して抗《あらが》えない正当なものであり、その与え方も、相当に怒りっぽい娘でもおとなしく耳を傾けずにはいられない穏やかな、思い遣りのあるものであった。ファニーは自分の忠告が結構頻繁にいい結果をもたらすのを見て嬉しかった。スーザンにとって従順と忍耐が義務であり得策でもあると心得る一方、これはスーザンのような女の子にとっては一刻も堪らないことに違いないと、鋭敏な同情心をも寄せているファニーは、これ以上は期待していなかった。やがてこの問題でファニーが何よりも驚いたのは——スーザンが自分でも不可ないと分っていながら、つい腹を立てたり親に逆らったりすることではなく——スーザンが相当の分別と正しい物の考え方を一応はちゃんと自分のものにしていることであった——怠惰と過誤の中に育ち、物の考え方や見方についてしっかりと導き教えてくれるエドマンドのような従兄がいなかったにもかかわらず、物事が本来どうあるべきかについてもかなり適切な意見を身に附けていることであった。

二人の親交がこんな風に始ったことは双方にとって大層好都合なことであった。階上に一緒に腰を下していることで、家庭内の喧噪がかなり避けられたからである。ファニーは平安を得、スーザンは静かに針仕事をすることを不幸でも何でもないと考えるようになった。二人は煖炉の火なしで坐っていたが、これはファニーにも何ら珍しいことではなく、却って例の東の間が思い出されて、さほど辛いとも思わなかった。尤も東の間とこの部屋では、似ているのはその点だけで、あとは、広さも、明りも、家具も、窓からの眺めも、まるで似たところはなかった。ファニーは東の間に置いてある自分の本や手箱やいろいろな慰み物を思い出してはしばしば溜息を吐いた。次第に二人は午前中の大部分を階上で過すようになった。最初は針仕事をしたり話をするだけであったが、二、三日もすると、今云った本に対する懐しい思いがひどく痛切に募って来て、ファニーは再び本を求めようとせずにはいられなくなった。父親の家には一冊もなかったが、富とは贅沢で大胆なもの——ファニーの富の一部は巡廻図書館に流れて行った。ファニーはその加入者になったのである——ともかく自分自身で何かになったのも驚きであったが、本の選択から借出しまで、何もかも自分でやらなければならないのも驚きであった。おまけに選ぶに際しては一人の人間の向上を考えに入れなければならないのである！　しかし、スーザンは本など読んだことがないのであるから、仕方がなかった。ファニーは自分が初めて本を読み始めた頃の愉しみを妹にも分とうと思い、自分が読んで面白かった伝記と詩を奨めることにした。

ファニーは、更に、このことに没頭することで、手先を動かしているだけではどうしても脳裡に浮んで来がちなマンスフィールドに関する想いを幾らかでも忘れたかった。特に今は、そうすることで、ロンドンにいるエドマンドから自分の想いを逸らせたかった。エドマンドがロンドンへ出発したことは、伯母からの最近の便りでファニーも知っていた。その結果どう云うことになるか、ファニーには疑問の余地がなかった。約束の通知は眼と鼻の先に迫っていた。郵便配達夫の近所の戸口を敲《たた》く音は日日恐怖をもたらし始めていた――そんな訳でたとい三十分でも読書がそのような想いを追払ってくれるのは有難かった。

第十章

エドマンドが上京してから一週間は経ったろうと思われるのに、何の音沙汰もなかった。エドマンドが何も云って来ないことから三つの異った結論が抽き出され、ファニーの心はそれらのあいだを揺れ動いていた。そのときどきに応じて、三つのどれもが必ずやそうに違いないと思われた。再び出発が延ばされたのか、或はまだミス・クロフォードと二人だけになる機会が得られないのか――それとも、あまりにも幸せすぎて手紙を書くことなど忘れてしまったのか！

今やファニーがマンスフィールドを離れてから既に四週間近く経っていたが――ファニーは毎日必ず日数のことに思いを廻らしては何日経ったか計算せずにはいられなかった――、この頃の或る朝、ファニーがいつものようにスーザンと階上へ移る支度をしていると、誰か訪問客の戸口を敲く音に妨げられた。レベッカが素早く戸口に向ったので、二人ともそのまま知らぬ顔は出来ないような気がした。ほかのことには怠者のレベッカもこの仕事だけはいつでも興味を持ってやるのである。

男の声が聞え、その声にファニーの顔色が真蒼になったところへ、ミスター・クロフォードが入って来た。

ファニーのような分別を具えた人間は現実にいざとなればいつでも分別の方で自《おの》ずから力を発揮するもので、当人はこんな瞬間には一言だって口を利くことなど出来ないだろうと予め思い込んでいたにもかかわらず、気が附いたときには、既に客の名前を母親に告げ、「ウィリアムのお友達」としてその名を想い起させていた。ファニーはミスター・クロフォードがウィリアムの友達としてのみ皆に受取られたと思うと、幾らかは心強かったものの、紹介が終って、皆がそれぞれの席に落着くと、この先どう云うことになるのだろうかと云う恐怖に改めて圧倒され、今にも気が遠くなるかと思われた。

それでも訪問者は、ファニーの方へは最初相変らず元気のいい表情を見せて近附いただけで、ファニーが気を取直そうとしているあいだは、如才なく親切にも敢えて視線を向けないようにしていたので、おかげでファニーも落着きを取戻す余裕が得られた。その間クロフォードは専らファニーの母親を相手にして、話をしていた。クロフォードの夫人に対する心遣いはこの上なく鄭重で、礼儀正しく、同時に或る程度の親しみ——と云うか、少くとも相手に対する関心——が籠っていて、その態度物腰は非の打ちどころのない立派なものであった。

プライス夫人の態度もこれまた最上の出来であった。息子のこのような友達を眼の前にしたことですっかり昂奮し、相手の手前少しでも自分を引立てたい思いに我を制せられ、溢れんばかりの感謝の念を示したが、飾り気のない、いかにも母親らしい感謝の仕方で、決して不愉快なものではなかった。プライス氏は外出していたが、夫人はそのことを大変に残念がった。ファニーはと云うと、自分にとってはそれは却って有難いことだと意識出来る程度には気を取直したところであった。ファニーにしてみれば、それは数多くの不安の種に実家の忌わしい恥を更にもう一つ追加することであった。ファニーは自分のそう云う弱さを非難はしたが、非難し切ることは出来なかった。今のままでも恥しくて仕方がなかったが、もし父親がその場に居合せたら、父親をほかの誰よりも恥しく思ったことであろう。

二人はウィリアムのことを話していた。プライス夫人の飽くことを知らぬ話題であり、ミスター・クロフォードも熱心にウィリアムのことを賞讃した。母親としてもこれ以上は望めないほどの賞讃ぶりで、夫人はこんな愛想のいい紳士には生れてこのかた出会ったことがない気がした。ただ、これほど立派な、愛想のいい紳士なのに、ポーツマスへやって来た目的が鎮守府司令長官や地方長官を訪ねるためでもなければ、ワイト島へ渡ったり海軍工廠を見学するためでもないことには驚いた。夫人が社会的地位を証拠立てるものとかお金持の用事と考えているもののどれもが、クロフォードがポーツマスへやって来た理由ではなかった。クロフォードは一日か二日の予定で、昨夜遅く到着し、目下クラウン荘に滞在しており、到着後たまたま知合いの海軍将校に一人、二人会っただけで、夫人が考えるような目的は何一つ持っていなかった。

これらのことをすべて話しおえてしまう頃には、もうファニーの方へ視線を向けて話し掛けても理不尽なことはないだろうと思われた。ファニーは辛うじてクロフォードの視線を受止め、話を聞くことが出来た。クロフォードの話の内容は次のようなものであった——ロンドンを発つ前の晩、妹には三十分しか会えなかった、残念ながら手紙を書く時間はなかったが、ファニーには呉ぐれもよろしくとのことであった、ノーフォクから戻って再び出発するまでのあいだ、ロンドンにはまる一日もいられなかったので、三十分でもメアリーに会えたのは幸運だったと思っている、エドマンドは既に上京している、何でも数日前に着いたらしい、まだ本人には会っていないが、元気なことは確かだ、マンスフィールドの人達もみな元気だと聞いている、エドマンドは昨日フレイザー家の人達と食事をした筈だ。

ファニーは最後に述べられた事柄にも冷静に耳を傾けた。否、ファニーの疲れた心は、ともあれ確かな事態に直面することで却って救われるような気がした。「それでは今頃は何もかも話がついたんだわ」と云う言葉が心の中を通り抜けたときも、ファニーは微かに顔を赧らめただけで、それ以上の心の動揺を示す兆しは何一つ見せなかった。

ファニーが明らかに興味を持っているようなので、更にもう少しマンスフィールドのことを話題にしたあとで、クロフォードは散歩は朝早くする方が得だと云うようなことをそれとなく云い出した——「今朝は素晴しい天気ですし、今頃の季節だと朝は天気がよくても、大抵空模様が変って来ますから、運動をする時間は遅らせない方が賢明です。」これに対しては何の反応もなかったので、クロフォードはすぐにプライス夫人と娘達に時間を無駄にせずに散歩をするよう積極的に勧めに掛った。今度は一同も諒解した。どうやらプライス夫人は日曜日以外には滅多に戸外には出ない様子であった。夫人は大勢の家族を抱えているので、滅多に散歩の時間は見出せないのだと云った。――「それではお嬢様方にこのような天気を利用するよう説得なさって、私にお伴の役をお許し下さいませんか？」――プライス夫人は大いに感謝し、早速求めに応じた――「娘達はいつも家の中に閉籠りっ切りで――ポーツマスはひどい所なものですから――滅多に外出しませんの――でも何やら町に用事もあるようですし、喜んで出掛けることと思います。」――その結果、十分と経たないうちに、ファニーとスーザンはミスター・クロフォードと連立って大通りの方へ歩いていた――ファニーとしては何とも奇妙な、間の悪い、心苦しい、変な気持であった。

その気持はすぐにひどい苦痛と困惑に変った。一同が大通りに出るや否や、父親に出くわしたからである。父親の身なりは土曜日だからと云って普段よりもましな訳ではなかった。ファニーは、父親が立止ったので、いくら風采が紳士らしからぬからと云って、ミスター・クロフォードに紹介しない訳には行かなかった。ファニーはミスター・クロフォードが父の態度に吃驚するに違いないと信じて疑わなかった。すっかり恥しくなって、嫌気がさすに違いない。これですぐにも自分のことを諦め、結婚したいと云うような気持もこれっぽっちも抱かなくなるだろう。しかしファニーはあれほどクロフォードの愛情が冷めてくれることを望んでいたにもかかわらず、いざこんな形でそうなるのかと思うとても堪らない気がした。尤もいくら英国広しと雖も、悧口な、愛想のいい男に求愛される不運に耐えるよりは男を下品な近親に出会わせることで追払った方がいいと思うような若い女性は、滅多にいるものではないであろう。

ミスター・クロフォードも、多分、将来の岳父《がくふ》を打眺めて、理想的な身なりをしている人だとは考えられなかったであろうが、それでも（ファニーも直ちに気が附いて、大いにほっとしたことに）、プライス氏のこの大層立派な見知らぬ人に対する振舞は、家で家族の者達に対する態度とはまるで違っており、別人かと思われるほどであった。このときの態度物腰は、洗煉こそされてはいないものの、なかなかどうしてしっかりしたものであった。快活で、元気で、男らしく、物云いもいかにも愛情ある父親の分別ある男の物云いであった。——大きな地声も戸外では却って相応しく、罵言《ばげん》の類は一言も聞かれなかった。ミスター・クロフォードのきちんとした礼儀作法に対するプライス氏の本能的な返礼はこのようなものであった。このあとどう云うことになるにせよ、さしあたりファニーの気持は大いに慰められた。

二人の紳士の鄭重な挨拶の結果、プライス氏からミスター・クロフォードを海軍工廠へ案内しようと云う申出がなされた。ミスター・クロフォードは、海軍工廠へはたびたび行ったことがあったが、折角の好意からなされた申出なので、こちらも好意から受容れたく思い、ファニーともそれだけ長時間一緒にいられることを希って、もしプライス姉妹に草臥《くたび》れる心配がなければと云う条件で、有難くお伴する気になった。姉妹とも疲れる心配は全然ないと云うことが何となく確められたのか、或は推定されたのか、それとも、少くとも二人が疲れない程度の歩調で行けばいいと云うことになったのか、ともかく一同は海軍工廠へ向けて出発することになった。そこでもしミスター・クロフォードが口を出さなかったら、プライス氏は娘達の大通りでの用事など一向にお構いなく、すぐさま目的地へ向って歩き出すところであった。しかしミスター・クロフォードが気を遣ってくれたおかげで、姉妹はわざわざそのために出掛けて来た店に寄ることが許された。尤も用事の方は大して手間も掛らなかった。ファニーは皆にもどかしい思いをさせたり、自分が待たれることにとても堪えられなかったからで、戸口に立って待っていた二人の紳士が最近の海軍の軍律について精精話の緒に着いたか、目下就役中の三層艦の数についてどうやら意見の一致を見たかと云う頃には、一同の出掛ける用意は出来ていた。

そこで一同は直ちに海軍工廠へ向って出発することにした。もしプライス氏に全権を委任していたら、一同の歩み具合は何とも風変りなものになっていたろう（とミスター・クロフォードには思われた）。紳士二人はさっさと早足で歩いて行く一方、二人の女性は、追附ける追附けないにはお構いなく、あとから随いて来るに任されたろうからである。ミスター・クロフォードはときおりもう少し歩く速度を落したらどうだろうかと提案したが、どうしても希ったほどに効果を上げることは出来なかった。それでも彼は女性達からは絶対に離れないようにしていた。四辻や人混みに来ても、プライス氏はただ「そら、娘達――そら、ファン――そら、スー――注意しろよ――ぼやぼやせずにな」と大声で呶鳴るだけであったが、クロフォード一流の附添いぶりを決して怠らなかった。

工廠の中へかなり入ったところで、一同はやがて、やはり工廠内を歩き廻っていたプライス氏の親しい友人なる人と一緒になったので、クロフォードはファニーとの楽しいやりとりの方を当てにし始めた。この人は毎日仕事の進み具合を確めるためにやって来るのであった。どうやらプライス氏にとってはこの人の方がクロフォードよりも遥かに相応しい話相手であったと見え、一時もすると、二人の退役士官は一緒に歩き廻ったり、互いに興味尽きない話題を論ずることにすっかり満足している様子であった。その間若者達の方は工廠内の船材に腰を下したり、全員揃って建造中の船を見に行っても、船内に坐る場所を見附けたりしていた。大層都合の好いことにファニーは今や休息が必要であった。クロフォードとしてもこれ以上は望めないほどに、ファニーは草臥れて、坐り込まんばかりであった。しかし出来ることなら妹には二人から離れていてもらいたかった。スーザンのような齢頃の眼敏い女の子——バートラム令夫人なんかとはまるで違って、全身これ眼と耳と云ってもいいような女の子——が一緒だと云うのは何とも有難くなかった。これではとても本題に入る訳には行かなかった。クロフォードは全体に愉快な雰囲気を作ってスーザンにも愉しい思いを分ち与え、事情をよりよく承知しているファニーにはときおり思いをこめた表情を見せたり、それとない云い廻しをしたりすることで満足しなければならなかった。クロフォードは主としてノーフォクのことを話題にした。そこに暫く滞在していたので、ノーフォクに関するどんなことも目下のもくろみには重要であった。クロフォードのような男はどこへ行っても、どんな人達に会っても、決って何やら面白い話題を持って帰ることが出来た。道中の模様から旅先の交際に至るまで一切が役に立った。おかげでスーザンは生れて初めて耳にする生活様式にすっかり興味をそそられた。ファニーに対しては、どうやらクロフォードの立交った人達がたまたま感じの好い人達であったと云う以上のことが語られていた。殊さらこんな季節はずれにノーフォクへ出掛けて行った理由が述べられたのも、ファニーの賛意を得るためであった。それは実際に或る土地の貸借契約の更新に関する用事であった。その契約だと或る子沢山の勤勉な（とクロフォードは信じていた）一家の幸福が危うくなっているのであった。クロフォードは自分の代理人が何やら不正を行っているのではないか——功労に酬《むく》いられて然るべき人が不利になるように自分に偏見を抱かせようとしているのではないか——と疑われる節《ふし》があったので、自ら出向いて行って、件の功労が実際にどの程度のものか徹底的に取調べようと決心したのである。そこで実際に出掛けて行ったところ、予め想っていた以上に効果が上り、当初の計画に含まれていたよりも更に多くの人達を助ける結果になった。クロフォードは今やそのことを喜び、義務を果したことで自分の心に愉快な思い出を残すことにもなったと感じることが出来た。これまでは顔も見たことのない何人かの小作人にもじきじきに会ったし、自分の領地にありながら今までその存在すら知らなかった百姓家もはっきりと心に留め始めた。これはファニーの心を狙って云われたのであったが、狙いは正しかった。クロフォードがこんな風に正しいことを口にするのを聞くのはファニーにも気持がよかった。このたびのクロフォードの行為は理想的であった。貧しい、抑圧された人達の身方になるなんて！　ファニーにとってこんな嬉しいことはなかった。思わず賛同の表情を向けるところであったが、クロフォードがエヴァリンガムに利益をもたらし慈善を施すためには手助けとなり身方ともなって率先して事に当ってくれるひとが、エヴァリンガムとそこに関する一切のことをこれまで以上に素晴しいものにしてやろうと云うひとが誰か一人すぐにも欲しいものだ、と何やらあまりにも明らさまなことを云い添えたので、ファニーは驚いてもとの素知ぬ顔に戻った。

ファニーは顔を背け、クロフォードがそんなことを云わなければいいのにと思った。ファニーはクロフォードにも自分が想っていた以上の長所があることを進んで認める気になっていた。クロフォードも結局は善良な人間なのだと感じ始めていた。しかし自分とは絶対に釣合いっこないのだし、自分のことなど考えるべきではないのだ。

クロフォードはエヴァリンガムのことは充分に話したし、何かほかのことを話題にした方がいいだろうと察して、マンスフィールドのことに話題を転じた。この話題は直ちにファニーの注意と表情を呼戻したので、クロフォードとしてはこれ以上の話題の選択はなかった。ファニーにはマンスフィールドのことを聞いたり話したりすることが本当に楽しかったのである。今やかくも長いあいだマンスフィールドを知っているあらゆる人から隔てられていたので、クロフォードがそのことを口にしたときはそれこそ友の声を聞く思いであった。クロフォードは自ら話を導いてファニーにそこの美しさと安楽な暮しぶりを存分に讃嘆させ、自らもそこの住人に対する尊敬の籠った讃辞を呈することでファニーにも熱烈な賞讃を恣《ほしいまま》にさせた。おかげでファニーは伯父ほど賢明でしかも善良な人はいないし、伯母ほど気立てのいいひとはいないと心行くまで褒めちぎることが出来た。

クロフォード自身マンスフィールドには強い愛着を持っていた。自ら口に出してそう云い、今年も長期間ずっとマンスフィールドやその近隣で過せることを楽しみにしていた。特に今年は夏と秋を楽しく過す計画を立てていて、そうなるだろうと云う予感もあり、去年よりも遥かに素晴しい夏と秋になることを当てにしていた。去年同様活潑で、変化に富んで、皆が打解ける上に、今年は更にちょっと云いようのない素晴しい条件が加わるのだ。

「マンスフィールド、サザートン、ソーントン・レイシー」とクロフォードは続けた、「これらの家家のあいだで社交界は一体どんなものになるだろう！　そして、多分、ミカエル祭にはもう一軒家が増えるかも知れない——その最も大切な場所の近くに小さな猟小屋風の家がね。と云うのは、エドマンド・バートラムは猟の際にはソーントン・レイシーを利用するようにと気さくに云ってくれたけれど、どうもその計画には双方ともに障碍が、麗しくも、素晴しい、抗すべからざる障碍が生ずることになりそうだから。」

ファニーはここで二重に沈黙を強いられた。尤もその瞬間が過ぎてしまってから、クロフォードが云わんとしたことの半分は自分にも解っていることを認めて、敢えてミス・クロフォードとエドマンドのことについてもう少し何か話をさせるようにしなかったことを後悔した。それはファニーの方が巧みに導くべき話題であった。そのことから尻込みした弱さは近ぢかまったくもって恕し難いものになるだろう。

プライス氏とその友人が、見たいと思っていたものをすべて見てしまったか、予定していた時間が経ったかして戻って来たので、ほかの者達も帰る用意をした。帰途、ミスター・クロフォードはほんの一瞬であったが何とかファニーと二人だけで話の出来る機会を捉えると、ポーツマスへやって来たのはただただファニーに会うためで、ファニーのために、ただファニーだけのために二日間やって来たのだ、これ以上全然会わずに離れているのはとても堪えられなかったから、と云った。ファニーはこんな言葉は聞きたくなかったし、ひどく残念であった。それでも、このことや口にしてもらいたくなかったその他の二、三の言葉にもかかわらず、ファニーはクロフォードが以前に会ったときから較べれば見違えるほど良くなったと思った。他人の感情に対してもマンスフィールドでは見られなかったほど優しく、親切で、思い遣りがあった。ファニーにはこんな感じの好いクロフォードは——こんな感じの好い人間に近附いたクロフォードは——初めてであった。父親に対する振舞でも全然嫌な感じは与えなかったし、スーザンに見せた心遣いも殊のほか親切な、適切なものであった。クロフォードは確かに良くなったのだ。ファニーは早く次の日が終ってくれればいいのにと希い、クロフォードの滞在が一日だけならよかったのにと希いはしたものの、それでもクロフォードの出現は案に相違してまんざらでもなかった。マンスフィールドのことを話す喜びはそれほど大きかったのだ！

別れる前に、ファニーはもう一つ別のことでもクロフォードに感謝しなければならなかった。それは決して些細なことではなかった。ファニーの父が是非とも皆と一緒に食事をして行ってくれるようにとクロフォードを誘ったので、ファニーは一瞬恐怖の余り慄然となったが、すぐさまクロフォードは先約があるからと云ってはっきりと辞退した。クロフォードはその日も翌日も既に正餐の約束があった。クラウン荘で或る知合いに会って、どうしても断る訳には行かないのであった。その替り翌朝再び訪ねさせて頂きたい、と云うことで、一同は別れた——ファニーはかくも恐しい災難を免れて、それこそ安堵に胸を撫でおろす思いであった！

クロフォードを我家の食事に招んで、我家の至らなさや無作法を悉く披露するなど、何とも恐しい限りであった！　レベッカの料理法とその給仕ぶり、それにベッツィーの卓上のものをやたらに引掻き廻す、行儀の悪い食事ぶりは、ファニー自身未だに馴れ切ることが出来ず、しばしば満足な食事も出来ないほどであった。ファニーが気難しいのは単に持って生れた繊細な性質によるものであったが、クロフォードの方は贅沢と美食の境遇に育って来ているのだ。

第十一章

翌日再びミスター・クロフォードが姿を見せたのはプライス家の人達がちょうどこれから教会へ出掛けようとしているときであった。クロフォードはプライス家に長居するためではなく、皆と行動を共にするためにやって来た。そこで衛戍隊《えいじゅたい》礼拝堂へ一緒に行ってはどうかと誘われると、本人もまさにそのつもりだったので、一同は全員揃って礼拝堂へ向った。

このときばかりはプライス家の一同も結構見映えがした。みな決して生れながらの美しさに欠けている訳ではなかったし、日曜日は必ず肌を清潔にして晴着を纏ったからである。おかげでファニーも日曜日には心が慰められたが、今日の日曜日は殊さらその気持が強かった。今日ばかりはファニーの母親も、いつもと異り、いかにもバートラム令夫人の妹に相応しく見えた。ファニーはしばしば母と伯母のあまりの違いを思って――二人とも生れたときは大して違いはなかったのに、境遇がかくも変えてしまったこと、母は美しさの点ではバートラム伯母に決して劣らないし、齢だって何歳か下なのに、見たところ伯母よりも遥かに疲れ、衰え、かくも不自由に、だらしなく、見窄《みすぼ》らしくなってしまったことを思って——心から悲しかった。しかし日曜日は母も大層立派な、結構陽気そうなプライス夫人であり、ちゃんとした子供達に囲まれて外出し、日日の心配事も暫し忘れて、精精心を乱すことと云えば、男の子達が危ないことをしたり、レベッカが帽子に花などを挿して知らん顔で通り過ぎるのを目撃することぐらいであった。

礼拝堂では二手に別れなければならなかったが、ミスター・クロフォードは女性達から離れないように注意し、礼拝が終ってからも一行と別れず、皆が塁壁へ散歩をするのにも加わった。

プライス夫人は一年を通して天気のいい日曜日は決って塁壁を散歩した。いつも朝のお勤めが済み次第直行し、昼食時まで過すのである。そこは夫人にとっては社交の場であり、そこで知人に会っては、噂話を聞いたり、ポーツマスの召使達の悪口を云い合ったりして、次の一週間に備えて気持を引締めるのであった。

一同は今そこへ向っていた。ミスター・クロフォードは自分一人でプライス嬢二人に附添えると思うとひどく嬉しかった。そうして目的地に着くと間もなく——いつの間にやら——どうしてそんなことになったのか——ファニーには何だか信じられなかったが——クロフォードは二人のあいだに入ってそれぞれの腕を取って歩いていた。ファニーはどうすればこんな風にならなくて済んだのか、どうすればこの状態から脱け出せるのか、さっぱり判らなかった。一時のあいだ何となく落着かない気持であった——それでも日和と眺めが素晴しかったので、愉しい気分にはなれそうであった。

実際その日の天気は何とも云えず素晴しかった。まだ三月であったが、穏やかな空気と云い、小気味よい、爽《さわ》やかな風と云い、ときおりほんの一時雲に遮《さえぎ》られる明るい太陽と云い、四月を想わせる陽気であった。このような空模様を反映して何もかもたいへん美しかった。雲の流れがスピットヘッドに碇泊中の船やその彼方に見えるワイト島に、替るがわる、追掛け合うように影を落し、様ざまに色合いを変える目下満潮の海はまるで燥《はしや》ぐように、快い潮騒の音を響かせながら塁壁に打寄せていた。ファニーはこれらの眺めにすっかり魅惑され、クロフォードと腕を組んでいることも次第にそれほど気にならなくなった。否、もしクロフォードの腕がなかったら、すぐにもそれが必要なことに気附いたであろう。こんな風に二時間も散歩をするには、平日に殆ど運動らしい運動をしていないファニーには体力不足であった。ファニーは、いつもの、規則正しい運動が妨げられていることから来る体力の弱まりを感じ始めていた。ポーツマスに来て以来、健康は衰えていた。ミスター・クロフォードが支えていてくれず、天候もこれほど美しくなかったら、ファニーはすぐにも疲れ果ててしまったことだろう。

クロフォードもまたファニーに劣らず素晴しい日和と眺めに感じ入っていた。二人とも気持と好みが一致すると見え、しばしば立止っては壁に凭れ掛り、暫くのあいだ眺めては感嘆した。ファニーはクロフォードがエドマンドに劣らず、自然の魅力にすっかり心を開き、感嘆の思いを言葉に表すのがたいへん巧みなことを認めざるを得なかった。ファニーはときおり暫しうっとりと物思いに耽ることがあった。おかげでクロフォードは当人には気附かれずに何度かファニーの顔を窺うことが出来た。クロフォードの眼に映ったファニーの顔は、魅力的なことには変りなかったが、本来の輝きではなかった。――ファニー自身ははっきり元気だと云い、そうでなく受取られることを嫌がってはいたが、どうも全体から見て、目下の住いが居心地よくなく、ファニーの健康のためにはよくないのだとしか思えなかった。クロフォードはファニーが再びマンスフィールドに戻ることを切望し始めていた。その方がファニーにとっても、ファニーに会いたいときに会える自分にとっても、遥かに幸福であるに違いない。

「ここへ来てもう一箇月になると思うけど？」とクロフォードが云った。

「いいえ、まだまるまる一箇月にはなりませんわ。――マンスフィールドを離れてから明日でやっと四週間ですもの。」

「いやに精確に数えるんだね。僕ならそれだけでもう一箇月と云うことにしちゃうけれどな。」

「ここへ着いたのは火曜日の夕方ですの。」

「それで滞在の予定は二箇月でしたね？」

「ええ。――伯父様は二箇月と仰有っていました。それより短くなることはないと思います。」

「それでどうやって帰ることになっているの？　誰が迎えに来るんです？」

「判りません。そのことについては伯母様からもまだ何も云って来ていませんの。多分もっと延びるかも知れませんわ。ちょうど二箇月後に迎えを出す都合がつかないかも知れないし。」

一時考えてから、ミスター・クロフォードが云った。「僕にはマンスフィールドのことも、そこの流儀も、あなたの遇し方に多少問題のあることも分っている。あなたの存在がすっかり忘れられて、あなたの安楽が、一家の誰か一人の気紛れな都合の犠牲にさせられる危険のあることも分っている。もしサー・トーマスに自らやって来るなり、伯母様附きの女中を遣わすなりしてあなたを連戻す都合がつかず、既に立ててしまっているかも知れない向う三箇月の予定も全然変えないと云うことになると、あなたは一週また一週とここに取残されることになるかも知れない。しかしそれは不可ない。二箇月で充分です。僕に云わせれば六週間でも長すぎるくらいだ。——僕はお姉さんの健康のことを考えているのです。僕に云わせれば六週間でも長すぎるくらいだ。——僕はお姉さんの健康のことを考えているのです」と、ここでスーザンの方に向き直って云った。「ポーツマスに閉籠っているのはお姉さんの健康のためには良くないと思うのです。絶えず新鮮な空気に触れて、運動をする必要があります。あなたも僕ぐらいお姉さんのことが分れば、お姉さんにはそれらが必要であり、あんまり長いあいだ田舎の自由な空気とのんびりした生活から遠ざかっていては不可ないと云うことにきっと賛成してくれると思います。——それで（と再びファニーの方に向き直り）、もし身体の具合が悪くなったり、マンスフィールドへ戻るのに不都合が生じたりしたら——何も二箇月間待っていることはありません——そんなことに拘泥《こだわ》ることはないです——、もし少しでもいつもより体力が衰えたり、身体の調子が可怪《おか》しいと感じたら、妹に知らせて下さい、ほんのちょっとその旨を書添えて下さい。妹と僕はすぐさま飛んで来て、あなたをマンスフィールドへ連戻してあげます。気兼ねは要りません。喜んでそうします。そうなればどんなにいいか、あなたにもお判りでしょう。」

ファニーは礼を云いながらも、笑って取合うまいとした。

「僕は大真面目に云っているんです。あなたにもそれは判っている筈だ。——ほんの少しでも身体の具合が可怪しいと思ったら、無下に隠したりしないように。——ほんと、それは不可ない。そんなことは僕がさせない。あなたがメアリーへの手紙にその都度はっきりと『元気です』と書いて寄越すあいだだけ――あなたが嘘の吐けないひとだと云うことは判っているから――そのあいだだけあなたは確かに元気なのだと考えることにしますからね。」

ファニーは再び礼を云ったが、嬉しい気持と困惑が重って、多くを話すことが出来ず、何と云ったものかもはっきりと判らない始末であった。――散歩はほぼ終りに近附いていた。クロフォードは最後まで同行し、プライス家の家の戸口まで来てやっと別れた。皆はこれから食事をすることが判っていたので、他所に人を待たせていることを別れる際の口実にした。

「ひどく疲れたのでなければいいんだけど」とクロフォードは、ほかの者達が家の中へ入ってしまってからも、なおもファニーを引留めて云った。「あなたがもっと元気でいてくれるといいんだけど。――僕がロンドンに戻ってから何かこうしてもらいたいと云うようなこと、ある？ 僕は近ぢかもう一度ノーフォクへ出掛けてみようかなと考えているんだ。どうもマディソンのことがまだ気に入らないものだから。――あの男はなおも出来ることなら僕を欺いて、僕がほかの誰かをと考えている或る水車小屋に自分の従弟を入れるつもりらしいんだ。――僕としてはお互いの考えをはっきりさせなくてはと思ってね。僕はエヴァリンガムの北側だけでなく南側だって欺されやしないと云うこと、領地のあるじは僕なのだと云うことをこの際はっきりと思い知らせてやろうと思うんだ。この前はそこまではっきりと云わなかったものだから。――あんな男が領地にいたのでは、雇主の名誉にも、貧しい人達の福祉にもどんな害を及ぼすやら想像もつかない。僕は是非とも直ちにノーフォクへ戻って、早速にも一切の足場を固めて、のちのち二度とぐらつくことのないようにして来るつもりだ。——マディソンは悧口な男だから、僕としては馘《くび》にはしたくないんだ——尤もあの男の方でこの僕を馘にしようなどとしなければの話だけれどね。——しかし債権者でもない男に債権者の僕が欺されるなどと云うのはおめでたい話で済むだろうけれど、僕が既に半ば約束を与えている正直者の替りに、もし情知らずな、貪欲な男を小作人として僕に摑ませようとしているのであれば、これはおめでたいでは済まされないでしょう。——そうは思いませんか？　——僕は行った方がいいと思いますか？　あなたの意見はどうです？」

「私の意見だなんて！　——あなたは何が正しいかちゃんと御存知ですわ。」

「ええ、でもそれはいつもあなたの忠告が得られるときに限ってです。あなたの判断は僕にとっては正邪を測る尺度ですから。」

「まあ、とんでもない！　——そんなこと仰有らないで下さい。私達は、しっかりと自分の心に耳を傾けさえすれば、他人など及びもつかない正しい導き手を自分のうちに持っているものですわ。さようなら、明日は無事楽しい道中になりますように。」

「ロンドンで僕にこうしてもらいたいと云うようなことは何にも？」

「お志しはとても有難いのですけれど、何もございませんわ。」

「誰かに言伝てでも？」

「お妹さんにどうかよろしくお伝え下さい。それから従兄——従兄のエドマンドに会いましたら、どうぞ——近ぢか便りのあることを待っていますって。」

「いいですとも。もしエドマンド君が怠けていて書かないようなら、僕が代りにその言訳を書送りましょう――」

ファニーはもはやそれ以上留まろうとしなかったので、クロフォードもそれ以上は何も云えなかった。ファニーの手を握り、後姿を見送ると、その場を離れた。クロフォードは、一流の旅館が出す最高の食事の準備が出来るまでの三時間を出来るだけぶらぶら過そうと、別の知人の所へ出掛けた。一方ファニーは直ちにそれより遥かに質素な食卓に向った。

二人の食べる物は総じてまるで異質であった。ミスター・クロフォードも、ファニーが父親の家で堪えていたのは決して運動の不足だけではないことに気が附いたなら、ファニーの表情にもっと疲労の色の出ていないことを却って不思議に思ったことであろう。ファニーはレベッカのプディングがどうしても口に合わず、半ば汚れた食器と殆ど拭いてないナイフやフォークとともに食卓に出されるレベッカの細切肉《こまぎれにく》の料理が何とも堪らなかったので、ついつい手が出ないままに已むなく不満足な食事に終ることがしばしばで、到頭堪りかねて夕方弟達にビスケットや菓子パンを買いに行かせる始末であった。マンスフィールドで育てられた年月があまりにも長すぎたので、今さらポーツマスの粗野に慣れろと云ってもそれは無理であった。サー・トーマスとても、もし一切の事情を知ったなら、姪は今や心身ともに切実な思いでミスター・クロフォードとの交際やその財産の有難味を改めて正しく見直しつつあり、この上なく望ましい状態にあると思う反面、もしこれ以上推進めたなら、薬が効き過ぎて却って治療が仇になり、下手をすると命取りにもなりかねないと心配にもなったことであろう。

ファニーはその日は終日元気が出なかった。再びミスター・クロフォードに会う心配は一応なくなったものの、鬱《ふさ》ぎ込まずにはいられなかった。誰か親しい友とでも別れたような感じで、一面ではクロフォードが帰ってくれて嬉しかったものの、今やみんなから見捨てられてしまったような気持であった。改めてマンスフィールドから切離されたような気がして、クロフォードがロンドンに戻り、メアリーやエドマンドと頻繁に会うことを思うと、どうしても嫉妬に似たような気持を覚えずにはいられず、同時にそんな自分が何とも嫌で堪らなかった。

周囲のどんな出来事もファニーの意気銷沈を和らげることは出来なかった。夕方父親の友人だと云う人が一人、二人やって来て――父親が彼等の家へ行っているのでなければ大抵そうなるのであったが――長時間居坐って行った。おかげで六時から九時半までは殆ど大声や酒の絶える間がなかった。ファニーはすっかり沈んでいた。ファニーの物思いにあって、何らかの慰めを与えてくれると云ってもいいのは、ミスター・クロフォードが驚くほど良くなったとなお想われることであった。いかに異れる環境の下で二人が出会ったかも、いかに多くは周囲との対照によるものであるかも考えずに、ファニーはクロフォードが以前よりも驚くほど優しく、他人に対しても気を遣うようになったとすっかり信じ込んでいた。些細な事柄においても良くなったのなら、重大な事柄においても良くなっているに違いないのではないか？　実際、あれほど自分の健康と安楽を心配してくれ、あれほど思い遣りのある気持を示してくれたのだもの、こんなにも自分を苦しめる求婚にももはや執着するようなことはないと想ってもいいのではないだろうか？

第十二章

翌朝、もはやプライス家に姿を見せなかったところを見ると、ミスター・クロフォードは既にロンドンへの途上にあるものと想われた。それは、二日後、ミス・クロフォードからの次のような手紙で事実であることが確められた。尤もファニーはその手紙を、もっと別のことで不安な好奇心に捉えられながら、開いて読んだ――

「親愛なるファニー、ヘンリーはポーツマスへあなたに会いに行き、土曜日の海軍工廠への散歩と云い、翌日のより長時間にわたる塁壁上の散策と云い、ひどく喜んでいることを、まずお伝えしなければなりません。そのときの爽やかな空気と光り輝く海、それにあなたの愛らしい表情と物云いがこの上なく甘美な調和をなし、実に感動的で、今思い出してもうっとりする、と申しております。以上がどうやらこの手紙の要旨と云うことになるかと思います。ヘンリーは頻りに書け書けと云いますが、上記のポーツマス訪問と二度の散歩、それにヘンリーがあなたの御家族に紹介されたこと、特に塁壁を一緒に散策し、どうやら初めて恋の手解きを受けたらしい、十五歳の素敵な、魅力的な妹さんと知合いになったこと以外に、一体何をお伝えしたらいいのか皆目見当がつきません。目下私には長い手紙を書いている暇がありません。仮にあったとしてもこの手紙には相応しくない内容になるでしょう。私は単なる事務的な目的で、つまり遅れれば良くない結果にもなりかねない、どうしてもお伝えする必要のある事柄をお伝えするために、この手紙を書き始めたのですから。ああ、本当に親愛なるファニー、もしあなたがここにいて下さったら、どんなにか思う存分に胸の裡を打明けることが出来るでしょう！——それこそあなたがうんざりするまで話を聴いてもらい、なおもうんざりするまで忠告を聞かせてもらうのですけれど、でも手紙ではこの思いの丈《たけ》は百分の一も伝えることは出来ません。ですから私は何も書かずに、一切をあなたの自由な推測にお任せすることにします。ほかに取立ててお知らせするようなこともありません。勿論、最近の政治情勢についてならないこともありませんが。そうかと云って私にだけ関わりのある人びとやパーティーのことを書いてあなたを悩ますのもどうかと思います。あなたのお従姉の初めてのパーティーについてはもっと早くお知らせするべきでしたが、怠けているうちに大分日にちが経ってしまいました。しかしそのことについては、何もかも理想どおりに行ったこと、その流儀には身内の方達も御覧になればすっかり満足したに違いないこと、ラッシワース夫人御自身の衣裳と作法が大いに御当人の株を上げたことをお知らせすれば充分かと思います。私の友人のフレイザー夫人などは自分もこのような家が欲しいと云ってそれはもう夢中でした。おかげで私も情ない気持にならずに済みました。復活祭が済んだらストーナウェイ令夫人の所へ行きます。夫人はひどく元気でたいへん幸せそうです。家族に囲まれたストーナウェイ卿はさぞかし上機嫌で愉快なことでしょう。以前は卿のことをひどい醜男だと思っていましたが、今はそれほどとも思いません。少くとももっとひどい人はいくらでもいますものね。尤もお従兄のエドマンドとは全然較べものになりませんけれど。このあなたのお従兄については、私は何を云えばいいのかしら？　全然触れなければ変に思われるでしょうね。お従兄には二、三度会いましたが、私の友人達はそのいかにも紳士らしい風采にすっかり感服しております。フレイザー夫人は（このひとの眼は確かです）これほど立派な容姿と背丈と気品を具えた人はロンドン中でも三人しか知らないと断言しました。私も、先日家で食事をしたとき、全部で十六人集りましたが、お従兄に較べられる人は一人もいなかったことを告白しなければなりません。幸い、この頃では牧師の衣裳も特にどうこう云うほど目立つことはなくなりましたけれど、でも――でも――でも――　　かしこ」

「そうそう、ヘンリーと私から大変に重要なことを一つ云い忘れるところでした（エドマンドが不可ないのです、あんまり私の頭の中へ入り過ぎるからこう云うことになるのです）。それは私達があなたをノーサムプトンシアへ連戻すことについてです。ねえ、ファニー、いつまでもポーツマスにいて可愛いお顔を台無しにしないようにね。あの嫌な潮風は美容と健康を損なうもとです。私の気の毒な叔母は海から十マイル以内にいるときは決って身体の具合が良くありませんでした。勿論提督は信じようとしませんでしたけれど、私にはよく分っていました。私はいつでも直ちにあなたとヘンリーのお役に立つつもりです。私もこの計画は気に入っています。私達は途中少し遠廻りしてあなたをエヴァリンガムへ案内しようかと思っています。それからロンドンを抜けて、ハノウヴァー・スクエアのセント・ジョージズ教会[*1]の中を見ることには多分あなたも御異存ないでしょうね。ただその際は是非ともあなたのお従兄には御遠慮願いますわ。私、誘惑には負けたくありませんもの。まあ、何て長い手紙でしょう！――でももう一つだけ。ヘンリーは何でもあなたが賛成して下さった用事でもう一度ノーフォクへ行くつもりらしいのですが、これは来週の半ばまでは我慢してもらわなくてはなりません。十四日の夕方、私達はパーティーを開くことになっています。それでその日まではどうしても兄にいてもらわなくてはならないからです。このような場合にヘンリーのような人がいかに貴重な存在であるか、多分あなたにはお分りにならないでしょう。でも誓って申しますが、それはもう測り知れないぐらい貴重な存在なのです。兄はラッシワース夫妻にも会うことになるでしょう。だからと云って別に困ったことになったとも思いません——ちょっとばかり好奇心もあります——多分兄も同じ気持だろうと思います、尤も当人は断じてそんなことはないと云い張っておりますけれど。」

ファニーはこの手紙を熱心に通読し、時間を掛けて読返したが、いろいろと考えさせられはするものの、何もかもいよいよあやふやになるばかりであった。この手紙から抽き出せる唯一の確かなことは、まだ何一つ決定的なことは起っていないと云うことであった。エドマンドはまだ話をしていないのだ。ミス・クロフォードの本当の気持はどうなのか——どう振舞うつもりなのか、或は自らの意図とは関わりなく、場合によっては意図に反してどう云う振舞をするのであろうか——エドマンドに対する気持は最後に別れたときとまったく同じなのか——仮にその気持が弱まっているとして、これからもますます弱まりそうなのか、それとも再びもとに戻りそうなのか——これはいくら推測してみても到底推測し切れそうにない問題で、今後何日考えたところで、どんな結論も出そうになかった。最も頻繁に繰返しファニーの脳裡に浮んだのは、ミス・クロフォードはロンドンの暮しに戻ったことで大分気持が冷め、躇いがちになりながらもやはりエドマンドのことを愛していて、結局は諦め切れないのではないか、と云う思いであった。ミス・クロフォードは自らの心が許す以上に野心的になろうとするであろう。躇い、何かとうるさく催促し、条件をつけ、大いに要求を出し、しかし結局は申込を受容れるであろう。これがファニーの最もしばしば予想したことであった。ロンドンに家を持つ！――しかしいくら何でもそればかりは不可能であろう。でもミス・クロフォードはどんな要求を出さないとも限らない。従兄の前途を思うと、見通しは暗くなる一方であった。これから結婚しようと云う男性について話すのにその風采しか話すことが出来ないなんて！――何と詰らない愛情であろう！　それもフレイザー夫人の賞讃を判断の支えにするなんて！　ミス・クロフォードとエドマンドは半年も親しく附合っていたと云うのに！　ファニーは却って恥しいような気持であった。これに較べれば手紙のミスター・クロフォードと自分にのみ関する部分などは大して気にもならなかった。ミスター・クロフォードのノーフォク行きが十四日の前であろうがあとになろうが、ファニーには実際どうでもよかった。ただ、いろいろな事情を考え合せてみると、出来ることなら延ばさずに出掛けてもらいたかった。ミス・クロフォードがミスター・クロフォードとラッシワース夫人を是非とも会わせようなどとするのは、最も下劣な、極めて意地の悪い、思慮を欠いた行為であり、ファニーはミスター・クロフォードが決してそのような卑しい好奇心に唆《そそのか》されないことを希った。兄がそんな誘惑には乗らないと云い切った以上、妹としては兄が自分よりも立派な感情の持主であることを誇りに思ってこそ然るべきであったろうに。

ファニーはこの手紙を受取ってからと云うもの、以前にも増してロンドンからの便りが待遠しかった。その後数日のあいだ、この焦ったい気持にこれまでの経緯及び今後の成行きに関する想いが加わって、心は一向に落着かず、スーザンとのいつもの読書や会話もまったく中断してしまった。ファニーはどうしても自分の心持を思うように制することが出来なかった。もしミスター・クロフォードが従兄への伝言を忘れずに伝えてくれるなら、従兄はどんなことがあろうと必ずや手紙を書いてくれるだろう。エドマンドの平素の親切を思えば、当然そうしてくれる筈だ。それで三、四日経っても遂に手紙は来ず、その間徐々にではあるが手紙やエドマンドに関する想いが薄らぐまでは、何とも不安で、落着かなかった。

それでもどうやらやっと平静らしきものを取戻した。不安そのものはどうする訳にも行かなかったが、そうかと云ってそのために心身ともに疲れ果てて、何にも出来なくなってはならなかった。時の経過と、それ以上に自らの努力のおかげで、ファニーは改めてスーザンに対する心遣いを取戻すと、そのことに再び以前と同じ興味を覚えた。

スーザンはひどくファニーを慕うようになった。じっと坐ったままで何かをしたり、知識のための知識を求めたりと云うようなことには気質的に向いていなかったので、ファニーのように齢若くして本そのものに大きな喜びを見出すようなことはなかったが、物知らずに見られたくない気持が強かったのと、確かな理解力を持合せていたことで、ファニーにとってはたいへん云うことをよく聞く、何かと為になる、有難い生徒であった。一方スーザンにとってはファニーは絶対であった。いろいろな随筆や歴史の各章に関して附加えられるファニーの説明や意見にはひどく重みがあり、ファニーが過去について話してくれることはゴウルドスミスの文章[*2]以上にいつまでもスーザンの胸に残った。スーザンは姉に対する敬意もあって印刷された著者の文体よりも姉の話ぶりの方がすっかり気に入ってしまった。何しろ幼い頃から読書の習慣がまるで欠けていたのであるから、無理もなかった。

尤も二人は必ずしも歴史や道徳のような高級なことばかりを話し合っていた訳ではない。それ以外のさほど高級でもない話題にも結構時間を費した。他の何にも増してしばしば立還り、立還ってはなかなか止めない話題はマンスフィールド・パークのこと、そこの人達や生活態度、娯楽や流儀のことであった。生れつき上品なものや行届いたものが好きなスーザンは熱心に耳を傾け、ファニーはと云うと最愛の話題なだけにどうしても夢中になって精しく話して聞かせずにはいられなかった。ファニーは話しているときは、決して悪いことではないのだと思いながらも、一時して、スーザンが伯父の家で云われたり為されたりすることの悉《ことごと》くにすっかり感嘆し、自分もノーサムプトンシアへ行ってみたいと云う熱烈な憧れを示すのを見ると、満たされ得ない感情を徒《いたず》らに掻立てている自分が非難されているようにも思われた。

可哀そうにスーザンも姉同様我家の暮しぶりには馴染めないのであった。ファニーはこのことを充分に理解するにつれて、自分がやがてポーツマスから解放されるとき、自分の幸福にはスーザンを背後に残して行くと云う大きな引目のあることを感じ始めた。こんなにあらゆる点で良くなる資質のある娘をこのような人達の許に残して行くのかと思うと、ファニーの胸は痛む一方であった。もし自分にスーザンを招《よ》べるような家庭が持てるようなら、どんなに有難いことであろう！　――もし自分にミスター・クロフォードの愛情に応えることが出来るなら、あの人のことだからこう云うことには多分異存はあり得ないだろうし、それこそ自分の心は大いに慰められることであろう。ファニーにはミスター・クロフォードが本当に心の優しい人で、この種の計画には大喜びで乗ってくれそうに想われた。

＊1　一七二四年に建立。上流階級の結婚式で有名。多くの知名の士がこの教会で結婚式を挙げている。
＊2　ゴウルドスミスには『英国史』（一七六四）の著作があり、当時よく読まれた。

第十三章

予定された二箇月のうちの七週間がほぼ過ぎようと云う頃、問題の手紙が、あれほど待ちに待ったエドマンドからの手紙が、ファニーの手許に届いた。封を開いて、その枚数の多いのを認めたとき、ファニーは幸福の詳細と今や従兄の運命の女《ひと》となった幸福な女性に対する溢れんばかりの愛と賞讃の言葉を読まねばならぬことを覚悟した。以下がその内容である。

「マンスフィールド・パーク

「親愛なるファニー

「手紙の遅れたことをお恕し下さい。君が僕からの便りを待っていることはクロフォードから聞いて判っていたけれど、どうしてもロンドンからは便りをすることが出来なかったので、君ならなぜ僕が書かないのか解ってくれるものと自分に云い聞かせることにしました。――嬉しい数行でも送ることが出来たなら、当然そうしたでしょうが、その種のことは何一つ不可能でした。――僕はここを発つときよりも自信を喪《な》くして帰って来ました。今や僕の望みは大分薄くなりました。――多分君にはこんなことは疾《と》うに判っているのでしょう。――ミス・クロフォードは君のことがあんなに好きなのだし、当然自分の気持を君に打明けているだろうから、それもそこから僕の気持もかなりの程度推測出来るほどに詳しく。――しかし僕は僕で自分の気持を伝えることにします。僕達も君に対する打明け話でまで衝突するには及びませんからね。――僕としては何も訊かないでおきます。――尤も僕達にも君と云う同じ友があり、僕達のあいだにどんな不幸な意見の相違があろうと、君を愛することでは結ばれていると思うと幾分かは慰められます。――目下事情がどうなっており、僕がどう云う計画でいるかを――尤もこれが計画と呼べればの話だけれど――君に話してしまえば、僕の気持も大分落着くでしょう。――僕は土曜日以来こっちに帰っています。ロンドンには三週間いて、ミス・クロフォードとは（ロンドンの割には）大分頻繁に会いました。フレイザー家のもてなしはすべて期待に背かぬものでした。しかし少くともマンスフィールドにおけると同様に交際が出来るものと思っていたのは、どうやら僕の思慮が足りなかったようです。しかし問題は会う頻度が少かったことよりも、むしろあのひとの態度でした。現に顔を合せたとき、あのひとは以前とは違っていました。そうでなければ、僕だって不平など云いはしなかったでしょう。しかしのっけからあのひとは別人でした。最初の迎えられ方があまりにも予想に反したので、僕はもう少しで即刻ロンドンを立去ろうと決心するところでした。――詳細を述べる必要はないでしょう。君はあのひとの性格の弱点はよく知っているし、僕がどう云う感情や物云いに苦しめられたかは容易に想像がつくと思う。あのひとはひどく上機嫌な上に、その幾分のぼせ気味の気持を好ましくない方向へ助長しがちなひと達に取囲まれていました。僕はフレイザー夫人には好感が持てません。あのひとは心の冷い、虚栄心の強いひとで、ただもう物質的な利益が目当てで結婚したのです。あのひとの結婚生活は明らかに不幸です。にもかかわらず自分の失望の原因を判断力や気質の様ざまな欠点なり年齢の不釣合いなりには認めようとせず、要するに多くの知人よりも、とりわけ妹のストーナウェイ令夫人よりも経済的に恵まれていないからだと考えているのです。そうして報酬の当てに出来ることや野心的なことだと、それが充分に報酬が当てに出来て野心的でありさえすれば、何であろうと断乎賛成なのです。僕はミス・クロフォードがあの姉妹と親しくすることはあのひとの人生と僕の人生にとって最大の不幸だと思う。あのひと達が何年ものあいだミス・クロフォードの心を迷わせて来たのです。ああ、あのひとがあの姉妹から離れることが出来たら！　――でもときとして望みなきにしも非ずと思われることもあるのです。僕の見るところ、どうやら愛情は主に姉妹の側にあるからです。姉妹はそれはもうミス・クロフォードが大好きです。しかしミス・クロフォードの方は君を愛するほどにはあのひと達のことを愛していないことは確かです。実際、あのひとの君に対する並並ならぬ愛情と一人の妹としての分別ある、正直な振舞ぶりを思うと、ひどく気高いものを持ったまったくの別人のようで、そうするとあのひとの冗談好きな態度に対する僕の見方が少し厳しすぎるのではないかと、つい自責の念に駆られてしまう。ねえ、ファニー、僕にはあのひとのことを諦めることが出来ない。あのひとは僕がこれまでに妻にしてもいいと考えることの出来た唯一の女性なのだ。もし僕があのひとの愛情を信じていないのなら、勿論こんなことは云わないけれど、でも僕は信じている。僕はあのひとが確かに好意を持っていることを確信している。現に僕は誰にも嫉妬心を覚えないもの。僕はあの上流社交界の影響力だけを妬ましく思っている。僕が恐れるのはあの贅沢な習慣なのだ。あのひとの望みは決して分不相応に高いものではないのだけれど、僕達二人の収入を合せただけではとても追附かないものなのだ。しかしここにも慰めがない訳ではない。僕があのひとを失うのは、要するに財産が不足だからで、僕の職業が原因ではないのだと思えば、まだ我慢が出来るからだ。尤もそうなればあのひとの愛情は犠牲をものともしないほどには深くなかったと云うことになるけれど、しかし実際問題として僕の方から犠牲を要求することが正しいとは思えない。もしあのひとが僕を断るとすれば、正直な動機はまさにそれだと思う。あのひとの僕の職業に対する偏見は以前ほど強くなくなったと僕は信じている。ねえ、ファニー、僕は考えが浮ぶままに書いているから、ときどき矛盾したことを云っているかも知れない。しかしそのために却って僕の心は忠実に写されているだろうと思う。一旦始めた以上、感じていることを全部話してしまった方が僕にとっても気が楽だ。僕にはあのひとが諦められない。僕達は既に結ばれており、今後とも是非そうありたいのに、もしここでメアリー・クロフォードを諦めたりしたら、僕は僕にとって最も大切な人達の何人かとも交際を諦めることになるだろうし、ほかにどんな悩みがあるときでも必ずや慰めが得られる筈の家庭や友達からも自分を追放することになるだろう。僕としてはメアリーを失えば必然的にクロフォードとファニーをも失うことになると考えなければならない。これがはっきりしたことで、現に断られたのであれば、僕は堪える術を、僕の心を支配するあのひとの力を何とか弱める術を学ばなければならないだろうし――おそらく二、三年後には――僕は何を馬鹿なことを書いているのだろう――もし断られれば、堪えなければならない、しかしそれまでは、断じてあのひとを求めつづけなければならない。これが真実だ。唯一の問題はその方法だ。どうするのが一番いいのだろう？　復活祭が済んだらもう一度ロンドンへ行ってみようと思ったこともあるし、あのひとがマンスフィールドへ戻って来るまでは何もするまいと決心したこともある。今でも、ミス・クロフォードは六月には喜んでマンスフィールドへ戻って来ると云っている。しかし六月では大分先のことだし、僕は手紙を書こうかと思う。手紙を書いてこちらの気持を説明することにどうやら僕の気持は固り掛けている。大事なことは早く事態をはっきりさせることなのだ。このままだと僕はどうにも惨めでやり切れない。いろいろ考えてみると、手紙で説明するのが確かに最良の方法だと思う。僕としても手紙だと口では云えないことも多く書けるし、あのひとにも最終的な返辞を決心する前にゆっくり考える時間を与えることになるのだから。そそれに衝動的な慌しい返辞よりも落着いて考えた上での返辞の方が僕も安心だしね。まあその方が心配はより少いと思うんだ。僕にとって最大の危険はもしかするとあのひとがフレイザー夫人に相談しやしないかと云うことなのだ。そうなると僕は遠く離れているし、とても自分の云い分を弁護することは出来ないからね。手紙は好ましからざる相談の対象になり、相談する側にはまだはっきりとした決心が出来ていないとなると、当人は相談したばっかりに運悪くあとで後悔するようなことをする気になるかも知れない。このことは少しじっくりと考えてみる必要がありそうだ。こんな風に長ながと自分に関することばかり書いていたのでは、いかに友情に富んだファニーでもさぞかしうんざりだろうね。クロフォードに会ったのはフレイザー夫人のパーティーのときが最後だけれど、クロフォードに関してはこの眼で見たこと他人から聞いたことのすべてにいよいよ満足している。気持に迷いの翳りは見られないし、当人も自分の気持はすっかり分っていると見えて、自分の決心どおりに動いている――これは何とも素晴しいことだ。僕はクロフォードとマライアが同じ部屋に居合せるのを見たとき、どうしても君の言葉を思い出さずにはいられなかった。僕は二人の再会が決して友人同士のものではなかったことを認める。マライアは明らかに冷淡な態度をとっていたし、二人は殆ど口を利かなかったもの。僕はクロフォードが驚いて引退るのを見て、マライアがラッシワース夫人になってもまだ以前のミス・バートラムに対する侮辱を信じて腹を立てているのかと思うと残念でならなかった。マライアが妻としてどの程度に楽しい思いをしているか、君は僕の意見が聞きたいだろうと思う。見たところ不幸な様子はないし、二人は結構上手くやっているものと思う。僕はウィムポウル街では二度食事をし、本来ならもっと頻繁に行くべきところだったけれど、どうもラッシワースと兄弟として同席するのが息苦しくてね。ジュリアはひどくロンドンが気に入っているらしい。僕は殆ど楽しまなかった――こっちへ帰って来てからはいよいよ楽しくない。こちらではみんな意気が揚らない。誰もがひどく君に会いたがっている。僕も君がいなくてどんなに寂しいか、ちょっと言葉では云い表せないほどだ。母は君に呉《くれ》ぐれもよろしくと云って、君から近いうちに便りのあることを希っている。母はほぼ一時間おきに君のことを話しているが、更にあと何週間か君なしでやって行くことになりそうだと思うと気の毒でならない。父は御自分で君を迎えに行くつもりでいるけれど、時期は復活祭が済んでからになるだろう。何でも復活祭が済んでからロンドンに用事があると云っていたから。君はポーツマスにいてさぞかし幸福だろうけれど、だからと云ってこの訪問を一年に延ばしたいなどと云わないように。僕としてはソーントン・レイシーについて君の意見を聞かせてもらうためにも、君が家にいてくれることを望んでいる。今の僕にはソーントン・レイシーに主婦を迎えられることがはっきりするまでは、とても大大的に改良を施す気になんかなれない。是非とも手紙は書こうと思う。グラント夫妻はバースに出掛けることになり、月曜日にマンスフィールドを発ちます。誰とも愉快に会える状態ではない僕には却って有難いことです。尤も君の伯母様は折角のマンスフィールドのニュースが自分に代って息子の手で書かれてしまうことをひどく残念に思っているようです。

敬具

親愛なるファニーへ」

「二度と――もう二度と手紙なんか貰いたくない」と云うのが、この手紙を読みおわったときのファニーの密かな断言であった。「失望と悲しみ以外の何をもたらすと云うのだろう？——復活祭が済んでからだなんて！　——私にどうやって我慢しろと云うのかしら？　——お気の毒に伯母様は一時間ごとに私の名前を口にしていると云うのに！」

ファニーは出来る限りこんな風には考えまいとしたが、伯父様はまったく不親切だ、伯母様にも私にも、と云う思いを最初の三十秒ぐらいのあいだはどうしても追払うことが出来なかった。——手紙の主な内容については——そこには何らファニーの苛立ちを慰めてくれるものはなかった。ファニーはエドマンドに対して何とも腹立しい、殆ど怒りに近い気持を覚えた。「こんな風に遅らせたって何にもならないでしょうに」とファニーは云った。「何だってぐずぐずしているのかしら？　——エドマンドは眼が眩んでいるのだわ。こんなに長いあいだ真実を眼の前にしながらそれが見えなかったのなら、これからだって決して眼が覚めることはないでしょう、決して。——そしてあのひとと結婚して、哀れな、惨めな思いをすることになるんだわ。ああ、どうかあのひとの感化を受けてエドマンドの品位の落ちるようなことがありませんように！」——ファニーは再び手紙に眼を通した。「『君のことがあんなに好きなのだし！』何て馬鹿なことを。あのひとが愛しているのは自分自身と兄さんだけではないの。『あのひと達が何年ものあいだミス・クロフォードの心を迷わせて来たのです！』むしろあのひとの方がお友達の心を迷わせて来たのでしょうに。多分、みんなしてお互いに心を堕落させ合って来たのだわ。しかしもしミス・クロフォードがあのひと達を愛する以上にあのひと達の方がミス・クロフォードに好意を持っていると云うのなら、精精あのひと達の諛《へつら》いによる以外には、ミス・

クロフォードの方が害を受けたなんてことはありそうにないことだわ。『僕がこれまでに妻にしてもいいと考えることの出来た唯一の女性なのだ。』それは確かにそのとおりだと思うわ。エドマンドは一生この愛情に支配されることになるのだ。受容れられるにせよ、断られるにせよ、心は永遠にあのひとと結び附けられることになる。――『僕としてはメアリーを失えば必然的にクロフォードとファニーをも失うことになると考えなければならない。』ああ、エドマンド、あなたは私のことが解っていないのね。あなたが結び附けなければ、両家が結び附くことは決してないのに。さあ、手紙を書くのなら書いて、さっさとけりをつけて頂戴。こんなどっちつかずの状態は早く終らせることだわ。覚悟を決めて、実際にぶつかって、自分の運命を決めるのよ。」

しかしこれらの感情はあまりにも憤慨に近かったので、ファニーとしてもそういつまでも独白を続けている訳には行かなかった。やがて気持が和らぐにつれて、悲しみが徐徐にファニーの胸を満たし始めた。――すると今度はエドマンドの温かな思い遣り、優しい言葉遣い、自分に対する心を打明けた態度がひどく心に応えた。エドマンドは誰に対しても心が優しすぎるのだ。――要するに、この手紙は、ファニーが何としても貰いたいと希わずにはいられなかったもの、この上なく有難いものであった。結局はそこに落着いた。

日頃大して書くこともないのにどうしても手紙を書かないことには気の済まない人達にとって――まあ、女性の大部分はそうであろうが――グラント夫妻のバース行きが決ったと云うような、マンスフィールドにとっては何とも重大な出来事を眼の前にしながら、たまたま運の悪いことにそれを自分の手紙に利用出来なかったバートラム令夫人の心境は、さぞかし同情に値することであろう。令夫人にとって、折角の出来事が情容赦ない息子の手に落ち、自分の手になればいくらでも引伸ばして書けるものを、長い手紙の末尾にいとも簡単に取扱われてしまうのは、何とも残念なことであったに違いない。——それと云うのも、バートラム令夫人は、結婚の当初、ほかに何もすることがないのと、サー・トーマスが下院議員をしていたこともあって、絶えず手紙を書く機会があり、おかげで平凡ではあったが、ほんのちょっとした材料さえあればそれを見事に引伸ばして書く書き方を身に附けていて、なかなか手紙を書くことには秀でていたが、いざ材料がないとなるとまるで手も足も出ず、姪に書くのでも、是非とも何かしら話題が必要であった。ところへグラント博士の痛風の兆しとグラント夫人の昼間の訪問と云う有難い材料がすべてもうじき失われるとあって、令夫人としては最後の取って置きの一つが奪われることになり、ひどく辛いところであった。

ところが、それに替る或る豊かな材料が令夫人のために準備を整えつつあった。バートラム令夫人の好運のときは来たのである。エドマンドの手紙を受取ってから数日後、ファニーは今度は伯母からの手紙を受取った。次のような書出しであった——

「いとしいファニー

「ひどく憂慮すべきことが起り、それをお伝えしようと思って筆をとりました。これは貴女にとっても決してひとごとではないと思います。」

これは、グラント夫妻がこれから出掛けようとしている旅の詳細を伝えるために筆を執らねばならぬことに較べれば、よほどましであった。それと云うのも、この憂慮すべき事態と云うのが、ほかでもない、長男が危険な病に倒れたと云うことで、今後かなりのあいだ手紙の材料には事欠かない性質のものだったからである。このことを一同はほんの数時間前に速達便で知らされたのであった。

トムは仲間の若者達と一緒にロンドンからニューマーケットへ行き、そこで落馬の手当てを怠ったことと大酒を飲んだことが祟《たた》って熱を出してしまったのである。一同が引揚げるときになっても、動くことが出来ないので、仕方なく自分だけ仲間の一人の家に居残り、召使にだけ看護を任せて、一人静かに病を癒すことにした。じきに恢復し仲間のあとを追えるものと思っていたところ、病気がかなり悪化したので、すぐに本人もこれは不可ないと思い、医者もその方がいいだろうと云うので、早速マンスフィールドへ速達便を出してもらったのである。

「このつらい知らせは、貴女も想ってのとおり」と、令夫人は事のあらましを説明したあとに続けていた、「わたしたちをそれはそれは動顚させせました。わたしたちははげしい心の動揺をどうすることもできず、ただもう可哀そうな病人が気が気でなりません。サー・トーマスはトムの容態がひどく危険なのだろうかと心配しています。エドマンドは親切にもただちに兄さんのもとへ駆けつけると云っています。でも嬉しいことに、サー・トーマスは、こんなときにお前一人ではさぞかし心細いだろうから自分はお前のそばを離れずにいよう、と云ってくれました。それでなくてもすくない人数なのに、ここでエドマンドに行かれてしまうのはひどく淋しいことですけれど、でもエドマンドが行ってみて、病人が心配していたほどでもないことがわかり、すぐにマンスフィールドへ連れもどすことができればと、ただそれだけを信じ、願っています。サー・トーマスも、ぜひとも連れもどすべきだし、そうするのが一番いいという考えです。わたしも、病人はじきにたいしてさしさわりなく動けるようになるものと心ひそかに信じています。ファニーも必ずやわたしたちのこの苦しい立場に同情してくれるものと思います。ちかぢかもう一度おたよりします。」

手紙を読みおえたときのファニーの気持は、実際、伯母の文章の調子よりももっと事態を思い遣る、真剣なものであった。ファニーは心底皆を気の毒に思った。トムが危篤で、エドマンドはその看病に出掛け、マンスフィールドはまたもや人数が減って淋しくなると思うと、それだけで胸が一杯になり、ほかのことは殆ど何一つ考えられなかった。一瞬、エドマンドはこの速達便が来る前にミス・クロフォードに手紙を書いたのだろうか、と云う些か身勝手な思いが脳裡を過りはしたが、純粋な思い遣りと私欲を離れた気懸りのほかはいかなる感情もファニーの心に長く留まることはなかった。伯母はファニーのことを忘れず、繰返し便りを寄越した。エドマンドからは頻繁に報告があると見え、その報告は、相変らず「信じる」や「願う」や「恐れる」が取留めなく交互に入交じった何とも散漫な書き方で、規則正しくファニーに伝えられた。それはどことなく驚くことを楽しんでいるような手紙であった。患者の苦しみにしても、直接に目撃していないバートラム令夫人はさほど身に応えているとも思われず、現にトムがマンスフィールドに運び込まれ、自分の眼でその変り果てた姿を認めるまでは、心の動揺だとか不安だとか可哀そうな病人だとか云っても、その調子はいとも気楽なものであった。トムの帰還はちょうど令夫人がファニー宛の手紙を書掛けている最中だったと見え、終りの方は大分文章の調子が変っており、その言葉遣いには本当の感情と驚きが籠っていた。最後は殆ど話し掛ける口調であった。「ファニー、トムはたったいま帰って来て、二階へ運ばれました。わたしはトムの様子にすっかり驚いてしまい、どうしていいのかわかりません。トムはたしかにひどく悪いのです。ああ、可哀そうなトム、わたし、胸が痛んで、恐しくてなりません。サー・トーマスも同じ気持ちです。貴女がそばにいて慰めてくれたら、どんなに嬉しいでしょう！　でもサー・トーマスは、あしたになれば良くなるだろう、たぶん旅のせいだ、と云っています。」

今度こそ母親の胸にも心底憂慮する気持が眼覚め、すぐには消去らなかった。トムがあまりにもマンスフィールドに帰りたがり、元気なうちは殆ど顧みもしなかった家族との安楽な生活を頻りに味わいたがったことが、帰還を早めた原因であったが、どうやら早すぎたらしく、帰るや否や再び発熱し、その後一週間これまで以上に憂慮すべき病状が続いた。皆は本心から怯《おび》えていた。バートラム令夫人は毎日のように不安な気持を姪に書いて寄越した。今やファニーは手紙で生き、今日の手紙に胸を痛めては明日の手紙を待望むことで毎日を送っていると云ってよかった。ファニーとしてはトムに対して特別の愛情がある訳ではなかったが、持前の心の優しさから、トムに万一のことがあっては堪らないと云う気持であった。これまでのトムの生活は殆ど皆の為にならない、明らかに自分勝手なものであったとは思っても、ファニーの純粋な、高潔な心はいよいよ痛切にトムの病状を思い遣らずにはいられなかった。

このときも、いつもの場合と同様、ファニーの相手になり、話に耳を傾けてくれるのはスーザンだけであった。スーザンだけはいつでも喜んで聞役になり、同情してくれた。ほかの者は誰一人として遠く百マイル以上も離れた家庭で誰が病気になろうと何の関心もなかった。プライス夫人ですら、ファニーが手紙を手にしているのを見たりすると一つ二つ短い質問をするか、ほんのときおり、さほど気のない口調で、「気の毒に姉もひどく困っているんでしょうね」などと云うだけであった。

かくも長いあいだ離れればなれに暮し、しかもかくも異った境遇の下に置かれていると、もはや血の繋りはないも同然であった。もともと二人の愛情はお互いの気質に似て穏やかなものではあったが、それも今では単に名ばかりのものに過ぎなくなっていた。今回プライス夫人が姉に対して見せた思い遣りはこの程度のものであったが、もし事情が逆であれば、バートラム令夫人の妹に対する思い遣りもやはりこの程度のものであったろう。もし仮にプライス家の子供達が三、四人亡くなったとしても、それがファニーとウィリアムでさえなければ、残りのうちの誰であろうと、或はその全員だったとしても、バートラム令夫人は殆どそのことを考えもしなかったであろうし、或はもしやするとノリス夫人の口から、二人の子供だけでもこうして裕福な暮しをさせてもらえたのだから、気の毒な妹もひどく幸せな、たいへん有難いことと思わなければ、と云うような偽善的な言葉すら聞かれたかも知れないのである。

第十四章

マンスフィールドへ戻ってからほぼ一週間経って、トムはひとまず当面の危険な状態を脱した。もう大丈夫とかなりはっきり断言されると、母親はすっかり気持が楽になった。息子のいかにも苦しそうな、どうにも手の施しようのない病床の有様にも今や慣れてしまい、最も好ましいことだけを聞かされては、聞かされたことだけしか頭にないバートラム令夫人は、元来が楽天的な上に、遠廻しな云い方など通じないひとであったから、医学的なことで簡単に欺されてしまう点では最も幸せなひとであった。熱が病気の原因であったのだし、その熱が下ったのであるから、息子はじきに再び元気になるだろう――バートラム令夫人にはそれ以下のことは考えられなかった。それでファニーもエドマンドから短い手紙を受取るまでは、伯母の安心をそのまま受容れていた。エドマンドの手紙は、兄のより精しい病状と、熱が下ったのにどうも身体がひどく消耗しているらしいことに関して医者がエドマンドと父に洩らした気懸りを知らせるものであった。二人は、結局は杞憂に過ぎないかも知れない、そうであってもらいたい心配事でバートラム令夫人を悩ませることはないと判断したが、ファニーに真相を知らせて不可ない理由はなかった。二人はトムが肺をやられているのではないかと心配していた。

エドマンドの数行はバートラム令夫人の数枚にわたる手紙が為し得るよりも遥かに正しく、しかも強烈に病人と病室の模様を伝えていた。家中でも、自分の見たところを令夫人ほど下手に書く者はまずいなかったし、ときとして、令夫人ほど息子にとって何の役にも立たない存在はなかった。令夫人に出来ることと云えばただそっと部屋に入って息子の様子を窺うことだけであり、トムが自ら話をしたり、他人の話を聞いたり、或は本を読んでもらったりが可能なときに好んで求める相手はエドマンドだけであった。ノリス伯母の看護は却って病人を悩ませたし、サー・トーマスにはどうやって自分の話の内容と声の調子を病人の苛立った気持と弱弱しい声に合せていいのか判らなかった。結局病人にとってはエドマンドだけがすべてであった。ファニーは少くともそれはそうだろうと確信したし、エドマンドが病気の兄に附添い、何かと手助けし、元気づけるのなら、そう云うエドマンドをこれまでにも増して高く評価しない訳には行かなかった。トムについては、最近の衰弱した体力を恢復させねばならぬだけでなく、ひどく昂《たか》ぶった神経を鎮め、逆にすっかり滅入っている気持を奮い起たせねばならぬことも、今やファニーには判った。ファニーの想いにあっては、病人は序《つい》でに心も正しく導かれねばならなかった。

バートラム家には胸を病んだ人はこれまでいなかったことからも、ファニーはトムの病状に対しては懸念するよりも大丈夫だろうと思いたい気持の方が強かった。——ただミス・クロフォードのことを思うと——ミス・クロフォードは何事にも運の好いひとだと云う考えが頭にあるものだから——その自己本位と虚栄心のためには、エドマンドが一人息子になるならそれこそ運の好いことであろう、と云う思いが脳裡を掠《かす》めた。

実際、病室にあっても、幸運なメアリーはエドマンドの脳裡を去らなかった。エドマンドの手紙には次のような追伸が添えられてあった。「この前のことについてだけれど、トムの病気で呼出されたとき、実は例の手紙を書掛けていたのです。しかし今では気持が変りました。あのひとの友達の影響力がどうも信用出来ない気がする。トムが良くなったら、自ら出向くつもりです。」

このようなマンスフィールドの状態はそのまま続き、復活祭になっても殆ど変りはなかった。ときおりバートラム令夫人の手紙に添えられるエドマンドの一行で、マンスフィールドの消息はファニーにも充分に伝えられた。トムの恢復は依然として驚くほど捗ばかしくなかった。

復活祭になった——今年の復活祭は殊のほか遅かった。このことを、ファニーは、復活祭が終るまではポーツマスを離れる機会のないことを初めて知ったとき、ひどく悲しい気持で思い廻らしたものであった。しかし復活祭が来ても、ファニーのマンスフィールド帰還どころか、その前に予定されている筈の伯父のロンドン行きに関しても、何の音沙汰もなかった。伯母はファニーに帰ってもらいたい気持をしばしば表明していたが、肝腎の伯父からは通知も、言伝てもまるでなかった。多分伯父はまだ息子の傍を離れることが出来ないのだとは想ったが、ファニーにしてみればこうして延びのびになるのは何とも辛く、堪らないことであった。四月もそろそろ終ろうとしていた。ファニーがマンスフィールドの人達から離れ、苦行の毎日を送り始めてから、二箇月どころかもうじき三箇月になろうとしていた。しかし自分のこの気持を完全に解ってもらおうとするにはファニーは皆を愛し過ぎていた。それに、いつになればファニーのことを考えたり、迎えに来たりする暇が出来るのか、誰に判ろう？

マンスフィールドの人達と一緒になりたいファニーの切望、焦り、希いは、クーパーの『手解き』からの一、二行を絶えず想い起させるほどであった。ファニーは「いかに切なる希ひもて、故郷の我家を望みしか」[*1]を絶えず口吟《くちずさ》んでいた。ファニーは、この詩句が自分の切実な気持を最もよく表していて、学童の切ない胸の思いも今の自分ほどではなかったろうと想われた。

ファニーはポーツマスへ向う途中、好んでポーツマスを我家と呼び、自分は今我家へ帰りつつあるのだと喜んで口にしたものであった。我家と云う言葉はファニーにとって何とも懐しいものであった。今でも依然として懐しいことに変りはなかったが、今ではそれはマンスフィールドにこそ用いられねばならなかった。ファニーにとっては今やマンスフィールドが我家であった。ポーツマスはポーツマスであり、マンスフィールドが帰るべき家であった。これはファニーが長いあいだ密かな物思いに耽っているうちに自ずからそうなったのであり、伯母が手紙の中で同じ言葉を用いているのを見出したとき、これほどファニーの心を慰めてくれるものはなかった。――「こんなつらいときに貴女が家を留守にしているなんて、本当に残念でしかたがありません――おかげでわたしの心はひどく苦しいの。――もう二度と貴女がこんなに長期間家を留守にしたりしないことを、わたしは心から信じ、願い、望んでいます。」――ファニーにとってこんな嬉しい一節はなかった。しかしそれは飽くまでもファニーだけの密かな愉しみであった。――両親に対する気遣いから、伯父の家の方がいいと思うこのような気持をファニーは決して表に出さないように気を附けていた。ファニーの物云いはいつも、ノーサムプトンシアへ帰ったら云云《うんぬん》、或は、マンスフィールドに戻ったら云云、であった。――この云い廻しは大分長いあいだ守られていたが、次第に募る懐郷の念に到頭注意力の方が負けてしまい、或るとき、家へ帰ったら云云、と話している自分に気が附いて、はっとなった。――ファニーはすっかり恥入り、顔を赧らめて、恐るおそる両親の方を窺った。しかし何ら気に懸ける必要はなかった。両親には不興な様子どころか、ファニーの言葉が耳に入った様子すら見られなかったからである。二人はマンスフィールドに対する嫉妬心など全然持合せてはいなかった。ファニーがそちらへ帰りたがろうが、実際に帰ろうがまったく自由であった。

　ファニーは春の喜びをすべて失うのかと思うと悲しかった。三月と四月を都会で過せばどんなに多くの喜びを失うことになるかを、ファニーは今まで知らなかった。草木が芽を吹き、やがて生長して行くさまがどんなに自分を愉しませていたか、今になって初めて気が附いた。――気紛れな天候にもかかわらず素晴しいとしか云いようのない春から初夏への季節の推移を眺め、伯母の庭園の一番陽当りのいい場所に真先に開く花花から、伯父の農園や森の若葉に覆われた見事な景観へと、次第に募り行く季節の美しさを認めることで、ファニーはどれだけ身心の活力を得て来たことか。――それらの喜びを失うことは決して些細なことではなかった。ただ喜びを失うだけならまだしも、狭苦しい上に騒騒しい屋内に閉込められているファニーにとって、それらを失うことは自由と爽やかな空気、芳《かぐわ》しい香りと新鮮な緑を監禁と汚れた空気と厭な臭いに取替えることにほかならず、こんな堪らないことはなかった。――しかしこれらゆえの忌わしい思いも、自分にとって最も親しい人達が自分の留守を淋しがっているのだと云う確信から生ずる思い、早く自分を必要としている人達の役に立ちたいと希う心から生ずる思いに較べれば、弱弱しいものであった。

ファニーはもし家にいることが出来たなら、家中のみんなの役に立ったかも知れなかった。ファニーは自分がみんなの役に立ったに違いないと云う気がした。みんなの頭や手の労力を幾らかは省いてやれたに違いない。仮にそれがバートラム伯母の気持を支え、伯母に寂しい思いをさせないと云うだけのことに過ぎなかったとしても、或は伯母はファニーのおかげで、自分の存在の重要性を高めるためなら危険の度合を実際以上に誇張すらしかねない、落着きのない御節介を話相手にせずとも済んだかも知れず、それだけでもファニーがマンスフィールドにいる意義は充分にあったであろう。ファニーは自分が伯母に本を読んでやることも出来たろうし、いろいろと話をして聞かせることで、目下の事態を有難い恵みと感じさせ、同時に今後起るかも知れない事態には心の準備をさせるよう力めることも出来たろうと好んで空想した。それに、相当な量の階段の昇り降りも省いてあげることが出来たろうし、かなりの数の言伝ても代って伝えてあげることが出来たろう。

ファニーはトムの妹達がこのようなときに——トムの病気が何度も危険な状態に陥りながら既に数週間も続いていると云うのに——なおも平然とロンドンに留まっていられることに驚いた。姉妹なら好きなときにいつでもマンスフィールドへ帰れるだろうし、旅にも何ら困難はないだろうに、なぜ二人とも今もって帰れないのか、ファニーには理解出来なかった。ラッシワース夫人の方は何か差障りのある用事があるとしても、ジュリアの方はいつでも好きなときにロンドンを離れられる筈ではないか。——伯母の手紙の一つによると、ジュリアはもし戻って来いと云うのなら戻ってもいいと書いて寄越したらしいが、それきりであった。――ジュリアがどうやら今いる所から離れたくないらしいことは明らかであった。

ファニーはロンドンの影響力が従姉達の立派な愛情と烈しく戦っているのだと思いたかった。ファニーはその証拠を従姉達だけでなくミス・クロフォードにも認めた。ミス・クロフォードのエドマンドに対する愛情は立派なものであったし、それはミス・クロフォードの性格の中でも最も立派な部分であった。ファニーに対する友情も、ともかく非の打ちどころのないものであった。しかしそれらの感情は今やどこへ行ってしまったのか？　ミス・クロフォードから最後の手紙を受取ったのが大分前のことだったので、ファニーがかつてはあれほど深く思い廻らした二人の友情をあまり重大に考えなくなったのも無理はなかった。――マンスフィールド経由の復閒《またぎき》の情報を別にすれば、ミス・クロフォードやロンドンの従姉達に関する最後の消息を耳にして以来、既に数週間が経っており、ファニーは、ミスター・クロフォードが再びノーフォクへ出向いたかどうかも当人に会うまでは判らないだろうし、ミス・クロフォードからもこの春はもはやこれ以上便りはないだろうと想い始めていた。ところがそこへ次のような手紙が届き、古い感情を甦らせ、何やら新しい感情を呼覚した。

「親愛なるファニー、このたびの御無沙汰、何卒出来るだけ早くお赦し下さり、早速にも赦し得たものとしてお振舞い下さいますよう。私は謙虚にこのことを願いかつ期待し、あなたは心の優しい、親切なかただから、この自分勝手な、厚かましい云い分も寛大に聞届けて下さるものと心当てにしております。――実は今回手紙を書きましたのは折返し御返辞を頂きたいためなのです。ほかでもない、マンスフィールド・パークの事情が知りたいのですが、それには、多分、あなたに伺うのが一番だと思ったものですから。皆さんの置かれた苦境に同情を覚えないような人はそれこそ獣ですわ。——何でも聞くところによると、気の毒にミスター・バートラムは殆ど恢復の見込みがないのだとか。最初私はあの方が病気だと聞いても何とも思いませんでした。あの方はちょっとした病気でも大騒ぎをしたり、されたりすることの好きな人だと思っていましたから、むしろあの方を看病しなければならない人達にこそ同情を寄せていました。ところが今やあの方は本当に胸をやられており、憂慮すべき症状も表れていて、少くとも家族の何人かはそのことを知っているのだと確かなことのように云われています。もしそうなら、あなたは必ずやその人達の、事情を知っている人達の一人でしょうから、どうか是非とも私の聞いている噂がどの程度に正しいものか教えて下さい。もしこの噂が間違いならどんなに嬉しいか云うまでもないことですが、噂があんまり弘まっているので、正直のところ、気が気ではありません。あんな立派な青年が人生の盛りに斃《たお》れるなんて、こんな悲しいことはありませんん。気の毒にサー・トーマスはさぞかし苦しい思いをなさることでしょう。私、このことでは本当にすっかり心を痛めておりますの。ファニー、ファニー、あなた、笑っているわね、皮肉な顔附が眼に見えるようだわ。しかし誓って申しますけれど、私、生れてこのかた医者に賄賂を使ったことなど断じてありませんからね。ああ、可哀そうなミスター・バートラム！——もしあの方が亡くなることにでもなったら、世の中から気の毒な青年が二人減ることになりますわね。でも私は誰であろうと面と向って臆さずに断言しましてよ、そうなれば富にせよ社会的地位にせよ最も相応しい人の手に受継がれることになると。あの方のこの前のクリスマスの際の振舞は些か軽はずみでしたわ。でもほんの数日の災難ですし、或る程度は覆い隠せるでしょう。金ぴかの華やかな飾りは多くの汚点を隠すと云いますものね。何れにせよあの方の名前から郷士《エスクワイヤー》の肩書が消えるだけのことですわ。*2 ねえ、ファニー、私のように本当の愛情を持っていると、もっと多くのことにだって目を瞑《つぶ》ることが出来ましてよ。私の不安な気持を察して、折返し返辞を下さい。私のこの気持を決して軽くあしらったりなさらないようにね。真実を嘘偽りなくすっかり知らせて下さい。それから今さら私の感情にせよあなた自身の感情にせよ恥じたりなさるには及びませんことよ。この感情は自然なだけでなく、断じて博愛心に富んだ、貞淑なものなのですから。『サー・エドマンド』の方が他のいかなる可能な『サー・何某《なにがし》』よりもバートラム家の全財産を善用することにならないかどうか、このことの判断はあなたの良心にお任せします。グラント夫妻が留守でなければ、あなたを煩わせたりはしなかったでしょうけれど、目下姉妹も二人とも当地を離れていますし、真相を問合せることが出来るのはあなただけなのです。ラッシワース夫人は（あなたも御承知でしょうが）トウィケナムのエイルマー家で復活祭を過し、まだ戻って来ていません。ジュリアさんはベッドフォード・スクエアの近くに住む親類の方達と一緒ですが、その方達の名前も住所も思い出せません。しかし仮にどちらかとすぐに連絡が取れたとしても、やはりあなたの方を選んだでしょう。それと云うのも、あのかた達はこれまでずっとあまりにも自分たちの愉しみが中断されるのを嫌がっていましたし、どうも真相を直視しようとはしていないように思われるからです。多分、ラッシワース夫人の復活祭の休日もそう長くは続かないでしょう。でもこれがあのかたにとって申分のない休日であることは確かです。エイルマー家の人達はみな愉快な人達ですし、おまけにミスター・ラッシワースは目下不在と来ていますから、あのかたにはひたすら愉しむ以外には何にもすることがないのですもの。御自分から孝行息子の夫君を急《せ》き立てて、バースへ母堂を迎えに行かせた手際はなかなかのものです。しかしあのかたと寡婦財産を握っている未亡人とどうやって一つ屋根の下で折合えると云うのでしょう？　ヘンリーは目下出掛けていますので、ヘンリーからの言伝てはありません。今回の病気のことがなかったら、エドマンドはずっと前にもう一度上京していたとは思いません？　――かしこ、メアリー」

「ちょうど手紙を畳み掛けたところへ、ヘンリーが戻って来ましたが、発送を思い止まらせるような情報は持帰りませんでした。ラッシワース夫人は、もしかしたら肺病ではないかと云うことを知っているそうです。ヘンリーは今朝あのかたに会ったところ、あのかたは今日ウィムポウル街へ戻るとか、老婦人も既に到着しているとのことです。いいこと、妙なことを空想して心を乱したりしては不可ませんことよ、兄は数日リッチモンドへ行っていただけなのですから。例年春にはそうしているのです。安心なさい、兄はあなた以外には誰も愛していませんから。たった今も、兄はひどくあなたに会いたがっており、どうすればそれが可能か、どうすれば自分の喜びがあなたを喜ばすことにもなり得るか、その具体的な手立てを講ずることにすっかり心を奪われています。その証拠に、あなたをお家へ送り届けることについてポーツマスで話したことをいよいよ熱心に繰返しています。私もそのことについては兄とともに本気で考えています。ねえ、ファニー、すぐに書いて頂戴、迎えに来るようにって。それは私達のためにもなることなのですから。兄と私は牧師館へ行けばいいのですし、マンスフィールド・パークのお友達には決して迷惑は掛らないと思います。皆さんにもう一度会えることは本当に嬉しいことですし、それに少しでも人数が増えれば大いに皆さんの手助けにもなるのではないかしら。あなたにしても、あちらの皆さんが是非ともあなたを必要としていることは痛切に感じていらっしゃるに違いないし、良心に照しても（あなたは良心的なかたですから）、帰る手立てがあるのに帰らないでいる訳には行かないと思います。もう時間も根気もなくなりました、ヘンリーの言伝ては半分も伝えられません。どれ一つ取ってもその真意は変らざる愛情だと云うことで御満足下さい。」

ファニーは、この手紙の大部分に対する嫌悪感と、手紙の書手と従兄のエドマンドを会わせることをひどく躊う気持から、最後の申出を受容れたものかどうか、公平に判断しかねる気がした。ファニー個人にとっては、それはひどく心惹かれる申出であった。多分三日以内にはマンスフィールドに戻っていることだろうと想うと、こんな嬉しいことはなかったが、ただその喜びが、目下その感情や行動に大いに非難されるべき点の認められる人達によって与えられると云うのは何とも気の引けることであった――どう見ても妹の感情には冷淡な野心が、兄の行動には無思慮な虚栄が、認められた。クロフォードが未だにラッシワース夫人と懇意な間柄にあり、何やら浮ついた関係にあるなんて！　――ファニーはクロフォードがこのところ良くなったと思っていただけに、悔しかった。しかし、幸いなことに、ファニーは互いに対立する気持や正義に関する疑わしい思惑のあいだに立って、慎重に考慮し、どちらかに決めなければならぬ破目には置かれていなかったし、エドマンドとメアリーを互いに離しておくべきか否かについても、自ら決めなければならぬ必要はなかった。ファニーには適用すべき定《きま》りがあり、それが何もかも解決してくれた。つまり伯父に対する畏怖の念と、伯父に対して無礼を働くことを恐れる気持が、どうすればいいかを直ちに明らかにしてくれたのである。この申出は絶対に断らねばならなかった。伯父はもしファニーの帰還を望むなら必ずや迎えを寄越すであろう。こちらから早く帰りたいと申し出ることすら、厚かましい、どう見ても不当なことである。ファニーはミス・クロフォードに礼を述べ、はっきりと断った。――「伯父様が自ら迎えに来て下さるつもりだと聞いております。従兄の病気が何週間続いても私の手が必要だとは思われていないのですから、私の帰還は目下歓迎されず、却って足手まといになるものと想わなければなりません。」

最近の従兄の病状に関するファニーの説明はまさにファニーが自らそうと信じるとおりのものであり、書手のファニーにすら、楽天的なミス・クロフォードの心には当人の望むあらゆるものに関して期待を抱かせることになろうと想われるものであった。エドマンドは財産の条件次第では牧師であることが許されるであろう。そうしてこれが偏見の一切の克服と云うことになり、エドマンドは即座に大喜びするであろう。ミス・クロフォードはお金以外には何ら大切なことを考えなくなっただけなのに。

＊1　クーパー『手解き――または学童時代の思ひ出』第五六二行。
＊2　エドマンドは准男爵家の次男なので肩書は「郷士（Esq.）」しか持たないが、牧師になれば「師（the Rev.）」に替り、万一長男のトムが亡くなれば准男爵の爵位を受継いで「サー・エドマンド」になるから、何れにしても「郷士」の肩書は消えることになる。

第十五章

ファニーは自分の返辞がさぞかし相手をがっかりさせているに違いないと信じていたので、むしろミス・クロフォードの性質からして、もう一度帰還を促して来るものと想っていた。それで次の手紙の届いたのが一週間も経ってからであったにもかかわらず、その手紙を手にしたときも依然として同じ気持であった。

ファニーは手紙を受取るなり、封筒の中身のひどく薄っぺらなことから、どうやら急ぎの用事の手紙らしいと思い込んだ。その目的は疑いようがなかったので、一瞬、もしかしたらこれは二人が今日のうちにポーツマスに到着することを告げる手紙かも知れない、と云う思いが起り、もしそうだったら自分は一体どうしたらいいのだろう、とすっかり心を動揺させた。尤もこの一瞬が困惑でファニーを包囲出来たとしても、次の一瞬がそれを追払ってくれた。ファニーは手紙を開く前に、もしやクロフォード兄妹は伯父に問合せて許しを得てくれたのかも知れないと思って、気持を落着けることが出来たからである。手紙の内容は次のようなものであった。

「何とも言語道断な、質《たち》の悪い噂がたった今私の耳に入りました。もしそれがそちらの地方にまで伝わっているとしても、絶対に信用したりなさらないよう、御忠告しようと思い、筆を執りました。絶対に何かの間違いであり、必ずや一日か二日のうちにははっきりすることと思います。――とにかくヘンリーは潔白ですし、仮にちょっとした軽はずみな行動があったとしても、あなた以外には誰のことも考えてはいません。この噂については一言たりとも口外しませんように――私がもう一度お便りするまでは、何事も耳にしたり、臆測したり、噂したりしては不可ません。必ずや一切が揉消され、すべてはラッシワースの愚かさのせいだと云うことがはっきりする筈です。もしあの人達が出掛けたのだとしても、それは絶対にマンスフィールド・パークへ向っただけのことに違いありません、それもジュリアさんも一緒に。でもどうしてあなたは私達に迎えに行かせて下さらなかったのでしょう？　今となって後悔していなければいいのですが。

かしこ、云云」

ファニーは呆気に取られた。言語道断な、質の悪い噂など何一つ聞いていないファニーには、この奇妙な手紙がよく理解出来なかった。ファニーにも察せられ、推測出来たことは、その噂とやらはウィムポウル街とミスター・クロフォードに関係があるに違いなく、そのあたりで、何やら世間の注目を惹き、ミス・クロフォードの見解だと、ファニーが聞いたら嫉妬心を起すような、ひどく軽率なことが行われたのだと云うことだけであった。しかしファニーに対するミス・クロフォードの心配は無用であった。ファニーは、当事者と、もし噂がそこまで伝わったのなら、マンスフィールドの人達にも気の毒なことだと思っただけだったからである。しかしファニーはそんなことにはならないだろうと思った。ミス・クロフォードの言葉から推して、もしラッシワース夫妻が揃ってマンスフィールドへ出向いたのなら、何やら不愉快な噂が先に届くとか、少くとも何らかの印象を与えるなどとはまず信じられなかった。

　ミスター・クロフォードに関しては、このことをきっかけに自分自身の性質をよく知り、一人の女性だけを着実に愛しつづけることなど絶対に出来っこないことを悟り、このことに懲《こ》りてもはやこれ以上しつこく求婚したりしないことを、ファニーは希った。

　何とも妙であった！　ファニーは、クロフォードは本当に自分を愛しており、その愛情は啻ならぬものだと想い始めていたからである——それに妹はなおも兄はファニー以外の誰をも愛していないと云っているのだ。しかし些細なことならとやかく云う筈のない妹にさえ事態を軽く見做すことが出来ないところを見ると、従姉に対して何やらあまりにも明らさまな心遣いが示されたか、或は何かひどく軽率なことが行われたに違いなかった。

　ファニーはひどく落着かない気持であったが、ミス・クロフォードから次の便りが来るまではどうにもならなかった。手紙のことを脳裡から追払うことは不可能であったし、そのことを誰かに話すことで気を紛らせる訳にも行かなかった。ミス・クロフォードはあんなに烈しく秘密を守るよう促すには及ばなかった。従姉のために当然配慮されねばならぬことではファニーの分別を信頼してよかったのである。

翌日になっても次の手紙は来ず、ファニーは落胆した。午前中はなおもそのこと以外は殆ど考えられなかったが、午後になって父親がいつものように新聞を手にして戻って来たとき、まさか新聞から解明が得られようとは思ってもいなかったので、一瞬そのことを忘れた。

ファニーは一時ほかのことに心を奪われていた。この部屋に最初に通された夕方のことや、そのときの父親と新聞のことなどがふと思い出された。今は蠟燭の必要はなかった。日没までにまだ一時間半はあった。ファニーは自分がここにもう三箇月もいることをしみじみと感じた。居間に射し込む強い陽射《ひざし》はファニーを元気づけるどころかいよいよ憂鬱にした。それと云うのも、ファニーには都会と田舎では日光がまるで別のものに思われたからである。ここでは、日光はただぎらぎらと眩《まぶ》しいだけで、それも息苦しい、どんよりとした眩しさで、日光さえ当てなければ静かに眠っているであろう汚れや埃《ほこり》をわざわざ目立たせているだけであった。都会の日光には健康もなければ快活な喜びもなかった。ファニーは陽光の息苦しい熱気と濛濛と立罩《たちこ》める埃の中に坐っていた。眼はところどころに父親の頭の跡が残っている壁から、弟達のせいであちこちが傷だらけの食卓へとさまようだけであった。食卓の上の茶盆は一度としてすっかりきれいに拭かれた例《ためし》はなく、茶碗とその受皿は拭いたあとが縞模様《しまもよう》になっていた。牛乳の薄青色の上には様ざまな塵《ちり》が浮び、パンのバターは時が経つにつれて最初レベッカの手で出されたときよりもいよいよべとついた。お茶の用意が出来るあいだ、父親は新聞を読み、母親は例によってぼろぼろの絨毯を嘆き、レベッカが修繕してくれるといいのにとこぼしていた。ファニーは父親の自分を呼ぶ声に初めて我に還った。父親は何やら一つの記事にふんと軽蔑したような声を発して、暫く考えてから、こうファニーに問掛けたのである――「ファン、ロンドンにいるお前の偉い従兄姉の名前、何と云ったかな？」

ファニーは一瞬虚を衝かれたが、すぐに答えることが出来た。「ラッシワースです。」

「それでウィムポウル街に住んどるんじゃないか？」

「そうです。」

「そんなら、奴さん達とんでもないことをやらかしたって訳だ。ほら（と新聞をファニーの方へ差出しながら）――こう云う立派な親戚はろくなことをしてくれない。わしはサー・トーマスがこう云うことをどう思いなさるか知らんが――あの方は大層奥床しい、立派な紳士でいらっしゃるから、こんなことぐらいじゃ自分の娘に愛想を尽かすようなことはないかも知らんが――しかしもしこれがわしの娘なら、神かけて、こちとらがぶっ倒れるまで、鞭でひっぱたいてくれる。こう云うことをさせないためには、男だろうが女だろうが、少しばかり鞭を喰らわすのが一番だ。」

ファニーは黙って読んだ。「当紙はウィムポウル街R家の夫婦騒動を公にせねばならぬことを限りなく憂慮するものである。その名がつい近頃婚姻名簿に登録されたばかりであり、上流社交界の輝かしき先導者たることを約束されていた美貌のR夫人が、R氏の親しき友人仲間であり、その名も知られた魅惑的な青年C氏と手に手を携え、夫君の許を出奔したのである。二人の行方は当編輯子にも今なお不明である。」

「これは間違いです」とファニーは読みおわるなり直ちに云った。「何かの間違いに違いありません――こんなこと嘘に決っています――誰かほかの人達のことに違いありません。」

ファニーの言葉は、不名誉が明るみに出るのを少しでも遅らせたい本能的な気持から出たものであり、絶望的な気持から我武者《がむしや》らに発せられたものであった。ファニー自身自分の言葉を信じてもいなかったし、信じられもしなかったからである。それはむしろ読むにつれていよいよ確信せざるを得ないことから来る衝撃の露れであった。真相がファニーを襲ったのである。このときどうして曲りなりにも言葉を発することが出来たのか、息を吐くことさえ出来たのか――あとになって自分でも不思議であった。

プライス氏はその記事には殆ど関心がないらしく、ファニーの言葉にも大した反応は示さなかった。「まったくの嘘っぱちかも知らんが、近頃は結構身分のある女がそんな風にして身を滅ぼすことがよくあるから、何とも云えんな。」

「本当に、嘘だといいわねえ」とプライス夫人が憂えを帯びたような口調で云った。「それこそとんでもないことだものねえ！　――レベッカには絨毯のこと、少くとも十回以上は云っといたのよ、ねえ、ベッツィー？　――十分も掛りゃしない仕事なのにねえ。」

このような罪を確信し、当然このあとに予想される不幸の幾分かをも察知し始めたファニーのような人間の心の恐怖を説明することはまず不可能である。最初はほぼ茫然自失の体《てい》であったが、刻一刻と経つにつれて俄《にわ》かに恐しい悪の実体がはっきりと諒解された。ファニーには疑い得なかった。敢えて記事が間違いであることを望むなど、到底不可能であった。ミス・クロフォードの手紙は——ファニーはあんまり幾度も読返したのでほぼ全文を諳《そら》んじているほどであったが——恐しいほどこの記事と一致していた。熱心な兄の弁護と云い、このことを絶対に口外しないようにと云う強い希望と云い、明らかな動揺と云い、すべてその背後には何やらひどく具合の悪いことがあったのだ。もしちゃんとした女性でありながら、このような重大な罪を些細なこととして取扱い、上手くごまかしてあわよくば罪を免れようと云うような魂胆の抱ける女性がいるとすれば、ミス・クロフォードこそまさにそう云う女性だとファニーには思われた！　今やファニーは出掛けたと云う人達が誰であったかを誤解していたことに気が附いた。それはラッシワース夫妻ではなく、ラッシワース夫人とミスター・クロフォードであったのだ。

ファニーは生れて初めて衝撃と云うものを受けたような気がした。気持の落着く可能性はまるでなかった。宵の口が過ぎても、惨めな思いは一時も胸裡を去らず、夜は一睡も出来なかった。不快な気分が恐怖の身慄いに、熱を帯びた昂奮が悪寒に変っただけであった。事があまりにも衝撃的であったため、到底あり得ないことだと思われ、心の方がそんなあり得ないことは受容れまいとする瞬間もあった。女はほんの半年前に結婚したばかりであり、男の方は別の女性——それも当の女性とごく近い縁戚関係にある別の女性——に愛を誓い、婚約したとまで公言しているのだ！　——況してや両家は現に深い絆で結ばれており、家族の全員が親しい仲間であり、友人同士ではないか！　——こんな恐しい罪の混乱、こんな淫らな悪の紛糾は、人間性がまったくの野蛮状態にでもあるのでなくては、どうして可能だろう！　——しかし理性的に判断する限りファニーもそれが事実であることを認めない訳には行かなかった。クロフォードの自惚がもとで揺れ動く不安定な愛情と、マライアの意を決した愛、それに双方の充分な節操のなさがこのようなことを可能にしたのだ――ミス・クロフォードの手紙はそれが事実であることをはっきりと裏附けていた。

このあとどう云うことになるのだろう？　この結果、心の傷つかない人が、物の考え方に影響を受けない人が、永遠に心の平安を断ち切られない人が、いるだろうか？　ミス・クロフォードそのひとにしても、エドマンドにしても――しかしそちらの方へ考えを進めることはおそらく危険であった。ファニーは、もしこの罪が間違いのない事実であることが判り、公にされるなら、家族の全員が必ずや蒙るに決っている不幸に、専ら自分の思いを限った――否、限ろうと力めた。バートラム伯母の苦しみ、それにサー・トーマスの――と来て、ファニーは暫く間を置いた。ジュリアの、トムの、エドマンドの――と、ここで更に長い間が置かれた。最も恐しい不幸を蒙るのはその二人であった。サー・トーマスの親としての気遣い、名誉と礼節を重んずる心、それにエドマンドの高潔な物の考え方、率直な気質、偽りのない強い感情を思うと、このような不面目があったのでは、これまでのような道理に適った暮しぶりは二人にも貫けないのではないかと思われた。この世のことだけを考えるなら、ラッシワース夫人の身内の誰にとっても、最大の恵みはたちどころに消えて無くなることだろう、と云うのがファニーの偽らざる実感であった。

翌日も、その次の日も、ファニーの恐怖を鎮めてくれそうなことは何も起らなかった。手紙は二通配達されたが、公的にせよ私的にせよ、事態が誤りであることを告げるものではなかった。ミス・クロフォードからも、最初の手紙の疑いを解くべき次の手紙はなかったし、もうとうに伯母から次の便りがあってもいい頃であったが、マンスフィールドからも何の消息もなかった。これは不吉な兆しであった。実際、ファニーには心の慰められそうな希望は殆どなかった。そのいかんともし難い、すっかり沈み込んだ、生気のない、怯えたような様子も、プライス夫人は例外としても、普通に思い遣りのある母親なら決して見逃し得ないものであった。三日目に気の滅入るような戸口を敲く音がして、再び一通の手紙がファニーの手に落ちた。ロンドンの消印があり、エドマンドからであった。

「親愛なるファニー

「君も知ってのとおり、我我は目下ひどく惨めな思いをしています。君も幾分かは同じ気持でしょうが、そう云う君に神の支えのあらんことを。一昨日父とこちらに着きましたが、何もすることはありません。二人の足取りは未だに不明です。最後の打撃については君はまだ聞いていないかも知れない――ジュリアが出奔したのです。あれはイェイツと一緒にスコットランドへ行ってしまいました。我我が着く数時間前にロンドンを去ったのです。これがほかのときなら、恐しくとんでもないことに感じられたでしょうが、目下のような有様では、事態がいよいよ重大化したとは云え、何でもない感じです。父は決して気を落してはいません。これが何よりです。父にはまだ考え、行動する力があります。この手紙の目的は君に家へ帰ってもらおうりです。

と云うことですが、これも父の望みによるものです。父は君が母のためにも家へ戻ってくれることを切望しています。僕はこの手紙が君の手許に届いた翌朝ポーツマスに着く筈ですから、そのときまでにマンスフィールドへの出発準備を整えておいて下さい。父は君がスーザンを誘って数箇月間マンスフィールドへ連れて行ってあげることを希っています。これは君の好きにして構いません。御両親にはよろしく云って下さい。こんなときだと云うのに父がこのような思い遣りを示してくれることの有難味は君のことだから必ずや感じてくれるものと思います。僕の言葉が或は父の云わんとするところを混乱させたとしても、父の意嚮は正しく受止めて下さるよう。君は僕の現状について何かと想い廻らしていることでしょう。あのひとと僕の上に降り掛った災難はそれこそ果しのないものです。郵便馬車で行きますし、早朝に着きそうです。

敬具、云云」

ファニーは未だ曾てこのときほど気附薬を必要としていたことはなかったが、この手紙に含まれる気附薬ほど効力のある気附薬を飲んだこともなかった。まあ、明日！　明日ポーツマスを離れる！　ファニーは多くの人達が惨めな思いをしているのに自分だけがこの上なく幸福になりそうな惧《おそ》れの極めて大きいことを感じた。ほかならぬあの忌わしい不幸が自分にこのような幸福をもたらしたのだ！　ファニーは自分が皆の不幸に対して無感覚になるのではないかと惧れた。こんなにもすぐに帰れて、しかもこんなに親切に、それも皆の慰め役として迎えられ、おまけにスーザンを連れて行く許しまで得られたのである。この何とも有難い喜びの取合せにファニーの胸は熱くなり、一時のあいだ、あらゆる苦痛は遠退き、その心痛が最も気に懸っていた人達の心痛ですらとても正当に分ち合うことは不可能に思われた。ジュリアの出奔に関しては割合に心を動かされなかった。確かに驚き、呆れはしたが、そのことに心を奪われ、いつまでも思い廻らすと云うほどではなかった。むしろ敢えて意識的に想い起して、その恐しい、悲しむべきことを自分に云い聞かせねばならなかった。さもないと、この自らの帰還を告げる手紙によってもたらされた、心ときめくような、胸の締めつけられるような、喜ばしい思いのうちに、どうしてもそちらの方は見失われてしまうからであった。

悲しみを和らげるには何よりも仕事、自ら進んで是非ともやらなければならない仕事をやるのが一番である。仕事なら、憂鬱な仕事でさえ、憂鬱な気分を吹飛ばすものだ。しかもファニーの場合は用事はすべて希望に満ちていた。ファニーは自らやらねばならぬことが山ほどあったので、今や事実に間違いのないことがはっきりしたラッシワース夫人の恐しい話にさえ、以前ほど心の動揺を覚えなかった。ファニーには惨めになっている暇がなかった。胸は二十四時間以内に出発するのだと云う思いで一杯であり、両親にそのことを話し、スーザンに用意をさせ、一切の準備を整えなければならなかった。仕事に仕事が続き、その日のうちにすべてを終らせるのは無理かと思われるほどであった。幸福を打明けるに際しても、その前に例の忌わしい事態に触れて多少は気の引ける思いを味わわねばならなかったものの、そのために幸福そのものが損なわれることは殆どなく――両親もスーザンの同行を喜んで認めてくれ――どうやら家族全員が二人の行くことを納得してくれたらしく――当のスーザンに至ってはすっかり有頂天であった。これらのことがファニーの気持をいよいよ元気づけてくれた。

バートラム家の不幸もプライス家ではさほどにも感じられていなかった。プライス夫人はほんの一時気の毒な姉のことを口にしたものの――それ以上に、スーザンの衣類を何に詰めたらいいかで頭は一杯であった。それと云うのも、レベッカが箱と云う箱を持出して全部駄目にしてしまったからである。一方スーザンはと云うと、心中密かに抱いていた何よりの願いがこんな風に叶えられようとは思ってもいなかった上に、罪を犯した人達のことも、悲しみに暮れている人達のことも個人的にはまったく知らないのである――このようなスーザンに終始喜びを見せっぱなしにせずに抑えることが出来たのなら、それで充分、十四歳の人間にそれ以上の美徳を期待するのは酷である。

プライス夫人が決断しなければならないことや、レベッカの手を借りなければならないことが別段何もなかったので、すべてが合理的に、手際よく為され、姉妹の翌朝の準備はすっかり整った。二人とも旅に備えて充分に眠っておく方がよかったが、なかなかそうは行かなかった。従兄はもう自分達の方に向いつつあるのだと思うと、二人の胸はときめき、一方はまったくの幸福感を、もう一方は様ざまな、曰く云い難い心の動揺を覚えない訳には行かなかったからである。

エドマンドは朝の八時前に到着した。姉妹はまだ二階にいたが、従兄の入って来る物音が聞えたので、ファニーが降りて行った。すぐにもエドマンドに会えるのだと思いながらも、エドマンドは苦しい思いをしているに違いなく、その原因は自分も承知しているのだと思うと、自らの当初の感情が悉く思い出された。エドマンドは自分のすぐ近くにいる、だけどひどく不幸なのだ。ファニーは客間に入りながら、今にも倒れそうな気がした。部屋にはエドマンドのほかに誰もおらず、エドマンドはすぐにファニーを迎えた。次の瞬間ファニーは自分が従兄の胸に抱締められているのが判ったが、聞取れたのは次のような言葉だけであった。「ああ、ファニー――僕の妹は君だけだ――今や君だけが僕の慰めだ。」ファニーは何も云えなかった。エドマンドも暫くのあいだそれ以上言葉を続けることが出来なかった。

エドマンドは気を取直そうと顔を背け、再び口を開いたときは、なおも口籠ってはいたものの、その物腰には自分を抑えようと云う気持と、これ以上胸の裡を仄めかすような物の云い方は避けようと云う決意が表れていた。「もう朝食は済んだの？ ――いつ出掛けられる？――スーザンは行くの？」――と云うような質問が矢継早に発せられた。エドマンドの最大の目的は出来るだけ早く出発することであった。マンスフィールドのことを思うと、一刻も無駄には出来ず、目下エドマンドの気持が辛うじて紛れるのは身体を動かしているときだけであった。エドマンドが三十分後に馬車を戸口へ迎えに来させることに話が決り、ファニーは三十分あれば朝食を終え、用意もすっかり出来ている筈だと請合った。エドマンドは既に食事を済ませていたが、皆が食事をするあいだ客間で待っていることは鄭重に辞退した。例の塁壁の上を歩き廻って、馬車とともに戻って来たかった。エドマンドは再び出て行った。ファニーからさえ一人になれるのが嬉しかった。

エドマンドはひどく顔色が悪かった。烈しい感情に苦しみながらも、それを外に出すまいとしていることは明らかであった。ファニーには已むを得ないことが分っていただけに、却って堪らなかった。

馬車が着いた。同時にエドマンドが再び家の中に入って来た。家の者達と数分間を過し、娘達に対する家族の静かな別れぶりを目撃するのに——尤もエドマンドは何も見てはいなかったが——辛うじて間に合った。また家族の者に朝食の席に腰を下すのを思い止まらせるのにもぎりぎりのところで間に合った。今朝の朝食はいつになく活潑に支度されたのであったが、それでもすっかり用意が出来たのは、馬車が戸口から離れてからであった。父親の家でのファニーの最後の食事は最初の食事にまったく相応しかった。送り出されるときの愛想のよさも迎えられたときとまったく同じであった。

吊上橋を渡っていよいよポーツマスをあとにしたとき、ファニーの胸がいかに喜びと感謝に満溢れ、スーザンの顔がいかに嬉しそうな頬笑みを湛えていたかは、容易に想像されよう。尤もスーザンは前の席に坐り、ボンネットを被っていたので、その笑顔は見えなかったが。

どうしても沈黙の旅になりがちであった。エドマンドの深い溜息がしばしばファニーの耳に達した。ファニーと二人だけなら、あらゆる決心にもかかわらず、エドマンドも胸を開いたに違いないが、スーザンがいたので、すっかり自分の中に閉籠っていた。ときおり関係のないことを話題にしようとはするのだが、どうしても長くは続かなかった。

ファニーは絶えず気遣いながらエドマンドの様子を見守っていた。それでもときおり視線が合って、愛情の籠った頬笑みが向けられると、多少は気持が楽になった。しかし一日目の旅が終っても、エドマンドの口からは心を滅入らせている心配事については一言も語られなかった。翌朝エドマンドは少しそのことに触れた。これからオックスフォードを発とうと云うとき、スーザンが窓の所に立って、或る大家族の一行が旅籠屋《はたごや》から出て行くところを熱心に眺めているあいだ、二人は煖炉の傍に立っていた。エドマンドはファニーの顔色の変化にひどく驚き、ファニーの生家の日日の悪条件をまったく知らないことから、不当にも、この変りようはすべて最近の出来事のせいだと思い、相手の手を取るなり、低いながらもひどく感情の籠った声で云った。「解るよ——君も大分応えたと見える——さぞかし辛いに違いない——無理もないさ。よくもまあ君のようなひとを一旦愛しておきながら、見捨てるような真似が出来るもんだ！　——でも君のは——君の愛情はまだ、僕のに較べれば——ああ、ファニー、僕のことを考えてくれ！」

一日目はかなり長時間の旅であったため、オックスフォードに着いたときは一同へとへとに疲れ果てていたが、二日目は前日より大分早い時刻に目的地に着いた。一行がマンスフィールドの近郊に差掛ったときも、いつもの正餐時までにはまだ大分間があった。しかし最愛の場所へと近附くにつれて、姉妹の心は幾分沈みがちになった。ファニーはかくも恐しい不面目な事態の下で両伯母とトムに顔を合せなければならないことに恐れを抱き始め、一方スーザンは自分に出来る最高の行儀作法と、ここの習慣や仕来りについて最近聞覚えたことを一つ残らずいよいよ実行に移さなければならないことに幾分不安を感じ始めていた。スーザンの眼の前には、育ちの良さや育ちの悪さ、これまでの無作法な態度やこれからの優雅な、気品のある振舞などに関する様ざまな想いが飛交い、頭は銀のフォークとナプキン、それにデザートのあとに出て来る指洗い鉢のことで一杯であった。ファニーは田舎の様子が到る所で二月以来すっかり変っていることに気が附いていたが、いざマンスフィールドの敷地内に入ると、ファニーの感覚はいよいよ鋭敏になり、喜びは最高に達した。ファニーがここを離れて以来、三箇月、まるまる三箇月であった。季節は冬から夏へと変っていた。ファニーの眼は到る所で芝生や農園の新緑に向けられた。樹木はまだすっかり葉に覆われている訳ではなかったが、より以上の美しさが間近に迫っていることが感じられ、現に多くのものがその光景に与えられていながら更にそれ以上のものが見る者の想像力のために残されている、あの何とも素晴しい状態にあった。しかしこの喜びもファニー一人のものであった。エドマンドにはとてもそれを共に味わうことは出来なかった。ファニーはエドマンドを見遣ったが、エドマンドは座席に凭れたまま、以前にも増して深い陰鬱な思いに沈んでおり、愉快な眺めは却って心を重苦しくさせるから、家の素晴しい景色は一切これを締出さねばならぬとでも云うかのように、じっと眼を閉じていた。

そのことが再びファニーの気持を憂鬱にした。屋敷は相変らず近代的で優雅な上に、まわりの風景ともよく調和の取れた見事な佇《たたずま》いを見せていたが、その屋敷ですら、そこで何が起っているかを知っているファニーには、憂鬱の色を帯びて見えた。

その中で苦しい思いをしている人達の一人が当人も未だ曾て覚えたことのない何とも待遠しい思いで一行の到着を今か今かと待っていた。ファニーが厳めしい表情の召使達のあいだを通り抜けるや否や、バートラム令夫人が客間から迎えに出て来た。このときばかりは令夫人もいつもの懶そうな足取りではなかった。そうして、ファニーの頸にしがみつくなり、云った――
「ああ、ファニー！　やっとこれで私も安心出来てよ。」

第十六章

屋敷に居残っていた人達はみな惨めな気持であった。三人ともそれぞれに自分こそ一番惨めだと思い込んでいた。しかし、実際には、マライアを一番愛していただけに、ノリス夫人が最も苦しんでいた。マライアは夫人の一番のお気に入りであり、夫人はマライアを誰よりも可愛がっていたばかりか、その結婚も夫人自らの骨折《ほねおり》によるものであり、そのことを内心ひどく誇りに思い、口にもしていただけに、このたびの事の成行きには気も顚倒せんばかりであった。

ぼんやりと黙り込んでしまい、何が起ろうと一切無頓着で、人が変ったようであった。妹と甥とともに居残り、家事の一切を任されると云う折角の有難い機会もすっかり投出してしまい、指図を与えたり命令を下したりも出来なければ、自分を有用な存在だと想うことさえ出来なかった。不幸に見舞われるや、夫人の活動能力はすっかり麻痺してしまい、バートラム令夫人もトムもノリス夫人からはこれっぽっちの援助も、否、援助しようと云う試みすら見せてはもらえなかった。夫人が妹と甥のためにしてやったことと云えば、母子がお互いのためにしてやった程度のことを殆ど出なかった。三人ともみな同様に独りぼっちで、寄るべなく、惨めであった。今こうしてほかの者達が到着したことも、夫人にしてみれば自分の惨めな立場を際立たせるだけであった。ほかの二人は救われても、夫人にとっては何の役にも立たなかった。兄のエドマンドに対する歓迎ぶりは、バートラム伯母のファニーに対する歓迎ぶりと殆ど変らなかった。しかしノリス夫人はと云うと、どちらからも慰めを得るどころか、ファニーの姿にいよいよ腹立しい思いをするだけであった。それと云うのも夫人は、怒りの余り分別を忘れ、ファニーこそ悪の張本人だと決込んでいたからである。ファニーさえミスター・クロフォードの申込を受容れていれば、こんなことにはならなかったのだ。

夫人にとってはスーザンの存在も面白くなかった。忌忌しげに二、三度眼を呉れただけで、それ以上は眼中に置こうともせず、ただもう廻し者、闖入者、貧乏な姪、まったくもって忌わしいものと感じるだけであった。しかしスーザンももう一人の伯母からはこの上なく親切に迎えられた。バートラム令夫人はスーザンのためにゆっくりと時間を割くことも、多くの言葉を掛けてやることも出来なかったが、ファニーの妹なのだから当然マンスフィールドへやって来る資格はあると云う気持から、喜んで接吻し、すぐに好感を抱いた。ノリス伯母からは不機嫌しか期待出来ないことは予め充分に承知していたので、スーザンはこれだけで嬉しすぎるくらい嬉しかった。スーザンは、これまでの災厄としか云いようのない数多くのものから逃れられることが何よりの恵みなのだとそれこそ強く心得ていたところへ、その幸福が得られたので、仮にノリス伯母以外の人達からも実際より遥かに冷くあしらわれたとしても、平然と耐えられたことであろう。

スーザンは今や大部分の時間を自分一人で過さなければならなかったので、家屋敷の様子を出来る限り見て廻ることにした。毎日をこんな風に過せることが非常に嬉しかった。一方本来ならスーザンの相手をしてくれたかも知れない人達は家の中に閉籠ったきり、と云うより、それぞれに目下自分に慰めのすべてを求めて頼り切っている人達の相手にすっかり没頭していた。エドマンドは兄の気持を安心させようと云う努力のうちに自分の気持を押鎮めようとしていたし、ファニーの方はせっせとバートラム伯母のために尽していた、再び以前のあらゆる役割を以前よりも遥かに熱心に引受け、こんなにも自分を必要としているひとのためにはいくら献身してもこれでいいと云うことはあり得ないのだと自らに云い聞かせながら。

この恐しい出来事を廻ってファニーを相手に話をすること、話をしては嘆くことが、バートラム令夫人の慰めのすべてであった。従って忍耐強く話を聞いてあげて、替りに優しさと同情の籠った声を聞かせてあげることが、夫人のために為し得ることのすべてであった。他の方法で夫人を慰めることは考えられなかった。そもそも事態そのものが慰めの余地のないものであった。バートラム令夫人は物事を深く考える方ではなかったが、サー・トーマスの導きで、大切な点はすべて正しく受止めていた。それゆえ、今度の出来事はまったくもって無法なことだと見ており、罪や不名誉を軽く考えようと自ら力めることも、ファニーにその方向で意見を求めることもなかった。

令夫人の愛情は決して激しいものではなかったし、気性の方も至って淡白であった。暫くして、ファニーは夫人の心を他のことに導いて、再びいつもの仕事に或る程度の興味を抱かせることもあながち不可能ではないことに気が附いた。しかしバートラム令夫人が事件に心を傾けるときは決って一つの見方でしか見られず、その見方によれば、夫人は娘を一人失ったのであり、このたびの不名誉は決して拭い去られることはないのであった。

ファニーは令夫人の話からこれまでの経緯を詳しく知ることが出来た。伯母は決して理路整然たる話手ではなかったが、サー・トーマスへ出す手紙やサー・トーマスからの手紙のおかげで、それにファニーも既に知っていることやそれらをもとにファニーにも無理なく結び附けられる事柄から、事の次第は望み得る限り早早に理解出来た。

ラッシワース夫人は復活祭の休日のあいだ、つい最近親しくなったばかりの一家とともにトウィケナムへ行っていた。その一家は、ミスター・クロフォードがしょっちゅう出入りしていたところから察するに、明るい、愉快な家風と、多分それに相応しい品行と思慮分別を具えた一家なのであろう。ミスター・クロフォードがその近くへ出掛けていたことは、ファニーも既に知っていた。ミスター・ラッシワースは、このときバースへ行っていて、数日を母親とともに過し、それから母親をロンドンへ連戻すことになっていた。ジュリアからも一人になったマライアは、これらの友人達とまったく自由であった。ジュリアは、二、三週間前からウィムポウル街を離れて、サー・トーマスのと或る親戚の許を訪ねていた。この移動はミスター・イェイツとのことで何やら都合が好いともくろんだからに違いない、と云うのが目下の両親の受止め方であった。ラッシワース一家がウィムポウル街に戻ってすぐに、サー・トーマスは昔から特別に親しくしているロンドンの或る友人から一通の手紙を受取った。その友人はその街で多くの驚くべきことを耳にし、目撃したことから、サー・トーマス自身に上京を促し、既に本人を不愉快な評判に曝し、明らかに夫君に不安な思いをさせている御息女の浮ついた振舞を、サー・トーマスの力で止めさせるよう、忠告するために手紙を寄越したのである。

サー・トーマスはこの忠告に従って行動するつもりでいたが、手紙の内容はマンスフィールドの誰にも知らせなかった。しかしその後すぐに同じ友人から次の手紙が速達便で届き、若者達の事態はこのとき既にほぼ絶望的なことが明らかにされた。ラッシワース夫人は夫の許を飛出し、一方ミスター・ラッシワースはすっかり怒りと悲嘆に暮れて、サー・トーマスの友人である当のハーディング氏に忠告を求めて来たと云うことであった。ハーディング氏はごく控目に見てもとんでもない無分別な行為があったのではないかと恐れていた。ラッシワース老夫人附きの女中は秘密を暴《あば》くと云って息巻いていると云う。ハーディング氏はラッシワース若夫人の戻って来ることを希って、一切を内密にしておこうと出来るだけのことをしているが、ウィムポウル街ではラッシワース老夫人がまるで正反対の行動をとっているので、最悪の成行きが懸念されるとのことであった。

この恐しい知らせを家族のほかの者達に隠しておくことは流石に出来なかった。サー・トーマスは出発し、エドマンドも同行すると云い張ったので、ほかの者達は惨めな状態に取残されたが、これもその後ロンドンから次つぎと手紙を受取るときの惨めな気持に較べればまだましであった。その頃までには一切が世間に知れ渡っており、どうにも絶望的であった。ラッシワース老夫人附きの女中は事態を明るみに出すことに全力を尽しており、奥様の後楯もあって、この女中に口を噤ませることはまず不可能であった。嫁と姑《しゅうとめ》は、ほんの短期間一緒に暮しただけで、反目し合っていた。姑の嫁に対する苦苦しい気持は、どうやら、嫁の自分に対する礼を失した態度と息子に対する母親としての感情の双方から生じたものと思われる。

しかしいくらそうだからとは云っても、姑の態度は手に余った。とにかくこの息子は、自分に対して決定的な発言権を持ち、自分の心を摑んで黙らせてしまう母親の決って云いなりであったが、仮に姑がさほど強情でなく、これほど息子を牛耳っていなかったとしても、事態は依然として絶望的であったろう。ラッシワース夫人は二度と姿を現さなかったからである。夫人がミスター・クロフォードとどこかに身を隠していることは充分に考えられた。クロフォードもまたラッシワース夫人が出奔したその日に、旅に出ると云って、叔父の許を立去っていたからである。

しかしサー・トーマスは、名誉こそすっかり失われたものの、せめて娘を捜し出して、悪徳がこれ以上続くことだけでも喰止めたい気持から、なおも暫くロンドンに留まっていた。

ファニーは伯父が今どんな気持でいるかと思うと、堪らなかった。目下伯父にとって不幸の種でない子供は一人しかいなかった。トムの病気は妹の行為の衝撃でひどく昂じ、恢復もすっかり後戻りしてしまい、バートラム令夫人ですらその変りように吃驚したほどであった。令夫人のこの不安な気持は例によってせっせと夫の許へ書送られた。伯父がロンドンに着くなり受けたジュリアの出奔と云う追撃ちは、そのときの衝撃の度合こそさほど強いものではなかったとは云え、やはりひどく堪え難いものであったに違いない。ファニーにはそのことが解った。伯父は手紙でそのことをひどく嘆いていたからである。いかなる事情の下にあろうとこの縁組は決して歓迎すべきものではなかったであろうが、こんな風に内密に話を進め、しかも選りに選ってこのようなときに事を起したと云うことで、ジュリアの感情がひどく好ましからざるものに見え、そんな相手を選んだ愚かさが一際《ひときわ》目立つ結果になった。伯父の云い方に従えば、これは最悪のときに、最悪のやり方でなされた、怪しからぬこと、であった。ジュリアの場合は悪徳と云うよりは愚行だと云うことでマライアよりはまだ救われるとしても、この一歩がもとで今後姉と同じようなことになりかねない公算は極めて大きいと考えざるを得ない、と云うのが伯父の意見であった。ジュリアが身を投じた行為に関する伯父の受止め方は以上の如きものであった。

ファニーは痛切な気持で伯父のことを思い遣った。伯父にはエドマンド以外の誰からも慰めが得られないのだ。ほかの子供達はそれぞれに伯父の心を苦しめているに違いなかった。ファニーは、ノリス夫人とは異る判断から、自分に対する伯父の不興はもはや取除かれたものと信じていた。自分は間違っていなかったのだ。ミスター・クロフォードの行動を見れば、自分が申込を断りつづけたことの正しさは充分に分ってもらえたことであろう。しかしこれも、ファニー自身にとっては極めて重大なことであったが、サー・トーマスの慰めになるかどうかは甚だ心許《こころもと》なかった。ファニーにとって伯父の不興は堪らなかったが、そうかと云って、自分に間違いのなかったことや、自分が感謝と愛情の念を抱いていることが今の伯父にとって何になると云うのだろう？　目下伯父の心を支えているのはエドマンド唯一人に違いなかった。

しかしファニーがエドマンドだけは目下父親に何ら心痛の種を与えていないと想ったのは誤

りであった。確かにほかの子供達が与えていたものに較べればそれほど痛烈に応えるものではなかったが、それでもサー・トーマスは息子の幸福が妹と友人のこのたびの非行に深く関わっており、このことが原因で当の女性とのあいだも駄目になったに違いないと考えていた。エドマンドはこの女性を本心から愛していたようだし、求愛が首尾よく受容れられる可能性も強かった。一方当の女性も、この見下げ果てた兄を除けば、あらゆる点で息子の結婚相手に相応しいと云ってよかった。サー・トーマスはロンドンにいて、エドマンドがほかの者達のことだけでなく何やら自分のことでも悩んでいるらしいことに気が附いていた。サー・トーマスには息子の気持が解っていた。と云うか、おおよその察しはついていたので、エドマンドが一度ミス・クロフォードに会った結果、いよいよ悩みが増しただけなのも無理からぬことに思い、このことその他幾つかの理由から、何としても息子をロンドンから立去らせたかった。そこでファニーを伯母の許へ連戻させればファニーや伯母のためになるだけでなく当のエドマンドにとっても気晴しになり、為にもなるだろうと云う考えから、ファニーを迎えに行かせることにしたのである。ファニーに伯父の真意が解らなかったように、サー・トーマスにもミス・クロフォードの本当の人柄は解っていなかった。もしミス・クロフォードが自分の息子とどんな会話を交したかが分っていたなら、仮に二万ポンドの財産が四万ポンドだったとしたところで、サー・トーマスはこの女性が息子の嫁になることなど決して願わなかったであろう。

ファニーの考えでは、エドマンドとミス・クロフォードの関係が完全に切れたに違いないことに疑いの余地はなかった。それでも、エドマンドも同じ気持でいることが判るまでは、ファニーの確信も充分なものではなかった。エドマンドも同じ気持なのだとは思ったが、ファニーとしてははっきりと確めたかった。エドマンドは以前はときとしてファニーが堪らなくなるほどに率直に話してくれたものだが、今もそんな風に話してくれれば、ファニーとしても安心出来るのであったが、それは到底無理であった。滅多にエドマンドの姿を見掛けなかったし、二人だけになることはまずなかったからである。おそらくエドマンドはファニーと二人だけになることを避けているのであろう。これはどう云うことなのであろうか？　このたびの一家の苦しみの殊さらに酷《むご》い自分の分前を、すべて運命として諦めはしたが、あんまり辛いのでほんのちょっと話題にすることさえ出来ない――これが目下のエドマンドの気持なのに違いない。エドマンドは運命として諦めはしたものの、あまりの苦痛に、そのことをとても口にすることが出来ないのだ。ミス・クロフォードの名前が再びエドマンドの口から発せられ、ファニーに以前のような親しい打明け話が再び期待出来るようになるまでには、まだまだ時間が掛りそうであった。

事実かなりの時間が掛った。ファニー達がマンスフィールドに戻って来たのは木曜日であったが、日曜日の夕方になってやっとエドマンドはファニーを相手にそのことを話題にし始めたからである。日曜日の夕方、エドマンドはファニーの傍に腰を下していた――雨降りの日曜日の夕方で――親しい友がすぐ傍にいるなら、すっかり心を開いて、何もかも話してしまいたくなるような、まさにそんな夕方であった――あと部屋にいるのはバートラム令夫人だけであったが、夫人は息子の感動的な説教に一頻《ひとしき》り泣いたあと、泣疲れて眠り込んでいた――話をしないでいる方が不可能であった。そこで、例によって出だしは何を云おうとしているのかよく分らなかったが、これまた例によって、暫く自分の云うことを聴いてくれるなら、すぐに終るし、二度とこんな風にファニーの親切に凭れ掛ることはしないつもりだからと断っておいて――この話題は完全に御法度《ごはっと》であろうし、ファニーは繰返しを恐れる必要はなかった――エドマンドは自分にとって最も関わりのあることについて、その目下の成行きとそれに対する自分の気持を、その愛情の籠った思い遣りを信頼し切っている相手に向って、思いのままに包まず話し始めた。

ファニーがどれほどの好奇心と気懸りと苦痛と喜びを以って話に耳を傾け、エドマンドの声の動揺に注意し、自分の視線をエドマンドにだけは据えないように気を遣ったかは、容易に想像されよう。始めのうちはひどく不安であった。エドマンドはミス・クロフォードに会ったのである。招かれて会いに行った。ストーナウェイ令夫人から訪ねてくれるようにと云う手紙を受取ったエドマンドは、多分これは今度が最後の、互いに友情を抱き合った最後の会見になると云うことなのであろうと考え、ミス・クロフォードはクロフォードの妹として当然のことと は云えさぞかし恥しい、惨めな気持でいるに違いないと思いながら、出掛けて行った。このときのエドマンドの気持があまりにも穏やかであり、愛情に満ちていたので、一瞬ファニーはこれが最後になると云うようなことはあり得ないのではないかと不安になった。しかしエドマンドの話が進むにつれて、ファニーの不安は薄らいだ。ミス・クロフォードがエドマンドを出迎えたときの様子は真剣で――いかにも真剣で――幾らか昂奮気味でさえあった。ところが、エドマンドがはっきりしたことを何一つ云いおわらないうちに、ミス・クロフォードは自分の方からそのことを話題にし始めた。そのときの態度にエドマンドはひどく驚いたと云う。「あなたが上京なさっていることは聞いておりました」とミス・クロフォードは云った——「お会いしたいと思っておりましたの。この悲しい事件について話し合いましょう。私達の身内の二人が惹き起したこの愚行は、一体、何と云うことでしょう？」——「僕には返辞が出来なかった。でもそのときの気持は顔に出たのだと思う。あのひとは咎められたと感じたのだ。ときどきそう云うことには凄く敏感に反応するんだ！　真面目な顔附になると、改った口調で云い添えた——『別にあなたの妹さんをとやかく云ってヘンリーを庇《かば》おうと云うつもりではございませんのよ。』そんな風にあのひとは話を始めた——しかしあのひとの話をそのまま君に繰返すことは出来ないな——とても無理だ。あのひとの言葉を一から十まで憶えている訳ではないし、仮に憶えていたところで、それをくどくどと繰返す気もない。話の内容は要するに二人の愚行に対してあのひとがひどく腹を立てていると云うことなのだ。あのひとは、兄は自分が愛したこともない女性の誘惑に乗って、本当に熱愛している女性を失う破目になるような馬鹿な真似をしたと云って、自分の兄を責め、更にそれ以上に、自分を愛していないことは疾うから判っている筈の男に本当に愛されたと思って、折角の恵まれた境遇を犠牲にしてわざわざ苦しい生活に飛込むなど、愚行もいいところだと云って、可哀そうに、マライアをも責めたのだ。そのときの僕の気持がどんなだったか、想ってもみてくれ。あのひとの口からは精精愚行と云うような生ぬるい非難の言葉しか聞けなかったのだ！　——あんな風に平然と、気兼ねもなく、冷やかに議論が出来るなんて！　——躇いも、恐怖心も、女らしい、と云うか、控目な嫌悪感も、全然見られないんだ！　——世の中なんてこんなものなのだ。だって、ねえ、ファニー、一体どこへ行けば、あれほど豊かな性質に恵まれた女性に出会えたと云うの？　——それがすっかり損なわれてこの為体《ていたらく》なのだ！」

エドマンドは暫く考えていたが、どことなく絶望し切ったような、穏やかな口調で続けた——「何もかも話して、すっきりさせてしまおう。あのひとは今度のことを愚行としか見ていない。その愚行も要するに表沙汰にしたからと云うことに過ぎないのだ。何でもない注意と用心を怠っていたのが不可ないと云うんだ——マライアがトウィケナムに行っているあいだぢゅうずっとクロフォードがリッチモンドへ出掛けたり——マライアが召使に好き勝手な振舞を許しておいたのが不可ないと。——要するに露顕したと云うことなのだ——ああ、ファニー、あのひとが非難するのは、二人の非行そのものではなくて、非行が露顕したと云うことなのだ。事態が極端にまで走り、自分の兄がより大切な計画を一切抛《なげう》って、マライアと出奔なんかする破目になったのは、二人が軽率だったからだと云うんだ。」

エドマンドは口を噤んだ。——「それで」とファニーは、（エドマンドは自分に何か云ってもらいたいのだと思い）、云った、「それであなたは何と仰有いましたの？」

「何も、はっきりしたことは何も云えなかった。まるで気の抜けた男もいいところだった。あのひとは話を続け、君のことを話し始めた——そう、それから君のことを話し始めたのだ——やっぱり残念だって、その、君のような女性を失って——その辺の物云いはきちんと道理を弁えていた。でもあのひとは君に対してはいつも公正な態度を失わなかったからね。『兄はあのようなひとを棄ててしまって』とあのひとは云った、『もう二度とあのようなひとには巡り逢えないでしょう。あのひとなら兄の心を引留め、兄をいつまでも幸福にしたでしょうに。』――ねえ、ファニー、こんな今となっては絶対に不可能な、仮定でしかない想いも、君に苦痛よりは喜びを与えているのだといいのだけれど。もう黙ってもらいたいのではないのかい？――もしそうなら、表情ででも言葉ででも、ほんのちょっとそうと合図しておくれ、すぐに止めるから。」

表情によっても言葉によっても合図はなされなかった。

「やれやれ！」とエドマンドは云った。「僕達は君のことが気になってね――しかし狡猾《こうかつ》を知らない心は苦しまないと云うのは、いかにも神の情深い配慮だったと云う気がするな。あのひとはそれは高い賞讃と熱烈な愛情をこめて君のことを話した。ところがそんなときでも純粋ではないんだ。どことなく良からぬ響きが混る――あのひとは君のことを賞讃する傍からこんなことが云えるんだ。『何だってあのひとは兄を受容れようとしなかったのかしら？　みんなあのひとのせいだわ。馬鹿なひと！　――私は決してあのひとを恕さなくってよ。あのひとが然るべく兄を受容れていれば、二人とも今頃は結婚を間近に控えて、ヘンリーも嬉しいのと忙しいのとでとてもほかのひとを望むどころではなかったでしょうに。わざわざ骨を折って再びラッシワース夫人と親しくするようなこともなかったと思うわ。精精年に一、二度サザートンとエヴァリンガムで出会う程度の、よくあるお定りの浮気で済んだ筈だのに。』君はこんなことが可能だなんて信じられるかい？　——しかしおかげで魔法は解けた。僕は眼が覚めた。」

「ひどいわ！」とファニーは云った——「まったくひどいわ！　こんなときに冗談や軽軽しい物云いが出来るなんて、それもあなたに向って！　何て残酷な！」

「君は残酷と云うんだね？　——僕はそうは思わないんだ。どうして、あのひとの性質は残酷なものではない。僕はあのひとに僕の感情を傷つける意図があったとは思わない。悪因はもっと深いところにあるんだ——そのような感情のあることをあのひとはまったく知らず、怪しみもしないところに、事態をあんな風に取扱うのは当り前のことと信じて疑わないほど心が堕落しているところに。あのひとはただ、これまでにほかの人達が話すのを聞いたとおりに、誰でもみんなこんな風に話すのだろうと想ったとおりに、話しただけなのだ。あのひとは性質が駄目なのではない。自ら進んで他人に無益な苦痛を与えるような真似など決して出来ないひとだ。それにこれは僕の思い違いかも知れないが、僕には信じられない、あのひとが僕を、僕の感情を——あのひとは根本的な物の考え方が不可ないのだ、ファニー、他人の感情に対する思い遣りの鈍さと堕落し、腐敗した心が。でも多分僕にとってはこうなるのが一番よかったのだ——おかげで僕には心残りが殆どないもの。まあ、ないと云えば嘘になるけれど、でもあのひとのことをこんな風に考えなければならないよりは、まだあのひとを失う苦しみを甘受する方がいい。僕はあのひとにそう云ったのだ。」

「そう仰有いましたの？」

「うん、別れ際にそう云った。」

「どのぐらい一緒にいらっしゃいましたの？」

「二、三十分かな。それから、あのひとは更に言葉を続けて、こうなった以上、残された道は二人を結婚させることだと云うんだ。あのひとはね、ファニー、僕など到底及び難い、何とも落着き払った声でそう云うんだ。」エドマンドは話を続けながらも一度ならず躊躇せずにはいられなかった。「『私達はヘンリーを説得してあのかたと結婚させるべきだわ』とあのひとは云った。『体面と云うこともあるし、ヘンリーもファニーとの縁は永久に切ってしまった訳だし、望みはあると思うの。ファニーのことは兄も諦めざるを得ないわ。いくら兄でも今さらファニーのようなひとに幸運を求める訳には行きませんもの。そうなれば、どうすることも出来ない困難なんてないのではないかしら。あとは私の力で何とかしますわ。私の力もこれで結構大したものなのよ。一旦結婚して、現に社会的な地位もあるあなた方家族からそれ相当の支えが得られるなら、あのかたが社交界で或る程度の立場を取戻すことも不可能ではないと思うわ。それは、幾つかの小さな社交界では決して許されないでしょうけれど、でも然るべき晩餐会や大人数のパーティーを開いていれば、あのかたと喜んで近附きになる人達は必ずいるでしょうし、それにこう云うことに関しては皆さん以前よりもずっと寛大で、大まかになっていることも確かですもの。私が忠告したいのは、あなたのお父様に黙っていて頂くことです。干渉したりして却って御自分の立場に傷をつけるような真似はさせないこと。お父様を説得して、事態を成行きに任せることです。もしお父様の御節介であのかたがヘンリーの庇護の下を離れざるを得なくなったりすれば、ヘンリーの許に留まっているよりも二人が結婚出来る機会は遥かに少くなるでしょう。どうすれば兄を納得させられるかは分っています。サー・トーマスに兄の名誉心と同情心を信用させることです。それで万事上手く行くと思うわ。でももしサー・トーマスがあのかたを連戻すようなことがあれば、そのときは一番大事な手掛りが失われることになるでしょうね。』」

このミス・クロフォードの言葉を繰返したあとの、エドマンドのあまりにも感情の昂ぶった様子に、ファニーは黙ったまま、優しく、心配そうに見守りながらも、このような話を始めたことに後悔に似た気持を覚えた。エドマンドが再び話が出来るようになるまでには大分時間が掛った。やっとエドマンドは口を開いた。「もうじき止めるからね、ファニー。あのひとが云ったことの大意は今まで話したことで尽きている。僕は口が利けるようになるや、云い返した、僕は実際何とも惨めな気持でこの家へやって来たのだ、まさかそれ以上に僕を苦しめるようなことがここで起ろうとは想ってもいなかった、ところがあなたの一言一言は更に一層深い傷を僕に負わせた、とね。僕達が知合ってこのかた、物の考え方や重要な事柄の受止め方で二人がどことなく違っていることはしばしば気が附いていたけれど、その違いがこれほどのものだとは想ってもみなかった。あなたの兄さんと僕の妹が犯した恐しい罪に対するあなたの態度――（二人のどちらにより多く相手を誘惑しようと云う気持があったかは敢えて云うまい）――しかし罪そのものに関するあなたの物云い――見当違いなありとあらゆる非難を浴びせ、ごまかすことだけを考え、とりわけ、結婚を当込むことで罪の存続に対する盲従、妥協、黙認を奨励する――この不道徳な事態を品位の無視と悪に対する厚顔無恥で無理矢理押通す、と云うか、

（このような結婚は、あなたの兄さんに関する目下の僕の考えからするなら、求めるどころか、妨げてこそ然るべきだ）――そう云うあなたの態度、物云いから、ひどく悲しいことだけれど、僕はこれまであなたのことが全然解っていなかったことをしかと納得した、それから、心に関する限り、僕がこの何箇月ものあいだずっと考えていた相手は、僕の空想が産み出した女性であって、本物のミス・クロフォードではなかったことも。しかし多分このことは僕のためには何よりなのだ。それだけ友情や感情や希望を犠牲にすることを後悔しなくて済む訳だから――とにかく友情も感情も希望ももう僕の心からはいやでも引き千切られてしまったようだ。しかしこのことは告白しなければならないから敢えて告白するけれど、もしあなたを以前僕の眼に映ったあなたに戻すことが出来るなら、別れの辛さは増すだろうけれど、でもその方がずっといいと思っている。あなたに対する優しい気持と敬意だけは失わずに済む訳だから。以上が僕の云ったこと、その大意だ――しかし、君もそう想うだろうけれど、今こうして君に繰返したとおりに平然と秩序立てて話した訳ではない。あのひとは驚いた、それは驚いた――驚いたと云うようなものではなかった。表情が変り、真赧になった。僕はあのひとの胸に様ざまな感情が同時に押寄せるのを見たと想った――大きな、しかし短い葛藤――半ば真実に屈したい気持と半ば恥を知る気持――しかし習慣だ、いつもの習慣がそれらを押流してしまった。あのひとは出来ることなら笑いたかったのだろう。しかしあのひとの返辞は笑ったようなものだ。『これはこれは、何とも素晴しい、立派な御説教ですこと。最近なさった説教の一部ですの？　この分では、じきにマンスフィールドとソーントン・レイシーの人達全員を改心させてしまうことでしょうね。この次にあなたのお噂を聞くときは、メソディスト派*大集会の名高い説教師か、或はどこか外国派遣の宣教師と云うところかしら。』あのひとは何気なく話そうと力めていたが、思うようには行かなかった。僕はそれに対して、心からあなたの幸福を祈る、それから早くあなたが物事をもっと正しく考えるようになり、我我の誰もが学び得る最も貴重な知識——つまり自分自身を知り、己れの本分を弁えること——を、不幸な目に遭って初めて得られるものなどと考えたりなさらないよう切に望む、とだけ応えると、直ちに部屋を出た。二、三歩行くと、背後で扉の開く音がした。『バートラムさん』とあのひとは云った。僕は振返った。『バートラムさん』とあのひとは頬笑みながら云った——しかしその微笑は今しがたの会話に相応しいものではなかった——それは思わせぶりな、人を揶揄《からか》うような微笑で、僕を誘惑して参らせようと云う魂胆と思われた——少くとも、僕にはそう見えた。僕は拒んだ——そのときの勢いで拒んだのだ。そうしてそのまま歩み続けた。その後一時のあいだ、ときには、戻らなかったことを後悔することもあったけれど、今ではそれでよかったと思っている。かくして僕達の近附きは終ったのだ！　それにしても何と云う近附きだったろう！　僕も何と見事に欺かれていたことか！　兄にも妹にも等しく欺かれていたのだ！　ファニー、我慢して聞いてくれて有難う。おかげで大分気持が楽になった。さあ、もう止めよう。」

ファニーはエドマンドの言葉をすっかり信頼して、五分間は本当に話が済んだものと思っていた。ところが、暫くするうちに、何となく話が蒸返された恰好になり、実質的にはバートラム令夫人がすっかり眼を醒すまで続けられた。それまで、二人は専らミス・クロフォードのことだけを話しつづけた——ミス・クロフォードがエドマンドの心を惹きつけていたこと、人柄は決して悪くなかったこと、もっと早くから立派な人達の手で育てられていれば、素晴しい女性になっていたであろうこと。ファニーは、今や率直に話をしても差支えないと感じられたので、ミス・クロフォードの本当の性格をよりはっきりとエドマンドに知らせることは決して間違ったことではないと思い、ミス・クロフォードがエドマンドと完全に仲直りしたいと希った裏にはどうやらトムの健康状態が関与していたと想われる節のあることをそれとなく仄めかした。これは愉快な言葉ではなかった。エドマンドは本能的な人情から暫くのあいだこのことを認めたがらなかった。それは、ミス・クロフォードの愛情はもっと私欲を離れたものだと云ってもらった方が遥かに嬉しかったであろう。しかしエドマンドの自惚は長時間理性に抗し得るほど強いものではなかった。エドマンドはトムの病気がミス・クロフォードに影響を及ぼしたことを仕方なく認めはしたものの、次のように考えることで辛うじて心を慰めた——つまり、双方相容れない習慣を持ちながら多くの場合互いに歩み寄ったことを思えば、ミス・クロフォードが想った以上に自分を愛していたことも、自分ゆえにほぼ正しい道を歩み掛けていたことも確かであったと。ファニーもその点ではまったく同じ考えであった。また、これほどの失望であってみれば、いつまで経っても免れることのない影響、消去ることのない痕跡が必ずやエドマンドの胸に刻印されるに違いないと云うことでも、二人は同じ意見であった。時の経過が或る程度の苦しみを和らげることは確かだとしても、これは決して完全に克服出来るようなことではなかった。何れこのことを可能にする誰か別の女性に出会うかどうかについては——あまりの可能性のなさに、そんな話題はただ腹立しいだけであった。エドマンドに縋《すが》るべく残されたものはファニーの友情だけであった。

＊ 神学者ジョン・ウェズリー（一七〇三―九一）によって創始された非国教会系の一派。信仰の態度があまりにも熱狂的で情緒的であるとして、国教会や上流階級からは軽蔑的に見られていた。

第十七章

罪や不幸に関する長話はほかの作家達に任せることにして、私はそのような忌わしい話題からは出来るだけ早く離れようと思う。それほど落度があった訳でもない人達には、是非ともみなそれぞれに或る程度の安楽を取戻してやって、それから残りのすべてを締括ることにしよう。我がファニーは実際このとき何はともあれ幸福だったに違いなく、それには私も満足である。まわりの者達の苦しみには何かと同情を覚え、心を動かしたにせよ、本人は至って幸福だったに相違ない。ファニーにはどうしても喜ばずにはいられない原因が幾つもあったからである。念願のマンスフィールドに戻れたばかりか、みんなの役に立ち、みんなから大切にされていた。もはやミスター・クロフォードからも安全であった。サー・トーマスも戻って来ると、姪に対する完全な赦しと以前にも増せる愛情のあらゆる確証を、そのときの憂鬱な心の状態にあって可能な限り示した。これらのすべてはファニーを幸福にせずにはおかなかったが、仮にこのようなことが一切なかったとしても、それでもファニーは幸福であったろう。それと云うのも、エドマンドはもはやミス・クロフォードに眼が眩むようなことはなかったからである。

確かに、エドマンド自身は幸福どころではなかった。現状を嘆き、決してあり得ない事態を希っては、失望と悔恨に苦しんでいた。ファニーにはそのことがよく分り、悲しかった。しかしその悲しみとても、大概の人なら最も愉快な楽しみとでも喜んで取換えるのではないかと思われるほどの、充足感に根を下した、安らぎに近い、こよなく愛しいあらゆる感情と調和した悲しみであった。

サー・トーマス、親であり、親としての自分の指導の誤りをはっきりと思い知らされたサー・トーマスが、気の毒に最も長く苦しんだ。サー・トーマスは娘の結婚を許すべきではなかったと思った。娘の気持は充分に解っていた筈だし、この結婚を認めれば自分が過ちを犯すことになることも分っていた筈だ。しかし自分は結婚を認めたことで、親としての義務を世間的な都合の犠牲にし、利己的な心と俗才に負けたのだ。これらの想いをサー・トーマスは早晩何とか鎮めねばならなかった。しかしこれも時の経過がおおよそは解決するであろう。それにラッシワース夫人の惹き起した不幸にこそ安心は殆ど得られなかったものの、ほかの子供達に関しては想っていた以上に心の慰めを見出すことが出来た。まず、ジュリアの結婚は最初考えていたほど絶望的なものではないことが判った。ジュリア自身しおらしく赦しを願っており、ミスター・イェイツも、本気で一家に受容れられることを望む気持から、サー・トーマスを尊敬し、指図を受ける気になっていた。ミスター・イェイツはあまりしっかりした男ではなかったが、それでも以前よりは軽率の度合が少くなりそうな――少くともかなり家庭的になって落着きそうな見込みがあった。ともかく、心配していたよりは相手に財産もあり、借金もずっと少いことが判ったことと、自分を誰よりも心を向けるに値する身方と考えて、相談を求めて来たことは、サー・トーマスにとって一安心であった。また、トムの方にもどうやら安心出来そうであった。以前の無思慮と我儘の習慣を取戻すことなく、健康だけを徐徐に取戻してくれたからである。トムは病気のおかげで却って人間的に良くなった。苦しみを経験し、物を考えるようになったからである――この大事な二つを以前のトムは絶えて知らなかった。自分が例の不《ふ》埒《らち》な芝居沙汰で危険な親密感を作り出したことが結果的にウィムポウル街の嘆かわしい事態を惹き起したのだと云う自責の念は、トムの心に強い印象を与えた。トムも今や二十六歳であり、分別もない訳ではなく、優れた話相手にも恵まれていたので、このことがもたらした好ましい影響は決して一時的なものではなかった。トムの変りようは理想的であった。父親の役に立つばかりか、自らも節度と落着きを身に附け、もはや自分のためだけに生きるようなこともなくなった。

　これは確かに慰めであった！　サー・トーマスがこれらの好ましい徴候にすっかり信頼を置くことが出来るようになった頃には、エドマンドもまた、これまで父親を苦しめていた唯一の点を改めることで――つまり失われていた気力を取戻すことで、父親の安心に貢献しつつあった。エドマンドは夏のあいだぢゅう、毎日夕方になるとファニーと二人で庭を歩き廻ったり、木の下に腰を下したりしていたが、運命に従うべきことを篤《とく》と心に云い聞かせたものと見え、大分快活な様子を取戻していた。

サー・トーマスは、事態がこのように変化し、希望が得られたことで、喪われたものに対する痛切な思いを幾分か忘れ、多少の自信も取戻して、次第に気持が楽になった。しかし娘達に対する自分の教育が誤っていたと云う悔悟から生ずる苦痛だけは、決して完全に消去ることはなかった。

伯母による過度の甘やかしと御機嫌取り、それとは絶えず対照的であった父親の厳格な態度と云う、マライアとジュリアがいつも家で受けて来たまるで正反対の待遇が、若者の性格形成に好ましい筈はないことに、サー・トーマスは気が附くのが遅すぎた。ノリス夫人の間違ったところはこちらが正反対の態度をとることで防げると思ったのは判断の誤りであり、娘達に自分の前で気持を抑えるよう仕向けて来たのは却って悪弊を助長しただけであった。その結果、サー・トーマスは娘達の本当の性質を摑み損ね、ひたすら盲目的な愛情と過度のちやほやによって甘やかし放題にしてくれるひとの許へ娘達を追いやってしまったのだ。

これは何とも手痛い不始末であった。しかし、サー・トーマスとしては、いくらまずかったとは云え、これが自分の教育方法の最大の誤りであったとは思えないような気がして来た。もっと内面的な何かが欠けていたに違いない。さもなくば、方法の誤りぐらいなら、その至らぬところの多くは時の経過が補っていたろうからである。おそらく、信念が、積極的な信念が欠けていたために、娘達は自分の性癖や気質を義務感によって制馭する術を正しく教えられずに来てしまったのだ。義務感だけで充分なのだ。理窟の上では宗教的な教えを受けて来たものの、それを日日の生活で実行するところまでは決して要求されなかった。娘達が身に附けるべき一家公認の目標であった、優雅な振舞と才藝とに秀でることも、それが内面的には何の有益な力にもならず、心に何ら道徳的な効果を及ぼし得なかったとは。サー・トーマスとしては娘達を立派な人間に育てるつもりであったが、注意は専ら理解力と態度作法にのみ向けられ、性質の方はすっかり蔑ろにされて来た。おそらく、自己抑制と謙遜の必要を、娘達は娘達のためになってやれる誰の口からも聞かされたことがなかったのだ。

サー・トーマスはこのような不備のあったことを甚《いた》く嘆いたが、どうしてこんなことになったのか今もって充分には理解出来なかった。教育には高い費用も掛け、人一倍気も遣って、娘達を育てたにもかかわらず、娘達に肝腎の義務を悟らせることも、娘達の性格や気質を摑むことも出来なかったことを思うと、何とも惨めでならなかった。

サー・トーマスがラッシワース夫人の勝気な性質と烈しい情熱を殊さらに思い知らされたのは、ほかでもない、事態の悲しい結末においてであった。マライアはミスター・クロフォードと別れることをどうしても肯《がえ》んじなかった。当人は結婚を望んでおり、そのような望みの無駄であることを否でも応でも納得せざるを得なくなるまで、二人は一緒に居つづけた。しかし、遂に、そのように納得せざるを得ないことから生じた失望と無念の思いに、マライアはすっかり癇癪を起し、クロフォードに対する感情も憎しみに似たものになり、暫くのあいだ互いに罰を受けたような思いを味わったのち、到頭自ら進んで別れざるを得ない破目に立至った。

結局マライアは、当のクロフォードから、君のせいでファニーとの幸福をすっかり台無しにされたと非難されるために、クロフォードの許に留まったようなものであり、別れに際しても、自分が二人の仲を割いてやったと云う程度の気休めしか持去ることは出来なかった。何が惨めだと云って、このような人間がこのような立場に置かれた惨めさに勝るものがまたとあり得ようか？

ミスター・ラッシワースは離婚を取附けるのに何の困難もなかった。かくして二人の結婚は終りを告げたが、もともとこれよりましな終局など、よほどの好運にでも恵まれればともかく、到底当てに出来そうもない条件の下になされた結婚であった。マライアはラッシワースを軽蔑し、ほかの男を愛していたし――ラッシワースにもそのことははっきりと分っていた。片や馬鹿の屈辱、片や利己的な情熱の失望と来ては、殆ど同情の余地はあり得ない。ラッシワースの罰は云わば身から出た錆《さび》であり、妻のより重い罰はより重い罪の当然の結果であった。ラッシワースは屈辱と不幸の束縛から一応解放されはしたが、それも誰か別の可愛い娘に心を惹かれて再婚するまでのことであろう。そのときは第二の試練に乗出すことであろうが、その試練がより幸せなものであり、仮に再び欺されることがあっても、少くとも上機嫌と好運のうちに欺されることを望みたい。一方マライアの方は、遥かに烈しい感情に嘖《さいな》まれながら隠遁と恥辱の生活に退《しりぞ》かねばならず、社交界への復帰も名誉の恢復ももはや二度と不可能であった。

何とも憂鬱な、由由しいことであったが、マライアをどこに住わせたらいいかを相談せねばならなくなった。姪の落度ゆえにいよいよ可愛さが増したらしいノリス夫人は、何とか姪が家に迎え入れられ、みんなから力づけられることを希った。しかしサー・トーマスはそれには耳を貸そうとしなかった。ノリス夫人はそれをファニーがいるせいだと考えて、いよいよファニーに対する怒りを募らせた。夫人はサー・トーマスの躓いはファニーが原因だと云い張ったが、サー・トーマスはひどく厳めしい口調で、仮にファニーがいなかったとしても、また、マライアの不名誉のために社交界で除者《のけもの》にされたり、辛い思いをするに違いない息子や娘がいなかったとしても、自分は、ふつつかな娘ですがそこを何とか眼を掛けてやって頂きたいなどと、近隣の人達を侮辱するような真似は断じてしない、とはっきり請合った。——それは、自分の娘なのだし——後悔しているようだといいのだが——保護はするつもりだ。肉親の立場として、出来る限りの安楽は保証しようし、正しい道を歩むよう何とか励まし、出来るだけの力添えもしよう。しかしそれ以上のことは出来ない。マライアは自分で自分の評判を台無しにしたのだ。こちらとしては今さら取返しのつかないものを取返そうなどと無駄なことをして、悪徳を是認するつもりはないし、少しでも面目を取戻そうなどと、それでなくとも周知の不幸をわざわざ他人様の家庭に持込んで恥の上塗りをするつもりも毛頭ない。

結局ノリス夫人がマンスフィールドを去って、不幸なマライアのために一身を捧げようと決心し、二人は別の地方の片田舎でひっそりと暮すことになった。殆ど人附合いもなく、二人一緒に閉籠ったきりとなれば、片や愛情を欠き、片や分別を欠くだけに、互いに相手の気性によって罰を受ける破目になることは容易に想像されよう。

ノリス夫人がマンスフィールドから出て行ったことはサー・トーマスの生活に大きな慰めを

追加した。アンティグアから戻ってからと云うもの、サー・トーマスのノリス夫人に対する評価はただもう低くなる一方であった。以来、事あるたびに一緒に当り、日日顔を合せては雑談したりして来たが、夫人に対する尊敬の念はそのたびに決って失われた。時が経つにつれて夫人の方がいよいよ駄目になって来たのか、それとも自分の方で夫人の分別をかなり買被っていたから、その態度にもどうにか我慢が出来たのか、どちらかに違いなかった。サー・トーマスは夫人がしょっちゅう害悪を及ぼしているような気がした。このことは死ぬまで止みそうになく、夫人は自分の一部であり、永久に耐えねばならぬと思われただけに、一層堪らなかった。それだけに、夫人から解放された幸福感はあまりにも大きく、もし夫人が苦苦しい記憶を残して行かなかったなら、結果的にこのような善をもたらしたのだからと云うことで、その害悪をあわやもう少しのところで是認しかねないほどであった。

ノリス夫人が去ってもマンスフィールドの誰一人として残念だとは思わなかった。夫人は自分が最も愛した人達の心すら摑むことが出来ず、ラッシワース夫人が出奔してからは、やたらに癇癪ばかり起していたので、どこへ行っても自らを厄介者にするだけであった。ファニーですらノリス伯母には涙を流さなかった——伯母が永久にマンスフィールドを立去ったときでさえ。

ジュリアがマライアほどひどい罰を受けずに済んだのは、幸いにして気質や事情が姉とは違っていたことも多少はあるが、それ以上に、姉ほどこの伯母から可愛がられ、ちやほやされ、甘やかされることがなかったからである。ジュリアの美貌や才藝はいつも姉の次であった。ジユリア自身マライアにはどうしても適《かな》わないといつも感じていた。しかし気性は生れつきジュリアの方が気さくで、感情も、激し易くはあったが、姉よりは抑えが利いた。それに教育を受けたからと云って、身を誤るほど自惚が強くはなかった。

ヘンリー・クロフォードに対する失恋でもジュリアの方が諦めが早かった。振られたことを認めざるを得なかった当座は確かに悔しかったが、それでも気持が一段落するや、かなり早早に二度とヘンリーのことはそれほどにも思わなくなった。ロンドンで再び交際が始り、クロフォードがミスター・ラッシワースの家へ頻繁に訪ねて来るようになったときも、ジュリアは感心にも自ら身を退き、再び心惹かれたりすることのないよう自分を守るために、これを機に別の友人達を訪ねることにした。例の親戚の許へ行くことになったのはそのためであった。ミスター・イェイツの都合とは何の関係もなかったのである。ジュリアは暫く前からミスター・イェイツが云い寄って来るのを許してはいたが、受容れるつもりは毛頭なかった。従って、もし姉のこのような突発的な行動がなくて、ジュリアも父と家に対して恐怖心を募らせ――こんなことになっては自分が容赦なく家へ連戻されることはまず間違いないと想われた――そのような差迫った恐しい事態からはどんなことをしてでも逃げなければと慌てて決心することもなかったならば、多分ミスター・イェイツの求婚も受容れられることはなかったであろう。ジュリアが出奔したのはほかでもないこの利己的な恐怖心からであって、それ以外のいかなる悪しき考えからでもなかった。ジュリアにはそれしか出来ることはないと思われたのだ。結局マライアの罪がジュリアの愚行を誘発したと云ってよかった。

ヘンリー・クロフォードは若くして独立財産を得たことと悪しき家庭生活の見本を目のあたりにしたことで堕落し、冷淡な虚栄心の気紛れに少し長いあいだ溺れ過ぎた。それでも一度だけはその虚栄心も、発端こそふとした偶然による怪しからぬものではあったが、クロフォードを幸福へと導き掛けたのである。もしクロフォードに一人の愛らしい女性の愛情を贏ち得ることで満足することが出来たなら、是非ともファニー・プライスに尊敬され愛される男になろうと自ら力めることで相手の躊いを取除くことに充分な喜びを見出すことが出来たなら、クロフォードにも幸福になり得る可能性は多分にあったろうと思われる。クロフォードの愛情もまったく無力な訳ではなかった。ファニーの感化を受けたクロフォードは既にファニーに対する多少の影響力を持ち始めていたからである。クロフォードにもっと多くを願うだけの器量があったなら、更に多くのものが得られたろうことは疑い得ない。特にもしエドマンドとメアリーの結婚が実現していたら、その結婚はクロフォードの助けになったことであろう。そうなれば、ファニーとてもエドマンドに対する思いを良心的に押殺さざるを得なくなり、クロフォードと一緒に過す機会も必然的に増えたろうからである。その上でもしクロフォードが誘惑に屈することなく、高潔な態度をとりつづけていたならば、ファニーはそれに報いたに違いない――報いは、エドマンドとメアリーの結婚が一段落したのちに、むしろファニーの方から自発的に与えられたことであろう。

クロフォードは、自分でもそうすることが正しいことは分っていたのだし、初めの計画どおり、ポーツマスから還ったあとさっさとエヴァリンガムに出向いていたならば、自分の幸福な運命を決定的なものにしていたかも知れない。しかし是非とも留まってフレイザー夫人のパーティーに出席するようにとせがまれ、留まった結果、何だかんだと煽《おだ》て唆《そそのか》され、結局ラッシワース夫人と顔を合せることになった。好奇心と虚栄心がともに心を占め、犠牲を払ってでも正義を貫くと云うようなことにはまるで慣れていない心にとって、手近な歓楽の誘惑は強すぎた。クロフォードはノーフォク行きを遅らせることに決め、その目的なら手紙でも間に合う、と云うより、そんな目的など大したことではないと決心し——留まった。そうしてラッシワース夫人に会ったが、夫人のクロフォードを迎える態度はひどく冷淡であった。本来ならこれに反撥を覚えて、永遠に二人のあいだは冷やかなものになる筈であったが、クロフォードはむしろ屈辱を感じ、かつてその笑顔があんなにもこちらの意のままであった女から袖にされることに我慢がならず、この高慢ちきな、これ見よがしの敵意を何としてでも征服せずには気が済まなかった。この敵意はファニーのことが原因であったが、クロフォードは何としてもこの敵意に打勝って、ラッシワース夫人としてではなく、再びもとのマライア・バートラムとして自分に応対させるつもりであった。

このような気持でクロフォードは攻撃を開始した。そうして自らを鼓舞してじっと耐えることですぐに以前の親交を取戻した。やがてそれは色男気取りを経て、浮ついた関係へと進んだが、クロフォードとしてはそこまでのつもりであった。しかし相手の慎重な身構えに打勝ったことで——マライアのこの身構えは立腹によるものであったが、そのまま持堪《もちこた》えてさえいれば二人とも救われるところであった——クロフォードは却って相手の感情に引込まれることになった。この感情の力はクロフォードが想っていた以上に強かった。――マライアの方はクロフォードを愛していた。クロフォードとしても、マライアがこっちの心遣いに心を寄せていることが明らかな手前、今さら引込みがつかなかった。しかしマライアを愛したとは到底云い難く、その従妹に対する気持が浮ついた訳でもさらさらないクロフォードは、結局、自らの虚栄心に躓《つまず》いたのである。――クロフォードとしてはどんなことがあろうとこの事態がファニーやバートラム家の人達に知られてはならなかった。秘密はラッシワース夫人の名誉にとってよりも、それ以上にクロフォード自身の名誉にとって必要であった。――クロフォードはリッチモンドから戻ったとき、もはやこれ以上ラッシワース夫人に会わなくて済むことを喜んだ。――その後に起ったことはすべてマライアの無思慮の結果であった。到頭クロフォードはマライアと駈落する破目になった。クロフォードとしては事の成行き上どうにも仕様がなかったからで、その瞬間でさえ、ファニーのことが心残りであった。しかし不義の空騒ぎが一段落を告げ、ほんの数箇月ではあったがマライアとともに暮し、その対照的な姿を目のあたりにしたことで、ファニーの優しい気性、純粋な心、立派な物の考え方の一段と素晴しいことをはっきりと思い知ったとき、クロフォードのファニーを失ったことに対する後悔の念は更に一層大きかった。

罪の片棒を担いだ男に罰が、社会的不名誉と云う罰がそれ相応に伴うのは当然だとしても、だからと云って、我我も知ってのとおり、それは社会が女性の貞操を守るために設けている防壁の一つである訳ではない。この世では、罰と云っても、人が望むほどにはそうそう平等に与えられるものではないのである。しかし我我としては、あの世のより公正な取決めを敢えて当てにしたりするよりは、ヘンリー・クロフォードのような物の分った男が少からず苦悩と悔恨に噴まれていることの方に眼を向ける方がよろしかろう――ヘンリーの苦悩はときとして自責の念にまで、悔恨の情は惨めな不幸の思いにまで高まらずには済まなかった――これらの苦悩と悔恨は、折角の親切にこのような形で報いてしまったことや、一家の平和をこんな風に損ねてしまったこと、自分にとって最も優れた、最も尊敬と愛情に値する知人のみならず、感情的にも理性的にも自分が本当に愛した女性をも失う破目に至ったことに対するものであった。

バートラム、グラント両家を傷つけ、疎遠にせずにはおかないような、こんなことがあったあとも、両家がこれまでどおりに親密な近所附合いを続けるとなると、ひどく辛いことであったろう。しかしグラント一家は帰館をわざと数箇月間引延ばしていたが、そのうちに、ひどく幸いなことに、永久にマンスフィールドを立去らざるを得ないことになった、と云うか、少くとも実際に立去れることになった。グラント博士が、ほぼ諦め掛けていた或る縁故を通じて、ウェストミンスター寺院の参事会員の席を一つ引継ぐことになったからである。これは、マンスフィールドを立去る機会とロンドンに住む口実になるばかりか、引越しの出費に見合うだけの収入の増加をもたらすとあって、出て行く方にとっても、残る方にとっても、大いに結構なことであった。

グラント夫人は人懐こい性質のひとであったから、馴れ親しんだ景色や人達と別れるのは幾分心残りであったに違いない。しかしその同じめでたい性質のゆえに、夫人はどこのどの社交界に出入りしようと必ずや大いに愉しめることも確かであった。夫人は再びメアリーのために家庭を提供してやった。メアリーもこの半年のあいだ大分自分だけの友達と附合い、見栄や野心や愛や失恋には些かうんざりしていたので、姉の心の籠った嘘偽りのない親切と自分なりの理に適った静かな暮しがちょうど欲しいところであった。――姉妹は一緒に暮し、グラント博士が週に三度も行われた参事会員就任を祝う大掛りな晩餐会が原因で卒中を起し、亡くなったあとも、二人は一緒に暮しつづけた。それと云うのも、メアリーは、もはや二度と長男以外には心を寄せまいと決心し、自分の美貌と二万ポンドの財産を以ってすればいくらでもこちらの云いなりになる威勢のいい跡取やのらくら者の遺産相続人には事欠かなかったものの、自分がマンスフィールドで身に附けた高尚な趣味を満足させてくれるだけでなく、やはりマンスフィールドでその価値を認めるようになった家庭的な幸福に対する夢も叶えてくれ、エドマンド・バートラムの記憶をも完全に脳裡から追払ってくれるだけの人物をいざ探し出すとなると、そうそう簡単には行かなかったからである。

この点ではエドマンドの方がメアリーより遥かに分がよかった。何かとメアリーに匹敵するだけのひとを当てのない愛情を抱いて待望む必要などなかったからである。メアリー・クロフォードへの未練を断ち、これほどの女性に出会うことは二度とあり得ないだろうと云う思いをファニーに洩らしてしまうや否や、エドマンドの心に浮び始めたのは次のような思いであった――まったく違う性質の女性でもいいのではないか、その方が却ってずっといいのではないか――ほかならぬファニーこそ、かつてメアリー・クロフォードがそうであったように、その笑顔と振舞のすべての点で自分にとって愛しい、大切な存在になりつつあるのではないか――ファニーの自分に対する温かな、妹のような心遣いは夫婦の愛情にとっても充分にそのきっかけたり得ることをファニーに納得させることは可能であろうし、望みもあるのではないか。

この際、日附はわざと差控えることにして、読者諸氏で各自自由に決めて頂くことにする。抑え切れない情熱を押鎮め、変らざる愛情を他に転ずるのにどのくらいの時間が掛るかは人によって大いに異るものと心得るからである。——ただ私が是非とも読者諸氏に信じて頂きたいのは、エドマンドがミス・クロフォードのことを気に懸けなくなって、ファニーとの結婚を切望するようになり、ファニーもそれを望むようになったのは、いかにもそうなるのが自然なときであり、一週間とて早すぎることはなかったと云うことである。

実際、エドマンドがこれまで長いあいだファニーに対して示して来たような心遣い、何も知らず、どうすることも出来ない相手のいかにもあどけない求めに応じることから始り、相手のあらゆる長所を無事立派に伸ばすまでに至った心遣いを思えば、このような変化ほど自然なことがまたとあろうか？　エドマンドはファニーを十歳のとき以来ずっと愛し、導き、保護して来たのであり、ファニーの心もその大部分はエドマンドの愛情によって形作られたと云ってよく、ファニーの慰めと云えばエドマンドから親切にされることだけであった。エドマンドにとっても、ファニーはそれこそ身近な、特別な関心の対象であり、ファニーにとって自分が大切な存在であるだけに、ファニーはマンスフィールドのほかの誰よりも愛しい存在であった。それゆえエドマンドが光り輝く黒い瞳よりも穏やかな明るい瞳の方が好きになったからと云って、そこに何を云い添えることがあろう。——いつも二人一緒にいて、絶えず心を打明け合い、しかもエドマンドの気持が最近の失恋によってまさに好都合な状態にあると来ては、この穏やかな明るい瞳がそういつまでも勝ちを占めずにいる筈はなかった。

一旦こうして幸福への道を歩み始め、エドマンド自身そのことに気が附いてみると、思慮分別のゆえに改めて思い直したり、歩みを遅らせたりしなければならぬことは何もなかった。ファニーが立派な申分のない女性であることに疑問の余地はなかったし、趣味が正反対なことによる不安もなく、気質が違うために新たな幸福の条件を抽き出さねばならぬようなこともなかった。ファニーの心、性質、物の考え方、習慣には、何ら隠し立てをしたり、さしあたり自分を偽ったり、将来の向上を当てにしなければならぬようなところはなかった。エドマンドはミス・クロフォードに夢中になっていたときですら、ファニーの方が精神的には優れていることを認めていた。それなら、今のエドマンドはそのことをどう受止めているのであろうか？　勿論、エドマンドにとっては、遺憾ながらファニーは立派すぎた。しかし自分にとって立派すぎるものを手に入れる分には誰だって嫌な気はしないから、エドマンドも目指す幸福の追求には地道ながらひどく真剣であった。こうなればいつまで経っても相手の反応に望みのない筈はなかった。ファニーの方には躇い、不安、迷いがない訳ではなかったが、エドマンドとしては、かくも優しい振舞を見せられては、ときとして強い成功の望みを抱かない訳には行かなかった。尤も、喜びかつ驚くべき相手の気持の真相がすべて打明けられたのはもう暫く経ってからであった。自分がこのような心の持主からかくも長いあいだ愛されつづけて来たことを知ったときのエドマンドの幸福感はそれは大きなものだったに違いなく、エドマンドのことではあるし、その幸福感は当の相手に或は自らに必ずや力強い言葉で表明されたことであろう。それこそ何とも喜ばしい幸せであったに違いない！　しかしそれとは別のところにいかなる言葉を以ってしても到底云い表すことの不可能な幸せがあった。力めて期待を抱くまいとして来た愛情が確かに得られることになった若い女性の気持を、誰が敢えて説明し得よう。

二人の意嚮は確められ、あとには何らの困難も、貧乏や親の反対による障碍もなかった。サー・トーマスはむしろ二人に先んじてこの結婚を願っていたほどである。野心的な、慾得づくの縁組にはうんざりし、物の考え方でも気質でも堅実であることをいよいよ重んじ、とりわけ自らに残されたもので安全確実に家庭の幸福を固めたいと思っていたサー・トーマスは、気心の合った若い二人がそれぞれの失望にもめげずに何とかお互いのうちに慰めを見出してくれることを本心から願っていた。そんな訳でエドマンドが結婚を申し出たときも喜んで同意したし、ファニーが承諾の意を示したときなど素晴しい娘を得た思いに些か気持の昂ぶりを覚えたほどであった。哀れな幼い少女をマンスフィールドに引取ることが初めて話題になったときにサー・トーマスがこのことで抱いた不安な思いと何と対照的なことであろう。時の流れと云うものは、人間が計画したことと最終的な結果とのあいだに決ってこのような対照をもたらしては、当事者を教育し、まわりの者達を面白がらせるのである。

ファニーはまさにサー・トーマスが望んだとおりの娘であった。サー・トーマスは自らの慈悲深い親切によってほかならぬ自分自身のために最も素晴しい慰めを育んで来た訳である。サー・トーマスの寛大な心は充分に報いられ、ファニーに対しておおかた善意の態度を失わなかったことも、これまた充分に酬いられた。サー・トーマスにはファニーの少女時代をもっと幸福なものにしてやれたかも知れないと云う気持がない訳ではなかったが、ただ、当時は判断を誤って、自分を厳しく見せていたので、幼いファニーが懐こうとしなかったのも無理はなかった。今、お互いの本当の気持を知るに及んで、二人の愛情は非常に強いものとなった。ファニーがソーントン・レイシーに落着く際、安楽な暮しが出来るようあらゆる心遣いを示したあとは、そこへファニーを訪ね、或はそこからファニーを連出すことがサー・トーマスのほぼ決った日課であった。

バートラム令夫人のファニーに対する愛情は長いあいだ我儘なものだっただけに、ファニーも令夫人からは喜んで手離してもらう訳には行かなかった。息子と姪が幸福になるのだからと云っても、夫人はなかなかその結婚を希おうとしなかった。それでも夫人が最終的にファニーを手離す気になったのは、スーザンがあとに残ってファニーの代りをすることになったからである。――スーザンも姪として不動の立場を得た訳で――スーザンとしてはどんなに嬉しかったろう！　――ファニーの場合は優しい気性と強い感謝の念からであったが、こちらの場合はやる気充分の気持と自分も役立つ人間になりたい一心から、ファニーに劣らず充分にその役割を果すことが出来た。スーザンはマンスフィールドにあって決して余計者ではなかった。最初はファニーの慰め役として、次はその手助け役として、そして遂にはその代役として、スーザンのマンスフィールドにおける位置はどうやら姉同様揺るぎなく確立されたと云ってよかった。ファニーに較べて性質も大胆で神経も太いスーザンはマンスフィールドの何事に対しても屈託がなかった。――相手をしなければならない人達の気質はさっさと呑込み、自分を役立たせたい思いを抑えるほど生れつき小心でもなかったから、すぐに誰からも歓迎され、みんなの役に立った。ファニーがソーントン・レイシーに移ってからは、伯母の気持を不断に慰める姉の流儀をいとも難なく受継いだので、伯母からも徐徐にではあったがどうやら姉以上に愛されることになった。――サー・トーマスは、スーザンがみんなの役に立ち、ファニーは申分なく、ウィリアムも絶えず立派に振舞って、次第に名声を揚げ、プライス家のほかの者達も、お互いに協力し、励まし合い、自分の後楯と援助にも泥を塗ることなく、みな概して失敗もなく順調に暮しているのを見るにつけて、自分が皆のためにして来たことを再三再四喜ぶとともに、幼いときの苦難と規律、及び人間、努力と忍耐のために生れて来るのだと云う覚悟がいかに大切なことかを改めて認めるのであった。

真の美点と真の愛情にかくも恵まれ、財産や友人にも不足はなく、従兄妹夫婦の幸福は、現世の幸福に可能な限り、まず間違いないものに見えた。――二人とも家庭を大事にし、田舎の喜びを愛する方であったから、二人の家庭生活はいかにも愛情と安楽に満ちたものであった。そして更に何よりなことには、それから暫く経って、ちょうどこれまでの収入では生活が苦しくなり始め、実家から遠く離れていることが何かと不便に感じられ始めたときに、グラント博士の死によってマンスフィールドの牧師禄が得られることになった。

そんな訳で二人はマンスフィールドに移った。マンスフィールドの牧師館は、ファニーにとって、これまでの持主のときはどちらの場合も、苦しい緊張感や不安感を抱かずにはどうしても近附けない所であったが、マンスフィールド・パークの眺めのうちにあり、その保護の下にある他のあらゆるものが長年そうであったように、じきに大切この上ないものに、申分なく美しいものになった。

――完――

訳者あとがき

本書は英国の女流作家 Jane Austen（1775―1817）の *Mansfield Park*（1814）の翻訳である。原書は Oxford English Novels 版を用い、訳註も同版の註釈に多くを負っている。翻訳に当っては、関西大学ジェイン・オースティン研究会による註釈書三冊（関西大学出版部）と臼田昭氏による既訳（集英社）を随時参考にさせて頂いた。

ジェイン・オースティンは初期の習作と未完のものを除くと生涯に六篇の完成作品を残し、そのうちの四篇が生前に出版された。彼女の本格的な文筆生活は二つの時期に分れていて、前半期は二十歳代前半のスティーヴントン時代、後半期は三十歳代後半以降のチョートン時代である。作品が陽の目を見るのはすべてチョートン時代に入ってからであるが、六篇のうち、のちに『分別と多感』（一八一一）、『自負と偏見』（一八一三）、『ノーサンガー・アビー』（一八一八）の題名で出版される作品は、原形がスティーヴントン時代に出来ていた。『マンスフィールド・パーク』（一八一四）、『エマ』（一八一五）、『説得』（一八一八）はチョートン時代に入ってから書かれた。前半期の作品はときとして若書きの感じがないでもないが、全体に機智に富んだ、軽快で陽気な明るさがその魅力となっている。後半期の作品には円熟した落着きと叡智が感じられ、特に『マンスフィールド・パーク』と『説得』にはどちらかと云うと短調で書かれているようなところもある。六篇ともみなそれぞれに独自の魅力があり、安定した完成度を示していて、決定的な優劣はつけ難い。譬えて云えば、モーツァルトの六大交響曲のようなもので、結局、どれが傑作かは読者の好み、或はそのときどきの気分によるようである。

私はデイヴィッド・セシル卿のジェイン・オースティン論（『詩人と物語作家』所収）を高く評価しており、よく読返すが、セシルはこの論の最後の方で六篇それぞれのテーマを解り易く纏めている。ジェイン・オースティンの主題を全般的に眺め渡すのに便利なので、以下暫くセシルの文に基づいて記すことにする。

ジェイン・オースティンの作品はどれもみな一つのテーマを中心に組立てられており、それぞれのテーマが彼女の人生観の一面を明らかにしている。彼女の六つの作品は三つのグループに分けられる。『ノーサンガー・アビー』と『分別と多感』は十九世紀初頭に一世を風靡していたロマン主義の人生観を諷刺している。ロマン主義は物事の判断を心情と想像力の本能的な導きに任せるので、十八世紀来の理性を重んずる古典主義的な物の考え方を受継いでいるジェイン・オースティンとはまったく相容れないものであった。『ノーサンガー・アビー』では彼女はロマン主義の浅薄な面を嗤っている。ヒロインのキャサリン・モーランドは単純な娘で、人生は自分が好んで読んでいるロマンティックな小説のようなものだろうと思い込んでいるために、しょっちゅう馬鹿げた振舞をしている。『分別と多感』はより本質的な攻撃である。エリナー・ダッシウッドは理性に従って行動するが、妹のマリアンヌは持前の情熱的な性質に促されて衝動的に行動する。物語は、経験を重ねるうちにエリナーが正しくマリアンヌの間違っていたことが判ると云うものである。

『自負と偏見』と『エマ』はより個人的な問題を扱っている。『自負と偏見』は成熟した観察眼によって修正を受けずに第一印象にのみ頼ってしまうことの愚かさを描いている。ヒロインのエリザベス・ベネットはウィッカムの一見せる愛想のよさとダーシーの高慢な格式ばった態度に惑わされて、ウィッカムに好意を持ち、ダーシーに嫌悪感を抱く。その後に得る知識によっていかに彼女がこれらの印象を逆にするよう教えられるかが物語の筋である。『エマ』はジェイン・オースティンの書いた最も深遠な喜劇で、自惚から生ずる自己欺瞞を諷刺している。エマは頭のいい娘であるが、自分の頭のよさに自信を持っているために現実が見えなくなっている。彼女は他人の人生を何とかしてやろうと云う気持で日日を送っている。しかし、いざその計画を実行に移してみると、自分が相手にする人達の気質も、自分の気持や動機の真相も、ともに理解出来ていないことを暴露するだけである。

『マンスフィールド・パーク』と『説得』は他の四篇よりも生真面目な作品である。どちらもジェイン・オースティン一流の喜劇的様式の枠内で書かれてはいるが、その主題はそれほど諷刺を本質としたものではない。『マンスフィールド・パーク』は世俗性と非世俗性を対照させていて、物語は、世俗的な自己の利害に囚われないファニーとエドマンドが、一方では無骨で世俗的なバートラム家の人達よりも優れ、もう一方では洒脱で世俗的なクロフォード兄妹よりも優れていることを明らかにする。『説得』は恋についての物語で、恋心は分別と良識によってどこまで抑えられるものかを問うている。

以上がセシルによる六篇のテーマの要約だが、この要約からだけでも、ジェイン・オースティンが人間の行動に関する時代を超えた普遍的な問題をテーマにした作家であることが判るであろう。今日でも彼女の作品の幾つかが映画化されたりして、改めて注目されるのも決して故のないことではないのである。

ところで、この『マンスフィールド・パーク』は一般的な人気の点では『自負と偏見』と『エマ』にもう一つ及ばないようである。セシルも云うように本質的に生真面目な作品で、ジェイン・オースティン本来の持味である諧謔精神が他の二作に較べてやや後退しているのと、ヒロインとその恋人役の性格があまり粋な方ではなく、どちらかと云うと堅物気味なのが、その大きな理由かと思われる。しかし作品自体は決して他の二作に劣るものではない。そのことに関しては、例えばマーガレット・ケネディーのジェイン・オースティン論に次のような言葉がある。

「この作品は六篇の中で最も重要なものであり、テーマが最も野心的であり、彼女の作家としての力量が最もよく発揮されたものである。彼女は持てるもののすべてをこの作品に投入している。一箇の藝術作品としてはこの作品が一番である。それなのに誰もがこの作品を第一に選ばないのは、多くの読者が、小説がまず第一に藝術作品であることを求めないからである。」

この言葉が嘘でない証拠に、この作品は、二十世紀アメリカの有名な批評家ライオネル・トリリングに優れた『マンスフィールド・パーク』論を書かせ、我が国でも野島秀勝氏に「ジェイン・オースティンの庭」と云うたいへん読みごたえのある『マンスフィールド・パーク』論を書かせている(『自然と自我の原風景』所収、南雲堂)。但し今はこれらの論に立入っている紙幅がないので、どちらの論も、作品の書かれた時代のみならず現代に生きる我我にとっても切実な問題をこの作品から抽き出していることだけをここでは指摘しておきたい。そのほかにも、例えば本作品の最後の章にサー・トーマス・バートラムが自分の子女に対する教育の誤りを反省するところがあるが、これなども昨今の我が国の教育論議などより遥かに深いところに眼が届いているように思われる。つまりこの作品は文学史のその時代の項に名前が残っているだけの作品ではないことが云いたいのである。

最後にサマーセット・モームの言葉を紹介してこのあとがきに替えようと思う。モームは『世界の十大小説』では一般的な人気を考慮して『自負と偏見』を採上げているが、『読書案内』の方では『マンスフィールド・パーク』を推薦している。

「私はジェイン・オースティンが英国の最も偉大な小説家であると主張しようとは思わない。……彼女は完璧な作家なのである。確かに彼女の世界は限られており、彼女が取扱うのは地方紳士、牧師、中産階級の人達の狭い世界である。しかし彼女ほど鋭い人間洞察力を持った者が、彼女以上に精妙かつ適切に人間の心の奥底に探りを入れた者が、あったろうか。……彼女の物語には大した事が起る訳ではなく、おおかた劇的な事件は避けられているにもかかわらず、どうしてそうなるのかは私にも判らないのだが、次には何が起るのだろうと知りたい気持に促されて、次つぎと頁を繰らずにはいられない。これは小説家に欠くことの出来ない才能である。

……私はジェイン・オースティンほどこの才能を充分に具えた者をほかに思い出せない。ところで私の目下唯一の困難は、彼女の数少い作品の中で特にどれを推薦すべきかである。私自身は『マンスフィールド・パーク』が一番好きである。ヒロインがやや道徳的な堅物で、相手の男が些か勿体ぶった頑固者であることは認めるが、私は気にしない。この作品は賢明で、気が利いていて、優しさに富み、皮肉なユーモアと精妙な観察力の遺憾なく発揮された傑作である。」

なお、私は中公新書の一冊として『ジェイン・オースティン』を著し、作者の生涯と作品に関する基本的な事柄はおおよそその中に書込んだので、解説はすべてそちらに譲らせて頂いた。『マンスフィールド・パーク』についても一章が充ててあるので、興味がおありの方にはそちらも覗いて頂ければ幸いである。

*

以上は、本訳書のキネマ旬報社版「訳者あとがき」に若干の加筆を施したものである。

このたび本訳書が中公文庫の一冊に加えられるに当って、本作品第一巻の芝居騒動の場面で演物に選ばれる『恋人達の誓い』について少し触れておきたい。この芝居は本作品を理解する上で無視出来ないものであり、作品全体の構想にも深く関わっていると思われるからである。

ジェイン・オースティンは本作品の幾つかの挿話で部分を全体に照応させる技巧を意図的に用いていて、例えば同じ第一巻のサザートンの自然園で人物達が交錯する挿話も、作品全体の人物関係の動きと見事に照応している。続く芝居騒動の挿話作りにもやはり照応関係が見られ、それを確認するためには『恋人達の誓い』の登場人物の役柄と誰がその役柄を演じようとするかを明らかにする必要がある。但しこれは『恋人達の誓い』と『マンスフィールド・パーク』の話の筋が合致すると云う意味ではない。前者の人物とそれを演じようとする後者の人物との道徳的性格の類似に着目することで、前者の人物関係を通して後者の人物関係を明らかにすることが、作者ジェイン・オースティンの狙いなのである。なお、この点に関しては、本訳書の原書に用いたオックスフォード英国小説叢書版『マンスフィールド・パーク』の巻末に添えられたジョン・ルーカスの附記が要領を得ているので、それに基づいて記すことにする。

『恋人達の誓い』はドイツの劇作家コッツェブー（一七六一—一八一九）の『私生児』（一七九一）をインチボールド夫人（一七五三—一八二一）が一七九八年に英語に翻案したもので、大筋は以下のとおりである。主人公のフレデリックは自分の母親のアガサ・フライブルクがかつてヴィルデンハイム男爵の情婦であり、自分が男爵の落胤であることを知る。フレデリックは男爵に自分を認知し、母親と正式に結婚してくれるよう懇願するが、その際、男爵の正妻の娘アミーリアの家庭教師で、若い牧師のアンハルトが何かと援助の手を差伸べる。男爵は娘のアミーリアが愚かなカッセル伯爵と結婚することを望むが、アミーリアは愛するアンハルトとの結婚を許してくれるよう男爵を説得する。

但しこの場合に重要なのは事件や筋書よりも人物である。ジェイン・オースティンは『マンスフィールド・パーク』の登場人物の非常に重要な基本的要素を明らかにするためにこの芝居を選んでいるからである。それは芝居の配役表を作ってみればはっきりする。

ヴィルデンハイム男爵――ミスター・イェイツ
カッセル伯爵――ミスター・ラッシワース
アンハルト――エドマンド・バートラム
フレデリック――ヘンリー・クロフォード
執事兼地主兼農夫――トム・バートラム
アガサ――マライア・バートラム
アミーリア――メアリー・クロフォード
農夫のおかみさん――グラント夫人

このとおり極端なまでに類型の性格が割当てられている。カッセル伯爵はミスター・ラッシワースの愚かさを申分なく表しており、伯爵がアミーリアを失うことはラッシワースがマライアを失うことを、またアガサがかつて情婦であった話はマライアのヘンリー・クロフォードによる誘惑を、それぞれ前もって暗示している。同様に、ヴィルデンハイム男爵の過去の不行跡はミスター・イェイツとジュリアの出奔を、結末に於ける男爵の後悔とアガサとの結婚はイェイツのジュリアとの正式の結婚を、予示している。更に重要なことは、メアリー・クロフォードがアミーリアの役を望んだことから推して、ジェイン・オースティンがメアリーの性格をはっきりと見定めていたことである。アミーリアが恋人に愛を告白する際の出しゃばった、明らさまな態度はメアリーのエドマンドに対する態度にぴったり符合する。更にエドマンドがアンハルトの役をなかなか引受けたがらないことにも、メアリー・クロフォードは自分の妻に相応しくないのではないかと云うエドマンドの疑いが見て取れよう。

以上がルーカスの附記の要約である。少し附加えておくと、マライアとヘンリー・クロフォードの役柄は母親と息子だが、二人には手を握り合ったり抱き合ったりする場面が何度かあって、実はこれが二人がこれらの役柄を演りたがった大きな理由なのである。二人は必要以上に下稽古を繰返してラッシワースを嫉妬させる。マライアはヘンリーに対して本気になるが、ヘンリーの方は飽くまでもマライアの心を弄びながら戯れの恋を楽しんでいるだけである。ファニーはこの芝居騒動を通して、ヘンリー・クロフォードが非常に演技達者ではあるが、根は信用の出来ない浮気男であることを確信することになる。

そのような次第で、『恋人達の誓い』に関する或る程度の知識は本作品の理解に欠かせないものであるが、序でにもう一つ、作品の本質的な理解にはどうでもいいような、しかしちょっと愉快な話題にも触れておこう。それは最近邦訳されたジョン・サザーランドの『ジェイン・エアは幸せになれるか?』(みすず書房)と云う本の一章で採上げられている、バートラム令夫人の愛玩犬パグは牡か牝かと云う問題である。パグは狆の一種だと云うことなので拙訳では狆と訳しておいたが、厳密には多少の違いがあるらしい。

拙訳だけを読まれた読者は、第三巻第二章の最後でバートラム令夫人がファニーに「今度この狆に一腹出来たら、一匹は必ずあなたのものよ」と云うところから、この狆が牝であることを疑わないであろう。ところが第一巻第八章で若者達が馬車でサザートンへ出発するとき、「そこで、あとに残る二人の婦人の見送りの言葉とバートラム令夫人の腕に抱かれた狆の吠声をあとに、馬車は出発した」とあって、訳文だけでは判らないが、傍点を附した部分の原文は 'the barking of pug in *his* mistress's arms'（イタリック体引用者）で、明らかにこの狆は牡である。このような問題に拘泥することを好む読者のためにはここで狆の性別が判るように訳出するべきであったが、どうも上手く行かなかったので、この「訳者あとがき」で触れておく次第である。

この問題に対するサザーランドの意見は次のようなものである。――サザートンとポーツマスの挿話のあいだの時期に、年老いた牡の狆が死んで新たに若い牝の狆が飼われたと云う仮説を立てることも出来ないことはないが、それは些か無理な話である。或はバートラム令夫人が「今度この狆に一腹出来たら」'the next time pug has a litter' と云うのは、「今度この狆が牝の狆とのあいだに一腹分儲けたら」と云うつもりであったろうか。しかし、もしこの狆がファニーがマンスフィールド・パークに来たときからいる犬だとすると（因みにそのときは、バートラム令夫人は狆を 'it' で呼んでいる）、この狆は既に十一、二歳になる筈で、ジェイン・オースティンは「普通では考えられないほど長い性生活をする両性具有の狆」を描いたことになる。「ジェイン・オースティンは小さな間違いを犯した」と云うのがサザーランドの結論だが、私は最初にこの文章を読んだとき、次のような考えを抱いた。――サザーランドによると、パグ犬と云うのは毛脚は短いけれど、性別ははしたない見方でしっかりと見ないとすぐには判らないらしい。もしそうだとすると、怠惰で暢気なバートラム令夫人のことである、牡犬を飼っていながらそれを牝犬だと思い込んでいることは充分にあり得ることであり、老齢のために仔犬を儲けることの難しさなど令夫人の頭には全然ないことも大いに考えられる。この狆が牡であることは作者が地の文で云っているだけであるから、バートラム令夫人が牝と思い込んでいても、令夫人の性格作りに一役買いこそすれ、そこに別に矛盾はない筈である、と。――しかしこの考え方は成立たないことが判った。サザーランドが言及している箇所だけを根拠にすれば成立つのだが、念のためと思って、もう一箇所狆の出て来る第一巻第七章を確認してみたら、バートラム令夫人が「狆の名を呼んで花壇に入らせないようにするだけでやっとだったの」と云うところではっきりと 'trying to keep *him* from the flower-beds' (イタリック体引用者) と云っていたからである。

結局、サザーランドの云うとおり、ジェイン・オースティンは「小さな間違いを犯した」と云うほかはないのだが、それにしても第一巻第七章の 'him' を 'it' にさえしておいてくれたなら、と残念でならなかった。もしそうなっていたら、いかにもジェイン・オースティンらしい藝の細かいアイロニカルなユーモアの一つをそこに見ることが出来た筈だからである。

このたび本訳書が中公文庫に収められることになり、同文庫編集部の山本啓子さんにはいろいろとお世話になった。記して謝意を表する。またこのことを快諾されたキネマ旬報社出版事業部の寛大な御配慮にもこの場を借りて御礼を申し上げたい。

なお、この機会に訳文に多少の朱筆を加えたことを附記しておく。

平成十七年十月

大島一彦

Jane Austen
Mansfield Park
1814

本書はジェーン・オースティン『マンスフィールド・パーク』として1998年10月にキネマ旬報社から刊行された。今回文庫化するにあたり、訳文に若干の朱筆を加えた。

中公文庫

マンスフィールド・パーク

2005年11月25日　初版発行
2010年7月30日　4刷発行

著　者　ジェイン・オースティン

訳　者　大《おお》島《しま》一《かず》彦《ひこ》

発行者　浅海　保

発行所　中央公論新社
〒104-8320　東京都中央区京橋2-8-7
電話　販売　03-3563-1431　編集　03-3563-3692
URL http://www.chuko.co.jp/

印　刷　三晃印刷

製　本　小泉製本

Published by CHUOKORON-SHINSHA, INC.
Printed in Japan　ISBN4-12-204616-5 C1197

定価はカバーに表示してあります。
落丁本・乱丁本はお手数ですが小社販売部宛お送り下さい。
送料小社負担にてお取り替えいたします。

各書目の下段の数字はISBNコードです。978－4－12が省略してあります。

中公文庫既刊より

オ-1-3
エマ
オースティン
阿部知二 訳
年若く美貌で才気にとむエマは恋のキューピッドをきどるが、他人の恋も自分の恋もままならない――「完璧な小説家」の代表作であり最高傑作。〈解説〉阿部知二
204643-6

ホ-3-1
ポー名作集
E・A・ポー
丸谷才一 訳
理性と夢幻、不安と狂気が妖しく綾なす美の世界をつくりだす短篇の名手ポーの代表的傑作八篇を、格調の高さで定評ある訳で贈る。〈解説〉秋山 駿
200024-7

シ-1-2
ボートの三人男
J・K・ジェローム
丸谷才一 訳
テムズ河をボートで漕ぎだした三人の紳士と犬の愉快で滑稽、皮肉で珍妙な物語。イギリス独特の深い味わいの傑作ユーモア小説。〈解説〉井上ひさし
205301-4

ウ-6-1
発端への旅 コリン・ウィルソン自伝
コリン・ウィルソン
飛田茂雄 訳
英国の評論家・小説家コリン・ウィルソンが、自らの思想形成の過程を描いた自叙伝。生い立ち、読書体験から性体験まで、包み隠さずさらけ出した告白の書。
204478-4

ノ-1-1
愛しすぎる女たち
ロビン・ノーウッド
落合恵子 訳
あなたは、愛しすぎてはいませんか？「愛しすぎ中毒」を克服し、対等な愛の関係を取り戻すために。女性のための、生き方を変える本。
203629-1

ア-6-1
エロティシズム
F・アルベローニ
泉 典子 訳
女は甘美な余韻に浸っていたいが、男は早々に醒めてしまう。セックス後に代表される男と女の違いに焦点をあててエロティシズムを分析した衝撃作。
202777-0

こ-43-1
恋愛論アンソロジー ソクラテスから井上章一まで
小谷野敦 編
プラトン、スタンダール、夏目漱石など、古今東西の言説から厳選した41編。恋愛の訪れを夢想する、もしくは渦中にある、すべての人に捧げるアンソロジー。
204277-3